소설

장석주는 시인 · 비평가 · 작가로 활동하고 있는 사람이다. 그가 문학활동을 펼칠 기틀을 마련한 것은 〈조선일보〉〈동아일보〉 신춘문예에 시와 문학평론이 한 해에 당선한 일천구백칠십구년부터다. 그 뒤로 출판사 편집장과 편집발행인 등을 두루 거치며 구백여 종의 책을 만드는 한편, 시 · 장편소설 · 산문 · 문학평론 등 여러 장르를 넘나드는 글쓰기를 하며 그 결실을 서른 권의 책으로 펴내 전방위 작가라는 이름을 얻는다. 이천년에는 팔년 여의 준비 끝에 근대로부터 현대에 이르기까지 백년 동안의 한국 문학을 아우르는, 다섯 권으로 된 『이십세기 한국문학의 탐험』을 내놓아 문학으로 바라본 미시사이자, 작가와 작품으로 시대를 해석한 문학사회학의 획기적 역작이라는 평가를 받는다. 그 동안 케이비에스의 '라디오 독서실'과 교육방송의 '문학의 향기' 같은 프로그램을 하고, 지금은 엠비시와 에스비에스의 '라디오 책세상'과 '책하고 놀자'에서 '장석주 시인의 행복한 책읽기'와 '장석주의 문학기행'을 맡고 있다. 일천구백팔십팔년부터 여러 문화센터에서 문예창작입문과 소설창작 강의를 하면서 독자적인 교수법으로 신인 작가들을 다수 발굴해 내기도 했다. 현재 동덕여대 문예창작과에서 소설창작 강의를 하고 있다.

소설

초판 1쇄 발행_2001년 4월 20일
초판 3쇄 발행_2007년 3월 20일

지은이_장석주
펴낸이_이정원

펴낸곳_도서출판 들녘
등록일자_1987년 12월 12일
등록번호_10-156
주소_경기도 파주시 교하읍 문발리 출판단지 513-9
전화_마케팅 031-955-7374 편집 031-955-7381
팩시밀리_031-955-7393
홈페이지_www.ddd21.co.kr

ISBN 89-7527-326-1 (03810)

장 석 주 의

소
설

소설

창

작

특

강

들녘

소설쓰기를 향한 열정과 의지를 가진
모든 이들을 위하여

저 내부로부터 끝없이 휘어지며 무한하게 펼쳐져 있는 우주를 떠돌던 당신은 방금 우연히 "소설의 세계"라고 이름 붙여진, 작고 낯설고 이상한 공간 속으로 들어왔다. 수학자를 "현실을 질서라는 꿈으로 대체하려고 하는 자들"[1]이라고 말할 수 있다면 소설가와 수학자는 아주 닮은꼴의 사람이라고 할 수 있다. 내가 알고 있는 당신은 멈춰선 점이 아니라 운동하는 하나의 점이다. 사실 모든 물체는 아주 작은 점과 같은 원자의 집합체다. 당신은 평면 위의 점이 아니라 융기된 입자로서의 점이다.

그림1 덩어리로서의 입자 대 융기로서의 입자

1 루디 러커, 『사고 혁명』, 김량국 옮김(열린책들, 2001)

움직이는 혼돈인 당신은 그 자체로 하나의 우주다. 내가 "당신"이라고 부른 이 개체의 내면을 떠받치고 있는 것은 네 개의 심리학적 국면이다. 감각, 생각, 느낌, 직관이 바로 그것이다. 이것을 조금 풀어서 이야기해 보자. 어떤 물질이나 추상적인 개념이 저기 있다는 것을 확정하는 것이 감각이고, 그것이 무엇인지를 판단하는 것이 생각이며, 그것이 마음에 드는지 아닌지, 혹은 그것을 받아들일 것인지 물리칠 것인지를 말하는 것이 느낌이고, 그것이 어디에서 왔으며 어디로 가고 있는지를 나타내는 것이 직관이다.

수는 저마다 원형의 상징을 안고 있다. 수가 인간 생활에 어떤 영향을 끼치는가 하는 신비주의적 의미를 탐구하는 수비학數秘學이 발전하기도 했다. "수와 수들의 관계는 신이 만든 소우주와 대우주의 질서를 상징"하고, 수의 "서열 체계에서는 실제 20 이하의 모든 수와 그보다 높은 정수 및 그 배수에게 특정한 의미를 부여"했다.[2] 이를테면 1은 우주의 보편적 근원 원리를 상징한다. 2는 자연의 섭리이며 지배 원리인 음과 양의 대립의 상징이다. 3은 1과 2의 조합으로 이루어진 수이며 이것은 상생과 종합의 원리를 나타낸다. 4는 물·불·흙·공기와 같은 우주를 떠받치는 기본 사원소를 나타내고, 5는 여성 수(2)와 남성 수(3)의 결합이니까 결혼을 뜻하고, 10은 신성함이 깃든 완전수다. 네 개의 심리학적 국면. '4'라는 숫자는 의미심장하다. "4는 4원소, 4방향, 4계절에서 알 수 있듯이 위엄 있는 대칭의 수이자 신성한 숫자이다."[3] 우주를 구성하는 물·불·흙·공기라는 '4'원소와 '4'개의 심리학적 국면은 상호 조응한다. 이제마 같은 이는 사람의 체질을 태양인·태음인·소양인·소음인으로 나누고 일찍이 히포크라테스는 체액에 따라 우울질·다혈질·점액질·담즙질과 같이 사람을 '4'가지

---

2 구드룬 슈리, 『피의 문화사』, 장혜경 옮김(이마고, 2002)
3 구드룬 슈리, 위의 책.

의 기본 성질로 구별하고 있다. 모든 인쇄물에서 빨간색·파란색·노란색·검정색 등 '4'가지의 기본 색깔이며, 이것을 조합해 어떤 색깔도 만들어 낼 수 있다. 그밖에 '4'개의 카스트 제도, '4'단계의 영적 성장 방법…… 등등. 이 우주는 갖가지 '뒹구는 사면체'들을 끌어안고 흘러간다. 소설과 4라는 숫자는 깊은 연관이 있다. 기본적으로 전통적인 소설의 플롯은 네 개의 단계로 구분된다. 즉 사건의 발단—전개—클라이맥스—파국이 바로 그것이다. 인물—사건—플롯—주제는 소설을 이루는 네 개의 가장 중요한 골격이라고 할 수 있다.

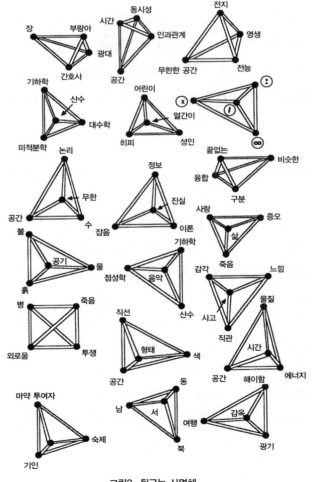

그림2 뒹구는 사면체

출처 : 루디 러커, 『사고 혁명』, 김량국 옮김(열린책들, 2001)

느낌을 갖는다는 것은 먼저 "바로 그것"과 연결된다는 것을 뜻한다. "바로 그것" 속으로 흘러 들어가 하나로 혼융됨으로써 얻을 수 있는 감각이 바로 느낌이다. 직관이란 전체로서의 현실을 한눈에 알아보는 깊은 감각이다. 잘 벼려진 직관은 살아 움직이는 현실을 꿰뚫어 보는 깊은 감각을 유지하게 한다. 좋은 소설을 쓰기 위해서는 직관과 함께 사물에 감응하는 예민한 느낌을 가져야 한다. 소설을 포함한 문학은 지식이나 이론이 아니라 삶에서 길어 올린 이야기─서사라는 살[육체]을 가진 하나의 실재다. 세계와 몸을 섞고 하나의 텍스트로 태어난 이것과 접속하는 데 유용한 것은 바로 이 느낌과 직관이다. 이것을 알기 위해 감각적으로 더듬어 보고 느껴 보아야 한다.

소설을 쓴다는 것은 무언가를 창조하는 행위다. 창조를 하는 이들은 남과 같이 보되 다르게 보고 다르게 생각한다. 남과 다르게 보기의 한 가지 방법은 자세히 들여다보기다.

내가 만약 회반죽이 잘못 발라진 벽에 무언가를 쓰고 있다가 그 벽을 본다면, 먼저 그 벽이 융기와 홈으로 흉터가 나 있다는 것을 발견하게 될 것이다. 만약 내가 일어나서 그 융기들 중의 하나를 좀더 가까이 관찰한다면, 나는 그 융기의 결이 마치 비바람에 씻긴 산악 지대를 공중에서 내려다보는 것과 비슷하게 보인다는 것을 발견하게 될 것이다. 그 융기의 뾰족한 부분들 중의 하나를 세밀하게 관찰한다면, 나는 그 작은 뾰족한 부분의 경사면이 말라 버린 페인트로 인해 주름이 져 있다는 것을 발견할 수 있을 것이다. 그 틈을 현미경으로 본다면, 그 틈의 가장자리가 울퉁불퉁하다는 것을 발견하게 될 것이다. 전자 현미경을 사용하면 울퉁불퉁한 곳들이 페인트 분자들로 이루어져 있다는 것을 볼 수 있을 것이다. 이런 과정은 계속될 수 있다. 그리고 이 벽은 바로 내가 평면의 일부로 생각하려 했던 그 벽이다.4

현미경으로 관찰하면, 평면이라고 생각했던 벽에서 수많은 융기와 홈들을 발견하고, 주름과 경사면, 그리고 비바람에 씻긴 듯한 산악지 대를 볼 수 있다. 남과 다르게 보기 위해서는 기존의 굳은 개념, 고정 관념 따위에서 벗어나야 한다. 당신을 가두고 있는 정신의 감옥으로 부터 나와야 한다. 간단한 테스트를 해 보자.

IX

이것은 로마숫자 '9'다. 여기에 선을 하나 보태서 '6'으로 만들어 보 자. 그 해답은 콜럼버스의 달걀과 같다. 알고 보면 너무나 어처구니없 이 쉬운 해답이다. 하지만 어떤 사람들은 결코 그 대답을 맞힐 수가 없다. 로마숫자 'VI'에 갇혀 있는 사람들. 그 대답을 쉽게 알아맞히지 못했다면 당신도 정신의 감옥에 갇혀 있는 것이다. 남들과 다르게 생 각하는 사람이라면 IX 앞에 'S'를 써서 'SIX'가 되게 만들 수 있다. 또 하나의 답은 IX 뒤에 '6'을 써서 'IX6', 즉 '1' 곱하기 '6'으로 만드는 것이다.

이 책은 소설쓰기에 관한 실천적인 지침을 담은 책이다. 불필요한 서사 이론을 배제하고 그야말로 생생한 소설쓰기와 관련된 영역만을 다루었다. 그러므로 이 책은 소설을 쓰려는 사람들에게 실질적인 도 움을 주는 것을 제1의 목표로 삼았다. 서사는 우리 주변에 널려 있다. 소설・서사시・단편소설・동화・민속설화 등을 비롯해서 영화・텔 레비전 드라마・만화・애니메이션・컴퓨터 게임 등 이들 텍스트의 중추를 이루는 게 서사다. 세상에 떠도는 온갖 서사들은 서로를 빨아 들이고[흡수], 내치고[배제], 삼켜서[동화], 비튼다[왜곡]. 그래서 새로

---

4 루디 러커, 앞의 책.

운 서사로 태어나는데, 이것은 상호텍스트라고 명명된다. 상호텍스트는 "기원을 추적할 수 없는 익명의 형식과 인용 기호 없이 사용된 무의식적이거나 자동적인 인용문들이 모인 총체적인 장소"(롤랑 바르트)다. 이런 서사의 발생과 구조, 그것을 작동시키는 원리들에 대해서는 여러 소설들을 읽어 나가면서 자연스럽게 깨달아질 수 있다.

소설을 쓰려는 사람들은 우선 자기 자신을 믿어야 한다. 누군가는 "내가 사랑을 믿을 때만이, 사랑이 내가 가야 할 길을 이끌어 주는 법이다"라고 했다. 무엇보다 내가 그것을 할 수 있다는 사실을 의심해서는 안 된다. "난 할 수 없어! 난 안 돼!"라는 부정적인 생각에 파묻혀 있는 사람은 그 무엇도 쓸 수 없다. 항상 무엇인가를 써내는 사람은 긍정적인 사람이다. "난 쓸 수 있어! 지금은 힘들지만 노력하면 언젠가는 쓸 수 있어!" 이렇게 긍정적이고 낙관적인 생각을 갖는 사람은 정말 무엇인가를 쓰게 된다.

소설쓰기는 쉬운 일이 아니다. 그렇다고 불가능한 일도 아니다. 중요한 것은 소설을 읽고 쓰는 것을 즐겨야 하고, 소설쓰기를 향한 그치지 않는 열정과 의지를 갖고 있어야 한다. 재능이란 그것과 정확하게 비례하는 그 무엇이다.

:: **차례** ::

제2부 표출─한국 소설의 새로운 양상들

제1부

원리—소설 창작의 실제

1. 도대체 소설이란 무엇인가?

사람들은 소설가를 관찰자, 경험인, 인간성 탐구자, 영혼의 움직임의 분석자, 사회적 불의의 증인, 나아가 인세수령자로 생각한다.__미셸 제라파

책, 소설의 사회화된 존재방식

전통적으로 소설은 한 권의 '책'이다. 책은 무게와 부피를 가진 물질이다. 소설이라는 말을 듣는 순간 우리의 의식 속에는 자연스럽게 딱딱한 겉표지가 있고, 보다 얇고 부드러운 종이에 문장들이 인쇄되어 단단하게 제책된 한 권의 책을 떠올린다. 책은 오랫동안 공인되어 온 소설의 존재방식이다. 다시 말해 납으로 주조된 활자들로 인쇄된 책들은 소설의 사회화된 존재방식이었다. 세상에 떠도는 신기한 말들, 웅성거리는 이야기들이 소설 '책' 속에 활자로 박혀 있다. 책의 무게와 부피로 이루어진 사물성을 채우고 있는 것은 눈에 보이지 않고 손으로 감촉할 수도 없는 사유의 흔적들, 혹은 정신의 궤적이다. 한 번 뱉어 버리고 나면 곧 공중에서 흔적도 없이 사라져 버리고 마는 자의적이고 휘발성이 강한 말의 일회성에 비하면 활자로 박혀 있는 글은 거의 영구적이다. 이 불변적 고착은 소설의 운명을 반영구적인 것

으로 만들었다.

우리의 시선은 인쇄된 활자들의 언저리를 맴돌며 무엇인가를 갈구하며, 문장의 열들을 쫓아가며 무엇인가를 열심히 찾는다. 사랑하는 연인들에게 일어나는 것처럼, 갈애의 시선은 대상을 어루만지고 감싸 안는다. '책'은 사랑하는 이의 애무의 손길을 피동적으로 받아들이는 연인의 몸이며, 하나의 정원이고, 경이로 가득 찬 하나의 세계다. 우리의 시선이 책에 닿는 순간 책은 우리를 꿈꾸게 하고, 한 번도 발을 들여놓아 보지 못한 상상과 모험의 인공낙원으로 이끈다. 오랫동안 책 읽기에 길들여져 온 사람이라면 그 제책된 책을 집어드는 순간 가벼운 흥분으로 손이 떨릴지도 모른다. 그의 예민한 지적 후각은 책으로부터 퍼져 나오는 아주 맛있는 냄새를 맡을 수도 있을 것이다. 소설 '책'은 맛있는 빵과 같다.

책 읽는 시간은 대체적으로 "일하는 시간과 잠자는 시간 사이, 주말의 시작과 끝, 휴가의 시작과 끝 사이에" 놓여 있다. 여름 휴가를 떠나기 전에 우리는 얼마나 자주 우리의 배낭 속에 몇 권의 소설 책을 집어넣었던가! 그것들은 평소 시간에 쫓겨 읽지 못했던 것들이다. 우리는 소금기 머금은 해풍이 부는 바닷가 언덕이나 송림 그늘 아래서 자유를 만끽하며 한가롭게 그 소설들을 읽어 치울 것이다. 책에의 열광적 몰입으로 몽롱해져 있는 우리의 눈동자는 책에 인쇄된 문장들을 따라 이리저리 움직인다. 가끔씩 다 읽은 책장들을 넘기는 우리의 손가락은 어떤 노동도 감당할 수 없을 만큼 게으르기 짝이 없는 것처럼 보일 것이다. 약간 벌어진 입, 몽롱한 눈길, 아주 게으르게 움직이는 손가락, 일체의 움직임이 정지해 버린, 이미 몇만 년 전의 미라처럼 무감각한 시간에 봉헌된 저 한없이 수동적이기만 한 육체…… 그것이 책읽기에 빠져 있는 자가 우리에게 보여 주는 모습이다. 책읽기에 빠져 있는 사람의 모습은 노동과 일상활동의 측면에서 바라보면 미라처럼 죽은 자에 지나지 않을 것이다.

책읽는 자는 아무것도 하지 않은 채 다락방의 마룻바닥이나, 거실의 안락의자나, 해변의 나무 그늘 아래 놓인 의자 위에 자신의 몰아상태에 빠져 있는 육체의 수동성만을 보여 준다. 책이란 또 다른 우리의 삶, "종이 위에 각인된 한 영혼의 복사물"에 다름 아니다. 다시 말해 우리의 삶은 그 무엇과도 닮지 않은 아주 독특한 또 다른 한 권의 책이란 뜻이다. 책은 삶의 다양함과 풍부함을 일깨워 주고, 사물을 새롭게 지각하도록 촉구하며, 우리의 내면을 무자비하게 짓누르고 있는 온갖 억압과 불안으로부터 벗어나게 해줄 뿐만 아니라, 근본적으로 속물적인 관습에 깊이 젖어 있는 우리의 영혼을 성스럽게 변화하도록 촉진시키는 데 기여한다.

그러나 세계는 놀라운 속도로 변하고 있고, 우리의 의식 속에 고정화된 종이-책은 이제 그 변화의 파시스트적 속도를 견뎌 내지 못하고 사라질 운명에 처해 있다. 우리는 "문자와 글쓰기로 이루어진 휴머니즘과 '구텐베르크적 문화'로부터 컴퓨터와 디지털코드로 대변되는 소위 '텔레마틱적 문화'"(빌럼 플루서, 『디지털시대의 문화』)로 이행되는 시대에 살고 있는 것이다. 우리는 갑작스럽게 올드미디어들이 종언을 고하고 빈자리를 뉴미디어들이 새롭게 차지하고 있는 것을 목격하고 있다. 불에 달군 쇠들을 벼려 여러 농기구들을 만들어 내던 대장장이들이 사라졌듯 종이-책들도 조만간 사라져 버릴 것이라는 사회학자들의 예견은 그리 놀라운 것도 아니다. 종이-책이 사라져 버린다면 소설의 사회화된 존재방식에 어떤 변화가 있을 것인가? 종이-책이 소멸되어 버리듯이 마침내 소설도 인류의 문명사에서 영원한 종언을 고하고 말 것인가?

소설, 환각의 출구

사람들에게 "소설이 무엇이냐?"고 묻는 것은 어리석은 질문 같다. 사람들은 누구나 다 소설이 무엇인가를 확실하게 알고 있다고 생각한다. 사람들은 "소설"이라는 말을 듣는 순간 휴가나 휴일의 한가로움을, 그리고 해변이나 공원의 벤치, 혹은 방에 길게 누워 손에 책을 들고 있는 자신의 모습을 상상할지도 모른다. 백일몽에 빠진 사람처럼 다소 멍청하게 몰입해 있는 자신의 모습을 떠올리며, 머리 속으로 『삼국지』나 『인간시장』, 『봉순이 언니』 아니면 『까라마조프가의 형제들』이나 『바람과 함께 사라지다』, 『데미안』 같은 소설의 제목들을 자연스럽게 떠올릴지도 모른다. 그들은 도스토예프스키나 헤밍웨이, 헤르만 헤세, 혹은 이광수나 이문열, 공지영 같은 작가들을 거론하며 그들이 써낸 또 다른 소설의 제목들을 말할지도 모른다. 조금 더 독서의 폭이 넓은 사람이라면 카프카, 제임스 조이스, 프루스트, 포크너, 샐린저와 같은 외국작가들이나 박상륭, 이제하, 오정희, 하일지, 은희경과 같은 나라 안의 작가들 이름을 떠올릴 수도 있을 것이다. 그 작가들이 "소설"이란 명칭으로 써내는 언어로 된 저작물이 우리가 막연하게 알고 있는 소설임에 틀림없다. 그러나 그것들만이 소설의 전부는 아니다. 소설이란 범주 속에 포함되어 있는 하나의 파편에 불과하다.

소설, 혹은 문학 일반의 일차적 재료는 언어다. 언어는 사람과 사람 사이의 의사소통을 가능케 하는 일종의 기호다. 그러나 문학 표현의 언어는 일상적 언어와 약간의 차이가 있다. 일상적 언어는 살아가는 데 필요한 의사소통의 도구이며, 제 감정을 타자에게 전달하는 수단이다. 문학의 언어는 의사소통이라는 차원을 넘어서서 문체화하고 전략화된 일종의 형식의 언어라고 할 수 있다. 문학 표현이란 있는 사물들과 현실을 드러내 보여 주되 그것을 의미 있게 인지할 수 있도록 해주는 양식화된 언어라고 할 수 있다. 러시아 형식주의 문학론자들이 주장한 "낯설게 하기"는 지각의 자동화 작용으로부터 사물과 현실을 해방시키는 것이다. 문학의 언어 중에서 소설은 수용자의 상상력을 자극하도록 언어를 통해 "창조된 현실"의 모습을 보여 준다. 다시 말해 소설의 언어는 현실의 모습을 단순히 모방하거나 재현하는 것이 아니라 현실과 전혀 다른 차원의 새로운 현실을 창조하여 보여 주는 것이다. 그 현실은 우리가 늘 바라보는 그 현실이되 작가에 의해 "낯설게 하기"의 과정을 거친 "창조된 현실"이다.

소설은 허구적인 이야기에 지나지 않는다. 소설이란 의심할 여지없이 작가들의 머리 속에서 고안된 가짜의 이야기다. 바로 그런 점에서 소설은 진짜 현실과 닮아 있되 진짜 현실은 아니고 "창조된 현실"이다. 소설을 대단히 거창한 것, 인간의 위대한 정신적 산물로 생각하고 있는 사람들에겐 대단히 실망스러운 말로 들리겠지만 소설의 본질은 이 냉혹한 정의 속에 수렴된다.

소설 속의 이야기들은 대체로 어떤 '사건'들을 머금고 있다. 그 사건은 현실에서 일어난 일일 수도 있고, 지금까지는 일어나지 않았지만 미구에 일어날 수도 있고, 또 어떤 경우에는 결코 일어나지 않을 수도 있는 사건이다. 그 이야기 속의 사건이 현실에서 일어났는가 아닌가는 그다지 중요한 문제는 아니다. 보다 중요한 것은 그것이 작가의 허구적 창안물이라는 것, 상상의 산물이라는 사실이다.

그렇다면 이 "꾸며낸 이야기"는 우리에게 어떤 의미가 있기에 사람들은 일부러 서점에 들르는 발품을 팔고 돈을 내고 사서 읽는 것일까? 이 허구적 창조물과 현실은 어떤 관계가 있는 것일까? 아마도 탐구심이 왕성한 사람이라면 이런 물음의 연쇄들이 머리 속에 떠오를 것이다. 한 권의 소설을 읽는다는 행위는 어떤 실용적 가치의 생산과는 전혀 무관하다. 소설은 배고픈 자의 허기를 면하게 해줄 수도 없을 뿐만 아니라, 실직한 자의 현실적 당면과제를 해결해 주지도 않는다.

만일 우리가 인간의 생물학적 생존의 필요를 충족시키기를 원한다면 소설 '책'을 읽을 것이 아니라 구체적이고 직접적인 일거리를 찾아나서야 할 것이다. 이를테면 일당 몇만 원짜리의 일거리를 찾아본다거나 신문의 구인란을 열심히 챙겨 보아야 할 것이다.

우리가 살고 있는 이 세계가 완벽한 세계라면 소설 같은 것은 더 이상 필요하지 않았을 것이다. 이 세계는 뒤틀려 있고, 부조리하고, 위선과 허위투성이의 세계다. 이 세계에서 실존을 영위한다는 것은 구역질나는 일이며, 지겹고 끔찍한 것이다. 바로 그렇기 때문에 우리는 소설을 읽는다. 소설들은 현실이 감추고 있는 현실의 뒤틀림, 부조리, 위선과 허위를 손가락질하고, 폭로해 보인다. 작가의 상상력에 의해 고안된 이 허구의 이야기는 그 진실을 드러내기 위한 하나의 형식이다. 모든 소설은 현실에서 반향되어 나오며 궁극적으로 현실을 지향한다.

소설이 현실을 지향한다고 해서 단순히 현실을 재현하거나 모방하는 것은 아니다. 소설은 현실을 지향하되 본질적으로 거의 언제나 현실을 거부하고 배반한다. 어떤 작가가 일체의 창작적 요소를 배제하고, 있는 현실을 그대로 베껴냈다면 그것은 소설이 될 수 없다. 그것은 현실에 대한 보고서나 르포르타주에 지나지 않는다. 소설은 현실이 감추고 있는 진상을 드러내 보이기 위해 현실을 차용할 뿐이지 현실을 있는 그대로 베껴내지는 않는다. 어느 시대에나 훌륭한 작가들은 현실을 재현하는 것이 아니라 현실을 창조하려고 한다.

세계는 너무나 많은 틈새와 구멍들을 갖고 있다. 그 의미 부재 위에 우리의 삶은 세워져 있다. 그 많은 구멍과 틈새들로부터 실존의 불안과 공포가 흘러나온다. 소설을 읽는 것은 그 불안과 공포를 넘어서고 싶은 욕망과, 더 나은 세계로 가고자 하는 인간의 무의식적 욕망 때문이다. 대개의 사람들은 반복적이고 지겨운 일상의 삶과는 무언가 다른, 신나고 자극적이며 모험적이고 환상적인 또 다른 세계에 대한 꿈을 간직하고 산다. 그것은 저소득층의 무주택자가 멋진 집을 꿈꾸는 것과 같다. 그러나 그 세계로 나아가는 일체의 출구는 봉쇄되어 있고, 다리는 끊긴 채 방치되어 있다. 소설은 봉쇄되고 끊긴 여기 아닌 다른 세계로 나아가는 "환각의 출구", 혹은 "환각의 다리"다. 따라서 소설을 읽는 것은 즐거운 축제다. 우리는 소설 '책'읽기의 열광을 통하여 우리의 내면의 불안과 공포를 잠재우고, 우리의 내밀한 심미적 욕망을 충족시킨다. 그것이 소설읽기의 행위가 우리에게 되돌려주는 정신적 보상이다.

소설, 이야기의 개성적 표현

많은 사람들이 소설은 천부적으로 문학적 재능을 가진 사람만이 쓸 수 있지 '평범한 사람'들은 쓸 수 없다고 믿는다. 그러나 천부적으로 타고난다는 '소설적 재능'이란 일종의 허구이고 미신이다. 그런 것은 애초에 존재하지 않는다. 재능이란 천부적인 것이 아니라 후천적으로 습득된 어떤 것이다. 그것은 소설쓰기에 대한 관심과 열정의 다른 이름이다. 자신의 내면에 소설쓰기에 대한 꺼지지 않는 열정과 의지가 있다면 그는 문학적 재능을 갖고 있다고 말해도 좋다. 이 말은 누구나 소설을 쓸 수 있는 잠재적 가능성이 있다는 뜻이다.

그렇지만 소설쓰기에 관심을 가진 모든 사람이 작가가 되는 것은 아니다. 작가가 되려는 사람은 작가가 되기 위해 필요한 훈련을 쌓아야 한다. 목수가 되고 싶은 사람은 목수의 일들에 대해 정통해야 하고 숙련된 기술을 익혀야 한다. 가구를 만들든, 집을 짓든지 간에 자신이

하는 일에 대한 지식과 이해, 필요한 방법과 기술을 충분히 습득하고 있어야 하는 것이다. 자신이 다루는 연장과 재료들에 대해 잘 알아야 하고, 실제로 그것들을 자르고 깎고 다듬고 맞추는 데 필요한 기술을 배워야 하며, 또 반복적인 경험을 통해 숙련되어야 한다. 그렇게 되기 위해서는 시간을 내야 하고, 충분한 시간을 바쳐야 한다. 아무도 태어날 때부터 목수로 태어나지 않는다. 작가 역시 어떤 경우에도 저절로 되는 경우란 있을 수 없다. 작가가 되려는 사람은 많은 어휘들을 알아야 하고 자신의 경험과 생각들을 문장으로 써낼 수 있어야 한다. 그것은 다양한 교육과 훈련에 의해 가능해진다. 대학교의 문예창작과는 "글쓰기"를 전문적으로 가르치기 위해 만들어진 학과다. 그러나 모든 작가들이 문예창작과를 나오지는 않는다. 어떤 작가들은 글쓰기와 전혀 상관이 없어 보이는 공대나 법대, 혹은 미대나 음대를 나온다. 또 어떤 작가들은 대학교육을 전혀 받지 않은 사람들도 있다. 작가를 키워내는 가장 훌륭한 학교는 "현실"이라는 학교다. 이곳에서 작가가 될 수 있는 교육과 훈련이 다양하게 이루어진다.

소설을 대할 때 독자는 누구나 우선 재미있는 이야기를 즐기기 위하여 그것을 읽는다. 그러므로 소설에 이야기가 나오는 것은 너무나 당연한 일이다. 그런데 새삼스럽게 '이야기'라는 말을 꺼내어 설명하지 않으면 아니 되는 사고 자체가 바로 소설이란 무엇인가 하는 물음에는 누구도 답할 수 없다는 사실을 단적으로 드러내고 있다. 그리고 옛날이야기는 어떤 직업적 낭음자나 규방의 아녀자 등에 의하여 전승된 것이며 그 이야기의 작자가 누구인가는 문제되지 않는다. 소설에 대하여 그 작자가 다른 작가와 전혀 다른 것을 쓰지 않으면 돋보이지 않기 때문에 각각 그 '개성'이라고 하는 각인을 찍을 필요를 느끼게 된 데 지나지 않는다고 할 수 있다. 따라서 '이야기의 개성적 표현이다'라고 하는 것은 단지 소설의 하나의 사회현상일 뿐이다.

_송면, 『소설미학』, 문학과지성사

　서술된 스토리는 "허구적"이다. 이리하여 소설은 전설, 자서전, 체험기, 증언, 여행기, 이른 "역사적"이라는 글과는 구별된다. 여기서 소설가가 사실을 이용하고 그 사실을 '허구'로 변형시키는 것에 관한 어려운 문제가 제기된다. 어느 것이나 다 현실과 아무 상관없이 지어낸 것뿐인 '순전한 소설'이란 상상할 수가 없다. 반면 어느 것이나 다 현실과 일치하는 것뿐인 '비가공의 이야기'가 과연 가능할까를 우리는 자문해 볼 수 있다. 실제 체험의 이야기 속에도 내레이터의 개입이라는 형태로 소설적인 요소가 어느 만큼은 섞이는 것이 아닐까? 이야기에 시작과 끝이 있게 만들고 이야기를 조리 있게 조직해야 한다는 필요성 때문에라도 그런 요소는 섞여 들지 않을까? 수많은 소설들이 가지각색의 방법을 동원하여 실제 사실 그대로의 이야기라고 소개되곤 한다. (중략) 이것은 곧 작자가 스토리의 "그럴싸한 인상"을 능란하게 이용함으로써 이야기가 "있을 수 있는 일", "충분히 가능한 일" 아니 어쩌면 "실화"라고 여겨지게 만들었다는 증거인 동시에 보다 보편적으로는 소설이란 끊임없이 현실과 허구의 애매한 경계선에 연출되는 것이라는 표시인 것이다. 소설가가 자신의 이야기를 실화라고 소개한다면 그는 얼마만큼 독자를 기만하는 것이 되겠지만 그 까닭은 독자 자신이 그렇게 해주기를 바라고 있고 또 그렇게 속는 데서 쾌락을 느끼기 때문이다. 그러므로 소설가와 독자 사이에는 어떤 묵계가, 아니 때로는 일종의 공모 관계가 성립된다.

_김화영 편역, 『소설이란 무엇인가』, 문학사상사

　서구 자본주의의 발흥과 그 역사를 함께 하는 소설은 그 역사만큼 다양한 논의의 갈래들을 보여 왔다. 지금까지의 소설사는 소설이란 무엇인가 하는 소설의 정의에 관한 탐구의 역사다. 소설사는 "매우 긴 시대"와 "다양한 논의"들을 품어 안고 있다. 소설은 우선 "이야기의 개성적인 표현"이다. 소설이 하나의 독립된 문학적 장르로 인정받기 이전부터 이야기들은 사람들과 함께, 사람들 사이에 있었다. 이야기는 "문학의 형식을 훨씬 넘어서는" 보다 광범위한 범주에 걸쳐져 있다. 그것은 신화, 전설, 무용담, 괴기담, 여행담 등의 형태로 구전되며 사람들의 소박한 호기심으로부터 다양한 지적 욕구까지 충족시켜 왔다.

소설이라는 독립된 장르의 발생 이전에는 그것을 누가 지어냈는가 하는 창작자의 신원은 아무 문제가 되지 않았다. 그러나 이야기에서 소설이라는 장르로 이행되면서 창작자가 누구인가 하는 문제는 그것의 소유권과 관련하여 대단히 중요한 문제로 부각되기 시작했다. 이것을 누가 지어냈다, 혹은 누가 써냈다 하는 사실은 그것으로 인해 발생되는 권리의 소유가 누구에게 있는가를 분명하게 해줄 뿐만 아니라, "담론의 존재형태를 특징짓도록 규정"하고, 그 담론이 "일상의 무관심한 말, 지나쳐 흘러가 버리는 말, 즉시 소모되는 말이 아니라는 것을 의미하며, 어떤 양식에 의거해서 받아들여져야 할 말, 주어진 문화 속에서 어떤 위치를 차지해야 할 말"(미셸 푸코)임을 의미하는 것이다.

따라서 이제는 모든 담론들에는 그것을 창안해낸 개성의 주체인 작가의 이름이 필수적으로 따라다니게 되었다. 담론들마다 붙는 작가의 고유한 이름은 담론들 사이에 존재하는 "동질성의 관계나 연계 관계, 서로에 대한 인증 관계, 상호 설명 관계, 혹은 공존 관계"(미셸 푸코)가 확립되어 있다는 사실을 증명해 준다. 아울러 창작자의 신원의 중요성은 그의 이야기는 다른 누가 지어낸 것과 다른 특징을 갖는 "개성"을 드러내야 한다는 내면적 필연성을 낳는다.

소설은 "현실성과 허구의 애매한 경계선에서 연출되는 것"이라는 말은 소설에 관한 부분적인 정의다. 당연하게도 이것은 소설에 대한 포괄적인 정의로는 부족하다. 앞서 언급했듯이, 소설에 대한 가장 보편적이고 오래된 정의는 그것이 이야기라는 점이다. 사전적 정의에 의하면 이야기는 "흔한 이야기, 유용한 이야기, 즉 그 시대의 이야기"다.

작가−발화자, 독자−수화자

작가는 그 이야기의 발화자發話者이며, 불특정 다수의 독자들은 그 이야기를 청취하는 수화자受話者다. 작가는 독자들의 관심을 끌 만한 재미와 인생에 대한 의미 있는 전언을 자신의 이야기 속에 내장하지 않으면 안 된다. 『천일야화』속에서 셰헤라자드는 자신의 얘기가 왕의 마음을 사로잡지 못한다면 단칼에 목을 베이고 말 것이다. 이것은 저 까마득한 옛날의 이야기가 아니다. 셰헤라자드는 오늘날 모든 작가들이 떠안고 있는 운명의 표상이고, 셰헤라자드의 목을 자를 수 있는 권력을 소유한 왕은 오늘날의 냉정하고 가차없는 독자를 상징한다. 독자의 관심을 사로잡을 수 있는 작품을 써내지 못하는 작가의 운명이란 왕을 만족시키지 못하는 셰헤라자드의 입장과 하나도 다를 바가 없다. 독자들이 구매하지 않는 소설을 써내는 작가란 목이 날아가는 대신에 더 이상 소설가란 이름의 직업으로 살아갈 수 없게 된다.

작가들은 언제나 자신들의 이야기가 사실임을 암시한다. 그래서 자신이 하고 이야기가 실화라는 "가공의 증거들"을 제시하기도 한다. 그렇다면 순전히 지어낸 이야기에 불과한 것을 실제 있었던 이야기라고 강변하는 작가들의 행위야말로 구제받을 길 없는 기만적인 행위가 아닌가? 어떤 점에서 작가들은 기만적이다. 그러나 그것은 "독자 자신이 그렇게 해주기를 바라고" 있다는 점을 간과한 결론이다. 다시 말해 작가는 독자의 묵시적 요청에 의해 자신의 이야기를 실제 있었던 것으로 포장을 한다. 독자들은 소설이 허구적으로 지어낸 이야기라는 사실을 뻔히 알고 있으면서도 그것을 마치 실제 있었던 것처럼 읽는 것이다. 이처럼 작가와 독자 사이는 일종의 "묵계", 혹은 "공모 관계"로 묶여 있다. 소설의 내용이 현실과 일치하는가 아닌가 하는 것은 그다지 중요한 문제가 아니다. 어차피 작가들이란 현실이라는 우물 속에서 이야기를 길어 올린다. 현실은 끊임없이 이야기들을 샘솟게 하는 근원이다. "순전히 지어낸 이야기"란 있을 수가 없다. 모든 이야기 속에는 현실성과 허구가 겹쳐져 있다.

어떤 작가도 현실을 있는 그대로 소설의 공간 속에 옮겨놓을 수는 없다. 그것은 불가피하게 선택적일 수밖에 없다. 소설 속에 재현된 현실이란 언제나 발견되어진 현실이며, 창조된 현실, 더 정확하게 말하자면 해석된 현실이다. 현실 속에서 벌어지는 사건들은 시작도 없으며 끝도 없다. 그것은 예측불가능이며, 혼돈 그 자체다. 그러나 소설 속의 사건은 수미일관된 시작과 끝을 보여 준다. 처음에는 오리무중일지 모르지만 끝에 가서 모든 비밀은 드러나고 아주 잘 정돈된 해결의 모습을 보여 준다. 작중인물 간의 갈등이 중첩되면서 고조되고, 사건은 복잡하게 얽혀들며, 비밀은 더욱 음험하게 진실을 은폐하고 사건의 이면으로 숨는다. 하지만 결국에 가서는 작중인물들 간의 갈등은 해소되고 비밀은 폭로되며, 오리무중이었던 사건의 실체는 그 전모를 드러낸다. 현실의 어떤 사건들은 영구미제로 남지만 소설에서 그것은 언제나 명료하게 실상, 혹은 진상을 드러내 보여 주지 않으면 안 된다. 그렇게 하지 않는 것은 작가의 직무유기에 해당한다. 그것은 작가가 발견한 인간과 현실에 대한 진실을 보여 주기 위한 하나의 장치이기 때문이다.

소설이 소설 자체의 목적을 위해 묘사^{description}, 서술^{narratfion}, 드라마^{drama}, 에세이^{essai}, 주석^{commentaire}, 독백^{monologue}, 담화^{discours}를 사용하지 못

하게 방해하는 것은 아무것도 없다. 소설이 우화^{fable}, 이야기^{histoire}, 교훈담^{apologue}, 목가^{idylle}, 연대기^{chronique}, 옛날이야기^{conte}, 서사시^{epopee}가 되는 어떤 것도 방해하지 않고 그것도 차례로거나 동시거나 소설 마음대로인 것이다. 어떤 규칙이나 어떠한 금지도 주제의 선택, 어떤 배경의 선택, 시간과 장소의 선택을 하는 데 소설을 제한하는 것은 없다. 일반적으로 소설이 복종하고 있는 유일한 금지란 소설의 산문적 성향을 결정하는 것이라고 할 수 있는데, 그 금지마저도 소설로 하여금 절대적으로 지키게 강요하는 것은 아무것도 없다.

_마르트 로베르, 「기원의 소설, 소설의 기원」,
계간 〈예술과 비평〉 창간호, 1984

소설은 다른 어떤 장르보다 제약과 금기로부터 자유로운 장르다. 그것은 다양하게 "묘사·서술·드라마·에세이·주석·독백·담화"를 사용할 수 있고, 주제·배경·시간·장소의 선택에서도 일체의 제한을 받지 않는다. "이처럼 소설은 다른 어떤 장르보다도 제약과 금지로부터 자유로운 '열린 형식'의 문학 장르라고 할 수 있다. 소설은 일체의 규칙이나 금지를 뛰어넘을 수가 있다. 그만큼 자유로운 장르다. 그러나 놀라운 것은 소설이라는 문학 장르가 형식의 측면에서 열려 있을 뿐만 아니라 그 내용의 측면에서도 열려 있다는 사실이다."(김현)

왜 소설을 읽는가?

사람들은 왜 소설을 읽는가? 그 물음에는 각양각색의 대답이 있을 수 있다. 가장 보편적인 대답은 소설이 주는 재미 때문이다. 우리는 소설 책을 읽으면서 그 세계 속으로 푹 빠져 들어간다. 우리의 욕망은 여러 현실 원칙들로 인해 규제되고 억압된다. 규제되고 억압된 우리의 욕망은 소설이라는 인공낙원 안에서 잠시나마 현실을 잊고 넘치게 보상받는다. 그것이 소설의 매혹이다. 다시 말해 소설의 매혹이란 개개의 인간들이 가진 사회적 조건, 능력의 한계, 우연성 때문에 경험할 수 없는 "다른 삶의 세계"에 대한 간접적인 경험과, 그것에 대한 철학적 성찰을 가능하게 해주며, 동시에 인습이나 도덕과 같은 현실적 규범들에 의해 현실적으로는 도저히 가능하지 않았던 세계에 대한 모험을 허락해 준다는 점에서 비롯된다. 소설은 허구적 이야기의 진술이며, 동시에 그것을 넘어서서 훨씬 넓고 복잡한 범주를 가진 인생에 대한 탐구다. "한편의 소설이란 책으로 묶인 하나의 삶이다." 그리고 그것은 "인간탐구 학교"다. 우리는 늘 이 삶이 아닌 저 삶을 꿈꾼다. 소설읽기는 그 꿈을 현실화시킨다.

현실 원칙 때문에 적절하게 규제된 욕망이, 마음의 저 깊은 곳에 자리잡고 있다가, 사건들을 이야기할 때 슬그머니 작용하여, 객관적 사실을 자기 욕망에 맞게 변형시킨다. 객관적 사실이, 자기의 욕망을 크게 충격하지 않을 때 그 변형은 그리 크지 않다. 그러나 객관적 사실, 다시 말해 자아밖에 있는 사실이 자아 속에 있는 욕망을 크게 충격할 때, 그 변형은 갑작스럽고 전체적인 것이 된다. 그 세계는 세계를 욕망하는 자의 변형된 세계다. 이야기는 그 변형의 욕망이 말이 되어 나타난 형태다. 소설의 세계는 그런 의미에서 작가의 욕망에 따라 변형된 세계다. 그 세계는 작가가 해석하고 바꿔놓은 세계다. (……) 소설 속에는 세 개의 욕망이 들끓고 있다. 하나는 소설가의 욕망이다. 소설가의 욕망은 세계를 변형시키려는 욕망이다. 자기의 욕망의 소리에 따라 세계를 자기식으로 변모시키려고 소설가는 애를 쓴다. 두 번째의 욕망은 소설 속의 주인공들의 욕망이다. 소설 속의 인물들 역시 소설가의 욕망에 따라, 혹은 그 욕망에 반대하여 자신의 욕망을 드러내고 자신의 욕망에 따라 세계를 변형하려 한다. 주인공, 아니 인물들의 욕망은 서로 부딪쳐 다채로운 모습을 드러낸다. 마지막의 욕망은 소설을 읽는 독자의 욕망이다. 소설을 읽으면서, 독자들은, 소설 속의 인물들은 무슨 욕망에 시달리고 있는가를 무의식적으로 느끼고, 나아가 소설가의 욕망까지를 느낀다. 독자의 무의식적 욕망은 그 욕망들과 부딪쳐, 때로 소설 속의 인물들을 부인하기도 하고, 나아가 소설까지를 부인하기도 하고, 때로 소설 속의 인물들에 빠져 그들을 모방하려 하기도 하고, 나아가 소설가까지를 모방하려 한다. 그 과정에서 읽는 사람의 무의식 속에 숨어 있던 욕망은 그 모습을 서서히 드러내, 자기가 세계를 어떻게 변형시키려 하는가를 깨닫게 한다.

_김현, 「소설은 왜 읽는가」, 『장르의 이론』, 문학과지성사

한 평론가가 지적하고 있듯이 소설의 세계란 "작가가 해석하고 바꿔 놓은 세계"다. 있는 현실을 "변형하고" 싶어하는 주체의 욕망은 주체의 자리를 넘어서서 객체와 소통하고 싶다는 욕망이며, 더 나아가 "나—너"의 세계를 지배하고 싶다는 권력의 욕망에 다름 아니다. 욕망이 규제된 자리에서 이야기는 싹을 틔운다. 이때 욕망은 세 개의 층위를 갖는다. 우선 그것을 쓰는 소설가의 욕망이 그 하나이고, 소설 속에 등장하는 인물의 욕망이 그 위에 겹쳐지며, 그것을 따라가는 독자의 욕망이 다시 그 위에 겹쳐진다.

현실에서의 일상이란 대체로 아무 일도 일어나지 않는 진부하고 무미건조한 세계다. 우리는 그 따분한 세계 속에서 멋진 세계를 꿈꾼다. 권태롭고 무위한 현실을 대체할 수 있는 멋진 세계에 대한 기대 때문에 우리는 소설 책을 읽는 것이다. 소설을 읽고 싶어하는 욕망과 금지된 과일을 따먹고 싶어하는 욕망은 서로 닮아 있다. 금지된 과일이란 성적인 욕망일 수도 있고, 권력과 부에 대한 욕망일 수도 있고, 현실이 허용할 수 있는 한계를 넘어서는 어떤 것에 대한 욕망일 수도 있다. 현실의 세계에서 금지된 과일을 욕망한다는 것 자체에 이미 죄

의식이 따른다. 더 나아가 현실의 세계에서 금지된 과일을 따먹는 행위에는 사회적 금기를 위반한 데 따르는 대가를 치르지 않으면 안 된다. 하지만 소설의 세계에서 금지된 과일을 따먹고 싶은 욕망은 아무런 규제나 대가를 치르지 않고 이루어질 수 있다. 그것은 얼마나 멋진 일인가. 현실의 어떤 규제나 금지를 넘어서서 우리가 욕망하는 것을 얻어낼 수 있다는 것은 신나는 일이다. 소설은 인간의 내면에 깃들어 있는 다양한 욕망들을 실현하게 함으로써 풍부한 삶을 살게 하는 것이다. 소설의 세계는 허구와 상상으로 이루어진 감미로운 쾌락과 자유의 해방구이고, 젖과 꿀이 흐르는 인공낙원인 것이다.

포옹 외_조이스 캐롤 오츠

조이스 캐롤 오츠 Joyce Carol Oates는 1938년 미국 뉴욕 주 록포
드에서 태어난 여성 소설가다. 초등학교 때에 소설을 써내 그
천재적 문재^{文才}로 주변을 놀라게 하기도 했다. 삶을 위협하는
알 수 없는 불안과 이상한 힘들, 현실에 상존하는 도착^{倒錯}과 욕
망이 어떻게 인간 관계 속에서 작동하는가를 섬세하게 그려내
며 미국 안에서는 비평가들과 매스컴의 주목을 받았다. 우리나
라에는 거의 알려져 있지 않지만 지금까지 소설, 시, 희곡, 평론
집 등 다양한 장르의 책들을 펴내며, 최근에는 여러 차례 노벨
문학상의 후보에 오르기도 한 미국의 대표적인 소설가다.『북문
옆에서』『격류』등의 단편집과『그들』(1969),『그대 뜻대로』
(1973) 등의 장편소설을 내놓으면서 '국립예술기금'(1966), '로젠
탈상'(1968), '오 헨리 특별상' '전미도서상'(1970) 등을 받았다.
여기 실린 두 편의 짧은 소설은 1990년대 초반에 펴낸『여기가
어디지?』라는 소설집에 실린 것이다.

포옹

어느 날, 조용히, 아무 예고도 없이 그녀가 말했다. "나 좀 안아 줄
래요?" 그는 물론 그녀를 안았다. 그는 자기 몸이 빈틈 없이 여자의
몸에 맞도록 두 팔로 그녀를 끌어안았다. 그녀의 머리카락, 눈꺼풀, 코
에 입맞춤하면서. 그리고 물었다. "뭐 잘못된 일이라도 생겼어? 무슨
걱정거리라도?"

그녀는 듣지 못한 것 같았다. 그녀의 팔은 남자를 꼬옥, 아주 꼬옥
끌어안고 있었다.

여러 해 전 그에게 짜준 털 스웨터의 까칠한 포근함을 뺨으로 느끼
면서. 그들이 마악 사랑을 시작했던 그 애인 시절에.

몇 분이 지났다. 이상도 해라. 그는 그녀가 떨고 있음을 느꼈다. 그 것은 깊은 땅 밑의 떨림 같은 것이었다. 그는 다시 물었다. "차 사고라 도 있었어?" 그리고 다시, "누가 당신을 위협했어?" 그리고 다시, "왜 그래?"

그녀는 여전히 대답하지 않았다. 남자를 더 꼬옥 붙들었다.

그는 숨쉬기가 어려워졌다. 마치 위험 앞에 섰을 때처럼 그의 심장 박동이 빨라졌다.

"여보, 나 당신 사랑해. 무슨 일이지?"

그는 그녀의 얼굴을 볼 수 있게 살며시, 아주 조금만, 그녀의 몸을 밀어내 보려고 했다. 갑자기 그녀의 얼굴이 생각나지 않을 것 같았기 때문이다.

그러나 여자는 남자를 단단히, 단단히, 끌어안고 놓지 않았다.

그녀가 말했다. "그냥 안고 있어요." 그녀의 목소리는 들릴락말락 한 것이어서 그는 그 말소리를 들었다기보다는 몸으로 느꼈다.

"그래, 그래. 그런데 왜 그러지?"

이 포옹을 그는 몇 분이나 계속할 수 있을까? 오분? 십분? 60분? 1천분? 그는 용기있게 말했다. "음. 나 여기 있어, 여기."

밖에는 생각하지도 않던 비가 창문을 두드렸다. 아니, 비가 아니라 햇살이었을까? 그 갑작스런 눈부심은?

나의 미치광이

그녀는 그 대학에서는 제법 알려진 인물이었기 때문에 그녀의 등 뒤로 질투, 시기, 적대감 같은 것들이 있을 게 당연했다. 그녀도 바보 가 아닌 이상 그걸 알고 있었다. 하지만 어느 날 그녀가 정말 깜짝 놀랄 일이 하나 벌어졌다. 낯선 젊은 남자 하나가 그녀를 잘 안다는 듯이 싱글싱글 웃으며 거북스러울 정도로 그녀에게 바짝 다가서서는 목소리를 착 밑으로 내리깔면서, 한 손으로 자기 턱을 만지작거리며 다른 한 손으론 불끈 주먹을 쥐고 그 턱을 갈길 듯한 시늉을 해 보이며 이렇게 말했던 것이다. "너 여기를 한 대 갈겨 주고 싶어."

그녀는 승강기를 타고 철학책, 신학책들이 꽂혀 있는 대학 도서관 8층으로 올라가는 길이었고 승강기에는 그들 두 사람만 타고 있었다. 그녀는 남자의 말을 못 들었다는 듯이 그를 빤히 쳐다보았다. 정말 그게 그녀가 들은 말이었을까? 그러자 남자는 주먹 쥔 손으로 똑같은 시늉을 해 보이며 다시 말했다. "너 여기 한 대 갈겨 주고 싶어."

"왜 그러고 싶은데?" 그녀가 물었다.

"왜냐면 넌 너무 잘났거든." 승강기가 멈추고, 문이 스르르 열렸다. 남자는 승강기 밖으로 빠져 나가면서 등뒤로 씩 웃으며 말했다. "왜냐면, 넌 바로 너니까."

그녀는 뒤에 처져 그를 노려보았다. 하도 놀라 겁이 나지도 않았다. 그 남자의 말을 그녀가 듣긴 들었던가?

"내가 누구지?" 그녀는 스스로 반문해 보았다.

그녀는 8층에서 내리려다 말고 승강기로 1층까지 도로 내려와서는 한참 속으로 궁리해 보았다. 대학 당국에 이 사건을 보고해야 할까, 잊어버려야 할까? 보고한다면 작은 소동이 벌어질 것이고 사람들은 어김없이 그녀 얘기로 입방아를 찧을 것이다. 이런저런 얘기들이 마구 만들어질 것이다. 그녀가 승강기 안에서 (물론) 강간당했다는 얘기, 그녀가 (물론) '히스테리'라는 얘기, 알고 보니 뭐 당했다고 말할 만한 사건도 없었고 모욕을 당한 것도 아니라는 얘기 등등. 사실 남자가 무슨 추잡한 말을 한 것도 아니고 그런 몸짓을 해 보인 것도 아니었다. 그 젊은 미치광이(정말 미치광이일까?)를 붙잡는다 해도 그는 그냥 장난삼아 그랬노라고 자기 변호를 할 수도 있을 것이었다. 아니, 그는 진실을 말했다고 변호할지도 모른다.

넌 너무 잘났어, 라고 그는 말했었다. 넌 바로 너야.

그녀는 학교에 보고하지 않기로 마음먹었다. 잊어버리는 거야.

그 후 그녀는 정면으로 본 건 아니지만 캠퍼스 여기저기서 이따금 그 남자를 볼 수 있었다. 그는 머리가 크고, 어깨가 휘어지고 얼굴은 창백했다. 눈에는 늘 맥빠진 물기가 담기고, 입가에는 비뚤어진 야릇한 웃음이 노상 걸려 있어서 그 모양새가 꼭 지하에 살다가 땅 위로 기어나와 햇살에 겁먹은 동물 같아 보였다. 그는 언제나 소매를 팔꿈치까지 말아 올린 다림질 안 된 흰 셔츠 차림에 때묻고 볼품 없는 바지를 입고 다녔다. 어쩌면 그는 나이 삼십을 넘긴 늙은 대학원생일지도 몰랐다. 사라진 지 오랜 젊음, 햇살 안 드는 도서관 구석에 묻어 버린 수많은 날들, 형광등 밑에서 이런저런 노트를 만들며 교수들을 즐겁게 하느라 얼마 안 된 짧은 생애를 날려 버린 그런 사람일지도? 누군가의 눈에는 그가 비상한 인물일까? 아니, 그는 이제 학생이 아닐지도 모른다. 아무 데도 갈 데가 없어 이른바 대학촌 변두리를 서성대며 살아가는 사람일지도 모른다.

그녀는 그런 부류의 사람들을 알고 있다. 그들은 금방 서로를 알아본다.

그녀는 도서관에서, 교정에서, 대학촌 여기저기서 계속 그를 보았다. 그는 언제나 혼자였고 언제나 걸음이 빨랐다. 책가방을 홀렁 둘러멘 어깨, 헝클어지고 곤추선 머리, 대중 강연이나 공짜 연주회가 있는 장소에 그는 남보다 먼저 나와 맨 앞줄 통로 옆에 자리를 잡고 앉아 있었다. 홀쭉한 다리를 포개고 발을 충동적으로 흔들어 대면서. 어떤 때는 그는 머리를 꼿꼿이 들고 다녔고 어떤 때는 고개가 축 처져 고통스런 각도로 머리를 떨구고 다니기도 했다. 그는 조그만 공책을 어깨로 가리고 무언가 맹렬하게 써넣곤 했다. 그녀는 늘 그가 보이는 곳에 앉아 그를 지켜보았다. 나의 미치광이, 그녀는 속으로 생각했다. 어쩐 영문일까, 그때 그 사건 이후 그는 두 번 다시 그녀에게 접근하지 않았다.

어쩌면 늙어 가는 연습일지 몰라. 그녀는 생각했다. 아마 그럴 거야.

*

조이스 캐럴 오츠의 소설들은 흔히 엽편^{葉篇}소설, 혹은 장편^{掌篇}소설이라고 불리는 단형 서사^{敍事}의 형식으로 이루어져 있다. 엽편소설이란 단편소설보다도 더 짧은 형식의 소설이다. 인생의 어느 한순간을 극명하게 표출하여 촌철 살인적으로 그 의미를 드러내는 매우 압축되고 정제된 형식의 소설이라고 할 수 있다. 엽편소설은 서사의 상당 부분이 생략되고 독자의 상상력에 의탁한다. 이때 소설 공간은 긴장감이 서려 있게 되고 독자들은 극도로 절제된 서사 형식으로부터 뜻밖의 시적 전율과 만나게 된다. 엽편소설은 그 형식의 특성상 서사의 완결성보다는 파편성을 추구한다. 그러나 기실 그 파편성이란 한치의 느슨함도 허용치 않은 완벽한 밀도의, 또 하나의 서사적 완결성임을 더 말할 여지가 없다.

「포옹」이 제시하고 있는 것은 이야기가 아니라 한순간의 풍경이다. 어느 날 문득 한 남자의 품에 조용히 안겨 있는 한 여자의 모습 뒤로 일체의 이야기는 숨어 버린다. 남자의 품에 안겨 조용히 떨고 있는 한 여자의 모습, 바로 포옹 그 자체가 이 소설의 시작이자 끝이다. 그들은 마악 사랑을 시작했던 세월로부터 멀리 떨어져 있다. 아마도 그 동안 두 사람의 관계를 위협하는 어떤 시련들과 오해, 우여곡절들이 두 사람 사이로 지나갔을 것이다. 이제 그들의 관계는 처음 만날 때의 질풍 노도와 같은 열정보다는 담담하고 오누이 같은 친밀성에 의해 지배되고 있는지도 모른다.

어느 날 느닷없이 여자가 남자에게 '안아 달라'고 부탁한다. 남자는 여자를 끌어안고 자신의 품속에서 조용히 떨고 있는 여자의 떨림을 감지한다. 그 떨림은 '깊은 땅밑의 떨림' 같은 것이다. 그 떨림은 남자를 불안하게 만든다. 왜냐하면 그 떨림이 이제는 서로의 관계에 너무나 익숙해져 여자의 모든 것을 다 알고 있다고 믿어 왔던 남자의 믿음을 뒤흔들기에 부족함이 없었기 때문이다. 그 떨림은 여자의 인생이 남자가 알 수 없는 저 멀고 낯선 미지의 세계 속으로 한 걸음 성큼 첫 발을 딛고 있을지도 모른다는 어떤 예감을 작동하게 하기 때문이다. 남자는 아무 말도 하지 않고 자신의 품에 꼭 안겨 있는 여자를 향해 '뭐가 잘못되었는가?', '차 사고라도 있었는가?', '누가 당신을 위협했는가?'라고 거푸 질문을 던져 댄다. 그 질문들에 대해 여자는 다만 '그냥 안고 있어요'라고 말한다.

한 남자와 한 여자가 끌어안고 있는 풍경 뒤로 모든 이야기들은 숨는다. 여자는 왜 '어느 날, 조용히, 아무 예고도 없이' 그에게 안아 달라고 요청을 했는지 그 이유를 끝내 밝히지 않는다. 여자는 우리가 인생의 어느 국면에서 만나게 마련인 예고 없는 불안과 위험, 걱정거리, 공포를 느꼈고, 누군가로부터 보호받고 있다는 사실을 확인받고 싶었는지도 모른다. 그러나 인생의 그러한 기미들은 이 소설의 표면에 떠오르지 않는다. 그것들은 다만 은폐적 차원에 숨어 있을 뿐이다. 포옹하고 있는 사랑하는 두 사람의 사이에 '까칠한 포근함'과 두근거리는 가슴의 '심장 박동'만이 있을 뿐이다. 살아 있는 두 따뜻한 육체와 육체의 틈새 없는 밀착, 즉 포옹은 인생의 실패와 위기에 대한 사랑의 적극적인 대응이고, 승리의 몸짓이다. 두 사람이 함께 살아오면서 저 불확실한 세계로부터 오는 위협과, 또 용납되지 않는 서로의 다름에서 오는 서먹함과 불편함이 왜 없었겠는가. 그러나 포옹은 그것들을 다 녹여 없애 버린다. 포옹하고 있는 두 사람 사이로는 어떤 불안과 위험, 걱정거리, 공포도 깃들일 여지가 없는 것이다.

작가의 카메라는 실내에서 포옹하고 있는 두 사람에서 떨어져 나와 '창 밖'으로 빠져 나간다. 카메라는 창 밖에서 포옹하고 있는 실내의 두 사람을 비춘다. 두 사람은 포옹을 풀고 문득 '창문을 두드리는 소리'와 함께 '갑작스런 눈부심'을 바라본다.

오츠의 또 다른 소설 「나의 미치광이」는 지금 막 꽃처럼 활짝 피어난 눈부신 젊음의 한때, 빠르게 스쳐 지나가 버리고 말 청춘의 소멸에 대한 예감을 드러내 보이는 소설이다. 그녀는 대학 사회에서 제법 알려진 인물이어서 늘 다른 사람들의 질투와 시기, 적대감 같은 것들이 따라다닌다. 어느 날 그녀 앞에 한 낯선 남자가 나타나 '너 여기를 한 대 갈겨 주고 싶어'라고 말하고는 사라진다. 그렇게 불쑥 무례하게 그녀 앞에 자신의 존재를 드러낸 그는, 그러나 그 뒤로 자신은 결코 그런 엉뚱한 짓을 하지 않았다는 투로, 그녀를 무관심하게 대한다. 이제 상황은 반전되어 그녀는 한 번도 자신에게 눈길을 돌리지 않는 그에게서 눈길을 떼지 못한다. 시선은 곧 바라보는 대상에 대한 인지력의 지평선을 형성한다. 그를 바라보는 그녀의 시선 속에는 그를 향한 관심과 호기심, 새로운 관계에 대한 열망이 숨어 있다. '맥빠진 물기'가 담긴 눈, '비뚤어진 야릇한 웃음'이 걸려 있는 입, '꼭 지하에 살다가 땅 위로 기어 나와 햇살에 겁먹은 동물' 같은 모양새를 하고 다니는 그 그녀는 도서관에서, 교정에서, 대학촌에서 늘 그를 주시하고, 그의 곁을 맴돈다.

오츠의 소설은 삶의 주변적인 상황이 주체를 간섭하고 다시 주변적인 것으로 되돌아가는 과정을 날카롭게 짚어낸다. 어느 날 문득 자신의 존재를 드러내고 사라져 버리는 수수께끼와 같은 한 남자의 돌연한 출현과 우스꽝스러운 행위로부터 촉발된 '내가 누구지?'라는 물음은 저 스스로 깊어져 '존재의 성찰'에까지 이른다. 그러면서 주체에 대한 성찰은 주변에 눈을 돌리게 된다. 이때 주변적인 것이 자연스럽게 관심의 중심이 되고 그것은 곧 '나의' 것이 된다. '넌 바로 너니까'라는 말은 '내가 누구지?'라는 의문을 이끌어 낸다. 여기서 '나'에 대한 성찰은 '너'라는 대상인, '나'에 대한 성찰을 이끌어 낸 그 '젊은 미치광이'가 '나의 미치광이'라는 소유격으로 뒤바뀌는 출발점이다.

그녀가 '어쩌면 늙어 가는 연습일지 몰라'라고 생각하는 것은 무엇을 의미하는 것일까. 그렇다면 늙어 간다는 것이 곧 주변적인 '너'가 주체인 '나'의 속으로 들어오는 과정을 의미하게 된다. 오츠의 「나의 미치광이」는 삶의 한순간을 스치고 지나가는 주변 인물로부터 시작한다. 이것은 남녀의 애정을 다룬 소설이 아니고 객체와 주체의 자리가 뒤바뀌면서 시작하는 일상의 섬세한 기미들에 대한 성찰이다. '넌 바로 너'에서 '내가 누구지?'라는 성찰을 거쳐 '그−너'가 '나'로 자리를 옮겨온다. 이러한 것을 오츠의 소설은 '늙어 가는 연습'이라고 처연하게 말한다. 그렇다면 대체 늙는다는 것은 무엇일까. 늙는다는 인식은 곧 인생에 대한 의식을 이끌어 낸다. 작가는 삶의 일상적인 순간을 스치고 지나가는 우스꽝스럽고 어처구니없는 폭력이 한 여자의 심리 속에서 어떻게 왜곡되고, 그것이 어떻게 미묘한 파장을 일으키며 관계의 역전을 만들어 내는가 따라간다. '그−너'는 '나'와는 무관한 주변이었지만, 어느 날 느닷없이 내 안으로 들어와 중심이 된다. 이때의 주변은 단순한 주변이 아니라 주체의 문제를 이끌어 내는 주변이다.

■ 작품읽기 2

빵___볼프강 볼헤르트

볼프강 볼헤르트 Wolfgang Borchert는 1921년 독일 함부르크에서
태어난 시인·극작가·소설가다. 열다섯 살 때부터 시를 썼고,
고등학교 졸업한 뒤로 서점 점원으로 일하며 연극수업을 받았
다. '동부 하노버 주립극장'에 소속되어 배우로 활동하다가 이
차세계대전이 일어나자 군대에 징집되었다. 자해 행위와 반나
치 발언으로 두 번이나 감옥에 가고, 질병 때문에 후송과 전선
복무를 반복했다. 전쟁의 비극적 체험과 인간의 생에 내재된 선
험적 절망과 허무를 절제된 언어로 그려내며 주목을 받았다. 생
전에 시집『가로등, 밤 그리고 별』(1946), 단편집『민들레』(1947),
『이번 화요일에』(1947) 등을 펴냈다. 1945년 전쟁 포로 신분으로
종전을 맞아 고향 함부르크로 돌아오지만 곧 질병 때문에 버거
운 투병생활을 이어가다가 1948년 스위스 바젤의 한 병원에서
스물여덟의 나이로 요절했다. 죽은 뒤에 유고를 함께 묶은 전집
이 독일 로볼트 출판사에서 나왔고, 우리나라에도 그의 전집이
번역되어 간행되었다.

갑자기 그녀는 잠에서 깨어났다. 깊은 밤, 두시 반이었다. 왜 잠에
서 깨어나게 되었는지 그녀는 곰곰이 생각해 보았다. 아, 그렇다! 부
엌에서 누군가 덜렁거리는 소리가 났던 것이다. 부엌 쪽으로 귀를 기
울였다. 그녀는 옆 침대를 손으로 더듬어 보았다. 아무도 없었다. 그토
록 끔찍하게 사방이 고요한 까닭은, 그가 숨쉬는 소리가 들리지 않았
던 탓이다. 그녀는 자리에서 일어나 어두운 방을 더듬어 부엌 쪽으로
나아갔다. 부엌 찬장 옆에 무엇인지 허연 물체가 얼씬거렸다. 그녀는
불을 켰다. 그녀의 남편이었다. 그들은 잠옷 바람으로 서로 마주친 것
이다. 밤. 두시 반. 부엌에서.

부엌 식탁 위에는 빵 접시가 놓여 있었다. 그녀는 남편이 빵을 잘라

도대체 소설이란 무엇인가? :: 41

놓은 것을 보았다. 칼은 아직도 접시 옆에 놓여 있었다. 식탁보 위에
는 빵 부스러기가 흐트러져 있었다. 잠들기 전 저녁 그녀는 항상 식탁
보를 깨끗이 정돈해 놓곤 하였다. 매일 밤 그랬다. 그런데 그 식탁보
에 빵 부스러기가 널려 있었던 것이다. 칼도 그 자리에 있었다. 그녀
는 차츰 타일 바닥의 냉기가 몸에 스며드는 것을 느꼈다. 접시에서 그
녀는 시선을 돌렸다.

"여기 무슨 일이 있나 싶어서……."

남편은 그렇게 말하면서 부엌을 휘둘러보았다.

"나도 무슨 소리를 들었어요."

그녀는 대답했다. 그러자 그녀는 한밤중 잠옷 바람으로 서 있는 남
편이 퍽 나이 먹은 노인처럼 느껴졌다. 예순셋. 그러나 낮에 보면 이
따금 그보다는 젊어 보였던 것이다. 이젠 아내도 정말 늙어 보이는군,
잠옷 바람에 보니 아주 늙어 뵈는구나 이렇게 그도 생각하였다. 그러
나 어쩌면 그것은 머리 모양 때문일 거야. 여자의 밤 모습은 머리 생
김새에 좌우되는 수가 있으니까. 밤에는 머리 때문에 느닷없이 늙어
보이는 수가 있거든.

"신발을 신지 그래요. 타일 바닥이 차가운데, 맨발로 서 있으면 감
기에 걸릴 거예요."

그녀는 남편이 거짓말하는 것이 참기 힘들어 그쪽을 바라보지도
않았다. 결혼한 후 삼십구 년이 지난 지금에 와서 거짓말을 하다니 참
을 수 없는 일이었다.

"무슨 일이 났나 싶어서."

그는 다시 한 번 똑같은 말을 하고 나서 공연히 이 구석 저 구석을
휘둘러보았다.

"무슨 소리가 나서, 여기 무슨 일이 일어났나 했지."

"무슨 소리가 나는 걸 저도 들었어요. 그런데 별일 없는 모양이군요."

그녀는 식탁 위에서 접시를 내려놓고 빵 부스러기를 털어 내었다.

"글쎄, 아무 일도 없었던 모양이오"

그는 움츠러들면서 불안한 모습으로 중얼거렸다.

"들어가시우, 별일 없는 것 같으니. 침실로 가세요. 감기 걸리겠네요. 타일 바닥이 이렇게 차가우니……."

그는 창문 쪽을 쳐다보았다.

"그러지. 아마 바깥에 무슨 일이 있었던 것 같군. 난 또 여긴가 생각했구려."

그녀는 전등 스위치에 손을 올렸다. 불을 꺼야지. 그렇잖으면 자꾸 접시를 바라보게 된단 말이야, 하고 그녀는 생각했다. 접시를 자꾸 쳐다보아서는 안 된다.

"들어가시우."

이렇게 말하면서 그녀는 전등불을 꺼 버렸다.

"바깥에서 나는 소리였어요. 바람만 불면 홈통이 벽에 부딪치니까요. 바로 그 소리군요. 바람만 불면 늘 홈통이 딸가닥거리는 소리를 내지요."

두 사람은 어두컴컴한 마루를 지나 침실로 돌아왔다. 마룻바닥에서는 두 사람이 돌아오면서 내는 맨발 소리가 찰싹거렸다.

"바람이오"

남편이 말했다.

"밤새껏 바람이 불고 있다오"

침대에 눕자, 그녀는 다시 말했다.

"그래요. 정말 밤새도록 부는군요. 아마 홈통이 흔들린 걸 거예요."

"글쎄 말이요, 나는 부엌에서 나는 소린가 했지. 홈통 소리였을 텐데 말이야."

그는 벌써 절반쯤 잠든 목소리로 대답해 왔다.

그러나 그녀는 남편이 거짓말을 하기 때문에 목소리가 어딘가 어색하다는 것을 알아차렸다.

"추워요"

그녀는 가볍게 하품을 했다.

"전 이불 속으로 들어가야겠어요, 잘 주무시구려."

"잘 자오"

그러면서 그는 다시, "날씨가 이젠 정말 추워졌는데" 하면서 말을 이었다.

사방은 다시 고요해졌다. 얼마쯤 지났을까, 그녀는 남편이 몰래 우물거리며 빵을 씹는 소리를 들었다. 그녀는 그때 자신이 아직 잠들지 않고 있다는 것을 눈치채지 않게 하기 위해 일부러 숨을 깊고 고르게 쉬었다. 남편이 빵을 씹는 소리는 얼마나 규칙적이었는지, 그 소리를 듣다가 그녀는 잠이 들어 버렸다.

다음날 저녁, 남편이 귀가했을 때, 그녀는 빵 네 조각을 그에게 내놓았다. 전엔 꼭 세 조각이었던 것이다.

"마음놓고 모두 드시구려."

그러면서 그녀는 식탁을 떠났다.

"이 빵 전부는 소화시킬 자신이 없다오 당신이나 한 쪽 더 들구려. 난 다 먹을 수 없다니까."

그녀는 남편이 접시 위로 몸을 구부려 들여다보는 것을 보았다. 남편은 얼굴을 쳐들지 않았다. 순간, 그녀는 남편에 대한 연민이 솟았다.

"당신은 두 조각 정도는 먹을 수 있잖소"

접시에 눈을 둔 채 남편은 말했다.

"괜찮아요 저녁엔 빵이 잘 소화가 안 돼요 잡수세요, 빨리."

얼마쯤 지나서야 그녀는 등불 빛이 비치는 식탁 옆으로 가서 앉았다.

*

　볼헤르트는 제2차 세계대전에 참전한 경험을 가진 작가다. 스무 살의 젊은 그는 수십만 명의 다른 독일 젊은이들과 함께 전장에 끌려나가 싸워야 했고, 많은 젊은이들이 러시아의 전선에서 무의미하게 죽어 가는 것을 목격했다. 그는 보초 근무 중에 왼손의 한 손가락에 부상을 입었는데, 당국은 병역 기피를 위한 자해 행위로 간주해서 그를 군법 회의에 회부하기도 했다. 다시 러시아의 전선에서 황달과 디프테리아로 인한 고열로 인해 야전 병원에 입원해야만 했다. 거기서 그는 뉘른베르크의 감옥으로 끌려갔는데, 그것은 함부르크에 있는 집을 가택 수색한 결과 나온 몇 통의 편지 때문이었다. 그의 죄명은 '진실'을 말했다는 것이다. 그는 사형을 구형받고 6주 동안 독방에 갇혀 있었다. 그는 어두운 독방에서 전존재를 짓누르는 고독과 대면했다. 반년 후 그는 형의 집행을 유예받고 병든 몸으로 최전선으로 투입되었다. 그는 제2차 세계대전이 끝난 몇 년 뒤인 1948년 2월 17일에 죽었다. 그의 나이 스물여덟이었다.

　볼헤르트의 소설의 문장은 짧게 끊어지는 단문들로 이루어져 있다. 그의 문체는 함축적인 상징의 문체다. 그는 단문들로 어두운 세계의 실상을 그 누구도 흉내낼 수 없는 자신만의 방법으로 날카롭게 표출해 낸다. 누구도 볼헤르트의 소설을 읽으며 요절한 작가의 암울한 그림자를 피할 수는 없다. 그러므로 행복한 이야기를 읽기를 원하는 독자라면 애초부터 볼헤르트의 책을 손에 들어서는 안 된다. 절망이라고 이름붙일 수 있는 그 짙고 어두운 그림자는 소설의 공간과 작중인물의 의식에 치명적으로 드리워져 있다. 그 암울함은 너무나 집요해서 그의 소설을 읽고 나면 우리는 갑자기 세상에 살아 있어야 할 모든 당위를 탕진당한 듯한 허탈함에 속수무책으로 빠져든다.

불운한 시대에 태어났던 볼헤르트는 전쟁과 가난, 그리고 육체를 서서히 허물어뜨리는 질병과 싸우며 마치 각혈하듯이 많지 않은 단편소설, 시, 희곡 들을 남기고 스물여덟 살이라는 나이에 요절한다. 그의 소설에서 어떤 희망이나 낙관을 찾아내는 일이란 도저히 불가능한 꿈처럼 생각된다. 아마도 볼헤르트처럼 철저하게 세상에 대해 절망하고, 비관주의에 자신의 넋을 헌납한 작가를 찾아보기도 힘들 것이다.

「빵」은 깊은 밤 어둠과 냉기 속에서 배고픔 때문에 깨어난 노부부의 모습을 그리고 있다. 끔찍하게 사방이 고요한 한밤중에 깨어난 노인은 배고픔을 참지 못하고 부엌에서 얼마 남지 않은 빵을 혼자 몰래 뜯어먹는다. 한 노인이 타일 바닥으로부터 올라오는 냉기가 온몸으로 스며드는 부엌에서 혼자 빵을 먹고 있고, 달그락거리는 소리에 잠이 깬 늙은 아내는 식탁보 위에 흐트러진 빵 부스러기를 바라보고 사태를 한눈에 파악한다. 그러나 두 노인네는 그 순간부터 시치미를 떼고 딴전을 부리기 시작한다. 남편은 부엌에서 '무슨 소리가 나길래, 여기 무슨 일이 일어났나 했지'라고 말하고, 늙은 아내 역시 '무슨 소리가 나는 걸 저도 들었어요. 그런데 별일 없는 모양이군요'라고 말한다. 그들은 서로의 민망스러움을 들키지 않으려고 안간힘을 쓰며 거짓말을 한다. 그 거짓말은 상대방을 기만하려는 의도가 전혀 없는 무해한 거짓말이며, 그들의 삶의 누추함과 존재의 비속함으로부터 서로를 보호하려는 안쓰러운 사랑을 담은 거짓말이다.

"바람이오"
남편이 말했다.
"밤새껏 바람이 불고 있다오"
침대에 눕자, 그녀는 다시 말했다.
"그래요 정말 밤새도록 부는군요 아마 홈통이 흔들린 걸 거예요"

생물학적 생존에 필요한 최소한도의 식품의 장기적 부족은 어떤 경우에도 인간을 염치없게 만들고, 더 나아가 인간적 품위의 유지를 불가능하게 만든다. 39년이라는 오랜 세월을 지속해 온 결혼 생활로 인해 서로에 대해 속속들이 알고 있는 두 노인네들은 배고픔을 견디다 못해 얼마 남지 않은 빵을 먹기 위해 한밤중에 깨어나 사방의 끔찍스러운 고요를 깨뜨리며 부엌에서 달그락거릴 수밖에 없었던, 그 참을성 없고 염치없는 육체의 뻔뻔스러움 앞에 당황해한다. 그들은 끝까지 한밤중에 자신을 깨운 것은 배고픔이 아니라 바람 소리였다고 우긴다. 그것만이 상처받은 그들의 자존심을 위로할 수 있는 유일한 방법이었으므로. 그것만이 그들의 존재를 누추하게 만드는 가난한 현실에 대응할 수 있는 유일한 방법이었으므로.

　　이 소설의 배경이 끔찍스럽게 사방이 고요에 감싸여 있는 '밤'이라는 사실은 대단히 암시적이다. 부족한 빵, 냉기, 한밤중, 한밤중에 잠에서 깨어난 노부부, 밤새도록 창을 흔들며 부는 바람…… 들도 상징적이다. 그 '밤'은 한 젊은이의 삶이 어두운 시대의 중심에 가로놓일 수밖에 없었던 그 필연성으로부터 나온다. '밤'은 노동과 놀이의 시간이 아니라 수면과 고독한 유폐의 시간이다. 그 '밤'에 깨어난 노부부는 세상과 고립된 무인도를 연상시킨다. 그 무인도를 감싸고 있는 것은 짙은 어둠과 냉기뿐이다. 그 절망적 상황 속을 벗어날 길은 어디에도 없다. 그들의 어눌한 거짓말하기, 능청떨기는 비극적인 상황을 한순간 해학적 상황으로 탈바꿈시킨다. 그리하여 배고픔 때문에 깨어난 것이 아니라 바람 소리에 깨어났다고 끝까지 거짓말을 하고 서로 그말에 속아넘어가는 척 하는 두 노인네의 '연기하는' 모습은 역겨움이 아니라 가슴속에 한 줄기 애틋한 연민을 불러일으킨다.

2. 소설쓰기의 입문을 위하여

소설읽기에서 소설쓰기에로

소설을 쓰고 싶어하는 사람들이란 대체로 소설읽기에 깊이 빠졌던 경험이 있는 사람들이다. 다시 말해 한 번도 소설의 매혹에 사로잡혀 보지 못한 사람이라면 소설을 쓰고자 하는 욕망을 갖기 어렵다. 대부분의 사람들은 소설을 쓰고 싶다는 생각을 품어 보기 이전에 많은 소설들을 즐겨 읽는다. 여러 소설들을 두루 읽다가 개중에 문득 자기 이야기를 소설로 써 보고 싶다는 황당한 욕망을 품기도 하는 것이다. 소설을 써 보고 싶다는 욕망이 왜 황당한 욕망인가. 물론 어떤 사람들은 처음부터 자신의 소설을 출판하여 일확천금을 꿈꾸는 사람도 있고, 세상에 문명을 떨쳐 보겠다는 매우 야심 찬 생각을 품어 볼 수도 있다. 그렇게 자기 혼자만의 생각을 품어 본다는 것은 누가 말려서 될 일도 아니고, 그것은 타인에게 무해한 일이 아니기 때문에 굳이 말려야 할 필요성이 있는 것도 아니다. 당신 주변에 누군가 소설과 전혀 무관한 삶을 살다가 어느 날 갑자기 소설을 써서 떼돈을 벌겠다고 큰 소리를 치는 사람이 나타났다고 해도 그를 정신이 이상한 사람으로 바라볼 필요는 없다.

그러나 첫 소설을 멋지게 써내서 세상에 이름을 크게 떨치고 떼돈을 벌겠다는 야심이 실현될 가능성은 아주 희박하다. 그것은 일억 원짜리 복권에 당첨되는 일보다도 훨씬 더 어려운 일이다. 물론 박완서와 같은 작가는 사십대에 접어들기까지 가사노동과 아이들을 키우는 가정주부의 삶을 살다가 어느 날 갑자기 작가로 변신한 경우도 없지 않다. 박완서는 한 화가에 관한 논픽션을 쓰기 시작해서 나중에 한 편의 장편소설로 완성하여 여성잡지의 장편공모에 당선하여 성공한 작가가 되었다. 그 작품이 「나목」이다. 이렇게 작가와 상관없는 직종에 종사하다가 어느 날 갑자기 작가로 변신하는 경우도 아주 없지는 않다. 『무궁화꽃이 피었습니다』라는 4백여만 부가 팔린 공전의 슈퍼베스트셀러를 낸 김진명이나 『밤의 대통령』 『황제의 꿈』과 같은 대중소설을 써내 장안의 지가를 올린 이원호 같은 작가는 사업을 하다가 작가로 전업하여 성공한 경우이고, 『거품시대』를 쓴 홍상화는 사업에 성공을 거둔 이후 평생 염원이었던 작가로 뒤늦게 변신한 경우다. 이외수는 지방의 입시학원의 강사였고, 배수아는 서울 지방병무청의 공무원이었고, 복거일은 꽤 큰 외국계 회사의 무역부에서 일하던 회사원이었고, 천금성은 외항선의 선장이었고, 안정효나 이윤기는 번역가로 널리 알려져 있던 사람들이었다. 그밖에 신문기자, 교사, 은행원, 경찰공무원이었다가 작가가 된 이들도 있다.

외국에는 이런 경우가 훨씬 더 빈번하다. 『천상의 예언』을 쓴 제임스 레드필드는 청소년 상담원으로 십여 년 이상 일하다가 작가로 변신했고, 『쥬라기 공원』 『떠오르는 태양』 등을 써낸 마이클 크라이튼은 하버드 의대에서 의학 수련을 받다가 작가로 변신했고, 『패트리어트 게임』『긴급명령』『붉은 10월』 등을 쓴 톰 클랜시는 ROTC를 하고 싶었지만 지독한 근시 때문에 포기하고 작은 도시 메릴랜드에서 보험 중개인으로 일하다가 작가로 변신했고, 무라카미 하루키는 대학교를 졸업한 뒤 재즈 카페를 운영하다가 작가가 되었다.

『야망의 함정』『펠리칸 브리프』『의뢰인』 등을 쓴 존 그리샴은 미국의 가장 가난한 주의 하나인 남부 아칸소 주 출신으로 대학에서 회계학을 공부하고 그 뒤 법학으로 전공을 바꿔 미시시피 주에서 무명의 시골 변호사로 일하고 있었다. 작가로 변신한 지 불과 여섯 해 만에 일곱 권의 소설을 써서 전세계에 6천만부가 넘게 팔았고, 네 권의 소설이 영화화되어 엄청난 성공을 거두었다. 그는 한 소녀가 자신을 구타하고 강간한 뒤 노상에 방치한 채 사라져 버린 범인에 대해 법정 증언을 하고 있는 것을 보고, 소녀의 아버지는 어떤 심정일까, 그리고 아버지가 범인을 찾아 죽인다면 어떻게 될까를 상상해 보다가 그것을 소설로 쓰기 시작했다. 매일 새벽 다섯시에 일어나 하루에 A4 용지 한 장씩 소설을 써내려 가 마침내 그 소설을 3년 만에 완성했다. 존 그리샴은 수십 명의 저작권 대리인에게 소설의 사본을 우송했지만 대부분 거절당했다. 가까스로 뉴욕의 제이 개런이라는 사람이 저작권 대리인으로 나서게 되어 그 소설은 1년이 지난 뒤 지금은 문닫은 윈우드 출판사에 1만5천 달러에 팔렸다. 그동안 이 소설은 스물여덟 군데의 출판사를 전전하며 딱지를 맞았다. 1989년 6월에 이 소설은 초판 5천부가 출간되었는데 그 중 1천부는 작가가 사들이고 1천부는 창고에 방치되었으니, 서점에 깔린 것은 겨우 3천부에 불과했다. 존 그리샴은 첫 소설의 참혹한 실패에도 꺾이지 않고 타고난 '터무니없는 자신감'을 밑천으로 두 번째 소설 『법률회사』를 써냈다. 이 소설의 사본 하나가 할리우드의 한 영화 관계자의 눈에 띄게 되어 파라마운트 영화사에 영화 판권이 팔렸다. 그 뒤 이 소설에 모두 열여덟 군데 출판사가 서로 책을 내겠다고 경합을 벌였다. 이 소설은 첫 소설을 퇴짜놓았던 더블데이 출판사에서 출간됐고, 〈뉴욕타임스〉의 베스트셀러에 무려 47주 동안이나 오르는 공전의 성공을 기록했다. 존 그리샴의 소설의 주인공들은 한결같이 변호사이고 법정을 무대로 삼고 있다. 그는 독실한 침례교도인데 그래서 그런지 그의 소설에는 '대중소설답지 않게' 섹스 묘사가 거의 나오지 않는다.

소설 '책'을 읽는다는 것

소설 책을 읽는다는 것에는 어떤 의미가 있는 것일까. 먼저 소설이란 작가의 허구적 창안물이라는 것을 전 장에서 밝힌 바 있다. 작가는 허구적 인물을 창조해내 그의 삶의 경험들을 독자들에게 들려준다. 소설 속의 인물과 작가 자신이 꼭 일치하는 것은 아니다. 프란츠 카프카의 소설들에 나오는 K는 카프카가 아니며, 알베르 카뮈의 『이방인』에 나오는 뫼르소 역시 카뮈가 아니고, 마르셀 프루스트의 『잃어버린 시간을 찾아서』의 주인공 역시 프루스트는 아니다. 그들의 경험 속에 작가 자신의 경험이 투영되어 있다 할지라도 그들은 작가와 별개의 존재다. 그들은 적어도 작가가 살아보고 싶었던 삶을 대신 사는 존재, 실험적 자아일 수는 있다. 그러나 작가는 그 인물을 통해 "나"는 누구인가 하는 물음을 독자에게 던진다. "나"는 누구인가 하는 물음이 소설이 하는 근본적인 물음들의 영역에 포함되어 있다. 그러므로 우리가 소설을 읽는다는 것은 "실제를 탐구하는 것"이 아니고, 자아의 넓게 열린 가능성의 영역, 즉 "실존에 대해 탐구하는 것"이다. 그것은 뜻 없어 보이는 인간의 삶의 저변에 흩어져 있는 의미를 길어 올리려는 매우 숭고한 창조적 행위이기도 하다.

모든 소설을 읽는 독자들이란 잠재적 작가들이다. 이것은 아무도 부정할 수 없는 사실이다. 작가치고 독자에서 출발하지 않은 작가는 없다고 단언할 수 있다. 어떤 작가도 처음엔 소박한 독자의 자리에서부터 시작하는 것이다. 그러나 소설의 열렬한 독자라고 해서 전부 소설을 쓰는 것은 아니다. 그렇다. 누구나 소설을 쓸 가능성을 쥐고는 있지만 누구나 다 소설을 쓰는 것은 아니다. 한 사람의 생이란 수없이 많은 경험들이 만들어 낸 굴곡과 음영, 우여곡절과 순간들, 기억의 켜로 이루어져 있다. 어느 순간 그것들은 더 이상 개체의 내면 속에 머물러 있지 않고 밖으로 분출한다. 대다수의 사람들은 수줍어하면서 자신의 내면을 드러내 보여 주는 것을 완강하게 통제하고 거부한다. 그러나 어떤 사람들은 끝끝내 통제하지 못한다. 북받친 설움이 통곡으로 터져 나오듯 그것은 터져 나온다. 내면 속에 웅크리고 있던 그것들이 억제하려는 힘보다 클 때 내면에서 꿈틀거리고 있던 그것들은 마침내 껍질을 찢고 밖으로 터져 나오는 것이다. 대부분의 사람들은 그것을 혼자 삭이고 가슴에 간직하며 살지만, 소수의 사람들은 돌이킬 수 없이 일어나는 자신의 생을 거머쥐고 달라붙어 있던 이 기억의 분출, 한 인간의 무의식 속에 숨어 있던 빛과 순간들의 예기치 못한 분출을 경험한다. ……소설이란 '인생의 이야기'라는 매우 특별한 기억 분출의 형식인 것이다.

내가 첫 소설을 썼던 것은 열일곱살 때다. 소설이 무엇인지를 명확히 모른 채 나는 겁없이 소설을 썼다. 그것은 발효식품들이 적당한 온도 속에서 저절로 발효되듯이 내 안에서 자연발효된 "소설 비슷한 것"이 존재의 바깥으로 흘러나왔다고 할 수 있다. 어린 시절부터 손에 잡히는 대로 많은 책들을 두서없이 읽어 나가다 어느 순간 "그렇다면 나도 한 번 써 볼까……" 하는 만용에 가까운 용기로 끄적거리기 시작한 것이다. 어쨌든 나의 내면에서 소설을 써 보고 싶다는 열망이 부글

거리며 끓어오르기 시작했고, 그 마음이 이끄는 대로 내가 따라갔다
는 것이 중요하다.

　나는 굶주린 짐승이 음식을 탐하듯이 주위에 있는 책들을 섭렵했
다. 책에 대한 무조건적이 이 황홀한 탐닉이야말로 모든 글쓰기의 첫
번째 전제 조건이다. 어린 시절 동화나 소년소설, 국사이야기, 세계명
작들로부터 시작한 나의 독서편력은 나이가 들어가면서 자연스럽게
그 범주와 영역을 넓혀 갔다. 세계문학전집 속에 수록되어 있는 작가
들의 소설들, 그리고 국내작가들의 소설들을 누에가 뽕잎을 먹어치우
듯이 읽어 가며 나는 막연하게나마 문학에 눈 떠가고 있었던 것이다.

　나는 따뜻한 아랫목에 배를 붙이고 누워 쓰다 남은 노트에 무언가
를 막연하게 동경하며 쓰기 시작했다. 내 경험에서 확인할 수 있는 것
처럼 모든 소설쓰기는 소설읽기로부터 시작된다. 내가 썼던 첫 번째
소설은 한 학생잡지에 투고되었고, 그 작품이 평자의 평과 함께 그 잡
지에 실렸던 것은 내 기나긴 문학의 여정 속에서 내게 찾아온 첫 번째
행운이었고, 기쁨이었다. 나는 소설이 "작가가 실험적 자아[인물]를
통해 실존의 중대한 주제의 끝까지 탐사하는 위대한 산문의 형식"(밀
란 쿤데라)라는 것을 어렴풋하게나마 감지하고 있었다. 나는 막연하게
문학이 필생의 업이 될 것이란 예감 같은 것을 갖고 있었다. 가출, 학
업중단, 방황과 번민의 나날들 속에서도 시립도서관에 파묻혀 굶주린
짐승이 먹이를 탐하듯이 문학, 철학, 사회과학 등 다양한 분야의 책들
을 읽어 나갔다. 황홀한 정신의 허기 속에서 읽었던 그 당시의 책읽기
에 대한 나의 편력과 열정은 뒷날 내 문학의 훌륭한 자양분이 되었음
에 틀림없다. 십대 후반부터 이십대 초반까지 몇 번의 신춘문예 낙방
경험들, 그리고 유일하게 중편소설을 공모하여 신인작가를 배출했던
한 잡지의 중편공모에 투고했다가 실패한 경험들은 문학습작기의 잊
을 수 없는 추억들이기도 하다.

작가와 독자

문학습작기 때 작가들이란 항상 동경의 대상이다. 왜냐하면 멋진 소설들을 쓰고 그것을 출판하여 원고료를 받거나 책의 인세를 받아 생활하는 작가들이란 다른 어떤 직종의 사람들보다 훨씬 더 자유분방한 삶을 누리는 사람처럼 보이기 때문이다. 작가는 자기가 자고 싶은 때 자고, 일어나고 싶은 때 일어나서 작품을 써낸다. 작가들은 보통 사람들이 회사에 출근하여 일어나는 낮 시간 동안은 자고, 남들이 다 잠든 한밤중에 깨어나 혼자 자신의 창작의 산실에서 밤새도록 글쓰는 것으로 알려져 있다.

저 낮은 곳에 위치해 있는 독자의 입장에서 작가를 바라보자면 작가는 감히 닿을 길 없는 까마득한 성에서 우아한 삶을 누리고 있는 사람처럼 여겨질지도 모른다. 작가들의 겉으로 드러난 면들, 일견 화려하고 자유롭기만 한 생활의 외관만을 바라볼 때 이것은 맞는 것 같다. 그러나 그 화려한 외관의 이면은 어떠한가. 원고료와 인세 수입만으로 넉넉한 생활을 유지할 수 있는 작가라면 그는 대단히 성공한 작가 중의 한 사람이라고 할 수 있다.

대부분의 작가들은 소설 쓰는 일말고 다른 직업을 갖고 있으며, 하루종일 자신의 직장에서 시달렸다가 퇴근한다. 그리고 옹색한 집안의 한 구석에 마련된 집필 공간에서 쏟아져 내리는 졸음과 피로와 싸우며 몇 줄을 쓰고 쓰러져 잠드는 생활을 한다. 그렇게 써낸 작품들을 가까스로 문예지에 발표하는 행운을 얻었다고 하더라도 매달 수없이 쏟아져 나오는 다른 작품들과 한데 파묻혀 망각되어 버리기 일쑤다. 어쩌다 그가 몇 년 동안의 고투 끝에 장편소설을 하나 써냈더라도 냉정한 출판사들은 그 원고를 요모조모 따져 보고 상품성이 없다고 판단되면 가차없이 쓰레기통 속으로 버리거나 반송해 버린다.

그렇게 몇 출판사들을 전전하면서 누더기처럼 더러워지고 찢긴 원고는 다시 작가의 손으로 돌아와서 작가의 비좁은 책장 어디엔가 처박혀 기약없는 세월 동안을 먼지에 뒤덮여 잊혀지고 마는 것이다. 몇 년 동안 피땀을 흘리며 써낸 작품이 세상의 빛을 보지도 못한 채 사장되어 버린다는 사실에 울분을 느낀 작가는 독한 술로 자신의 울분을 달래며 하염없는 세월을 보내는 것이다. 과로와 누적된 피로, 울분, 과음 때문에 병이라도 얻으면 그는 누구 한 사람 거들떠보지도 않은 무명작가로서의 초라한 일생을 마쳐야 한다. 우리 주변에 성공한 작가들이란 손가락으로 꼽을 만큼 드물며 대부분의 작가들은 시련과 고난에 찬 세월을 보내며 어렵게 작품을 써내는 것이다.

작가에 대한 가장 원시적인 정의는 작품을 쓰는 사람, 혹은 글을 써서 자신의 생계를 해결하는 사람이라는 것이다. 사르트르의 어법을 빌린다면 "말을 통해 행동하는 사람"이다. 작가는 자신의 실존을 투시하고, 더 나아가 자신의 실존을 감싸고 있는 사회의 여러 위기적 징후들을 감지하여 글을 통해 증언하고, 궁극적으로 세계를 변화시키려는 의지를 가진 사람이다. 그러나 무엇보다도 작가는 글쓰기를 자신의 천직으로 수락한 자에게 붙이는 명칭이다. 모리스 블랑쇼는 작가에 대해 다음과 같이 말하고 있다. "글을 쓴다는 것에 대해서 그리고 때로는 산다는 것에 대해서 그가 부여한 환상, 그가 확실하게 느끼고 있는 고독에 대한 작은 구원, 아름다운 순간들을 영원하게 만들려는, 그리고 마지막으로, 삶의 무의미성과 작품의 무가치함을 결합시키면서 아무것도 아닌 삶을 예술이라는 아름다운 충격으로까지, 그리고 형태 없는 예술을 삶의 유일한 진실로까지 끌어올리려는 희망"을 가진 사람이라고

소설창작 강의에서 다루어지는 것들

소설작법에 관한 한 권의 책을 쓰기로 작정한 데는 소설창작론 강의와 관련된 경험에서 비롯되었다. 몇 년간 몇 군데의 문화센터와 대학교에서 문예창작입문과 소설창작론 등을 강의했다. 강의를 하는 데 필요한 책들을 고르기 위해 며칠 동안 대형서점과 국립도서관 등을 돌아다니며 찾았지만 내 기대는 충족되지 않았다. 물론 기왕에 소설작법에 관한 몇 종의 책들이 출간되어 있고, 소설들을 분석한 책들도 있었다. 그런 책들은 부분적으로 도움이 되기는 했지만 흡족하지는 않았다. 결국 나는 소설창작 강의를 위한 텍스트를 새로 써야 되겠다는 결심을 하게 되었다.

다양한 강의 방법들이 선택되었고, 어떤 것들은 일정한 성과를 거두었지만 어떤 것들은 기대에 못 미쳤다. 그런 시행착오를 반복하면서 나는 초심자들이—문화센터의 문예창작반에 수강신청을 하는 사람들 중 약간의 습작경험이 있는 사람들은 기대했던 것보다 훨씬 적었다. 처음에 가졌던 '소설창작반'에 등록한 사람이라면 이미 그것이 성공했건 실패했건 간에 몇 편의 단편소설 정도는 써 보았겠지 하는 기대는 여지없이 무산되었다. 문화센터의 창작 프로그램을 듣겠다고 수강 신청을 하는 사람들은 대체로 책을 좋아하고, 그래서 막연히 뭔가를 한번 써 볼까 하는 마음으로 등록한 사람이 대부분이다—어떻게 하면 자신감을 가지고 글을 쓰게 할 수 있을까를 생각하면서 강의 방법과 텍스트를 연구했다.

소설창작반에 관한 강의를 시작했을 때 나는 열심히 준비해 간 소설의 구성과 인물, 주제, 그리고 문체에 대하여 체계화된 이론을 강의했고, 수강자들의 반응도 나쁘지 않았다. 지금도 나는 그 강의들에 부족함이 없었다고 확신한다. 그런데 수강자들 한 사람도 강의 프로그램이 끝날 때까지 소설을 써내지를 못했다. 이론적으로 접근하는 강의가 실제의 소설창작으로 연결되기에는 무리가 있었던 것이다. 소설이론에 대한 강의는 그들의 내면에 소설쓰기에 대한 자신감이 아니라 소설쓰기에 대한 막연한 두려움만을 키우는 데 기여했음에 틀림없다. 그들의 마음속에 소설을 쓴다는 것이 아무나 할 수 없는 거창한 것이라는 선입견이 있었는데, 내 이론에 관한 강의는 그 선입견을 강화했을 뿐이라는 사실을 나는 깨달았다.

그 다음에 내가 했던 강의는 일체의 지식과 이론에 대한 강의를 생략하고 직접적으로 수강자들로 하여금 무언가를 직접 써 보도록 하는 일이었다. 내가 그들에게 주문했던 것은 첫째 맞춤법이나 문장에 신경쓰지 말고 자신이 쓰고 싶은 것들을 마음대로 써 보라는 것이었다. 대체로 초심자들에게 무언가를 써 보라고 주문을 하면 그들은 우선 원고지 쓰는 법에 대하여 묻는다. 그들은 마음속으로 막연하게 글을 쓰는 데는 어떠한 '격식'이 있다고 생각하는 것이다. 초심자들이 글쓰기에 갖는 근거없는 공포감은 바로 그 있지도 않은 '격식'에 스스로 무지하다는 사실에서 비롯된다. 물론 글쓰기에 어떤 격식이 있는 것은 사실이다. 그러나 초심자들에게 그런 '격식'은 필요가 없다.

나는 그들에게 글쓰기에는 어떠한 격식도 필요없다, 다만 자기가 쓰고 싶은 것, 이를테면 자신의 내면 속에 꿈틀거리는 어떤 덩어리들을 게워내는 것이 바로 글쓰기라고 말해 준다. 나는 가장 최근에 꾸었던 꿈에 대하여 쓰기, 자신이 기억하고 있는 가장 어린 시절의 기억에 대하여 쓰기, 자신을 시한부 인생으로 생각하고 누군가에게 남기는 유서쓰기, 동물(구체적으로 쥐와 고양이, 그리고 뱀, 말, 새…… 등등)로 변신하여 바라본 세계에 대하여 쓰기와 같은 주제들을 제시하고 글을 써 보도록 했다.

:: 예문 1

항상 그 자리에 가면 참을 수 없을 만큼 오줌이 마려웠다. 바로 조금 전까지도 아무렇지도 않았는데, 그곳에만 가면 어김없이 방광이 터져 나갈 듯 사나운 요의^{尿意}를 느끼곤 한다. 나는 다급하게 아무 곳에서나 쪼그리고 앉아 시원스럽게 오줌을 눈다.

"넌 왜 이곳에만 오면 오줌을 누니?" 내가 오줌을 누고 있을 때 등뒤에서 누군가 말한다. 돌아다보니 나지막한 나뭇가지에 뻐꾸기 한 마리가 앉아 나를 내려다보고 있다. 나는 아무 말도 못하고 일어나 옷을 추스린다.

그곳은 시어머니 무덤가다.

무덤 한쪽에 함께 온 남편이 무표정한 얼굴로 서 있다.

:: 예문 2

고등학교 소풍날이다. 오락시간에 나는 노래를 하도록 지명당한다. 사람들 앞에 섰지만 나는 노래를 부를 수가 없다. 사람들의 시선이 내 얼굴 쪽으로 쏠리고 내 노래를 기다리고 있는데, 이상하게도 부르려는 노래마다 가사가 하나도 떠오르질 않는다. 나는 몇 번인가를 노래를 부르려다가 실패하고는 창피함과 불안에 휩싸여 그곳을 뛰쳐나간다.

숲 속을 정신없이 뛰어가다가 나는 한 노인과 만난다. 나는 처음 보는 낯선 노인인데, 그 노인은 나를 잘 알고 있는 듯하다.

"승희야, 내가 그토록 음악과 무관한 사람이 되지 말라고 당부했는데, 넌 왜 그까짓 노래 하나를 제대로 부르지 못하느냐?"

노인은 딱하다는 듯 날 물끄러미 쳐다보며 야단을 친다. 그리고 내게 거울 하나를 내민다. 그 거울에 후줄그레한 중년 여인 하나가 비쳐 보인다. 자세히 들여다보니 나였다!

:: 예문 3

땅에서부터 하늘 쪽으로 끝이 보이지 않게 뻗어 나간 계단이다. 나는 현기증이 날 만큼 까마득히 놓은 계단 위쪽에 서 있다. 저 아래 계단의 끝은 구름에 가려 보이지도 않는다. 어슴푸레하게 새벽이 밝아오고 있다. 계단 중간쯤에 남편과 시어머니가 서 있다. 두 사람은 서로 다투고 있다. 남편은 위쪽에 서 있는 나를 향해 눈길을 주고 있는데, 시어머니는 남편의 옷자락을 끌고 계단의 아래쪽으로 내려가려고 실랑이를 하는 중이었다. 나는 남편에게 빨리 올라오라고 외치고 싶은데 목구멍에서 말이 나오지를 않는다. 그 자리에 주저앉아 버리고 싶을 만큼 정신이 혼미해지고 가슴이 답답해진다.

한순간 나는 유니콘으로 변신하여 계단의 중간에서 실랑이를 하고 있는 남편의 손을 나꿔채 하늘로 날아오른다. 시어머니는 까마득한 저 아래에서 구름 위를 날아가는 우리를 물끄러미 바라보고 있다.

이 세 편의 글은 '최근에 꾸었던 꿈에 관하여 쓰기' 시간에 나왔던 글들이다. 수강자들에게 종이 두 장씩을 나누어주고 그들에게 십여 분간의 시간을 준다. 주어진 시간 동안 그들이 쓰고 싶은 대로 자유롭게 쓰게 한다. 물론 여기 제시되어 있는 글들은 수강자들이 써낸 원본 그대로는 아니다. 만일 처음부터 이 정도의 문장 수준의 글쓰기를 할 수 있는 사람이라면 그는 뛰어난 사람임에 틀림없다. 이 글들은 부분적으로 수정한 글들이다. 처음에 써낸 글들은 우선 어휘력의 빈곤과 그 의미가 명료하지 않은 문장들, 불완전한 구문들로 채워져 있다. 처음부터 그것들을 날카롭게 꼬집어서 그들의 글쓰기에 대한 의욕을 죽일 필요는 없다. 거의 모든 사람들이 한정된 그 시간에 글을 다 써낸다. 나머지 시간은 각자가 쓴 글들을 읽고 토론하게 한다. 서로 읽은 글의 장단점에 대하여 이야기를 나누고 글의 내용에 대해서도 분석한다. 최종적으로 그 글들 하나하나에 숨어 있는 의미들을 짚어 주고, 나탈리 골드버그의 다음과 같은 글을 읽어 준다.

1. 당신의 손을 줄곧 움직이도록 하라.(글쓰는 중간에 방금 쓴 글을 다시 읽어 보기 위해 멈추지 말라. 그것은 당신이 말하려는 내용을 통제하고 가로막는 행위다.)

2. 지우지 말라.(그것은 글을 쓰면서 동시에 편집하려는 행위다. 설혹 당신의 의도에서 벗어나는 어떤 것을 썼다 할지라도 그대로 내버려두도록 하라.)

3. 맞춤법, 구두점 찍기, 문법 규칙 등에 구애받지 말라.(줄이 맞지 않는다거나 글이 페이지 가장자리의 여백으로 튀어나오는 문제 등에도 신경쓰지 말도록 하라.)

4. 스스로를 통제하지 말라.

5. 생각하지 말라. 논리적인 글을 쓰려고 애쓰지 말라.

6. 핵심을 찔러라.(글쓰는 과정에서 끔찍한 내용이나 노골적인 내용이 튀어나온다 해도 그대로 써 나가도록 하자. 그것은 아마도 에너지로 충만된 내용일 것이다.)

누구나 소설에 관한 아무런 이론적 배경없이 한 편의 소설을 써낼 수 있다. 위에 제시된 세 편의 글들은 희미하지만 모두 소설적 형식의 윤곽을 드러내 보여 주고 있다. 무엇보다도 이 수업을 마치고 공감한 것은 소설을 쓴다는 것이 그렇게 어렵고 거창한 것만은 아니라는 사실과, 무언가를 쓴다는 일이 즐거움이 될 수 있다는 두 가지 사실이다. 수강자들 거의 모두가 주어졌던 그 십분간(실제로는 이십분간이다)의 글쓰기에의 몰입의 시간이 대단히 행복했었다고 고백한다.

글쓰기가 괴로운 것이 아니라 대단히 '즐거운 놀이'일 수도 있음을 깨닫는 것이 중요하다. '놀이로서의 글쓰기'의 경험은 대부분의 초심자들의 내면 속에 도사리고 있는 글쓰기에 대한 근거없는 두려움을 극복하는 데 도움이 된다. 대부분의 사람들은 글쓰기가 대단히 거창한 일이라고 생각한다. 그 두려움은 글쓰기에는 자신들이 잘 알지 못하는 복잡하고 어려운 격식이 있을 거라는 막연한 추측으로부터 비롯된다. 그래서 많은 사람들이 시도도 해보지 않은 채 주저앉고 마는 것이다. 나는 그들에게 '무조건 쓰라'고 말한다. 글쓰기에는 아무런 격식이 없다. 그저 자신의 속에 꿈틀거리는 써내야만 되는 그 무엇을 토해내라. 글쓰기는 어렵다라는 고정관념에 사로잡혀 있는 사람들은 미심쩍어 하면서 그 무엇인가를 조심스럽게 쓰기 시작한다. 최초로 그 무엇인가를 써내고 났을 때 사람들은 자신감과 함께 글쓰기가 안겨주는 내밀한 기쁨을 맛보게 된다.

　글감을 주고 무엇인가를 쓰도록 하면 글쓰기의 훈련이 되어 있지 않는 대부분의 사람들이 '쓸 것이 없다'고 말한다. 너무나 오랫동안 일상의 필요와 욕망만을 허덕이며 따라가는 동안 태어날 때부터 타고난 온갖 것들에 대한 순진한 호기심과 천부적인 상상력, 그리고 자신의 내면의 목소리를 듣는 법을 잊어버리고 만 것이다. 몇 자 적어 놓고 그 다음을 이어나가지 못해 쩔쩔매는 사람들은 그 천부의 호기심, 상상력, 무의식의 속삭임을 잃어버린 사람들이다. 잃어버렸던 것을 되찾아 주는 일이 글쓰기 수업의 시작이다. 일단 자신의 무의식 속에 있는 온갖 심상들을 길어 올리는 길만 찾게 된다면 '쓸 것이 없다'는 말은 더 이상 하지 않는다. 한 사람이 자기는 어떤 글도 머리를 아무리 쥐어 짜내도 원고지 5매 이상을 써낼 수가 없다고 고백한다. 그런 사람도 간단한 '상상력 훈련'을 거치고 난 뒤 원고지 수십 매의 글을 쓰고도 자신에게 아직도 써야 될 것이 많다는 사실을 알게 되고는 스스로 놀라워했다. 그렇게 되면 진부하고 상투적인 몇 문장을 써 놓고 그것을 벗어나지 못하고 쩔쩔매는 일은 없게 된다. 아주 드문 경우를 제외하고는 대부분의 초심자들은 '죽어 있는 글쓰기'를 한다. 감상적인 문장들을 늘어놓거나, 공허한 수사들로 가득 찬 글들은 '죽은 글'들이다. 글쓰기에 대한 그릇된 고정관념과 미신들을 추방하지 않고서

는 구체적이고 생동감 넘치며 상상력을 자극하는 '살아 있는 글쓰기'
의 세계로 진입하지 못한다.

몇 가지 실험적인 수업방식이 시도되었다. 그 한 가지의 예로, 먼저
요리와 관련된 동사들을 함께 찾아보는 것이다. 썰다, 데치다, 익히다,
버무리다, 씻다, 자르다, 섞다, 볶다, 다듬다, 굽다, 끓이다, 튀기다, 절
이다, 푸다, 토막내다, 데우다……. 요리와 관련된 동사들을 왼편에 놓
는다. 오른쪽에는 무작위적으로 떠오르는 명사들을 적는다. 예를 들
면, 기타, 라일락, 고양이, 창문, 문, 책, 가방, 시계, 비디오 테이프, 텔
레비전…… 등과 같이. 아무 상관이 없이 나열된 명사들과 동사들을
결합시켜 자유롭게 문장을 만들어 본다. 이때 동사들은 과거시제로
변형시켜도 상관하지 않는다.

　기타를 굽는다. / 비디오 테이프를 썰어 흙과 함께 버무린다. / 밭에서
커다랗게 자라난 기타를 뽑아 일정한 크기로 썰어 기름을 두른 프라이
팬에 볶는다. / 황혼과 라일락을 버무린다. / 고양이를 시계와 함께 절이
고 비디오 테이프와 뒤섞어 익힌다. / 가방을 튀긴다. / 텔레비전을 끓인
다음, 저며 토막낸 책들을 그 속에 넣어 다시 데운다.

이렇게 문장을 만들어 가다 보면 기상천외한 문장이 튀어나오고
그것들은 무의식 속에 깊이 잠들어 있는 어떤 상상력들을 움직인다.
이 방법의 글쓰기는 이중의 효과를 거둘 수가 있다. 먼저 글쓰기라는
것이 어렵고 딱딱하기만 한 일이 아니라 유희가 될 수 있다는 것, 즉
재미있는 놀이로서의 글쓰기에 대한 경험을 하게 한다는 것이다. 초
심자에게 이런 방식의 글쓰기 훈련은 그의 내면에 도사리고 있는 막
연한 공포감을 씻어 줄 수 있고, 글쓰기에 대한 어느 정도의 자신감을
갖게 할 수 있다. 어떤 사람들은 글을 써 보고 싶다는 열망은 갖고 있

지만 글쓰기에 대한 공포감이 너무 압도적이어서 글쓰기의 첫 단계에서부터 굳어져 버리고 만다. 그런 사람들은 글쓰기의 초입에서 망설이고 머뭇거리다가 끝내 주저앉고 만다.

초심자에게 글쓰기가 어려운 것이 아니다라고 아무리 말로 설명해도 그다지 효과가 없다. 집단적 놀이로서의 글쓰기에 참여하게 함으로써 자연스럽게 글쓰기가 놀이처럼 재미있는 것이라는 사실을 경험을 통해 깨닫게 해주는 것이 중요하다. 그 다음, 이 방식의 글쓰기 훈련을 통해 굳어 있는 상상력을 자극하고 일깨워 줄 수 있는 효과를 거둘 수 있다는 것이다.

대부분의 사람들은 합리적이고 논리적인 사고에 너무 젖어 있어서 "죽어 있는" 평면적 글밖에는 쓰지를 못한다. 상식과 고정관념, 합리적 사고를 깨트리는 이런 문장을 함께 만들어 보는 시간을 통해 자신의 내면과 무의식 속에 소용돌이치는, 보다 깊고 내밀한 세계, 설명할 수 없는 저 불가해한 기억의 세계를 발견하는 계기를 가질 수 있다. 선천적으로 지나치게 수줍어하고 자기를 드러내는 데 어려움을 갖고 있는 사람이라 할지라도 이런 집단적 놀이에 참여시킴으로써 자기를 열고 새로운 글쓰기의 세계로 들어갈 수 있다.

'머리'가 아니라 '몸'으로 글쓰기

내가 상상력 훈련이라고 명명한 이것은 한마디로 '머리'가 아니라 '몸'으로 글 쓰는 법을 익히는 것이다. 누구나 글을 쓰기 위해 '머리'를 쓴다. 하지만 훈련되지 않은 '머리'란 글쓰기의 장애물이 될 뿐이다. 그들의 머리는 속악한 일상 생활의 평면성에 중독된 상태다. 중독이란 정신적 감옥에 갇혀 있다는 것을 뜻하며 이미 창조적 사고라는 기능이 마비된 것이다. 그 창조적 사고를 하지 못하는 머리로는 내면의 잠재의식과 접속할 수가 없다. 글쓰기에 막 입문한 대부분의 초심자들이 이런 상태에 놓여 있다. 단단하게 얼어붙어 있는 그 머리를 깨지 않으면 글쓰기는 영원히 불가능하다. 그렇다면 남은 것은 '머리'가 아니라 '몸'이다. 단언컨대 많은 사람들이 지나쳐 버리지만 글쓰기는 명백히 육체 노동의 한 분야다. 우리 몸이 가진 여러 가능성들, 이를테면 시각, 후각, 촉각 등 감각을 통해 사물을 인지하는 모든 형태의 지각능력을 쓰는 것이다. 이때 중요한 것은 의도적으로 '생각'을 하지 않는 것이다. 그리고 오로지 글을 쓰는 '손'에 집중해서 그것을 중간에 포기하거나 멈추지 않는 것이다. 이렇게 글을 쓰는 '몸'에 우리의 의식을 집중하다 보면 점점 몰입을 향해 나아가게 되고 뜻밖에도 자신이 한번도 '생각'해 보지 않은 어떤 것을 쓰게 된다.

몸으로 글을 오래 쓰다 보면 몸 전체에서 긴장이 사라지고 편안하게 이완하면서 기분좋은 피로감이 덮쳐 온다. 그 상태를 한번이라도 경험해 본 사람이라면 그 다음 단계의 글쓰기는 그다지 어렵지 않다. 사실은 내가 제안하는 이 몸으로의 글쓰기는 자신의 무의식을 이용하는 '자동기술법'과 같은 것이다. 이 방법이 가장 효과를 거둘 수 있는 것은 매일 새벽잠에서 깨어나는 그 순간이다. 그때 무작정 책상 앞으로 다가가 노트를 펼치고 무언가를 써내려 가면 된다. 간밤에 꾸었던 꿈, 문득 떠오르는 어떤 말들, 토막 난 영상들……. 그것들을 논리적으로 조합하지 말고 그냥 백지 위에 토해내는 것이다. 이 새벽 시간을 이용해 십분이나 이십분 정도 글쓰기를 습관화하는 것이 중요하다. 책상이 없다고? 그래도 실망할 필요는 없다. 글쓰기를 꼭 책상에서 하라는 법은 없다. 부엌 식탁이든지, 거실의 한 구석이든지, 자동차의 뒷좌석이든지, 숲 속이든지, 나무 밑이든지, 바위 위에서든지, 시끄러운 카페의 구석 자리든지 글은 어디서든 쓸 수 있는 것이다. 먼저 '몸'

에 집중하고 몸 속에서 잠들어 있는 '정신'을 깨워라. 그 깨어난 정신이 글을 쓰게 하라.

글쓰기를 향한 발걸음을 한 걸음이라도 내딛었다면 쓸데없이 우회하지 말고 심장을 향해 곧장 걸어갈 필요가 있다. 다시 말해 내가 쓰고 싶은 핵심을 향해 곧바로 나아가라는 말이다. 부끄러워하거나 주저할 필요가 없다. 누군가 내 글을 읽고 비웃을지도 모른다는 우려 따위는 접어 버려야 한다. 누가 내 '심장'을, 내가 '피'로 찍어 쓴 것을 비웃을 수 있단 말인가! 결국 근원적인 글쓰기는 자기 자신과의 대화이며, 더 나아가 타자와 "대화하고자 하는 열망" 때문에 이 세상을 향해 내뱉는 나만의 고백이다. "고백이란 한 개인이, 그 안에 속하고자 하고 그로부터 인정받고자 하는 집단을 대변하는 청중을 향해, 자신을 의도적, 의식적으로 말하고자 하는 시도다. 고백이란 항시 사회적인 행위an act of community이며, 그 집단 속에서 자신을 실현하고자 하는 고해자의 의도가 바로 고백을 다른 유형의 자서전 혹은 자기표현 양상과 구분지어 주는 공식적인 목적이다. 바로 이같은 목적이 고백체 소설을 여타의 일인칭 소설과 구분지어 준다. 일인칭 소설들은 자신의 청중을 향해 그와는 다른 태도와 의도를 지니고 있다."[5] 글쓰기란 자신의 내면으로부터 솟구쳐 나오는 에너지를 느끼고 그것을 밖으로 분출해 내는 행위다. 때로는 그것이 아주 격렬한 감정을 불러일으키고 자신도 예기치 못한 통제할 수 없는 무서운 리듬을 탈 때도 있다. 그래서 간혹 처음 글쓰기를 하는 사람 중에는 알 수 없는 공포감에 휩싸여 느닷없이 울음을 터뜨리는 사람도 있다. 그러나 그것을 두려워 할 필요는 없다. 그 순간은 곧 지나고 말 것이니까. 어떤 경우에도 글을 쓰는 손을 멈추어서는 안 된다는 것이다. 자기 자신을 신뢰하고

---

5 테렌스 두디Terrence Doody, *Confession and Community in the Novel*(Batom Rouge and London : Louiseiana State University Press, 1980)

끝까지 밀고 나가는 것이 중요하다. 금방 쓴 것을 읽기 위해 손을 멈춰서는 안 된다. 철자법과 같은 문법이나 글쓰기의 규범 따위에 신경 쓸 필요도 없다. 오로지 쓰고 있는 행위에만 몰입하라. 이 단계의 절정에 이르게 되면 "미치도록 사랑에 빠진 사람"과 같이 내 안에 숨어 있는 또 다른 내가, 이제까지 볼 수도 없고 알 수도 없었던 숨어 있던 또 다른 내가 글을 쓰고 있음을 실감하게 된다.

글쓰기 훈련을 위한 몇 개의 목록들

1. 눈을 감고 기억을 집중해 내가 처음 태어나던 순간으로 돌아가 보자. 그 '장소'는 어디인가. 그곳의 창문으로 흘러 들어오는 빛과 들리는 소리들, 그리고 어떤 냄새가 맡아지는가를 써 보자.

2. 내가 동물이 되었다고 상상하자. 곰, 늑대, 여우, 독수리, 말, 낙타, 물고기, 개, 다람쥐, 두더쥐, 너구리와 같은 한 동물로 변신해 보자. 그리고 그 동물의 눈을 통해 본 풍경들을 글로 써 보자.

3. 아무 시집이나 꺼내 책을 펼친다. 그리고 마음을 잡아끄는 한 줄을 골라 적은 다음, 시집을 덮고 난 뒤 그 다음 구절들을 적어 내려간다.

4. 한 가지 색깔에 대해 정신을 집중해 보자. 이를테면 '분홍색'이나 '푸른색'에 대해 이십분 정도 몰입해 본다. 그리고 분홍색이나 푸른색과 연관되어 떠오르는 구체적인 사물과 상황에 대해 써 보자. 이때 주의해야 할 것은 큰 것, 추상적인 것이 아니라 작고 하찮은 것, 아주 구체적인 것에 대해 세세하게 써야 한다는 것이다.

5. 성^性에 대해 최초의 인식을 갖게 된 계기와 그때의 정황에 대해 써 보자. 누구와 어디서, 무엇을, 어떻게 따위의 '사실'은 그다지 중요하지 않다. 그때 나를 감싸고 있던 빛은 어떠했는가, 그 '장소'의 지배

적인 색깔은 무엇이고, 나는 그 순간 어떤 소리들을 들었는가. 그리고 내 마음은 그것들에 대해 어떻게 반응했는가. 정신을 고도로 집중하면 그 당시에는 미처 새겨 보지 못했던 그 작고 하찮은 것들이 다시 선명하게 살아날 것이다.

6. 물에 처음 뛰어들어 헤엄을 칠 때를 떠올려 보자.

7. 어린 시절과 엄마나 아빠, 그리고 형제들과 예기치 않게 따로 떨어져 두려움에 떨며 헤매었던 적은 없었는가. 누구나 다 그런 경험이 있다. 아마도 너무 오래 되었기 때문에 잊고 있는지도 모른다. 그 기억에 대해 써 보자.

8. 어떤 '장소'의 낯설음 때문에 울어 본 적은 없는가. 왜 울었는가. 그걸 써 보자.

9. 감옥의 무기수라고 상상해 보자. 이십년의 세월을 독방에 갇혀 있다가 풀려 나와 번잡한 도심의 거리를 걷는다고 상상해 보자. 기름 가마에서 나오는 닭을 튀기는 산패^{酸敗}한 기름 냄새, 거리에 떠도는 자동차의 배기가스, 젊은 여자의 향수 냄새, 화원의 꽃냄새, 베이커리의 맛좋은 빵냄새…… . 거리의 공기에는 무수한 냄새들이 뒤섞여 흐른다. 그 냄새들을 향해 '감각'을 충분히 열어놓고 그것에 대해 낱낱이 써 보자.

살아 있는 글쓰기를 향하여

자, 이제부터 소설을 쓰자, 고 마음먹고 시간을 내서 노트와 필기용구를 준비하고 책상에 앉았다. 당신이 편안해하고, 정신을 집중할 수 있는 장소라면 서재가 아니더라도 구석진 방이나 부엌의 식탁, 혹은 도서관, 한적한 카페의 구석진 자리, 어느 곳이든지 괜찮다. 너무 춥거나 덥지 않고, 너무 어둡거나 밝지 않은 곳이 좋다. 어떤 사람은 주위에 아무도 없어야만 글을 쓸 수 있고, 어떤 사람은 누군가 옆에 있어야 글을 쓸 수 있다. 그러나 무엇을 쓸 것인가. 머리 속은 텅 빈 것처럼 아무것도 떠오르지 않고, 공연히 앉아서 미적미적 시간만을 보내다가 일어서기 일쑤다. 이렇게 되어서는 안 된다. 먼저 자리에 앉자마자 노트에 아무것이라도 좋다. 맨 처음에 떠오른 영상을 써 나간다. 그것은 어떤 단어에서 비롯된 착상일 수도 있고, 어젯밤에 만났던 친구에게서 들은 어떤 이야기와 연관된 것일 수도 있다. 아무것이라도 좋다. 쓰고 싶은 대로 쓰는 것이다. 그 순간은 그 누구도 당신의 쓰는 것에 대해 이러쿵저러쿵 간섭할 수가 없다. 그것을 머리 속에 떠오르는 대로 써내려 간다. 그렇게 써내려 갈 때 어느 순간 무의식 속의 물길이 터져 나올 수가 있다. 밖으로 분출되는 그 무의식의 물길은 우리의 '에고의 지배'로부터 벗어난 자유로운 이야기다. 우리의 에고는 '최초로 폭발한 생기발랄한 생각'들을 통제하고 규제하는 내부의 검열자다. 내부의 검열자란 소설쓰기에 전혀 도움이 되지 않는 백해무익한 훼방꾼일 뿐이다. 그 내부의 검열자의 눈과 귀를 막을 수 없다면 당신은 소설쓰기를 처음부터 포기하는 것이 좋다.

최초의 착상은 엄청난 에너지를 지니고 있다. 그것은 어떤 대상에 대해 당신의 정신 속에서 최초로 폭발한 생기발랄한 생각이다. 헌데 내부의 검열자는 흔히 그러한 생각들을 억누르곤 한다. 그리하여 우리는 두 번 세 번 심사숙고한 끝에 오히려 처음 섬광처럼 번득이는 신선한 착상으로부터 한참 멀어지게 된다. (중략) 최초의 생각들은 또 에고에 의해서도 방해를 받는다. 이때의 에고란 우리를 통제하려 들고, 또 이 세계는 영구불변하고 조화로우며 논리적으로 운행되고 있다는 점을 입증하려고 드는 우리 내부의 메커니즘을 뜻한다. 그러나 세상은 영구불변하지 않다. 이 세계는 끊임없이 변화하고 있으며 괴로움으로 가득 차 있다. 그러므로 당신이 에고의 지배를 벗어나 무엇인가를 표현한다면 그 글은 에너지로 충만한 것이 되리라. 왜냐하면 그 글은 있는 그대로의 진실을 표현한 것일 테니까. 글을 쓸 때 공연히 에고의 부담을 짊어질 필요가 없다. 그 대신 매순간 밀어닥쳐 오는 인간 의식의 파도들을 그때그때 표현하고, 또 그러한 표현을 할 때 당신의 개성적인 표현 방식을 마음껏 구사하도록 하라.

＿나탈리 골드버그, 「당신도 작가가 될 수 있다」

우리 내면의 저 깊은 의식 속에는 우리가 상상할 수 없을 만큼 엄청난 기억들이 숨어 있다. 우리는 단지 그것을 끄집어내기만 하면 된다. 그러나 대부분의 사람들은 그 방법을 알지 못한다. 기존의 표현 방식이나 공식적인 글쓰기의 규범 따위도 잠시 마음속에 접어둘 필요가 있다. 그것들에 잔신경을 쓰다 보면 생각의 흐름은 자꾸 방해를 받게 되고, 결국은 글쓰는 손을 놓아야 되는 순간과 직면할 수밖에 없다. 글쓰기의 맥락을 끊지 않기 위해 결코 이미 썼던 것을 되돌아가 읽거나, 그것들을 고치는 행동들도 하지 말아야 한다. 만약 우리가 글쓰는 손을 멈추고 노트에 씌어진 것들을 읽기 시작하면 우리 속에 숨어 있던 내부의 검열자가 시시콜콜한 트집들을 잡아 우리의 글쓰기를 중단하도록 할 것이다. 그렇게 되면 우리를 사로잡았던 열정은 식기 시작하고 우리의 내면에서 섬광처럼 터져 나오던 신선한 생각의 흐름은 중단된다. 무조건 자신의 생각이 뻗어 나가는 대로 멈추지 않고 그 끝 간데까지 글쓰기를 밀고 나가는 것이다. 우리는 맥이 빠진 죽어 있는 글을 쓰기를 원치 않는다. 살아 생동하며, 에너지로 충만된 글을 쓰기를 바란다. 만약 당신이 누구의 방해도 받지 않고 첫 번째의 시도에서 당신의 무의식 속에 숨어 있던 기억들을 섬광처럼 글로 써냈다면 이제 그것을 지속해야 한다.

홀륭한 피아노 연주자나 신기록을 내는 수영선수들은 타고나는 것이 아니다. 그들은 매일 수 시간씩 반복적으로 피나는 연습한다. 그것은 한 달이나 두 달에 끝나는 것이 아니라 수년, 혹은 일이십년 동안 그 연습에 매달린다. 그때 비로소 한 사람의 홀륭한 피아니스트, 혹은 수영선수가 탄생하는 것이다. 글쓰기도 마찬가지다. 어쩌다가 한 번 쓴 소설로 홀륭한 작가가 되는 법은 없다. 좋은 작가가 되기 위해 수년, 수십년 지속적으로 글쓰기를 연마해야 한다. 그런 피나는 습작과정을 거친 뒤에야 비로소 한 명의 작가가 탄생하는 법이다.

커피 외_리처드 브라우티건

리처드 브라우티건(Richard Brautigan1935~1984)은 1967년에 현대 생태주의 문학의 원조가 되는 『미국의 송어낚시』를 내놓으면서 비평가들의 주목을 크게 받는다. 커트 보네커트는 샌 프란시스코에서 소설을 쓰고 있던 무명의 작가 리처드 브라우티건을 발굴했으며, 1967년에 『미국의 송어낚시』가 발표되자마자 브라우티건은 단 한 편의 소설로 세계 문단의 총아가 되었다. 이 소설은 1960년대 미국 대학생들이 거의 경전처럼 옆구리에 끼고 다니는 소설이 되었다. 브라우티건이 추구하는 것은 '미국의 꿈'이다. 언어 유희나 알레고리나 패러디, 조크 등을 통해 현대의 불모지에 부재하는 '꿈'을 찾아 방황하는 애기를 그려내고 있는 것이다. 녹슨 폐차들이 들어찬 주차장, 죽은 물고기들이 떠오르는 호수, 시체들의 창고인 공동묘지 같은 이미지들은 기계문명과 물질주의로 인해 폐허와 죽음의 장소로 변해 버린 '미국', 더 나아가 노쇠한 현대 서구문명의 정신적 풍경을 암시한다. 브라우티건은 1984년 11월 어느날 49세의 젊은 나이에 총으로 자살을 하는 것으로 생을 마감한다.

커피

때때로 인생은 단지 커피 한 잔의 문제 또는 커피 한 잔이 가능케 해주는 친밀감의 문제에 지나지 않는다. 언젠가 나는 커피에 관해 씌어진 어떤 글을 읽은 적이 있다. 그 글은 커피가 건강에 좋다고 말하고 있었다. 커피는 인간 육체의 모든 기관을 촉진시킨다고 말이다.

처음에 나는 이러한 말이 커피를 표현하는 말치고는 좀 이상한 말, 아니 전혀 유쾌하지 못한 말이라고 생각했다. 그러나 차츰 시간이 지남에 따라 나는 그 말이 나름대로 제한된 범위에서나마 뭔가 의미를 지니고 있다는 사실을 깨닫게 되었다. 나는 바로 그것을 여기에서 말하고자 한다.

어제 아침 나는 어떤 소녀를 만나러 갔다. 나는 그녀를 좋아한다. 그러나 우리가 예전에 서로에 대해 가지고 있었던 감정은 이제 모두 사라져 버리고 없다. 그녀는 더 이상 나를 좋아하지 않는다. 내가 모든 걸 망쳐 버렸고 지금은 그렇게 한 것을 후회하고 있다.

나는 초인종을 눌렀다. 그리고 현관 계단에서 기다렸다. 나는 그녀가 이층에서 움직이는 소리를 들을 수 있었다. 그녀가 움직이면서 내는 소리를 통해, 나는 그녀가 지금 자리에서 일어나고 있다는 것을 알 수 있었다. 내가 그녀의 잠을 깨웠던 것이다.

그런 다음 그녀는 계단을 내려왔다. 나는 그녀가 점점 다가오는 것을 가슴속에서 느낄 수 있었다. 그녀가 내딛는 한 걸음 한 걸음이 나의 감정을 휘저어 놓았으며, 결국 그녀는 문을 열었다. 나를 보았을 때 그녀는 기뻐하지 않았다.

옛날에는 나의 방문이 그녀를 매우 기쁘게 했었다. 지난주만 하더라도 나는 순진한 척하며, 그것이 갑자기 도대체 어디로 사라져 버렸는지 의아해한다.

"난 지금 기분이 좋지 않아요." 그녀가 말했다. "별로 말을 하고 싶지도 않고."

"커피 한 잔만 마셨으면 좋겠는데." 나는 이렇게 말했다. 왜냐하면 그것이 바로 세상에서 내가 제일 원하지 않았던 것이기 때문이었다. 나는 마치 내가 어떤 다른 사람, 즉 실제로 다른 모든 것을 제쳐놓고 오직 커피만을 원했던 사람으로부터 온 전보를 그녀에게 읽어 주는 것 같은 목소리로 그렇게 말했다.

"좋아요." 그녀가 말했다.

나는 그녀를 따라 이층으로 올라갔다. 그것은 우스꽝스러웠다. 그녀는 서둘러 옷을 입은 것 같았다. 그녀의 몸을 감싸고 있는 옷들은 아직 그녀의 몸에 제대로 적응하지 못한 상태였다. 나는 여러분에게 그녀의 엉덩이에 대해 말해 줄 수 있다. 우리는 부엌으로 들어갔다.

그녀는 선반 위에서 인스턴트 커피 한 봉지를 꺼내 컵 하나와 수저 하나를 갖다 놓았다. 나는 그것들을 바라보았다. 그녀는 물이 가득 든 냄비 하나를 난로 위에 올려놓았다. 그리고 하단에 장치되어 있는 가스 스위치를 켰다.

그녀는 내내 한마디 말도 하지 않았다. 이제 그녀의 옷은 그녀의 몸에 적응되어 있었다. 그러나 나는 물론 아직 그녀에게 적응되지 않았다. 그녀는 부엌에서 나갔다.

그런 다음 그녀는 우편물이 와 있는지를 보기 위해 계단을 내려가 밖으로 나갔다. 내 기억으로는 우편물은 없었다. 그녀는 다시 계단을 올라와 다른 방으로 들어갔다. 그녀는 방에 들어간 후에 문을 닫았다. 나는 난로 위에 놓여 있는, 물이 가득 찬 냄비를 바라보았다.

나는 물이 끓기 시작하려면 일년이라는 세월이 걸릴 거라는 사실을 알고 있었다. 지금은 10월이었다. 그리고 그 냄비 속에는 너무 많은 물이 들어 있었다. 그것이 문제였다. 나는 싱크대에 물을 절반 가량 버렸다.

물은 이제 좀 더 빨리 끓을 것이다. 그것은 단지 6개월이라는 세월을 필요로 할 것이다. 집안은 매우 고요했다.

나는 뒷문 밖을 내다보았다. 거기에는 쓰레기를 넣은 비닐 봉지들이 쌓여 있었다. 나는 쓰레기를 뚫어져라 노려보았다. 그리고 그 속에 들어 있는 그릇과 껍질과 음식물을 검사해 봄으로써 그녀가 최근에 어떤 것들을 먹었는지 알아내고자 하였다. 그러나 나는 아무것도 알 수 없었다.

지금은 3월이었다. 물은 끓기 시작하고 있었다. 나는 물이 끓는 소리에 기분이 매우 좋아졌다.

나는 식탁을 바라보았다. 거기에는 인스턴트 커피 한 봉지와 빈 컵과 스푼이 마치 장례식 행사 때처럼 놓여 있었다. 이것들이 바로 여러분이 커피를 만들고자 할 때 필요로 하는 물건 전부다.

십분 후에 내가 그 집에서 나서려 할 때, 한 잔의 커피는 내 뱃속에 마치 무덤처럼 안전하게 자리잡고 있었다. 나는 말했다. "커피 고마웠어."

"천만에요" 그 여자가 대꾸했다. 그녀의 목소리는 닫힌 방문 뒤에서 흘러 나왔다. 그녀의 목소리는 또 다른 어떤 전보처럼 들렸다. 이젠 정말로 내가 떠나야 할 시간이었다.

나는 그날의 나머지 시간을 커피를 만들지 않은 채로 보냈다. 그건 참 편했다. 저녁 때가 되자 나는 식당에서 저녁 식사를 한 후 술집으로 갔다. 나는 거기에서 몇 잔의 술을 마셨으며, 또 몇몇 사람들과 잡담을 나누었다.

우리는 술친구들이었기 때문에 술집에 관련된 이야기를 했다. 술집 문이 닫혔을 때, 나는 그들 중의 어느 누구도 기억하지 못했다. 새벽 두시였다. 밖으로 나갈 시간이었다. 샌프란시스코는 안개가 자욱이 깔려 있었고 매우 추웠다. 나는 안개에 대해 생각해 보았고 아주 인간적인 것을 느꼈으며 자신이 노출되어 있다고 느꼈다.

나는 다른 여자를 만나러 가기로 작정했다. 우리는 일년 이상 전혀 만나지 않은 사이였다. 한때 우리는 매우 가까웠다. 나는 그녀가 지금 무엇을 생각하고 있을지 궁금했다.

나는 그녀의 집으로 갔다. 그녀의 집에는 초인종이 없었다. 그것은 나에게는 하나의 승리였다. 우리는 살아가면서 모든 조그마한 승리들의 자취를 결코 놓치지 말고 끝까지 따라가야 한다. 어쨌든 나는 그렇게 한다.

그녀는 문을 열었다. 그녀는 손에 든 잠옷으로 알몸을 가리고 있었다. 그녀는 내가 거기 와 있다는 사실을 좀처럼 믿으려 하지 않았다.

"무얼 원하지요?" 내가 정말로 거기 서 있다는 것을 이제는 믿으며 그녀가 물었다. 나는 그녀의 집 안으로 곧장 걸어 들어갔다.

그녀는 몸을 돌려 문을 닫았는데, 그녀의 옆얼굴이 내 시야에 비쳐 들어왔다. 그녀는 손에 들고 있던 잠옷을 굳이 몸에 걸치려고 애쓰지 않았다. 그녀는 단지 그것을 자신의 몸 앞에 들고 있을 뿐이었다.

나는 머리에서 발끝까지 그녀의 육체의 미끈한 곡선을 훑어볼 수 있었다. 그녀의 모습은 다소 이상하게 보였다. 아마 지금이 한밤중이었기 때문에 더욱 그랬는지도 몰랐다.

"무얼 원하세요?" 그녀가 말했다.

"커피 한 잔만 마셨으면 좋겠는데." 내가 말했다. 또다시 이런 말을 내뱉다니 참으로 우스운 일이었다. 그것은 정말 내가 원했던 것이 아니었다.

그녀는 나를 바라보며 옆얼굴을 약간 돌렸다. 그녀는 나를 만난 것이 별로 즐겁지 않은 듯싶었다. 미국 의학 협회로 하여금 시간이 약이라고 말하게 하라. 나는 그녀의 몸의 곡선을 바라보았다.

"나하고 같이 커피 한 잔 하지 않겠어?" 내가 말했다. "난 너와 잠시 얘기를 하고 싶어. 우린 서로 오랫동안 이야기를 하지 않았잖아."

그녀는 옆얼굴을 약간 옆으로 더 돌렸다. 나는 그녀의 육체의 매끈한 곡선을 바라보았다. 일이 잘 되어 나갈 것 같지는 않았다.

"시간이 너무 늦었어요." 그녀가 말했다. "난 아침에 일찍 일어나야만 해요. 만약 커피 한 잔이 마시고 싶다면, 부엌에 인스턴트 커피가 있으니 알아서 하도록 하세요. 난 잠을 자야 되니까요."

부엌엔 불이 켜져 있었다. 나는 부엌 안을 들여다보았다. 부엌으로 들어가 다시 커피 한 잔을 내 손으로 끓여 마시고 싶은 생각은 전혀 들지 않았다. 나는 다른 사람의 집에 가서 또다시 그에게 커피 한 잔을 달라고 부탁하고 싶지도 않았다. 나는 그날 하루가 매우 이상한 순례 여행으로 짜여져 있다는 사실을 깨달았다. 나는 분명히 그날 하루를 그런 식으로 보내려고 계획하진 않았었다. 적어도 이곳 식탁 위엔 빈 하얀 컵과 스푼 옆에 있는 인스턴트 커피병이 놓여 있지도 않았다.

봄에는 젊은이의 환상이 사랑에 대한 생각으로 꽉 차 있다고들 한다. 아마 만약 그에게 시간적 여유가 충분히 있다면, 그의 환상은 한 잔의 커피를 위한 공간도 만들어 낼 수 있으리라.

그레이하운드 비극

그녀는 자신의 삶이 영화 잡지에 나오는 청춘 스타의 죽음처럼 많은 사람들이 줄을 지어 애도하고, 또 죽은 뒤에는 위대한 그림보다도 더욱 아름다운 하나의 비극 작품이 되기를 소망했다. 그러나 그녀는 자신이 태어났고 또 그곳에서 자랐던 오레곤 주 소읍^{小邑}을 떠나 할리우드에 가서 자신의 죽음을 결코 정리할 수 없었다. 비록 경제 공황이 닥쳐 살기가 어려운 때였지만, 아버지가 페니스 백화점의 지배인으로 꼬박꼬박 월급을 받아 왔고 가정 살림에도 매우 충실했기 때문에 경제공황과 상관없이 그녀의 삶은 안락했다.

영화는 곧 그녀가 신봉하는 종교였으며, 그녀는 팝콘 한 봉지를 들고 모든 예배 의식에 한 번도 빠지지 않고 출석했다. 영화 잡지가 곧 그녀에겐 성서였으며, 그녀는 신학 박사의 뜨거운 열정으로 그것을 파고들었다. 그녀는 아마 교황보다도 영화에 관해 더 많은 것을 알고 있었을 것이다.

세월은 그녀가 예약한 잡지 구독의 횟수와 더불어 흘러갔다— 1931년, 1932년, 1933년, 1934년, 1935년, 1936년, 1937년, 그리고 마침내 1938년 9월 2일이 되었다.

그러다가 마침내, 만약 그녀가 품었던 소망대로 할리우드에 가려고 한다면, 바야흐로 중대한 결단을 내려야 할 시기가 왔다. 그녀와 결혼하기를 원하는 한 젊은 남자가 나타났다. 그녀의 부모는 장래의 가능성이 탄탄한 그 남자를 신랑감으로 아주 흡족해했다. "포드는 아주 훌륭한 전통을 가지고 있는 회사야." 그녀의 아버지가 말했다. 상황은 그녀의 꿈과는 어긋난 방향으로 흘러가는 것 같았다.

그녀는 버스 터미널에 내려가서 할리우드까지의 요금이 얼마나 되는지를 물어 볼 수 있는 용기를 내는데 몇 달을 허비했다. 때때로 그녀의 머리는 하루종일 버스 터미널에 대한 생각으로 가득 차 있기도 했다. 그러나 내내 머리 속으로 버스 터미널에 가야 한다고 생각하는 것과, 실제로 그곳에 가서 할리우드까지의 버스 요금이 얼마인가를 알아보는 행동은 전혀 별개의 일이나 다름없었다.

언젠가, 그녀는 어머니와 함께 번화가를 향해 차를 몰고 있었다. 그녀의 어머니가 어떤 거리로 꺾어 들어갔을 때 버스 터미널이 눈에 들어왔고, 그래서 그녀는 저편 거리에 있는 상점에서 사야 될 물건이 있으니까 제발 다른 거리로 해서 가자고 어머니에게 부탁했다.

신발 몇 켤레를 사야 한다는 것이었다.

그녀의 어머니는 딸의 이러한 행동에도 전혀 아무런 낌새도 눈치 채지 못한 채, 차의 방향을 돌렸다. 그녀는 딸에게 왜 얼굴이 그렇게 붉게 달아올랐느냐고 물어 볼 생각조차 하지 않았다. 그러나 사실 그것은 그날만 나타난 유별나게 색다른 반응은 결코 아니었다. 그녀는 평소에도 딸에게 아무것도 물어 볼 생각을 전혀 하지 않았다.

아침에 딸에게 우편으로 배달되어 왔던 모든 영화 잡지들에 대해 뭔가 한마디 할 생각이었다. 며칠 동안 영화 잡지들은 한 치의 틈도 없이 우편함을 가득 메운 채 그대로 그 자리에 머물러 있었다. 그 우편물들을 끄집어내기 위해선 스크루 드라이버를 사용해야 할 정도였다. 그러나 그녀는 정오쯤엔 이미 그 일을 까맣게 잊어버렸다. 어머니의 기억은 결코 열두시까지 지탱해 내지 못했다. 그것은 대개 11시 30분쯤만 되면 피곤에 지쳐 완전히 고갈되어 버렸다. 그러나 그녀는, 만약 조리법이 간단할 경우에는 상당히 훌륭한 요리사였다.

시간은 마치 클라크 게이블 극장에서 팝콘이 없어지듯 그렇게 흘러 어디론가 사라졌다. 요즘 들어 부쩍 아버지는 그녀가 고등학교를 졸업한 지도 벌써 3년이나 되었으며, 이젠 앞으로 무엇을 해야 할 것인가에 관해 진지하게 생각해야 할 때라는 사실을 일깨워 주기 위해 많은 '암시'들을 던져 주고 있었다.

그는 결코 헛되이 페니스 백화점의 지배인으로 근무하고 있는 것이 아니었다. 최근에, 실제로는 약 일년 전쯤부터, 그는 딸이 접시같이 눈을 크게 뜬 채 내내 영화 잡지만 읽으며 집안에 앉아 있는 꼴을 지켜보는 데 이미 싫증이 난 상태였다. 그때부터 그는 딸을 통나무에 나 있는 보기 싫은 혹같이 생각하게 되었다.

그녀의 아버지가 던지기 시작했던 암시들은 우연히도 그 젊은 포드 자동차 회사 판매원의 네 번째 구혼 신청과 시기적으로 딱 맞아떨어졌다. 그때까지 그녀는 좀더 진지하게 생각할 시간이 필요하다는 이유로 이미 세 번의 구혼 신청을 거절했는데, 사실 그때까지만 해도 그녀는 아직도 버스 터미널에 내려가서 할리우드까지의 찻삯이 얼마나 되는지를 물어 볼 만한 용기를 마음속에 불러일으키려는 온갖 노력을 다하고 있었다.

마침내, 자기 자신의 비밀스런 동경으로부터 시작된 심리적 압박감과 아버지로부터 강요된 '암시'들로 말미암아, 어느 날 그녀는 저녁 식사용 그릇들을 다 닦은 다음에, 따스한 황혼이 막 시작될 즈음 집을 나와서, 천천히 버스 터미널로 걸어 내려갔다. 결국 그녀는 1938년 3월 10일부터 1938년 9월 2일 저녁 때까지 오로지 할리우드행 버스 찻삯이 얼마나 되는지를 궁금하게 여기며 살아왔던 셈이었다.

버스 터미널은 뻣뻣하게 경직되어 있었고, 전혀 낭만적이지 않았으며, 그녀가 동경해 왔던 은막銀幕의 영광으로 가는 출발점으로 보기에는 너무 초라해 보였다. 두 명의 노인이 버스를 기다리며 벤치에 앉아 있었다. 그들은 매우 피곤해 보였다. 그들은 자신들이 가려고 하는 목적지에 바로 지금 도착해 있었으면 하고 바랐다. 그들의 가방은 마치 필라멘트가 끊어진 전구와도 같았다.

차표를 팔고 있는 남자는 마치 세상의 그 어떤 것이라도 다 팔 수 있을 사람처럼 보였다. 그는 세탁기나 잔디를 다듬는 데 사용되는 부품들도 다른 장소에 가는 차표들처럼 팔 수 있었을 것이다.

그녀는 얼굴이 붉게 달아올랐으며, 신경 또한 날카로워졌다. 그녀의 가슴은 자신이 버스 터미널에 어울리지 않는다는 것을 느끼고 있었다. 할리우드까지 가는 데 찻삯이 얼마냐고 묻기 위해 매표소로 갈 수 있는 용기를 내려고 거의 필사적으로 애를 쓰고 있는 동안, 그녀는 마치 자신이 다음 버스로 올 누군가를, 예를 들어 아주머니를 기다리고 있는 것처럼 행동하려 애썼다. 그러나 그녀가 어떤 태도를 가장했든지 간에 다른 사람들은 눈곱만치의 관심도 없었다.

어느 누구도 그녀를 쳐다보지 않았다. 비록 그녀가, 지진이 일어났을 때의 사탕무처럼, 그녀 자신을 어느 누구에게라도 빌려 줄 수도 있었지만 그들은 그녀에게 전혀 관심을 갖지 않았다. 그것은 9월의 어느 어리석은 밤의 일이었으며, 그녀는 단지 할리우드까지의 찻삯이 얼마인지를 알아 낼 만큼의 용기를 갖고 있지 않았다.

그녀는, 자신의 발자국이 지면에 닿는 매순간마다 절망하며, 내내 울면서 따스하고 부드러운 오레곤 주의 밤 속을 걸어 집으로 돌아갔다. 공중에는 바람 한 점 없었으며, 모든 어두운 그림자들은 그녀의 마음을 편안하게 위로해 주었다. 그것들은 그녀에게 사촌들 같았다. 그 뒤 그녀는 그 젊은 포드 자동차 회사 판매원과 결혼했으며, 2차 세계 대전 동안을 제외하고는 매년 새차를 타고 드라이브를 했다.

그녀에게는 진과 루돌프라고 이름지었던 두 명의 아이가 있었으며, 영화 스타로 생을 마치는 예전의 환상은 잊어버리려 애썼다. 그러나 이제 31년이 지난 오늘날에도, 그녀는 그 버스 터미널을 지나칠 때마다 아직도 얼굴을 붉힌다.

*

미국의 포스트 모더니즘 소설을 대표하는 작가인 커트 보네커트는 우연히 1960년대에 몬태나 주에서 재능있는 무명 작가 한 사람을 발견하게 된다. 그는 무명의 젊은 작가를 출판사에 천거하여 소설을 출판하게 한다. 1967년에 무명 작가는 『미국의 송어 낚시』라는 목가적인 제목의 소설을 발표하며 일약 가장 각광받는 작가의 한 사람으로 떠오른다. 그러나 그는 1984년 11월 어느 날 49세의 젊은 나이에 총으로 자신의 목숨을 끊는다. 그가 바로 리처드 브라우티건이다.

브라우티건의 소설들은 절제된 언어와 참신한 이미지들, 그리고 유머와 패러독스로 가득 차 있다. 그는 끊임없이 잃어버린 미국의 꿈을 그의 소설 속에 새겨 넣으려고 했던 작가다. 그의 문학의 밑바탕에 흐르고 있는 것은 죽음, 폐허, 상실의 분위기다. 그의 대표작인 『미국의 송어 낚시』의 전반부에는 무덤, 공동 묘지, 조사, 잔해, 죽은 물고기, 시체……와 같은 이미지들이 빈번하게 나타난다. 잃어버린 것들에 대한 향수는 그의 문학의 피할 수 없는 숙명이기도 했다.

「커피」는 인간과 인간 사이의 친밀감, 혹은 애정, 혹은 진정한 소통의 불가능성에 대한 안타까움을 주제로 하고 있다. 이 작품에서 커피는 단순한 기호 식품이 아니라 인간과 인간 사이를 매개하는 일종의 기호이며, 시니피앙이다. 작가는 소설의 첫머리에서 '때때로 인생은 단지 커피 한 잔의 문제 또는 커피 한 잔이 가능케 해주는 친밀감의 문제에 지나지 않는다'라고 선언하고 있다.

「커피」의 화자인 '나'는 예전에 사랑했던, 그러나 이제는 예전과 같지 않게 서먹해진 관계인 한 소녀의 집을 방문한다. 그녀의 집 앞에서 초인종을 누르고 그녀를 기다린다. 그러나 그 소녀는 '나'의 방문을 그다지 반가워하지 않는다. '나'는 그저 소녀에게 '커피 한 잔'만을 청한다. 그녀는 한마디 말도 하지 않은 채 가스 렌지 위에 커피 물을 올려놓고 커피를 준비한다.

> 나는 물이 끓기 시작하려면 일 년이라는 세월이 걸릴 거라는 사실을 알고 있었다. 지금은 10월이었다. 그리고 그 냄비 속에는 너무나 많은 물이 들어 있었다. 그것이 문제였다. 나는 싱크대에 물을 절반 가량 버렸다. 물은 이제 좀 더 빨리 끓을 것이다. 그것은 단지 6개월이라는 세월만을 필요로 할 것이다. (……) 지금은 3월이었다. 물이 끓기 시작하고 있었다.

이런 대목에서 우리는 브라우티건의 과장된 유머와 경쾌한 언어유희를 엿볼 수가 있다. '나'는 식탁에 놓인 '인스턴트 커피 한 봉지와 빈 컵과 스푼이 마치 장례식 행사 때처럼' 놓여 있는 것을 물끄러미 바라볼 뿐이다. 그리고 '나'는 커피를 다 마신 뒤 그 집을 쓸쓸하게 빠져 나온다. "한 잔의 커피는 내 뱃속에 마치 무덤처럼 안전하게 자리잡고 있었다." 커피를 대접하는 데 필요한 기물들은 '장례식 행사'의 물품들처럼 늘어서 있고, 뱃속으로 들어간 커피는 '무덤'처럼 안전하게 뱃속에 얌전히 들어가 있는 것이다. '나'의 고맙다는 인사말에 대한 그녀의 '천만에요'라는 대답은 '닫힌 방문' 뒤에서 '전보처럼' 흘러나온다. 그들의 커피는 이미 싸늘하게 식어 버린, 이미 어떤 형태로도 돌이킬 수 없이 완강하게 '죽어 버린' 두 사람의 관계에 대한 매우 날카롭고 차가운 상징이다.

'나'는 그날 저녁 친구들과 잡담을 하며 술을 마시고 새벽에 다시 또 다른 여자의 집으로 찾아간다. 이번에도 '나'는 단지 그녀와 함께 커피를 마셨으면 한다고 말한다. 그러나 그녀는 시간이 너무 늦었고, 자신은 내일 아침에 일찍 일어나야 하기 때문에 커피를 마실 수가 없다고 거절한다. 그녀는 커피를 마시고 싶다면 부엌에 있는 인스턴트 커피를 혼자 타 마시라고 말하고는 자러 들어가 버린다. '나'는 결국 커피를 마시지 못한다. 그러나 '내'가 정말로 원했던 것은 커피가 아니라 커피 한 잔을 통해 타인과 나누는 친밀감이었던 것이다. 두 사람이 사랑했던 시절 함께 나누어 마시는 커피는 두 사람의 친밀감과 애정을 확인해 주는 매개물이었지만, 지금은 두 사람의 관계의 죽음을 말해 주는 기호인 것이다.

그날의 '이상한 순례 여행'은 한 잔의 커피에 대한 욕망으로부터 시작된 여행이다. 그러나 한 잔의 커피에 대한 욕망은 곧 한 잔의 커피를 마실 수 있는 편안한 공간과 한 잔의 커피와 함께 담소하며 친밀감을 나눌 수 있는 사람과의 소통에 대한 욕망인 것이다.

「그레이하운드 비극」은 자신의 삶이 '영화 잡지에 나오는 청춘 스타의 죽음처럼 많은 사람들이 줄지어 애도하고, 또 죽은 뒤에는 위대한 그림보다도 더욱 아름다운 하나의 비극 작품'이 되기를 소망했던 한 젊은 여자의 이야기다. 그녀에게 영화는 '종교'였고, 영화 잡지는 그녀의 '성서'였으며, 팝콘 한 봉지를 들고 영화를 관람하는 것은 그녀의 '예배 의식'이었다. 그녀는 끊임없이 할리우드로 나아가는 꿈을 꾸며 세월을 보낸다. 세월은 마치 '클라크 게이블 극장에서 팝콘이 없어지듯 그렇게 흘러 어디론가 사라졌다'. 그녀의 아버지는 고등학교를 졸업하고도 아무 일도 하지 않은 채 빈둥거리며 영화 잡지만 들척

거리는 그녀를 '통나무에 나 있는 보기 싫은 혹'같이 바라본다. 그 동안 그녀는 포드 자동차 회사 판매원으로부터 받은 세 번의 구혼 신청을 거절하면서 그녀가 꿈꾸는 낙원인 '할리우드'로 가는 몽상에 빠져 지낸다. 그녀가 할리우드로 가기 위해서는 버스 터미널에 가서 할리우드까지의 버스 요금이 얼마나 되는가를 알아보아야 한다.

그녀는 마침내 '자기 자신의 비밀스런 동경으로부터 야기된 심리적 압박감과 아버지로부터 받은 강요된 〈암시〉들로 말미암아' 저녁 설거지를 마친 다음 '따스한 황혼이 시작될 즈음' 버스 터미널로 걸어 내려갔다. 버스 터미널은 그녀가 동경해온 은막銀幕의 세계로 나아가는 입구이며, 구질구질한 오레곤 주의 소읍을 벗어나 모든 사람들이 애도하는 할리우드 스타로서의 죽음을 장식할 수 있는 출발점인 것이다. 그러나 그토록이나 오레곤 주의 소읍을 벗어나기를 열망했던 그녀는 어처구니없게도 단지 '할리우드까지의 찻삯이 얼마인지를 알아낼 만큼의 용기를 갖고 있지 않았'기 때문에 그냥 주저앉고 만다. 그것은 '9월의 어느 어리석은 밤의 일'이다.

그녀가 꿈꾸었던 낙원으로 들어가는 초입에서 감히 한 걸음도 들여놓지도 못하고 물러선 것이다. 그녀는 '자신의 발자국이 지면에 닿는 매순간마다 절망하며, 내내 울면서 따스하고 부드러운 오레곤 주의 밤 속을 걸어' 집으로 돌아온다. 그리고 포드 자동차 판매원과 결혼했으며, 두 명의 아이를 두었다. 하지만 '영화 스타로서의 아름다운 죽음에 대한 예전의 환상'은 그녀의 가슴 한 구석에 남아 있다. 그래서 그 '버스 터미널'을 지나칠 때마다 그녀는 아직도 '얼굴을 붉힌다.' 「그레이하운드 비극」은 때때로 인생에는 그것을 저질러 버렸기 때문에 일생을 따라다니는 후회보다는 기회가 왔던 그 순간에 용기가 없어서 저질러 버리지 못했기 때문에 생긴 후회가 더 크고 깊은 법이라는 사실을 일깨워 준다.

3. 소설의 구성요소는 무엇인가?

소설의 착상과 배경

소설쓰기는 빵굽는 일에 비유할 수 있다. 빵을 만들기 위해서는 재료가 필요하다. 밀가루, 물과 같은 재료가 없이는 빵을 만들 수가 없다. 밀가루와 물만으로는 빵이 되지 않는다. 이렇게 물을 섞어 적당히 반죽한 밀가루에 이스트를 넣은 뒤 반죽이 부풀어오르도록 조금 기다려야 한다. 그 다음에 오븐에서 구워 내면 된다. 소설에도 밀가루와 일차적인 재료가 필요하다. 그것은 다름 아닌 소설을 쓰는 작가의 생에 대한 경험이다. 모든 소설은 그것을 쓴 작가의 직접적이건 간접적이건 경험에 의해 씌어진다.

맛있는 빵을 결정하는 일차적인 조건은 좋은 재료다. 예술의 재료는 '경험'이라고 말했다. 예술가들이란 그것에서 영감을 이끌어 내며 그것을 질료로 해서 회화나 조각, 시나 음악을 빚어내는 것이다. 어윈 에드만은 경험 그 자체는 "변덕스럽고 혼란한" 그 무엇에 지나지 않으며 "형태를 갖지 않은 물질이며 목표가 없는 활동"이라고 말한다. 따라서 "실제적이며 본능적인 충동에서 오는 일상적인 경험은 정처 없고 죽은 것"이다. 범용한 일상 경험이 예술이 될 수 없는 이유가 여기에 있다.

그날그날 우리들이 겪는 경험이 어느 만큼인가 하는 것은 '크게 부풀며 와글거리는 혼란'이라고 한 윌리엄 제임스의 말처럼, 그것이 얼마나 착란상태인가는 실감하기 어렵다. 인생은 흔히 눈을 뜨고 보는 꿈이라고 일컬어져 왔다. 그러나 인생에는 꿈의 뒤죽박죽이라든가 공포가 있을지는 몰라도 생생함은 많지 않다. 많은 사람에게 인생은 거의 혼수상태와 같은 것이다. 그들은 눈을 갖고 있지만 아직 날카롭게, 그리고 명료하게 볼 수가 없다. 그들에게 귀가 있지만 아름답고 다양하게 들을 수가 없다. 그들은 감정이나 사상에 대한 수많은 자극을 갖지만 무감각 때문에 반응을 낳지 못한다.[6]

예술가와 그렇지 않은 사람 사이에는 뚜렷한 차이가 있다. 일반 사람들은 "혼수상태"와 같은 의식 속에서 일상의 경험들을 흘려 보낸다. 우리가 눈을 뜨고 있으면서도 많은 것들을 보지 못하고, 귀를 열고 있으면서도 많은 것들을 듣지 못하는 것은 우리의 삶이 가수假睡 상태의 삶이기 때문이다. 그때 경험은 그저 스쳐 지나가는 것, 죽은 것, 즉 추상적이고 인습적인 것에 지나지 않는다. 하지만 예술가들은 그 경험을 어린아이와 같이 순수한 마음으로 감각의 명증화라는 렌즈를 들이대고 생생하게 그것을 느끼며 그 풍부한 느낌 속에서 거기서 아무도 보지 못한 자신만의 미적 통찰을 이끌어 내어 감각의 세부細部를 채우는 것이다.

6 어윈 에드만, 『예술과 인간』, 박용숙 옮김(문예출판사, 1984)

물론 밀가루와 물의 반죽이 그대로 빵이 되지 않는 것처럼 경험만으로 소설이 되지는 않는다. 이스트가 필요하다. 그것은 다름 아닌 작가의 상상력이다. 어떤 사람이 작가로 성장할 잠재력이 있는가 아닌가는 그가 상상력이 있는 사람인가 아닌가에 달려 있다고 봐도 과언이 아니다. 상상력이 풍부한 사람이라면 그는 틀림없이 작가적 재능을 타고났다고 말해도 좋으리라. 상상하는 능력^{Imagination}은 소설가에게 필수적으로 요구되는 미덕이다. 그것은 콜리지가 말하는 바와 같이 "모든 인간 지각의 살아 있는 힘이며, 제일의 동인動因"이다. 우리의 논리적 영역 속에서는 잡히지 않는 허상과 같은 세계의 본질을 실재가 아니라 실재를 간접화하는 이미지를 통해 인지하는 능력이다. 이를테면 어린 시절의 회상과 같이 현존하지 않는 대상을 이미지를 통해 우리의 의식 속에 재현해 내는 것, 그것이 바로 상상력이다. 상상 속에서 파편화된 우리의 경험은 하나의 전체로써 통합되고, 그 안에서 이미지, 즉 하나의 생성된 세계가 나오는 것이다.

하나의 대상 또는 한 대상의 그 어떤 요소로 말하자면 '헛되이 표적이 된다는 것'과 '보이고 부재한다는 것' 사이에는 많은 차이가 있다. 그 어떤 지각에 즈음하여 많은 헛된 의도들이 생겨나고, 그것들은 대상의 현재 보이는 요소로부터 출발하여, 아직 발견되지 않았거나 우리의 직관에 더 이상 드러나지 않는, 대상의 다른 양상과는 다른 요소를 향한다. 예컨대, 내가 주시하는 양탄자의 당초 문양은 부분적으로만 나의 직관에 들어올 뿐이다. 창문 앞에 놓여 있는 안락의자의 다리도 몇몇 군데의 곡선과 윤곽은 보이지 않는다. 그렇지만 나는 그 감춰진 당초 문양을 '현재 존재하는' 것으로, 여전히 가려져 있으나 결코 부재하지는 않는 것으로 파악한다. 그리고 유사물^{analogon}을 이용하여 그 감춰진 부분을 현재화하려고 애씀으로써 그것을 그 자체로 파악하는 것이 아니라, 그것의 연속으로 인해 나에게 보이는 것을 파악하는 방식에 따라 그것을 파악한다. 나는 감춰진 당초 문양의 첫머리와 끝머리(이 둘은 안락의자의 다리 앞과 뒤에 보인다)를 그 안락의자의 다리 아래에서 '연속하는' 것으로 '지각한다.' 그러므로 나는 보이는 것을 파악하는 방식에 따라, 보이지 않는 것을 실재하는 것으로 상정한 것이다. 보이는 것과 똑같은 이유에서, 보이는 것에 의미와 본성 자체를 부여하는 것처럼, 실재한다고 상정한 것이다. 마찬가지로 어떤 선율의 흘러간 음들도 현재 들리는 음을 명확히 존재하는 음으로 만드는 것과 같은 전유^{專有}된 과거 지향^{retention}에 의해 파악한다.[7] 그럼 소설쓰기에서 오븐에 해당하는 것은 무엇일까. 그것은 작가의 삶과 세계를 바라보는 방법, 즉 작가의 세계관, 혹은 가치관이다. 소설쓰기란 경험들을 새롭게 '발견'하고 그것을 '해석'하는 일에 다름 아니다.

좋은 빵, 맛있는 빵을 만들기 위해서는 빵과 물을 어떤 비율로 섞을 것인가, 반죽에 이스트를 어느 정도 넣어야 하며, 또 얼마만큼의 시간을 기다려야 할 것인가를 잘 알아야 한다. 아마 처음 빵을 만드는 사람이라면 그 모든 일에 서툴기 때문에 맛과 모양새가 훌륭한 빵을 만들어 낼 수 없을지도 모른다. 그러나 처음에 제대로 된 빵을 만들어 내지 못했다고 실망할 필요는 없다. 몇 번의 실패, 몇 번의 시행착오, 그것이 바로 좋은 빵을 만드는 데 꼭 필요한 스승이다. 소설쓰기도 마찬가지다. 소설쓰기에 대해 어느 정도 알고 있다고 처음부터 제대로 소설을 써내기란 쉽지가 않다. 첫 소설에 실패했다고 자신에게 작가적 재능이 없다고 포기해서는 안 된다. 모든 작가들이 처음부터 훌륭한 소설들을 써내지는 않았다. 그들도 끝없는 실패와 시행착오를 거쳐서 좋은 소설을 써내게 되었다는 사실을 기억해야 한다.

모든 소설은 줄거리를 갖는다. 소설 속의 줄거리란 소설의 육체라

---

7 장 폴 사르트르, 「상상하는 의식과 예술」, 『상상력이란 무엇인가』, 장경렬 · 진형준 · 정재서 편역(살림, 1997)

고 할 수 있다. 소설은 관념이나 추상이 아니라 구체적 실체다. 따라서 좋은 소설이란 훌륭한 주제를 가진 소설이기도 하지만 그 이전에 양감 있는 육체를 가진 소설이어야 한다. 흥미있고 풍부한 예화들, 독자들의 관심을 흐트러뜨리지 않고 긴장감을 유지하며 끌고 나아가는 스토리 라인, 그것을 적확하게 드러내 보여 주는 진솔하고 힘있는 문체, 소재를 해석하고 명료한 주제를 이끌어 낼 수 있는 작가적 관점의 날카로움과 시대를 꿰뚫어보며, 그 의미의 관련된 양태를 한눈에 파악하는 통찰력 등이 잘 어우러져 있어야만 좋은 소설이 될 수 있다.

좋은 소설은 훌륭한 착상으로부터 시작된다. 소설을 하나의 식물에 비유하자면 소설이 존재하기 위해서 씨앗이 필요하다. 그 씨앗은 우리로 하여금 소설을 쓰도록 자극하고 충동을 불러일으킨 어떤 경험이나 모티프들을 말한다. 소설의 착상은 소설을 쓰고자 하는 내면의 욕구를 발견하는 일에서부터 시작된다. 착상은 일종의 발견이다. 우리 주변에 아무리 많은 소설이 될 수 있는 이야기가 널려 있어도 그것을 볼 수 있는 눈이 없다면 소설은 씌어지지 않는다. 눈이란 내면의 욕구와 결부되어 있다. 쓰고자 하는 내면의 욕구를 가진 사람만이 발견의 눈을 갖는다. 먼저 자기 속에 숨어 있는 많은 이야기들을 품어 안은 타자─인물들을 발견해야 한다. 소설가란 "세상 밖으로 나오고자 하고 어떤 이야기 속에 끼어들고 싶어하는 인물들이 뱃속에 들어앉아 살고 있는 존재"에 다름 아니다. 그 타자─인물들[혹은 타자화된 '나']을 이야기 속에 끄집어 내놓으면 그 작중인물은 스스로 몸을 앞으로 내던지며 나아간다. 소설가란 그 인물이 곁길로 새나가지 않고 사건의 핵심 속으로 들어가도록 "채찍을 휘두르며" 독려해야 한다. 이야기를 적당히 꿰맞춰서는 소설이 되지 않는다. 왜냐하면 소설은 뱃속의 타자─인물들을 세상 밖으로 출산하는, 즉 산고가 따르는 창조이기 때문이다. 산모가 아이를 낳을 때 적당히 힘을 줘서 낳는 것이 아니다. 출산 행위가 죽을힘을 다해서 이루어지듯 소설쓰기도 죽을힘을 다해야만 이루어지는 것이다. 뱃속에서 나온 타자—인물들은 소설 속에서 '나'의 가능태적인 여러 양태의 삶을 산다.

소설의 소재가 제한되지 않는 것처럼 소설의 착상 역시 제한되지 않는다. 작가 자신의 경험들, 주위에서 보고 들은 이야기들, 기차나 버스와 같은 대중 교통수단에서 우연히 만났던 사람들, 역사적 기록들, 한 시대를 뒤흔든 사건들, 우연히 읽게 된 짤막한 신문기사, 과거에는 금기시되었던 것들이 해제됨으로써 변화하는 사회적 관습과 의식을 보여 주는 풍속사적인 것들……. 그 모두가 소설의 착상이 될 수가 있다. 이를테면 한때 미국 캘리포니아 남부에서 해양 생물학자로 일한 적이 있는 존 스타인벡은 그곳에서 자연스럽게 진주 조개잡이 어부들을 알게 되어 그 경험을 토대로 「진주」라는 소설을 썼고, 존 르 까레는 영국 외무부와 첩보부원으로 일한 개인적 경험을 바탕으로 「추운 나라에서 돌아온 스파이」라는 소설을 썼다. 그들은 소설 착상의 최초의 씨앗을 자신들의 개인적 경험에서 찾아냈다. 두말할 것도 없이 그 씨앗을 한편의 소설로 개화시킨 것은 열정이 피워 올린 상상력이다.

그 중에서 소설 착상의 가장 일반적인 것은 작가의 개인적 경험이다. 개인적 경험이라고 단순하게 말했지만 그 범주는 엄청나게 넓다. 이 지구 위에는 육십억 이상의 사람들이 함께 어울려 살아간다. 그들은 북적거리며 밥먹고, 잠자고, 일하고, 섹스하고, 전쟁하고, 고민하면서 살아간다. 그 개체적 일상의 경험들이 이루어지는 곳은 집, 거리, 버스, 지하철, 학교, 회사, 극장, 식당, 여관, 커피숍, 백화점, 엘리베이터, 비행기……와 같이 무수한 공간들 속에서다. 그리고 그 경험들의 시간들 역시 다양하다. 새벽, 아침, 낮, 저녁, 밤들. 아직 어두컴컴한, 푸르스름한, 마악 밝아지기 시작한 새벽들, 뙤약볕이 강렬하게 내리쬐는, 비가 올 듯 잔뜩 흐려 있는, 바람이 거칠게 부는, 희끗희끗 눈발이 비치는 오후들, 해가 막 지고 붉은 기운이 사방을 감싸안은, 땅거미가 내리는, 보라색 어둠이 성큼성큼 다가오는 저녁들, 아무것도 보이지 않는, 칠흑의 어둠이 두텁게 내려 깔린, 옆에 사람의 그림자조차 어둠이 삼켜 버린 그믐밤의, 보름달이 둥실 떠올라 사방을 훤히 비추고 있는 밤들…… 경험은 타자들의 몸 사이로 난 틈새로 부딪치며 나아간 주체의 몸의 물리적 궤적만을 말하는 것이 아니다. 소설 착상의 모티프가 되는 경험이란 이미 주체의 기억 속으로 퇴각한 경험이다. 그 경험은 주체의 기억 속에서 물리적 직접성이 소거된 채 그것의 주변에 달라붙는 추상과 몽상에 의해 흐릿하게, 혹은 과장되게 부풀려진 경험이다. 그것은 기억의 심연 속으로 내려가 그 바닥에 검은 씨앗으로 가라앉아 있다. 그 속에 있는 생명의 핵을 건드려 발아시키는 힘은 상상력으로부터 온다. 그것은 어느 날 갑자기 이루어진다. 그 자명한 경험 속에 내재된 현존의 불가해성을 드러내 보이기 위해서는 작가의 날카로운 통찰력이 전제되어야 한다.

소설이란 간단히 설명하면 '순차적으로 발생한 사건을 이야기하는 것'이다. 그러나 현대 소설들을 자세히 읽어 보면 어떤 소설도 발생한 사건을 순차적으로 이야기하는 소설은 없다. 사건을 순차적으로 써내려 간 것은 가장 원시적인 소설의 형식을 갖추고는 있을지 모르지만 결코 독자들을 이야기의 내부로 흡인하여 끝까지 끌고갈 수 없을 뿐더러, 작가가 말하고자 하는 어떤 의미를 전달하는 것도 불가능하기 때문이다. 예를 들면 '왕이 죽었다. 그리고 왕비가 죽었다'라는 단순한 얘기는 소설이 될 수 없지만 '왕이 죽었다. 그리고 얼마 있지 않아 왕의 죽음을 슬퍼하며 식음을 전폐하고 시름시름 앓던 왕비도 따라 죽었다'라는 얘기는 '소설적'이다. 이 두 이야기에는 어떤 차이가 존재하는가. 그 차이를 아는 것은 소설의 본질에 다가가는 데 유용하다. 먼저 앞의 이야기는 그야말로 일어난 사건을 시간의 순서에 따라 단순히 기술하고 있다. 그 이야기는 "논리적이며 심미적인 조직체"가 되기에는 무언가가 부족하다. 그러나 뒤의 이야기는 일어난 사건들 사이에 인과관계가 설정되어 있고, 그 인과관계에 의해 이야기는 밀도와 긴장을 획득한다. 다시 말해 독자의 호기심을 자극하는 요인들이 내재해 있는 것이다.

우리는 소설을 구성하는 중요한 요소 중의 하나가 '이야기'라는 사실을 알고 있다. 이야기란 '서사물의 형식적인 내용 요소'를 말한다. 우리는 이야기를 통해 누군가에게 일어난 일이 무엇인가를 알 수 있다. 위에 언급한 왕의 이야기에서 왕이 죽고 왕비가 죽은 것은 하나의 내용으로서의 '이야기'다.

이야기에는 사물적 요소와 사건적 요소가 두루 포함된다. 사물적 요소는 그것이 구성상 어떤 의미의 행위를 수행하느냐에 따라서 다시 인물과 배경의 요소로 분리된다. 여기서 인물에 대해서는 별도의 장에서 상술하기로 하고, '배경'에 대해서 잠깐 언급하고 지나가기로 하자.

배경은 이야기 문학(소설, 희곡, 서사시) 등에서 사람(또는 의인화된 생물이나 사물)의 행위가 벌어지는 물리적 또는 정신적 장소를 말한다. 배경은 인물(성격), 행위(사건)와 더불어 소설의 3대 요소에 들어간다. 소설 속에서 배경의 구체적 예를 살펴보자.

집은 크고 네모난 목조건물이었다. 한때 그 집은 원형지붕과 뾰족탑, 그리고 1870년대의 묵직하면서도 우아한 스타일을 한 소용돌이 모양의 발코니를 자랑이라도 하듯 하얀 색으로 단장한 채 우리 마을에서 가장 화려했던 거리에 서 있었다. 그러나 차고와 조면공장이 들어서면서 이웃의 당당하던 집들을 삼켜 버리고 말았다. 오로지 에밀리의 집만이 쇠퇴해 가는 완고하고 요염한 모습을 고집하며 목화 수레와 가솔린 펌프 위로 우뚝 서 있어서 눈엣가시 중의 가시 노릇을 하고 있었다.

_윌리엄 포크너, 『에밀리에게 장미를』

소설 속의 배경은 "첫째, 실제의 지리적 및 물리적 위치. 크게는 지형, 경치 등 작게는 길과 건물의 배치. 둘째, 인물들의 일상적인 생활 방식이나 하는 일. 농사짓는 광경, 사무실의 풍경. 셋째, 이야기의 소재가 되어 있는 행위가 벌어지는 시기, 역사의 어느 시대, 일년 중의 어느 계절, 어떤 오전 또는 오후 몇 시. 넷째, 인물들이 처한 무형의 것. 즉 종교 · 도덕적 · 사회적 · 정서적 상황"들을 두루 포괄하는 것이다.8 포크너의 소설에서 알 수 있는 것처럼 배경은 단순히 배경으로 끝나지 않는다. 마을 가장 화려했던 거리에 우뚝 서서 밀려오는 변화에 맞서 "쇠퇴해 가는 완고하고 요염한 모습을 고집하며" 서 있는 주인공의 집은 곧 주인공이 처해 있는 상황과 사회적 변화에 대응하는 현재의 모습을 간접적으로, 혹은 암시적으로 드러내 보인다. 과거에는 웅장하고 화려했던 목조건물이 새로운 건물들이 들어서면서 상대적으로 낡고 왜소한 건물이 되듯이 주인공 역시 과거에는 당당한 귀족의 신분이었지만 세월이 흘러도 고집스럽게 현실의 변화를 받아들이지 않고 세월을 거스르며 산다. 그의 집이 "눈엣가시 중의 가시"와 같이 보이듯이 타인들과 소통을 단절한 채 유폐의 삶을 살아가는 주인공 역시 "눈엣가시 중의 가시"와 같은 존재다. 소설 속의 배경은 주인공이 활동하고 사건이 일어나는 장소이며, 다시 말해 그 자체로 서사적 정황을 보여 주는 공간이면서 동시에 주인공의 도덕적 · 사회적 · 정서적 정황도 드러내 보여 줄 수 있어야 한다. 배경은 정적 역할을 넘어서서 앞으로 일어날 사건을 암시하고, 그 사건에 영향을 미치는 역동적 요소가 되어야 한다. 배경이 함축성과 상징성을 갖고 있을 때 소설은 훨씬 더 흥미롭고 다채로워질 수 있다.

---

8 클리언스 브룩스, 로버트 펜 워렌 공저, 『소설의 분석』, 현암사, 1995.

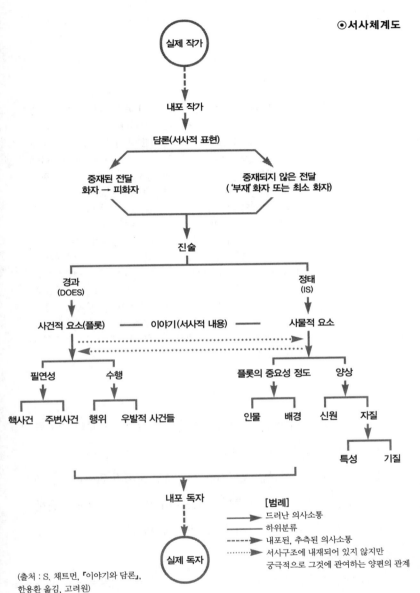

⊙ 서사체계도

실제 작가

내포 작가

담론(서사적 표현)

중재된 전달
화자 → 피화자

중재되지 않은 전달
('부재' 화자 또는 최소 화자)

진술

경과
(DOES)

정태
(IS)

사건적 요소(플롯) ── 이야기(서사적 내용) ── 사물적 요소

필연성   수행   플롯의 중요성 정도   양상

핵사건 주변사건   행위 우발적 사건들   인물 배경   신원   자질

특성   기질

내포 독자

[범례]
━━━▶ 드러난 의사소통
─── 하위분류
----▶ 내포된, 추측된 의사소통
·······▶ 서사구조에 내재되어 있지 않지만
　　　　궁극적으로 그것에 관여하는 양편의 관계

실제 독자

(출처 : S. 채트먼, 『이야기와 담론』,
한용환 옮김, 고려원)

현대의 문학 연구자들은 서사, 서사물, 서사 문학이라는 용어를 전통적인 소설, 픽션, 로망과 같은 용어보다 더 선호한다. 서사는 크게 소설, 서사시, 극, 전설, 신화, 역사 등과 같은 언어적 서사물과 영화, 연극, 발레, 오페라와 같은 비언어적 서사물로 나누어진다. 서사는 필수불가결한 두 개의 요소가 결합함으로써 성립된다. 서사를 이루는 이야기의 내용과 이야기하는 역할이라는 두 개의 범주는, 더 구체적으로 말하자면 이야기의 내용으로서의 '사건'과, 그것을 서술하는 '행위'를 가리킨다. 여기에 제시되는 서사 체계도는 이야기가 송신자(화자)로부터 수신자(독자)로부터 전달되는 소통의 경로를 일목요연하게 보여 준다.

■작품읽기 4

투계_송 영

송 영(1940~)은 1940년 전남 영광의 한 벽촌에서 교직자 집안
의 8남 3녀 가운데 다섯째 아들로 태어난다. 한국외국어대학교
독일어과를 졸업하고 군대에 들어간 뒤 탈영, 도주, 체포, 투옥
등의 체험을 거치며 그것을 원체험으로 여러 소설들을 빚어낸
다. 대학 시절에 쓴 단편 「투계」의 초고를 다듬어 투고한 것이
1967년 〈창작과비평〉에 실리면서 문단에 나온다. 작가의 창백
한 소지식인들은 실존의 의미를 찾아 길에서 떠돈다. 세계를
'관념'으로 재단하며 현실과 거리를 두고 있는 그들은 스스로
세계 '밖'으로 추방된 이들이다. 그들은 끊임없이 세계의 '안'으
로 들어갈 수 있는 입구를 찾아 떠돈다. 송영의 소설은 안으로
의미를 감추는 내향성의 문학이다. 1970년 〈창작과비평〉 가을
호에 중편 「선생과 황태자」를 내놓고, 동명의 소설집을 펴낸 바
있다. 송영 소설의 배경 공간은 흔히 밀폐된 상황이며, 작중인
물들은 명확하지 않은 정신적 외상으로 자폐 증상을 앓고 있고,
이로 말미암아 자기 세계에만 유폐되려는 강한 주관적 성향에
빠져 있다.

뒤란 우물가에 서 있을 때 저편 야산을 등진 골짜기로부터 바스락
바스락 소리가 들려 왔다. 잡초가 우거진 골짜기의 숲은 지금 한창 무
성한데다 어두워서 가까운 곳이지만 아무것도 보이지 않는다. 집 근
처도 조용했지만 뒤란 쪽은 불빛이라곤 비추이지 않아 더욱 암울한
정적에 잠겨 있었다. 일인^{日人}의 농장 감독 숙사였던 구관사의 근처에
는 인가가 하나도 없었다.

우물가에서 귀를 기울이고 있는 동안 맞은편 골짜기로부터 누군가
가 요란하게 바스락 소리를 내면서 눈앞으로 다가왔다.

넌 왜 여기 나와 있어?

깜짝 놀랄 만큼 빠르게 곁에 와 선 종형이 퉁명스럽게 물었다.

여긴 공기가 상쾌해요.

나는 종형의 덜덜 떨리는 상체를 불안하게 눈여겨보고 있었다. 그의 호흡은 골짜기를 바쁘게 걸어 나온 걸음이라 아직 거칠었다.

무얼 하러 거긴 갑니까?

밤 산보야.

종형은 귀찮다는 듯 단조롭게 대꾸했다.

거긴 캄캄할 텐데요.

나는 이때 죽은 듯한 침묵을 밤새 안고 있을 골짜기 쪽을 힐끗 보고 있었으며 여름 밤으로는 가장 어둡다고 말하는 이 같은 초저녁에 혼자서 거길 들어 다닌다는 건 꽤 용기가 필요하리라고 생각하고 있었다.

내가 무얼 무서워하는 줄 아니?

대뜸 종형은 화난 듯이 투덜거렸다. 나는 그때서야 그가 거의 매일 밤 거길 들어 다닌다는 걸 깨달았다. 아마 밤 이맘때쯤 집 안에 그의 모습이 보이지 않을 때는 그는 필경 그곳으로 들어갔을 것이었다. 그러니까 종형으로서는 혼자서 저길 들어 다닌다는 게 이제는 용기 문제가 아니라 하나의 습관일는지도 몰랐다. 일견 대단한 그 습관을 뽐내 보이려고 그는 금방 투덜거릴 것만 같았다. 그렇지만 종형은 어두운 골짜기 속으로 들어가 무얼 하는 것일까. 아마도 가장 무섭다는 것이라든가 가장 끔찍스럽다는 것에 대하여 스스로의 견인력堅引力을 시험해 보고 그걸 확인하고 싶고 그리고 그걸 더욱 다져 보고 싶은 욕망 때문일는지도 몰랐다.

저쪽 관사의 앞뜰 쪽에서는 숙모님과 어떤 아낙이 도란도란 얘기를 하는 소리가 조그맣게 들려 왔다.

또 누가 왔어?

종형은 앞뜰 쪽으로 귀를 바싹 기울이는 시늉을 해 보였으나 도란

거리는 소리는 거의 무슨 말인지 알 수 없을 만큼 작았다.

아마 그 여자일 거요

흐흥 하고 종형은 가볍게 코웃음 쳤다.

들어가자.

그는 앞장서서 성큼성큼 뒷마루의 뒤란으로 통하는 문 앞으로 걸어갔다. 우리들은 컴컴한 뒷마루를 지나 관사의 오른쪽에 자리잡은 큰 부엌방으로 들어갔다. 커다란 램프가 한쪽 벽 밑에서 넓다란 방 안을 겨우 침침하게 밝혀 주고 있었다.

심지를 조금 돋궈.

너무 어두웠으므로 종형은 갑자기 밝아진 곳에 있고 싶은 모양이었다. 나는 램프의 심지를 아주 커다랗게 돋구어 버렸다. 갑자기 부풀어오른 불빛이 눈부시도록 방 안을 가득 채우는 것 같았다. 그 돌연한 변화가 종형을 만족시키리라는 걸 내 손가락은 알고 있었다.

앞마루에서 얘기하는 건너 마을 구장 며느리의 목소리는 조금 크게 들렸지만, 그 여자가 매우 조심스럽게 소리를 낮추어 말하므로 또렷하게 들리지는 않았다.

그 재래종도 졌어.

방 아랫목에 벽을 등지고 앉아 있는 종형이 문득 신음처럼 말했다.

저녁 때 그 싸움은 끝났지. 그놈은 허세뿐이란 말야.

그는 맥이 풀리는 듯 두 다리를 길게 내 앞으로 뻗고 움푹 들어간 히멀건 눈빛으로 나를 바라보았다. 나는 그 재래종을 어제 구입해 왔을 때 잠깐 보았을 뿐이었다. 그놈은 몸집이 커다랗고 빨간 벼슬이 화려할 만큼 치솟아 있어 수탉으로서의 기상은 그만이었다. 그 기상마저 종형의 말마따나 허세에 불과했으니 조금 기대에 어긋난 것도 같았지만 상대가 뿌라마라면 그다지 놀라운 일은 아니었다.

벌써 뿌라마는 몇 마리째 해치웠는지 몰랐다. 그놈은 며칠 전에도 자기보다 훨씬 체구가 커 보이는 푸리마쓰의 잡종을 해치운 일이 있었다. 푸리마쓰 잡종의 거대한 체구를 처음 보았을 때 이번만은 뿌라마도 꽤 힘들 것이라고 생각했던 것인데 놈은 순식간에 그 거대한 푸리마쓰 잡종의 고기 덩어리를 보기 좋게 짓이겨 버렸던 것이다.

처음 대어 주니까 그놈은 제법 상대를 암탉으로나 여기는 듯 두 다리를 옆으로 재어 가면서 뿌라마에게 유유히 접근해 가더군.

종형은 그때 싸움 광경을 나에게 될수록 자세하게 알려 주려고 몇 번이나 머릴 갸우뚱거리며 그때 모습을 돌이켜 보고 있었다. 나는 그 싸움에 입회하지 않았었다.

뿌라마는 놈이 바로 눈앞에 올 때까지 꼼짝도 않고 있었어. 그러다가 눈앞에 그놈이 다가오자, 별안간 덤벼들어 그만……

허허 하고 종형은 말 끝에 빈 웃음을 웃었다. 그 웃음 소리 속에는 얼마간의 감추어진 고통이 담겨 있다는 걸 알 수 있었다. 뿌라마의 강점을 얘기할 때 종형은 고통스러운 것이다. 그 다음 얘기는 듣지 않아도 빤했다. 아마도 그 재래종은 질겁을 하고 도망치고 말았을 것이다. 종형의 빈 웃음 소리가 그때의 우스꽝스러운 장면을 말해 주고 있었다.

나는 종형의 너무나 히멀건 눈빛을 바로 대하지 못하고 나의 그림자가 비스듬히 드리운 바른편 벽을 멍하니 보고 있었다. 불만으로 다시 거칠어진 종형의 숨결이 곁에서 들렸다.

거의 한 달 가량이나 승리만을 계속해 온 뿌라마를 쓰러뜨리는 그의 노력은 번번이 낭패로 돌아갔다. 그럴수록 종형의 뿌라마에 대한 적대 의식은 비례해서 가중되는 모양이다.

그놈을 미워하게 된 처음 동기는 무엇이었는지 확실치 않다. 다만 미움증이 들기 시작하면서부터는 그놈의 모든 거동이 밉살스러운 것이다. 이를테면 뿌라마의 균형 잡힌 탄탄한 체구도 그렇고 놈의 유난히 타는 듯한 눈빛도 그러했다. 놈은 또 꼬꼬 꼬 하고 우짖는 소리도

다른 종계와 달라 아주 드문 베이스였다. 어떤 때 문득 그놈의 꼬꼬
꼬 하고 우짖는 소리를 들으면 아주 저조하고 음흉스런 느낌마저 든
다고 종형은 말했었다. 그놈의 짙은 주황빛 털이 꼬깃꼬깃 엉겨 있는
모양은 마치 부패한 핏빛과 같아 결코 유쾌한 빛깔은 아니었다. 그 모
든 것을 종형은 미워하고 있는 것이다.

임마, 넌 왜 못 들은 척하고 있어?

갑자기 귓전에서 종형의 고함 소리가 멍멍 울려 왔다. 나는 퍼뜩
정신이 들어 종형의 화난 듯한 얼굴을 바라보았다.

저 심지를 조금 낮추어.

종형은 나지막이 말하고 나의 얼굴을 쏘아보고 있었다. 나의 얼굴
의 표정이 조금 달라지나 보려고 하는 것이다. 내 표정이 달라지면 거
기에 맞추어 더욱 나를 골려 보려고 그러는 것만 같았다. 나는 겁이
잔뜩 난 사람마냥 숨결조차 죽이고 램프께로 기어가 심지를 훨씬 낮
추어 버렸다. 갑자기 밝음은 침침하게 흐려져 버렸고, 종형의 모습도
희미해 보였다.

넌 내가 하는 일에 부러 모른 척하지? 아까도 넌 구경하지 않았어.

그의 목소리는 조그맣게 들렸지만 그 어조 속에는 나에 대한 대단
한 분노가 스며 있었다. 며칠 전 부엌에서 그가 나를 구타할 때 나는
앞으로는 꼬박꼬박 투계 장면에 참석하기로 약속했던 것이다. 그런데
이번에도 나는 그 약속을 어기고 말았다.

이 새끼야. 맞아야 알겠어? 하고 금방 종형이 내게 주먹을 불끈 쥐
고 덤벼들 것만 같아 나는 몸을 부들부들 떨었다. 이 새끼야. 넌 여기
서 쫓겨나면 알거지가 되는 거야, 하고 그가 또다시 욕지거릴 섞어 가
며 말할는지도 몰랐다. 숙모님과 종형 둘이서 사는 단촐한 생활 위에
나는 젖먹이 때부터 얹혀 살아왔다.

댁의 아드님들께 제가 직접 말씀을 드리고 싶어요

이때 앞마루에서 그 여자의 말소리가 크게 들려 왔다.

그건 안 됩니다.

숙모님은 간신히 목소리를 억제하면서 당황하는 듯한 어조로 말했다. 그리고 잠시 앞마루 쪽은 조용했다. 종형은 앞마루 쪽의 장지문 가까이로 어느새 옮겨 앉아 꼼짝 않고 바깥에서 하는 소리를 들으려고 귀를 기울이고 있었다. 그 여자가 우리에게 직접 다가온다. 그건 대단한 열성이었다. 허지만 천주님의 곁으로 오시오 라고 백 번 말해도 아무런 성과도 없을 것이다. 숙모님은 그걸 알고 계신다. 잠시 침묵이 흐른 다음 그 천주교의 마을 회장은 다음에 또 오지요 라고 말하고 행길로 걸어 나갔다.

어머니가 저 여잘 끌어오는 거지?

그 여자가 매일 와요

어머니가 상대하니까 오는 거야.

오는 건 할 수 없죠

임마, 상대하니까 오는 거야.

어머니도 미쳤어.

종형은 투덜거리면서 벌떡 일어섰다.

내게 온다구? 홍.

내게 왔다만 봐라 따귀를 때려 줄 테다. 사람을 어떻게 알고…….

그는 방 안의 이쪽 저쪽을 성급하게 왔다 갔다 하면서 거칠게 코숨을 몰아 쉬었다. 지금의 그로서는 외부의 인간이 접근해 오는 일이 제일 싫은 일이었다. 누구든지 이쪽 낡은 구관사의 뜨락으로 들어서서 폐가와 같은 이 집안의 생활을 기웃거리려고 하는 자는 그에게는 주제넘은 침범자나 다름없었다.

마을 사람들이 우릴 미친놈들이라고 말한다지?

등을 보이고 벽을 향해 서 있다가 그는 나를 돌아다 봤다. 그가 우리라고 말했으므로 나는 얼떨떨했다. 남이 뭐라고 하든 그 따위는 두려울 거 없다, 라고 말해 온 그가 언제 그 말을 귀담아 듣고 있었는지는 알 수 없었다. 나는 머뭇거리면서 종형의 눈치만을 살폈다. 그렇게 말하는 걸 나도 들은 거 같아요 라고 말하려고 했으나 쉽사리 나오지 않았다. 종형은 나를 여전히 뒤돌아보고 있었다. 하지만 꼭 그렇게 말하지는 않았던 것이다. 종형이 우리라고 예사롭게 말했을 때 나는 얼떨떨했다. 마을 사람들은 종형에 대해서만 수군거리곤 했다. 아예 나 따위는 처음부터 문제도 되지 않는 것이다. 그편이 나에게도 좋았다. 마을 사람들도 나의 고통스런 피동의 입장쯤은 바라들보고 있는 모양이었다.

내편에서 대답을 머뭇거리는 속셈을 종형도 알아차린 듯했다. 그 질문은 새삼스런 것도 아니었을 것이다. 종형은 불쾌한 얼굴빛으로 돌아서더니 그 모든 잡음을 털어 버리듯 머리를 좌우로 함부로 흔들어 댔다. 그리고 머리를 다시금 똑바로 세웠을 때 그의 눈은 새로운 희망으로 빛나고 있었다.

내일은 새 종계를 구입해서 기어코 그놈을 해치우겠어.

무슨 대단한 내기라도 걸어 놓은 듯 그는 신이 나서 말했다. 새로 종계를 구입하자면 비용이 또 들었다. 그 돈을 종형은 번번이 숙모로부터 강제로 받아 냈다. 최근 뿌라마를 쓰러뜨리려는 기도 때문에 비용은 훨씬 늘어나게 되었다.

이번에는 정말 신중하게 골라잡아야 되겠어.

오랫동안 투계를 시켜온 탓으로 종형은 놈의 특징을 잘 알고 있었다. 허지만 낮에 외출을 하지 않는 그는 자신이 직접 읍내에 장으로 나갈 수는 없다. 그게 제일 종형으로서는 안타까운 일이었다. 하는 수 없이 아무나 마을의 장꾼을 붙들고 종계의 구입을 부탁하기 일쑤였다.

투계에 쓰일 종계는 부리가 짧고 두터워야 하고 눈은 광채가 있을 수록 좋았다. 광채라 해도 검은 빛의 광채가 아니고 약간 싯누런 빛을 띠우고 있으면 그놈은 틀림없이 잔인하고 대담한 놈이었다. 그리고 벼슬은 될수록 커다랗고 두터워야 했다. 그건 싸움닭의 첫째로 꼽히는 순종 샤모의 벼슬이 그와 같은 데서 연유했다.

그 밖에도 발가락이 짧다든가 모이를 먹을 때의 쪼는 모습 같은 것도 특징의 하나가 되었지만 부탁을 받은 장꾼이 이 같은 조건을 모조리 기억해 두리라곤 기대하기 힘들었다.

내일은 볼 만할 거다. 기억해 둬. 너 내일은 꼭 곁에 있어야 돼.

가벼운 조을음이 와서 나는 벽에 기대고 눈을 반쯤 감고 있었다.

임마, 대답해 봐!

하고 종형은 불끈 쥔 주먹으로 아래로 처진 내 턱을 윽박질렀다.

보겠어요

나는 간신히 대답하고 금방 여운처럼 귓전에 남아 울리는 나의 자즈러드는 듯한 말소리에 놀라고 있었다. 그것은 내가 한 대답이라기보다 종형의 불끈 쥔 주먹이 쥐어짜 낸 대답과 같았다. 나는 조을음에 지쳐 그만 벽에 머리를 기대고 힘없이 앉아 있었다. 종형은 무슨 급한 일이나 있는 사람처럼 부리나케 미닫이를 열고 뒷마루로 나가 버렸다.

야, 임마. 이쪽으로 나와 봐. 이건 정말 근사하다.

뒤란에서 새로 구입된 종계를 가지고 종형이 나를 부르고 있었다. 뒤란으로 나가자 새 손님은 벌써 우물가의 아카시아 나무에 매어져 있었는데 뜻밖에도 몸집이 작았다.

이놈은 정말 샤모의 순종일지도 모른다. 저 부리를 봐!

놈의 갈색 부리는 짧고 아주 튼튼해 보였다. 체구는 작아도 나무 아래서 한쪽 발을 묶인 채로 이곳 저곳을 껑충거리는 활기라든지 약간 싯누렇게 타오르듯 빛을 뿜는 눈의 모양은 종형이 샤모의 순종이라고 허풍을 떨만도 했다. 놈의 벼슬은 짧았지만 끝머리가 두텁고도 뭉툭하게 맺혀져 있어 어쩌면 샤모의 피가 조금쯤은 섞였을지도 모른다는 억측을 불러일으켰다. 놈은 새하얀 털로 감싼 조그만 몸을 우리들의 발을 피해 이리저리 잽싸게 깡충거렸다. 놈의 참말 작은 몸집이 도리어 어떤 기대를 자아내게 했다.

어때, 근사하지?

나의 대답이 무슨 보증이나 되듯 종형은 정색을 하고 나를 보았다.

네. 조금.

임마, 조금이 뭐야? 이놈은 이긴다.

이놈을 조금만 더 쉬게 하고 곧 시작할 테야.

아직 저녁 무렵이라 여느 때의 시간보다는 훨씬 이른 셈이었다. 보통은 밤 자정 무렵에 싸움을 시키곤 했는데 종형은 결과에 대한 초조감 때문에 오랫동안 참아 낼 수 없는 것 같았다. 그는 나에게 샤모를 맡겨 놓고 뿌라마가 있는 큰 부엌의 뒷문으로 뛰어 들어갔다.

지금 쓰지 않는 큰 부엌은 종형의 투계장으로는 알맞는 넓이와 폐쇄성을 지니고 있었다. 무엇이 흥겨운지 큰 부엌 안을 뛰어다니는 종형의 발소리가 유난히 크게 들려 왔다.

조금만 있으면 뿌라마와 샤모의 싸움을 시작할 셈이었다.

나는 큰 부엌의 뒷문을 힐끗 바라다보았다. 반쯤 열린 채 아직 종형은 나타나지 않고 있었다.

피하려면 이때였다. 나는 슬금슬금 발소리를 죽여 가며 우물가를 떠나 뒷산 골짜기 쪽으로 걸어가기 시작했다. 가면서도 뒤켠의 부엌 문에서 눈을 뗄 수는 없었다. 골짜기의 숲 속에 들어가면 몸을 숨길 수 있을 게다. 형이 알아챌까 봐 나는 빨리 걷질 못해 걸음이 아주 느렸다.

이윽고 골짜기 응달진 속으로 깊숙이 들어서자, 큰 부엌의 뒷문은 보이지 않았다. 종형의 발소리도 아무것도 들리지 않고 숲은 조용하기만 했다.

밤이 깊어서야 나는 골짜기 속에서 나왔다. 뿌라마와 샤모의 싸움은 벌써 끝나 버렸을 시간이었다. 종형이 잠들고 있기를 바라면서 큰 부엌방의 뒷미닫이를 열자 종형은 침침한 램프 불 곁에 비스듬히 누운 채 눈을 빠히 뜨고 있었다.

어데 갔다 와?

벌떡 일어서며 그가 퉁명스럽게 묻자 나는 문설주 위에서 뒤로 주춤 물러서느라고 하마터면 넘어질 뻔했다.

종형은 대뜸 나에게 다가와 내 팔목을 덥석 잡았다.

이 새끼야.

샤모가 진 것이 나의 과실이나 되는 듯이 그는 내 이마 위에서 숨을 씩씩거리며 나를 노려보았다.

그놈은 빨랐지만 힘이 모자랐어.

그건 우리들의 예상과 맞아 들어간 결과였다. 그런데 종형은 무언가 억울한 듯 천장의 한 지점을 잠시 뚫어지게 쏘아보고 있었다.

샤모는 테크닉이 참 좋았는데…….

아쉬운 어조로 다시 덧붙이는 종형은 아주 맥이 풀린 듯이 보였다. 내 팔목을 힘껏 잡은 그의 바른 손이 부르르 떨린다. 이제 다시 뿌라마를 쓰러뜨리기 위한 일전을 마련하는 건 그에게도 매우 어려운 일이다.

새로운 종계를 구입한다. 매번 세밀하게 부탁하고 부탁해도 장꾼들은 그다지 충실한 심부름꾼은 못 되었다. 뿌라마를 상대로 제법 싸움다운 싸움이라도 벌일 만한 종계조차 구하기 힘들었다. 게다가 요즘 비용을 대어 온 숙모조차 그걸 완강하게 거부하기 시작한 것이다. 무엇보다 살림이 쪼들리기 시작할 무렵이었다. 커다란 성계成鷄의 가격은 결코 소액이라고는 할 수 없었다.

샤모는 테크닉이 참 좋았는데 하고 아쉬운 듯 종형이 말할 때 그는 이제 새로운 종계를 구입하는 게 당분간 힘들다는 걸 느끼고 있는 것 같았다.

이 새끼야 넌 어데 갔었지?

별안간 실망이 분노로 변질되어 종형은 꽥 소리치고 뒷마루에서 큰 부엌으로 나가는 문 앞에 나를 떠다밀었다.

그 문을 열고 거기 들어가.

나는 떨리는 손으로 조그만 미닫이를 가까스로 열고 컴컴한 큰 부엌으로 내려섰다.

오래 쓰지 않아 버려 둔 구석구석의 썩은 지푸라기에서 악취가 흘러 나왔다. 종형은 마루에서 구두를 신고 맨발로 떨고 서 있는 내 앞으로 훌쩍 뛰어내렸다. 어둠 속에서 돌연 커다란 주먹이 얼굴로 날아들어왔다. 연거푸 두 번, 힘을 다한 종형의 주먹에 나는 무릎을 세운 채 앞으로 주저앉았다. 이번에는 구둣발이 내 등허리와 어깻죽지를 힘껏 걸어찼다. 나는 연거푼 발길로 쓰러져 부엌 바닥을 데굴데굴 뒹굴었다. 어두컴컴한 부엌 구석으로 밀려나 나는 엎드린 채 비명을 감추려고 숨을 헐떡거렸다. 주위는 너무나 조용해 내가 힘껏 소리를 억제해도 헐떡이는 내 가쁜 숨결이 큰 부엌 안의 정적을 깨뜨리고 있었다.

종형은 다시금 뚜벅뚜벅 내게 걸어와서 구둣발로 내 뒤통수와 잔등을 함부로 짓밟았다. 짓밟을 때마다 퍽퍽 무언가 맞부딪는 둔탁한 음향이 내 귀에도 들렸고 나는 그 소리를 들으면서 점점 멍멍해지는 정신을 가누려고 안간힘을 썼다.

잠시 발길이 멈추이고 종형은 우두커니 서서 쉬고 있었다. 나는 죽은 듯이 엎드린 채 숨결을 고르면서 컴컴한 부엌 구석을 응시하고 있었다. 거기에 어둠과 정적이 한꺼번에 쌓여지는 것만 같았다. 마치 모든 것을 폐쇄하고 차단해 버리고 만 조그만 세계의 암울한 색깔이 금방 내 눈에는 보이는 것 같았는데 이윽고 조그만 것이, 얼른 눈에 뜨일 수 없으리만큼 아주 조그만 것이 거기에 번뜩이고 있었다. 나는 그것을 가만히 꽤 오랫동안 지켜보고 있었다.

뿌라마의 눈빛은 좀처럼 움직일 줄 모르고 의연히 부엌 구석에서 조그맣게 빛을 내뿜고 있었다. 놈은 아마도 종형으로부터 미움받은 밥으로 모이조차 제대로 먹질 못하고 거기 갇혀 있으리라.

이 새끼야, 넌 내가 하는 일을 부러 피하는 거냐?

종형은 성난 사람 같지 않게 가라앉은 목소리로 가만히 말했다. 그 편이 더 두렵게 들렸다. 나는 여전히 꼼짝도 하지 않고 벽 가에 쓰러진 채 부엌 구석의 어둠 속에 반짝이는 뿌라마의 눈빛을 보고 있었다.

이 새끼야, 넌 여기서 쫓겨나면 알거지 신세야.

나에게 한차례 퍼부어 대고 그는 뒷마루를 지나 부엌방으로 들어가 버렸다. 어떻게 된 건지 나는 벙어리와 같았다. 그게 종형을 대하는 제일 안전한 방법이라는 걸 언젠가부터 스스로 체득한 것이다.

별안간 주위는 다시금 평온해졌다. 이제 투계는 다시 없을까. 제발 그래 주었으면 좋겠다 하고 나는 속으로 생각하고 있었다. 그걸 나는 구석의 뿌라마에게도 말하고 싶었다. 놈은 강자니까 싸우고 난 뒤의 이긴 놈의 거만을 잘 알리라. 허지만 이긴 놈의 벼슬도 결코 성하지는 못한 것이다. 부딪치고 쪼아리고 물어뜯고 지쳐서 쓰러질 만큼 싸우고 난 뒤에 단지 상대방의 우위에 섰다는 관념만이 남는 것이다. 패한 놈의 고통에 겨운 비명으로 그 관념은 더욱 살찐다. 그걸 나는 뿌라마의 사나운 투혼(鬪魂)에 호소하고 싶었다. 놈은 그걸 알고나 있는 듯이 평소의 용맹스러움에 어울리지 않게 아주 죽은 듯이 잠자코 있다. 숙모님이 종계 구입의 비용을 끝내 거부해 주신다면. 그러나 그것도 문제는 아니다. 종형은 또다시 새로운 방법을 모색하고 있을 게다.

오늘도 안 될까요?

앞마루께에서 그 여자가 말하고 있었다.

저는 할 수 있어요

그 여자는 우리에게 특히 종형에게 다가온다는 걸까. 숙모님이 말해 줄 수 없는 것이라면 그녀가 직접 우리를 상대하겠다는 거다. 숙모님의 전언보다는 그 편이 한층 효과적이라고 생각하는 모양이다. 하지만 숙모님은 난처한 듯 거의 아무 말도 하지 않고 있었다.

마음의 기둥을 세우지 않으면, ……그러니까 댁의 아드님은…… 인도하는 건…… 아무래도 사람이란…….

그 여자는 시골 아낙답지 않게 매우 능숙한 어조로 말하고 있었다.

사람을 어떻게 알고? 험악하게 이지러진 표정으로 뇌까리는 종형의 말소리가 들리는 것 같다. 숙모님은 좀처럼 그 여자가 우리에게 접근하는 걸 허락하지 않고 있다. 종형을 누구보다 잘 알고 있는 탓이리라. 그 여자는 하는 수 없이 밤이 으슥해 타박타박 고적한 발자욱 소리를 울리면서 뜨락 저편으로 걸어갔다. 다시 주위는 죽은 듯이 조용해졌다.

어디서 구했는지 기다란 통나무 몽둥이를 들고 대낮부터 종형은 큰 부엌으로 달려갔다. 뒤란의 우물가를 지나면서 따라와! 하고 그가 말했으므로 나는 성급한 그의 뒷모습을 겁먹은 시선으로 쫓아갔다. 그의 허둥대는 어수선한 발걸음이 불안감을 떠안겨 주었다. 간밤에 안방에서 숙모님과 격렬하게 다투어 대는 소리를 나는 들었던 것이다. 그 격렬한 다툼 끝에 무언가 좌절되고 종형은 숨을 씨근덕거리며 안방 미닫이를 요란하게 닫고 나와 버렸다.

큰 부엌 안은 삼면의 판자벽 틈새로 빛이 새어 들어와 다소 밝았다. 낮에 그곳에 서게 되면 천장의 그을음과 오래된 거미줄, 벽 구석의 지푸라기 썩은 무더기들이 죄다 드러나 밤보다 한층 살벌했다.

한쪽 기둥에 새끼줄로 발이 매어진 채 뿌라마는 부엌 안에 방치되어 있었다. 샤모편이 밝은 바깥 나무 그늘 밑에서 풍부한 좁쌀을 쪼고 있는 것과는 대단한 차별대우였다.

종형은 기다란 몽둥이의 한쪽 끝을 두 손으로 꼭 부르쥐고 벽 가에 우두커니 서서 뿌라마를 내려다보고 서 있었다. 불면으로 눈이 다소 충혈되어 있는데다 흥분되어 얼굴이 빨갛게 부어올라 있었다.

내가 이놈을 몽둥이로 때려 죽일 테니 두고 봐.

그는 성큼성큼 뿌라마가 매여 있는 벽 기둥께로 다가갔다. 그의 허약하나 완강하게 보이는 등바닥이 저편으로 구부정하게 숙여졌다. 새로운 대전을 마련할 수 없을 바에야 뿌라마를 그대로 둘 수는 없어. 이놈을 내 손으로라도 해치우는 거지, 라고 종형의 완강한 등바닥에서 나는 읽었다.

이윽고 몽둥이가 허공으로 번쩍 솟아올랐다. 벽 구석 기둥에 매인 채 부엌 바닥에 웅크리고 앉은 뿌라마를 겨누고 기다란 몽둥이는 허공에서 잠시 멈춘 채 덜덜 떨렸다. 몽둥이의 한쪽 끝을 힘껏 부르쥔 종형의 팔목에 힘줄이 서고 그 팔은 뜻밖에도 올려진 채 부들부들 떨고 있었다. 이놈을 나는 단숨에 때려 죽일 수 있다 라고 뽐내 보이고 싶은 그 팔이 돌연 아래로 힘껏 내려쳤다. 쿵 하고 벽 구석의 기둥을 두들기는 소리가 들렸고 낡은 가옥의 기둥들이 연쇄 반응으로 딜렁덜렁 울음 소리를 냈다. 종형은 맥 빠진 사람처럼 몽둥이를 내려뜨리고 꼼짝도 않고 있었다. 파드득 날개를 털면서 뿌라마는 기둥 곁에서 한 발자욱 앞으로 나섰다. 놈은 그닥 놀라지도 않은 듯 여전히 생기 있는 눈을 번쩍이며 몇 차례 깡충거렸다.

그 모양을 본 종형의 팔이 두 번째 허공으로 올라갔다. 대뜸 맹렬하게 아래로 내리쳐진 몽둥이는 그러나 벽 구석의 기둥도 뿌라마도 맞히지 않고 뿌라마의 머리 위를 아슬아슬하게 스쳐갔다. 뿌라마는 또다시 그닥 놀라지도 않은 듯한 생기 있는 눈알을 굴리며 몇 번 깡충거렸다. 꼬꼬 하고 놈은 비명인지 탄성인지 알 수 없는 울음 소리를 가볍게 우짖었다.

으음.

신음 소릴 내며 종형은 통나무 몽둥이를 힘없이 떨어뜨리고 뒤로 몇 발자욱 물러섰다.

이놈을 기어코 쓰러뜨릴 테다.

방금 낭패한 헛손질로 버무리듯 그는 혼잣말처럼 중얼거렸다. 몽둥이로 놈을 때려 죽이는 건 놈을 쓰러뜨리는 바른 방법은 못 된다. 종형은 차마 그렇게는 못한 것일까, 아니면 그의 잔인성이 패한 것일까. 뿌라마를 쓰러뜨리려면 투계를 통해서만 가능한 일이다. 종형은 퍼뜩 무얼 생각했는지 부리나케 큰 부엌을 빠져 나갔다.

잠시 후 종형은 죽은 쥐를 새끼줄로 단단히 매달은 막대기를 들고 큰 부엌으로 들어왔다.

저놈은 방해만 되니 뒤란으로 내어다 놓고 샤모를 가져와.

그는 나에게 히죽이 웃어 보였다.

샤모를 트레이닝시킬 참이야.

나는 구석으로 다가가 기둥에서 뿌라마를 풀어 가지고 밖으로 들고 나갔다. 샤모가 매여 있는 뒤란의 아카시아 나무에 놈을 매어 놓고 샤모를 안고 돌아왔다.

놈을 줄을 풀어 버린 채 땅에 내려놓자, 종형은 죽은 쥐를 댈롱거리며 샤모 앞으로 나갔다. 나는 피고의 입회인처럼 부엌 안에 갇혀 그 모양을 물끄러미 지켜보고 있었다.

눈앞에 죽은 쥐를 보자, 샤모는 갑자기 꼬꼬 하고 놀라운 듯 우짖었다. 다음 순간 눈의 샛노란 눈빛이 괴물스런 물체를 향해 이글이글 타는 듯이 빛났다. 놈은 쉽사리 가볍게 훌쩍 뛰어올라 보기 흉한 죽은 쥐의 배때기를 부리로 찍어 댔다. 한 번, 두 번, 몸집이 가벼운 샤모는 연거푸 훌쩍훌쩍 몸을 날리며 죽은 쥐를 공격했다. 놈이 허공으로 죽은 쥐를 겨누고 치솟을 때마다 종형은 쥐고 있는 막대기를 조금씩 들어올렸다. 죽은 쥐는 샤모의 부리가 미치는 지점에서 아슬아슬하게 벗어져 나갔다. 그럴수록 놈은 점점 약이 올라 맹렬하게 죽은 쥐를 겨누고 솟아 올랐다.

이따금 샤모의 날카로운 부리가 배때기를 정확하게 쪼아 댔다.

이놈이 얼마큼 높이 뛰나 잘 봐 둬.

막대기의 조종을 계속하면서 종형이 신이 나서 말했다. 이놈은 뿌라마에게 힘으로 덤볐기에 참패했어. 이놈의 점프력을 이용하면 다음에 이길 수 있다.

샤모가 지칠 때까지 트레이닝은 계속되었다. 죽은 쥐의 희멀건 배때기는 샤모의 부리작으로 얼마큼 해어져 있었다. 샤모는 숨을 헐떡이며 부엌 바닥 위에 서서 아쉬운 듯 막대기에 매달린 죽은 쥐를 노려보았다.

여기 너무 미련을 갖지 마.

종형은 샤모의 시선에서 얼른 죽은 쥐를 감추어 버렸다.

이놈에게 모이를 더 갖다 주고 발을 묶지 말고 내버려 둬.

죽은 쥐를 버리려고 그는 밖으로 나갔다. 나는 샤모에게 좁쌀 한움큼을 가져다 주고 놈을 기둥에 묶지 않은 채 부엌 안을 마음대로 돌아다니게 했다. 발을 묶어 놓으면 대전할 때 행여 동작이 불편할까 종형이 염려하기 때문이다.

한 번 패배한 놈을 같은 상대에게 두 번씩이나 대전시키는 일은 일찍이 없었던 일이다. 종계들은 힘의 서열이 분명해서 일단 우열이 결정되면 거기에 반드시 순응하기 때문이다.

그런데도 종형은 샤모에게 매우 기대를 걸고 있었다. 샤모가 꼭 이기고 말 거다 하고 그가 말했지만 그건 확신이라기보다 집념에 더 가까웠다. 그놈이 이기지 않으면 그로서는 무언가 좌절되는 것이다. 여전히 강자로서 군림하는 뿌라마의 앞에서 그는 후속 수단을 얻지 못하고 쩔쩔매게 될지도 모른다. 반대로 뿌라마가 패하게만 된다면 종형은 당분간 일거리를 얻게 된다. 패한 놈은 식용으로 처분해 버린다는 관례에 따라 거만한 뿌라마 놈에게 조금 더 잔혹하게 굴어 볼 수 있을 것이기 때문이다.

　큰 부엌방의 아랫목 벽에 등을 기대고 앉아서 종형은 초조하게 시간을 기다리고 있었다. 그걸 기다리는 대낮의 허구한 시간은 그에게는 단지 무료한 부담일 뿐이었다. 그놈이 이길 수 있을지 몰라 하고 이따금 그는 스스로도 의아스러운 듯 중얼거렸다. 단 한 번의 트레이닝으로 얼마만큼 투력이 강화되었을지, 혹은 약아 빠진 샤모놈이 처음과는 다른 전법으로 나올는지도 모른다는 등 모두가 지금으로서는 의문이었다. 그러한 가능성은 실상 별 다른 근거도 없는 것이었지만 부푼 기대 때문에 한층 그럴 듯하게만 여겨졌다. 어두워질 때까지 종형은 끊임없이 뿌라마와 샤모의 승부에 관해 중얼거리고 있었다.

　자정을 넘어 모든 것이 잠든 시간에 우리들은 뒷마루를 지나 밖으로 나왔다. 종형은 커다랗게 심지를 돋군 대형 램프를 내게 건네 주고 뿌라마가 매여 있는 뒤란의 아카시아 나무께로 갔다. 요게 속도 편히 자고 있구나. 종일 모이조차 주지 않은 종형이 발길로 걷어차는 게 보였다.

　그는 뿌라마의 발에서 새끼줄을 풀어 낸 다음, 놈을 안고 돌아왔다. 우리들은 잘 길들여진 짐승처럼 소리없이 어둡고 습기진 처마 밑을 지나 큰 부엌의 뒷문 앞에 섰다.

이건 대단한 구경거리야, 임마.

새까만 괴물처럼 보이는 커다란 판자문의 손잡이를 잡고 종형이 말했다.

큰 부엌으로 들어가 나는 시렁을 떠받치고 있는 한쪽 기둥에 램프를 걸어 놓았다. 부엌의 구석구석까지 차츰 여린 불빛으로 밝혀지고 아궁이 곁에서 잠들었던 샤모가 놀라 몸을 털고 일어서는 게 보였다.

램프가 너무 높아 바닥이 잘 보이지 않아.

투정을 부리는 마술사처럼 종형은 쉽사리 뿌라마를 내려놓지 못하고 투덜거렸다.

바닥이 어슴푸레 어두우면 종계들이 싸울 때 눈앞이 어릿어릿해 물러서고 다시 나아가고 잠시 뛰었다간 휴식하는 조그만 발들의 움직임을 정확히 포착할 수가 없는 것이다. 벼슬의 상처만으로 우세를 판정하기는 곤란했다.

나는 시렁의 기둥에서 내 키보다 높이 걸린 대형 램프를 내려서 손에 들었다.

벌써 종형의 손에 들린 뿌라마를 알아차리고 샤모는 긴장하여 맞은편 아궁이께에서 잽싸게 왔다 갔다 했다. 이럴 때 섣불리 뿌라마를 내려놓았다가는 아예 샤모의 전의戰意가 꺾여져 버릴 염려가 있다. 될 수록 뿌라마의 기세를 감추고 놈을 보잘것없는 초면의 종계처럼 느끼도록 할 필요가 있었다.

종형은 불그레한 뿌라마의 깃털만 보이도록 한 손으로 놈의 머리를 가리고 샤모의 눈치만 살피면서 새로 출발하기 위해 조심스레 뒷걸음질쳐 갔다.

너도 조금 물러나 있어.

하고 종형은 숨을 죽이고 가만히 말했다. 보다 넓은 투계장을 마련해 주기 위해 나는 벽 가로 몇 발자욱 물러섰다.

꼬꼬 꼬 하고 샤모는 형의 손바닥에 가려진 상대를 조심스레 살피면서 조금씩 기세를 돋구기 시작했다. 놈이 마치 무엇인가를 소리 없는 허공에서 찾아 낼 듯 뿌라마가 아닌 허공의 어떤 지점을 응시하면서 천천히 이쪽으로 다가오고 있을 때 뿌라마도 가만 있지는 않았다. 종형의 품 안에서 놈은 뛰어내리고 싶어 바둥거렸다. 거친 발가락으로 종형의 팔목을 할퀴면서 놈은 적수를 보려고 머리를 자꾸만 내어 밀었다.

제발 이놈의 기를 좀 꺾어 놔, 요것아.

벌써 가까이 다가선 샤모에게 종형은 애원하듯 말했다. 하지만 여전히 뿌라마를 내려놓지는 못했다. 놈을 내려놓기만 하면 놈의 억센 부리가 당장 샤모를 짓이기고 말 것만 같은 모양이다.

이윽고 뿌라마의 머리를 가리고 있던 종형의 손이 걷히어졌다. 우리들은 숨을 죽이고 샤모의 거동만을 지켜보고 있었다. 놈은 그닥 놀라지는 않았다. 도리어 조금 더 머리를 높이 치켜들고 종형의 앞으로 한발 한발 다가섰다. 거기에 힘입어 종형은 두 손으로 감싼 뿌라마를 먹이처럼 샤모 앞에 내어 밀었다. 그리고 능숙한 솜씨로 뿌라마의 육중한 몸을 이리저리 흔들어 댔다. 뿌라마의 머리는 허공에서 기분 좋게 맴을 돌고 그 모양은 일견 높은 곳에서 상대를 거만하게 조롱하는 꼴이 되었다.

이미 적의로 타오른 누르스름한 눈알을 굴리며 샤모는 호시탐탐 뿌라마를 겨누고 다가 들었다. 바로 놈의 머리 위에서 뿌라마의 머리가 한바탕 원을 그리자 서슴지 않고 샤모는 가볍게 뛰어올랐다. 종형의 손은 샤모의 부리를 피해 잽싸게 뿌라마를 들어올렸다.

히히 성공이다.

잔뜩 신경을 곤두세웠던 종형이 한 고비를 넘긴 듯 겨우 소리를 냈다.

헛쪼임을 할 때마다 꼬꼬 하고 샤모는 분노에 겨운 듯 우짖었다.

놈은 다시금 연거푸 뛰어올랐고 그때마다 방금 뿌라마의 머리가 스쳐 간 허공의 한 지점을 헛쪼았다. 놈이 땅에 떨어질 때면 갈퀴로 땅을 후비는 것 같은 발소리가 들렸다.

저놈의 사기를 돋구어 줄 참이야.

공중에서 강한 놈을 감싸 들고 먹이처럼 흔들어 주는 방법은 전의를 잃은 약자를 위해 언젠가 종형이 고안한 것으로 아주 효과가 좋았다.

샤모의 사기가 한창 타오를 때 종형은 돌연 샤모의 머리 위로 뿌라마를 내던졌다. 그는 얼른 벽 가로 비켜섰다.

샤모는 한걸음 물러섰고 그 사이 뿌라마는 벌써 돌격 자세를 취하고 있었다. 목털을 잔뜩 치켜 세워 서로 험상스런 모습을 보이며 두 마리의 계공은 반 자도 안 되는 거리에서 맞섰다. 앞발을 앞으로 내어 밀고 땅에 찰싹 달라붙어 금방 뛰어오를 자세로 두 마리는 잠깐 상대를 맹렬하게 노려보았다. 서로가 이기리라고 생각하고 있었다. 얼마쯤의 대가를 치를 각오를 하고 두 놈은 상대를 꺾으려는 욕망으로 눈을 번뜩였다. 거기다 샤모에게는 형의 욕망조차 곁들여 있었다. 놈의 부담은 한층 무거운 것이다.

이윽고 파드득 아래로 처진 깃털을 뿌리치며 두 마리는 서로 부딪쳤다. 그러자 역시 힘이 약한 샤모는 뒤로 약간 밀려났다. 밀려나면서 키가 작은 놈의 머리는 조금씩 밑으로 처졌고 노련한 뿌라마는 그 기회를 놓치지 않았다. 놈의 날카로운 부리가 힘차게 샤모의 벼슬을 찍어 댔다. 꼬꼬 하고 샤모는 아픈 듯 우짖었다. 놈은 뒤로 몇 걸음 물러섰다가 다시 앞으로 맹렬하게 돌진해 왔다. 그랬으나 뿌라마는 조금도 밀려나지 않았다. 두 마리가 밀착되어 서로 끄을 듯이 떨어지지 않는 사이 우위에 선 뿌라마는 연거푸 샤모의 벼슬을 찍어 댔다. 놈의 쪼아림은 힘차고 기계처럼 정확했다. 밀려나지 않으려고 샤모는 벼슬을 찍히면서도 버둥거렸다. 뿌라마의 벼슬을 겨누려고 집요하게 머리를 허우적거렸지만 놈의 부리는 뿌라마의 벼슬에 미치지 못했다. 놈은 미친 듯이 아무 데나 헛쪼임을 되풀이했다.

표피가 헤쳐진 샤모의 벼슬에서 피가 보이기 시작했다. 뿌라마의 부리는 그 피의 자욱에 빨려들 듯 해진 자리를 연거푸 찍어 댔다. 피가 송글송글 벼슬에서 맺혀 나고 있었다. 꼬꼬 신음 소릴 내면서 샤모는 뒷걸음질쳤다.

모든 게 허사가 돼 버린 듯한 순간에 종형은 아아 하고 꺼져 가는 소리를 토하면서 벽으로 돌아섰다. 두 손으로 그을음이 잔뜩 덮인 벽을 부르짖고 바들바들 몸을 떨었다.

이때 아궁이까지 밀려났던 샤모는 부리까지 흘러내린 피를 뿌리치느라 머리를 요란하게 흔들어 댔다. 그리고 한바탕 엉켜 있는 피를 떨어내고 난 놈의 싯누런 눈빛은 증오로 맹렬히 불탔다. 꼬꼬 분노에 겨운 소리로 우짖으며 놀랍게도 놈은 뿌라마에게 다시금 다가서고 있었다. 놈은 전법을 바꾸어 이번에는 저 트레이닝에서 보여 주었듯이 허공으로 치솟기 시작했다. 서로 부딪치는 순간에 가벼운 몸을 허공으로 날린 샤모의 부리가 이윽고 뿌라마의 벼슬에 명중했다. 몸이 둔한 뿌라마는 힘으로 다시금 밀고 나왔으나 놈의 부리는 이제 샤모의 벼슬에 미치지 못했다. 샤모는 연달아 뛰어올라 뿌라마의 탐스런 벼슬을 마구 찍어 댔다. 놈의 쪼아림은 복수와 고통으로 한층 잔혹하게 보였다. 뜻밖에 낭패한 뿌라마는 샤모를 본떠 허공으로 뛰어올랐지만 놈이 뛰어오를 때 샤모의 가벼운 몸은 벌써 놈보다 한치 위에 있었다. 뿌라마의 벼슬에서도 피가 보이기 시작했다. 깃털을 퍼득이며 샤모는 쉽사리 뛰어올라 찍은 자리를 끈질기게 되풀이 찍어 댔다. 두 마리는 피로 젖은 머리로 잠시 헐떡이며 서로 몸을 부벼 댔다.

다시 서로 떨어졌을 때 지쳐 버린 뿌라마는 비실비실 뒷걸음질쳐 달아났다. 꼬꼬 꼬 하고 놈은 저조한 베이스로 고통에 겨운 듯 우짖었다.

<u>호호호호</u>

갑자기 야릇하게 웃어 대며 종형은 벽 가에서 나왔다.

그놈의 트레이닝이 멋들어지게 맞아 들었다.

피로 범벅이 된 두 마리의 투계를 내려다보면서 그는 신이 나서 떠벌렸다. 샤모는 일단 승리한 것 같았다. 두 놈 모두가 이미 지칠 만큼 지쳤고 출혈의 고통으로 기운을 잃고는 있었지만 샤모에게는 아직 투력이 남아 있다. 놈은 비틀거리며 뿌라마에게 다가들어 이미 돌아선 뿌라마의 옆구리에 닥치는 대로 헛쪼임을 되풀이하고 있었다.

부엌 가운데로 나선 종형은 기쁨을 감추지 못해 거리낌없이 웃고 또 웃었다. <u>호호호호</u> 그 웃음 소리는 흡사 신음 소리와도 같이 들렸다.

그놈을 나는 안락사를 시킬 참이야.

석양 무렵 종형은 새끼줄을 들고 큰 부엌에서 서성거렸다. 패한 놈은 식용으로 처분한다는 관례에 따라 뿌라마를 처분하려는 것이다. 그는 새끼줄로 올가미를 만들어 그걸 부엌 구석에 웅크리고 앉아 있는 뿌라마의 목에 걸었다.

이놈을 빨리 죽도록 하는 방법이 있어. 죽는 시간이 오래 걸리면 고통스런 법이야.

한 번쯤 죽어 본 사람처럼 그가 말했다.

너하고 나하고 양쪽에서 이걸 잡아다니면 돼.

그는 올가미의 한 끝을 내게 내어밀었다.

나는 못해요.

겁먹은 얼굴로 말하고 나는 뒤로 주춤주춤 물러났다.

눈 딱 감고 한 번만 잡아다니면 돼. 일 초도 안 걸려.

난 못해요

임마, 이걸 못해?

이맛살을 찌푸리며 경멸조로 종형이 말했다. 나는 아직도 그가 내쪽으로 내어 밀고 있는 올가미의 한 끝을 두려운 듯 바라보며 자꾸만 뒷걸음질쳤다. 구석에서 올가미에 목을 감기운 뿌라마가 영문도 모르고 내 쪽을 바라보았다. 놈의 눈에 물기가 유난히 돋아나 반짝반짝 이슬처럼 빛나고 있었다.

나는 못해요

뒷마루 문설주에 엉덩이를 부딪쳐 뒤로 넘어지며 나는 말했다.

이 새끼가—

종형은 올가미를 휙 뿌리쳐 버리고 나를 때리려고 한 발짝 한 발짝 내게로 다가왔다. 커다랗게 부르쥔 주먹이 노여움으로 덜덜 떨리는 게 보였다. 나는 몸을 일으켜 세워 뒷마루로 기어 올라갔다.

이 새끼가—

주먹을 휘두르며 나를 쫓아 마루 위로 단숨에 뛰어오르려 종형은 문득 문설주 위에 한 발을 얹어 놓은 채 멈추어 버렸다.

앞마루에서 그 여자의 들뜬 듯한 목소리가 가만 가만 얘기하는 게 들렸다.

그분과 함께 지나가던 길인데요, 마침 생각이 났지요

그거는 참 고마운 일인데요

하고 숙모님이 맞받았다.

차라리 그 편이 좋겠어요

그럼 그렇게 해 보겠어요

그 여자는 공손하게 말하고 뜨락 저편으로 걸어 나갔다.

이 새끼, 나 혼자서도 할 수 있어.

갑자기 생각을 바꾼 종형은 나를 한바탕 노려보고 나서 부엌으로 다시 돌아섰다.

앞뜰로 향한 큰 부엌방의 유리창 밖을 나는 내어다 보고 있었다.

큰 부엌에서는 종형의 부산한 발자욱 소리가 들려 왔다. 그는 무엇이 뜻대로 안 되는지 초조하게 부엌 바닥을 왔다 갔다 했다. 뿌라마는 아직 살아 있는 것일까, 그 안락사를 시키는 방법은 혼자서도 가능한 일일까, 어쩌면 그건 한 사람의 힘으로는 손쉽게 되지 않을지도 모른다. 그 때문에 종형이 저토록 애를 먹고 있을 게다. 이러한 생각을 하고 있을 때 돌연 행길로부터 커다란 사나이가 구관사의 뜨락을 향해 걸어오는 게 보였다. 그는 여느 사람보다 훨씬 키가 커 보였고 얼굴빛도 새하얗게 보였다.

형, 누가 와요

얼떨결에 나는 큰 부엌을 향해 소리쳤다.

누구야? 손님이야?

종형의 신경질 섞인 목소리가 큰 부엌에서 들렸다.

난 지금 이놈의 목을 조를 참이야.

형, 이리 좀 와 봐요

하고 나는 다시금 성급하게 소리쳤다. 나의 떨리는 목소리에 놀란 종형이 큰 부엌으로부터 부리나케 방으로 뛰어 들어왔다.

무어야 임마?

그는 내 곁에 바싹 붙어 앉아 유리창 밖을 내어다 봤다. 노을이 붉게 타오른 황혼을 등지고 검은 법의를 걸친 그 사나이는 성큼성큼 구관사의 뜨락으로 들어오고 있었다. 넓다란 법의의 소맷자락이 비껴오는 황혼의 햇살 속에서 유난히 펄럭거렸다. 그의 모습은 점점 커다랗게 되었다.

서양 신부야.

얼굴빛이 창백해진 종형은 별안간 내 어깨를 붙들고 덜덜 떨기 시작했다. 나는 종형의, 병을 앓는 듯한 얼굴을 바라보았다. 그는 내 시선에도 아랑곳하지 않고 처음으로 연약한 모습으로 보이며 부들부들 떨고만 있었다. 오기만 해 봐라. 따귀를 때려 줄 테다 라고 말하던 그는 이제 그렇게는 말하지 못했다.

＊

송영의 「투계」는 그의 작가생활을 시작하게 만든 등단작이다. 작가는 이 등단작에서 거의 병적인 집착을 보여 주는 인물을 통해 고립된 자아와 억압적인 현실과의 대립 속에서 불안과 공포를 잠재우고, 어떻게 평화적 공존에 이를 수 있는가를 탐색하고 있다. 현실과 자아는 서로 화해로운 소통을 하지 못하고 오히려 고립된 자아는 스스로의 집착을 통해서만 자신의 세계를 건설하려고 한다. 하지만 이때의 자아는 숨어 있는 자아이고 잠재된 고립의 상황을 오히려 타자의 싸움을 통해 극복하려는 병적인 자아다.

이러한 인물의 속성은 평면적으로 진술되고 있다. 이러한 평면적 인물이 병적인 집착을 보이는 것에 대해 독자는 점점 의구심을 갖게 되고 평면적 인물의 내면을 관찰하려는 입체적 접근을 시도할 것이다. 평면적 인물이 갖는 예외적 기질이 이 소설의 인물을 호기심의 대상으로 바꾸어 놓는다. 그것을 움직이는 동력은 병적인 집착에 대한 차분한 보여 주기의 기법에 있다.

이 소설의 주인공은 '종형'으로 불리는 사람이고, 관찰자적 서술자는 '종형'의 이종 동생인 '나'다. 서술자와 주인공의 관계는 가족이라는 근친 관계에서 알 수 있듯 매우 긴밀한 것이다. 하지만 '숙모님과 종형 둘이서 사는 단출한 생활 위에 나는 젖먹이 때부터 얹혀 살아왔다'는 진술에서 볼 수 있듯이 또한 '이 새끼야, 넌 여기서 쫓겨나면 알거지 신세야'라고 윽박지르는 '종형'의 말에서도 알 수 있듯 서술자는 어쩔 수 없이 순종해야만 하는 존재다. 이러한 서술자의 순종의 태도는 주인공의 병적인 집착을 더욱 포악스럽게 부각시키고 있다. 스스로의 힘으로는 벗어날 수 없는 상황에서 서술자가 보여 주는 태도는 자신을 억압하는 '종형'으로부터의 탈출을 적극적으로 시도하기보다는 '종형'에 대한 세심한 관찰을 통해 저의 실존적 자리를 지키기 위한 눈치보기다.

인가가 하나도 없는 골짜기를 매일 밤 드나드는 '종형'을 바라보는 '나'는 '아마도 가장 무섭다는 것이라든가 가장 끔찍스럽다는 것에 대하여 스스로의 견인력堅忍力을 시험해 보고 그걸 확인하고 싶고 그리고 그걸 더욱 다져 보고 싶은 욕망 때문'이라고 생각한다. '종형'이 밤마다 드나드는 골짜기는 '죽은 듯한 침묵'의 공간이다. '종형'이 대면하고 대결하려는 것은 무서움과 끔찍스러움이다. 이 무서움과 끔찍스러움을 극복하려는 의지는 '죽은 듯한 침묵'의 공간에서 이루어진다. 그러나 그것은 '용기'의 문제가 아니라 '습관'의 문제일 것이라고 추측된다. 어두운 밤에 그것도 아무도 없는 골짜기를 드나드는 '종형'이 극복하려는 것은 무엇일까. 그것은 혼자서 해결해야 하는 어떤 것이다. 분명 이때의 극복은 낯선 세계와 미지의 미래로부터 내면의 불안과 두려움의 극복으로 이해될 수밖에 없다.

보다 구체적인 '종형'의 행동은 '뿌라마'를 쓰러뜨리려는 집착으로 나타난다. '거의 한 달 가량이나 승리만을 계속해 온 뿌라마'는 '종형'의 싸움의 대상이 되고 있다. '뿌라마'가 계속해서 승리만을 하자 '그럴수록 종형의 뿌라마에 대한 적대의식은 비례해서 가중'된다. '푸리마쓰의 잡종'도 '재래종'도 모두 '뿌라마'에게 지고 말았다. 투계 장면을 설명하던 '종형'이 빈 웃음을 웃는 것에서 '얼마간의 감추어진 고통'이 배어나오는 것은 그가 얼마나 투계에 집착하고 있는지 잘 설명해 준다. '종형'은 뿌라마의 모든 것을 미워한다. '처음 동기는 무엇이었는지 확실치 않다.' 이렇듯 '종형'의 투계는 알 수 없는 집착으로 인해 계속 이어진다.

이들이 살고 있는 '일인^{日人}의 농장감독 숙사였던 구관사에는 인가가 하나도 없었다.' 게다가 '종형'에게는 '외부의 인간이 접근해 오는 일이 제일 싫은 일'이다. '누구든지 이쪽 낡은 구관사의 뜨락으로 들어서서 폐가와 같은 이 집안의 생활을 기웃거리려고 하는 자는 그에게는 주제넘은 침범자나 다름없었다.' 인가가 하나도 없는 외딴 곳에서 외부인이 다가오는 것을 싫어하고 집안을 기웃거리려는 자를 침범자로 인식하는 '종형'은 폐쇄적인 성격을 소유한 인물이다.

'죽은 듯한 침묵'의 공간에서 내면의 불안과 두려움의 극복을 시도하는 '종형'이 어째서 스스로의 고립된 장소에서 타인들의 접근을 거부하는지는 자세하게 드러나 있지 않다. 그러나 스스로의 고립 속에서 '종형'이 보여 주는 투계에 대한 집착, '뿌라마'를 쓰러뜨리려는 병적인 집착은 자신의 고립을 더욱 포악스러운 것으로 만들고 있다. '남이 뭐라고 하든 그 따위는 두려울 거 없다'라고 말하던 '종형'은 '마을 사람들이 우릴 미친놈이라고 말한다지?'라는 말에서 드러나듯이 점차 외부 사람들을 의식하기 시작한다.

그러나 '우리'라고 부르는 '종형'의 말에 얼떨떨해지는 '나'는 '고통스런 피동의 입장'에 서 있다. '마을 사람들은 종형에 대해서만 수군거리곤 했다.' 게다가 '나'에게는 '아예 나 따위는 처음부터 문제도 되지 않는' 것이 차라리 편할 뿐이다. 그 '고통스런 피동의 입장'은 '나는 그 싸움에 입회하지 않았다'라는 진술에서 드러나듯이 '종형'으로부터 벗어나고자 하지만 '종형'의 '불끈 쥔 주먹' 앞에서는 무력하기에 피동의 역할을 할 수밖에 없는 고통을 짊어지고 있다. 그것은 '나'에게는 어찌할 수 없는 숙명이다. '미친놈들'이라는 마을 사람들의 말을 다시 확인하려는 '종형'의 질문에 대해 '대답을 머뭇거리는' 것은 '나'의 입장을 간명하게 드러낸다. '나'는 마을 사람들로 대표되는 외부와 '종형'의 병적인 고립 사이에 묶여 있는 존재다. 그런 의미에서 서술자인 '나'는 이 소설의 중요한 역할을 담당하게 된다. 그것은 주인공인 '종형'에 대한 비판적 관찰의 시각을 갖고 또한 '종형'의 행동을 보다 극렬하게 부각시킨다는 점이다. '종형'과는 가장 가까운 위치에 서 있기에 더욱 서술자로서 충실한 역할을 맡게 되는 셈이다.

새로 들여온 '샤모'와 '뿌라마'의 대결은 이 소설의 중심 사건으로 전개된다. '나'는 그러나 '뒷산 골짜기'로 몸을 피한다. 투계가 끝났을 것이라 생각한 '나'는 밤이 깊어서야 돌아온다. 역시 '종형'의 주먹은 가만히 있지 않는다. '나'는 '종형'의 주먹과 구둣발에 얻어맞고 '죽은 듯이 엎드린 채 숨결을 고르면서 컴컴한 부엌 구석을 응시'한다. '어둠과 정적이 한꺼번에 쌓여지는 것'과 '모든 것을 폐쇄하고 차단해 버리고 만 조그만 세계의 암울한 색깔'을 보게 된다. 거기서 '나'는 조그맣게 빛을 내고 있는 '뿌라마의 눈빛'을 오랫동안 지켜본다. 어둠과 정적, 스스로 폐쇄하고 차단해 버리고 만 조그만 세계의 암울함과 상반되는 곳에 '뿌라마의 눈빛'이 있는 것은 '나'가 '종형'에게 짓밟히면서 찾아낸 세계이기 때문이다. '뿌라마'를 기필코 쓰러뜨려야만 하는 '종형'의 집착은 현실세계로부터 벗어나 스스로의 고립된 세계를 지키려는 자아의 외적 표현인 것이다. 그리고 결국 '종형'의 집착은 '뿌라마'를 쓰러뜨리고야 만다. '샤모'와의 두 번째 싸움에서 '뿌라마'는 진 것이다. '제발 이놈의 기를 꺾어놔'라고 말하는 '종형'의 투계는 현실에서 벗어나고자 하는 의지의 소산이다.

'종형'의 승리는 새로운 출구를 맞이한다. 그것은 스스로의 세계를 보다 굳건히 다지는 것이 아니라 현실세계의 다른 출구가 그에게 열려 있기 때문이다. 그 출구는 현실과 구원의 문제를 시사해 주고 있다. '종형'은 싸움에서 진 닭은 '식용으로 처분해 버린다는 관례'에 따라 '뿌라마'를 안락사시키려고 한다. 새끼줄로 '뿌라마'의 목을 감고 양쪽에서 '종형'과 '나'가 잡아당겨 죽이는 것이다. 하지만 '나'는 '뿌라마'를 안락사시키는 것에 같이 할 수 없다고 거부한다. 이때 '종형'은 집으로 찾아온 '여자'의 목소리를 듣게 된다. 갑자기 생각을 바꾼 '종형'은 혼자서 '뿌라마'를 안락사시키려고 하지만 '뜻대로 안 되는지 초조하게 부엌바닥을 왔다 갔다' 한다. '뿌라마는 아직 살아 있는 것일까, 그 안락사를 시키는 방법은 혼자서도 가능한 일일까, 어쩌면 그건 한 사람의 힘으로는 손쉽게 되지 않을지도 모른다. 그 때문에 종형이 저토록 애를 먹고 있을 게다'라는 서술자의 진술은 매우 의미심장하다. 이때 '뿌라마'는 현실세계의 원리를 상징하게 되고 '종형'은 그로부터 고립된 자아가 현실세계에 맞서 혼자만의 병적인 집착의 세계를 건설하려는 것을 의미한다. 현실과 단절된 삶을 스스로 만들고자 하는 의지는 '그분'으로 불리는 '서양 신부'의 출현 앞에서 무너지고 만다.

이렇게 송영의 「투계」는 개인의 구원에 대한 문제를 상징적으로 그려내고 있다. '종형'의 '뿌라마'와의 싸움은 대리적인 싸움이고 병적인 집착을 보여 주는 싸움이다. 그것은 현실과의 소통을 단절한 자의 싸움이며 동시에 구원의 출구를 찾고자 하는 자의 절망적인 싸움이다. 그것은 아무것도 해결해 주는 것이 없다. 이렇듯 비정상적이고 비현실적인 개인의 구원의 문제는 이제 '그분' 앞에서 무너지고 있다. 그렇다면 새로운 구원의 문제 앞에 주인공은 들어서게 되는 것이다.

소설의 시간과 플롯

또 다른 소설의 배경은 시간이다. 아침, 낮, 저녁의 시간들, 혹은 봄, 여름, 가을, 겨울과 같은 계절들, 이것이 소설의 시간적 배경이다. 한 편의 소설이 성립되기 위해서 시간은 결코 빠뜨릴 수 없는 필수불가결한 절대 요소의 하나라는 것은 이미 누구나 알고 있는 상식이다. 한 편의 소설이란 그것을 이루는 중추적인 이야기를 품고 있게 마련이고, 그 이야기란 필연적으로 어떤 공간에서 벌어진 사건을 중심으로 하는 이야기이며, 그 사건은 그 소설의 공간에 등장하는 인물의 행동의 결과인 것이다. 이때 인물들과 그들에 의해 이끌려 나오는 모든 사건은 시간이란 토대 위에서 성립된다.

한 편의 소설이란 작중인물들이 벌이는 행동과 사건의 연쇄에 다름 아닌데, 이것은 곧 시간의 연쇄라는 말과 같다. 시간은 소설 속의 인물이 어떤 사건의 초입 속으로 뛰어들어가고 다시 결말을 지으며 나오기 위한 조건이다. 사건의 초입에서부터 결말까지 소설 속의 인물이 움직이는 그 모든 도정道程이란 바로 시간의 흐름이라는 연속성 위에 놓여진다. 이와 같이 '인물과 사건은…… 시간 속에 뿌리를 내린다.' 소설 속에서 벌어지는 모든 사건이란 시간 속에서 일어나는 사건이며, 소설 속에 살아 움직이는 모든 인물들 또한 시간들의 연속성 위에서 생각하고, 일하고, 사랑하고, 행동하는 것이다.

알베르 카뮈의 「이방인」의 주인공 뫼르소가 양로원에 있던 자신의 모친의 부음을 받는 것도, 그리고 애인 마리와 영화를 보고 돌아와 정사를 나누는 것도, 해변가에서 동기없는 살인을 저지르는 것도 모두 시간의 연속성 위에서 일어나는 행동이며 사건들인 것이다.

소설에서의 시간은 대체로 세 개의 차원으로 분리된다. 첫째로 소설 속에서 사건이 벌어지는 시간, 둘째로 그것에 관해 작가가 쓰고 있는 시간, 셋째로 역사적이며 현실적인 시간이 바로 그것이다. 역사적이며 현실적인 시간이란 곧 독자가 현실의 공간 속에서 작가에 의해 씌어진 한 편의 소설을 실제로 읽는 시간이기도 하다. 때로는 소설에서의 시간을 두 개의 차원, 즉 플롯의 시간과 독서의 시간으로만 분리하기도 한다. 플롯의 시간이란 서사물에서 의미화된 사건들의 지속 시간을 말하며, 독서의 시간이란 그것을 읽는 시간을 말한다.

소설에서의 시간을 허구의 시간과 서술의 시간으로 나누기도 한다. 이때 허구의 시간이란 이야기 자체의 시간이고, 서술의 시간이란 그 이야기를 소설 속에서 표현하는 방식의 시간이다.

우리는 이야기를 시간의 연속에 따라 정리된 사건의 서술이라고 정의한 바 있다. 플롯 역시 사건의 서술이지만 인과관계를 강조하는 서술이다. '왕이 죽자 왕비도 죽었다.' 이것은 이야기다. '왕이 죽자 슬픔을 못이겨 왕비도 죽었다.' 이것이 플롯이다. 시간의 연속은 보존되고 있지만 인과감因果感이 거기에 그림자를 드리우고 있다. 또 '왕비가 죽었다. 사인死因을 아는 사람이 하나도 없더니 왕이 죽은 슬픔 때문이라는 것이 밝혀졌다.' 이것은 신비를 안고 있는 플롯이며 고도의 발전이 가능한 형식이다. 이것은 시간의 연속을 유보하고 가능한 데까지 이야기를 떠나 멀리 이동한다. 왕비의 죽음을 생각해 보라. 이것이 이야기에 나오면 '그리고 나서는?' 하고 의문을 갖는다. 이것이 플롯에 나오면 '이유는?' 하고 이유를 캔다. 이것이 소설이 갖는 두 가지 형상 사이에 근본적인 차이점이다. 플롯은 입을 벌리고 듣고 있는 혈거인이나 독재자인 군주나 그들의 현대적인 후손들인 영화관객들에게 이야기해 줄 수는 없다. 이런 사람들은 '그래서…… 그리고 다음에는……'만으로 잠을 자지 않게 할 수 있으며 호기심만을 공급할 수 있다. 그러나 플롯은 지력知力과 기억력도 아울러 요구한다.[9]

9 E. M. 포스터, 『소설의 이해』, 이성호 역, 문예출판사.

포스터가 말하고 있듯이 이야기와 소설은 약간의 차이가 있다. 우선 이야기는 "시간의 연속에 따라 정리된 사건의 진술"이다. 이에 반해 소설은 사건들 사이의 인과관계가 설정되고, 이 설정은 명확한 논리적 맥락 위에 세워져야 한다. 이야기는 아직 소설 이전의 상태라고 할 수 있다. 이것이 구조적인 논리의 형태를 획득하게 될 때 비로소 소설이라는 장르로서의 양식이 되는 것이다. 훌륭한 소설은 "신비를 안고 있는 플롯"을 갖고 있으며, 그것은 언제나 "고도의 발전이 가능한 형식"을 이룬다. 포스터는 성공적인 플롯의 요건으로 "지력과 기억력"을 말하고 있다.

이렇게 이야기를 인과관계에 따라 배열하는 것을 '소설의 플롯'이라고 말한다. 플롯에는 그것을 구성하는 서술단위들이 있다. 서술단위는 수없이 작은 사건들과 에피소드들을 머금고 있다. 플롯은 언제나 시간적 순서에 따라 배열되는 것은 아니다. 현실에서 일어나는 사건이란 시간적 순서를 벗어날 수 없다. 소설에서는 그것을 극적이고 효율적으로 전달하기 위해서 선택적 순서로 사건을 배열할 수 있다. 더 자세하게 말하자면 플롯이란 극적 형태의 기대감, 서스펜스, 감정 및 만족감으로 상황을 설정하는 관련된 사건의 배열을 말한다.

플롯에 대한 이해를 돕기 위해 하나의 이야기를 예로 들어 보자. (1) 어느 날 영희는 자신이 암에 걸렸다는 사실을 종합검진을 받은 병원의 의사에게서 통고받는다. (2) 그녀는 그 통고를 받은 지 3개월 만에 죽었다. (3) 그녀에게는 약혼자가 한 사람 있었다. (4) 그는 그녀의 장례식에 끝내 모습을 나타내지 않았다. 영희의 죽음을 내용으로 하는 이 이야기를 전달하는 네 개의 문장은 각각 독립된 이야기의 단위를 보여 준다. (1), (2), (4)의 문장들은 시간―논리적인 순서에 따라 일어난 사건들을 보여 주는 경과 진술의 예다. (3)의 문장은 위의 세 문장들과는 다른 형태의 문장이다. 다시 말해 위의 세 문장들이 이야기 속에 등장하는 인물에게 일어난 사건에 대해 말하고 있다면, (3)의 문장은 그 인물이 처해 있는 상황, 혹은 여러 양상들을 표현하고 있다. 이것은 정체 진술의 한 예다.

플롯은 발생한 사건의 추이에 따라 독자의 호기심과 흥미를 끊임없이 유발하는 효과를 일으킨다. 한 소설의 극적 배열은 작가 개인의 리듬과 인생관에 따라 광범위하게 변할 수 있는 개연성을 지니고 있다. 같은 이야기를 소설로 쓴다고 해도 각 사람마다 플롯은 달라질 수 있다. 플롯은 우리를 흥미있게 만든 어떤 것, 즉 등장인물, 상황, 혹은 착상에서 발전할 수 있는 것이다. 플롯은 작가가 글쓰기를 시작할 때 항상 분명하게 결정되어 있는 것은 아니며, 작가가 충분히 관찰하지 않고 자신의 내적 형태감각을 확신하지 않은 상태라면 플롯을 구상할 필요가 없다. 성공적인 플롯이란 발견한 주제, 발동하는 상상력, 지적으로 자유분방하지만 전체적 구조 안에서 일정한 기율에 따라 통제되고 있는 정신의 조합이다. 독자를 자신의 소설의 마지막 페이지까지 읽어 나갈 수 있도록 흡인력을 발휘해야 하며, 독자 스스로 내가 이 소설을 썼다고 해도 이 방법만이 유일하다는 느낌이 들도록 해야 한다.

물뿌리기 _문형렬

문형렬은 1955년 대구에서 태어나 영남대 사회학과를 졸업했다. 1982년 〈조선일보〉 신춘문예에 시가 당선하고 이태 뒤에 같은 신문 신춘문예에 소설 「물뿌리기」가 당선하면서 소설가로 입문한다. 그의 소설들은 삶에 대한 서정적 성찰을 통해 우리 삶이 끌어안고 있는 슬픔의 정서를 길어 낸다. 그 촉매로 작용하는 것이 죽음이다. 실로 그의 소설들에는 다양한 죽음이 나오는데, 그것은 사회 역사적인 맥락에서가 아니라 존재론적인 맥락에서 놓고 볼 때 그 의미가 한결 또렷해진다. 그는 서정적인 문체를 통한 삶의 뒤안길을 더듬으며 존재론적인 소외와 비애를 길어 내는 데 능란한 작가다. 그는 이미 몇 권의 소설 책을 펴냈지만 작품세계를 완성한 작가가 아니라 그것을 향하여 나아가고 있는 도상의 작가다. 따라서 그의 작가적 가능성과 잠재력이 아직은 개화되었다고 보기는 어렵다.

"이러면 햇빛이 많고 하늘이 잘 보일 게다."

어머니는 거의 백여 개나 되는 화분을 숨 한 번 몰아 쉼없이 장독대로 올려놓고는 장독대로 올라가는 쇠사다리에 걸터앉아 하늘을 올려다보며 말씀하셨다. 3월의 햇빛이 어머니의 말씀 사이로 가볍게 지나갔다.

한나절을 꼼꼼하고 느린 몸놀림으로 장독대를 오르내리시는 어머니를 바라보며 나는 멍하니 서 있었다. 마음이 한 곳으로만 기울어져 있는 것 같은 어머니의 그 빈틈없는 몸놀림은 다른 누구의 도움도 끈질기게 막아내었다.

"제가 하겠습니다, 어머니."

"아니다, 애야. 넌 마음쓸 것 없다. 내 잘못이 아니겠니……."

선인장이 담긴 화분을 하나 들고 어머니가 처음 쇠사다리를 밟고 장독대로 오르실 때, 나는 낭떠러지 앞에 서 있는 것 같았다. 그러나 화분들을 장독대로 죄다 올려놓으실 때까지 어머니는 마치 햇빛을 타고 오르내리듯 가볍게 일을 끝내셨다. 어머니는 어디서 그런 힘이 솟는지, 조금도 힘들어 하시는 모습이 아니었다.

눈살을 가늘게 모으고 한참 하늘을 올려다보던 어머니는 이윽고 쇠사다리를 내려와 물뿌리개에 물을 채워 다시 장독대로 올라가셨다.

"오늘은 물을 듬뿍 줘야겠다! 저것들이 햇빛 많은 곳으로 자리를 옮겼으니, 꽤나 목이 탈 것 같구나. 그렇지만 아주 조심스러워야 한단다. 사람도 배탈이 나지 않니, 무얼 지나치게 먹으면 말이다."

물결이 일 듯 둥글게 울려 나오는 어머니의 목소리를 따라 나는 장독대를 쳐다보았다. 아주 즐거워진 얼굴로 물을 뿌리는 어머니는 문득문득 하늘을 올려다보셨다. 그때마다 어머니는 무엇인가 눈부신 듯 몸을 낮게 비틀거리셨다. 장독대를 가로질러 쳐둔 빨랫줄 사이를 빠져 나오는 바람이 짧게 기우는 햇빛을 어머니의 흰 치맛자락이 희붉게 얼룩졌다. 나는 손끝이 까맣게 타는 것 같았지만 꼼짝없이 뜨락에 서 있었다.

지난 겨울, 문간방에 재워 둔 갖가지의 선인장이며 군자란, 어린 산매자나무를 입춘이 지난 어느 날, 밖으로 꺼냈을 때 그것들이 암갈색으로 죽어 있었다. 그때 어머니는 화분들을 이리저리 살피며 탄식하듯 혼잣말을 하셨다.

"이런! 꽃 돌보기를 잊어버렸구나……."

어머니는 어린 산매자나무의 한 가지를 조심스럽게 분질러 보셨다. 나무 껍질에 묻어 있는 햇빛이 툭 꺾여지고 그것의 속살이 물기 한 점 없이 드러났다. 나는 바늘에 찔린 것처럼 확 등을 폈다. 지난 겨울이 저 어린 나무 속에서도 잠들어 있었다. 나는 혀가 저렸다.

쪼그려 앉은 어머니는 무릎 위에 나뭇가지를 얹어 놓고 손톱으로 속살을 헤치셨다. 나뭇가지가 바닥으로 떨어졌다. 어머니는 고개를 가로 저으시며 앉은걸음으로 화분들을 하나하나 살피셨다.

가끔씩 눈을 비비며 이런, 이런 하고 짧게 탄식하시더니 마침내 어머니는 말을 제대로 못 하셨다. 어머니의 얼굴빛은 죽은 나무의 속살처럼 까맣게 자지러져 보였다. 나는 땀이 바짝바짝 났다. 그만 나는 큰 잘못을 저지르고 둘러대듯 허둥지둥 말했다.

"곧 살아나겠지요 지난 겨울이 유독 추워서 아직 저것들이 움츠려 있을 것입니다. 어머니, 곧 봄이 오면…… 살아나겠지요"

그제서야 어머니는 힘없이 고개를 끄덕이셨다.

"암…… 그렇겠지. 아직 잠들어 있을 게야. 날…… 얼마나 원망했을 라. 이제 햇빛이 길어지면 기지개를 한 번 길게 하고는 일어나겠지. 그렇지? 얘야."

언제나 속이 떨려 나오는 목소리로 나를 '얘야'라고 부르시는 어머니는 틀림없겠지, 하는 눈초리로 나를 아슬아슬하게 쳐다보셨다. 슬쩍 나는 얼굴을 늘어놓은 화분 쪽으로 돌리며 밝게 웃어 보였다.

"그럼요! 어머니."

나는 저것들이 죄다 죽어 버렸으니 내다 버려야 한다고 말하고 싶었는데 엉뚱한 웃음까지 지어 보이고 말았다. 늘, 겨울이 오기 앞서 어머니는 화분들을 문간방에 다독여 놓고 봄이 올 때까지 그들이 겨울잠을 편안히 잘 수 있도록 가끔씩 옅은 군불을 지피고 물을 가늘게 뿌려 주셨다. 그런데 유난히 혹독했던 지난 겨울에는 그들을 아예 잊으신 것이다. 문간방의 방문을 한지로 새로 바르고, 문풍지를 달아 바람을 막던 일도

"얘들아, 다시 푸르게 얼굴을 내밀어야지."

뜨락을 빙 돌아가며 화분을 늘어놓은 어머니는 파란색 물뿌리개를 들고 물을 뿌리며 혼잣말을 하셨다. 겨울이 끝날 때까지 줄곧 말 한마

디 내비치지 않던 문간방의 화분들을 입춘이 지나 햇빛이 몇 줄씩 줄지어 내리자, 무릎을 치듯 놀라시며 뜨락으로 내놓으시고는 화분들이 듣기라도 하는 듯 말씀하시는 어머니의 얼굴빛은 희미하게 핏기가 돌아 올랐다.

"빨리 해가 길어져야 할 텐데……."

어머니는 날마다 거의가 선인장인 화분을 손끝으로 살피셨다.

햇빛이 조금씩 길어졌고 어머니의 손가락 끝으로 핏방울이 동그랗게 솟아올랐다. 햇빛은 태연스레 길어졌지만 어머니의 손끝은 성한 데가 없었다.

"봄에는 앞이 캄캄하구나."

어머니는 버릇처럼 흰 저고리 고름이며 치맛단에 손을 문지르며 몇 번이나 말씀하셨다. 앞이 캄캄하구나. 봄에는 앞이…… 말이다. 나는 그 말씀을 들으며 어머니의 모습이 지난해보다 무척 작아져 버린 듯한 느낌을 받았다. 나는 햇빛이 시끄러운 하늘로 눈길을 돌렸다. 어머니의 얼굴을 제대로 마주볼 수가 없었다. 지난해 봄방학을 시작하는 날부터 문간방의 암갈색 화분들을 다시 햇빛 밖으로 내놓을 때까지 늘 힘이 있었고, 정신없이 바빠 보였으며 아들 앞에서 꼿꼿이 서 계시던 어머니의 모습이 작고 쇠약해진 지금의 모습에 겹쳐 떠올랐다.

지난해 봄방학을 하던 그날, 아버지는 양복 소매깃에 묻은 분필가루를 털지도 않은 채 집으로 돌아와 힘겹게 누우셨다. 국민학교 5학년 담임을 맡고 계시던 아버지는 그해 봄방학을 어머니와 같이 날마다 바깥 나들이로 보내셨다. 어머니는 세상일에는 관심없는 듯 늘 집안일만 하셨는데, 마치 아버지를 데리고 가시는 것처럼 집을 나서는 그 뒷모습은 참으로 가슴 저렸고 신기했다. 나는 두 분이 함께 나들이를 하시는 모습을 그때 처음 보았으리라.

짧은 봄방학이 다 끝나 가던 날, 어머니는 저녁상을 물리며 밝은 얼굴로 말씀하셨다.

"당신은 곧 회복하실 거예요. 의사 선생님께서 너무 과로가 심하셨다고 하셨어요. 그리고 너희들은 마음쓰지 않아도 된다."

그날 어머니는 부엌으로 들어가 수돗물을 틀어 놓고 오랫동안 계셨다. 그러나 어머니는 여느 해 봄처럼 문간방에 든 화분을 뜨락에 내놓고 물을 뿌려 주는 일을 잊지 않으셨다. 그리고 3월이 왔다.

나는 고등학교 2학년이 되었고, 누이 동혜東惠는 중학교 2학년으로 올라갔다. 어머니는 아버지의 휴직계를 국민학교로 가지고 가셨다. 그때, 휴직계가 든 노란 봉투를 쥔 어머니의 손에는 얼마나 매서운 집념이 도사리고 있었던지, 봉투를 쥔 손을 줄곧 가늘게 떨고 계셨다.

봄날은 쉬 지나갔다. 아버지는 누워 지내시는 날이 많아졌다. 같은 학교 선생님들과 국민학교 아이들이 가끔 집을 다녀갔다. 아버지는 그럴 때면 일어나 큰 웃음 소리까지 터뜨리며 마냥 즐거워하셨다. 어머니는 문병 온 이들을 한길까지 따라 나가셨다. 아이들에게는 두꺼운 종이 봉지에 싼 선인장 줄기를 하나씩 나누어주며 그들의 어깨를 톡톡 두드리시는 어머니의 손등으로 낮은 땅거미가 흩어져 내렸다.

타오르며 무너지고, 다시 솟아오르는 봄날은 잇달아 몰려와 집안을 빠르게 휘젓고 다녔다. 목련은 벌써 그 큰 꽃잎을 죄다 떨어뜨렸고 라일락꽃이 부지런히 피어났다.

어느 날 시장을 갔다 대문을 들어서시던 어머니는 처음 만나는 사람을 보듯 라일락꽃이 핀 모습을 보고는 그만 그 자리에 우뚝 서버리셨다.

"이런 내 정신 좀 봐! 꽃핀 줄 모르고 봄 다 보낼 뻔했네."

한참 만에사 수도 계량기통에 괸 물을 퍼내는 나를 보고 말씀하시는 어머니는 뺨에 발그레한 빛까지 띠시며 두 눈이 붉어지도록 웃으셨다. 나는 어머니의 손톱이 약물에 절어 제법 검게 되어 있음을 보았다.

"참, 내가 이럴 때가 아니구나. 저기 꽃잎에다 네 아버지 속옷을 널어야겠다."

어머니는 한참을 소리내어 즐거워하시다가 저자 바구니를 내게 쥐어 주고는 바삐 안방으로 들어가셨다. 나는 저자 바구니에 든 종이 봉지를 헤쳐 보았다. 얼굴이 찡그려졌다. 그 안에는 허연 구더기가 가득 들어 있었다. 말린 두꺼비도 보였다.

3월 들어 어머니는 지네와 같은 이상한 벌레며 약초를 구해 와 달이기 시작하셨다. 한약 냄새가 집안에 슬슬 배어들었다. 몇 방울의 질은 기름을 만들어내는 두꺼비 달이는 냄새는 토악질을 참기 어려울 만큼 고약했다. 한 번은 동혜가 일을 거든다고 부엌으로 들어갔다가 못내 뛰쳐나왔다. 부엌을 들여다보던, 어머니는 이마에 맺힌 땀을 잇따라 걷어내며 약을 달이기에 정신이 팔려 계셨다. 치맛자락이 불에 그슬린 것도 모르실 정도였으니까.

흰 속옷을 한아름 품고 나온 어머니는 나더러 꽃잎 위에다 그것들을 널어 놓으라고 하셨다. 나는 나무를 타고 올라갔다.

"조심해야지, 얘야. 꽃잎 떨어질라. 네 아버지 몸에서 냄새가 나지 뭐냐. 저것들을 꽃잎에 두었다가 입혀 드리면 꽤 좋아하시지 않겠니."

짧게 짧게 번져나오는 목소리 사이로 어머니는 흐릿하게 웃고 계셨다. 아버지의 속옷은 꽃잎 위에 둥두렷이 얹혀졌다. 구름조각처럼.

날이 어두워지자 어머니는 속옷을 걷어 오라고 하셨다. 꽃잎이 몇 개 흙바닥으로 떨어졌다. 어머니는 내가 걷어온 속옷에다 코를 대고 냄새를 맡은 뒤 하늘을 올려다보셨다.

"밤에는 비가 오지는 않겠지. 별이 몇 개 보이잖니. 다시 두어라. 아직 꽃내음이 속속들이 배이지 못한 모양이구나."

나는 다시 나무를 타고 올라갔다. 어둠이 푸른 나뭇가지에서 싱싱하게 묻어 나왔다. 라일락꽃이 죄다 져버릴 때까지 어머니는 아버지의 속옷을 널게 하셨다. 버쩍 마른 속옷은 물을 입에 넣고 풀씨처럼 뿜어 축촉하게 하며, 물기가 남아 있어야 꽃 냄새가 더 많이 묻어 난다고 하시는 어머니의 얼굴은 깊은 생각의 그늘을 가려 주었다.

한 번은 새벽 무렵, 어머니는 서둘러 나를 깨우셨다.

"빗발이 듣는구나. 속옷을 빨리 걷어 오너라!"

나는 벌떡 일어나 바르게 속옷을 걷어들였다. 까닭없이 가슴이 두근거렸다. 빗방울이 손등에 부딪쳤다. 귓속이 윙윙거렸다. 나는 속옷을 어머니에게 건네 드렸다.

어머니는 속옷을 가슴에 안고 방안의 불빛이 희미하게 드러나는 라일락나무의 줄기를 보며 혼잣말을 하셨다. 저런 꽃잎이 저, 비를…… 맞고 나면, 어쩌나, 꽃잎이 죄다 떨어지겠네. 저걸 어쩌나……. 남몰래 떠나는 이를 훔쳐보며 속으로만 부서지듯, 어머니는 한 손으로 속옷을 품고 그러나 손바닥을 마구 두드릴 것처럼 주춤거리며 다른 한 손으로 마루 유리문을 꼬옥 잡고 계셨다. 꽃 냄새가 드높게 몰아쳐 왔다. 코끝이 시큰거렸다. 몸이 자꾸 떨렸다.

아버지는 가까스로 몸을 움직여 대소변을 보았고, 때로 밥상 앞에 앉아 숟가락을 들고 망설이다가 그만 내려놓곤 하셨다. 아버지가 숟가락을 놓으시면 나와 동혜는 덩달아 숟가락을 놓아 버렸다. 우리는 편하게 밥을 먹을 수가 없었다. 마침내 어머니는 아버지의 몸에서 자꾸 냄새가 난다며 우리 밥상을 따로 차려 주었고 아버지께 인사드리는 일말고는 안방으로 들어가지 못하게 하셨다.

"앞이 자꾸 캄캄하구나……."

어머니는 물 뿌리던 일을 멈추고 손을 돌려 허리를 두드리셨다.

"사람이 때에 맞춰 밥을 먹듯이 꽃들도 때가 있는 법인데……. 저기 고슴도치선인장은 말이다, 꽃이 나팔 모양으로 피는데 향기가 많고 오래 간단다. 꽃잎 뒷면은 담록색이지만 속은 흰색이지. 곧 보게 되겠지만 눈이 다 부셔 오지 않겠니……."

나는 손을 뒤로 감추었다. 귀를 막고 싶었기 때문이었다.

"그런데 저 녀석 쥐꼬리선인장은 이제 마디마디가 다 끊어져 버린 것 같네. 내 탓이 크구나. 늘 가시 끝이 촉촉해야 꽃을 맺을 텐데."

나는 뒤로 감춘 두 손을 슬쩍 맞잡아 깍지를 끼고는 얼굴을 젖혔다. 하늘이 파랗게 다가왔다. 나는 어머니의 얼굴을 똑바로 쳐다볼 수가 없었다.

"가시가 없는 저 밤에 피는 선인장은 착하기도 하지. 어찌 가시없이 사누. 키만 삐쭉하게 커 가지고 네 아버지는 꽃이 밤에 슬쩍 피었다가 소문없이 진다고 참 싫어하셨다. 쓸쓸한 꽃이라고 하셨어."

봄날, 하루 햇빛이 죄다 달아날 때까지 어머니는 얼어죽은 화분을 돌보며 암갈색의 기운이 없어지기를 기다렸다.

"기다림이란 말이다, 애야. 목을 매다는 것 같단다."

날이 갈수록 어머니의 흰 치맛단이며 옷고름에는 핏물이 방울방울 묻어 나왔다. 학교를 갔다 오면 나는 아버지가 쓰던 책이며 유품을 하나씩 간추려 짐을 꾸려 놓기에 남은 하루 해가 가는 줄 몰랐고, 어머니는 뜨락을 빙 돌아가며 죽어 버린 화분에 때맞춰 물을 주느라고 자주 하늘을 올려다보셨다.

"꽃 돌보기를 잊은 죄가 갈수록 클 줄이야 몰랐구나……."

나는 부지런히 짐을 꾸렸다. 이마에서는 땀방울이 솟았으나 이삿짐을 싸는 손아귀는 스산했다. 썰물처럼. 나는 아직 어렸으나 우리가 빚더미에 올라 있으며, 빚쟁이들이 집을 가압류했음을 알고 있었다. 집달리가 와서 낡은 장롱에까지 딱지를 붙여 두었던 것이다. 나는 벽장을 정리하고 안방으로 내려왔다. 뜨락에서 노랫소리가 가느다랗게 번져들었다.

봄아 봄아

애타는 봄아……

있는 사람 한락한 봄

없는 사람 애타는 봄

이 봄 다시 왜 또 왔나

나는 천장을 올려다보며 어이없이 귀를 기울이다가 그러나 얼핏얼
핏 귀를 막곤 했다. 장미꽃이 곱다 하여도…… 꺾어보니 마디마디 가
시로다. 사랑이 좋다 하여도, 따라가보니…… 굽이…… 굽이 눈물이
로다. 나는 마루로 나갔다. 어머니는 선인장 하나 앞에 쪼그려 앉아
손가락으로 가시 사이를 헤치며 나직이 노래를 부르고 계셨다. 갈수
록 어머니는 곧잘 그러셨다.

나는 이미 죽어 버린 화분을 버리지 않는 어머니가 속으로 못마땅
하였지만, 때로 숨이 꺾여질 듯 이어져 나오는 노래를 들으며 까닭없
이 팔씨름을 한번 해보자고 내 손을 확 휘감으시던 그 힘찬 모습이
속눈썹 끝에서 자꾸 어른거렸다. 나는 그 모습을 떨쳐 내려고 무던히
도 눈을 끔벅거렸다.

지난해 늦봄, 라일락꽃이 지고 장미꽃이 올 무렵, 학교를 갔다 와
건넌방 문을 열었을 때, 어머니는 옷장을 열어놓고 그 아래의 서랍을
열어놓은 채 무엇인가를 넣고 계셨다.

나는 책가방을 방바닥에 소리나게 놓으며 말했다.

"어머니, 무얼 하세요?"

방문이 열리는 소리를 듣지 못하셨던지 어머니는 무얼 감추다가
들킨 사람처럼 후닥 놀라며 괜스레 겸연쩍어 하셨다.

"아니다. 그냥 좀약이나 넣어 둘까 싶어서 그랬구나."

나는 엷게 분을 바른 어머니의 뺨이 얼룩져 있음을 보았다. 눈에는

가는 핏발이 서려 있었다. 방바닥에 늘어 내놓은 옷을 바삐 서랍 속으로 간추려 넣은 어머니는 옷장을 닫고 일어서 구겨진 치맛자락을 편 뒤 방을 나가려다 갑자기 돌아서셨다. "너, 나하고 팔씨름 한번 해보련?"

내가 말할 틈도 없이 갑작스럽게 어머니는 저고리 소매깃을 당겨 팔을 걷어내고는 재빨리 내 오른손을 낚아채어 방바닥에 팔꿈치를 붙이게 하셨다.

나는 얼떨결에 어머니와 팔씨름을 하게 되었다. 갑작스러운 어머니의 몸짓 때문이기도 했지만 나는 왠지 주눅이 들어 힘을 옳게 쓸 수 없었다. 당신의 팔 힘을 내가 이길 수 있을는지는 몰랐지만, 나는 꼭 휘감아 쥐는 그 기세에 눌려 버리고 말았다.

"애야, 넌 아직 멀었다! 사내애가 말이다, 팔 힘을 부지런히 길러야 겠구나."

손을 풀고 어머니는 다시 옷매무새를 고쳐 방을 나가셨다. 그 움직임은 서슬 푸른 기품마저 있어 보였다.

팔씨름을 끝낸 뒤 어머니가 방을 나가시자, 나는 곧 서랍을 빼어 보고 싶었으나, 너는 아직 멀었다는 차갑기까지 한 그 말씀에 눌려 밤중이 되어서야 겨우 서랍을 빼어 볼 수 있었다. 옷장을 열고 서랍을 빼내었다. 좀약 냄새가 났다. 겨울 옷이 보였다. 나는 옷을 하나씩 들어내었다. 서랍 맨 밑에 흰 천으로 싼 보자기가 나왔다. 바느질이 꼼꼼하게 되어 있는 수의였다. 나는 눈을 감았다. 그리고 손을 더듬거리며 다시 그것을 서랍 속에 넣었다. 겨울 옷을 아무렇게나 채우고 비로소 눈을 떴다.

나는 방을 나와 뜰로 나갔다. 고슴도치선인장이 나팔 모양의 흰 꽃송이를 내밀고 있었다. 장미가 서너 송이 공중에서 흔들렸고, 이젠 꽃으로도 감당할 수 없다며 고개를 흔드시던 어머니의 모습이 따라 흔들렸다. 며칠 전 동혜는 내게 말했다. 아무도 꽃을 보고 기뻐하지 않는다고 그래, 맞아. 아무도 전 같으면……. 나는 속으로 중얼거렸다. 그렇지만 나는 동혜에게 다만 말하지 않을 뿐이라고 했다. 어머니가 뜨거운 물을 대야에 담아 안방으로 들어가시는 모습을 보았다. 꽃 냄새로 감당할 수 없는 몸을 씻기시기 위해서이다. 나는 갑자기 소리를 지르고 싶었다. 그러나 나는 수돗가로 가 물을 틀어놓고 물살에 손을 맡겼을 뿐이었다.

산골 물소리같이 눈앞을 아른거리며 하루하루가 떠내려갔다. 늦은 봄날 일요일, 하수구 구멍이 막혀 있는 것을 쇠꼬챙이로 뚫고 있을 때였다. 그날, 아버지는 마루로 나와 앉아 한나절을 푸른 나뭇잎 위로 부서지는 햇빛 조각을 바라보셨다. 그것들은 조금씩 기울어졌지만 그 하나하나의 모양은 굵어져 있었다.

"날 좀 업어 주련?"

아버지의 목소리가 나의 등으로 느리게 올라왔다.

나는 쇠꼬챙이를 놓고 마루로 가 등을 돌렸다. 아버지는 나의 등을 몇 번 쓰다듬고는 내게 업히셨다. 나는 아버지의 메마른 장딴지를 손으로 감아쥐고 슬쩍 얼굴을 돌려 당신의 어깨에 코를 대어 보았다. 당신의 몸에서는 어머니의 말씀과는 달리 아무 냄새도 나지 않았다.

"저기 라일락나무 아래 나를 데려다 다오. 나무를 잡고 설 수 있게 말이다."

나비 한 마리가 살갗에 닿는 것처럼 아버지는 가벼웠으나 나는 조심스럽게 발걸음을 옮겼다. 나무에 기대어 서서 아버지는 손톱으로 나무 껍질을 벗겨 내셨다.

"나무는 아파도 소리칠 줄 모른다. 아니, 아프지 않은지도 모르지. 이렇게 서 있다가 나도 모르게 발밑으로 뿌리가 내리면 나는 아프지 않게 되리라만. 그러나 지금 내가 뿌리를 내릴 수 있더라도, 너는 날 다시 안방으로 데려다 놓을 수 있겠지?"

아버지는 나의 어깨를 툭 치셨다. 손마디가 하얗게 드러났다. 손등에는 검은 반점이 맺혀 있었다. 나는 아버지를 올려다보았다.

"저도 뿌리가 내려 버리면 어떡하나요? 아버지."

"허헛! 이미 뿌리가 내려 있는지도 모르겠구나."

아버지는 모처럼 큰소리로 웃으셨다. 해가 졌다.

나는 다시 아버지를 업고 안방으로 들어갔다. 이부자리 옆에 먹과 벼루가 놓여 있었고 붓글씨가 한지게 흩어져 있었다. 나는 그것을 가리키며 무슨 뜻인지를 여쭈었다. 아버지는 그것을 풀어서 말씀해 주셨다.

"흐르는 물 따라 뜻은 더욱 멀고, 꽃이 피면 남은 봄날이 한스러워라水流同遠意花發恨余春. 나이 쉰에 이르러서야 첫 벼슬을 한 옛선비의 글이지. 그런데 내가 너한테 별소리를 다 하는구나……."

나는 아버지의 끝 목소리가 잘 들리지 않았다. 내 머리 속에 어떤 지우개로도 지워낼 수 없는 아버지의 모습은 그처럼 처연한 모습이 아니었다. 중학교 3학년의 내 기억 속에 서 계시는 당신은 글썽이는 목소리까지 힘이 있었다.

그때 아버지는 교직원 회의를 하느라고 늦어서야 집으로 돌아오셨다. 집에는 당신이 맡고 있는 6학년 아이들의 몇 분 자모들이 와 아버지를 기다리셨다.

밤이 이슥하도록 아버지는 그분들과 이야기를 나누셨다. 아버지의 목소리는 낮았고 그분들의 목소리는 높았다.

"그런 애는 퇴학시켜야 해요 4학년, 5학년 때도 학급 아이들 돈이며 물건을 훔쳤다는데, 다른 아이들이 마음놓고 공부할 수 있겠어요?"

"될성부른 나무는 떡잎부터 안다는데 아예 안 될 것은 뽑아 버려야 합니다."

그런 목소리가 나면,

"바르게 가르치겠습니다. 바르게……. 죄송합니다."

하는 목소리가 낮게 되풀이되었다. 아버지는 당신의 잘못이라며 용서를 빌었으나 그분들은 조금도 물러설 기색이 아니었다.

끝내 아버지는 소리를 버럭 지르셨다.

"제가 그들의 선생입니다! 그들 중에 어느 하나 버릴 싹이 있는지 아십니까? 아무리 나쁜 짓을 한 애라 할지라도 지금 우리들보다 아름답습니다. 제가 얼마나 용서를 빌었습니까? 제가 바르게 가르치겠다고 그렇게 말씀드렸는데……."

아버지는 끝 말을 잇지 못하셨다. 어머니는 건넌방에서 한쪽 무릎을 세우고 고개를 기울여 안방의 이야기를 듣고 계시다가 내 손을 힘껏 잡으셨다. 그분들이 돌아간 뒤, 아버지는 술을 드셨다. 그리고 민요를 몇 곡 부르고 이어 호탕하게 잠이 드시는 것 같았다. 3월의 바람은 아직 차고 스산했지만.

나는 아버지가 풀이해 주신 옛글을 속으로 외워 보았다. 어두워지는 뜨락을 지켜보며 나는 가슴이 섬뜩해졌다.

어머니는 밤이 늦어서야 어디선가 흰개미를 구해 돌아오셨다. 그것을 어머니는 모래 철판 위에 올려놓고 불 조절을 하며 볶으셨다. 한약은 물론 이름도 알 수 없는 벌레들을 약탕관에 넣어 끓이기도 하셨으니까, 나는 어머님께 여쭙고 싶은 말이 많았지만 치맛자락을 움켜잡듯 약사발을 들고 안방으로 들어가시는 모습을 보며 다만 건넌방으로 들어와 벽에 발을 대고 물구나무를 섰을 뿐이었다.

여름방학이 왔고, 어머니는 날마다 구더기를 삼베 주머니에 넣고 달이셨다. 그밖에도 어머니는 이상한 짐승이며 약초를 수없이 구해 오셨다. 죽은 쥐의 속을 떠올리게 하는 냄새가 부엌 밖으로 튕겨져 나왔다. 어머니는 이마의 땀을 훔치며 부엌과 안방을 바쁘게 들락거리셨다. 그해 여름 어머니는 아버지의 머리카락을 짧게 깎아 버리셨고 그것을 라일락나무 아래 묻으셨다.

"자꾸 덥다고 하시길래 내가 깎아 드렸다."

솜씨 없는 이발사가 깎은 것 같은 아버지의 흉한 머리 모습이 눈에 익을 무렵, 어머니는 아버지의 사표를 학교로 가지고 가셨다. 그리고 그 얼마 뒤 아버지의 퇴직금을 받아 가지고 오셨다. 사범학교를 나온 뒤부터 시작된 교사 생활, 어쩌면 아버지가 여태까지 겪어 오신 마흔 아홉 해가 누런 봉투 속에 담겨져 있었으리라. 나는 그렇게 큰돈을 처음 보았다.

그날 밤, 나는 두 분이 말다툼하는 소리를 들었다. 어머니는 거의 말씀이 없으셨고, 아버지는 같은 말을 되풀이하시는 것 같았다. 안방에서 켜둔 노랫소리 때문에 잘 들리지 않았지만 아버지의 큰소리를 나는 들을 수 있었다.

"이 돈은 아이들 몫으로 남겨 두시오! 알겠소?"

그리고 얼마 뒤 노랫소리가 그쳤고 어머니가 방에서 나와 부엌으로 들어가는 소리가 들렸다.

집안은 짙은 약 냄새가 끊임없이 배어들었고, 나와 동혜는 그 냄새에 익숙해져 있었다. 9월이 지났다. 아버지는 마루 유리문을 잡고 일어서서 몇 걸음씩 옮기셨다. 뭔가 안쓰러운 희망이 어머니의 얼굴에서 빛났다.

그러나 그것은 몇 날 가지 않았다. 아버지는 자리에 다시 누우셨다. 어느새 가을이 깊이 쳐들어와 있었다. 어머니는 숨을 지친 듯 내쉬다가 우리가 곁에 있는 것을 알고는 놀라 멈추곤 하셨다.

나는 마당 구석에 김장 구덩이를 팠고, 동혜는 파놓은 흙을 대야에 담아 뜨락 위로 고루고루 뿌렸다. 어머니는 조용히 화분들을 문간방으로 옮기셨다. 잎이 졌고 뜨락이 텅텅 비어갔다.

"이런 봄도 있었나 보다. 잎이…… 자꾸 말이다."

라일락나무는 다시 새싹을 힘껏 돋아 내고 있었지만, 화분의 꽃들은 꼼짝없이 잠들어 있었다. 그러나 어머니는 물뿌리기를 그만두시지 않았다.

"저기 군자란은 말이다. 덩치야 크고 넓지만 햇빛을 쬐면 금방 말라 버린단다. 그러니 그늘에서 키워야지. 그렇지만 이제는 햇빛이 많을수록 좋겠구나. 저애를 네 방에 둘 걸 그랬지. 겨울에도 꽃을 만날 수 있었을 텐데……."

조금씩 작아져서 없어져 버릴 듯 어머니는 말끝을 맺지 못하셨다. 참으로 이상한 울렁거림이 매듭진 나의 뼈마디 곳곳에서 부딪쳐 내렸다. 못 보여 줄 것을 감추듯 서둘러 옷장을 닫고 또렷한 걸음걸이로 방을 나가시던 모습이, 그러나 나는 말없이 그리웠다.

"이렇게 앞이 캄캄하니 말이다."

몇 번이나 헛손질을 한 끝에 어머니는 말라 버린 군자란의 잎사귀를 쓰다듬으셨다. 그것은 지난 겨울처럼 스르르 부서져 내렸다. 얼핏, 나는 고개를 돌렸다.

화분들을 뜨락에 둘러놓고, 되살아나기라도 할 듯 물을 뿌리며 기다리시던 어머니는 드디어는 그것들을 장독대로 올려놓으려고 하셨다. 나는 저것들이 죄다 죽어 버렸다고는 할 수 없었으나 힘들게 장독대로 올려놓는 까닭까지는 없다고 말씀드렸다. 그러나 어머니는 막무가내셨던 것이다.

"아니다, 애야. 햇빛이 더 가까운 법이다. 절대 내게 말하지 말아라. 죽었다는 말을 함부로 해서는 못쓴다."

어머니는 쐐기를 박듯 말씀하셨다.

그리고 혼자 화분들을 죄다 장독대로 옮겨 놓으신 어머니는 아예 그 위에서 죽은 꽃들을 살피시는 데 봄날을 보냈다. 어머니의 손끝은 찔리지 않은 데가 없었다. 아마 어머니는 선인장 가시에 손끝이 찔리는 것을 모르시는 모양이었다. 한 번은 동혜가 제 방에 숨어서 선인장 가시를 손끝에 가까이 대고 파르르 떨고 있는 모습을 보았다. 아는 누이에게서 가시를 빼앗았다. 동혜는 울상이 되어 있었다. 나는 건넌방으로 들어와 가시로 손끝을 찔러 보았다. 목이 아팠다. 해가 아무리 길어져도 소용없는 일을 나는 그러나 기다리고 싶었다.

어머니는 장독대에 해가 지면 내려 오셨다. 바람이 흰 머리카락 한 올을 하늘로 날려보내는 것 같은 쓰라림이 이삿짐을 싸는 내 손끝으로 묻어 나왔다.

몇 걸음 떨어져서도 어머니의 흰 머리카락은 부쩍 눈에 띄었다. 이제 어머니는 머리 염색을 하지 않으셔서 더욱 그렇게 보였다. 지난해 11월, 어머니가 머리 염색약을 사오신 때가 있었다.

"아직 흰머리가 생길 나이가 아닌데 머리를 빗다 보니까 흰머리가 제법 빠져 나오더구나. 머리 끝까지 세지는 않았지만 뿌리 가까이가 하얗게 피어 있어서 어떡하니? 네 아버지가 못 보셨길래 망정이지 큰일날 뻔했구나."

어머니는 정성 들여 염색약을 머리카락에 바르며 귓불을 붉히셨다. 그때, 까맣게 바뀌는 어머니의 흰 머리카락 사이로 어두운 겨울이 슬슬 몰려 나왔으리라.

겨울 들어 자주 아버지의 고함 소리가 났다. 손찌검하는 소리까지 건넌방으로 뛰어들었다.

"이젠 지쳤어! 당신 마음대로 해!"

나는 하늘 조각들이 파랗게 흘러내리듯 웃으시는 아버지의 얼굴을 다시는 볼 수 없을 것 같았다. 의사가 자주 집으로 와 아버지의 팔뚝에 주사를 놓았다. 주사를 맞고 난 아버지는 곧 잠이 드셨다. 눈 한 송이, 비 한 방울 없는 겨울이었다.

학기말 시험을 준비하느라고 늦게까지 불을 켜놓고 있던 겨울 밤,

수학 문제를 풀다가 어머니의 짧은 비명을 듣고 나는 벌떡 일어서 마루로 나갔다. 어머니는 그곳에서 옷섶에 묻은 피를 닦고 계셨다. 코피가 터졌으리라. 갑자기 나는 안방으로 들어가려 했다. 자지러질 듯 어머니는 앞을 가로막고 나를 노려보셨다.

"들어가지 마라! 지금 제정신이 아니시다."

아아, 나는 그렇게 매섭고 서러운 어머니의 눈빛을 잊을 수 없으리라. 그 뒤로 수은주가 한참 아래로 내려가 있는 날씨가 잇따랐다. 뜨락의 흙이 갈라졌다. 마른 먼지가 집안을 온통 뒤덮었다. 그러나 어머니는 약을 달여 억지로 아버지께 먹이시곤 했다. 나와 동혜는 그 겨울의 끝에 마지막으로 아버지를 만나 뵐 수 있었다. 어머니가 안방으로 우리를 불러들였던 것이다.

우리는 아버지의 머리맡에 앉았다. 나무의 허리를 베어 쓰러뜨린 모양같이 누운 아버지는 눈을 감고 가쁜 숨만 몰아 쉬었다. 얼굴은 물수건으로 깨끗하게 닦여져 있었으나 희꺼멓게 말라 보였다. 낯선 얼굴처럼.

아버지는 얼굴을 찡그리며 고통을 참아 내셨다. 그러나 끝내는 짐승같이 울부짖기 시작하셨다. 우리는 너무 무서웠다. 어머니는 허공으로 뻗은 아버지의 손을 잡아 가슴팍으로 끌어내리며 허리를 숙여 아버지의 귀에 대고 무슨 말씀인가를 하셨다. 그러고는 얼굴을 돌려 우리에게, 이제 나 혼자 지켜야 된다며 너희는 그만 나가라고 하셨다. 우리는 방을 나왔다. 아버지의 신음 소리가 낮아지면 어머니의 목소리는 끊어질 듯이 들렸다.

"이제 가세요, 당신. 그만 가세요 아무 걱정 말고…… 그만 가세요"

우리는 건넌방에서 덜덜 떨며 밤을 새웠다. 어두운 새벽, 아버지는 우리에게 아무 말씀 없이 바깥으로 걸어 나가셨다.

언 땅을 파헤친 산허리의 남쪽 구덩이 속으로 아버지의 관을 내려

놓을 때까지 어머니는 치맛자락을 움켜쥐고 꼿꼿이 서 계셨다.

"네가 첫인사를 드려라. 따뜻하게 덮어 드려야 한다."

나는 상복 옷섶에 퍼주는 흙을 담았다. 어머니는 내 옷섶에 담긴, 단단히 언 흙조각을 가루가 되도록 부서뜨려 주고는 뒤로 물러나셨다.

산에서 돌아와 친척과 문상객이 모두 떠난 뒤 어머니는 우리를 불러 앉혔다.

"아버지의 죽음을 너무 슬퍼 말아라. 지난 봄방학 때 병원에서는 수술도 소용없다고 했고, 더구나 석 달을 넘기기가 어렵다고 했다. 속속들이 암이 퍼져 있었다는구나. 어쩔 수 없이 수의를 갖추어 놓았다. 그렇지만 그렇게 허무하리라고는 믿을 수가 없었다. 다만 나는 안간힘을 다했을 뿐이야. 그리고 아버지는 훌륭하게 죽음과 싸워 오셨다. 숱한 아픔들을 끈끈히 참아 내셨지. 그 지경이 되도록 큰소리로 웃기만 하신 것처럼 말이다. 미련한 사람 같으니…… 하지만 그토록까지 반평생을 같이 살아온 내가 몰랐으니…… 나의 죄는 더없이 크다. 어찌 내가 슬퍼할 수 있겠니. 좀더 일찍 당신의 몸에서 죽음 냄새를 맡을 수 있었다면 이리 가슴이 맺히지 않을 텐데……"

어머니는 우리의 얼굴을 아득히 지켜보셨다. 비록 나는 맡지 못했지만 그제서야 그때 아버지 몸에서 난다던 냄새가 죽음의 냄새였는지도 모른다는 생각이 들었다.

"이제 겨울이 가면……"

다가올 앞날의 어둠을 길어 내는 목소리가 우리 귓속으로 흘러들었다. 어머니는 내 이름을 부르셨다.

"동수東洙야, 너는 몇 학년이 되느냐?"

"고등학교 3학년이 됩니다."

"동혜는?"

"중학교 3학년이 되어요."

"학비 걱정은 하지 않아도 된다. 아버지가 남겨 주셨으니까……."

낮게 고개를 끄덕이시는 어머니는 우리가 무엇을 해야 하는지를 가르쳐 주시는 것처럼 다시 말씀하셨다.

"그렇지만 말이다. 지날수록 사무칠지 모른다. 마음을 다잡도록 해야지. 이제 우리에게는…… 죽음도 삶의 한 조각이 아니겠니."

어머니는 입가를 당겨 웃음을 지으려 하셨으나 오히려 입술을 깨무시는 것처럼 보였다. 우리는 그림자만 남아 있었다. 어머니는 늘 우리 앞에서 정결하고 곧은 몸매를 잃지 않으려고 애를 쓰셨다.

그러나 입춘이 지난 어느 날, 뜨락으로 내놓은, 죄다 얼어죽은 화분들이 다시 살아날 것이라고 물을 뿌리시는 어머니의 모습은 갈수록 작아져 보였다.

"네 아버지가 먼 길을 벗삼아 저것들을 모두 데려가 버렸나 보다. 물 뿌릴수록 속절없으니……."

잠자리에 들면 어머니는 지친 듯이 말씀하셨다. 오랜 가뭄과 추위에도 잘 견디는 선인장마저 저렇게 죽으리라고는 생각지 않았던 나는 그 말씀을 들으며 고개를 끄덕거렸다. 그러나 새벽녘이면 어머니는 어김없이 일어나 장독대의 화분을 먼저 살피셨다.

봄날은 세차게 지나갔다. 나는 어머니에게 무슨 말인가를 해야 한다고 조바심을 쳤으나 그 힘찬 기다림 앞에 입을 열 용기가 나지 않았다. 어머니, 그만 기다리세요. 다 죽어 버렸습니다. 언제 다시 사서 기를 수 있겠지요……. 그러나 내가 속으로 수없이 외쳤던 이 말을 하고 말리라고 마음을 다지고 있던 어느 날이었다.

집을 비워 줄 날짜가 며칠 남지 않았으므로 나는 이삿짐 싸는 일을 마무리하고 있었다. 일요일 하루를 줄곧, 손에 침을 뱉어 가며, 부지런히. 햇빛이 살갗 한 점마다 싱싱한 풀잎 냄새를 뿌려 대었다.

갑자기 장독대에서 기쁨과 놀라움에 가득 찬 목소리가 커다랗게 들려 왔다.

"애야! 빨리 이리 와보렴! 꽃이 살아……나는구나! 파란 새순을 보려무나."

가슴에 맺힌 그리움이 터져 오르는 것 같은 어머니의 목소리를 듣고 나는 장독대로 뛰어올라갔다. 어머니는 손끝마다 가시에 찔린 채로 선인장 하나를 들여다보고 계셨다. 얼핏 앞이 흐릿해져 왔다. 나는 암갈색이었던 선인장 하나가 파랗게 돋아 내고 있는 새순을 보았다. 거센 떨림이 목젖을 쳤다.

나는 눈을 감았다가 떴다. 그러나 다시 본 그 선인장은 죽어 버린 암갈색 그대로였다. 단숨에 오르느라고 가빠졌던 숨결이 얼음장처럼 갈라졌다. 소리치며 뒹굴었다. 속속들이 부서져 내렸다.

"보아라, 애야. 절대 하지 말라고 했지, 죽었다는 말을 함부로 해서는 못쓴다고 했지 않니……."

기쁨에 겨운 목소리를 속으로 삼키듯 어머니는 입술을 파르르 떨며 말씀하셨다. 나는 그림자처럼 그 선인장 곁으로 갔다.

쪼그려 앉아 있는 어머니의 얼굴이 커다랗게 다가왔다. 기뻐서 어쩔 줄 모르시는 어머니의 두 눈에는 그때까지 미처 내가 보지 못했던 백내장이 뿌옇게 깔려 있었다. 나는 저절로 입술이 달싹거렸다.

(제가 잘못 했습니다, 어머니. 꽃이 살아나는 줄도 모르고, 이제 저것들이 다 살아날텐데…….)

그러나 나는 어머니가 들으실 수 있도록 그렇게 소리내어 말할 수 없었다. 지난 겨울, 어머니는 사무치는 마음을 다잡아야 한다고, 이제 우리에게 죽음도 삶의 한 조각이라고 하셨지 않았던가.

나는 하늘을 올려다보았다. 푸른 햇빛 사이로 바람이 묻혀 지나갔다. 이제 나는 저것들을 모두 버리고 말리라. 나는 자꾸 침을 삼켰다. 주먹을 꽉 쥐었다. 수천 개의 선인장 가시가 가슴으로 날아와 박혔다.

나는 안간힘을 다해 소리쳤다.

"어머니! 잘못 보셨습니다! 다 죽어 버렸습니다! 이제 제게 맡겨두세요!"

가슴을 긁어내듯 온 힘으로 쏟아내는 내 목소리를 들으셨는지, 어머니는 마냥 고개를 끄덕이며 흰 치맛단에 손끝만 문지르셨다. 빙그레 웃음마저 띠시는 어머니의 흰 옥양목 치맛단으로 둥근 핏물이 방울방울 터져 오르고 있었다.

*

「물뿌리기」는 사멸해 가는 것을 지켜보아야 하는 자의 마음에서 일어나는 연민의 무늬를 섬세하게 그려내고 있다. 기본적으로 연민이란 바라보는 자의 것이다. 롤랑 바르트는 "시선은, 항상 무엇인가를, 누군가를, 찾는다"고 말한다. 시선은 매개와 단절의 형식을 내재화시키며, 주변을 두리번거려 찾은 무엇인가와 누구인가를 단숨에 삼켜버린다. 그런 점에서 시선은 도무지 지칠 줄 모르는 탐욕스런 포식자다. 우리는 평생 그 '무엇'과 '누군가'를 바라보며 산다. 또 달리 보면 거꾸로 바라보는 누군가의 시선 아래에 우리를 고스란히 내어주는 그 '무엇'과 '누군가'가 되어 살기도 한다. 시선은 세계를 전유^{專有}하는 하나의 형식이다. 우리는 시선 안에서, 그리고 시선을 통해서 세계를 살며 세계를 품어 안는다. 신동엽이 시에서 "누가 하늘을 보았다 하는가"라고 외쳤을 때, 시인은 이미 무엇인가를 바라본다는 것이 그것을 전유하는 형식임을 선취하고 있음을 되새기고 있는 것이다. '하늘'은 그것을 바라본 자가 전유하는 것이다.

시선의 주체와 바라봄의 대상이 된 것 사이에는 호혜적 관계가 성립되지 않는다. 바라본다는 것은 그 대상을 피동성으로 초대하는 것이다. 그리하여 주체와 대상 사이에는 먹고 먹힘의, 즉 지배와 종속의 기류가 만들어진다. 그것이 자연스러운 것이다. 심지어 연인 사이에서도 마찬가지다. 연인을 바라보는 자의 사랑이 듬뿍 담긴 그윽한 시선의 밑에는 타자를 대상화해 주체의 욕망에 복속시키려는, 소유되지 않고 소유자가 되기 위한 전략이 숨어 있다. 끈끈한 연인의 시선 아래에서 사랑하는 자의 육체는 새롭게 탄생한다. 사랑스러워 어찌할 바를 모르겠다는 그 그윽한 시선은 상대를 무장해제시키고 비공격적이 되게 한다. 시선은 애무라는 육체적 전략을 숨기고 있는 전단계인 셈이다. 그렇게 함으로써 자신은 상대의 시선 아래에서 살지 않으려는 기도를 달성하는 것이다. 바라본다는 것은 대상이 지금 여기 구현하고 있는 외적 형상을 낱낱이 읽히는 것을 넘어서서 그 형상 속에 "숨어 있는 과거의 침전물"과 "그의 삶을 구성하는 숱한 연속적 행위들이 이를테면 눈앞에 동시적으로 불쑥 나타나는 것"을 본다는 것을 뜻한다. 신원을 알지 못하는 낯선 누군가에게서 집요한 시선을 받을 때 불쾌해지거나 부담스러운 것은 나와 무관한 자에게 실존의 비밀을 읽히고 있다는 생각 때문이다. 그런 경우 대개의 사람들은 그가 자신의 삶에 불필요한 간섭을 할지 모른다는 의식에서 즉각적으로 방어적인 태도를 취한다.

「물뿌리기」는 두 겹의 시선을 병렬하면서 서사를 전개시키는 플롯의 전략을 보여 준다. 첫 번째 겹의 시선은 이야기를 끌어가며 어머니를 바라보는 '나'의 시선이다. '나'는 소설 속의 '가족'이라는 사적 표상과 사적 담론들로만 이루어진 세계 전체를 바라보는데 그 중심에 어머니가 서 있다. 어머니는 "지난 겨울, 문간방에 재워 둔 갖가지 선인장이며 군자란, 어린 산매자나무를 입춘이 지난 어느 날, 밖으로 꺼냈을 때 그것들은 암갈색으로 죽어 있었다. 그때 어머니는 화분들을 이리저리 살피며 탄식하듯 혼잣말을 하셨다"에서 볼 수 있듯이 '탄식하는 어머니'다. 살아 있는 식물들을 제대로 돌보지 못한 어머니는 "가끔씩 눈을 비비며 이런, 이런 하고 짧게 탄식하시더니 마침내 어머니는 말을 제대로 못 하셨다. 어머니의 얼굴빛은 죽은 나무의 속살처럼 까맣게 자지러져 보였다." 신화적으로 보자면, 겨울이 만물에게 닥치는 죽음의 계절이라면 봄은 부활의 계절, 생령들에게 왕성한 생명 활동을 하는 시간이다. 식물들은 씨앗들은 싹을 틔우고, 동물들은 부지런히 짝짓기를 해서 활발한 번식활동을 한다. 심지어 사람들에게조차 생식호르몬이 왕성하게 분비되는 계절이다. 그런데도 어머니는 "봄에는 앞이 캄캄하구나"라고 말한다. 어머니는 무릎 위에 화분의 나무들을 얹어놓고 손톱으로 속살을 헤치며 거기 당도해 있는 죽음의 기미를 하나씩 하나씩 살피고 있다. 이제는 늙어 "작고 쇠약해진" 여사제는 봄이 품고 있는, 저 불가피한 죽음을 냄새맡는 것이다. 그런 어머니를 바라보는 화자의 육체적 반응은 "바늘에 찔린 것처럼 확 등"을 펴고, 혀가 저린 느낌이다.

두 번째 겹의 시선은 시들어 가는 백여 개의 갖가지 식물들이 심은 화분들과 병들어 누운 아버지를 굽어보는 어머니의 시선이다. 초등학교 교사인 아버지는 어느 봄날, 느닷없이 집으로 돌아와 힘겹게 누운 뒤 긴 투병생활에 들어간다. "타오르며 무너지고, 다시 솟아오르는 봄날은 잇달아 몰려와 집안을 빠르게 휘젓고" 다닐 때 어머니는 병든 아버지의 성실한 간병인으로의 삶을 이어간다. "지네와 같은 이상한 벌레며 약초를 구해 와 달이"며 집안을 온통 한약 냄새로 가득 채우고, 병든 아버지 몸에서 나는 죽음의 냄새를 희석시키기 위해 활짝 핀 라일락꽃 가지에 아버지가 입을 속옷을 걸어둔다. 라일락꽃의 향기가 짙게 배어들라고 그렇게 병든 아버지를 돌보면서도 어머니는 죽어버린 화분에 때 맞춰 물을 준다. "꽃 돌보기를 잊은 죄가 갈수록 클 줄이야 몰랐구나……"라는 자책에서 꽃의 죽음과 아버지의 죽음을 일체화시키는 어머니의 인과론적인 인식의 한 면을 엿보게 한다. 속속들이 인과론적 인식에 물든 어머니의 시선 속에서 우연과 무질서와 상대성과 가변성으로 요동치는 세계는 돌연 필연과 불변성과 절대성의 질서가 구현된 세계로 뒤바뀌어 버린다. 모든 삶이란 우연과 무질서와 상대성과 가변성으로 요동치는 삶이 아닌가. 마찬가지로 죽음이란 필연과 불변성과 절대성의 질서가 완벽하게 구현된 세계가 아니던가. 실재의 세계는 전자의 세계에서 후자의 세계에로 흘러간다. 아버지는 죽고, 화분들의 식물 역시 죽어 간다. 두보杜甫는 노래한다, "일편화비멸각춘一片花飛減却春 풍표만점정수인風標萬點正愁人. 즉, 한 조각 꽃잎이 날려도 봄빛이 사라지거니, 천만 조각 휘날리니 내 시름만 깊어지누나!" 어머니는 그 엄연한 사실을 부정한다. 죽어 버린 암갈색의 선인장 화분을 앞에 두고 "보아라, 얘야. 절대 하지 말라고 했지, 죽었다는 말을 함부로 해서는 못쓴다고 했지 않니……"라고 화자에게 말하는 어머니는 생물학적 순환의 질서마저 부정하고 싶어하는 마음의 가없는 원망願望이 만드는 무늬들을 새기고 있는 것이다. 그 있는 현실과 기대하는 현실이 착종하는 몽환적인 시선의 삶에 빠져 있는 어머니와는 달리, "어머니! 잘못 보셨습니다! 다 죽어 버렸습니다! 이제 제게 맡겨 두세요!"라고 외치는 '나'의 외침은 화자가 현실을 있는 그대로 차갑게 바라보는 이성적 시선의 삶을 살고 있음을 보여 준다.

「물뿌리기」는 두 겹의 시선 아래에서 태어난 소설이다. 꽃의 피고 시듦, 그리고 나고 죽음이라는 불가피한 생물학적 현실 앞에서 어머니는 애끓이며 부재하는 희망에 속절없이 매달리고, '나'는 그 어머니의 심리와 현실을 관조[바라보는]하는 것으로 산다. 화분들과 병든 아버지를 바라보는 어머니의 시선과 그 어머니의 현실을 겹으로 감싸안으며 바라보는 '나'의 시선은 교차하거나 상호 침투하지 않는다. 두 시선은 서로 다른 차원에서 한 겹의 시선을 또 다른 겹의 시선이 감싸

안으며 '꽃'과 '병든 아버지'라는 시니피앙 아래에 숨은 인생의 덧없음이라는 시니피에에 초점을 맞춘 정향성을 가진 운동을 하기 때문에 매우 차분하고 고요한 서사를 이루는 데 기여한다. 삶과 죽음을 중심에 두고 산 자들이 만들어 내는 마음의 무늬를 관조하는 시적 직관의 문체는 보기 드물게 수려해서 이 소설의 만만치 않은 미학적 깊이를 만드는 데 결정적인 역할을 하고 있다.

이야기를 넘어서서

사람들에게 '소설이란 무엇인가?'라는 질문을 던져 보면 각양각색의 대답이 쏟아져 나온다. 나름대로 이해하고 있는 소설에 대한 개념과 정의를 말하는 것이다. 그 대답들 중에서 가장 빈도수가 높은 것은 소설이 하나의 '이야기'라는 점이다. 포스터 역시 '소설의 근본적인 형상은 이야기를 하는 것'이라고 말하고 있다. 소설의 핵심적인 본질이 '이야기'에 있다는 사실은 누구나 인정하는 바다.

이야기에 대해서 좀더 깊이 이해하기 위해 『소설이란 무엇인가』란 책에서 설명하고 있는 것을 참조해 보자.

　　뱃사람이 배를 타고 여행을 한다. 그리고 돌아와서 어떤 여자를 만난다. 뱃사람이 그 여자를 죽인다.

이것은 시간적 순서에 따라 배열된 단순한 이야기다. 이야기의 사물적 요소라고 할 수 있는 '인물들의 잡다한 행위들의 집합'에 지나지 않는다. 이와 같이 시간적 전후 관계에 따라 이어지는 이야기는 어떤 의미의 맥락도 만들어 내지 못하며 따라서 그것을 읽는 독자들의 흥미를 자극하지도 못한다. 그것이 의미를 머금기 위해서는 이 파편화된 이야기들은 인과관계로 접속되어야 한다.

　　뱃사람이 돌아와서 그동안 그렇게도 그리워했던 여자를 만난다. 그러나 그 여자가 딴 남자와 눈이 맞아 바람을 피웠다는 사실을 알게 된다. 그 사실을 알게 된 뱃사람은 고통스러워하다가 마침내 그 여자를 죽여 버린다.

스토리는 단순한 서술단위의 집합에 불과하다. 이러한 서술단위들이 인과관계에 따라 배열될 때 스토리는 플롯이 된다. 사건의 발단 – 사건의 전개 – 갈등의 제시 – 갈등의 심화 – 위기 – 절정 – 결말은 정통적인 플롯의 구조다.

이야기는 동시에 스토리이며 담화談話다. 이야기는 그것이 어떤 현실, 즉 일어났으리라고 여겨지는 사건들과, 어느 면에선 현실생활의 인물들과 혼동될 수도 있는 인물들을 환기시킨다는 점에서 스토리다. 똑같은 스토리가 문학작품이 아니라 예를 들어서 영화에 의해서 전달될 수도 있다. 우리는 책을 통해서가 아니라, 어떤 목격자가 입으로 말하는 이야기를 통해서 그 스토리를 알게 될 수도 있다. 그러나 문학작품은 동시에 담화다. 즉 스토리를 전하는 내레이터가 있고 그의 면전에는 스토리를 인지하는 독자가 있다. 그런 차원에서 보면 중요한 것은 진술된 사건들이 아니라 내레이터가 그 사건들을 알려주는 방식이다. 스토리와 담화의 개념은 방브니스트에 의하여 그것들이 확고하게 정의된 이후 언어체系言語體系 연구에 결정적으로 도입되었다.(토도로프, 「문학적 이야기의 여러 범주」, 문학과지성사)

이 내용 요소로서의 '이야기'의 전달은 형식적 표현 요소인 '담론'을 통해 전달된다. 담론은 이야기를 진술하기 위해 존재하는데, 그 진술의 방법에는 두 가지가 있다. 그 하나는 경과 진술의 방법이며, 또 하나는 '정체 진술'의 방법이다. 일반적으로 경과 진술은 '하다'와 '일어나다'의 형태로 드러나며, 정체 진술은 '있다'와 '이다'의 형태로 드러난다. 예를 들면 '나는 새벽에 텅 빈 거리를 질주했다'는 주체의 행위의 경과를 진술하는 것에 해당하며, '저기에 책상이 있다'와 같은 어떤 사물의 존재만을 언급하는 문장은 정체 진술에 해당한다. 정체 진술이 사물적 요소의 정체나 그것이 다른 것들과 변별되는 여러 특징들에 관한 정보를 주는 것이라면, 경과 진술은 어떤 일어난 사건을 자세하게 '설명'함으로써 말해지거나, 주체에 의한 사건을 실제적으로 '보여 줌'으로써 제시된다. 경과 진술의 두 가지의 방식 중에서, 설명하기가 '설명으로써 드러내 보여 주는 서사 행위 자체'라면, 보여 주기는 '직접적인 표현 방식으로서의 실연'이라고 말할 수 있다. '대화'는 후자의 경우에 해당한다. 대화 역시 두 가지의 표현 방식으로 드러난다. 아래에 인용한 두개의 예문의 표현 방식에서 드러나는 차이를 주목해 볼 필요가 있다.

(1) 큰 부엌방의 아랫목 벽에 등을 기대고 앉아서 종형은 초조하게 시간을 기다리고 있었다. 그걸 기다리는 대낮의 허구한 시간은 그에게는 단지 무료한 부담일 뿐이었다. 그놈이 이길 수 있을지 몰라 하고 이따금 그는 스스로도 의아스러운 듯 중얼거렸다.

(2) 그 재래종도 졌어.
방 아랫목에 벽을 등지고 앉아 있는 종형이 문득 신음처럼 말했다.

위의 두 문장은 송영의 「투계鬪鷄」에서 인용한 것들이다. (1)의 문장은 간접화법의 예로서, 행위의 주체인 종형의 말을 전달해 줄 중개자를 필요로 하는 반면, (2)의 문장은 직접화법의 예로, 주체가 수용자를 향해 무엇인가를 말하는 것만으로 충분하다. 정체 진술의 경우에도 이와 같이 중개자를 필요로 하기도 하고, 중개자 없이 수용자에게 직접 전달되기도 한다. 정체 진술은 소설 속의 인물의 신원을 드러내 보여 주거나(이를테면 그는 실업자다, 그는 화가다, 그는 세일즈맨이다, 그는 사십대의 중년남자다 등등), 자질, 혹은 내면적 특성을 보여 준다(이를테면 그는 성품이 온순한 남자다, 그는 야심만만한 꿈을 가진 청년이다, 그는 뛰어난 화술話術을 가진 사람이다 등등).

나는 파혼을 하기로 결심했다. 오빠에게만 간단히 파혼하겠다는 뜻을 비쳤는데, 크게 벌린 입을 다물지 못하다가 무엇 때문이냐고 물었다.

위의 문장은 황석영의 「섬섬옥수纖纖玉手」의 첫머리에 나오는 문장이다. 이 문장은 그것이 전달하고자 하는 주된 내용인 사건적 요소라고 할 수 있는 '파혼의 결심'을 토로하는 이 경과 진술 속에는 여러 사물적 요소들을 함축하고 있다. 이 문장의 화자인 '나'는 결혼적령기에 도달한 여자라는 것, 오빠가 있다는 것, 오빠는 '나'의 인생의 문제에 관심이 크다는 것, 그리고 '나'와 약혼 관계에 있던 남자가 있다는 것, 그리고 '나'는 그 남자와의 약혼 관계를 깨뜨릴 만한 어떤 깨달음, 혹은 인생의 새로운 계기에 직면해 있다는 것 등 부차적인 여러 정보들은 언표상에 직접적으로 드러나 있지 않고 비은폐적 차원 속에 숨어 있다. 이렇게 직접 서술되어 있지 않고, 서술된 것의 이면에 숨어 있는 정보들은 별도의 문장없이도 자연스럽게 독자들에게 인지되는 것이다.

플로베르는 말한다, "나는 악착같이 문장들을 갈고 깎는다." 소설을 이루는 가장 기초적인 단위는 문장이다. 문장이란 잘 알 듯이 개개의 문자의 조합이다. 작가의 머리 속에 떠돌던 환상과 현실을 바라보는 태도, 기발한 이야기들을 독자들이 알아볼 수 있도록 가시화된 소통의 양식이다. 문장은 소설이 성립될 수 있는 최초의 표현양태이고, 구체적 드러남의 방식이다. 훌륭한 소설은 훌륭한 문장으로부터 나온다.

그렇다면 어떤 문장이 훌륭한 문장인가? 좋은 문장이란 우선 자신이 표현해야 할 바가 또렷하게 드러난 문장을 가리킨다. 자신의 생각이나 묘사되는 대상이 분명하게 표현된 정확한 문장, 불필요한 수사가 제거되어 있는 간결한 문장, 독자의 마음을 뒤흔드는 힘찬 문장이 좋은 문장이고, 아름다운 문장이다. 그럴듯해 보이는 미사여구로 치장된 문장, 뜻이 정확하게 전달되지 않는 애매모호한 문장, 글쓴이의 허영과 비논리성을 보여 주는 과장되거나 거창한 문장 등은 나쁜 문장이다.

모든 위대한 소설들은 훌륭한 문장으로부터 나왔다. 좋은 문장을 쓰기 위해서는 끊임없이 노력해야 한다. 우선 자기가 쓰는 어휘의 정확한 뜻을 알고 써야 한다. 대부분의 작가들은 글을 쓸 때 항상 옆에 국어사전을 놓고 쓴다. 그들이 모국어인 한글에 대한 이해나 지식이 부족해서 국어사전을 찾아보는 수고를 하는 것은 아니다. 정확한 문장을 쓰기 위해 어휘의 뜻을 명확하게 알기 위해 글을 쓰는 동안 수시로 국어사전을 찾아보는 것이다. 국어사전을 항상 가까이 두고 미심쩍을 때마다 찾아보는 습관을 들이는 것은 좋은 문장을 쓰기 위해 갖춰야 할 중요한 덕목이다. 자유롭고 유연한 사고, 풍부한 상상력, 대상에 대한 깊은 이해, 따뜻하고 겸손하며 솔직담백한 마음씨……와 같은 것들은 좋은 문장을 쓰기 위한 필요한 자질들이다.

이 문장에 작가의 고유한 개성이 들어갈 때 그것은 문체가 된다. 문체란 작가의 개성과 경험, 삶의 방식, 독특한 세계관이 반영된 것이며, 그것의 구현이다. 모리스 블랑쇼는 그의 「미래의 책」에서 문체에 관하여 다음과 같이 말하고 있다.

문체에 관해 말하자면 그것은 피의 신비로움에, 본능에 연결되어 있는 난해한 부분, 깊이 있는 격렬함, 이미지들의 치밀함, 우리들 육체와 욕망과 우리 자신에 갇혀 있는 비밀의 시간이 편애하는 것들이 눈을 감고 말을 하는 고독의 언어다. 작가는 자신의 언어를 선택하지 않는 것처럼 자신의 문체를 선택하지 않는다. 그것은 불가피한 기질, 그의 안에 들어 있는 분노, 자기 자신과의 은밀한 가까움에서 유래하는 속도 같은 것이며 그는 그것들에 대해서 거의 아무것도 알고 있지 않다. 그리고 그것들은 그의 얼굴을 알아보게 만드는 것과 같은 분위기처럼 독특한 억양을 언어에 만들어 낸다.

문체는 기술적 방식의 선택이 아니다. 그것은 선택될 수 없는, 작가의 타고난 본능, 불가피한 기질의 산물, 다시 말해 생득적 재능으로부터 온 것이다. 그 문체 때문에 개개의 작품들은 저마다 개별성과 생명을 획득하게 된다. 좋은 문장은 후천적 노력에 의해 이루어질 수 있지만 문체는 그렇지 않다. 이 문체 때문에 우리는 어떤 책의 저자 이름을 보지 않고도 그것이 누구의 글이라는 것을 알 수 있게 된다. 따라서 다른 작가의 문체를 모방하거나 흉내내는 작가는 스스로 작가이기를 포기하는 것과 마찬가지다. 자신이 쓰고자 하는 소설의 주제나 소재와 문체는 잘 조화가 되어야 한다. 작가들이 쓰는 문체에는 여러 가지 유형이 있다. 어둡고 음산한 문체이든지, 건조하고 딱딱한 문체이든지, 유려하고 시적인 문체이든지, 내면의 심리를 꼼꼼하게 복원해내는 주관적 문체이든지, 관념적이고 추상적인 사유를 보여 주는 현학적인 문체이든지, 작품의 주제와 소재와 조화가 이루어질 때 비로소 문체는 빛이 난다.

날개 달린 노인 _가브리엘 가르시아 마르께스

가브리엘 가르시아 마르께스 Gabriel Garcia Marquez는 1928년 태평양과 대서양을 끼고 있는 남미 국가인 콜롬비아의 카리브 해안에 있는 한 도시에서 태어났다. 고등학교를 마친 뒤 보고타에서 발행하는 신문의 기자로 활동했고, 1946년부터 소설을 쓰기 시작한다. 외국 상업자본에 의해 점령당한 라틴아메리카의 사회병리 현상과 혼란을 특유의 마술적 리얼리즘의 방법으로 형상화해 내며 세계적인 작가의 반열로 성큼 올라선다. 특히 『백년동안의 고독』은 현실과 환상을 뒤섞는 자유분방한 상상력으로 근친상간과 비극으로 얼룩진 한 집안의 연대기를 그려냄으로써 인간을 최면시키는 찬란한 작품이라는 평가를 받는다. 그의 소설은 라틴아메리카의 현실을 다루면서도 믿어지지 않을 만큼 넓고 깊으며 초현실의 상징과 라블레적 과장으로 의미가 겹겹이 켜를 이루는 풍요함을 일궈 낸다. 1982년에 노벨문학상을 수상함으로써 그의 소설 세계가 라틴아메리카뿐만 아니라 인류 공통의 위대한 정신적 유산이 되었음을 공증한다.

사흘째 비가 내리던 날 집안에서 너무나 많은 게를 잡아죽였기 때문에 뻴라요는 물에 잠긴 마당을 건너가 잡은 게를 바다에 내던지지 않으면 안 되었다. 갓난아이가 밤새 열이 있었고 그게 다 악취 때문이라고 판단했던 것이다. 화요일 이후 세상은 음산했다. 바다와 하늘은 하나같이 회색빛이었고 3월의 밤이면 빛을 뿌린 듯이 번쩍이던 해변가의 모래알들은 진흙과 죽은 조가비의 범벅이 되어 있었다. 달빛은 너무나 흐릿해서 게를 내버리고 뻴라요가 집으로 돌아올 때 앞마당 뒤쪽에서 움직이고 신음하고 있는 게 무엇인지 도무지 알기가 어려웠다. 그는 바싹 다가가서야 그것이 한 노인, 굉장히 나이가 많은 노인이 진흙 속에 얼굴을 처박고 있음을 알 수 있었다. 그는 무진 애를 썼으나 어마어마하게 거대한 날개 때문에 일어날 수가 없었다.

그 악몽 같은 광경에 대경실색한 뻴라요는 아내인 엘리쎈다에게로 달려갔다. 아내는 아픈 아기에게 습포濕布를 대고 있었는데 그는 그녀를 앞마당의 뒤쪽으로 데려갔다. 두 사람은 어안이 벙벙하여 말도 못하고 넘어진 몸뚱이를 바라보았다. 그의 옷차림은 넝마주이 같았다. 그의 맨숭맨숭한 대머리에는 머리카락이 겨우 몇 오라기 나 있고 입안에는 이빨이 몇 개가 남아 있을 뿐이었다. 그리하여 함빡 젖은 증조할아버지의 초라하고 딱한 몰골 때문에 그의 위엄은 찾아보려야 찾아볼 수 없었다. 그의 거대한 독수리 날개는 반쯤 뽑혀지고 누추한 것이 진흙탕 속에 영원히 얽혀 있었다. 두 사람은 너무나 오랫동안 또 너무나 꼼꼼히 그를 바라보았기 때문에 뻴라요와 엘리쎈다는 곧 놀라움을 넘어서서 마침내는 그가 친숙해지는 것이었다. 그러자 그들은 그에게 말을 붙여 보았는데 그는 튼튼한 선원船員의 목소리를 울리며 알 수 없는 사투리로 대답을 하였다. 두 사람은 날개가 지니고 있는 난점은 그냥 간과해 버리고 그가 폭풍우에 의해서 난파당한 외국배를 타고 있던 외로운 표류자라고 아주 지각있는 결론을 내렸었다. 그럼에도 두 사람은 삶과 죽음에 관해서 모르는 것이 없는 이웃의 부인을 불러들여 그를 보게 하였다. 그랬더니 그녀는 한번 훑어보기만 하고서도 두 사람의 잘못을 일러 주었다.

"그는 천사입니다" 하고 부인은 그들에게 말했다. "그는 아이들을 위해서 내려왔음에 틀림없습니다. 그러나 가엾게도 너무 늙었기 때문에 비를 맞고 녹초가 된 거지요."

그 이튿날이 되자 실제로 살아 있는 천사가 뻴라요네 집에 붙잡혀 있다는 것을 모르는 사람이 없었다. 지혜로운 그 이웃 부인은 당시의 천사란 하늘의 음모를 도망쳐서 살아남은 것으로 생각했는데 그녀의 판단과는 상관없이 그들은 그를 몽매질해서 죽이고 싶은 생각이 없었다. 뻴라요는 집달리의 곤봉으로 무장하고서 주방에서 오후 내내 그를 지켜보았다. 잠자리에 들기 전에 그를 진흙탕에서 끌어내고 철사로 된 닭장 속에 다른 병아리와 함께 가두어 두었다. 한밤중 비가 그쳤을 때 뻴라요와 엘리쎈다는 여전히 게를 잡아죽이고 있었다. 잠시후 갓난이가 깨어났는데 보니 열은 내렸고 먹을 것을 찾아 보챘다. 그러자 그들은 너그러운 심정이 되어 사흘 동안 먹을 음식과 물을 챙겨 천사를 뗏목에 태워서 너른 바다로 내보내 나머지는 그의 운명에 맡기기로 작정하였다. 그러나 첫새벽이 되어 앞마당으로 나갔을 때 그들은 온통 이웃사람들 모두가 닭장 앞에 모여 서 있는 것을 보았다. 그들은 조그만치의 존경심도 없이 마치 그가 초자연적인 존재가 아니고 곡마단의 동물이기나 한 것처럼 철사줄 틈 사이로 먹을 것을 던져 주며 천사와 장난을 하고 있었다.

이상한 소식을 듣고 곤자가 신부가 일곱시도 되기 전에 당도하였다. 그때쯤엔 새벽녘의 구경꾼들보다는 덜 경망한 구경꾼들이 도착해서 그 포로를 두고 가지가지 추측을 하고 있었다. 그 중 가장 순진한 사람들은 그를 세계의 시장市長이라고 불러야 한다고 생각하였다. 그보다 엄격한 사람들은 모든 전쟁을 이겨내기 위해서 그를 오성장군五星將軍으로 승진시켜야 한다고 말했다. 어떤 공상가들은 우주를 관장할 날개 있는 현자賢者란 인종을 지구 위에 심어 놓기 위해서 그를 종묘장種苗場에 넣어 두기를 바랐다. 그러나 곤자가 신부는 성직자가 되기 전에는 튼튼한 나무꾼이었다. 철사 닭장 옆에 서서 그는 공교요리公敎要理를 단숨에 복습하고, 황홀해 있는 병아리들 사이에서 늙어빠진 거대한 어미닭처럼 보이는 그 가련한 사람을 꼼꼼히 살펴볼 수 있게 닭장의 문을 열어 달라고 부탁하였다. 그는 새벽녘의 구경꾼들이 던져 주었던 과일 껍질과 음식물 찌꺼기 사이에서 햇볕을 받고 펼친 날개를 말리면서 한 구석에 누워 있었다. 곤자가 신부가 닭장으로 들어가 라틴말로 아침인사를 했을 때 이 세상의 무례함에 생소한 그는 그저 골동품 같은 눈을 쳐들고 사투리로 무어라 중얼거릴 뿐이었다. 그가 하나님의 언어도 이해하지 못하고 하나님의 대리인에게 인사하는 법도 모르는 것을 보았을 때 교구신부는 그가 사기꾼이 아닌가 하는 첫 의심이 들었다. 이어서 신부는 가까이에서 보니 그가 너무나 사람답다는 사실에 주목했다. 그에게서는 견딜 수 없는 사람 냄새가 풍겼고 날개 뒤쪽엔 기생충이 가득 차 있었다. 주요한 깃털들이 이 땅위의 바람에 의해 천대받고 있었고 도대체 무엇 하나 천사들의 자랑스러운 위엄에 걸맞은 것이 없었다. 그러자 신부는 닭장에서 나와 짤막한 설교를 통해 궁금증을 품고 있는 사람들에게 너무 순진하면 못쓴다고 경고하였다. 그는 그들에게 악마가 진중치 못한 사람들을 혼란시키기 위해 순회 흥행단과 같은 속임수를 쓰는 고약한 버릇이 있음을 상기시켜 주었다. 그럼에도 그는 최고재판소로부터의 최종적인 판결을 받기 위해 로마 교황에게 편지를 쓸 수 있도록 우선 자기 구의 주교에게 편지를 부치겠다고 약속하였다.

그의 깊은 생각은 불모의 가슴에도 전파되었다. 포로로 잡힌 천사의 소식은 급속히 퍼져나가 몇 시간 후에는 앞마당은 장바닥과 같은 법석이 벌어졌고 온통 집을 부숴 버릴 것 같은 기세의 폭도들을 해산시키기 위해 총검을 꽂은 군대를 불러들이지 않을 수 없었다. 장바닥의 잡동사니를 쓸어내다 보니 등골이 다 쑤시는 엘리쎈다는 마당에 울타리를 치고 천사를 구경하는데 5센트의 요금을 물릴 착상을 하였다.

호기심 많은 사람들이 멀리에서 몰려왔다. 순회 흥행단이 도착하고 그 중 비행곡예사가 군중 위에서 붕붕거리며 몇 번인가 날아 보았으나 아무도 거들떠보지 않았다. 그의 날개가 천사의 날개가 아니고 별나라 박쥐의 날개였기 때문이었다. 이 세상에서도 가장 불우한 병자들이 기적을 찾아서 몰려 왔다. 어린 시절부터 심장의 고통을 헤어 오다가 숫자를 놓쳐 버린 가엾은 여인이 있었다. 성좌에서 들려오는 소음 때문에 잠을 못 이루는 포르투갈 사람이 있었다. 깨어 있는 동안에 한 일을 밤중에 일어나 모두 원상 복구시켜 놓는 몽유병자도 있었다. 그보다 심하지 않은 증상을 가진 사람들이 많이 있었다. 지구를 떨게 하는 그 난장판의 혼란 속에서 뻴라요와 엘리쎈다는 지쳤지만 행복하였다. 일주일도 채 안 되어서 그들은 방을 돈으로 가득 채웠고 입장할 차례를 기다리고 있는 순례자의 줄이 수평선 너머에까지 이르고 있었기 때문이다.

자기 자신의 활동에 참여하지 않은 것은 유독 천사뿐이었다. 그는 철사를 따라서 놓아둔 성사^{聖事} 촛불과 기름 등잔의 끔직한 열기에 얼떨떨해진 채 그 빌려준 울안에서 편하게 있을 궁리를 하며 시간을 보내었다. 처음 그들은 그에게 알좀약을 먹이려 애를 썼다. 지혜로운 이웃 부인의 지혜에 따르자면 알좀약은 천사들에게 처방되어 있는 음식이라는 것이다. 그러나 그는 수도사가 가지고 온 가톨릭 교회의 점심을 거부했듯이 알좀약을 거부하였다. 그리고 마침내 그가 가지 으깬 것만을 먹는 것이 천사이기 때문이었는지 혹은 노인이기 때문이었는지 하는 것을 끝내 그들은 밝혀 내지 못하고 말았다. 그의 유일한 초자연적인 미덕은 끈기 같아 보였다. 그의 날개 속에 창궐하고 있는 혹성의 기생충을 잡아먹으려고 암탉들이 그를 마구 쪼아대고, 불구의 부분에 갖다 대기 위해 절름발이들이 털을 마구 뽑아 대고, 또 단지 그가 서 있는 것을 보기 위해, 그가 일어서도록 가장 인정 많은 사람들조차도 그에게 돌을 던졌던 처음 며칠 동안에 특히 그러했다. 그들이 자극하는 데 성공한 것은 송아지에 낙인을 찍는 데 쓰는 달군 쇠로 그의 옆구리를 지졌을 때뿐이었다. 몇 시간 동안이나 꼼짝 않고 있어서 그가 죽었으려니 생각하고 그랬던 것이다. 그는 깜짝 놀라서 눈을 떴고 마술적인 그의 언어로 고래고래 고함을 지르는데 눈에는 눈물이 그렁그렁 하였다. 그는 두 번 날개를 퍼득거렸고 그 때문에 병아리 똥과 혹성의 회오리 먼지바람이 일어나고 이 세상의 것이 아닌 듯한 공포의 돌풍이 불어닥쳤다. 많은 사람들은 그의 반응이 분노에서 나온 게 아니고 고통에서 나온 것이라고 생각했으나 그 후부터 사람들은 그를 약올리지 않으려고 애썼다. 왜냐하면 대다수가 그의 인내가 편안히 있는 영웅의 그것이 아니라 그저 휴식 중인 이변^{異變}으로 이해했기 때문이었다.

포로의 성질에 대한 최후의 판단이 내려오기를 기다리고 있는 사이 곤자가 신부는 하녀의 영감^{靈感} 같은 방식으로 군중들의 경망한 행위를 억제하였다. 그러나 로마로부터의 편지는 전혀 긴박감을 보여 주지 않았다. 그들은 그 포로에게 배꼽이 있느냐, 그가 쓰는 사투리가 아랍말과 어떤 연관이 있느냐, 그가 단순히 날개가 달린 노르웨이인이 아니냐 하는 것 등을 알아내기 위해서 시간을 소비하였다. 신의 섭리와 같은 사건이 신부의 시련에 끝장을 내지 않았던들 이런 변변치 않은 편지는 시간이 끝날 때까지 오고 갔을지도 모른다.

그 무렵부터 많은 순회 흥행단의 공연 가운데 부모의 말을 듣지 않아서 거미로 변해 버린 여인의 순회공연이 우연히 시내에서 있게 되었다. 그녀를 구경하는 입장료는 천사를 구경하는 요금보다 쌌을 뿐 아니라 사람들은 그녀의 기괴한 상태에 관해 어떠한 질문도 허용되었고 또 그녀의 끔찍함의 진실됨을 아무도 의심하지 않도록 하기 위해 그녀를 위아래로 자세히 살펴보는 것이 허용되었다. 그녀는 크기가 양^羊만한 끔찍한 독거미였고 슬픈 소녀의 머리를 가지고 있었다. 그러나 가장 가슴 아픈 것은 그녀의 야릇한 형상이 아니라 그녀가 자기 불행을 자세하게 얘기하는데 보여 준 그 절절한 고난이었다. 사실상 아직 어린애였을 무렵 그녀는 춤추러 가기 위해 부모네 집을 몰래 빠져 나왔다. 그리고 허가도 받지 않고 밤새 춤을 추고 나서 수풀을 지나 돌아오는 사이 무시무시한 번개가 하늘을 두 조각 내고 그 균열을 통해 유황의 불벼락이 내려 그녀를 거미로 만들었다는 것이었다. 그녀의 영양 섭취는 자비심 많은 사람들이 그녀의 입안에 던져 주는 고기덩이가 전부였다. 인간적인 진실로 가득 차 있고 또 끔찍한 교훈을 안고 있는 그러한 구경거리는 초개 같은 사람들을 거들떠보려고조차 않은 오만한 천사를 패배시키지 않을 수가 없었다. 뿐만 아니라 천사의 것이라고 생각되었던 몇몇 기적이, 마치 시력을 회복하지 못했으나 이가 새로 세 개나 난 장님, 걷지는 못하면서도 복권을 타게 된 중풍환자, 혹은 상처에서 해바라기꽃이 피어난 문둥이처럼, 어떤 정신착란을 나타내고 있었다. 독거미로 변한 여인이 그를 완전히 망가뜨리고 말았을 때 벌써 조롱거리 같은 위자慰藉의 기적들이 천사의 성가聲價를 마치고 있을 터였다. 이렇게 해서 곤자가 신부는 그의 불면증이 완전히 치유되었고 뻴라요의 앞마당은 사흘 동안 비가 내렸을 때처럼 다시 텅 비게 되었고 게들은 침실을 마구 기어다녔다.

집 주인들은 슬퍼해야 할 이유가 없었다. 저축한 돈으로 그들은 발코니의 정원이 달린 이층 호화주택을 지었다. 겨울엔 게들이 침입해 오지 못하도록 높이 그물을 쳐놓았고 천사들도 들어오지 못하도록 유리창에는 쇠창살을 해 두었다. 뻴라요는 또한 시내 근처에 있는 토끼 사육장을 개설하고 집달리라는 직업을 아주 그만 두어 버렸다. 엘리쎈다는 하이힐이 달린 공단 펌프구두와 무지갯빛이 나는 비단 드레스를 샀다. 당시의 가장 멋쟁이 부인들이 일요일에 입는 종류의 드레스였다. 닭장만이 아무런 배려도 받지 못하고 있었다. 그들이 소독약으로 그것을 닦아 내고 그 안에서 자주 몰약没藥방울을 태우고 한 것은 천사를 기리기 위해서 한 것이 아니라 집안 도처에 유령처럼 떠돌고 있으면서 새집을 낡은 집으로 변화시키고 있는 닭똥 냄새를 몰아 내기 위해서였다. 처음 아기가 걸음마를 시작했을 때 그들은 두려움을 잃어 가기 시작하였고 아기에게 두 번째 이가 나기도 전에 그는 닭장에 놀러 들어갔다. 닭장의 철사는 망가지기 시작하고 있었다. 천사는 다른 인간들에게 냉담하듯이 아기에게도 냉담하였다. 그러나 그는 아무런 환상도 가지고 있지 않은 개와 같이 끈기있게 가장 영악스러운 치욕조차도 견디어 내었다. 그들은 동시에 작은 마마^{水痘}를 앓았다. 아기를 돌보았던 의사는 천사의 심장의 고통에 귀기울이고 싶은 유혹을 물리칠 수 없었다. 그래서 의사는 천사의 심장 속에서의 바람소리, 콩팥에서 나는 무수한 소리를 알게 되었고 그가 살아 있는 것이 불가능한 것처럼 여겨졌다. 그러나 그를 가장 놀라게 한 것은 그의 날개의 논리였다. 날개가 완전한 인간 유기체에 난 것이 아주 자연스러워 보였기 때문에 그는 어째서 다른 사람들에게는 날개가 나지 않은 것인지 이해할 수 없었다.

아이가 학교에 다니기 시작했을 무렵엔 벌써 햇볕과 비가 닭장을 망가뜨린 지도 한참이 된 뒤였다. 천사는 죽어 가는 떠돌이처럼 이리저리 몸을 끌고 다녔다. 그들은 빗자루를 가지고 그를 침실에서 몰아냈으나 잠시 후엔 그가 주방에 가 있음을 알았다. 그는 같은 시각에 여러 곳에 한꺼번에 가 있는 것처럼 보였기 때문에 그들은 그의 유사품들이 만들어지고 있으며 그가 온통 집안에서 재생산을 하고 있다고 생각하였고 분통이 터지고 정신이 섞갈린 엘리쎈다는 천사로 가뜩 차 있는 지옥에서 살기란 정말 끔찍한 일이라고 고함쳤다. 그는 거의 먹지를 않았다. 그의 골동품 같은 눈은 아주 흐릿해져서 그는 말뚝에 가서 부딪치기가 일쑤였다. 그에게 남아 있는 것이라고는 마지막 털이 텅 빈 투관^{套管}처럼 붙어 있을 뿐이었다. 뻴라요는 그에게 담요를 던져 주고 그를 헛간에서 자도록 허용하는 선심을 베풀어 주었다. 그때에야 비로소 그들은 그에겐 밤중에 열이 있고 또 그가 노르웨이 노인의 발음하기 어려운 말로 잠꼬대를 한다는 것을 알았다. 그들은 그때 그들로서는 몇 번 안 되는 놀라움을 겪었다. 왜냐하면 그가 곧 죽을 것이라고 그들은 생각했고 이웃의 지혜로운 부인조차도 죽은 천사를 어떻게 처리해야 할 것인지를 모르고 있었기 때문이다.

그럼에도 그는 그의 최악의 겨울을 버티어 냈을 뿐 아니라 따사로운 첫 번째 며칠 사이에 몸이 좋아진 듯이 보였다. 그는 며칠 동안이나 앞마당의 아무의 눈에도 띄지 않는 한쪽 구석에서 꼼짝 않고 있었다.

그리고 십이월 초에 큼지막하고 빳빳한 깃털이 날개 위로 자라기 시작하였다. 그것은 허재비에게 털이 난 것 같은 모양이었고 또 하나의 노쇠함의 재앙처럼 보였다. 그러나 그는 이러한 변화의 이유를 알고 있었음에 틀림없다. 왜냐하면 그는 아무도 그러한 변화를 눈치채지 못하도록 주의하였고 또 그가 별빛 아래서 가끔 부르는 뱃노래도 아무도 듣지 못하도록 조심하였기 때문이다. 어느 날 아침 엘리쎈다가 점심 식사를 위해서 양파 다발을 썰고 있을 때 난바다에서 불어오는 듯한 바람이 주방 속으로 들어왔다. 그때 그녀는 유리창 가로 가서 천사가 처음으로 날아갈 노력을 하는 것을 보았다. 그의 노력은 너무나 서툴러서 그의 손톱이 채소밭에 굵직한 이랑을 만들어 내었고, 햇볕에 미끄러지고 공중을 헛짚는 본때없는 날개의 퍼덕임 때문에 헛간을 거의 망가뜨릴 뻔하였었다. 마침내 그가 아주 늙은 독수리와 같이 위태위태하게 날개를 퍼덕이며 얼마쯤 몸을 가누면서 마지막 인가人家 위를 지나가는 것을 보았을 때 엘리쎈다는 자기 자신을 위해 또 그를 위해 안도의 한숨을 내쉬었다. 그녀는 양파 썰기를 다 마쳤을 때도 계속 그를 지켜보았다. 그의 모습이 시야에서 사라질 때까지도 그녀는 계속 지켜보았다. 왜냐하면 그때는 벌써 그가 그녀의 삶에서 걱정거리가 아니라 바다의 수평선 위에 나 있는 하나의 상상 속의 점이었기 때문이다.

＊

「날개 달린 노인」은 가브리엘 가르시아 마르께스의 마술적 리얼리즘의 세계를 아주 조금 엿보게 해주는 작품이다. 마르께스의 작품 세계는 일반적으로 "신비롭고, 초현실적이고, 극도로 라블레적이고, 괴이하고, 이국적"이라는 평가를 받는다. 등에 배꼽이 있는 돼지들, 암컷이 수컷의 등위에 알을 품는 다리 없는 새들, 주둥이가 숟가락 같은 혓바닥 없는 펠리컨들, 노새의 머리와 귀를 하고 낙타의 몸과 사슴의 다리를 하고 말처럼 울부짖는 짐승들……과 같은 초현실적인 이미지들을 자유자재로 구사하는 마르께스는 현실과 환상의 경계가 허물어진 자리에 제 문학 세계의 집을 세운다. 그 집은 "입체적인 미궁"이라고 부를 만한 집이다. 20세기 후반기에 라틴아메리카의 소설들은 고갈해 버린 세계의 서사 문학에 새로운 피를 수혈했다. 그리고 오늘날 유행하는 온갖 판타지 물들과 라틴아메리카의 서사 문학 사이의 친연성이 아주 없다고 말할 수도 없다. 마르께스와 보르헤스로 소설로 대표되는 라틴아메리카의 소설들은 유모처럼 무수한 하위 장르의 서사들이란 아기에게 젖을 물리고 있는 셈이다. 말할 것도 없이 마르께스의 이름을 세계에 알린 것은 장편소설 『백년 동안의 고독』이다. 마꼰도라는 가상의 지역을 배경으로 부엔디아 집안이 백년 동안에 걸쳐 겪는 흥망성쇠를 환상적인 문체로 터져 넘쳐 흐를 듯한 서사의 풍요를 경험하게 하는 것이 바로 이 소설이다.

「날개 달린 노인」에서도 '환상'이란 요소는 매우 중요한 서사 작동의 시발점이다. 바닷가에 떠밀려 온 늙은 천사, 거미여인, 상처에서 해바라기 꽃이 피어난 문둥이와 같은 초현실적인 이미지들이 불연속으로 나타났다 사라진다. 이 짧은 소설은 폭우와 함께 한 바닷가에 표류된 늙은 천사의 얘기다. 나는 이 소설을 '군중'과 '소외'란 코드로 읽는다. 처음 발견되었을 때 이 노인은 남루한 차림에 진흙과 죽은 조가비들과 나무뿌리 등에 한데 엉겨 있는 매우 딱한 모습이다. "거대한 날개는 반쯤 뽑혀지고 누추한 것이 진흙탕 속에 영원히 얽혀" 있다.
이 '날개 달린 노인'을 발견한 것은 뻴라요와 엘리쎈다라는 가난한 부
부다. 먼저 무당과 신부가 달려오고, 이상한 날개 달린 노인이 붙잡혔
다는 소문이 마을로 퍼져 나가며 구경꾼들이 몰려든다. "철사로 된 닭
장 속에 다른 병아리들과 함께" 갇혀 있는 이 노인을 보기 위해 몰려
든 군중들 때문에 뻴라요와 엘리쎈다 부부는 금세 부자가 된다. 그러
나 이 모든 소동에도 불구하고 '날개 달린 노인'은 냉담하게, 또는 초
연하게 이 사태를 관망한다.

그의 날개 속에 창궐하고 있는 혹성의 기생충을 잡아 먹으려고 암
닭들이 그를 마구 쪼아대고, 불구의 신체를 갖다 대기 위해 절름발이
들이 털을 마구 뽑아 대고 또 그가 서 있는 것을 보기 위해서 보통의
사람들조차 그에게 마구 돌을 던졌다. 군중이 그를 자극하는 데 성공
한 것은 송아지에 낙인을 찍는 데 쓰는 달궈진 쇠로 그의 옆구리를
지졌을 때뿐이었다. 몇 시간 동안이나 꼼짝 않고 있어서 그가 죽었으
려니 생각하고 그랬던 것이다. 그는 깜짝 놀라 눈을 떴고 마술적인 그
의 언어로 고래고래 고함지르는데 눈에 눈물이 그렁그렁하였다. 그는
두 번 날개를 퍼득거렸고 그 때문에 병아리 똥과 달나라 먼지의 회오
리바람이 일어나고 이 세상의 것이라고 믿어지지 않는 공포의 돌풍이
불어닥쳤다.

'날개 달린 노인'을 보기 위해 몰려든 군중이란 자연발생적으로 일
어나는 하나의 사회 현상이다. 군중이 보여 주는 무의식적 행동은 개
인의 의식적 행동을 대체한다. 그들은 단지 제 호기심을 충족시키기
위해 날개의 털을 뽑아 대고 마구 돌을 던진다. 그들은 자신들과 다른
모습을 하고 있다는 이유만으로 노인의 옆구리를 "달궈진 쇠"로 지져
댈 만큼 짓궂고 파괴적이며 천박하다. 예외가 없는 것은 아니다. 우리

는 월드컵 축구경기 때 붉은 티셔츠를 입고 광화문과 시청 앞 광장에 몰려나온 군중들의 모습을 떠올려 볼 수 있을 것이다. 그들은 파괴적이지도 않고 천박하지도 않았다. 그들은 질서정연하고 예의바른 행동을 했다. 군중은 몇 가지 특징을 갖고 있다. 첫째, 내면적으로 끊임없이 자기 증식하려는 본능을 갖고 있다. 군중은 오로지 그 숫자가 계속 불어나는 동안에만 존재하며 자기 증식이 멈추는 순간 붕괴되어 흩어진다. 둘째, 군중은 내부적으로 남녀, 노소, 빈부, 학력, 출신지와 같은 차이와 다름을 지워 버리고 평등을 실현한다. 어떤 개인도 군중 속으로 들어오는 순간 개인의 도덕성이나 자기 통제력, 이성의 작동을 멈춰 버리고 무지몽매한 군중의 일원이 되어 버린다. 군중 속의 개인이란 군중에 합류하기 전의 그 개인이 아니다. 셋째, 군중은 밀집상태를 지향한다. 서로의 몸과 몸을 가까이 붙이고 있을 때 평화와 안도감을 느낀다. 다른 무엇도 군중들 사이로 틈입할 수 없다. 넷째, 군중은 하나의 방향성을 갖고 움직인다. 하나의 방향성이 분열하게 될 때 군중이라는 사회 현상은 갑자기 소멸한다. 이것이 엘리아스 카네티가 꿰뚫어본 군중의 네 가지 속성이다. 카네티는 곡식·숲·비·바람·모래·불·강·바다 등을 끌어들여 군중 상징으로 설명하는데, 특히 강은 "밖으로 보여지기를 바라는" 허영심에 찬 군중의 특징을 잘 드러내 보인다. "강은 허영의 모습을 한 군중이며 자기 현시顯示의 욕망에 사로잡힌 군중이다. 보여지고 있다는 요소가 방향 못지않게 중요하다. 강기슭이 있어야 강이 흐를 수 있다. 강가의 쭉 심어진 나무들은 마치 인간의 대열과 같다. 강은 이를테면 남에게 보여 주고 싶은 피부와 얼굴을 갖고 있다고 할 수 있을 것이다. 강과 같은 형태, 예컨대 행렬이나 시위행진은 가능한 한 자기의 모습이 밖으로 보여지기를 바란다. 그들은 될 수 있는 한 길게 대열을 늘여서 많은 구경꾼에게 저를 드러내려고 한다. 대열은 경탄과 두려움의 대상이 되기를 바란다."10 강은

"유보조항을 가진 군중 상징"이다.

어쨌든 누항(陋巷)과 같은 이 세상에 불시착한 천사는 한낱 조롱거리에 지나지 않는다. 늙고 병들고 게다가 더러운 날개 밑에는 각종 기생충이 번식하고 있는 천사의 이미지는 관습적인 천사의 이미지를 배반한다. 그는 사람들에 대해 냉담하고 현실에 대해서도 무관심하다. 그는 천사다운 기품도 권위도 신비도 없다. 그는 가축과 같이 게으르고 더럽고 몽매해 보인다. 그는 소외와 전락의 이미지를 구현한다. 그가 어쩌다 폭우와 함께 이 바닷가 마을에 거대한 날개를 진흙탕 속에 쑤셔 박은 채 불시착했는지에 대해 작가는 아무것도 말해주지 않는다. 오로지 그가 닭똥이 흘러 넘치는 불결한 닭장 속에 갇혀 군중 앞에 한낱 값싼 구경거리가 되었다가, 그를 처음 발견한 뻴라요와 엘리쎈다 부부에게 "발코니와 정원이 딸린 이층 호화주택"을 지을 만큼 경제적인 풍요를 안겨 주고 어느 날 홀연히 수평선 저 너머로 사라진다. 마르께스의 소설에서 흔히 시간과 역사는 서사의 이면으로 숨어 버린다. 오로지 중요한 것은 괴이하고 이상야릇하며 허황한 이야기다. 마르께스의 이야기는 서사와 우화 사이에 걸쳐져 길을 흘러간다. 이야기는 상상의 허구라는 동력 장치를 갖고 좁은 사잇길을 빠져 나가며 서사와 우화로부터 작가가 자양분을 빨아들이며 제 몸피를 키운다. 겸손하지도 않고 지혜롭거나 신비하지도 않은, "기생충이 창궐하는 날개"를 가진 천사의 얘기란 얼마나 괴이하고 이상야릇한가!

10 엘리어스 카네티, 『군중과 권력』, 반성완 옮김(한길사, 1982)

소설의 시점

우리는 '이야기'가 소설의 핵심적이면서도 항구불변적인 요소의 하나임을 앞서 언급했다. 그런데 이야기라는 것은 당연하게도 이야기를 들려주는 사람과 그것을 듣는 사람이 있어야만 비로소 존재할 수 있다는 사실도 어렵지 않게 알 수 있다. 이야기를 들려주는 사람을 조금 전문적인 용어로 말하자면 발화자^{發話者}라 하고 이야기를 들어주는 사람을 수화자^{受話者}라고 한다. 일반적으로 작가는 발화자가 되고 독자는 수화자가 된다. 그러나 아주 특수한 경우를 제외하고는 소설 속의 내용을 전달하기 위해 그것의 작가가 직접 나서는 법은 없다. 대체로 소설 속의 나오는 작중인물이 이야기의 전달자의 역할을 떠맡게 되고, 그 역할을 맡고 있는 작중인물을 화자^{narrator}라고 한다. 소설을 창작해 내는 작가와 작가의 이야기를 소설의 내부에서 전달해 주는 역할을 맡은 화자는 동일인이 아니다. 물론 소설의 화자들은 대개 작가의 숨어 있는 분신인 경우가 많다. 그러나 작가는 소설의 배후에서 그것을 만들어 내는 사람이고, 작가가 만들어 낸 이야기를 전달하기 위해 소설 속에 창조해 낸 인물이 화자인 것이다.

시점^{point of view}이란 그 이야기의 전달자인 화자가 소설 속에 진행되는 사건들을 바라보고 있는 위치를 말한다. 하나의 소설에서 진행되는 사건들을 바라보는 시점은 크게 '안'과 '밖', 두 가지로 대별된다. 그것이 안이냐 밖이냐에 따라서 시점이 결정되게 되는 것이다. 한 작품 내에서 시점은 통일성을 견지해야 한다. 그러나 이 말은 모든 경우에 한 작품에 단일한 하나의 시점만이 존재해야 한다는 말은 아니다. 한 작품에서 시점의 이동은 가능하다. 그럴 경우 독자들에게 시점이 이동하는 필연성이 납득되어져야 함은 물론이다.

	내부로부터 분석한 사건들	외부로부터 분석된 사건들
행동 속의 인물로 존재하는 내레이터	1) 주인공이 자신의 이야기를 한다.	2) 어떤 증인이 주인공의 이야기를 한다.
행동 속의 인물로 부재하는 내레이터	4) 분석적인 작가 혹은 전지적인 작가가 이야기를 한다.	3) 작가가 외부로부터 이야기를 한다.

'누가 보느냐?'의 문제와 '누가 말하느냐?'의 문제는 조금 차이가 있다. 전자가 '시점'^{persepective}을 가리키는 것이라면 후자는 내레이터의 정체를 가리킨다. 시점의 차원과 서술자의 초점의 차원은 겹쳐지면서 동시에 어긋나는 차이가 있다. 위의 도표에서 수직축의 경계선은 '누가 보느냐?' 하는 시점의 정체성과 관계가 있는 데 반해, 수평축의 경계선은 '누가 말하느냐 ?' 하는 서술적 언술 행위자의 정체성과 관계된다.

(1) 내가 눈을 뜬 것은 여느 때와 마찬가지로, 현관 문의 열쇠가 맞물려 돌아가는 매끄러운 음향 때문이었다. 그러나 나는 누운 자리에서 꼼짝하지 않고, 햇빛이 마치 나팔꽃 덩굴처럼 창틀을 타고 부쩍부쩍 기어오르는 대견찮은 풍경을 바라보며 이어 들려올 마루를 딛는 조심스러운 발자국소리, 수돗물 트는 소리를 기다렸다.

__오정희, 「적요^{寂寥}」

(2) 아내가 커다란 함지에 밀가루를 쏟아붓는 것을 보고 그는 식사 전의 산책을 위해 집을 나섰다. 두어 발짝 옮겨놓을 즈음 그는 언덕길로부터 자전거를 타고 달려오는 이웃집 계집아이를 보았다. 브레이크 장치를 움켜쥐고 가속도에 몸을 맡겨 비탈길을 내려오는 아이의 얼굴은 긴장으로 조그맣고 단단하게 오므라들어 있었다. 짧고 꼭 끼는 면바지 아래 종아리도 팽팽히 알이 서 있었다.

__오정희, 「동경^{銅鏡}」

어떤 경우에도 소설 속의 화자는 독자에게 친밀감과 신뢰감을 주어야 한다. 독자가 화자를 자연스럽게 받아들이지 못할 때 그 소설은 실패할 가능성이 그만큼 커지는 것이다. (1)의 경우는 화자가 소설의 안에서 소설의 내용을 바라보고 있는 일인칭 시점을 취하고 있고, (2)의 경우는 화자가 소설의 바깥에서 소설의 내용을 바라보고 있는 삼인칭 시점을 취하고 있다. 일인칭 시점 소설이라는 것은 '내가 아침 산책에 나가기 위해 일어난 것은 새벽 6시였다'나 '우리가 아침 산책에 나가기 위해 일어난 것은 새벽 6시였다'와 같은 문장처럼 '나'와 '우리'라는 일인칭 단수나 복수를 주어로 서술되는 소설을 말한다. 마찬가지로 삼인칭 시점 소설이라는 것은 '그가 아침 산책에 나가기 위해 일어난 것은 새벽 6시였다'나 '그들이 아침 산책에 나가기 위해 일어난 것은 새벽 6시였다'와 같은 문장처럼 '그'와 '그들'이라는 삼인칭 단수나 복수를 주어로 서술되는 소설을 말한다.

일인칭 시점은 다시 (1) 주인공 시점 (2) 관찰자 시점 (3) 참여자 시점으로 나누어지고, 삼인칭 시점은 (1) 전지적 시점 (2) 관찰자 시점 (3) 제한적 시점으로 나뉜다. 일반적으로 가장 많이 사용되는 시점은 일인칭 주인공 시점과 삼인칭 전지적 시점이다.

일인칭 주인공 시점은 화자가 '나'이면서 작품의 주인공으로 나오는 경우다. 일인칭 주인공—화자가 자기의 이야기 속에 들어가 자기의 이야기를 전달하는 가장 단순하면서도 확실한 방식은 자신이 겪었던 모험이나 사건, 그리고 인생에 대한 회고담을 들려주거나, 내면의 의식의 흐름을 보여 주는 경우다. 그것은 협소하고 다소 주관적으로 편향될 수도 있는 방식이지만, 주체와 객체라는 대립적 관계를 초월할 수도 있고, 자신이 하고자 하는 이야기의 시작과 끝을 미리부터 폭넓게 조망하면서 이야기를 전개할 수 있는 장점이 있다.

일인칭 주인공 시점의 경우 서술과 인물의 초점이 일치하기 때문에 그것을 읽는 독자들은 그 내용들을 친숙하게 받아들인다. 또한 일관된 체계와 작품의 통일성을 유지하는 데 효과적인 방법이기도 하다. 삼인칭 전지적 시점의 경우는 화자는 소설의 문맥 전면에 나서지는 않지만 작품 내용에 대해서 전지적이며 모든 정보들을 무제한적으로 사용할 수 있는 이점이 있다. 그렇기 때문에 삼인칭 전지적 시점은 가장 정통적이고 여러 작가들이 자주 사용하는 서사 전달의 방식이다.

작가가 일인칭 시점으로 소설을 쓸 경우에는 작가의 전지적 권한은 제한을 받게 된다. 첫째로 소설에는 화자가 직접 관찰하거나 오감을 통해 추론해볼 수 있는 행동, 서술 및 묘사한 부분만이 다루어질 수 있으며 화자의 시야 밖에 있는 것은 제외되어야 한다. 일인칭 시점 소설이라는 것은 제한된 전지적 권한의 사용이 강제되는 내부적 관점인 것이다. 대체로 초심자들이 처음 소설을 쓰게 될 때 일인칭 시점을 많이 선택하게 된다. 그 이유는 일인칭 시점의 소설의 문법적 형태를 쉽게 다룰 수 있고, 거기서 다루어지는 내용 역시 작가의 직접적인 체험이 많이 반영되는 자서전적인 내용이기 때문이다. 따라서 화자가 일인칭의 주인공일 경우 소설을 써 본 경험이 없는 사람에게 상당히 유리하다. 로버트 메러디트[Robert C. Meredith]와 존 피츠제럴드[John D. Fitzgerald]가 공저한 『소설작법[Structuring Your Novel]』에서는 일인칭 주인공 시점의 장점에 대해 다음과 같이 설명하고 있다.

첫째, 일인칭 서술은 우리가 대화에서 거의 일상적으로 사용하는 형태이므로 경험이 적은 젊은 작가들이 매우 쉽게 다룰 수 있다. 이에 더하여 특히 뛰어난 장점은 서술의 오류를 피할 수 있게 해준다는 점이다. 일인칭 서술에는 작가가 의식적으로든 무의식적으로든 따르게 되는 원칙이 있다. '나'를 주어로 사용하게 되면 주인공의 사고, 감정, 태도에 작가가 제한되는 성향이 생긴다. 그래서 서술의 일관성을 잃어버리게 될 때 '주인공이 이 사실을 어떻게 알게 되었는가?' 하는 점을 자문해 보게 된다. 둘째, 이 시점은 주인공에 대한 관심의 초점화가 자연스럽게 이루어지게 된다. 따라서 독자는 모든 사건에서 주인공을 대신하여 경험할 수 있다. 셋째, 독자는 주인공의 가장 깊숙한 내부에 있는 사고, 감정 및 태도를 공감하게 되며 동일한 입장에 서서 사물을 대하게 된다. 넷째, 이 관점은 화자가 확신감 있게 이야기하게 하며 실감나는 이야기를 하게 한다. 개인적 경험을 함께 나눔으로써 그 이야기의 신빙성에 대한 독자의 의문을 불식시킨다. 화자가 '나는 거기에 있었다. 나는 그 사건이 발생하는 것을 목격하였다. 나는 이 일을 하였다. 나는 저 일을 하였다'는 등으로 서술할 경우 그 말에 대해 누가 논쟁을 벌이려 들겠는가?

일인칭 시점을 선택할 때 이와 같은 장점이 있는 반면 또한 몇 가지의 단점도 있다. 같은 책에서 그 단점을 다음과 같이 언급하고 있다.

첫째, 작가의 전지적 권한이 제한을 받는다. 그는 소설 전체를 통하여 적용된 시점을 지배하는 편집상의 규정으로 자신을 주인공의 개인적 틀 안으로 제한시켜야 한다. 제한은 정신적으로 뿐만 아니라 실제적이어야 한다. 화자는 어떤 시기에 반드시 한 장소에만 있어야 한다. 둘째, 화자는 겸손해야 한다. 그는 용감하거나 관대한 행동을 할 수 있다. 그러나 자신이 스스로 용감하다거나 관대하다는 말을 해서는 안 된다. 셋째, 이 시점은 독자의 흥미를 유지하는 데 문제점이 있다. 독자는 소설에서 단 한 인물만의 생활을 대리 경험하게 되므로 지치거나 지루해질 수 있다. 작가는 독자가 흥미를 잃지 않도록 하기 위해 주인공의 심리와 행적을 다채롭고 자극적이 되게 만들어야 한다. 넷째, 주인공의 묘사가 제한된다. 예를 들어 일인칭 화자를 주인공으로 한 전쟁소설의 경우 전투가 끝난 후 공포로 인해 일그러지고 초췌해진 주인공의 얼굴을 독자에게 설명할 수 없다.

일인칭 시점의 소설에서 종종 주인공이 태어나기 이전에 있었던 대화나 사건들이 서술되는 경우도 있다. 그럴 경우는 일인칭 시점의 제한적 권한의 사용이라는 규범을 벗어나는 것은 아닌가? 그것은 아니다. 대부분의 독자들의 경우 그것을 자연스럽게 받아들인다. 그럴 경우 대개 주인공이 태어나기 이전에 벌어졌던 내용들을 어느 시기에 자신의 부모나 조부모들을 통해 전해 들었다고 받아들인다. 그러나 주인공이 상당히 성숙했을 때 주인공의 경험할 수 없는 시·공간에서 벌어진 사건을 인지하고 있는 경우라면 어떤 경로를 통해서 그것들을 알게 되었는지 독자들에게 설명되어져야 한다.

일인칭 관찰자 시점을 선택했을 때 다음과 같은 장점들이 있다. 이 시점은 주인공이 화자인 경우 비실제적인 것으로서 믿기 어려운 이야기를 실제적이며 그럴듯한 것이 되게 만든다. 이 관찰자 시점의 주인공이 아주 대단한 탐정이며, 용감한 군인이요, 훌륭한 연인이라고 말할 수 있으며 무슨 말을 하든 독자는 그것을 받아들이게 된다. 만약 주인공이 화자가 그에 대하여 이야기한 것을 스스로 하였다면 독자는 그 주인공이 교만하며 믿을 수 없는 인물이라고 생각할 것이다.

삼인칭 시점을 선택했을 경우 '나'라는 화자로 이야기로 전개했을 때 독자들로부터 이끌어 낼 수 있는 자연스러운 친밀감을 상실할 수 있고, 이야기의 서술 방식에 능숙하지 못한 초심자의 경우 일인칭 시점을 선택했을 때보다 서술의 오류에 빠져들 수 있는 위험성이 높아진다.

그러나 소설에서의 삼인칭 시점은 전통적 서술 방식으로 작가들이 애용해 왔다. 그런 점에서 삼인칭 시점의 서술 방식은 "가장 순진하고 기본적인 형태"라고 알려져 왔다. 삼인칭 시점은 작가의 전지적 시점이므로 일인칭 시점의 여러 제약들로부터 벗어나 자유롭게 쓸 수 있다는 장점이 있다. 전지적 시점의 화자는 소설의 바깥에 존재하며, 작중에 등장하는 인물들의 배경이나 사건, 그들의 행동의 동기, 내밀한 정서, 변덕스러움, 그들의 과거와 현재, 그리고 미래에 대해 모두 알고 있다는 전제하에 씌어지는 것이다. 작가는 마치 신처럼 이야기를 풀어 나갈 수 있다.

에스메를 위하여

─사랑과 추악의 이중주__제롬 데이비드 샐린저

제롬 데이비드 샐린저J. D. Salinger는 1919년 미국 뉴욕 시에서 태어났다. 그는 개인의 사생활을 극히 중요시해 아주 간단한 전기적 사실 외에는 거의 아무것도 알려진 바가 없다. 유대인인 아버지가 부유한 식품 수입업자인 덕택에 물질적으로는 유복했지만 정신적으로 다수 불안정한 환경 속에서 어린 시절을 보냈다. 맨해튼 공립학교를 졸업한 뒤 명문학교인 맥버니에 다니다가 1년 만에 퇴학을 당한다. 고등학교를 졸업한 뒤 뉴욕대학과 콜롬비아대학 등에서 수학했다. 콜롬비아대학에서 버네트 교수의 소설창작 강의를 들으며 문학의 세계로 들어선다. 1940년에 「젊은이들」이라는 단편소설을 <스토리> 지에 발표하며 소설가로 첫걸음을 내딛었지만 이내 외부 세계와 담을 쌓고 지낸다. 1951년에 『호밀밭의 파수꾼』이라는 단 한 권의 소설로 미국 문학의 총아가 되었지만 1965년에 <뉴요커> 지에 마지막 단편소설을 발표한 뒤 지금까지 외부세계와 완전히 단절한 채 은둔생활을 하고 있다.

얼마 전에 나는 4월 18일 영국에서 거행될 예정인 어느 결혼식에 참석해 달라는 청첩장을 항공우편으로 받았다. 한데 나는 어떻게 해서라도 꼭 참석하고 싶었던 결혼식이었으므로, 나중에야 삼수갑산엘 가는 한이 있더라도 비행기로 해외여행을 하리라고 작정하였다. 하나 이윽고 이 문제를 어처구니없이 현실적인 머리의 소유자인 아내와 여러모로 의논해 본 결과 그만두기로 하였다. 우선 장모가 4월의 하순을 우리 집에 와서 지내기로 예정되어 있던 것을 내가 까맣게 잊고 있었던 것이다. 장모를 만나는 것이 그리 자주 있는 일도 아닌데다가 이미 나이가 쉰 여덟이니 육십이라 앞으로 더 젊어질 리도 만무요, 사람의 일은 모르는 터라고 하는 등등의 이유에서였다.

하나 내 몸이야 어디 있건 간에 내 성질상 남의 소중한 결혼식이 싱겁게 끝나는 것을 팔짱을 낀 채로 바라만 보고 있지는 못하는 터라, 거의 6년 전에 내가 알던 대로의 신부의 모습을 그린 글을 적어 보았다. 혹시 신랑이 이 글을 읽고 언짢게 여길 순간이 있을지도 모르지만 그건 내가 바라는 바이기도 하다. 남의 비위를 맞추려고 이 글을 쓴 것은 아니다. 오히려 깨우치고 교육하자는 것이 나의 취지이니까.

1944년 4월에 나는 영국 데번셔에서 영국 정보국이 약 60명 가량의 미국 병사들을 위하여 상륙 작전을 앞둔 특수훈련을 하는 데에 끼어 있었다. 지금 돌이켜 생각하여 보면 그 당시의 우리들 60명이란 그 가운데에 남과 잘 어울리는 친구가 하나도 없었다는 점으로 미루어 보아 좀 이색적인 존재들이었다고 여겨진다. 우리는 하나같이 편지만 쓰는 타입이라, 우리가 공무 이외의 얘기를 주고받는 일이 있었다면 그것은 대개 현재 쓰지 않는 잉크가 있다면 빌려 달라는 따위의 대화였다. 방과 후의 자유시간에 편지를 안 쓸 경우에는 모두 뿔뿔이 헤어져 제멋대로 놀았다. 나는 갠 날씨라면 대개 교외로 나가 관광을 하는 것으로 소일하였고 비가 오면 아무데나 마른 곳을 찾아서 책을 읽었다. 탁구대 곁에 앉아 책을 읽은 일도 한두 번이 아니었으니까.

그 훈련은 3주일간 계속되다가 토요일로 끝났는데, 마침 비가 억수같이 쏟아지는 날이었다. 그 마지막 날 밤 7시에 우리는 런던으로 가는 기차에 전원 승차하도록 되어 있었는데, 거기서 D데이의 상륙을 위해 대기중인 보병, 또는 공수사단으로 각기 배속되라는 소문이었다.

그날 오후 3시경에 나는 이미 모든 짐을 챙겼었다. 그 짐 가운데는 물론 내가 '바다 건너'로부터 갖고 온 책이 가득 들어 있는 방독면 주머니도 끼어 있었다(방독면 자체는 어떻게 했느냐 하면 이보다 몇 주일 앞서서 대서양을 횡단하는 모리타니아 호의 선창 밖으로 슬쩍 내던져 버렸었다.

만약에 적군이 독가스를 사용한다고 하면 나 같은 굼벵이는 방독면을 뒤집어 쓸 시간의 여유가 없으리라는 것이 이유였다). 여하간 나는 그날 오후 우리 쿠오싯의 창가에 서서 꽤 오랫동안 비껴 몰아치고 있는 끔찍한 빗발을 물끄러미 보고 서 있었다. 오른손의 인지가 웬일로 약간 가려웠던 것이 지금도 기억에 남아 있다.

그때 나의 뒤에선 여러 개의 만년필이 군용편지지 위에서 긁적거려지고 있는 소리가 들리고 있었다. 전우애니 우정이니 하는 것과는 아예 거리가 먼 소리. 갑자기 나는 창가를 떠나 이렇다 할 계획이 있는 것도 아닌데 레인코트를 걸치고 캐시미어 털목도리를 목에 두른 채 장화를 신고 털장갑을 끼고 나서 고깔형의 군모를 썼다. (이 고깔모자로 말하자면 내가 언제나 독특한 각도로 즉, 양쪽 귀가 약간 덮일 정도로 내려쓰는 버릇이 있었다는 것은 지금까지도 이따금 화제에 오르고 있다.) 이윽고 나는 변소에 있는 벽시계에다 내 시계를 맞추고 시내로 내려가는 비에 젖은 도로 포장된 긴 언덕길을 걸어 내려갔다. 나는 내 주위에서 온통 법석을 피우고 있는 번갯불에는 눈 하나 깜짝하지 않았다. 죽기 아니면 살기가 아니냐는 뱃심으로.

아마도 그 시내에서도 가장 길다고 볼 수 있는 중심가 한복판에 이르렀을 때에 어느 교회당의 게시판 앞에서 나는 발걸음을 멈추었다. 검정색 게시판에 박힌 흰색의 숫자가 내 눈길을 끈 탓도 있겠지만 그보다도 3년 남짓 군대 생활을 하는 동안에 게시판에 붙은 것은 무엇이건 읽는 습성이 붙은 탓인지도 모른다. 게시에 의하면 3시 25분에 어린이 성가대의 합창연습이 있다는 것이었다. 나는 팔목시계와 게시판을 번갈아 보았다. 합창연습에 참석해야 할 어린이들의 명단을 적은 종이쪽지가 압정으로 꽂혀 있었다. 나는 비를 맞으며 어린이들의 이름을 모조리 읽고 나서 교회당 안으로 들어갔다.

한 열댓 명의 자모들이 어린이용의 고무 덧신을 바닥을 위로 하여 무릎 위에 놓은 채로 회중석에 앉아 있었다. 나는 그들 앞을 지나 맨 앞줄에 가서 자리를 잡았다. 단상에 약 스무 명 가량의 어린이들이— 대체로 8, 9세에서 15, 6세까지로 보이는 여자 아이들이 많았는데— 세 줄로 늘어놓은 의자에 빽빽이 앉아 있었다. 그때 바로 트위드 양복을 입은 어마어마한 체구를 한 합창지도 여선생이 노래를 부를 때에는 입을 크게 벌려야 한다고 일러주고 있었다. "도대체 어여쁜 새 새끼들이 아름다운 노래를 부르는데 입을 벌리지 않고 부르는 것을 본 사람이 있어요?" 하고 그 여자는 물었다. 모두들 여선생의 얼굴을 말똥말똥 쳐다만 보는 것을 보니 필경 그런 새끼를 구경한 아이들이 없는 모양이었다. 그러자 여선생은 앞으로 노래를 부를 때에는 천치 앵무새처럼 입만 놀릴 것이 아니라, 가사의 뜻을 새겨 가며 노래하라고 당부하였다. 그러고 난 다음에 여선생은 신호의 호각을 불었다. 어린이들은 기계적으로 일제히 찬송가 책을 쳐들었다. 마치 어린이 역도선수들처럼.

그들은 반주도 없이 노래를 불렀다. 아니 반주가 아니라 방해도 없이 불렀다고 하는 것이 더 맞는 말인지도 모른다. 왜냐하면 그들의 노랫소리는 어찌나 아름답고 깨끗한지 나보다 신앙심이 좀더 있는 사람들이 들었다면 어떤 종교적인 희열을 맛볼 수도 있었으리만큼 훌륭한 것이었기 때문이었다. 나이 어린 축에 드는 애들 두어 명이 약간 템포를 잡아 늘이는 감이 없지도 않았지만 그것마저 흠이라고 할 것까지는 못되는 것이었다. 그 찬송가의 곡은 처음 들어 보는 것이었지만 나는 속으로 가사가 10절 이상이 되어 오래 끌기를 바라고 있었다. 노래를 들으면서 나는 아이들의 얼굴을 하나하나 훑어보았으나, 그 중에서도 특히 내 근처의 첫째 줄 끝 좌석에 앉아 있는 소녀에게로 나의 시선이 쏠렸다. 그 소녀의 나이는 열댓은 되었을까 쭉 곧은 금발이 귀 밑까지 늘어져 있으며 아름다운 이마 아래에는 진력이 나서 권태를 느끼는 듯한 두 눈이 있었다. 아마 그 눈은 이제 관람석의 입장자 수효를 세는 데도 싫증이 난 것 같았다. 그 소녀의 목소리가 여러 아이들의 목소리 가운데에서도 유난히 따로 들린 것은 그가 내게 가장 가까운 위치에 앉아 있었던 탓만은 아니었다. 그의 목소리는 아름다운 고음으로 자신 있는 음성이어서 자연히 다른 아이들의 음성을 이끌어 나가고 있었다. 하나 그 소녀는 자신의 음악적 소질에 권태를 느끼고 있는 듯이 보였다. 아니 어쩌면 그 당시의 때와 장소에 권태를 느꼈는지도 모를 일이다. 여하간 나는 절과 절 사이에서 그 소녀가 두 번 하품을 하는 것을 보았다. 물론 숙녀다운 얌전한 하품이라 입을 다문 채로 하는 것이었으나, 그것은 분명 하품이었다. 콧구멍 언저리가 벌름벌름하였으니 틀림없다.

찬송가가 끝나자마자 여선생은 목사님이 설교하시는 동안에 발을 놀린다거나 입을 꼭 다물지 못하는 어린이들이 있으니 어떻다는 둥 지루한 잔소리를 늘어놓기 시작하였다. 이쯤 되면 이 합창연습이 끝났으리라 짐작하고 나는 그 여선생의 귀에 거슬리는 잔소리가 모처럼 어린이들의 노래에서 받은 감명을 송두리째 망쳐 놓기 전에 벌떡 일어나 교회 밖으로 나갔다.

밖에는 비가 한층 더 억세게 쏟아지고 있었다. 적십자사의 오락실께로 발을 옮겨 유리창 너머로 속을 들여다보았더니 커피를 파는 카운터에는 사람들이 두 겹 세 겹으로 둘러싸고 웅성대고 있었다. 옆방에서는 탁구 치는 소리가 닫힌 유리창을 통하여 들려오고 있었다. 나는 한길을 건너 저편에 있는 민간인의 카페로 들어갔다. 속은 텅텅 비어 있었고 다만 이왕 손님이 들어오려면 좀 빗물이 뚝뚝 떨어지지 않는 레인코트를 입은 손님이나 들어오지 않구 하는 표정을 짓고 있는 중년의 여급이 도사리고 앉았을 따름이었다. 나는 조심스레 레인코트를 옷걸이에 걸고 난 뒤 자리에 앉아 홍차와 토스트를 청하였다. 그것이 내가 그날 하루종일 처음으로 남에게 말을 걸어 본 것이었다. 다음에 나는 호주머니란 호주머니는 모두 뒤져 심지어는 레인코트의 호주머니마저 뒤진 끝에 묵은 편지 두어 통을 발견해서 그것을 읽었다. 하나는 58가에 있는 유명한 슈라프스 식당의 음식 솜씨와 손님 접대가 형편없어졌다는 불평을 늘어놓은 내 아내로부터 온 것이고, 다른 하나는 장모로부터 온 것인데, 영외에 나갈 기회가 생기면 잊지 말고 맨처음으로 캐시미어 털실을 사 보내 달라는 사연이었다.

내가 아직도 첫 잔의 홍차를 들고 있는 동안에 아까 교회 안에서 보면서 노랫소리에 귀를 기울였던 바로 그 소녀가 카페 안으로 들어왔다. 소녀의 머리가 흠뻑 비에 젖었기 때문에 양쪽 귓바퀴가 드러나 보였다. 소녀의 뒤에는 묻지 않아도 그 소녀의 남동생이라고 짐작이 가는 어린애가 뒤따라 들어왔는데, 소녀는 비에 젖은 어린애의 모자를 마치 실험실의 표본이나 잡듯이 두 손가락으로 집어 올려 벗겼다. 맨 뒤에는 풀 죽은 펠트 모자를 쓰기는 했지만 야무져 보이는 부인이 따르고 있었는데 아마도 그 애들의 가정교사로 짐작이 갔다. 성가대의 소녀는 걸어 들어오며 한편으로 비옷을 벗으면서 눈으로 자리를 골랐다. 소녀가 잡은 자리는 나의 견지에서 보아 잘 잡은 자리였다. 내 정면에서는 7, 8피트 밖에 안 되는 곳이었으니까. 소녀와 가정교사가 좌정하고 앉았지만 예닐곱 살 나 보이는 남자애는 아직 앉을 채비가 안 된 것 같았다. 그 애는 의자에서 일어나 위에 입었던 잠바를 벗고 나서 짓궂은 어린애의 특유한 무표정한 얼굴로 가정교사의 얼굴을 뚫어져라 쳐다보면서 의자를 앞뒤로 찍찍 끌어 어른의 비위를 긁기 시작하였다. 가정교사는 음성을 낮추어 좀 조심하여 앉아 있지 못하겠느냐고 나무랐으나 못들은 체하다가 누이가 한마디하니깐 그제야 겨우 진정하고 의자에 등을 기대앉았다. 그러나 이내 냅킨을 들어 제 머리 위에 얹었다. 누이가 그것을 집어들어 펼쳐서 무릎 위에 놓아주었다.

    그들이 주문한 차가 나왔을 무렵에 그들 쪽으로 주시하고 있던 나의 시선과 성가대의 소녀의 눈이 마주쳤다. 소녀는 대담하게 말똥말똥 마주 쳐다보더니 갑자기 수줍게 생긋 웃어 보였다. 그 미소는 참으로 아름다운 미소였다. 나도 이에 응하여 웃어 보였으나 소녀의 미소보다는 훨씬 아름답지 못한 웃음이었다. 왜냐하면 나는 그 당시 공교롭게도 빼 버린 두 개의 앞니 자리에 군대 치과에서 해준 시커먼 임시 이빨을 보이지 않게 하느라 윗입술을 올리지 않고 웃어 보이려 하였으니까. 그러자 어느새 그 소녀가 아름다운 자태로 내 곁에 와 서 있지 않은가. 소녀는 스카치의 체크 무늬—내 알기에는 캠벨 체크 무늬라는 것인데—의 옷을 입고 있었다. 웬일인지 내게는 그 옷이 비오는 날 아름다운 소녀가 입고 있기는 안성맞춤인 옷이라 여겨졌다. "미국 사람들은 홍차 마시기를 경멸하는 줄 알았는데요" 하고 소녀가 입을 열었다.

    소녀의 말투는 되바라진 아이들의 건방진 빈정거림이 아니라 정말로 모든 것을 알고 싶어하는, 통계 숫자를 좋아하는 사람의 그것이었다. 그래서 나는 그런 게 아니라 미국 사람들 가운데에는 홍차 이외엔 절대로 아무것도 안 마시는 사람도 많다고 대답하였다. 그리고 나는 나와 함께 앉아서 홍차를 같이 들겠는가 물어 보았다.

    "고맙습니다. 그럼 잠깐만 실례할까요"

    나는 일어나서 내 좌석 맞은 편에 있는 의자를 끌어당겨 주었다. 소녀는 그 의자 앞턱에 걸터앉았는데, 그의 상반신이 어쩌면 그렇게도 곧고 아름답고 자유로워 보이는지 몰랐다. 나는 거의 달음질치다시피 하여 내 자리로 돌아가 있는 지혜를 다하여 대화를 이어나가려고 하였다. 그러나 자리에 앉고 보니 말문이 덜컥 막혀 버렸다. 나는 윗입술을 움직이지 않은 채로 또 한 번 미소를 지어 보이고 나서 할말이 없어서 몹시 고약한 날씨라고 날씨 타령을 하였다.

"네, 정말이군요"라고 대답하는 소녀의 말투에는 분명히 실속 없고 부질없는 잡담을 꺼리는 사람의 성미가 엿보였다. 소녀는 잠시 양 손가락을 활짝 펴서 탁자 앞에다 대어 마치 영교를 하는 심령학자 같은 몸짓을 하였다가 이내 주먹을 쥐었다. 소녀의 손톱은 모두 이로 씹혀서 뭉뚝하게 되어 있었다. 소녀는 팔목시계를 차고 있었는데 해군의 항해사가 쓰는 기초시계(記秒時計)같이 보이는 무시무시한 것이었다. 시계의 문자반은 소녀의 날씬한 팔목에는 어울리지 않게 컸다. "성가대 합창연습하는 데에 와 계시더군요 내가 뵈었죠" 하고 소녀는 또박또박 말하였다.

나는 분명히 그 자리에 있었다는 얘기랑 또 그 소녀의 목소리가 다른 대원들의 목소리와 달리 외따로 들리더라는 말을 하고 대단히 좋은 음성을 갖고 있다고 칭찬의 말을 하였다.

소녀는 고개를 까딱하였다. "나도 잘 알고 있어요 난 직업적인 성악가가 될 테니까요"

"정말요 오페라 가수인가요?"

"천만에, 난 재즈 노래를 방송국에서 불러 돈을 무진장 벌 테여요 그리고 나이가 서른이 되면 은퇴해서 오하이오 주에 있는 목장에 가서 살 작정이에요" 하고 소녀는 손바닥으로 함빡 비에 젖은 머리 위를 누르면서 "오하이오를 아시나요?" 하고 물었다.

나는 기차를 타고 그 지방을 몇 번 통과하여 본 일은 있지만 잘은 모른다고 대답하였다. 그리고 나는 소녀에게 커피와 토스트를 들어보라고 권하였다.

"고맙습니다만 들지 않겠어요 정말로 양이 참새같이 작아서."

나는 토스트를 하나 집어들어 한 입 베어 물면서 오하이오 근방에는 퍽이나 험한 곳이 많다고 말하였다.

"나도 알아요 전에 만난 미국 사람 한 분이 얘기해 주었어요 선생님은 제가 열한 번째로 만나는 미국 사람입니다."

저쪽에서 가정교사는 소녀에게 빨리 제자리로 돌아오라, 즉 모르는 남자에게 폐를 끼치지 말라는 신호를 자꾸 보내고 있었다. 그러나 나의 손님으로 온 소녀는 태연하게 의자를 약간 돌려앉아 그 쪽으로 등을 지며 그 이상의 시비 곡직이 날 여지를 없애 버렸다. 그러고 나서 소녀는 내게 "언덕 위에 있는 비밀정보학교에 다니시죠?" 하고 태연하게 물었다.

나 역시 군인의 몸인지라 방첩사상을 발휘하여 다만 건강이 나빠 요양차 데번셔에 머무르고 있노라고 대답하였다.

"정말로요? 누굴 엊그제 난 갓난아기로 보시나 봐"라고 소녀가 말하였다.

그렇지 않으리라는 것은 나도 잘 안다고 나는 대답하였다. 나는 잠시 홍차를 잠자코 마셨다. 내 자세에 웬일인지 마음이 쓰여 허리를 펴고 고쳐 앉았다.

"선생님은 미국 사람치고는 퍽 영리해 보이는데요"라고 소녀가 느닷없이 말을 꺼냈다.

그런 말은 잘 생각해 보면 버릇없고 교만한 말이라 나는 소녀를 위해서 부끄러운 말이라고 일러주었다.

소녀는 얼굴을 붉혔다. 이로써 여지껏 내게 보여 주던 버릇없는 대접은 면하게 된 셈이 되었다. "하지만 제가 본 대부분의 미국 사람들은 동물 같은 행동을 해요 언제 봐도 서로 주먹질을 하거나 서로 모욕을 주거나—그리고 그 중의 한 사람이 어떤 짓을 했는지 아세요?"

나는 모른다고 고개를 저었다.

"한 미국 사람이 우리 숙모댁의 유리창으로 빈 위스키 병을 던졌어요 다행히 유리창이 열려 있어 깨진 것은 없었지만 그게 그렇게 머리가 좋은 행동으로 보이세요?"

별로 머리 좋은 행동이랄 것은 없었지만 그 말은 일부러 피하고, 오늘날 온 세계의 수많은 군인들은 고향을 멀리 떠나 왔을 뿐더러 좋은 환경 속에서 자라난 사람은 극히 드물다고 말하였다. 덧붙여서 나는 그만한 것은 대개 모두 짐작하고 이해해 줄 수 있는 문제라고 말하였다.

"그럴 수도 있겠죠" 하는 소녀의 말투는 아직도 납득이 안 간 눈치였다. 소녀는 또다시 손을 들어 젖은 머리를 만지며 드러난 귓바퀴를 가리느라 금발의 머리카락을 매만졌다. "내 머리가 함빡 젖었네요"라고 소녀가 말하였다. "주제가 말이 아닐 텐데" 하면서 소녀는 나를 건너다보았다. "이래봬두 말랐을 때에는 보기 좋은 곱슬머리예요" 하고 말하다가 소녀는 난데없이 "결혼은 하셨나요?" 하고 물었다. 나는 그렇다고 대답하였다.

소녀는 고개를 까딱하였다. "그럼 부인을 깊이 사랑하고 계신가요? 좀 지나치게 개인적인 질문일까요?"

나는 도가 지나치게 되면 지나치다고 말할 테니 염려말고 물으라고 말하였다.

소녀는 팔을 탁자 위에 더 앞으로 뻗었다. 나는 그때에 그 넓적한 문자반의 시계를 좀 어떻게 처치하는 수가 없는가 혼자 생각하였다. 예컨대 그 시계를 팔목에 차지 말고 허리에 감고 다니는 것이 어떠냐고 제안한다든가 하는 따위다.

"보통 나는 그렇게 말이 않은 편이 아니지만," 하면서 소녀는 그 말의 뜻을 아나 모르나 살피려고 내 쪽을 힐끗 쳐다보았다. 그러나 나는 양단간의 표시를 하여 주지 않았다. "제가 이리로 온 까닭은 순전히 선생님이 몹시 고독하게 보였기 때문이에요 선생님 얼굴은 대단히 감수성이 예민해 보여요"

나는 소녀의 판단이 옳았노라, 즉 나는 몹시 외로웠고 소녀가 와주어서 퍽 즐겁노라고 말하였다.

"나는 사람을 측은지심을 갖고 바라보는 훈련을 쌓고 있답니다. 우리 숙모는 날더러 사람이 너무 차다고 하시니까요"라고 말하면서 소녀는 머리 위를 다시 한 번 만져 보았다. "난 우리 숙모를 모시고 살고 있죠 퍽 친절한 양반이에요 우리 어머니가 돌아가시고 난 뒤에는 나와 차알스가 행여 성격이라도 빗나갈세라 최선을 다하시죠"

"다행입니다."

"우리 어머님은 몹시 영리한 분이셨고, 관능적인 면도 많았죠" 이렇게 말하고 나서 소녀는 예리한 표정을 지으면서 "내가 몹시 찬 인간으로 보이세요?" 하고 물었다.

나는 절대로 그렇지 않을 뿐더러 사실은 오히려 정반대라고 대답하였다. 나는 내 이름을 대주며 이름이 무엇이냐고 물었다.

소녀는 잠시 머뭇거렸다. "제 이름은 에스메입니다만 성은 얼마 동안 밝히지 않는 게 좋을 것 같아요 제게는 작위가 있는데 작위 때문에 저를 높이 평가하시면 곤란하니까요 아시다시피 미국 사람들은 작위라면 오금을 못 쓰지 않아요?" 적어도 나만은 그렇지 않으리라고 믿지만 작위를 잠시 밝히지 않는 것도 좋은 생각일지도 모른다고 나는 대답하여 두었다.

바로 그때 나는 목덜미에 누군가의 뜨거운 입김이 와 닿는 것을 느꼈다. 휙 고개를 돌리려는 순간에 나는 하마터면 에스메의 동생과 코를 박을 뻔하였다. 그는 나를 본체만체하고 찢어질 듯이 높은 음성으로 누이에게 "누나! 미스 메글리가 어서 와서 차를 마시래!" 하고 나서 나의 우측으로 돌아가 나와 제 누이 사이의 의자에 자리잡고 앉았다.

나는 깊은 관심을 갖고 이 아이를 주시하였다. 갈색의 셰틀랜드 반바지와 짙은 감색 내의에다 와이셔츠를 입고 알락달락한 넥타이를 맨어린이는 의젓해 보였다. 그는 커다란 초록빛 눈으로 나를 마주 쳐다보았다.

"왜 영화에선 사람들이 얼굴을 옆으로 대고 키스를 하죠?" 하고 느닷없이 그는 내게 이렇게 묻는 것이었다.

"옆으로 대고?"라고 내가 반문하였다. 그것은 바로 내가 어렸을 때에 몹시 궁금하게 여기던 문제였었다. 나는 아마 배우들의 코가 너무 높아서 정면으로 키스 하기가 곤란한 때문일 것이라고 대답하였다.

"얘 이름은 차알스예요" 하고 에스메가 말하였다. "제 나이치고는 퍽 머리가 좋은 애지요"

"눈만은 정말 초록빛이로구면, 그렇지? 차알스야."

차알스는 그건 무슨 객쩍은 질문이냐는 듯이 나를 쳐다보다가 몸을 꿈틀거려 탁자 밑으로 기어들더니 머리만이 의자의 등에 걸려 보였다.

그는 천장을 향해서 기를 쓰는 목소리로 "내 눈은 오렌지색인데" 하고 나서 테이블을 덮은 테이블보의 한 귀를 집어들어 그 무표정한 얼굴을 덮었다.

"어떤 때는 머리가 좋다가도 어떤 때는 미련한 짓을 잘하죠 일어나 똑바로 앉지 못하겠니, 차알스야!" 하고 에스메가 말했다.

차알스는 꼼짝도 안 했다. 아마 숨을 죽이고 있는 것 같았다.

"얘는 돌아가신 아버님 생각을 간절하게 한답니다. 아버님은 북아프리카에서 그만 전사하셨죠"

나는 안됐다는 뜻을 표시하였다.

에스메는 고개를 끄덕하였다. "아버님이 얘를 퍽이나 사랑하셨었는데" 하면서 소녀는 추억을 더듬듯 손톱 밑의 살을 씹었다. "우리 어머님은 꽤 정열적인 여자였어요 게다가 어머니는 성격이 외향적인 분이었죠 아버님은 내성적인 분이었구. 하지만 어떤 면에선 두 분은 짝이 잘 맞는 배필이었다고 볼 수 있죠 하긴 좀 솔직히 말하자면 우리 어머니보다도 좀더 지성적인 여자가 우리 아버님의 반려자가 됐더라면 좋았을 것이지만, 우리 아버님은 참 재주가 많은 수재였어요"

나는 얘기가 더 나오는 대로 경청하겠다고 지그시 귀를 기울였으나 아무 말도 뒤따르지 않았다. 나는 뺨을 의자의 등에 기대고 있는 차알스를 내려다보았다. 내가 저를 보고 있음을 알았을 때에 차알스는 졸린 듯이 그림에 나오는 천사와 같이 천진하게 눈을 감고 혀를 내밀었다. 놀라우리만큼 긴 혓바닥이었다. 그러고 나서 갑자기 길게 뽑는 고함을 치기 시작하였는데, 미국 같으면 야구장에서 근시안의 엉터리 심판한테 관중석에서 퍼붓는 고함 같은 것이었다. 그 고함에 카페가 온통 들먹들먹하였다.

"그만해" 하는 에스메는 별로 놀란 기색도 아니다.

"어떤 미국 사람이 생선튀김 가게 앞에 늘어선 줄에서 하던 것을 배워 가지고 싫증이 나거나 지루하면 언제나 저 짓이랍니다. 당장에 그만두지 않으면 미스 메글리한테로 보내 버릴 테야."

차알스는 잠깐 눈을 크게 떠서 누이의 협박을 들었다는 표시를 한 이외에는 별로 놀란 기색도 없었다. 그는 다시 눈을 감고 뺨을 의자에 기댄 채로 있었다.

나는 차알스가 작위를 정식으로 사용할 나이가 될 때까진 그런 고함 지르는 버릇을 버릴 필요가 없지 않느냐고 말했다. 차알스 역시 작위가 있는 몸이라면 말이다.

에스메는 오랫동안 진찰이나 하듯 나를 바라보았다. "썩 신랄한 농을 좋아하시는군요" 하고 소녀는 무엇엔가 생각에 잠겼다. "우리 아버님은 내가 유머를 이해하는 감각이 없기 때문에 인생을 멋지게 살 수 없으리라고 늘 말씀하셨어요"

나는 소녀를 바라보며 담배를 피워 물면서 인생이 정말로 궁지에 물렸을 때엔 유머 감각 따위가 무슨 소용이 있겠느냐고 말하였다.

"우리 아버님은 소용이 있다고 하셨거든요"

소녀의 말투는 내 말에 반대하기 위해서 하는 말이 아니라 부친의 말에 대한 굳은 신념을 표시하는 것이었기에 나는 섣불리 비위를 거스를 필요가 없다고 생각하여 재빨리 내 이론을 바꾸었다. 나는 고개를 끄덕하고 나서 아마 나는 짧은 눈으로 인생을 본 데에 비하여 아버님은 긴 눈으로 세상을 보신 것일 거라고 말하였다.(말하면서도 나는 그게 무슨 뜻인지는 나 자신도 잘 모르는 소리였다.)

"차알스는 아버님을 퍽이나 그리워해요" 하고 잠시 후에 에스메가 말하였다. "아버님은 퍽 정들기 쉬운 분이었어요. 또 미남이셨구요. 뭐 사람의 외모가 그리 중요한 것은 아니겠지만 하여간 미남이셨어요. 본성이 친절한 사람치고는 매우 날카로운 눈을 하고 계셨으니 내유외강內柔外剛이라고나 할까요"

나는 또 한 번 고개를 끄덕하고 아마 아버님이 대단히 문자를 많이 쓰시는 박식한 분이셨을 것으로 여겨진다고 말하였다.

"그렇구말구요. 고문서古文書를 뒤지시는 게 취미셨으니까."

바로 그때 나는 차알스가 내 팔을 아플 정도로 툭 치는 것을 느껴 그 쪽을 돌아보았다. 그 애는 이젠 몸을 일으켜 거의 정상적인 자세를 하고 앉아 있었다. 다만 한쪽 무릎을 양팔에 끼고 있기는 하였지만 "한쪽 벽이 다른 쪽 벽보고 뭐라고 했는지 알아? 수수께끼니까 풀어봐" 하고 큰소리로 물었다.

나는 천장을 향하여 눈알을 굴리면서 큰소리로 그 수수께끼를 되풀이하여 생각하였다. 그리고 나서 나는 도저히 모르겠다는 표정으로 그를 보며 항복할 테니 가르쳐 달라고 말했다.

"우리 방구석에서 만나자!" 하고 그는 어마어마하게 큰소리로 수수께끼의 답을 외쳤다.

그 수수께끼를 가장 많이 즐긴 사람은 차알스 자신이었다. 그 답이 그지없이 재미나는 모양이었다. 어찌나 웃어대는지 에스메가 자리에서 일어나 차알스에게로 가서 마치 구토가 심한 사람의 등을 쳐주듯이 등을 두드려 주지 않으면 안 될 정도였다. "자 이젠 그만해 둬" 하면서 소녀는 제자리 돌아갔다. "얘는 똑같은 수수께끼를 만나는 사람마다 하면서도 번번이 우스워 죽는답니다. 웃을 때는 항상 침을 흘리니까 문제예요. 자, 이제 그만해 둬……."

"하지만 그만큼 재미나는 수수께끼도 그리 흔하진 않겠습니다" 하고 나는 이제 서서히 진정이 되어 가는 차알스를 바라보았다. 이런 칭찬을 듣고 나서 약간 겸연쩍은지 그는 또다시 몸을 테이블 밑으로 낮추고 테이블보로 얼굴을 가리고 눈만 내놓았다. 그는 나를 쳐다보았다. 그의 눈에는 서서히 가라앉는 즐거움과 함께 정말로 재미있는 수수께끼 하나 둘쯤은 알고 있는 사람으로서의 뽐내는 기색이 엿보였다.

"군에 입대하시기 전에는 무엇으로 생업을 삼으셨는지 물어도 좋을까요?"하고 에스메가 물었다.

나는 입대 당시에는 대학을 졸업한 지 1년밖에 안 되었던 관계로 취직을 한 것은 아니었으나 나로서는 그래도 직업적인 단편소설 작가로 자처하는 바라고 대답하였다.

소녀는 공손하게 고개를 끄덕이며 "기성작가이신가요?" 하고 물었다.

그 질문은 한두 번 받아 본 것이 아닌 동시에 나로서는 아픈 질문이어서 언제나 선뜻 대답하지 못하는 것이었다. 내가 미국의 출판사나 잡지사의 편집자란 놈들은 모두가 하나같이―라고 하면서 길게 설명을 하려 하니까 소녀는 "우리 아버님은 글을 잘 쓰셨어요. 그래서 나는 후손들을 위하여 아버님 편지를 여러 장 보존하여 두었죠" 하였다.

그건 참 좋은 생각이라고 나는 말해 주었다. 우연히 그때에 나는 항해사의 시계 같은 팔목시계가 또 눈에 띄었기에 그게 소녀의 부친의 유물이냐고 물어 보았다.

소녀는 엄숙한 표정으로 시계를 쳐다보았다. "옳아요. 나와 차알스가 피난차 시골로 내려오기 직전에 내게 주셨어요" 하고서 소녀는 마음이 쓰이는지 그 팔을 탁자 아래로 내려놓으면서 "물론 순전한 기념으로 주신 거죠" 하고 딴 데로 화제를 돌렸다. "선생님께서 나만을 위한 소설을 한 편 써 주신다면 감사하고 만족하겠는데요 저는 다독하는 독서가랍니다."

나는 할 수만 있다면 틀림없이 쓰겠다고 대답하였다. 그리고 나는 그리 다작을 하는 작가는 아니라고 덧붙였다.

"아니 그리 방대할 필요는 전혀 없어요 그저 유치하거나 싱겁지만 않으면 되는 거죠" 소녀는 잠시 생각에 잠겼다가 "난 추악에 관한 소설을 좋아합니다"라고 말하였다.

"뭣에 관한 거라구?" 하면서 나는 몸을 앞으로 숙였다.

"추악이요 난 추악에 몹시 관심이 있습니다."

내가 좀더 자세하게 캐물으려 하는 찰나에 차알스가 또다시 내 팔을 주먹으로 쳐서 나는 흠칫하면서 그 쪽을 돌아보았다. 그는 내 곁에 와서 서 있었다. "한쪽 벽이 다른 쪽 벽보고 뭐라고 했는지 알아?" 하고 뻔한 것을 또 물었다.

"아까 여쭈어 보고 뭘 그래. 그만 둬" 하고 에스메가 말하였다.

그 소리를 들은 체 만 체 그는 한쪽 발로 내 발등을 밟고 같은 질문을 되풀이하였다. 나는 그의 넥타이 마디가 바로 잡히지 않은 것이 눈에 띄어 그것을 바로 잡아 주고 그의 눈을 똑바로 들여다보면서 "방구석에서 만납시다가 아니던가?" 하고 반신반의하듯 말하였다.

나는 그 순간 그 말을 하지 않았더라면 좋았을 것을 하고 후회하였다. 차알스의 입이 딱 벌어졌다. 그것은 마치 내가 주먹으로 쳐서 벌려놓은 것 같은 느낌이 들었다. 그는 밟고 있던 발등에서 내려와 분개한 표정으로 뒤도 안 돌아보고 가정교사가 앉은 제자리로 가 버리고 말았다.

"골이 잔뜩 났어요. 대체로 우리 어머님은 저 애의 성미를 못되게 버려놓는 재주가 있으셨으니까요. 저 애를 버려놓지 않은 분은 우리 아버님 혼자셨어요" 하고 에스메가 말하였다.

나는 차알스 쪽을 자꾸 바라보았는데 그는 벌써 자리에 앉아 양손으로 컵을 들고 홍차를 마시고 있었다. 나는 그 애가 좀 이쪽을 돌아봐 주었으면 하고 바랐지만 그는 끝내 뒤를 돌아보지 않았다.

에스메가 일어섰다. "일 포끄 즈 빠르 오씨(나 역시 가 보아야겠어요)" 하면서 소녀는 가는 한숨을 내쉬었다.

"프랑스어를 아시나요?"

나는 당황과 후회가 겹친 착잡한 감정으로 내 자리에서 일어났다. 에스메와 나는 악수를 교환하였다. 그 소녀의 손은 내가 짐작하였듯이 신경질적인 손, 즉 촉촉한 손바닥의 손이었다. 나는 우리말로 짧은 시간이나마 퍽이나 즐거웠노라고 말하였다.

소녀는 고개를 끄덕끄덕하였다. "나도 그러실 것 같았어요. 제 나이 치고는 퍽 얘기가 통하는 사람이니까요" 하며 소녀는 다시 한 번 시험 삼아 머리카락을 만져 보았다. "머리 꼴은 정말 미안했어요. 아마 꼬락서니가 말이 아니었을 테니까."

"천만에요! 사실상 일부분의 웨이브가 벌써 되살아오는 것 같은데요" 소녀는 얼른 다시 한 번 머리에 손을 갖다 대보았다. "언제 또 쉬 여기에 나오시겠어요? 우리는 토요일마다 합창연습이 끝나면 꼭 여길 들르는데요" 하고 소녀가 말하였다.

나는 그렇게만 할 수 있다면 오죽이나 좋겠냐마는 또다시 오지 못할 것이 거의 확실하다고 대답하였다.

"바꿔 말하자면 부대이동을 입 밖에 낼 수 없다는 말씀이시군요" 하고서도 소녀는 좀체로 내 테이블 곁을 떠나려 하지 않았다. 떠나기는커녕 소녀는 선 채로 양쪽다리를 꼬고 양발의 발끝을 가지런히 모으고 내려다보았다.

그것은 참으로 예쁜 동작이었다. 왜냐하면 소녀는 흰 양말을 신고 있었고 그의 발목과 발은 아름다웠으니까. 소녀는 갑자기 얼굴을 약간 붉히면서 나를 쳐다보며 "제가 편지를 드려도 괜찮을까요? 이래봬도 저는 제 나이치고는 퍽 짜임새 있는 편지를 쓸 줄 아는……."

"참 좋습니다" 하며 나는 종이와 연필을 꺼내 성명, 계급, 군번, 그리고 군대의 우편번호를 적었다.

"아무 심리적인 부담을 안 드리기 위해 제가 먼저 쓰겠어요" 하고 소녀는 주소를 적은 종이를 받아 웃주머니에 넣으며 말하였다. 이윽고 소녀는 "안녕!" 하고서는 자기네 테이블로 돌아갔다.

나는 홍차 한 잔을 더 주문하고 자리에 앉아 그들과 질겁을 한 미스 메글리가 자리를 뜰 때까지 그들을 바라보고 있었다. 차알스가 앞장을 섰는데 마치 한쪽 다리가 짧은 사람 모양으로 비참하게 절름발이 시늉을 하고 걸어나가면서 한 번도 내 쪽을 돌아보지 않았다. 미스 메글리가 그 뒤를 따르고 맨 뒤에 에스메가 내게로 손을 흔들어 보이며 따랐다. 나는 의자에서 반쯤 일어서며 마주 손을 흔들어 보였다. 내게는 그것이 기이하게도 감명 깊은 순간이었다.

1분도 못되어 에스메는 차알스의 점퍼 소매를 잡아끌며 카페 안으로 되돌아왔다. 그녀는 "차알스가 작별인사로 키스를 해겠대요"라고 말하였다.

나는 이내 찻잔을 내려놓고 대단히 좋은 얘기지만 틀림없이 그럴까고 물어 보았다.

"틀림없어요"라고 약간 침울하게 말하고 나서 에스메는 차알스의 소매를 놓아주고 그의 등을 내게로 밀었다. 그는 퉁퉁 부은 표정을 하고 내게로 와서 나의 오른쪽 귀 밑에다가 침 묻은 입을 소리나게 맞추었다. 그는 이 고역을 치르고 나서 이 구질구질한 장면을 피하여 일직

선으로 문 밖에 나가려 하였으나 나는 그의 점퍼 등뒤의 밴드를 꽉 잡고서 "한쪽 벽이 다른 쪽 벽보고 뭐라 했는지 알아?" 하고 물었다.

그의 얼굴 표정이 갑자기 밝아졌다. "우리 방구석에서 만나자!" 하고 그는 기쁨의 함성을 울리며 카페 밖으로 뛰어나갔다.

에스메는 또다시 발목을 꼬고 서 있었다. "날 위해서 그 소설 쓴다는 거 안 잊으시겠죠? 꼭 나만을 위해서 쓰실 필요까지는 없지만……."

나는 절대로 내가 잊을 염려는 없다고 다짐하였다. 여태껏 어느 개인을 위해서 소설을 써 본 일은 없지만 그러고 보니 그런 것에 손을 대보기에 알맞은 시기가 아닌가 싶다고 일러주었다.

소녀는 고개를 끄덕였다. "되도록이면 추하고 감명깊게 써 주셔야 해요" 하고 주문을 달았다. "혹시 추악한 것을 잘 알고 계신지요?"

나는 별로 그런 것은 아니지만 여러 가지 형태로 차츰 그런 것에 접해 가고 있으므로 주문대로 써 올리도록 최선을 다하겠노라고 대답하였다. 우리는 서로 악수를 나누었다.

"이보다 덜 가혹하고 처참한 환경 하에서 만나지 못한 것이 유감이라 생각하지 않으세요?" 하고 에스메가 물었다.

나는 옳은 말이다. 정말 옳은 말이라고 말하였다.

"안녕! 전쟁에서 심신 공히 무사하게 돌아오시기를 기원합니다"라고 에스메가 말하였다.

나는 고맙다고 말하고 그 외에도 몇 마디 말을 주고받았다. 그리고 나서 소녀가 카페를 떠나는 것을 주시하였다. 소녀는 서서히 생각에 잠기어 머리가 말랐나를 손바닥으로 만져 보며 밖으로 나갔다.

다음은 장면이 바뀌어 이 소설의 추하고 감명 깊은 부분이 나온다. 장면 뿐 아니라 등장인물도 바뀐다. 나는 여전히 이 소설 가운데에 등장하지만 내가 공표 못할 이유 때문에 나 자신을 교묘하게 변장시켜

놓았기에 아무리 머리가 좋아도 나를 알아내지 못할 것이다.

때와 장소는—독일이 항복한 지 몇 주일 지나고 난 뒤 독일 바바리아 지방의 가우푸르트 시에서 어느 날 밤 10시 반, X하사는 휴전 이전부터 자기와 9명의 다른 미국 군인들이 투숙하고 있었던 민간인 가옥의 2층 자기 방에 있었다. 그는 지저분한 작은 탁자 앞에 접는 나무 의자에 걸터앉아 문고판의 책을 읽느라 곤란을 겪고 있었다. 곤란한 것은 책의 어려움이 아니라 그 자신 내부에 있는 것이었다. 매달 휼병부恤兵部에서 보내 주는 도서는 우선 아래층에 있는 친구들이 먼저 받아 각기 차지하지만 이상하게도 그에게 돌아오는 나머지 책들은 제 마음에 드는 것들뿐이었다. 그러나 그는 심신 공히 무사하게 전쟁을 치른 사람이 아니라서 벌써 한 시간 동안이나 같은 절을 세 번씩이나 되읽고 있었는데, 이제는 절은 고사하고 문장 한 토막을 몇 번이고 되읽어야 의미가 통하게끔 되었다. 갑자기 그는 표시도 안 하고 책을 덮었다. 그는 탁자 위에서 사정없이 내리쬐는 알전구의 가혹한 불빛이 따가워 손바닥으로 잠시 눈을 가렸다.

그는 탁자 위에 있는 담뱃갑에서 담배를 한 개비 뽑아 부들부들 떨리는 손가락으로 불을 켜댔다. 그는 의자 뒤로 몸을 약간 젖히고 아무 맛도 없이 담배를 뻐끔뻐끔 피웠다. 그는 이미 여러 주일 동안 줄담배질을 하고 있었다. 그의 잇몸은 혀끝으로 조금만 힘을 주어 누르기만 하여도 피가 났으며, 그는 생각날 때마다 피가 나나 안 나나 꼭 시험을 해보았다. 그것은 이제 그가 심심하면 해보는 심심풀이가 되었고 때로는 몇 시간이고 앉아서 해보는 소일거리였다. 지금도 그는 앉아서 담배를 피우며 또 시험을 해보았다. 그러자 갑자기 그는 요즘 자주 겪는 병의 증세가 또 나타남을 느꼈다—그의 정신이 마치 기차의 선반 위에 잘 못 놓인 짐이 덜그렁거리듯 흔들흔들 요동치는 걸 느끼는 그 증세 말이다. 그는 이내 지난 몇 주일 동안 이런 증세가 있을 때마다 취하던 조치를 취하였다. 즉, 양쪽 손으로 관자놀이를 힘껏 눌렀다.

그는 잠시 그 자세를 계속하였다. 그의 머리는 더부룩하게 자랐고 몹시 더러웠다. 프랑크푸르트에 있는 병원에 2주일간 입원하고 있는 동안에 두어 번 머리를 감기는 하였지만 가우푸르트로 돌아오는 먼 길을 지프 타고 오는 동안 먼지를 뒤집어써 다시 더러워졌다. 병원으로 그를 데리러 온 Z병장은 휴전이야 성립되었건 안 됐건 아랑곳없이 지프로 유리창을 통째로 내리고 전투할 때 모양, 마구 차를 몰아 기분을 냈다. 독일 주둔군에는 전쟁이 끝난 뒤에 참여한 수천 명의 신참자들이 있었다. 그는 지프 앞 유리창을 틀째 내리고 전투 기분을 드러냄으로써 자기가 요즈음에야 겨우 유럽 방면군에 편입된 뜨내기 신병이 아니라 역전의 고참병이라는 것을 과시하고 싶은 친구였다.

그는 관자놀이를 누르던 손을 놓고 탁자 위를 물끄러미 바라보기 시작하였다. 책상 위에는 적어도 2, 30통이나 되어 보이는 뜯지도 않은 편지와 대여섯 개의 뜯지 않은 소포가 쌓여 있었다. 이것들은 모두 그에게 온 우편물이다. 그는 이러한 우편물더미 뒷벽에 기대어 꽂혀 있는 책 중에서 한 권을 뽑아 들었다. 그것은 괴벨스가 쓴『예외 없는 시대』라는 책이었다. 그 책의 소유주는 몇 주일 전까지만 해도 그 집에 살고 있었던 집주인의 딸인 38세가 된 노처녀였다. 그 여인은 나찌스 당의 말단 간부였지만 점령군의 규정에 의하면 자동 케이스로 구속되게 되어 있었다. X하사 자신이 그 여인을 체포하였다. 이제 그는 그날 병원으로부터 돌아와 벌써 세 번째로 그 책을 집어들어 펼치고 속표지에 적은 글을 읽었다. 잉크를 가지고 독일어로 절망적이리만큼 꼼꼼한 필체로 씌어 있는 말은 '오오 하느님, 인생은 생지옥이외다'라는 글이었다. 구구한 설명 하나 없이 널따란 페이지에 밑도 끝도 없이 적혀 있는 이 글귀는 병적으로 고요한 이 방구석에서 마치 그 나름의 독자적인 어떠한 어길 수 없는 고전적인 고발을 하고 있는 것같이 보였다. X하사는 반항하기 어려운 충동을 억누르려고 애쓰면서 그 문면
文面이 암시하는 내용에 휩쓸리지 않으려고 진땀을 흘리며 몇 분 동안 그것을 주시하였다. 이윽고 그는 요 몇 주일 동안 일찍이 발휘하여 본 일이 없는 정력을 전신에 기울이며 토막 연필을 집어들어 그 밑에다 영어로 이렇게 적어 넣었다. '교부와 스승님들이여, 나는 지옥이란 무엇이냐?를 곰곰이 생각하여 봅니다. 나는 지옥이란 사랑할 능력이 없는 자의 고뇌라고 주장하고 싶습니다.' 이렇게 적고 난 뒤에 그는 그 끝에 다 도스토예프스키의 이름을 적어 넣으려 하다가 깜짝 놀랐다. 그것은 전신을 휩쓰는 공포였다.

그가 쓴 것은 글씨가 아니라 도저히 알아볼 수 없는 낙서처럼 되어 있지 않은가. 그의 손은 그렇게도 떨리고 있었던 것이다. 그는 책을 덮었다.

재빨리 책상 위에 아무것이나 딴 것을 집어들었다. 그것은 올바니에 사는 형으로부터 온 편지였다. 그 편지는 입원하기 전부터 그 책상 위에 놓여 있었다. 그는 봉투를 뜯어 끝까지 읽어 내려고 마음먹었다.

그러나 첫 페이지의 반쯤 읽다가 그만두고 말았다. "이제는 제길할 전쟁도 끝이 나서 한가한 시간도 많을 것이니 우리 집 어린애들한테 독일군의 대결이라든가 ✠자 휘장 같은 것이라도 기념품으로 보내 주는 게 어떨까?"하는 구절까지 읽고서 그는 멈추었다. 편지를 짝짝 찢어 휴지통에 넣고 난 다음에야 편지 속에 함께 있던 사진도 찢긴 것을 알았다. 어디인지 모르나 누군가의 발이 풀밭 위에 서 있었다.

그는 탁자 위에 팔을 놓고 그 위에 머리를 갖다 대었다. 그의 전신이 빈틈없이 쑤시고 아팠다. 온몸의 아픈 곳은 모두 얼기설기 얽히고 연관되어 있는 것 같았다. 마치 한 줄로 연달아 달려 있는 크리스마스 트리의 전구가 그 중의 하나만 나가도 모두 불이 꺼지는 것처럼.

노크 소리도 없이 문이 우당탕 열렸다. X는 고개를 들고 그리로 돌려 문간께에 Z병장이 서 있는 것을 보았다. Z병장은 D데이 이후 5대 전투를 통해 늘 X와 지프를 함께 타고 다닌 전우였다. 그는 아래층에 살고 있으며 무슨 소문을 듣던가 불평을 털어놓을 것이 있으면 X방을 찾는 것이었다. 그는 몸집이 건장하고 사진이 잘 나오는 스물댓 살의 청년이었다. 전쟁이 한창이었을 때에 어느 잡지사에서 나와 휴르트겐 숲을 배경으로 하여 그의 사진을 찍었다. 그는 의기양양하여 양손에 추수감사절에 먹는 칠면조를 한 마리씩 들고 포즈를 취한 일도 있었다. "편지 쓰는 거야?" 하고 그는 X에게 물었다. "제길할, 왜 이리 방 구석이 음산해?" 그는 언제나 머리 위에 전깃불이 환하게 켜 있는 방에 들어가야 마음이 놓이는 모양이었다.

X는 의자에 앉은 채로 돌아보고 들어오라 하면서 개를 밟지 않도록 조심하라고 일렀다.

"뭘 밟지 않게?"

"앨빈 말야. 그 개가 바로 자네 발치에 있다네. 클레이, 불을 좀 켜 보시는 게 어때?"

클레이는 천장에 있는 전등불을 켜는 스위치를 벽을 더듬어 찾아 켜고 식모방에 모양 좁은 방을 가로질러서 침대에 걸터앉아 방주인 쪽을 향하였다. 새빨간 색깔의 머리에서는 빗질을 할 때에 바른 물이 뚝뚝 떨어질 정도였다. 만년필식으로 꽂게 되어 있는 눈에 익은 빗이 그의 국방색 상의의 오른쪽 호주머니에 꽂혀 있었다. 왼쪽 호주머니 위의 가슴에는 전투보병 휘장(기실 규정을 엄격히 따지자면 그는 이 휘장을 달 자격이 없었지만)과, 유럽 방면군 휘장에 구릿빛의 별 다섯 개를 (이것 또한 은색의 별 한 개면 이와 동등하게 취급되는 것인데도 불구하고 굳이 구릿빛 다섯 개) 단 것과 진주만 이전 복무 휘장 등이 달려 있었다. 그는 크게 한숨을 내쉬며 "하느님 맙소사"라고 하였다. 별로 무슨 뜻이 있는 것이 아니라, 군대니까 하는 입버릇이다. 그는 상의 호주머니에서 담뱃갑을 꺼내어 한 개비를 툭 쳐내어 입에 물고 담뱃갑을 다시 넣고 나서 단추를 채웠다. 담배를 피우며 그는 망연히 방안을 휘둘러 보았다. 그의 시선은 드디어 라디오에 가서 멈추었다.

"아 참, 재미나는 쇼가 금방 나올 거야. 밥 호프랑 누구랑 다 나온 데" 하고 그가 말하였다.

X는 새 갑의 담배를 뜯으며 방금 라디오를 끈 참이니 놔두라고 말하였다.

별 노여움도 없이 클레이는 X가 담배에 불을 붙이려는 것을 보고 있다가 "아니 저 손 좀 봐. 수전증에 걸린 게 아냐? 그거 알아?" 하고 외쳤다.

X는 담배에 불을 붙이고 나서 고개를 끄덕하여 보이고 자네는 참 관찰력이 예리하다고 말하였다.

"아니 농담이 아냐. 병원에서 자네를 처음 보았을 때엔 난 까무러칠 뻔했어. 자네 얼굴이 꼭 송장 같았단 말야. 도대체 체중은 얼마나 줄었어? 몇 파운드 줄었는지 알아?"

"몰라. 내가 연락이 없는 동안에 자네 편지는 어찌 되었나? 로레라 한테선 편지 연락이 있었나?"

로레라는 클레이의 애인이다. 그들은 사정이 허락하는 한 빨리 결혼할 예정으로 되어 있었다. 그 여자는 꽤 정기적으로 그에게 편지를 쓰는데 감탄부호가 삼중으로 붙은 것이 특징이었다. 전쟁을 하는 동안 줄곧 클레이는 로레라부터 온 편지를 X에게 큰소리로 읽어 들려주었다. 제아무리 두 사람 사이의 비밀에 속하는 것도 꺼리지 않았고 그러면 그럴수록 더 신이나 읽었다. 편지 읽기가 끝나고 나면 그는 X에게 답장을 쓸 줄거리를 부탁하거나 자기가 쓴 것을 교정해 달라거나, 아니면 자랑삼아 프랑스어나 독일어 단어를 군데군데에 써넣어 달라고 하는 것이 버릇이 되었다.

"응, 어제 편지가 왔어. 아래층에 있으니 나중에 보여 줄게" 하고 클레이는 무엇인지 초조한 듯 말하였다. 그는 침대에 고쳐 앉아 숨을 멈추더니 길고 시원스러운 트림을 한바탕 하였다. 그러나 결과가 전적으로 마음에 들지는 않았던지 어딘가 불만스러운 표정으로 자세를 편안히 하였다. "그 애의 오빠는 궁둥짝 때문에 해군에서 제대를 한다나. 그 새긴 운수 좋게 궁둥짝이 어떻게 됐다는 거야" 하면서 클레이는 또다시 앉은 자세를 고쳐 세우고 트림을 하려 하였으나 이번엔 시원스러운 결과가 나오지 않았다. 그는 좀 정색을 하면서 "참, 잊어버리기 전에 말해 두겠는데, 우리 둘은 내일 아침 5시에 일어나 함부르크인가 어딘가 가서 파견대 전원이 입을 아이젠하워 재킷을 수령해 와야 해."

X는 적의를 품은 눈으로 그를 바라보며 아이젠하워 재킷을 원치 않는다고 말하였다.

클레이는 놀라서 매우 감정을 상한 표정으로 그를 보았다. "그 옷이 참 좋은데, 참 멋있는 옷인데, 왜 싫다고 그래?"

"이유는 없어. 뿐만 아니라 왜 5시에 일어나야 하지? 전쟁도 이젠 끝난 판에."

"난들 알아? 점심시간 전에 부대로 돌아와야 한대. 점심 전에 우리가 써서 제출해야 하는 무슨 새로운 서류양식이 있다나. 그래서 내가 불링이라는 놈한테 오늘밤에 우리 둘만 미리 서류를 작성하면 안 되느냐고 했더니 그 놈의 새끼 말이 오늘밤에 그 서류뭉치를 뜯기 싫대. 그 뭉치가 바로 그 새끼 책상 위에 놓여 있는데도 말야."

두 사람은 잠깐동안 불링을 증오하며 말없이 앉아 있었다.

클레이는 갑자기 아까보다도 더한 새로운 관심을 갖고 X를 주시하였다.

"아아니, 자네 볼따구니가 왜 그렇게 떨리나? 그것 알구 있었어?"

하고 물었다.

X는 다 알고 있었다고 대답하고 나서 경련하는 곳을 손으로 가렸다.

클레이는 잠시 그를 바라보고 있다가 마치 중대 뉴스나 전하듯이 신바람이 나서 "여봐. 자네가 신경쇠약에 걸렸다고 로레라에게 편지를 썼지" 하였다.

"그랬더니?"

"그 애는 그런 것에 관심이 많다 말야. 심리학 전공이니까" 하면서 클레이는 신을 신은 채로 침대 위에 벌렁 드러누웠다. "그랬더니 뭐라고 답장이 왔는지 알아? 전쟁 때문만으로 신경쇠약에 걸리는 사람은 하나도 없다는 거야. 그 애의 말이 아마 자네의 인생 자체가 원래 불안정했었을 것이라는 거지."

침대 위에 있는 전등불이 어찌나 눈에 부신지 X는 손바닥으로 눈 위에 챙을 달며 로레라의 예리한 통찰력은 언제 들어도 속 시원하다고 말하였다. 클레이는 X를 힐끗 쳐다보았다. "이거 왜 이래? 로레라가 너 따위보다는 심리학에 관한 한 훨씬 더 많이 알고 있단 말야."

"심리학이고 자식이고 간에 남의 침대에 올려놓은 발이나 치우는 것이 어떨까?" 하고 X가 말했다.

남이야 발을 어디에 놓건 무슨 상관이냐는 듯이 클레이는 잠시 그대로 앉아 있다가 두 다리를 모아 획 돌려 일어나 다시 침대에 걸터앉았다.

"하긴 아무래도 아래층으로 내려가려던 참이니까. 워버네 방에 라디오가 켜 있어" 하고 말하였지만, 선뜻 일어나 나가지는 않았다. "아참, 조금 전에 아래층에 새로 온 번스티인이란 녀석한테 얘기를 하고 있었는데 말야, 왜 우리가 보로뉴에 차를 몰고 들어가자 한 두어 시간 동안 폭격을 받은 거 생각나지? 우리가 구덩이 속에 있는데 우리 지프 보닛 위에 고양이가 한 마리 나타난 것을 보고 내가 한방 쏴서 죽인 일이 있었던 그것 생각이 나느냐 말야?" 하고 클레이가 물었다.

"그래. 그렇지만 제발 그 고양이 얘기는 그만두게. 정말 그 얘기는 또 듣기는 싫으니까."

"아냐, 가만 있어. 내 얘기는 단지 그 일을 내가 로레라에게 적어 보낸 뒤의 얘기를 하자는 거야. 그 애와 심리학과 학생 전원이 그것을 가지고 교실에서 논의를 했다는 거야. 교수 놈이구 뭐구 할 것 없이 모두 함께 말야."

"다 좋은 얘기지만 글쎄, 난 듣고 싶지 않아."

"아냐, 가만 있어. 내가 그 고양이를 쏜 이유가 뭐라는 지 알아? 내가 순간적으로 정신이상이 됐었다는 거야, 원 나 참. 포격을 받고 뭐하구 하는 통에 그렇게 됐다는 거지."

X는 손가락을 빗삼아 그 더러운 머리카락을 한 번 훑고 나서 다시 눈을 가렸다. "자네는 정신이상에 걸렸던 것이 아니라 다만 자네의 임무에 충실하였을 따름이야. 자네가 그 고양이를 죽였을 때의 태도는 남 못지않게 떳떳한 것이었어."

클레이는 이것 또 무슨 뚱딴지 같은 소리냐는 듯이 그를 바라보았다. "아니 그건 또 무슨 소리야?"

"그 고양이는 스파이였거든. 죽이지 않으면 안 됐단 말야. 그놈은 교활한 독일 난쟁이가 싸구려 털가죽을 뒤집어 쓰고 나타났던 것이란 말야. 그러니까 그 고양이를 쏜 것이 조금도 잔인하거나 비겁하거나 치사한 것은……."

"이 새끼가!" 클레이의 입술에는 핏기가 사라지고 해쓱하여졌다. "남이 애써 진담을 말할 땐 진담으로 들어야 할 것 아냐!"

X는 갑자기 토할 것 같아 휙 몸을 돌려 쓰레기통을 잡았다. 위기일발이었다.

그가 다시 몸을 일으켜 클레이 쪽을 향하였을 때에 클레이는 문과 침대 중간쯤에 서서 딱한 표정을 하고 있었다. X는 미안하다는 사과의 말을 할까 하다가 그만두고 담배를 찾아 손을 뻗었다.

"아래층에 내려가 라디오로 밥 호프를 듣세." 클레어는 약간의 거리를 두면서도 그런 대로 친절하게 굴려고 애썼다. "그럼 훨씬 기분이 나을 거야. 정말이야."

"자네 먼저 가게나, 클레이. 난 우표수집 앨범이나 구경하고 있을 테니."

"정말? 자네가 우표를 수집했단 말은 처음 듣는데."

"아냐 농담이야."

클레이는 한두 발짝을 문 쪽으로 서서히 옮겨 놓았다. "이따가 에슈타트로 자동차를 타고 갈는지도 몰라. 거기 가면 춤추는 데가 있어. 아마 새벽 2시경까지는 춤들을 출 거야. 같이 가보겠어?"

"고맙지만 난 그만 두겠네. 난 방안에서 혼자 댄스 연습이나 하지."

"그래? 그럼 잘 있어. 몸조심을 잘 하란 말야." 그가 쾅하고 닫은 문이 이내 다시 열렸다. "로레라에게 보내는 편지 초안을 이따가 문 밑으로 넣어 두어도 좋아? 독일어를 몇 개 썼는데 자신이 없어. 나중에 좀 고쳐주겠어?"

"그래, 어서 가! 귀찮게 굴지 말구."

"그래 갈게" 하면서도 클레이는 또 말을 잇는다. "우리 어머니가 편지에 뭐라고 했는지 알아? 자네와 내가 쭉 한데 어울려서 퍽 기쁘고 다행하다는 거야. 지프도 함께 타구 말야. 우리 어머니 말은 자네와 어울리고 난 뒤부터는 내 편지가 이만저만 나아진 게 아니래."

X는 눈을 쳐들어 그를 바라보며 기력을 다하여 "고맙네. 어머님께도 고맙다고 전하여 주게" 하였다.

"그래, 잘 자!" 문이 닫혔다. 이번에는 다시 열리지 않았다.

X는 문을 향하여 오랫동안 앉아 있다가 몸을 돌려 탁자를 향하여

마루 위에 있는 휴대용 타자기를 집어들었다. 개봉하지 않은 편지나 소포 꾸러미들을 한쪽으로 몰아 치워 타자기 놓을 자리를 마련하였다. 뉴욕에 있는 옛친구에게 편지라도 한 장 쓰고 있으면 그러는 동안에 혹시 현재의 이 병 증세가 약간이라도 가시는 수가 생기지나 않을까 해서였다. 그러나 어떻게나 손가락이 떨리는지 이제는 타자용지를 타자기의 롤러에다 제대로 끼우지도 못할 정도였다. 그는 양쪽 손을 내리고 잠시 기다린 뒤에 다시 한 번 해보았으나 다시 실패했다. 드디어 그는 종이를 손아귀에 넣고 꾸깃꾸깃하여 버렸다.

토사물^{吐瀉物}이 들어 있는 휴지통을 밖으로 내놓아야 하겠다고 느끼면서도 그는 아무 조처도 취하지 않고 타자기 위에 팔을 얹고 눈을 감으며 고개를 팔 위에 의지하였다.

몇 분이나 소용돌이치는 시간이 경과하였을까. 다시 눈을 떴을 때에 그는 초록색 종이에 포장된 조그만 소포 한 개를 유심히 바라보고 있었다. 그것은 아마 타자기 놓을 자리를 만들 때에 비어져 난 모양이었다. 그는 그 소포의 주소가 여러 번 바뀌어 있는 것을 보았다. 그가 방금 바라보고 있는 쪽만 하더라도 최소한 세 개의 묵은 군대 우편번호가 지워져 있었다.

그는 아무 흥미도 없이 소포를 풀었다. 발신인의 이름이나 주소도 보지 않고 끄르기 시작하였다. 꼭 매어진 노끈을 풀 도리가 없어 성냥불로 노끈을 태웠다. 그는 소포를 뜯는 것 자체보다 노끈이 끝까지 타 들어가는 것을 보는 데에 오히려 흥미를 느꼈다.

상자 속에는 휴지에 싸인 조그만 물체 위에 잉크로 적은 쪽지가 한 장 있었다. 그는 쪽지를 들어 읽어 내려갔다.

데번셔 ××씨 ××동 17번지
1944년 6월 7일

친애하는 X하사님

진작 서신을 올리려 하였지만 그간 어언 38일이 경과하였음을 널리 용서하여 주시기 바랍니다. 사실은 우리 숙모님이 인후에 연쇄구균이 생겨 수술을 받으시어 하마터면 돌아가실 뻔한 관계로 한 가지 한 가지 저의 책임이 증가하여 그리 된 것입니다. 그러나 저는 그 동안 자주 하사님과 또 그날의 즐겁던 생각을 하였답니다. 혹시 잊으셨나 해서 시일을 적어 보면 1944년 4월 30일 오후 3시 45분부터 4시 5분 사이에 카페에서 뵌 것 말씀입니다.

우리는 상륙작전의 보도를 보고 모두 흥분하고 경탄하며 다만 이것이 하루바삐 전쟁과 이 어처구니없는 현실과 생존방식을 종결시켜 주기를 바랄 따름입니다. 차알스와 나는 하사님의 안위安危를 심히 근심하고 있습니다. 우리는 하사님이 꽁땅땡 반도에 최초로 공격을 가한 선발대 안에 섞이어 계시지 않았기를 바라고 있습니다. 끼어 계셨나요? 가급적 속히 회신을 해주시기 바랍니다. 부인께도 문안을 전합니다. 이만 총총.

에스메

추신. 외람되오나 제 팔목시계를 보내드리오니 전쟁이 계속되는 동안 몸에 지녀 주셨으면 좋겠습니다. 우리의 짧은 상면이 있었을 때에 하사님께서 시계를 갖고 계셨던지 기억에 없습니다만 이 시계는 방수장치와 내충耐衝 장치가 대단히 잘 되어 있을 뿐 아니라 우리 보행 속도를 측정할 수 있는 등 여러 가지 장치가 되어 있는 시계입니다. 이 곤란한 시기에 제가 이 시계를 이용할 수 있는 것보다는 하사님께서는 훨씬 더 요긴하게 이용하실 수 있으리라 믿으며 무운장구의 마스코트로서 받아 주십시오

요즘 차알스에게 읽기와 쓰기를 가르치고 있는바 대단히 총명한 학생임이 밝혀졌습니다. 차알스도 몇 자 적겠답니다. 시간과 의향이

있으시는 대로 빨리 회신 해주기를 고대합니다.

안녕 안녕 안녕 안녕

안녕 안녕 안녕 안녕

사랑과 키스와 함께 차알스

에스메가 보낸 팔목시계를 상자에서 꺼내는 것은 고사하고 에스메의 쪽지를 탁자 위에 내려놓는 것조차도 잊고 X는 오랫동안 멍하니 앉아 있었다. 마침내 그가 시계를 꺼내 들어 보니 운반 도중에 시계 유리가 깨져 있었다. 그 외는 별다른 파손이 없을까? 하고 궁금하였지만 시계 태엽을 감아 볼 용기가 나지 않았다. 그는 다만 시계를 손에 든 채 또다시 오랫동안 앉아 있었다. 그러다가 느닷없이 거의 황홀할 정도로 졸음이 찾아드는 것을 느꼈다.

에스메여 아는가? 정말로 졸리는 잠이 찾아들 때 그 사람은 또다시 몸과 마음이 다같이 온전한 사람이 될 희망이 있다는 사실을.

*

세상과는 높고 단단한 담을 쌓은 채 은둔하고 있는 작가 샐린저의 「에스메를 위하여」는 1950년 4월 8일자 〈뉴요커〉 지에 발표된 소설이다. 성급하게 이 소설의 주제를 말한다면 그 부제가 암시하고 있듯이 '사랑'과 '추악'이라고 말할 수 있다. 하지만 이렇게 단순화해서 말하고 나면 이 소설이 갖고 있는 여러 가능성들과 관능적 풍요함을 놓쳐 버릴 수가 있다. 소설이란 교조주의적 메시지를 주고받는 자리거나 진리만이 통용되는 영역이 아니라 "개인들의 상상의 낙원"이다. 그것은 유일하면서도 무오류인 진리[주제]를 찾아내는 게임이 아니라 보물찾기 게임처럼 켜켜이 숨어 있는 작은 진리들을 하나씩 찾으며 환호하며 즐기는 향유의 낙원[텍스트]인 것이다.

어느 날 한 결혼청첩장을 받고 그것이 촉매가 되어 이끌려 나온 한 기억……. 여섯해 전에 우연히 스쳐 지나갔던 한 소녀에 대한 기억은 '나'를 거대한 악의 세계 속에 저 혼자 섬처럼 고립되어 소외라는 질병을 앓고 있는 한 인간에게로 데려간다. '나'—서술자는 "1944년 4월에 영국 데번셔에서 영국 정보국이 약 60명 가량의 미국병사들을 위하여 상륙작전을 앞둔 특수훈련을 하는 데 끼어" 있던 사람 중의 하나다. 전쟁 속에서 나날이 몸과 마음이 함께 피폐해져 가던 '나'는 시내 중심가의 한 복판에 있는 교회당을 지나다가 합창연습을 하고 있는 한 무리의 소년소녀를 만난다. '에스메'는 그 중의 한 소녀다. 비에 젖어 있는 거리, 오래된 교회, 거기서 울려나오는 노래, 합창단의 소년소녀들, 창밖에서 그 광경을 물끄러미 지켜보고 있는 이국의 한 병사……. 교회 안에서 울려퍼져 오는 합창 노래는 영혼의 짓눌림으로 신음하고 있는 한 인간의 찢긴 의식의 작은 틈 사이로 흘러 들어온 한 줄기 구원의 빛 같은 것이다. '나'는 창'밖'에서 합창단원의 연습을 지켜보고 있고, '에스메'는 창'안'쪽에서 그를 바라본다. 안/밖으로 갈라서 있는 두 사람 사이에 놓여 있는 것은 건널 수 없는 심연이다.

세대와 성별과 출신지가 서로 다른 두 사람이 섬광처럼 끌린 것은 에로스의 정열이 아니었다. '에스메'가 아무리 조숙하다 해도 에로스의 정열을 알기에는 너무 어린 나이인 것이다. 아마도 전쟁이라는 극한 상황을 통과하면서 그들은 사람과 사람 사이에 마땅히 있어야 할, 그러나 부재하는 관심과 사랑의 관계, 평화와 안식의 관계를 서로에게서 찾아 이어가고자 했던 것은 아닐까. 서로 차를 함께 나눠 마시고 하찮은 얘기를 조근조근 주고받는, 그렇게 따뜻하게 상호소통하고 싶어하는 열망 이상도 이하도 아니었을 것이다. '나'와 '에스메' 사이에 오고간 대화를 떠올려 보라. 합창연습에서 소녀의 목소리가 다른 대원들의 목소리보다 두드러지게 들리더라는 관례적인 '나'의 칭찬에 '에스메'는 당당하게 "나도 잘 알고 있어요. 난 직업적인 성악가가 될 테니까요"라고 말한다. 작은 칭찬에 우쭐해지는 소녀의 의식을 있는 그대로 드러내 보여 준다. 소녀는 청년 병사에게 "오하이오를 아시나요?"라고 묻는다. '에스메'나 '나'에게 아무 연고도 없고 가보지 못한 미국의 한 지명인 '오하이오'는 뜻 없는 기호에 지나지 않는다. 이 하찮고 뜻 없는 기호를 교환하는 카페에서의 한때조차 전쟁의 억압에 짓눌려 있는 이들에게는 너무나 소중하고 아름다운 평화와 구원의 한때인 것이다.

천진한 눈의 '에스메'가 이 젊은 병사에게서 보았던 것은 무엇이었을까. '에스메'는 왜, 젊지만 이미 세기의 악이 강요에 따른 누적된 피로 때문에 어떤 늙은이보다 더 지쳐 보이는 이 병사에게 따뜻한 관심을 보였던 것일까. 전쟁이란 아무 죄의식 없이 무차별적으로 인간 살상이 자행되는, 한 개인이 감당하기에는 너무나 거대한 악이다. '에스메'는 이 청년 병사에게서 추악한 전쟁에 참전한 예민한 감수성을 가진 한 청년의 의식 속에 지울 수 없이 깊게 파인 상처를 보았던 것은 아닐까. 소녀는 태연하게 "나는 사람을 측은지심을 갖고 바라보는 훈련을 쌓고 있답니다. 우리 숙모는 날더러 사람이 너무 차다고 하시니까요"라고 말한다. 그 순간 개인적 신화체계 안에서 '에스메'의 이미지가 구현하고 있는 것은 평범한 어린 소녀가 아니라 힘들고 지친 자들을 끌어안는 성모^{聖母}다. 하지만 알고 보면 소녀야말로 측은지심의 대상이 되어야 할 사람이다. 소설의 주제가 뚜렷이 드러나는 부분이 바로 여기다. '에스메'는 전쟁으로 아버지를 잃고 어머니마저 잃어 어린 동생과 함께 숙모에게 의탁되어 있는 오갈 데 없는 고아가 아닌가. '고아'를 '성모'로 만들어 버리는 이 절묘한 반전이라니!

기품과 의연함을 잃지 않는 소녀 '에스메'는 '나'에게 어떤 존재였을까. '나'의 의식 속에 비친 '에스메'의 모습은 생명의 가장 아름다운 순간과 순수의 정수精髓라고 할 수 있다. '나'의 영혼은 이미 반쯤 죽어 있고 어느 정도 부패가 진행되고 있지만 '에스메'는 그에 반해 발랄하게 살아 있는 현존이다. "혹시 추악한 것을 잘 알고 계신지요?"라고 물을 때 '에스메'에게서 다시 한 번 성모의 모습이 현현한다. '에스메'가 '나'에게 주는 마지막 메시지는 "전쟁에서 심신 공히 무사하게 돌아오시기를 기원합니다"라는 것이다. 여기까지가 '사랑'을 주제로 하고 있는 이 소설의 전반부 이야기다.

소설의 후반부는 '에스메'가 자신을 위해 써 주기를 바랐던 '추악'에 관한 이야기다. 전반부에서 후반부로 넘어오면서 소설의 배경도 바뀌어 전쟁이 끝난 지 몇 주일 뒤의 독일 바바리아 지방의 한 도시다. 전반부의 이야기를 끌어가던 내레이터인 '나'—서술자는 서사의 뒤로 숨어 버리고, 소설은 차갑고 객관적인 삼인칭 관찰자 시점으로 바뀐다. 여러 정황으로 미루어 보아 '나'와 'X하사'는 같은 사람이다. 어쨌든 '나'는 죽고 죽이는 전쟁 중에 죽지 않고 살아남은 것이다. 엘리어스 카네티의 『군중과 권력』의 한 구절이 떠오른다. "살아남음의 순간은 권력의 순간이다. 죽음을 보고 느끼는 공포감은 이내 죽은 사람이 자기 자신이 아니라는 사실에 대한 만족감으로 변한다. 죽은 자가 누워 있다면 살아남은 자는 서 있다. 그것은 마치 조금 전에 싸움이 일어나서 누군가가 죽은 자를 쓰러뜨린 것 같은 느낌을 주는 것이다." 하지만 X하사에게 살아남음은 하나의 정열로서의 살아남음도 아니며 따라서 승리의 기쁨에 도취하게 만드는 "권력의 순간"도 아니다. 살아남음은 도리어 패악이며 지울 길 없는 치욕이다. 왜냐하면 서로 다쳐서는 안 될 고귀한 심연이며 신성 불가침성의 존재인 누군가를 죽이고 제가 살아남았다는 움직일 수 없는 물증이기 때문이다.

X하사는 전쟁의 후유증으로 심각한 신경쇠약을 앓는다. "탁자 위

에서 사정없이 내리쬐는 알전구의 가혹한 불빛"을 견디지 못해 손바닥으로 눈을 가리고, 담뱃갑에서 담배를 뽑아 불을 붙이는 사소한 동작조차 손을 "부들부들 떨"며 불을 켠다. 그는 병원에 2주일이나 입원해 있다가 돌아왔다. "머리는 더부룩하게 자랐고 몹시 더러"웠지만 씻을 생각조차 하지 않는다. 그는 전쟁의 깊은 상처 때문에 몸과 마음이 피폐해져 저 한없는 절망의 나락 속에서 헤어나오지 못하는 사람이다. X하사의 병증은 심리적인 것, 정신적 공황 같은 것이다. 그는 내면으로부터 망가져 버린 사람이다. 전투 중에 지프의 보닛 위에 나타난 고양이를 총으로 쏘아 죽인 사건을 놓고 동료병사와 말씨름할 때 보인 그의 태도에 그것이 극적으로 드러난다. 동료병사는 X하사의 신경쇠약을 두고 심리학을 전공하는 자신의 애인의 말을 전한다 ; "전쟁 때문만으로 신경쇠약에 걸리는 사람은 하나도 없다는 거야. 그 애의 말이 아마 자네의 인생 자체가 원래 불안정했을 것이라는 거지." 그에 대해 X하사의 반응 ; "심리학이고 자식이고 간에 남의 침대에 올려놓은 발이나 치우는 것이 어떨까?" 이 적대적 태도 속에 숨어 있는 돌연한 공격성은 다름 아닌 X하사의 병증의 정도를 보여 주는 것이다. 다시 동료병사는 "우리가 구덩이 속에 있는데 우리 지프 보닛 위에 고양이가 한 마리 나타난 것을 보고 내가 한방 쏴서 죽인 일"이 떠오르느냐고 묻는다. 그때 하사가 보여 준 반응은 정상이 아닌 앓고 있는 사람의 그것이다 ; "그 고양이는 스파이였거든. 죽이지 않으면 안 됐단 말야. 그놈은 교활한 독일 난쟁이가 싸구려 털가죽을 뒤집어쓰고 나타났던 것이란 말야……." 따라서 그 고양이를 쏜 것이 잔인하거나 비겁하거나 치사한 것이 아니라고 말하는 X하사의 황당한 말에 동료병사는 저를 놀린다고 생각해서 두 사람은 싸우기 직전의 험악한 상황까지 간다.

몸과 마음이 망가진 채 고립무원의 느낌 속에 빠져 신음하고 있는

'나'—X하사의 회생은 뜻밖의 곳에서 그 실마리를 찾는다. 덜덜 떨리는 손으로 풀어 본 '에스메'의 편지와 거기 함께 부쳐온 부서진 시계. 그에 대한 육체의 반응은 "거의 황홀할 정도의 졸음"이다. 그것은 끊어져 저마다 유폐된 채 개인주의의 참호 속에 틀어박혀 앓고 있는 사람과 사람 사이를 연결하고 소통시키는 하나의 심리적 다리다. 사람은 소통하고 더불어 함께 살아야 하는 존재다. "에스메여 아는가? 정말로 졸리는 잠이 찾아들 때 그 사람은 또다시 몸과 마음이 온전한 사람이 될 희망이 있다는 사실을." '에스메'가 요청했던 '추악'에 관한 소설은 단순히 추악만은 아니고 그 속에 숨은, 아니 추악을 넘어선 '희망' 찾기였던 것이다.

소설의 인물, 주인공 만들기

궁극적으로 소설은 사람들의 이야기다. 소설은 인간에 관한 탐구이며, 그것은 작가에 의해 창조된 다양한 개성의 현존을 그려냄으로써 성취된다. 따라서 한 작품이 성공하기 위해서는 작중인물의 개성을 얼마나 생생하게 창조해 낼 수 있는가에 달려 있다고 보아도 과언이 아니다.

소설 속의 인물을 말할 때 그것만 독자적으로 떼어놓고 말하기는 어렵다. 왜냐하면 모든 전통적 소설에서 인물이란 그 자체로서 의미 있는 것이 아니라 그의 성격과 행동으로 인해 일어나는 사건들을 통해 전달되는 '이야기'가 중요하기 때문이다. '소설의 인물은 영화나 연극의 인물이나 마찬가지로 그가 속해 있는 허구적 세계, 즉 다른 인물들 및 사물들과 뗄 수 없는 관계를 맺고 있다.'

밀란 쿤데라는 한 대담에서 소설에서 인물에 관한 '심리적 리얼리즘'이 만들어 낸 규범, 지난 200년간 작가들이 거역할 수 없는 규범으로 작용했던 다음과 같은 세 가지를 말하고 있다. '1. 인물에 관한 최대한의 정보를 주어야 한다 : 그의 생김새, 말투, 행동거지 등. 2. 인물의 과거를 알 수 있게 해주어야 한다. 왜냐하면 그의 현재 행동의 모든 동기는 거기에서 찾을 수 있는 것이므로 3. 인물은 전적인 독자성을 지니고 있어야 한다. 다시 말해 공상에 젖어들고 허구를 사실처럼 생각하고 싶어하는 독자들을 방해하지 않기 위해 작가와 작가의 생각은 사라져야 한다.' 그러나 이러한 규범들은 거역할 수 없는 절대의 규범이 될 수는 없다. 밀란 쿤데라는 그 이유로, 소설의 인물들이 '살아 있는 존재의 모방'이 아니라 순수하게 작가의 고안물, 즉 '상상적 존재'이기 때문이라고 지적한다.

역사가는 당신에게 실제로 일어났던 일들을 이야기한다. 반대로 라스콜니코프의 범죄(도스토예프스키의 소설 속의 인물과 사건, 여기서는 소설의 세계를 말한다)는 실제로 일어났던 일은 아니다. 소설은 실제를 탐색하는 것이 아니라 실존을 탐색하는 것이다. 그런데 실존이란 실제 일어난 것이 아니고 인간의 가능성의 영역이다. 그것은 인간이 될 수 있는 모든 것, 그가 할 수 있는 모든 것이다. 소설가들은 인간의 이러저러한 가능성들을 찾아냄으로써 '실존의 지도'를 그리는 것이다. 그러나 거듭 말하는 바이지만 존재한다는 것은 "세계-안에 있다"는 의미다. 그러니까 인물과 그의 세계를 '가능성'으로 이해해야만 하는 것이다. 카프카에게 있어서는 이 모든 것들이 명확하게 드러난다. 그것은 인간적 세계의 '극단적인, 그러나 현실화되지는 않는 가능성'이다. 이러한 가능성이 우리의 실제세계를 통해서 나타나고 또 우리들의 미래를 미리 그려 보여 주는 것처럼 보이는 것은 사실이다. 그래서 사람들은 카프카의 예언적 차원에 대해 말하는 것이다. 그러나 설혹 그의 소설들에 아무런 예언적인 것이 없다 하더라도 그것들이 가치를 잃게 되는 것은 아니다. 왜냐하면 그것들은 실존의 가능성(인간과 그의 세계의 가능성)을 포착하고 있고 이렇게 함으로써 우리로 하여금 우리가 누구인가를 보게 하고 우리가 무엇을 할 수 있는가를 알게 해주는 것이기 때문이다.

소설이란 기본적으로 사람들의 이야기다. 소설의 본질은 인간성의 탐구와 새로운 인간상의 창조에 있기 때문에 소설의 "등장인물"들이란 소설의 가장 기본적 요소다. 따라서 사람이 등장하지 않는, 혹은 행위자가 없는 서사물이란 이 세상에 존재할 수 없다. 인물은 작가의 창조물 중에서 가장 경이로운 것 중의 하나다. 어떤 소설을 읽고 난 뒤 강렬한 느낌으로 우리의 의식 속에 각인되는 것도 다름 아닌 그 소설의 주인공들이다. 알베르 카뮈의 「이방인」의 뫼르소, 헤르만 헤세의 「데미안」의 싱클레어와 데미안과 에바 부인, 카프카의 「변신」의 그레고르 잠자, 「성」의 K, 포크너의 「에밀리에게 장미를」에서의 에밀리, 장정일의 「아담이 눈뜰 때」의 아담, 하일지의 「경마장 가는 길」에 나왔던 R이나 J, 김승옥의 「무진기행」의 윤희중이나 하인숙, 송영의 「투계」 종형, 최인훈의 「광장」의 이명준, 밀란 쿤데라의 「참을 수 없는 존재의 가벼움」의 토마스와 사비나와 테레사, 블라디미르 나보코프의 「롤리타」의 험버트와 롤리타…… "사람들"은 소설의 알파이며 오메가다. 소설을 쓴다는 행위 속에는 이 세상에 없는, 그러나 충분히 있을 수 있는 개성적 현존의 창조라는 의미가 함축되어 있다. 소설을 쓴다는 것은 사람을 만들고 그려내는 것이다. 소설 속의 인물은 "작가가 실제로 체험했거나 마음속에 투영시켜 보았던 경험들의 총화요 작가의 관찰이나 잠재적 요소들의 혼합"이고, "한번 해보았거나 실패하고 만 경험, 아직도 실행에 옮겨 보지 못한 가능성, 꿈, 좌절, 추억, 요컨대 아직까지 햇빛을 보지 못한 그 모든 자아들을 투사하여 만든 것"이다.

한 작품 속에 등장하는 인물이란 그 작품 속에서 그려지고 있는 행동과 사건의 주체이며, 그 인물은 개성이 부여됨으로써 비로소 살아 있는 인물이 된다. 그것을 성격 묘사^{characterization}라고 한다. 성격 묘사란 그 인물 고유의 개인적 특성이 부여되는 것을 뜻한다. 이를테면 작중 인물의 일반적·신체적·심리적·정서적·개성적·역사적 성격이 부여되는 것을 말한다. 어떤 작품이 성공했는가, 혹은 실패했는가의 기준은 흔히 그 작품에 등장하는 인물들이 얼마나 생동감 있게 그려졌는가 아닌가에 의해 판단된다. 만약 작품 속의 등장인물의 성격이 불분명하거나, 평면적이거나, 개성적이지 않다면 그 작품은 그만큼 실패할 수 있는 개연성을 많이 갖고 있는 것이다. 훌륭한 작가란 사람들의 성격과 심리에 대한 통찰력과 함께 그를 생동감 있게 묘사해 낼 수 있는 언어적 능력을 갖추고 있어야 한다.

소설 속의 인물은 로빈슨 크루소처럼 외딴 곳에 혼자 격리되어 있는 존재가 아니라 그를 둘러싸고 있는 주변의 여러 인물들, 집단, 혹은 세계와 유기적 관련을 가진 존재다. 다시 말해 그의 심리적·정서적·인격적 특성은 그가 맺고 있는 다양한 "관계의 망網"을 통해 표면화되고, 구체화된다. 그리고 그 관계는 항상 고정불변적인 것으로 남아 있는 것이 아니고 끊임없이 움직이며 변화해 가는 가변성과 유동성 속에 있다.

작중인물은 자신만의 살아온 삶의 이력, 기호, 관심사, 이데올로기, 신체적 특징들을 부여받는다. 그들은 우리가 살아가는 현실의 언저리에서 언제라도 만날 수 있는 존재들이다. 그들은 발랄한 개성을 갖고 있고, 정체감의 불확실성에 감싸여 있는 존재들이다. 여러 주인공이 등장하고 스토리가 복잡한 소설이라면 개개의 주인공들의 탄생의 장소, 연대, 가족 관계, 성장배경, 경력 등에 관한 세부적인 내용들의 도표를 만들 필요가 있을지도 모른다.

(1) 얼굴은 옹기 빛깔로 새까맣고, 가뜩이나 큰 키가, 가슴을 늘 몽당 치마의 치마끈으로 칭칭 동이고 있어 장대같이 멋대가리 없이 뻣뻣하고, 사시장철 여자 건지 남자 건지 분명치 않은 찌들고 헐렁한 윗도리를 걸치고, 입으론 끊임없이 욕지거리를 투덜대며 힘든 일을 척척 해내는 흑과부를 보고 있으면, 보통 인간의 희로애락과는 전혀 다른 감정세계를 가진 괴물 같은 느낌이 들곤 했다.

(2) 그녀가 방 안으로 들어서자 그들은 모두 자리에서 일어났다. 키가 작고 뚱뚱한 여자였다. 그녀가 입은 검은 옷 위에는 가슴에서 내려와 허리 위 벨트 속으로 숨어 버리는 가는 금줄이 걸려 있었다. 그리고 그녀는 색 바랜 금빛 자루가 달린 흑단 지팡이에 몸을 의지하고 있었다. 그녀의 골격은 작고 볼품없었다. 다른 사람이었다면 단지 통통한 정도의

몸집이었겠지만 그녀라서 비만해 보이는 듯했다. 그녀의 몸은 오랫동안 괴어 있는 물 속에 잠겨 있었기라도 한 듯, 부풀어 있었다. 얼굴은 무척 창백해 보였다. 방문객들이 찾아온 용건을 말하자, 한 얼굴 한 얼굴을 훑어보는 그녀의 눈은 지방으로 툭 불거진 얼굴 속에 파묻힌 것이 반죽 덩어리 속으로 쑤셔 던져진 두 개의 작은 석탄조각 같아 보였다.

(1)은 박완서의 「흑과부黑寡婦」라는 소설의 일부이고, (2)는 포크너의 「에밀리에게 장미를」에서 주인공의 신체적 특징을 묘사한 대목이다. 이와 같은 세밀한 신체적 특성의 묘사를 통해 작가는 그의 소설 속의 인물들을 독자에게 구체적 인물로 소개한다. 박완서의 소설에서는 얼굴이 새까맣고, 찌들고 헐렁한 옷차림을 하고 있는 "흑과부"는 그녀가 세파에 찌든 인물이라는 것과, 그럼에도 불구하고 거친 상황을 당당하게 헤쳐나온 인물임이 암시되어 있다. 포크너의 소설에서는 뚱뚱하고 키가 작고 창백한 얼굴을 가진 주인공이 그의 집을 방문한 사람들을 거만하게 훑어보는 모습을 통해 그녀가 현실과 비타협적이거나 불화하는 인물이며, 고집스럽게 자기만의 환상과 아집에 빠져 "자기만의 왕국"에 칩거하고 있는 인물임이 암시된다.

작중인물을 만들어 내는 것은 전적으로 작가의 몫이다. 이 말은 작중인물이란 작가라는 창조자가 없다면 존재할 수 없다는 뜻이기도 하다. 작가의 상상력 속에서 회임된 이 인물은 소설의 공간이라는 세계 속에 자신의 존재를 드러내는 순간부터 자발성과 독자성을 갖는다. 물론 어떤 작가들은 자신이 만들어 낸 작중인물의 자발성과 독자성을 인정하지 않을 수도 있다. 그들은 고집 센 독재자처럼 작중인물의 행동과 운명을 철저하게 자신의 치밀하게 계획된 구성의 통제 아래 둔다. 그럴 경우 작중인물은 살아 움직이는 자유로운 현존이 될 수 없고, 작가의 기획과 의도를 충실하게 재현하기 위한 도구적 존재, 즉 인형이나 로봇과 같은 인물로 전락하기 쉽다. 소설 속에서 살아 있는 인물이란 작가의 기획과 의도에 기계적으로 종속되기를 거부하는 인물이다. 그 인물은 변증법적으로 발전하는 독자적인 내면과 심리세계를 갖고, 자신만의 행동의 관성과 인력에 따라 움직이며, 작가조차 예상하지 못했던 뜻밖의 미래와 운명 속으로 자기를 이끌어 간다. 이때 작가는 이 통제되는 않는 인물을 너무나 자명하게 예정된 플롯의 틀 속에 무리하게 가두려고 해서는 안 된다. 그렇게 할 때 작중인물의 발랄한 생명력은 치명적으로 훼손될 수 있고, 그 인물에 의해 창조되는 이야기는 탄력을 상실해 버린다. 탄력을 상실한 이야기란 작가의 의도를 기계적으로 재현한 "죽은" 이야기에 지나지 않으며, 그것은 독자의 흥미나 호기심을 유발할 만한 어떤 매력도 없는 "죽은 소설"에 불과할 것이다. 훌륭한 작가라면 작중인물을 통제하려고 하지 않을 것이다. 오히려 그들을 자유롭게 방치해 둠으로써 그 작중인물들이 단순히 작가의 의도를 재현하고 따르는 태엽이 감긴 인형과 같은 수동적 존재가 아니라, 생명을 가진 살아 있는 존재이며, 자신만의 독자적인 행동의 기율에 따라 제 운명을 헤쳐나가는 능동적 존재임을 드러내도록 할 것이다.

쥘르 아저씨_기 드 모파상

기 드 모파상 Henri Rene Albert Guy de Maupassant(1850~1893)은 에밀 졸라와 함께 프랑스 자연주의 문학을 대표하는 소설가다. 보불 전쟁에 종군한 뒤 파리에 돌아와 외삼촌의 친구였던 소설가 플로베르 밑에서 문학수업을 받았으며, 1870년대 후반에는 관능적인 시를 발표한 탓에 기소까지 되는 등 소동을 겪기도 한다. 1880년 중편소설 「비계덩어리」를 발표하며 문명을 얻는다. 그의 소설에는 결정론적인 인간관에서 오는 염세주의가 짙게 깔려 있다. 주로 서민적 생활환경에서 얻은 소재를 즐겨 소설에서 다루었는데, 그 때문에 소도시의 시민, 어부, 농민 들을 주인공으로 내세워 당대의 세태와 풍속을 잘 그려냈다는 평가를 받았다. 말년에 써낸 장편소설들에는 심리주의 경향도 엿보인다. 1892년 정월 초하룻날 밤 자살을 기도했지만 미수에 그쳤고, 이듬해 파리의 한 정신병원에서 사망했다.

아쉴르 베누빌르 씨에게

허연 턱수염을 늘어뜨린 늙은 거지가 우리에게 동냥을 구했다. 친구 조제프 다브랑쉬가 그에게 오 프랑짜리 은화를 던져 주었다. 내가 놀라니까 그는 이렇게 말했다.

"저 거지를 보니 지금 새삼스레 생각나는 일이 있네. 그 이야기를 지금 하지. 그 기억이 줄곧 나를 쫓고 있단 말이야. 이런 이야기지."

우리 집은 르 아브르에 있었는데 부유하진 못했어. 겨우겨우 살아가고 있었지. 글쎄 이 한마디로 형편을 알 수 있을 거야. 아버지는 부지런한 사람이었어. 늦게까지 직장에 남아 일했지만 그래도 수입은 변변치 못했어. 내 위로는 누님이 둘 있었어.

어머니는 가난한 살림을 꾸려 가느라 몹시 힘들어 하셨지. 가끔 아버지에게 가시돋친 말을 던지기도 했었다네. 은근히 실로 경멸에 가득한 비난을 했었지. 그럴 때의 기죽은 아버지의 모습을 보는 건 정말 가슴이 미어지는 것 같았어. 한쪽 손을 펴서 이마에 갖다 대는 거야. 나오지도 않은 땀을 닦거나 하는 듯이 말이지. 그리고 묵묵부답인 거야. 그럴 때마다 무력한 아버지의 고뇌가 내게도 또렷하게 전달되었지. 온 집안에선 절약하고, 절약하고, 절약했었고 누군가가 만찬에 초대하더라도 거기에 응한 적은 한 번도 없었다네. 답례로 상대방을 초대해야 하니 말이야. 식료품도 일부러 한푼이라도 싸게 살 수 있는 도매집에서만 구입했어. 누나들은 옷을 손수 지었고 일 미터에 십오 상티임하는 헤이스 하나 사는 데도 오랫동안 실랑이를 했었지. 우리가 먹는 평소의 식사는 버터를 넣고 끓인 수프와 소스를 여러 가지 바꾸어서 양념한 쇠고기뿐이었어. 이거라면 몸에도 좋고 원기를 돋구는 데는 확실한 모양이더군. 나는 좀더 다른 음식을 먹어 보았으면 했지.

단추를 잃어버리거나 바지를 찢거나 하면 나는 죽고 싶을 지경으로 지독히 야단을 맞았었지. 그래도 일요일마다 우리는 옷을 잘 차려입고 바다를 한 바퀴 돌아오는 것이 습관이었다네. 아버지는 프록코트를 입고 실크햇을 쓰고 장갑을 끼고는 축제일의 배처럼 화려하게 차려 입은 어머니에게 팔을 끼게 하였지. 들뜬 누나들은 언제나 서둘러 채비를 마치고 다른 식구들이 나오기를 기다리는 것이었어. 하지만 막상 떠나려 할 때면 아버지의 프록코트에 눈에 뜨이지 않던 얼룩이 발견되어 급히 헝겊 조각에 벤젠을 묻혀다 그것을 지워야 했지.

아버지는 실크햇을 쓴 채 윗도리를 벗고 얼룩 지우기 작업이 끝나기를 기다리고 어머니는 근시 안경을 쓰고는 때가 묻지 않도록 장갑을 벗어 놓고 조급히 서둘러 댔지.

그리고 모두들 위엄 있게 걸어 나갔지. 누나들은 둘이서 팔짱을 끼고 앞서 걸었지. 시집들 갈 나이라 어머니 왼쪽에 붙어서 걸었다네. 오른쪽에는 아버지가 있었던 것이지. 이 일요일 날, 산책할 때 점잔을 떠는 부모들의 딱한 모습을 자네도 봤어야 하는건데. 그들은 굳어진 표정으로 상체를 똑바로 하고 다리를 뻣뻣하게 하며 걷는데, 그 어색한 걸음걸이라니. 마치 무언가 중대한 사건이 두 사람의 자세에 걸려 있는 것처럼 말일세.

매주 일요일, 아직도 가 보지 못한 먼 나라에서 돌아오는 배가 항구로 들어오는 것을 보면서 아버지는 언제나 판에 박은 듯이 같은 말을 하였지.

"어떨까! 우연히 쥘르가 저 속에 타고 있다면 멋지겠는데!"

한때 쥘르 아저씨는 온 집안 식구가 귀찮아하는 대상이기도 했지만 지금은 우리들의 유일한 희망이었던 거야. 쥘르 아저씨에 대한 얘기는 어릴 때부터 귀에 박히도록 듣고 있었지. 초면이라도 단번에 알아볼 것만 같더군. 쥘르 아저씨는 그만큼 나에게 익숙해져 있었네. 하긴 평생토록 이때의 일은 모두 소곤소곤 낮은 소리로밖에 이야기하지 않았지만.

아마 좋지 못한 행위가 있었던 모양이야. 말하자면 얼마간의 돈을 썼던 거지. 이것은 가난한 사람들에게는 확실히 큰 죄였으니까 말이야. 돈 많은 사람들이 볼 때는 난봉이 나서 사람답지 않은 짓을 한 것에 불과하겠지만 빠듯한 생활을 하는 사람들에게는 부모의 재산을 축내게 하는 자식이란 악한이며 불량배며 천하에 못된 놈이 되는 거지!

사람에 대한 이런 가치 평가는 정당한 것이지. 사실은 동일하지만 말이야. 왜냐하면 결과만이 행위의 중대성을 결정하는 것이니까. 요컨대 쥘르 아저씨는 우리 아버지가 기대를 품고 있던 유산을 상당히 축냈던 것이지. 게다가 자기 몫은 마지막 한푼까지 다 쓰고 난 뒤였던 거야.

그 당시 유행이었지만 누구나 하는 것처럼 아메리카로 떠났던 것일세. 르 아브르에서 뉴욕으로 가는 배를 타고.

그곳에 가자마자 쥘르 아저씨는 무슨 장사인지는 모르지만 장사꾼이 되었어. 얼마 안 가 편지를 보내 왔던 거야. 약간 돈도 벌었으니 언젠가는 아버지에게 끼친 폐를 갚을 수 있을 것이라는 편지였다네. 이 편지는 온 집안에 깊은 감동을 불러일으켰지. 흔히 말하는 서푼의 값어치도 없는 사내인 쥘르가 별안간 훌륭한 사람이 되었지. 성실하고 믿음직한 사나이, 다브랑쉬 가문을 더럽히지 않는 사람, 다브랑쉬를 일컫는 모든 사람과 마찬가지로 나무랄 데 없는 사람이었던 것일세.

게다가 또 어떤 배의 선장이 쥘르 아저씨가 큰 가게를 빌려서 사업을 크게 벌이고 있다는 소식을 우리들에게 전해 주었었네.

이년 후에 온 두 번째의 편지에는 이렇게 씌어 있었다네.

"필립 형님, 저의 건강은 염려 말아 주십사고 이 편지를 드립니다. 건강은 아주 좋습니다. 사업도 잘 되어 가고 있습니다. 내일 남아메리카를 향해 긴 여행을 떠납니다. 어쩌면 몇 년 동안 소식을 전해 드리지 못할지도 모르겠습니다. 편지를 못 드리더라도 걱정하지 마십시오. 한밑천 잡으면 르 아브르로 돌아가겠습니다. 그것이 먼 장래가 되지 않기를 바라고 있습니다. 그리고 함께 행복하게 사십시다……."

이 편지는 집안 식구들의 복음서가 되었지. 식구들은 툭하면 편지를 꺼내 읽었고 찾아오는 사람 누구에게나 그것을 자랑삼아 꺼내 보이는 거야.

사실 그 후 십년 동안 쥘르 아저씨는 아무런 소식이 없었네. 그러나 아버지의 희망은 갈수록 점점 더 커져 갔었지. 어머니도 가끔 이런 말을 하셨어.

"그 쥘르 양반만 돌아온다면 우리 형편도 펼 거야. 뭐니뭐니해도 역경을 벗어날 수 있는 사람이었으니까!"

이렇게 하여 매주 일요일마다 크고 검은 기선이 뱀 같은 연기를 하늘에 뿜으면서 수평선 쪽에서 오는 것을 바라보며 아버지는 언제나 똑같은 말을 되풀이하는 것이었어.

"어떠냐, 우연히 쥘르가 저 속에 타고 있다면 멋지겠는데."

그러면 모두들 쥘르 아저씨가 손수건을 흔들며 '필립 형님!' 하고 외치는 모습이 금방이라도 눈에 보이는 듯한 심정이 드는 거야.

쥘르 아저씨가 돌아온다는 전제를 하고 저마다 마음속으로 여러 가지 계획을 짜고 있었지. 아저씨의 돈으로 앵그빌 근처에 조그만 별장을 한 채 살 예정으로 되어 있었던 거야. 이 일에 대해 아버지가 미리 매매 교섭을 착수하지 않았다고는 단언할 수가 없었네. 큰누나는 그때 스물여덟 살이고 작은누나는 스물여섯 살이었네. 아직도 출가들을 하지 않아 그것이 온 집안의 큰 두통거리였지.

그런데 마침 구혼자가 작은누나에게 나타났네. 돈이 없지만 근면하고 정직한 사람이었지. 밤에 찾아왔을 때 어쩌다가 한번 보여 준 쥘르 아저씨의 편지가, 그 청년의 망설임을 털어 버리고 결심을 굳히게 만들었을 것이라고 나는 지금도 확신하고 있네. 집에서는 쾌히 그 청혼을 받아들였지. 그리고 식이 끝나면 가족이 함께 제르제로 간단한 여행을 하기로 결정을 보았지.

제르제는 가난한 사람들에게도 과히 멀지 않은 그럴듯한 여행지였지. 정기선으로 바다를 건너 외국 땅을 밟을 수 있는 셈이니까 말일세. 이 작은 섬은 영국의 영토였으니까. 그래서 프랑스인들은 누구나 두 시간만 배를 타고 가면 이웃 나라 국민을 그 나라 땅에서 관찰할 기회를 얻을 수 있는 셈이지. 간결하게 말하는 패들의 말투를 빌려 말한다면, 영국기로 뒤덮여 있는 이 섬의 풍속과 습관을, 하긴 이것은 과히 좋지 못한 것이지만 말일세. 어쨌든 그것을 연구할 수가 있다는 것이지.

이 제르제 여행이 우리들의 중대 관심사가 되었던 거야. 유일한 기대이며 한시도 잊을 수 없는 꿈이었지.

드디어 출발하는 날이 왔네. 마치 어제 일처럼 생생하게 그 광경이 눈에 떠오르는군. 그랑빌 부두에 정박해서 벌써 연기를 뿜고 있는 기선, 한껏 들뜬 기분 탓에 허둥지둥하면서 우리들의 짐짝 셋을 싣는 것을 감독하고 있는 아버지, 시집을 가지 못한 큰누나의 팔을 잡고 우울한 얼굴을 하고 있는 어머니, 이 누나는 작은누나가 가 버린 후 마치 혼자 남은 병아리처럼 불안스런 존재가 되어 있었지. 그리고 우리들 뒤에 신혼 부부가 서 있었어. 이 두 사람은 언제든지 처지기 때문에 나는 이따금 뒤를 돌아보곤 했었지.

기적이 울렸어. 우리는 벌써 배에 타고 있었지. 배는 부두를 떠나 녹색 대리석 테이블 같은 평평한 바다를 가르며 나아갔네. 우리는 해안이 멀어져 가는 것을 보면서 기분은 고조되고 또 한편으로 매우 자랑스러운 느낌을 감출 수 없었지. 좀처럼 여행을 해 보지 못한 사람이 그런 경우에 반드시 그렇게 되듯이 말이야.

아버지는 프록코트를 입은 아랫배를 내밀고 있었네. 그날 아침도 꼼꼼히 얼룩을 지운 옷을 입고 말일세. 그리고 아버지에게서는 외출 날에 풍기는 벤젠 냄새가 풀풀 나고 있었지. 내가 언제나 그 냄새를 맡기만 하면 '아, 일요일이구나' 하고 생각하는 그 냄새 말일세.

갑자기 아버지는 고상한 두 귀부인에게 두 신사가 굴을 사 주고 있는 광경을 보았다네. 너절한 몰골을 한 늙은 선원船員이 재빠른 솜씨로 칼을 써서 껍질을 까서는 신사에게 주었다네. 그러면 신사가 그것을 귀부인들에게 내미는 것이었지. 부인들은 고급 손수건에 껍질을 올려 놓고 옷을 더럽히지 않으려고 입을 앞으로 내밀며 희한하게 국물을 쪽쪽 빨아들이고는 껍질을 바다에 내던지는 것이었어. 아버지는 틀림없이 달리는 배 위에서 굴을 먹는다는 색다른 행위에 유혹을 느꼈던 모양이야. 이거 참 멋진 좋은 취미라고 생각했던 것이지. 어머니와 누나들한테 와서 이렇게 묻더군.

"어때, 굴을 좀 사 줄까?"

어머니는 돈을 써야 하게 되니 주저하고 있더군. 하지만 누나들은 즉석에서 찬성했어. 어머니는 난처해서 이렇게 말했어.

"나는 배가 아플까 봐 겁이 나서 그래요. 애들이나 사 주세요. 하지만 너무 많이는 안 돼요. 탈이 날지도 모르니까요."

그리고 나를 돌아보고 이렇게 덧붙였지.

"조제프에게는 필요없어요. 사내아이에게 응석하는 버릇을 길러서는 안 되니까요."

나는 그런 차별 대우를 불만스레 여기면서 어머니 곁에 남았지. 나는 눈으로 아버지의 모습을 쫓았다네. 아버지는 의기양양하게 두 딸과 사위를 데리고 너절한 차림의 늙은 선원 쪽으로 다가가더군.

두 귀부인은 떠난 뒤였지. 아버지는 두 누나들에게 굴의 국물을 흘리지 않고 먹으려면 어떻게 해야 하는지를 설명하고 있더군. 그뿐이랴, 손수 본을 보여 주려고 굴 하나를 집어 들었다네. 그 귀부인들의 흉내를 내려는 순간 그만 프록코트에다 국물을 엎지르고 말았지. 나는 어머니가 투덜대는 소리를 들었다네.

"저것 봐, 가만히 있었으면 좋으련만."

그런데 갑자기 아버지가 왠지 불안스러운 태도로 대여섯 걸음 물러서서 굴장수 둘레에 모여 있는 가족들을 찬찬히 바라보다가 황급히 우리들 있는 곳으로 돌아왔다네. 몹시 안색이 좋지 못하고 뭐라 말할 수 없는 눈초리로 어머니에게 작은 소리로 이렇게 말했네.

"저 굴 껍질 까는 사내가 정말 이상하리만큼 쥘르와 꼭 닮았단 말이야."

어머니는 깜짝 놀라 묻더군.

"쥘르라니, 어떤 쥘르요?"

아버지는 말을 이었어.

"그야…… 동생 말야……. 아메리카에서 크게 사업을 벌이고 있다는 것을 모른다면 아무래도 쥘르가 틀림없다고 믿겠는걸."

어머니는 어찌 할 바를 몰라 더듬거리듯이 이렇게 말했지.

"바보군요, 당신도! 쥘르가 아닌 것을 잘 알면서 어째서 그런 쓸데없는 소리를 하시죠?"

그러나 아버지는 여전히 이렇게 말했다네.

"아무튼 끌라리스, 당신도 가 보게. 당신이 직접 가서 보고 확인해 주구려."

어머니는 일어나 딸들 있는 곳으로 갔네. 나도 그 사람을 바라보고 있었지. 너절한 늙은이로서 주름살투성이더군. 자기가 하고 있는 일에서 눈을 떼지 않고 있었네. 어머니가 다시 돌아왔네. 어머니가 떨고 있는 것을 나는 잘 알 수가 있었지. 어머니는 재빠르게 이렇게 말했어.

"틀림없는 쥘르예요. 선장에게 가서 자세히 알아보세요. 무엇보다도 쓸데없는 소리는 하지 않도록 하세요. 이번에 또 저 망나니가 기어 들어온다면 그야말로 큰일이니까요!"

아버지는 우리에게서 떨어져 갔네. 나는 그 뒤를 쫓아갔지. 나는 이상한 감동에 가슴이 설레었어.

선장은 여위고 키가 큰 신사로 길게 구레나룻을 기르고 있었는데 마치 인도로 다니는 우편선을 지휘하고 있기나 하는 듯이 점잖은 몸짓으로 배다리 위를 거닐고 있더군.

아버지는 의젓하게 선장에게 다가가서 절을 하면서 상대방의 직책에 대하여 질문을 하였네.

"제르제의 번성이 옛날에는 어떠했습니까? 산물은? 인구는? 풍속은? 습관은? 토질은? 등등."

마치 묻는 것이 적어도 아메리카 합중국을 화제로 삼고 있기라도 한 것 같았네. 그리고 우리가 타고 있는 배 '특급호'에 관한 이야기를 하더니 화제가 승무원들에게로 돌아갔네. 마지막으로 아버지는 흥분한 목소리로 이렇게 물었지.

"저기 재미있는 늙은 굴장수가 있더군요. 그 노인에 대해서 자세한 내막을 좀 아십니까?"

이런 대화에 드디어 짜증이 난 선장은 쌀쌀맞게 이렇게 대답하더군.

"지난해 아메리카에서 만난 프랑스 태생의 늙은 부랑자지요. 내가 고향으로 데려다 준 거죠. 르 아브르에 친척이 있는 모양인데 그곳에는 돌아가고 싶어하지 않더군요. 빚이 있다면서…… 쥘르라는 이름이지요……. 쥘르 다르망쉬인가 다르방쉬인가 하더군요. 아무튼 그와 비슷한 이름이죠. 한때는 경기가 좋았던 모양인데 지금은 보십시오 저 꼴이랍니다."

얼굴이 창백해진 아버지는 눈까지 충혈되어 목이라도 죄인 듯한 소리로 간신히 이렇게 말했네.

"아, 네! 옳지…… 옳지…… 그야 그렇겠죠……. 선장님, 이거 감사합니다."

이렇게 말하고 아버지는 저쪽으로 가 버렸지. 한편 선장은 어이가 없어 멀어져 가는 아버지를 바라보고 있었네. 아버지는 어머니 곁으로 돌아왔으나 그 얼굴 표정이 너무나 질려 있었기 때문에 어머니는 아버지에게 이렇게 말했네.

"좀 앉으세요. 무슨 일이 있었다고 사람들이 눈치채겠어요."

아버지는 더듬거리면서 의자에 쓰러지듯이 앉았지.

"그 녀석이야. 틀림없는 그 녀석이었어!"

그리고는 이렇게 물었어.

"어떡하지……?"

어머니는 힐난하듯이 대답했어.

"애들을 데려와야 해요 조제프는 모든 걸 알고 있으니 저애를 불러오도록 해요 사위가 아무것도 눈치채지 못하도록 각별히 조심해야 돼요"

아버지는 넋이 나간 얼굴을 하고 이렇게 중얼거렸네.

"이게 무슨 파국이람!"

어머니는 별안간 소리지르며 이렇게 덧붙여 말했네.

"저는 진작부터 그럴 줄 알고 있었어요 그따위 도둑놈이 무슨 일을 할 수 있을라고 다시 우리에게 무거운 짐이 될 거라고 말이죠! 다브랑쉬 집안 사람들이 무엇을 제대로 할 것이라고 기대를 하다니, 난 정말……."

그러자 아버지는 이마에 손을 갖다 댔네. 어머니에게 비난을 받으면 늘 하던 그 자세로 말일세.

어머니는 다시 덧붙였어.

"조제프에게 돈을 줘서 굴값을 치르게 해요 저 거지가 우리를 눈치채면 끝장이 날 거예요 배에서 꼴 좋은 웃음거리가 되겠지요. 저 끝으로 갑시다. 저 작자가 가까이 오지 못하도록 해야죠!"

어머니는 일어났네. 아버지 어머니는 나에게 오 프랑짜리 은화 하나를 주고는 저쪽으로 가 버렸네.

누나들은 무슨 일인지 영문을 모르고 아버지를 기다리고 있었네. 나는 어머니가 뱃멀미를 좀 하신다고 말해 주고 굴장수에게 물어 보았네.

"얼맙니까, 할아버지?"

나는 아저씨라 부르고 싶었다네.

노인은 대답했어.

"이 프랑 오십입니다."

내가 오 프랑짜리 은화를 주니까 노인은 거슬러 주었네. 나는 노인의 손을 바라보았네.

쭈글쭈글해진 가엾은 뱃사람의 손이었어. 나는 그 얼굴을 바라보았네, 운명에 학대받은 슬픈, 늙어빠진 얼굴을. 마음속으로 이렇게 부르짖으면서.

'이 사람이 아저씨다. 아버지의 동생인 삼촌이다!'

나는 팁으로 십 수를 주었네. 노인은 나에게 이렇게 감사하더군.

"도련님, 고맙습니다."

동냥하는 거지의 말투였어. 아마 미국에서 거지 노릇을 했는지도 모르지! 그렇게 나는 생각했지. 누나들은 내가 선심 쓰는 것을 보자 어이가 없어 나를 바라보고 있었네. 내가 이 프랑을 아버지에게 돌려드리자 어머니가 깜짝 놀라며 묻더군.

"삼 프랑이나 되더냐? 그럴 리가…… 없는데."

나는 힘을 주어 분명한 소리로 이렇게 말했네.

"십 수를 팁으로 주었어요."

어머니는 깜짝 놀라며 나를 노려보았네.

"미친 녀석, 그따위 거지에게 팁을 십 수나 주다니……."

어머니는 사위 쪽을 가리고 있는 아버지의 시선을 보자 입을 다물었네. 그리고는 모두들 입을 다물었네. 전방의 수평선에 보랏빛 그림자가 바다에서 솟아오르는 것같이 보이더군. 제르제였지. 부두에 가까워지자 다시 한 번 쥘르 아저씨를 보고 싶은, 견딜 수 없는 심정이 가슴에 치밀어 올랐네. 가까이 가서 무엇인가 정다운 위로를 해주고 싶었던 거야. 하지만 굴을 먹을 손님이 없어졌으므로 노인의 모습은 보이지 않더군.

아마 그 가엾은 사람의 잠자리로 되어 있는 불결한 배 밑창으로 내려갔을걸세. 그리고 우리는 쌩 말로 가는 배로 돌아왔지. 삼촌을 피하기 위해서지. 어머니는 불안해서 근심으로 꽉 차 있었네. 나는 그 후

두 번 다시 삼촌을 본 적이 없네! 이런 연유로 자네는 내가 거지에게 오 프랑 은전을 주는 장면을 앞으로도 가끔 볼걸세.

*

　모파상의 소설 「쥘르 아저씨」는 깨어진 희망과 오갈 데 없는 혈연을 향한 따뜻한 연민을 다룬 이야기다. 한 방탕한 인간의 허풍에 희망을 걸었다가 그 꿈이 깨어지기까지의 이야기다. 그러나 우리는 방탕한 인간에 대한 증오나 역겨움 대신에 연민을 갖게 된다. 우리의 역겨움은 오히려 그에게 희망을 걸었다가 그가 여전히 빈털터리라는 사실을 알게 되었을 때 그의 친척들이 보여 주었던 매몰찬 안면 바꾸기에 더욱 역겨운 비애를 느낀다. 에밀 졸라와 함께 프랑스 자연주의 문학을 대표하는 모파상의 엄밀하고 정확한 필치는 한 가난한 가족의 속물성과 뻔뻔스러움을 가차없이 폭로해 버린다.

　이 소설은 가엾은 노인에게 뜻밖에도 거액을 적선하는 조제프 다브랑쉬의 이야기다. 조제프 다브랑쉬의 적선에는 그럴 만한 까닭이 있었던 것이다. 조제프 다브랑쉬는 이 소설의 화자話者이며, 그의 친구인 '나'는 그 이야기를 듣는 청자聽者다. 조제프 다브랑쉬의 이야기를 듣는 '나'는 무수히 많은 불특정 다수의 독자와 같은 자리에서 그의 이야기를 듣는다. 조제프 다브랑쉬가 그의 얘기를 시작하는 순간 우리는 그의 친구인 '나'의 위치에 앉게 된다.

　모파상은 왜 이러한 방식을 취했을까. 이 소설은 독자가 마치 이웃의 친구들이 말하는 것을 엿듣는 것처럼 독자의 자리를 소설로부터 한 걸음 떨어뜨려 놓는다. 그런가 하면 동시에 이야기를 직접적인 육성을 통해 전달함으로써 독자를 그저 방관자로 놓아두지는 않는다. 비록 다른 사람들 사이의 대화를 엿듣는 것처럼 제삼자의 역할을 할 수 있겠지만 직접적인 육성은 반드시 그렇게 독자를 놓아두지만은 않는다.

조제프 다브랑쉬가 늙은 거지에게 오 프랑짜리 은화를 던져 주는 것을 보고 있던 '나'는 이를 놀랍게 받아들인다. 그 순간부터 '나'는 소설의 배면으로 사라지고 그 자리에 조제프 다브랑쉬의 육성이 들어온다. 르 아르브에 사는 조제프 다브랑쉬의 가족은 가난한 집안이다. 가난한 살림을 힘겨워 하는 어머니는 아버지의 무능력을 비난하며 '귀에 거슬리는 말'과 '위태로운 비난'을 퍼붓기도 한다. 어린 조제프 다브랑쉬는 '무력한 아버지의 고뇌'를 엿보며 '가슴이 미어지는 것'같은 고통을 느낀다. 이렇게 조제프 다브랑쉬가 바라보는 아버지에 대한 모습은 이야기의 문을 열게 만든 바로 늙은 걸인에게 오 프랑짜리 은화를 적선하는 조제프 다브랑쉬의 행동으로 이어지는 데 실마리를 제공한다.

가난은 그 자체로 비난의 대상이 되거나 한심스러운 것이 아니다. 그러나 가난한 살림 때문에 아버지를 비난하거나 고작 단추를 잃어버렸다고 '지독히 야단'하는 어머니의 행동은 가난을 역겹고 가증스러운 것으로 만든다.

조제프 다브랑쉬의 가족들은 일요일마다 가족들 전체가 '옷을 잘 차려입고 바닷가를 한 바퀴 돌아오는' 산책 습관을 갖고 있다. 가족들 모두가 화려하게 성장을 하고 나서는 산책 습관은 일종의 가난에 의해 상처받은 그들의 자존심을 치유하는 의전 행위다. '아버지는 프록코트를 입고 실크햇을 쓰고 장갑을 끼고는 축제일의 배처럼 화려하게 차려 입은 어머니에게 팔을 끼게 하였지. 누나들은 서둘러 채비를 마치고 다른 식구들이 나오기를 기다리는 것이었어'처럼 일요일마다의 가족 나들이는 가난한 그들에게 일종의 화려한 '축제'이며, 활기를 불어넣어 준다. 아버지의 프록코트의 '얼룩'은 가난의 억압, 혹은 고단한 삶이 남긴 누추한 일상의 흔적이다. 가족 외출을 나서기 직전에 '얼룩'은 발견되고 어머니는 근시 안경을 쓴 채 벤젠을 묻힌 헝겊으로 그 '얼룩'을 지운다.

물론 이 소설에서의 가족의 산책은 가난을 벗어나기 위한 희망의 의식이다. 그들의 살림살이와 어울리지 않는 이 산책 습관 위에, 외국에 나가 성공을 거두었다는 소문 속의 쥘르 아저씨가 그들 가족에게 불러일으킨 희망이 겹쳐진다. 쥘르 아저씨는 자신의 몫의 유산을 축내고 '아버지가 기대하고 있던 유산까지 축내' 버린 '악동'이며, '부랑배'이고, '건달'이다. 미국으로 건너간 그가 미국에서 성공을 거두었다는 한 통의 편지로 인해 그는 갑자기 '정직한 사람, 마음이 너그러운 청년, 공명 정대한 진짜 다브랑쉬 사람'이 된다. 그의 편지는 가난한 다브랑쉬의 식구들에게 '복음서'가 되고, 언젠가 돌아올 그는 그 집안의 '유일한 희망'이 된다. '게다가 어떤 배의 선장이 쥘르 아저씨가 큰 가게를 빌려서 대대적인 사업을 하고 있다는 소식'을 전한다. 그리고 이년 후 두 번째의 편지가 오고 그 후 십년 동안 아무런 소식도 없었다.

다브랑쉬 가족의 일요일마다의 외출은 가난의 삶을 벗어날 수 있는 유일한 희망인 쥘르 아저씨를 기다림을 위한 의식이다. 그런 의미에서 '얼룩'들을 지워 내고, 화려하게 치장을 하는 등의 유난스러운 의식은 그들의 절박한 희망을 드러내 보여 준다. 이러한 의식은 '습관'이 될 정도로 오래 지속되었다.

둘째누나의 결혼식이 끝나고 가족 모두 제르제로 여행을 떠난다. 그 여행은 그들의 중요한 '관심사'이며, '유일한 기다림'이고, '끊임없는 꿈'이다. 그 여행이 주는 '꿈'과 쥘르 아저씨가 그들 가족에게 주었던 '희망'은 겹쳐져 있다. 이제 그들의 기다림과 꿈이 어떻게 좌절되고 일그러지는가를 바라볼 차례가 되었다. 그들은 제르제로의 여행을 위해 승선한 여객선에서 그들의 희망의 근거였던 쥘르 아저씨가 '늙고, 더러웠으며, 온통 주름살투성이'의 '선원'으로 전락해 있는 것을 목격한다. 쥘르는 그들 가족의 지워 내지 않으면 안 될 '얼룩'이며, 더럽고 치명적인 절망의 확고 부동한 근거로 탈바꿈해 버린다. '늙고 비참하고 슬프고 짓눌린 얼굴'로 그들 앞에 모습을 나타낸 그들의 '유일한 희망'은 귀찮기 짝이 없는 짐스러운 존재이며, 남에게 들켜서는 안 될 '수치의 근거'가 되고 말았다.

가난으로부터 벗어날 수 있다는 그들의 희망은 무참히 꺾여 버린 뒤 그들은 엉뚱하게도 쥘르에게 그 책임을 전가해 버린다. 쥘르는 혹시나 그들 가족에게 언제 빌붙을지 모를 천덕꾸러기이며, 따라서 그들은 냉정하게 그를 모른 척 외면해 버리고, 그에게 주는 팁마저 아까워하는 인색함을 서슴없이 드러낸다. 어린 조제프 다브랑쉬만이 그에게 연민을 느끼며 '위안이 되는 정다운 말'을 해주고 싶은 강렬한 욕구를 느낀다. 조제프의 이런 욕구는 '늙고, 더러웠으며, 온통 주름살투성이'로 나타난 쥘르가 자신의 혈육이라는 사실 때문이기도 하지만, 그보다는 그의 모습이 다름 아닌 일요일마다 아버지의 프록코트의 얼룩을 지워 내는 한바탕의 소동과, 부모님들의 '과장된 표정, 준엄한 얼굴 모습, 엄격한 몸가짐' 뒤에 숨어 있는 누추한 실존의 모습을 떠올리게 해주기 때문이다. 그들이 모른 척 외면하고 부정해 버린 쥘르는 바로 그들 자신의 누추한 실존 그 자체였던 것이다.

이것이 조제프 다브랑쉬가 늙은 걸인에게 오 프랑짜리 은화를 적선하는 이유다. 그 배경은 가난도 아니고 거품처럼 헛되이 사라져 버린 허망한 희망도 아니다. '너절한 늙은이'로 전락한 쥘르 아저씨를 향한 어린 조제프의 연민은 우리의 가슴속에 숨어 있는 인간애의 발현이다. 곤경에 빠져 있는 쥘르를 만나고도 그를 모른 척하기로 하는 조제프 가족들의 이기적이면서 타산적인 태도와 어린 조제프의 따뜻한 인간애에서 발현된 연민과 작은 도움의 손길은 뚜렷한 명암을 남기며 대조된다. 가난 그 자체는 결코 한심스러운 것이 아니다. 가난에 굴복하여 윤리적 감각과 인간다움을 포기하고 막무가내로 안면을 바꾸고 후안무치해지는 바로 그것이 한심스러운 것이다. 가난에의 굴종은 사람의 얼굴을 '비참하고, 슬프고, 짓눌린' 얼굴이 되게 한다. 쵤르의 얼굴은 곧 가난의 얼굴이며, 가난에의 굴종으로 누추해진 실존의 표정인 것이다.

에밀리에게 장미를_윌리엄 포크너

윌리엄 포크너 William Faulkner(1897~1962)는 헤밍웨이와 더불어 20세기 미국의 최고의 소설가로 꼽힌다. 아버지는 대마사업貸馬事業과 철물점을 경영한 것으로 알려졌다. 포크너는 1902년 가족과 함께 미시시피 주립대학이 있는 옥스퍼드로 이사해서 생애의 대부분을 그곳에서 보낸다. 그는 고등학교를 중퇴하는 것으로 아무런 정규교육을 거의 받지 않고 혼자 폭넓은 독서를 하며 문학수업을 했다. 1924년에 첫시집『대리석의 목양신』을 내놓고 이듬해에 남부의 뉴올리언스에 머물며 그곳의 지역신문에 단편소설을 발표하며 작가로서 첫발을 내딛었다. 대표작으로 장편소설『음향과 분노』『8월의 빛』『앱설롬, 앱설롬!』등이 있는데, 주로 배덕적이고 부도덕한 미국 남부 사회의 풍속이 변천해 가는 모습을 그려내면서도 인간에 대한 꿋꿋한 신뢰와 휴머니즘을 옹호하는 문학으로 사랑을 받았다. 두 번의 퓰리처상과 함께 1949년에는 노벨문학상을 수상했다.

1

　에밀리 그리어슨 양이 죽었을 때 우리 마을 사람들은 모두 그녀의 장례식을 보러 갔다. 남자들은 무너진 기념비에 대한 일종의 경의에 찬 감정에서였고, 여자들은 대부분 그녀의 집안을 한번 구경하고 싶은 호기심에서였다. 적어도 10년 동안 정원사와 요리사 노릇을 겸한 늙은 노인말고는 그 집안에 들어가 본 사람이 아무도 없었다.

　집은 크고 네모난 목조 건물이었다. 한때 그 집은 원형 지붕과 뾰족 탑, 그리고 1870년대의 묵직하면서도 우아한 스타일을 한 나선형 모양의 발코니를 자랑이라도 하듯 하얀 색으로 단장한 채 우리 마을에서 가장 화려했던 거리에 서 있었다. 그러나 차고와 조면 공장이 들어서면서 이웃의 당당하던 집들을 삼켜 버리고 말았다. 오로지 에밀리의 집만이 쇠퇴해 가는 완고하고 요염한 모습을 고집하며 목화 수레와 가솔린 펌프 위로 우뚝 서 있어서 눈엣가시 중의 가시 노릇을 하고 있었다. 그러나 이제 에밀리는 제퍼슨 전투에서 쓰러져 간 북부군과 남부군 병사들의 이름 없는 무덤이 줄지어 늘어서 있고, 삼목으로 가리워진 묘지에 저 당당하던 이웃들과 함께 눕기 위해 가 버리고 말았다.

살아서 에밀리는 하나의 전통, 하나의 의무, 하나의 근심을 지니고 있었다. 아버지로부터 물려받은 마을에 대한 일종의 빚 때문이었다. 빚 이야기는 1894년 당시 시장이었던 사아토리스 대령—그는 흑인 여자는 누구건 앞치마를 두르지 않고는 거리에 나와서는 안 된다는 포고령을 직접 쓴 사람이었다—이 그녀의 세금을 면제해 준 날로 거슬러 올라간다. 세금의 면제는 그녀의 아버지가 사망한 날로부터 영원히 효력을 갖는 것으로 되어 있었다. 에밀리가 동정을 구했기 때문은 아니었다. 에밀리의 아버지가 마을에 돈을 빌려 준 적이 있으니 거래상의 문제로서 마을이 그 돈을 이런 식으로 갚는다는 소문을 꾸며 내었던 것이다. 그러나 사아토리스 대령과 같은 세대에 살고 같은 사고 방식을 가지고 있던 사람들이나 여자들을 빼놓고는 그런 헛된 소문을 믿어 줄 사람은 없었다.

현대적인 사고 방식을 지닌 다음 세대가 나타나 시장이 되고 시의회 의원이 되면서 사아토리스 대령의 결정에 대한 불만이 조금씩 표면에 나타나게 되었다. 그 해 첫 날, 그들은 그녀에게 세금 통지서를 보냈다. 그러나 2월이 되어도 응답이 없었다. 그들은 다시 편리한 시간에 보안관 사무실로 출두해 줄 것을 요구하는 공식 서한을 띄웠다. 일주일 후 시장은 다시 그녀를 직접 찾아가든가 아니면 자신의 차를 보내 주겠다는 내용의 편지를 직접 써서 보냈다. 그 후 시장은 그녀로부터 고풍스러운 형태의 종이 위에 색 바랜 잉크로 가늘고 유려한 달필로 씌어진 메모를 받았다. 그 메모에는 이제는 그녀가 전혀 외출하지 않는다는 내용과 함께 전에 보냈던 세금 통지서가 그대로 동봉되어 있었다.

　그들은 시의회 특별 위원회를 소집했다. 그리고 대표단을 구성하여 그녀의 집을 찾아가 그녀가 8년인가 10년인가 전에 도자기 공예 교습을 그만둔 이후, 그 어느 방문객도 통과한 적이 없는 현관문을 두드렸다. 대표단은 늙은 흑인에 의해서 어두운 현관 안으로 안내되었다. 그곳에는 보다 더 어두운 위층으로 연결된 계단이 하나 있었다. 계단은 오랫동안 사용한 적이 없는 듯 먼지가 쌓여 있었고, 무겁고 습기찬 냄새를 풍기고 있었다. 흑인 하인은 그들을 응접실로 안내했다. 하인이 한 창문의 블라인드를 올리자 그 틈으로 들어오는 햇빛에 희미한 먼지가 그들의 허벅지 주위에서 슬며시 피어올라 작은 알맹이가 되어 서서히 돌며 떨어졌다. 금박을 입혔으나 변색되어 버린 벽난로 앞의 이젤 위에는 크레용으로 그린 에밀리의 아버지의 초상화가 얹혀 있었다.

　그녀가 방 안으로 들어서자 그들은 모두 자리에서 일어났다. 키가 작고 뚱뚱한 여자였다. 그녀가 입은 검은 옷 위에는 가슴에서 내려와 허리 위 벨트 속으로 숨어 버리는 가는 금줄이 걸려 있었다. 그녀는 색 바랜 금빛 자루가 달린 흑단 지팡이에 몸을 의지하고 있었다. 그녀의 골격은 작고 볼품없었다. 다른 사람이었다면 단지 통통한 정도의 몸집이었겠지만 작은 키 때문에 비만해 보이는 듯했다. 그녀의 몸은 오랫동안 괴어 있는 물 속에 잠겨 있었기라도 한 듯, 부풀어 있었다. 얼굴은 무척 창백해 보였다. 방문객들이 찾아온 용건을 말하자, 한 얼굴 한 얼굴을 훑어보는 그녀의 눈은 지방으로 툭 불거진 얼굴 속에 파묻힌 것이 반죽 덩어리 속으로 쑤셔 던져진 두 개의 작은 석탄 조각 같아 보였다.

　그녀는 방문객들에게 앉으라고 권하지 않았다. 그녀는 사람들이 더 듬거리며 말을 하다가 그칠 때까지 문가에 서서 조용히 듣고만 있었다. 사람들이 말을 그치자 금줄 끝에서 째깍거리는 시계의 소리만이 들릴 뿐이었다.

그녀의 음성은 메마르고 차가웠다.

"제퍼슨 시절부터 세금을 내지 않았어요 사아토리스 대령이 세금을 내지 않아도 된다고 설명해 주었지요 아마 시청 문서를 뒤져 보면 잘 알 수 있을 거예요"

"하지만, 우리도 이미 뒤져 보았습니다. 우리가 바로 시당국자들이니까요 미스 에밀리, 보안관이 직접 사인한 통지서를 받지 않으셨습니까?"

"종이 한 장 받기는 했지요"

에밀리 양이 대답했다.

"아마 그는 자신이 보안관이라고 생각하는 모양이군요 여하튼 나는 제퍼슨 시절부터 세금을 낼 필요가 없었어요"

"하지만, 그것을 증명할 만한 기록이 전혀 없습니다. 아시겠습니까? 우리는 언제나……"

"사아토리스 대령을 만나서 물어 보세요 나는 제퍼슨 시절부터 세금을 낼 필요가 없었어요"

"하지만 미스 에밀리……"

"사아토리스 대령을 만나 보시란 말이에요(사아토리스 대령은 거의 10년 전에 죽고 없는 사람이었다). 나는 세금을 낼 필요가 없단 말이에요 토우브!"

흑인 하인이 나타났다.

"이 어른들을 밖으로 모셔요"

2

그렇게 그녀는 30년 전 악취에 관한 문제로 그들의 아버지를 물리

쳤던 것처럼 그들을 물리쳐 버렸다. 그 사건은 그녀의 아버지가 죽고
난 2년 뒤의 일이었으며, 그녀의 애인—우리는 그가 그녀와 결혼하리
라고 믿었다—이 달아난 지 얼마 되지 않아서였다. 그녀는 아버지가
죽은 뒤 바깥 출입을 거의 않고 있었다. 그녀의 애인이 모습을 감추자,
마을 사람들은 그녀의 모습을 더 이상 볼 수 없었다. 몇몇 여자가 애
써 찾아가 보았지만 집안으로 들어가지도 못했다. 그 집에 사람이 살
고 있다는 유일한 흔적이라고는 시장 바구니를 들고 들락거리는 흑인
하인—그때는 젊은 남자였다—뿐이었다.

　"꼭 남자라야 부엌일을 잘할 수 있다는 얘기 같군."

　여자들은 이렇게 쑤군거렸다. 그래서 사람들은 그 집에서 악취가
풍겨 나와도 전혀 놀라지 않았다. 그 악취는 야비하고 시끌벅적한 속
세와 매우 도도하고 오만한 그리어슨가를 이어 주는 또 다른 교량이
었다.

　이웃에 살던 한 여자가 시장市長이던 80세의 스티븐스 판사에게 정
식으로 호소해 왔다.

　"제가 어떻게 도와 드리라는 얘기입니까, 부인?"

　"그야, 그 여인에게 냄새를 풍기지 말라고 지시를 내리는 거지요."

　여자는 이렇게 말하고는 한마디 덧붙였다.

　"법이 있잖아요?"

　"제 생각에는 그럴 필요가 없을 것 같군요."

　스티븐스 판사가 말했다.

　"그 냄새는 아마 그녀의 흑인 하인이 뜰에서 잡은 뱀이나 쥐가 썩
는 냄새일 겁니다, 내가 그 여자의 하인에게 얘기를 해 두지요."

　다음날, 시장인 스티븐스 판사는 또다시 두 건의 호소를 받았다. 하
나는 다른 사람들의 주장을 듣고 찾아온 한 남자의 호소였다.

　"우린 정말 어떤 조처를 내려야 합니다. 판사님, 저는 미스 에밀리

를 괴롭히고 싶은 마음은 전혀 없지만, 이제는 어떤 수를 쓰지 않을 수 없다고 생각합니다."

그날 밤 시의회 위원회가 소집되었다. 수염이 희끗희끗한 세 명의 노인과, 새로운 세대의 일원인 젊은 사람 한 명이 위원회의 구성원이었다.

"아주 간단한 일입니다."

젊은 위원이 입을 열었다.

"그 여자에게 집안을 깨끗이 청소하라고 지시를 내립시다. 그 여자가 알아서 그렇게 하도록 어느 정도 시간을 주고, 그래도 하지 않으면……."

"집어치우게, 이 사람이."

스티븐스 판사가 소리를 질렀다.

"자네는 불쾌한 냄새가 난다고 면전에다 대고 어느 여자에게 욕을 할 셈인가?"

다음날 밤, 열두 시가 넘은 시각에 네 명의 사나이가 강도처럼 에밀리의 집 잔디밭을 살금살금 걸으며, 벽돌벽 기부 근처와 지하실 창고에 코를 들이대고 냄새가 어디서 나오나 찾게 되었다. 그리고 한 사나이는 어깨에 둘러멘 자루에서 연신 무엇인가를 꺼내 씨를 뿌리는 듯한 동작을 반복했다. 사나이들은 지하실 문을 부수고, 거기에다 석회를 뿌렸다. 지하실뿐 아니라 모든 헛간에도 석회를 뿌렸다. 사나이들이 다시 잔디밭을 나오려 할 때, 어둡던 창문 하나에 불이 켜졌다. 에밀리가 불빛을 등뒤로 둔 채 우상처럼 몸을 곧게 세우고 의자에 앉아 있는 모습이 보였다. 사나이들은 살금살금 기어서 잔디밭을 벗어나, 거리에 드리워진 아카시아 그림자 속으로 숨었다. 한두 주일쯤 지나자 냄새는 사라져 버렸다.

그때는 사람들이 그녀를 두고 정말로 안됐다고 느끼기 시작하던 무렵이었다. 그녀의 대고모 와이아트 노부인이 끝내 어떻게 미쳐 버리고 말았는지 생생하게 기억하던 마을 사람들은 그리어슨가 사람들이 실제 자기네 형편에 비해 조금 지나칠 정도로 콧대를 세우며 살고 있다고 믿었다. 마을의 젊은이들 중에 에밀리에게 맞을 만한 사람이 없다고 생각될 정도였다. 우리는 에밀리 부녀를 하나의 그림 속에 집어넣고 생각하고 있었다. 하얀 옷을 입은 가냘픈 에밀리는 뒤에 서 있고 그녀의 아버지는 그녀 앞에서 말채찍을 움켜쥐고 다리를 벌린 채 서 있는 모습의 실루엣으로 보이는, 두 사람 모두 활짝 열린 현관의 문틀로 테를 두른 그림 속의 모습으로 우리는 오랫동안 생각했다. 그녀의 나이 서른이 되었어도 아직 미혼이었을 때, 우리는 정확하게 말해서 기뻐했던 것이 아니라, 오히려 그녀를 옹호하고 싶은 심정이었다. 비록 그녀의 가족 중에 미친 사람이 있었다고 하더라도 가족이 현실적인 태도를 취했다면, 그녀가 모든 기회를 거부하지 않았을 것이기 때문이다.

그녀의 아버지가 세상을 뜨자, 그녀에게 남겨진 것은 집이 전부라는 소문이 떠돌았다. 그리고 어떤 면에서 마을 사람들은 기뻐하기까지 했다. 그들은 마침내 에밀리에게 동정심을 베풀 수 있는 기회가 왔다고 생각하는 것 같았다. 홀로 빈털터리가 된 그녀는 차츰 인간적인 면을 보이기 시작했다. 이제 그녀도 역시 한푼의 돈이 있고 없고에 따라 생기게 되는 흔해 빠진 절망과 스릴을 만만치 않게 알게 될 것이었다.

그녀의 아버지가 죽은 다음날, 마을의 여자들은 관습대로 그녀의 집을 찾아가 위로도 해주고 일도 거들어 주었다. 에밀리는 동네 여자들을 현관에서 맞이했다. 그러나 그녀의 복장은 평소 때와 전혀 다르지 않았고, 얼굴에는 슬픈 표정도 보이지 않았다. 그녀는 사람들에게 아버지가 죽지 않았다고 말했다. 방문한 목사와 그녀에게 시신을 내놓으라고 설득하는 의사들에게 그녀는 사흘 동안 이 말만 되풀이했다. 그들이 어쩔 수 없이 법과 완력을 동원해 일을 처리하려 하자 그녀는 주저앉아 울음을 터뜨리고 말았다. 사람들은 재빨리 그녀의 아버지를 매장했다.

그때 우리는 그녀가 미쳤다고 말하지는 않았다. 우리는 그녀가 그럴 수밖에 없다고 믿었다. 우리는 그녀의 아버지가 내쫓아 버린 모든 젊은이들을 기억하고 있었다. 그리고 아무것도 남겨진 것이 없는 그녀가 그녀의 중요한 것을 송두리째 빼앗아가 버린 존재에 대해 집착하지 않을 수 없다는 것을 알고 있었다. 다른 사람도 그녀와 같은 처지였다면 그랬을 것이라고 생각했다.

3

그녀는 오랫동안 자리에 누워 앓았다. 그녀가 사람들 앞에 모습을 드러내었을 때, 그녀의 머리는 짧게 커트되어 마치 교회 창문의 스테인드 글라스에 그려진 천사처럼, 약간은 비애에 젖은 소녀 같았다.

시에서는 인도를 포장하는 도급 계약을 끝내 놓은 상태였었다. 그리고 그녀의 아버지가 죽은 뒤 처음 돌아온 여름, 사람들은 도로 포장일을 시작했다. 건설 회사의 흑인 노무자들, 노새, 장비가 마을로 들어왔다. 그 일행 속에는 호머 배런이라는 이름의 십장이 끼어 있었다. 북부 양키였다. 그는 크고 검은 몸집을 지닌 행동이 민첩한 사람이었다. 목소리도 상당히 컸고, 눈은 그의 얼굴보다 더 밝은 빛을 발하고 있었다. 어린 아이들은 그의 뒤를 졸졸 쫓아다니며, 그가 흑인 노무자들에게 욕설을 퍼붓는 소리를 듣고, 흑인 노무자들이 곡괭이를 쳐들었다가 내려치면서 박자에 맞추어 노래 부르는 소리를 듣기도 했다. 얼마 지나지 않아, 그는 마을 사람들을 모두 알게 되었다. 작업장 주위의 어느 곳에서든지, 사람들이 모여 떠들며 웃는 소리가 들릴 때면 호머 배런은 항상 그 사람들 한가운데 있었다. 우리는 곧 마차 대여소에서 나온 한 쌍의 적갈색 말이 끄는 노란 바퀴의 4륜 마차에 탄 호머 배런과 에밀리의 모습을 일요일 오후마다 보게 되었다.

처음에 우리는 에밀리가 관심을 갖기 시작한 일이 있다는 것을 보고 내심 기뻐했다. 여자들은 모두 이렇게 말했다.

"틀림없이 그리어슨가의 여자가 날품팔이 북부 사람을 심각하게 생각하지는 않을 거야."

그러나 나이 든 사람들 중에 달리 말하는 여자도 있었다. 그들은 아무리 슬픈 일이 있더라도, 숙녀라면 노블레스 오블리지를 망각해서는 안 된다고 말했다. 물론 그들이 직접 노블레스 오블리지라는 말을 쓴 것은 아니었다. 그들은 단지 이렇게 말했다.

"불쌍한 에밀리, 그녀의 친척들이 자주 찾아와 봐야 하는 건데……."

그녀는 앨라배마에 친척을 두고 있었지만, 수년 전 그녀의 아버지가 머리가 돌아 버린 와이아트 노부인의 토지를 놓고 그들과 다투는 바람에 두 집안의 연락이 끊어지고 말았다. 그들은 장례식에도 사람을 보내지 않았다.

나이든 여자들이 '불쌍한 에밀리'라고 부르자 여자들은 서로 수군거렸다.

"정말 그럴 거라고 생각하세요?"

그들은 서로 이렇게 물었다.

"물론이지, 그밖에 무슨……."

이것은 그들이 손을 쓸 수 없는 일이었다. 한 쌍의 말이 다가닥―다가닥―다가닥 하는 말발굽 소리와 함께 가볍게 걸어 지나갈 때, 일요일 오후의 태양을 가리고 있는 베니션 블라인드 뒤에서 앞으로 숙여진 비단과 공단 자락들이 와스락거리고 있었다. '불쌍한 에밀리.'

그녀는 머리를 꽤나 높이 쳐들고 다녔다. 우리가 보기에는 그녀가 풀이 죽어 있을 때에도 마찬가지였다. 그녀는 그 어느 때보다도 사람들에게서 그녀가 그리어슨가의 마지막 여자로서 위엄을 갖추고 있음을 인정받고 싶어하는 것처럼 보였다. 마치 그녀의 무감각을 재확인하기 위해서 그러한 세속적인 인정을 필요로 하는 것 같았다. 그녀가 쥐약인 비소를 살 때에도 그랬다. 그때는 사람들이 '불쌍한 에밀리'라고 부르기 시작한 후 1년쯤 지났을 때였다. 당시에는 두 명의 사촌 자매가 그녀를 방문하고 있을 때였다.

"극약을 좀 주세요"

그녀는 약사에게 말했다. 그때 그녀의 나이 서른이 넘었고, 평소보다 야위기는 했지만 우리가 상상으로 볼 수 있는 등대지기의 얼굴처럼, 관자놀이를 지나는 부분과 눈 구멍 주위의 살이 꽉 죄는 얼굴에, 차갑고 거만한 검은 눈동자를 가진 에밀리는 여전히 볼품없는 몸매를 갖고 있었다.

"극약을 사러 왔어요"

"네, 미스 에밀리, 어떤 종류의 극약을 드릴까요? 쥐 잡는 약 같은 것 말인가요? 제가 권하고 싶은 것은……."

"제일 독한 걸로 주세요 종류는 상관하지 말구요"

약사는 몇 가지 종류의 극약 이름을 말해 주었다.

"이런 것들이면 코끼리까지도 죽일 수 있지요 하지만 어떤 걸 원하시는지."

"비소"

에밀리는 짤막하게 대답했다.

"그게 약효는 좋지요?"

"비소 말인가요? 그럼요, 아가씨. 하지만 아가씨가……."

"비소를 주세요"

약사는 그녀를 내려다보았다. 그녀는 얼굴을 펼쳐 든 깃발처럼 올리며 약사를 똑바로 되쏘아보았다.

"예, 그야 물론⋯⋯."

약사는 이어 말했다.

"그것이 아가씨가 원하는 거라면야⋯⋯. 하지만 법률상 그것을 어디다 쓰실 건지 말씀해 주셔야 합니다."

에밀리는 다만 그를 응시할 뿐 아무 말이 없었다. 약사와 눈싸움이라도 하듯 고개를 뒤로 젖히고 그를 똑바로 쳐다보았다. 약사는 그녀의 시선을 피하여 그 자리를 물러선 후 비소를 꺼내 포장을 했다. 그러나 그 비소 포장을 가지고 나온 사람은 그 약사가 아니라 심부름꾼인 흑인 소년이었다. 약사는 다시 얼굴을 보이지 않았다. 그녀가 집에 돌아와 포장을 뜯자, 상자 위에는 해골과 뼈가 그려진 표지 밑에 '쥐 잡는 데 쓰는 것'이라고 씌어 있었다.

4

다음날 우리는 모두 '그 여자 자살할 거야'라고 말했다. 그리고 그 여자를 위해서는 그것이 최선의 방법일 거라고 말했었다. 호머 배런과 데이트하는 것을 처음 보았을 때 우리는 그녀가 그와 결혼할 것이라고 말한 적이 있었다. 그러나 그 후 우리는 그녀가 그를 설득하고 있을 거라고 말한 적도 있었다. 왜냐하면 호머 배런은 남자들, 특히 젊은 남자들과 어울려 엘크의 선술집에서 술을 마시며, 자신은 결혼 같은 것을 생각하는 사람이 아니라고 말했다는 소문이 떠돌았기 때문이다. 그 후 우리는 에밀리를 보고 '불쌍한 에밀리'라고 부르기 시작했다. 일요일 오후, 우리는 머리를 높이 쳐든 그녀가, 모자를 삐딱하게 쓰고 입에 시가를 문 채 노란 장갑을 낀 손에 고삐와 채찍을 들고 화려한 마차를 모는 호머 배런과 함께 모습을 보일 때면 그 말을 잊지 않았다.

그러다가, 몇몇 여자들이 그녀의 행동이 마을의 수치이며 아이들

교육상 나쁜 영향을 미칠 수 있다는 주장을 펴기 시작했다. 남자들은 여자들의 주장을 못들은 척했지만, 끝내 여자들은 침례교회 목사에게 그녀를 찾아가 보라고 강요했다. 그녀의 가족은 감리교 신자였다. 목사는 에밀리를 만난 결과에 대해서 입을 열려고 하지 않았고 또다시 그녀를 만나려 하지도 않았다. 다음 일요일 오후, 두 사람은 또 거리에 모습을 나타내었다. 그러자 다음날 목사 부인은 앨라배마의 에밀리 친척에게 편지 한 통을 보냈다.

그리하여 그녀는 다시 친척과 함께 한지붕 밑에서 지내게 되었고, 우리는 한 걸음 물러서서 사태의 추이를 지켜보게 되었다. 처음에는 아무런 일도 없었다. 그래서 우리는 두 사람이 곧 결혼하게 되리라는 확신을 가졌다. 우리는 곧 에밀리가 보석상을 찾아가 물건마다 H. B. 라는 글자를 넣은 남자용 은제 화장 도구 세트를 주문했다는 사실을 알게 되었다. 그리고 이틀 후 우리는 그녀가 잠옷까지 포함한 남자용 의상 일체를 샀다는 사실까지 알게 되었다. 그리고 우리는 두 사람이 결국 결혼하고 말았다고 생각했다. 우리는 진심으로 기뻐했다. 우리가 기뻐했던 것은 그녀의 두 사촌 자매가 에밀리보다 훨씬 더 그리어슨가의 가풍을 간직하고 있음을 알았기 때문이었다.

그래서 우리는 호머 배런이 자취를 감추었을 때에도 놀라지 않았다. 도로 포장 공사는 벌써 끝나 있었다. 우리는 모든 사실이 분명하게 드러나지 않았기 때문에 다소 실망하고는 있었지만, 그가 에밀리를 부를 자리를 마련하고 있거나, 아니면 그녀가 사촌 자매들을 쫓아낼 기회를 주기 위해 잠시 마을을 떠난 것으로 생각했다(그 당시 마을 사람들은 마치 하나의 비밀 결사대를 조직해 놓은 것처럼, 모두 그녀 사촌들의 눈을 속이기 위한 일에 열성이었다). 아니나다를까, 한 주일이 지나자 그녀의 사촌 자매들은 떠나고 말았다. 그리고 우리 모두 기대하고 있었던 것처럼 사흘도 안 되어 호머 배런의 모습이 다시 시내에 나타났다.

어느 날 저녁 땅거미가 질 무렵 흑인 하인이 부엌에서 그를 맞이하는 것을 한 이웃 사람이 보았던 것이다.

그것이 우리가 호머 배런을 마지막으로 본 것이었다. 얼마 동안 에밀리의 모습도 볼 수 없었다. 흑인 하인이 시장 바구니를 들고 들락날락하는 모습은 눈에 띄었어도 문은 언제나 잠겨 있었다. 이따금 우리는 네 명의 사나이가 그녀의 집 주위에 석회를 뿌리던 날 밤 본 것처럼 잠깐씩 창가에 나타나는 그녀의 모습을 볼 수는 있었다. 그러나 거의 6개월 동안 그녀는 거리로 나온 적이 없었다. 그때 우리는 이것도 역시 우리가 예상할 수 있는 것이었다고 생각했다. 여자로서 그녀 인생의 길을 여러 번 가로막았던 그녀 아버지의 성격이 너무도 독하고 강해서 아직 그 집안에 남아 있는 것처럼 생각되기도 했다.

그 후 우리가 에밀리를 보았을 때, 우리는 그녀의 몸집이 뚱뚱해지고, 머리카락은 흰빛으로 변하고 있음을 보았다. 그 후 몇 년 동안 계속 희게 변하더니 마침내 철회색의 머리카락이 되고 말았다. 74세의 나이로 그녀가 숨을 거둘 때까지 그 머리카락은 활동적인 사나이의 머리카락처럼 여전히 생기에 넘치는 철회색 빛이었다.

그 후로 그녀의 집 현관문은 굳게 잠겨 열릴 줄 몰랐다. 단지 그녀가 마흔 살 정도 되었을 무렵 6~7년 간 도자기 공예 강습소를 차렸을 때는 예외였다. 그녀는 아래층에 있는 방 하나에 화실을 차렸다. 사아토리스 대령과 그의 같은 세대 인물들의 딸, 손녀들만이 그녀의 강습을 받으러 다녔다. 그 학생들은 성금함에 집어넣기 위해 25센트짜리 동전을 받아들고 일요일마다 집을 나서는 기분으로 그녀의 강습소를 찾았던 것이다. 그러는 사이, 그녀에게는 세금 면제의 혜택이 주어졌던 것이다.

그러다 새로운 세대가 시의 중추적인 자리를 차지하고 새로운 분위기를 불러일으키기 시작했다. 에밀리의 강습소에 다니던 어린 여자

애들도 성장해서 흩어진 후 자신들의 자녀에게 그림 물감통이나 너저분한 붓, 여성 잡지에서 오려 낸 그림을 쥐어 주며 그녀의 강습소로 보내는 일을 중지해 버렸다. 그녀의 집 현관은 굳게 닫혀졌고, 다시는 열리지 않았다. 마을에 우편 배달부가 자유로이 집안으로 우편물을 배달할 수 있는 제도를 채택했을 때 유독 에밀리만은 현관문에 금속 번지판을 붙이는 것을 허락하지 않고 대신 우편함을 달아 놓았다. 도무지 사람들의 말에 귀를 기울이려 하지 않았다.

날이 바뀌고 달이 지나고 한 해 두 해 지나면서 우리는 시장 바구니를 들고 들락날락거리는 흑인 하인의 머리가 더욱 희어지고 허리가 굽어지는 것을 지켜보았다. 매년 12월이면 그녀에게 세금 통지서를 보냈지만 1주일 후에 수취인 불명으로 우체국으로부터 환송되곤 했다. 이따금 우리는 아래층 창문을 통해서 그녀의 모습을 보기는 했지만—그녀는 집 위층을 봉쇄해 버린 것이 분명했다—그녀가 우리를 쳐다보는지, 아니면 쳐다보지 않는지 알 수가 없었다. 그녀는 그렇게 귀엽고, 달아날 길 없고, 무감각하고, 평온하고, 고집스러운 모습으로 세대와 세대를 거쳐갔다.

그리하여 그녀는 죽었다. 먼지와 그림자들로 가득 찬 집안에서 비틀거리는 흑인 하인만이 곁에서 시중을 드는 가운데 병을 앓다가 죽어 간 것이었다. 그녀가 병들어 있었다는 사실을 우리는 전혀 몰랐다. 흑인 하인에게서 집안 소식을 얻어 내려는 우리의 노력은 이미 오래 전에 포기되었다. 그 흑인 하인은 아무에게도 말하는 법이 없었다. 에밀리에게조차 아무 말 안 하는 것처럼 느껴질 정도였다. 어쩌면 전혀 목소리를 내지 않아 그만 목소리가 쉬고 녹슬어 버린 때문인지도 몰랐다.

그녀는 아래층에 있던 방에서 오랫동안 햇빛을 받지 못해 누렇게 변하고 곰팡내 나는 베개 위에 흰 머리를 누이고 휘장이 쳐진 묵직한 호두나무 침대 위에서 숨을 거두었다.

5

혹인 하인은 여자 조문객들을 현관에서 맞았다. 여자들은 서로 쉬쉬하며 조용하게 말을 하면서 호기심에 가득 찬 눈초리를 재빨리 여기저기 던졌다. 혹인 하인은 여자들을 집안으로 안내한 뒤 사라져 버렸다. 그는 곧장 집안으로 걸어들어가 뒤뜰로 나간 다음 다시는 나타나지 않았다.

그녀의 두 사촌 자매들도 곧 도착했다. 사람들은 이틀째 되던 날 장례식을 치렀다. 온 마을 사람이 찾아와 숱한 꽃송이 밑에 누운 에밀리를 바라보았다. 크레용으로 그려진 그녀 아버지의 얼굴이 관가棺架 위에서 깊은 묵상에 잠겨 있었고 사람들은 쉬쉬하며 떠들지 않았으나 섬뜩한 기분에 젖어 있었다. 나이가 많이 든 사람들—그들 중 몇 사람은 먼지를 털어 낸 남부군 복장을 하고 있었다—현관과 잔디밭 위에서 에밀리에 대한 이야기를 나누고 있었다. 그들은 그녀와 같은 세대를 살아온 사람들같이 이야기했다. 그들은 그녀와 함께 춤을 춘 적도 있었고, 어쩌면 그녀에게 구애를 한 적도 있을지 모른다고 생각하고 있었다. 그들은 대개의 늙은 노인들이 그러하듯 세월의 흐름을 정확히 느끼지 못하고 있었다. 그들에게는 모두 과거가 멀리 작게 보이는 길이 아니라 겨울이 결코 찾아오는 적이 없는 드넓은 초원처럼 보이는 것이었다. 단지 이제는 가장 최근의 10년이란 세월이 좁은 통로가 되어 그들을 그 과거와 갈라놓고 있을 뿐이었다.

이미 우리는 계단 위층에 지난 40년 이래 아무도 본 적이 없는, 강제로 열지 않으면 열리지 않는 방이 하나 있음을 알고 있었다. 사람들은 에밀리가 조용히 땅 속에 묻힐 때까지 그 방문을 열지 않고 기다렸다.

그 문을 강제로 열어젖히자 방 안의 먼지가 짙게 피어올라 선뜻 방 안으로 들어설 수 없을 정도였다.

무덤을 덮을 때 쓰는, 매캐한 냄새가 나는 얇은 천이 혼례를 치르기 위해 가구를 들여놓고 장식까지 해 놓은 그 방의 여기저기에 널려 있었다. 색 바랜 장밋빛 침대막이 커튼 위에도 걸려 있었고, 장밋빛 조명 기구와 경대 위, 섬세하게 배열된 수정 그릇과 변색된 은제품들, 너무나 색이 바래 버려 글자까지 희미한 남자용 은제 화장 도구 위에도 널려 있었다. 그 물건들 사이에는 마치 방금 벗어 놓은 듯한 칼라와 타이가 놓여 있었다. 그 칼라와 타이를 집어 들자 먼지로 덮인 바닥 위에는 희미한 초승달의 형상이 그려졌다. 의자 위에는 조심스럽게 개어 놓은 양복이 걸려 있었다. 그 밑에는 두 짝의 구두와 내던진 양말이 말없이 놓여 있었다.

사나이는 침대에 누워 있었다.

한참 동안 우리는 움직이지 않고 그 자리에 서서 살점이라고는 붙어 있지 않은 채 싱긋이 그윽한 웃음을 짓고 있는 얼굴을 내려다보았다. 시체는 한때 포옹의 자세로 누워 있었던 것이 분명했다. 그러나 지금은 사랑보다도 길고 사랑의 잔인한 행위까지도 극복하고 있는 긴 잠이 자신도 모르는 사랑의 표현을 연출하고 있을 뿐이었다. 남아 있는 잠옷 밑에서 썩어 버린 육체의 남은 부분이 그가 누워 있는 침대로부터 탈출할 기회를 잃고 있었다. 그의 시신과 바로 곁에 베개는 오랫동안 차분하게 쌓인 먼지로 덮여 있었다.

그리고 우리는 제2의 베개에 움푹 들어간 머리 자국이 있음을 발견했다. 희미한 채 잘 보이지 않는 먼지의 건조하고 매운 냄새로 콧구멍이 막히는 것을 무릅쓰고 한 사람이 그 베개에서 무엇인가를 집어 들어 앞으로 몸을 굽혔을 때 우리는 그것이 기다란 철회색 머리카락 한 올임을 알았다.

*

윌리엄 포크너의 「에밀리에게 장미를」은 우리가 쉽게 잊을 수 없는 매우 개성적인 한 인물을 보여 준다. 에밀리 그리어슨이 바로 그 인물이다. 에밀리는 현실세계와 담을 쌓고 이웃과 격리되어 서서히 쇠락해 가는 저택, '먼지가 쌓여 있었고, 무겁고 습기찬 냄새'로 감싸인 집안에 스스로 유배되어 살아간다. 그녀는 '야비하고 시끌벅적한 속세'인 마을과 그 마을 지배하는 세속적인 가치 체계에 순응하기를 거부한 채 과거의 '도도하고 오만한 그리어슨가'의 영광과 위엄을 양식삼아 사는 것이다. 그녀는 세상이 변했다는 사실을 좀처럼 인정하지 않는다. 그것은 세상의 웃음거리가 되기 십상이다. 그럼에도 불구하고 그녀는 고고하게 세속의 규율과 관습을 무시하고 산다. 마침내 그녀는 '먼지와 그림자들로 가득 찬 집안'에서 쓸쓸하게 죽는다. 그녀가 살았던 방은 '오랫동안 햇빛을 받지 못해 누렇게 변하고 곰팡내 나는' 방이고, 그녀는 그곳에서 '베개 위에 흰 머리를 누이고 휘장이 쳐진 묵직한 호두나무 침대 위에서 숨을 거'둔다. 그녀의 죽음에 대한 마을 사람의 반응은 연민과 호기심, 그리고 경외감이다. 사람들은 '무너진 기념비에 대한 일종의 경의에 찬 감정'과 '호기심'에서 그녀의 장례식에 참석하는 것이다.

　　이 소설의 화자는 '우리들'이다. 다시 말해 현실과 환상의 착종, 지역 사회와의 배타적 고립의 선택, 현재를 외면하고 흘러가 버린 과거의 질서에의 고착, 자신의 사랑을 관철시키는 끔찍할 만큼의 무서운 집념을 가진 에밀리 그리어슨의 생애 전체를 굽어 볼 수 있는 불특정 다수라는 복수의 시선이다. 이 시선 속에는 섬처럼 고립되어 쇠퇴와 파멸의 길을 걸어가는 한 여자를 지켜보는 마을 사람들 모두의 연민과 향수, 두려움과 존경이 뒤섞여 있다. 에밀리 그리어슨의 실체는 그녀를 둘러싸고 있는 마을 사람들과의 관계를 통해서만 드러날 수 있기 때문에 이 소설의 화자를 마을 사람들 전체를 아우르는 '우리들'로

한 것은 적절해 보인다.

　이 소설은 정신병적 강박증을 가진 한 여자의 이룰 수 없는 사랑과 살인이라는 극단적 방법까지 사용하며 그 남자를 곁에 붙잡아 두고자 했던 복수극이라는 표면적 줄거리를 갖고 있다. 몰락한 가문, 아무도 출입하지 않고 무겁게 닫혀 있는 문, 그 속에서 마녀처럼 철저하게 타인과의 일체의 소통을 거부한 채 고독하게 늙어 가는 한 여자, 그 음습한 집안에서 벌어지는 살인과 시체 유기라는 표면적 줄거리만을 따라가자면, 이 소설은 아주 음산하고 괴기스러운 소설이다. 하지만 이 소설은 한 비정상적인 인간의 왜곡된 심리를 보여 주는 임상 보고서와 같은 소설이 아니다. 놀랍게도 고집스럽고 오만하며 비정상적이고 살인까지 서슴지 않는 주인공 에밀리는 괴기한 범죄자이기는커녕 '귀엽고, 달아날 길 없고, 무감각하고, 평온하고, 고집스러운' 여자로 다가온다. 이 소설의 묘미는 그 괴리에서 찾을 수가 있다. 먼저 에밀리와 그녀가 살고 있는 집은 거의 일체화되어 있다. 다시 말해 에밀리가 마을 사람들과 격리되어 살고 있는 집은 바로 에밀리의 눈에 보이지 않는 심리와 무의식을 드러내 보여 주는 가시적 실체로 제시되어 있다.

　에밀리의 집은 '크고 네모난 목조 건물'로 '원형 지붕과 뾰족탑, 그리고 1870년대의 묵직하면서도 우아한 스타일'을 하고 있다. 그 집은 '자랑이라도 하듯 하얀 색으로 단장한 채 우리 마을에서 가장 화려했던 거리'에 서 있는 것이다. 그 집은 '쇠퇴해 가는 완고하고 요염한 모습을 고집하며' 새롭게 들어서는 여러 건물들 위로 당당하게 우뚝 솟아 있다. 마찬가지로 에밀리는 새로운 사회적 규율과 관습들을 고집스럽게 무시하고, 자신만의 독자적인 규범과 형식의 삶을 오만하게 고집해 버린다. 한 예로 '현대적인 사고 방식을 지닌 다음 세대가 나타나 시장이 되고 시의회 의원'이 되자 그들은 에밀리에게 세금 통지서를 내보낸다. 그러나 에밀리는 그녀의 집안이 과거로부터 세금이면제되어 왔다는 사실을 지적하며 완고하게 새로운 세대에 의한 결정을 무시해 버린다. 그녀는 변화된 현재의 질서를 받아들일 준비가 전혀 안 되어 있는 것이다. 그녀의 삶의 원리는 영광스러웠던 과거의 질서에 고착되어 있다.

그녀의 현실 인식은 도착적이고, 시대 착오적이며, 때때로 현실과 환상을 제대로 구분하지 못할 정도의 비정상적이다. 그녀의 의식과 삶에 어두운 그림자를 드리우고 있는 것은 그리어슨가의 과거의 영광이고, 죽은 아버지다. 특히 아버지는 '성격이 너무도 독하고 강해서' 그녀의 '인생의 길을 여러 번 가로막았던' 존재다. 따라서 '하얀 옷을 입은 가냘픈 에밀리는 위에 서 있고 그녀의 아버지는 그녀 앞에서 말 채찍을 움켜쥐고 다리를 벌린 채 서 있는 모습의 실루엣'은 그것이 현실이건 환상이건 간에 이 소설의 화자를 포함한 대다수 마을 사람들의 의식 속에 살아 있는 에밀리의 영상이다. 그래서 에밀리가 마을 사람들의 규범 위에 배타적으로 군림할 때에도 마을 사람들은 그녀를 미워하는 대신 언제나 '불쌍한 에밀리'라고 연민을 드러내 보이는 것이다.

이 소설의 압권은 에밀리가 결혼하려고 했던 떠돌이 노동자 호머 배런이 그녀를 배반하고 떠나려고 했을 때 극약으로 살해해서 그를 영원히 그녀의 곁에 머물게 한 대목이다. 그의 시체가 누워 있는 방은 40년 동안이나 봉쇄돼 있다가 에밀리가 죽은 다음에서야 비로소 그 문을 열어 보인다.

무덤을 덮을 때 쓰는, 매캐한 냄새가 나는 얇은 천이 혼례를 치르기 위해 가구를 들여놓고 장식까지 해 놓은 그 방의 여기저기에 널려 있었다. 색 바랜 장밋빛 침대막이 커튼 위에도 걸려 있었고, 장밋빛 조명 기구와 경대 위, 섬세하게 배열된 수정 그릇과 변색된 은제품들, 너무나 색이 바래 버려 글자까지 희미한 남자용 은제 화장 도구 위에도 널려 있었다. 그 물건들 사이에는 마치 방금 벗어 놓은 듯한 칼라와 타이가 놓여 있었다. 그 칼라와 타이를 집어 들자 먼지로 덮인 바닥 위에는 희미한 초승달의 형상이 그려졌다. 의자 위에는 조심스럽게 개어 놓은 양복이 걸려 있었다. 그 밑에는 두 짝의 구두와 내던진 양말이 말없이 놓여 있었다.

사나이는 침대에 누워 있었다.

우리는 이 대목에서 전율과 감동을 함께 느낀다. 호머 배런의 죽음은 그녀의 광기의 결과이지만 그것은 한꺼풀 벗겨 보면 그녀다운 행동이기도 하다. 에밀리는 한 개인을 넘어서서 마을 사람들 모두가 공유하는 영광스러운 과거의 일부였던 것이다. 따라서 하찮은 호머 배런의 에밀리에 대한 배반은 한 여성에 대한 배반이 아니라 마을 전체의 과거와 역사에 대한 배반이며 모독이었던 것이다. 그렇기 때문에 에밀리의 죽음은 마을 사람들에게 '무너진 기념비에 대한 일종의 경의'를 불러일으키고, 그녀의 장례식은 마을 공동의 의전 행사가 되는 것이다. 에밀리를 따라다니는 것은 쇠락해 가는 집, 어둠, 곰팡이, 습기, 먼지, 그림자들과 같은 음습한 이미지들이다. 에밀리는 현재 속의 과거이며, 삶 속의 죽음이고, 현실 속의 환상이다. 그것은 과거 지역 사회에서의 높은 신분을 갖고 있던 위풍당당한 대상에 대해 취할 수 있는 태도(사아토리스 대령과 스티븐스 판사, 그리고 에밀리의 장례식에 참석했던 '나이가 많이 든 사람들'의 태도)와 에밀리의 비정상적인 면들을 인정하고 연민을 보이는 태도다. 에밀리는 마을이라는 지역 사회의 정서나 규범과 상관없이 자신만의 배타적인 규범과 질서 안에서 살아간 인물이다. 타인의 말에는 귀를 기울이지 않고 변화된 질서에도 무감각한 이러한 인물은 고립된 공간 안에서 자신의 일생을 마감하게 된다. 과거와 현재의 질서는 오로지 과거의 옛 영광의 법칙으로만 움직이지만 마을 사람은 분명 현재를 살아 나가고 있다. 그렇다고 마을 사람은 에밀리가 과거와 현재를 구별하지 못한다는 점에 특별히 분노하거나 야유하지 않는다. 이 소설이 특기할 만한 것은 에밀리라는 인물을 옛 영광과 그 몰락으로 그리고 있으면서 그것을 비극적으로 인정하고 있다는 특이한 사실 때문이다.

이 소설의 제목이 「에밀리에게 장미를」인 것은 에밀리라는 인물이 갖고 있는 비정상적인 광기나 도착적 행동들보다는 스스로의 위엄과 옛 영광을 유지하기 위해 선택하는, 시대를 거스르는 고립과 몰락에 대해서 바쳐지기 때문이다. 이 소설이 보여 주는 공포는 에밀리를 통해 나타나는 비극적인 행동을 바라보는 마을 사람의 시각에 의해서 더욱 크게 증폭된다. 그 공포는 삶에의, 삶을 위한, 삶의 공포다.

소설의 첫머리 쓰기

황석영 「삼포森浦 가는 길」 /박경리 「토지」 /가브리엘 가르시아 마르께스 「백년 동안의 고독」 /블라디미르 나보코프 「롤리타」 /은희경 「새의 선물」 /폴 오스터 「달의 궁전」 /이청준 「병신과 머저리」 /강석경 「가까운 골짜기」 /니코스 카잔차키스 「그리스인 조르바」 /배수아 「푸른 사과가 있는 국도」 /요시모토 바나나 「키친」 /장정일 「아담이 눈뜰 때」 /하일지 「그는 나에게 지타를 아느냐고 물었다」 /최윤 「당신의 물제비」 /하창수 「돌아서지 않는 사람들」 /박상우 「샤갈의 마을에 내리는 눈」 /최인훈 「광장廣場」 /이문열 「금시조」 / 알베르 카뮈 「이방인」 /밀란 쿤데라 「참을 수 없는 존재의 가벼움」 /장 필립 뚜쌩 「사진기」 /장 필립 뚜쌩 「망설임」 /프란츠 카프카 「심판」 /무라카미 하루키 「국경의 남쪽 태양의 서쪽」 /프란츠 카프카 「변신」 / 아니 에르노 「단순한 열정」

사람들의 식사 습관에 대해 생각해 보자. 어떤 사람들은 아침, 점심, 저녁 식사를 정해진 시각에 규칙적으로 한다. 어떤 사람은 아침은 커피나 우유와 같은 마시는 것으로 대신하고, 점심과 저녁 식사만을 한다. 또 어떤 사람은 아침과 점심 식사는 하지만 저녁 식사는 간단하게 과일 몇 조각으로 대신하기도 한다. 사람들마다 자신의 일이나 환경, 직업, 그리고 신체적 조건에 따라 자기 생활에 맞는 적합한 식사 방법을 갖고 있다. 소설 쓰는 것도 마찬가지다. 소설을 쓰게 된 동기, 스타일, 소설의 주제나 형식…… 그 모든 것들은 사람마다 똑같지 않다. 사람마다 살아온 배경, 취향, 교육, 종교, 개성, 가치관이 다르듯이 그것들은 다를 수밖에 없다. 백 명의 작가가 있다면 백 가지의 스타일의 소설이 있는 것이다. 주제, 형식, 문체 역시 마찬가지다.

당신은 오랫동안 가슴속에 남다르게 소설을 쓰고자 하는 열망을 키워 왔다. 그 욕망은 처음에는 형체가 없었다가 이제 분명한 형체를 갖추고 밖으로 분출될 일만 남았다. 작가로서 갖춰야 할 여러 덕목들을 당신은 충분히 갖추었다. 작품에 대한 훌륭한 아이디어, 문체, 풍부한 상상력, 사물에 대한 육감과 직관력, 인간과 사회에 대한 통찰력, 이야기를 풀어 나가는 능력 등……. 여러 작가들의 소설들을 주의깊게 읽어 왔고, 사회학자처럼 인간의 사회적 삶의 양태들에 대한 통찰력을 키워 왔고, 심리학자처럼 매 순간 미묘하게 변하는 사람들의 심리에 대해 연구해 왔으며, 자연과학자처럼 숲과 거미집과 고양이의 생태에 관한 날카로운 관찰력을 키워 왔으며, 처음 쓰고자 하는 소설의 아이디어에 상상력을 넣어 오랫동안 발효시켜 왔다. 이제 모든 준비는 완벽하게 끝났다. 그것은 오랜 애벌레로 지내다가 마침내 성충이 되어 날개를 달고 허공으로 날아오르려는 나비의 한살이에 비유할 수 있다. 날개를 펴고 공중으로 날아오르기만 하면 되는 것이다. 이 마지막 단계에서 부닥치는 문제는 소설의 첫 문장을 어떻게 쓸 것인가, 하는 것이다.

소설의 첫 문장은 대단히 중요하다. 모든 책들의 첫 문장 속에는 그 책의 비밀스런 운명이 봉인되어 있다. 그러므로 당신이 쓰는 소설의 첫 문장은 독자들의 뇌리에 강한 인상으로 각인될 수 있도록 비범하고 의미심장하게 씌어지지 않으면 안 된다. 그러나 처음부터 어깨에 너무 힘이 들어가면 당신이 쓰려는 불후의 명작은 영원히 세상의 빛을 보지 못한 채 당신의 가슴속에서 소멸해 버릴지도 모른다. 그렇게 되면 많은 독자들은 당신의 작품을 한 번도 읽지 못하는 불운 속에 빠지며, 누구도 당신을 작가로 기억하지 못할 것이다. 소설의 첫 문장은 쉽고도 어렵다. 소설의 첫머리부터 독자들의 호기심을 자극하고 그들의 주의를 집중시키고 마음을 휘어잡을 수 있어야 한다. 소설이 짧을수록 서두에서 지나치게 머뭇거리거나 우회적이 되어서는 안 된다. 왜냐하면 대부분의 독자들은 참을성이 그리 많지 않다. 그들은 소설읽기말고도 할 일이 많다는 것을 염두에 두어야 한다. 서두는 간결해야 하고, 함축적이어야 하고, 직접적이어야 한다. 빨리 소설의 핵심적 사건에 연결될 수 있어야 하는 것이다. 소설이 시작하고 적어도 원고 매수로 10매가 넘어갈 때까지 작가가 무슨 얘기를 하려고 하는지 독자가 알 수 없어 고개를 갸우뚱거리고 있다면 그것은 위험신호로 받아들여져야 한다. 거기서 조금만 더 넘어가면 대부분의 독자들은 그 소설읽기를 포기하고 말 것이다.

소설을 시작하는 첫머리를 쓰기 전에 당신은 먼저 몇 가지를 결정해 두어야 한다. 그것은 장소, 관점, 인칭, 문장의 시제 등이다. 장소라는 것은 소설의 공간적 배경을 말하는 것이다. 그것은 실내일 수도 있고, 실외일 수도 있다. 실내 공간들의 목록은 다양하게 늘어난다. 방, 복도, 거실, 계단, 지하실, 차고, 사무실, 백화점, 감옥, 도서관, 극장, 슈퍼마켓……이나 엘리베이터, 전철, 버스, 기차, 비행기, 선박, 우주선 등이 배경으로 선택될 수 있다. 또 호수, 숲 속, 산, 바다, 해변, 오솔길, 거리, 사막, 섬, 들판, 전쟁터, 시장……과 같은 실외 공간도 소설의 배경이 되는 장소들의 목록이다.

관점과 인칭, 그리고 문장의 시제들에 대해서는 앞서서 논의한 것을 참조해 볼 수 있을 것이지만, 다시 요약해 보자. 관점이란 소설의 말하는 사람의 시점視點인데, 그것은 소설 속에 나오는 여러 인물들이 행했던 바, 그리고 소설 공간에서 일어났던 바를 전달해 주는 사람의 관점이다. 그것은 다른 말로 "서술의 초점the focus narration"이라고 말하기도 한다. 영화를 찍을 때 사람이나 풍경과 같은 피사체를 따라가는 카메라의 렌즈와 같은 것이라고 생각하면 이해하기 쉬울 것이다. 소설 속의 사건을 가장 효율적으로 전달해 줄 수 있는 한 사람의 시선에 관점을 고정시킬 수도 있고, 소설의 진행에 따라 여러 인물들의 시선으로 관점을 이동시킬 수도 있다. 관점이 결정되었다면 그것에 따라 소설의 인칭도 결정되어야 한다. 대개의 소설들은 "나"와 같은 일인칭, 혹은 "그", "그녀"와 같은 삼인칭을 사용하는데, 아주 간혹 "당신"이라는 이인칭이 사용되는 소설도 없지는 않다. 때때로 여러 인칭들이 한 소설 안에서 혼용되어 사용될 수도 있다. 그러나 그때는 독자들이 인칭의 전환과 변화에 대해 분명하게 납득할 수 있지 않으면 안 된다. 다시 말해 작가라고 해서 아무 원칙없이 한 소설 안에서 여러 인칭들을 혼용할 수는 없다. 그것은 작가에게 부여된 권한을 넘어서는 일종의 전횡이다. 애매모호하거나 납득되지 않는 인칭의 혼란은 독자를 곤혹스럽게 만드는 것이다. 작가가 자신의 소설이 독자에게 잘 읽혀지든지 말든지 별로 상관하지 않는다면 모르지만, 그렇지 않다면 그것은 피해야 되는 금기사항이다.

소설의 문장은 소설의 성립에 가장 기초적인 토대라고 할 수 있다. 모든 문장 안의 동사들은 시제를 갖는다. 문장의 시제는 널리 알려져 있는 것처럼 과거시제, 현재시제, 미래시제 등이 있다. 우리가 읽고 있는 대부분의 시나 소설, 논픽션, 회고록, 자서전 등은 과거시제로 씌어진다. 예를 들면 "어제 낮에 나는 외숙모의 부음을 들었다. 그녀는 쉰 살이라는 아직 젊은 나이에 위암으로 숨졌다"(윤대녕, 「천지간」)와 같은 문장이 과거시제로 씌어진 것이고, "나는 자동차를 몰고 있고, 백미러를 통해 내 뒤의 자동차를 관찰한다. 왼쪽의 작은 등이 깜박거리고 있으며 자동차 전체가 조바심의 전파를 보내고 있다. 저 운전수는 나를 추월할 기회를 엿보고 있다. 맹금이 참새를 노리듯이 그 순간을 노리고 있다"(밀란 쿤데라, 「느림」)와 같은 문장은 현재시제로 씌어진 것이다. 현재시제로 씌어진 소설들은 가벼움과 속도감을 느끼게 한다. 현대 소설들에서 현재시제로 씌어진 소설들은 그리 낯설지 않다. 하지만 미래시제로 씌어진 소설을 발견하기는 쉽지 않다. 미래시제란 소설에서 그리 자주 쓰이지 않는 매우 낯설고 특별한 형식이다.

당신의 상상력은 응집되어 있고, 소설의 플롯은 머리 속에 짜여져 있고, 필요한 자료와 풍부한 예화들은 오랫동안 당신의 가슴속에서 하나의 이야기로 발효되어 왔다. 이제 소설의 첫머리를 써야 할 순간에 와 있다. 다시 한 번 소설의 첫머리를 쓰기 전에 머리 속에 새겨 두어야 주의사항들이 있다. 먼저 소설의 첫머리는 독자들의 흥미를 자극하는 것이어야 한다. 그리고 긴장감이 있어야 하고, 강렬한 인상을 갖게 하는 것이 좋다. 문장의 어휘들은 정확하게 선택되어져야 하고, 한 단어가 불필요하게 여러 번 나오는 것은 읽는 사람을 짜증나게 할 수도 있다. 또한 소설의 첫머리에 소설 전체를 떠받쳐 주는 복선^伏線의 실마리가 숨어 있어야 한다.

　자, 여기서 다른 작가들은 그들의 소설의 첫머리를 어떻게 시작했는가를 눈여겨보자. 비교적 다양한 형태로 씌어진 소설의 서두 부분들을 모았다.

*

　영달은 어디로 갈 것인가 궁리해 보면서 잠깐 서 있었다. 새벽의 겨울 바람이 매섭게 불어왔다. 밝아오는 아침 햇볕 아래 헐벗은 들판이 드러났고, 곳곳에 얼어붙은 시냇물이나 웅덩이가 반사되어 빛을 냈다. 바람 소리가 먼 데서부터 몰아쳐서 그가 섰는 창공을 베면서 지나갔다. 가지만 남은 나무들이 수십여 그루씩 들판가에서 바람에 흔들렸다.

　　　　　　　　　　　　　　　＿황석영, 「삼포^{森浦} 가는 길」

　1987년의 한가위.

　까치들이 울타리 안 감나무에 와서 아침인사라도 하기 전에, 무색옷에 댕기꼬리를 늘인 아이들은 송편을 입에 물고 마을 길을 쏘다니며 기뻐서 날뛴다. 어른들은 해가 중천에서 좀 기울어질 무렵이래야, 차례를 치러야 했고 성묘를 해야 했고 이웃끼리 음식을 나누다 보면 한나절은 넘는다. 이때부터가 타작마당에 사람들이 모이기 시작하고 들뜨기 시작하고— 남정네 노인들보다 아낙들의 채비는 아무래도 더디어지는데, 그럴 수밖에 없는 것이 식구들 시중에 음식 간수를 끝내어도 제 자신의 치장이 남아 있었으니까. 이 바람에 고개가 무거운 벼이삭이 황금빛 물결을 이루는 들판에서는 마음 놓은 새떼들이 모여들어 풍성한 향연을 벌인다.

"후우이이— 요놈의 새떼들아!"

극성스럽게 새를 쫓던 할망구는 와삭와삭 풀발이 선 출입옷으로 갈아입고 타작마당에서 굿을 보고 있을 것이다. 추석은 마을의 남녀노유, 사람들에게뿐만 아니라 강아지나 돼지나 소나 말이나 새들에게, 시궁창을 드나드는 쥐새끼까지 포식의 날인가 보다.

_박경리, 「토지」

오랜 세월이 흐른 뒤 총살대^{銃殺隊} 앞에 섰을 때, 아우렐리아노 부엔디아 대령은 틀림없이 아버지를 따라 처음으로 얼음 구경을 갔던 어린 시절의 어느 날 오후를 생각했을 것이다.

그 무렵의 마콘도는, 마치 선사시대^{先史時代}의 괴수^{怪獸}의 알과 같이 매끈매끈한 하얗고 큰 돌들이 깔려 있는 강바닥을 맑은 물이 세차게 달리는 강둑을 따라, 대와 흙덩이로 만든 집이 스무 채쯤 있는 초라한 마을이었다. 겨울 개척된 신천지였기 때문에 아직 이름조차 제대로 갖추지 못한 물건들이 태반이었으므로, 이런 것들이 얘깃거리가 되면 일일이 그것을 손가락으로 가리켜야만 했다.

_가브리엘 가르시아 마르께스, 「백년동안의 고독」

롤리타, 내 삶의 빛이요, 내 허리의 불꽃. 나의 죄, 나의 영혼. 롤— 리— 타. 세 번 입천장에서 이빨을 톡톡 치며 세 단계의 여행을 하는 혀끝. 롤. 리. 타.

그녀는 로, 아침에는 한쪽 양말을 신고 사 피트 십 인치의 평범한 로. 그녀는 바지를 입으면 롤라였다. 학교에서는 돌리. 서류상으로는 돌로레스. 그러나 내 품안에서는 언제나 롤리타였다.

그녀 전에 다른 여자가 있었던가? 있었지. 그래 있었어. 사실은 어느 여름날 내가 어느 소녀애를 사랑하지 않았더라면 롤리타는 없었을 것이다. 바닷가의 어느 왕국에서. 아, 언제? 오, 롤리타가 태어나기 전, 그해 여름 내 나이 때. 여러분, 멋진 산문체를 얻으려면 언제나 살인자에게 오시오.

존경하는 배심원 여러분, 증거 서류 제1호는 천사들, 뭔가 잘못 알고 있는, 단순하고 날개 달린 고귀한 대천사들이 무엇을 시기했는지 보여줄 것입니다. 이 번민에 뒤엉킨 걸 좀 보십시오.

_블라디미르 나보코프, 「롤리타」

나는 쥐를 보고 있다.

어둠이 내리기 시작하면서 이 카페는 정원에 조명이 밝혀져 유럽풍의 화려한 실내장식과 함께 더욱 이국적인 정취를 자아냈다. 무심코 창 밖을 향해 있던 시선 속으로 나뭇가지에 매달려 있는 쥐가 들어왔다. 스테이크 한 조각을 입에 넣고 막 입술 사이로 포크를 빼내려는 참이었다.

처음에는 잘 손질된 정원수 사이로 뭉클뭉클 움직이는 저 더러운 잿빛 털뭉치가 무엇인가 싶었다. 그러다가 어느 순간, 연한 수피에 쉴새없이 이빨을 갉작거리고 있던 쥐와 눈이 마주쳤던 것이다. 머리를 꺼덕일 때마다 그 반동으로 가지 꼭대기가 둔하게 휘청일 만큼 살찐 놈이었다.

창가 자리를 차지할 수 있었던 행운은 겨우 십여 분 동안만 유효했던 셈이었다. 나는 내 행운의 유효기간이 짧았던 것보다 행운과 불운은 순서대로 온다는 것을 잊은 채 창가 자리에 들뜬 엉덩이를 내려놓고 있던 자신의 이완이 더 언짢았다.

쥐가 짧은 다리를 뻗어 옆가지로 옮겨 앉아 꼬리가 긴 곡선을 그으며 잽싸게 따라가 숨는다. 꼬리. 나는 저 꼬리를 어린 시절 변소에 쪼그리고 앉아서 내려다보곤 했다. 나무발판 밑의 구덩이 속에서 무언가 움직이는 기척이 느껴져 아래를 내려다보면 거기 똥 위에 쥐가 있었다. 조금 전까지 수채구멍의 허연 밥찌꺼기 위에 엎뎌 있던 그 회색 쥐.

그 쥐는 마치 흙손으로 개어놓은 시멘트 반죽처럼 제법 꾸들꾸들한 똥 위에 가볍게 올라앉아 이리저리 돌아다녔다. 누렇게 삭아 버린 종이쪽과 불다 만 고무풍선 같은 허연 콘돔 사이를 헤치며. 그때마다 꼬리가 유연한 곡선으로 쥐의 행로를 뒤쫓았고 쪼그리고 앉은 채 나는 다리가 저릴 때까지 그 꼬리의 향방을 뒤쫓는 데 열중하였다.

나는 지금도 혐오감과 증오, 그리고 심지어는 사랑에 이르기까지 모든 극복의 대상을 이겨내기 위해서는 언제나 그 대상을 똑바로 바라보곤 한다. 쥐를 똑바로 보면서 어금니에 고인 침 사이로 스테이크를 씹어 넘기듯이. 그것은 나의 오랜 습관이다.

_은희경, 「새의 선물」

인간이 달 위를 처음 걸었던 것은 그해 여름이었다. 그때 나는 앞길이 구만 리 같은 젊은이였지만, 어쩐지 이제부터는 미래가 없을 거라는 생각이 들었다. 나는 위태위태한 삶을 살고 싶었다. 갈 수 있는 데까지 가 본 다음, 거기에 이르렀을 때 무슨 일이 벌어지는지 보고 싶었다. 그러나 사실 내가 이루어 낸 일은 아무것도 없었고, 결국에는 차츰차츰 무일푼으로 전락해 아파트마저 잃고 길바닥으로 나앉는 신세가 되고 말았다. 만일 키티 우라는 여자가 아니었더라면 나는 아마도 굶어 죽었을 것이다. 그 당시는 내가 그녀를 만난 지 얼마 안 되었을 때였지만, 나는 마침내 그 기회를 내가 발전하는 데 필요한 조건의 한 형태, 다른 사람들의 마음을 통해 나 자신을 구하는 방법으로 보게 되었다. 그녀를 만난 것이 시작이었다. 그 뒤로 여러 가지 이상한 일들이 일어났다. 나는 휠체어에 의지한 노인에게서 일자리를 얻었고, 내 아버지가 누구인지를 알게 되었다. 그리고 유타 주에서부터 캘리포니아 주까지 걸어서 사막을 가로지르기도 했다. 그것은 물론 아주 오래 전의 일이었지만, 나는 지금도 그 당시를 생생히 기억하고 있다. 내 삶의 출발점으로서.

__폴 오스터, 「달의 궁전」

화폭은 이 며칠 동안 조금도 메워지지 못한 채 넓게 나를 압도하고 있었다. 학생들이 돌아가 버린 화실은 조용해져 있었다. 나는 새 담배에 불을 붙였다.

형이 소설을 쓴다는 기이한 일은, 달포 전 그의 칼끝이 열 살배기 소녀의 육신으로부터 그 영혼을 후벼내 버린 사건과 깊이 관계가 되고 있는 듯했다. 그러나 그 수술의 실패가 꼭 형의 실수라고만은 할 수 없었다. 피해자 쪽이 그렇게 생각했고, 근 십년 동안 구경만 해 오면서도 그쪽이 전혀 무지하지만은 않은 나의 생각이 그랬다. 형 자신도 그것은 시인했다. 소녀는 수술을 받지 않았어도 잠시 후에는 비슷한 길을 갔을 것이고, 수술은 처음부터 절반도 성공의 가능성이 없었던 것이었다. 무엇보다 그런 사건은 형에게서뿐 아니라 수술 중엔 어느 병원에서나 일어날 수 있는 종류의 것이었다. 그러나 어쨌든 그 일이 형에게는 하나의 사건이었다. 그 일이 있은 후로 형은 차츰 병원 일에 등한해지기 시작했다. 처음에는 가끔씩 밤에 시내로 가서 취해 돌아오는 일이 생기더니 나중에는 아주 병원문을 닫고 들어앉아 버리는 것이었다. 그리고는 아주머니까지 곁에 오지 못하게 하고 진종일 방에만 틀어박혀 있다가, 밤이 되면 시내로 가서 호흡이 다 답답해지도록 취해 돌아오곤 하는 것이었다.

__이청준, 「병신과 머저리」

간밤에 눈이 또 내렸는지 댓돌 밑에까지 눈이 쌓였다. 햇빛에 마을은 온통 은백색으로 반짝이고 멀리 안산의 삼봉도 칼칼한 겨울하늘 아래 하얀 능선을 그리고 있다. 그렇지 않아도 겨울이면 한산하지만 정초에 눈이 와서 인적이 끊긴 듯 그림자 하나 보이지 않는다. 아침잠이 많은 단비도 창이 밝아 깨었는지 어느새 눈길을 내고 거위 사료를 주고 있다.

색채란 참으로 묘한 것이지. 색채가 사물 앞에 장식되면 잠자던 상상력이 날개를 치며 사물은 갑자기 생기를 띤다. 새빨간 거짓말은 눈이 부시고 예로 하우스는 금기를 깨뜨리고 싶은 유혹을 일으킨다.

그러고 보면 색채란 보다 더 본능에 가까운데 신부나 승려복의 무채색은 본능이 아니라 본질에 더 가깝다 할까. 흑백은 거개가 의식^{儀式}의 상으로 쓰이지만 그것처럼 강하고 화려한 색채도 없다. 흑은 절대의 복종을 암시하고 백은 빛의 현시다. 눈으로 온 세계가 뒤덮이면 또 하나의 신세계가 펼쳐지는 것이다. 그 앞에선 아이 어른 할 것 없이 순화되어 환호를 치고, 누구를 만나거나 희조처럼 술병을 주머니에 넣고 산에라도 가야 한다.

_강석경, 「가까운 골짜기」

나는 피라에우스에서 조르바를 처음 만났다. 크레타 섬으로 가는 배를 타려고 항구에 나가 있었을 때였다. 날이 밝기 직전인데 밖에서는 비가 내리고 있었다. 세찬 시로코우 바람이 유리문을 닫았는데도 파도의 포말을 조그만 카페 가득히 날리고 있었다. 카페 안은 발효시킨 샐비어 술과 사람 냄새로 가득 찼다. 밖이 추워 사람들의 숨결은 김이 되어 유리창에 뿌옇게 서려 있었다. 밤을 거기에서 보낸 뱃사람 대여섯이 갈색 양피 리퍼재킷 차림으로 앉아 커피나 샐비어 술을 들며 희끄무레한 창 저쪽의 바다를 바라보았다. 사나운 물결에 놀란 물고기들은 아예 바다 깊숙이 몸을 숨기고 수면이 잔잔해질 때를 기다리고 있었다. 카페에 북적거리고 있는 어부들 역시 폭풍이 자고 물고기들이 미끼를 좇아 수면으로 올라올 때를 기다렸다. 혀가자미, 달강어, 홍어가 밤의 여로에서 돌아오고 있었다. 날은 새기 시작했다.

_니코스 카잔차키스, 「그리스인 조르바」

어느 날 한적한 교외의 국도를 드라이브하다가 나는 운전을 하고 있던 그에게 말한다.

"너, 방금 고양이 한 마리가 차 앞으로 지나가는 것 봤니?"

"그럼."

그는 한 손으로 더듬어 담배를 찾으면서 가볍게 대꾸한다. 늦가을 하늘은 어둡고 낡은 커튼이 쳐진 것처럼 구름이 드리워져 있다. 낙엽송들의 가로수가 회색빛 길의 저 끝까지 이어진, 길의 끝에는 낯설고 작은 도시의 초라한 거리가 나타나고 푸른 사과를 파는 여인들이 길가에 앉아 있을 것이다.

나는 그때 스물다섯 번째 생일을 한 주일 앞두고 있을 때였다. 정말 싫은 나이였다. 나는 열다섯 살처럼 생기발랄하지도 않고 서른다섯 살의 오후처럼 지쳐 있지도 않았다. 나는 내일 일어날 일이 무엇인지 전혀 알 수가 없어 항상 불안하였다.

"고양이가 앞을 지나가면 재수가 없다는데."

"그런 말이 있어?"

"불행한 일이 생긴데. 특히 아까처럼 검은 고양이일 경우에는."

"검은 고양이라고?"

그는 양손을 핸들에서 떼고 잠시 생각한다. 길은 단조롭고 고요하다. 양옆으로 변화없는 낮은 산과 옥수수와 호박을 심어 놓은 밭들이 있을 뿐이다. 어디엔가 강물이 있을 것이다라고 스물다섯 살을 한 주일 남긴 나는 생각한다. 강물의 푸른빛이 그리워져서 나는 바람 부는 창 밖으로 몸을 내민다.

___배수아, 「푸른 사과가 있는 국도」

내가 이 세상에서 가장 좋아하는 장소는 부엌이다.

그것이 어디에 있든, 어떤 모양이든, 부엌이기만 하면, 음식을 만들 수 있는 장소이기만 하면 나는 고통스럽지 않다. 기능을 잘 살려 오랜 세월 손때가 묻도록 사용한 부엌이라면 더욱 좋다. 뽀송뽀송하게 마른 깨끗한 행주가 몇 장 걸려 있고 하얀 타일이 반짝반짝 빛난다.

구역질이 날 만큼 너저분한 부엌도 끔찍이 좋아한다.

바닥에 채소 부스러기가 널려 있고, 실내화 밑창이 새카매질 만큼 더러운 그곳은, 유난스럽게 넓어야 좋다. 한겨울쯤 무난히 넘길 수 있을 만큼 식료품이 가득 채워진 거대한 냉장고가 우뚝 서 있고, 나는 그 은색 문에 기댄다. 튀긴 기름으로 눅진한 가스 레인지며 녹슨 부엌칼에서 문득 눈을 돌리면, 창 밖에서는 별이 쓸쓸하게 빛난다.

—요시모토 바나나, 「키친」

내 나이 열아홉 살, 그때 내가 가장 가지고 싶었던 것은 타자기와 뭉크 화집과 카세트 라디오에 연결하여 레코드를 들을 수 있게 하는 턴테이블이었다. 단지, 그것들만이 열아홉 살 때 내가 이 세상으로부터 얻고자 원하는, 전부의 것이었다. 그러나 내 소망은 너무나 소박하여 내가 국립 서울대학교에 입학하기를 원하는 어머님의 소망이나, 커서 삼성 라이온스에 입단하기를 꿈꾸는 어린 사촌동생의 소망보다 차라리 더, 어렵게만 느껴졌다.

만약 그때 나의 소망이 타자기나 화집 내지 턴테이블과 같이 사소한 것이 아닌 거창한 것, 예컨대, 대통령이 되는 것이었다면 나는 탱크를 몰고 M16을 난사하여 그 소망을 쉽게 이룰 수 있었을 것이다. 아니라면, 몽정 때의 사정과도 같이 그 소망을 한밤의 꿈 속에서 이룰 수도 있었을 것이며 아예 깨끗이 포기함으로써, 즉 그 욕망을 버림으로써 그 욕망을 이룰 수도 있었을 것이다. 욕망으로부터 자유로워진다는 의미에서 소망의 깨끗한 포기는 소망의 성취에 다름 아닌 것이 되었을 테니까. 그리하여 자신의 모든 욕망을 비워낼 줄 알게 된 이는 어느새 자신을 완전히 다스릴 줄 아는 완전한 자유인, 곧 내 자신의 독재자가 되는 것이다.

—장정일, 「아담이 눈뜰 때」

너는 어둠 속에 서 있었다. 저 아래 낮게 펼쳐져 있는 산타페의 불빛은 밤안개에 묻혀 희미하게 반짝이고 있었다. 산타페 쪽으로 난 길은 약한 내리막을 이루며 깔려 있었는데 그것은 어둠에 묻혀 이내 보이지 않았다.

너는 아까부터 도시 저편, 안개 저편에 바다가 있으리라는 환상에 빠져 있었다. 안개 속에 숨어 있는 차가운 바다, 그 위에 소리 없이 정박해 있는 검은 배들, 수면 위로 낮게 깔리면서 퍼져 나가고 있는 무적소리, 이런 것들에 대한 환상이 네 머리 속을 가득 채우고 있었다. 어쩌면 밤안개 때문일지 모른다. 아니, 그보다는 차라리 네 몸에서 서서히 일어나고 있는 미열 때문이라고 하는 것이 옳을지 모른다. 몸에서 미열이 나고 있을 때 너는 종종 무용한 환상에 온 정신을 시달리는 사람이 지극히 사소하고 무용한 것, 이를테면 시계바늘이 이루는 각도라든가 사방연속무늬를 일고 있는 천장지의 꽃무늬 수를 반복적으로 셈하고 있는 것이나 같다.

그런 도시 전편에 바다가 있을 턱은 없다. 저쪽도 이쪽이나 마찬가지로 측백나무들만이 듬성듬성 자라고 있는, 사막이나 다를 바 없는 척박한 대지가 이어지고 있을 것이다. 바다까지 가려면 차를 타고 알버커키까지 가 거기서 다시 비행기를 타고 두 시간은 족히 날아가야 할 것이다. 너는 지금 바다와는 아무 상관이 없는 고원지대의 도시, 산타페의 교외에 와 있는 것이다.

안개 저편에 숨어 있는 바다, 너는 그것을 프랑스의 서단 브레스트에서 보았다. 도시를 덮어 버린 안개, 사람들은 안개 속에서부터 나타났다가 안개 속으로 사라지곤 했다. 그 지독한 안개 속에서 들리는 것이라고는 어지러운 갈매기 소리뿐이었는데 그 울음소리는 네가 들어 있던 호텔방 안에까지 시끄럽게 들려왔다. 브레스트에 머무는 일주일 동안 그 시끄러운 갈매기 소리를 들으며 너는 미열에 시달리고 있었다.

　　　　　　　　　　　　　　　　　__하일지, 「그는 나에게 지타를 아느냐고 물었다」

밤의 창에 비친 불 밝혀진 우리 삶의 실내는 현실보다 더욱 그윽하고 아름다운 비밀에 감싸인 듯하다. 단면만이 비쳐져 있기 때문일까.

유리의 반대편에는 세상이 없기라도 한 것처럼, 단지 아름다운 것을 반사하기 위해서만 거기 있는 듯한 베란다의 긴 유리창은 겨우 장롱의 반쪽과 그 위에 놓인 마른 꽃이 꽂힌 꽃병, 그리고 잡동사니가 늘어놓인 응접실의 한켠을 비추고 있을 뿐이다. 반사각이 만드는 특수한 요철의 환각적 효과.

        _최윤, 「당신의 물제비」

    절망이 죽음의 모든 방향의 지시판이었던 시절, 사람은 행복하였을 까……. 내가 그곳으로부터 떠나왔을 때, 아마도 나는 징조나 예감, 뭐 그런 따위의 신산스런 어휘들에 내 넋의 반쯤은 빼앗겨 있었을 것이다. 새로이 시를 쓰겠다는 열망을 가질 수 없었던 것은 당연하였고, 과연 얼마나 더 눈을 바르게 뜰 수 있을 것인가 하는 사실에도 나는 난감하였다. 사단 헌병대의 손바닥만한 초소 하나를 끝으로, 시퍼렇게 얼어붙은 산간지대를 달려 비로소 세계에 대한 나의 피고름 같은 희망의 모든 것을 발견한 듯 소양댐의 거친 물언덕을 내 눈 속으로 처박아 넣기 시작했을 때, 어이없게도 나는 '탈출'이라는 말을 솟구쳐올렸다. 그러나 그것은 탈출이 아니었다. 거기엔 눈을 부릅뜬 감시자도 없었고, 우둔한 방조자도 없었기에 더욱 그러했다. 다만 오랜 시간과 침묵과 정조貞操와 인내와 괴로움으로 인해 잠 못 이루어 왔던 스물다섯 살의 여윈 몸과 거기에 달라붙어 온 눅눅한 기억의 그림자뿐이었다.

    오랫동안 잠들지 못했다. 세수를 할 때마다 까닭없이 나는 눈물을 흘렸다. 얼마나 더 먼 날까지 고요하고 흔적없이 이 영혼을 부러뜨릴 수 있을 것인지에 대해서만 생각했다. 그리고 부끄러웠다. 되돌아볼 때마다 물방울처럼 살갗을 적시던 그 치욕스러움—그것은 부정한 인내와 참기 힘든 열망과 비열한 기쁨의 다른 말이었다. 그것들은 서슴없이 내 몸을 번쩍 들어 벽에다 내동댕이를 쳤고, 혀를 뽑았고, 머리를 잘랐다. 나는 시들어 갔다. 눈을 버리고 귀청을 잃어 갔다. 아무 때나, 아무 곳에서나 잠이 들었고, 죽음처럼 일어나 소리없이 울었다. 그 참혹한 모멸의 침상에 누워 깊숙이 찔러진 칼처럼 잠이 들면 어김없이 몽마夢魔가 찾아와 내 목을 눌렀다. 소스라치며 눈을 뜨면 봄은 아주 조금씩만 머리를 나부꼈다. 이제 봄이 올 거야······. 누군가 그렇게 말하여 주기를 기다렸지만, 내게는 그때, 아무도 없었다.

_하창수, 「돌아서지 않는 사람들」

밤 열시가 가까워질 무렵부터 우리는 조금씩 지쳐 가기 시작했다. 취한 게 아니고 그것은 분명히 지쳐 가는 거였다. 어느 누구도 우리가 비워 낸 생맥주잔의 개수를 헤아리지 못하고 있었고, 어느 누구도 자신의 음주량을 기억하지 못하고 있었지만, 그것은 분명히 취기와는 종류가 다른 것이었다. 취할 수 없었기 때문에 정신적인 긴장감이 오히려 가중된 것인지도 혹은 모를 일이었다. 마시다 남겨둔 생맥주잔 언저리에 말라붙은 허연 거품과 재떨이에 수북하게 쌓인 담배 꽁초가 쾌연하지 못한 좌중의 분위기를 그대로 반영해 주는 것 같았다. 새로운 연대의 벽두, 그리고 21년 만의 폭설을 빙자해서 만나자는 전화를 맨 처음 걸어온 사람이 우리 중 누구였던가. 돌아보고 후회할 때는 언제나 후회해도 소용이 없는 때였다. 그리고 이제 더이상은 아무것도 새로워질 게 없는 시간. 낮은 조도의 갓등 밑에서, 우리 모두의 의식은 그 갓등의 조도만큼이나 희미하게, 아주 희미하게 가무러져 가고 있을 뿐이었다. 피곤함과 안온함, 차가운 것과 따뜻한 것, 맑은 것과 탁한 것, 어두운 것과 밝은 것 따위의 묘한 감정적 기류들이 좌중에서 은밀하게 교차되고 있는 것 같았다. 그리하여 잠시 뒤에는 그 모든 것이 한데 뒤엉겨 대단히 묵중한 분위기를 만들어냈고, 그때부터 우리는 아무런 뜻도 없는 눈길로 서로의 얼굴만 쳐다보기 시작했다. 언어 뒤의 허무. 그리고 그것을 분명하게 확인케 해주는 언어 이전의 공감대. 출입문 바깥 쪽에서는 여전히 주먹만한 함박눈이 쏟아져 내리고 있었다.

_박상우, 「샤갈의 마을에 내리는 눈」

바다는, 크레파스보다 진한, 푸르고 육중한 비늘을 무겁게 뒤채면서, 숨을 쉰다.

중립국으로 가는 석방 포로를 실은 인도배 타고르 호는, 흰 페인트로 말쑥하게 칠한 삼천 톤의 몸을 떨면서, 물건처럼 **빼곡히** 들어찬 동지나 바다의 훈김을 헤치며 미끄러져 간다.

석방 포로 이명준^{李明俊}은, 오른편에 곧장 갑판으로 통한 사다리를 타고 내려가, 배 뒤쪽 난간에 가서, 거기 기대어 선다. 담배를 꺼내 물고 라이터를 켜댔으나 바람에 이내 꺼지고 하여, 몇 번이나 그르친 끝에, 그 자리에 쭈그리고 앉아서 오른팔로 얼굴을 가리고 간신히 당긴다. 그 때다. 또 그 눈이다. 배가 떠나고부터 가끔 나타나는 허깨비다. 누군가 엿보고 있다가는, 명준이 휙 돌아보면, 쑥, 숨어 버린다. 헛것인 줄 알게 되고서도 줄곧 멈추지 않는 허깨비다. 이번에는 그 눈은, 뱃간으로 들어 가는 문 안쪽에서 이쪽을 지켜보다가, 명준이 고개를 들자 쑥 숨어 버린 다. 얼굴이 없는 눈이다. 그때마다 그래 온 것처럼, 이번에도 잊어서는 안 될 무언가를 잊어버리고 있다가, 문득 무언가를 잊었다는 것을 깨달 은 느낌이 든다. 무엇인가는 언제나처럼 생각나지 않는다. 실은 아무것 도 잊은 것은 없다. 그런 줄을 알면서도 이 느낌은 틀림없이 일어난다. 아주 언짧다. 굵은 밧줄을 한 팔에 걸치고 뱃사람이 지나가면서, 입에 물었던 파이프를 뽑아 명준의 가슴께를 두어 번 치는 시늉을 한 다음, 그 파이프로 선장실을 가리킨다. 명준은 끄덕여 보이면서 바다에 대고 담배를 휙 던지고, 선장실로 가는 사다리 쪽으로 걸어간다.

_최인훈, 「광장^{廣場}」

무엇인가 빠르고 강한 빛줄기 같은 것이 스쳐간 느낌에 고죽^{古竹}은 눈 을 떴다. 얼마 전에 가까운 교회당의 새벽 종소리를 들은 것 같은데 어 느새 아침이었다. 동쪽으로 난 장지 가득 햇살이 비쳐 드러난 문살이 그 날따라 유난히 새카맸다. 고개를 돌려 주위를 살피려는데 그 작은 움직 임이 방 안의 공기를 휘저은 탓일까, 엷은 묵향^{墨香}이 콧속으로 스며들었 다. 고매원^{古梅園}인가, 아니, 용상봉무^{龍翔鳳舞}일 것이다. 연전^{年前}에 몇 번 서실을 드나든 인연을 소중히 여겨 스스로 문외제자^{門外弟子}를 자처하는 박교수가 지난 봄 동남아를 들러 오는 길에 사왔다는 대만산臺灣産의 먹이다. 그때도 이미 운필運筆은커녕 자리보존을 하고 누웠을 때라 고죽은 왠지 그 선물이 고맙기보다는 서글펐었다. 그래서 고지식한 박교수가,

"머리맡에 갈아두고 흠향歆香이라도 하시라고……."

하며 속마음 그대로 털어놓는 것을, 예끼, 이 사람, 내가 귀신인가, 흠향을 하게…… 하고 핀잔까지 주었지만, 실은 그대로 되고 말았다. 문안 오는 동호인同好人들이나 문하생들을 평계로, 60년 가까운 세월을 함께 지내온 분위기를 바꾸지 않으려고 매일 아침 머리맡에서 먹을 가는 추수秋水의 갸륵한 마음씨에 못지않게 그 묵향 또한 좋았던 것이다.

_이문열, 「금시조」

오늘 엄마가 죽었다. 아니 어쩌면 어제. 양로원으로부터 전보를 한 통 받았다. 〈모친 사망, 명일 장례식. 경백.敬白〉 그것만으로써는 아무런 뜻이 없다. 아마 어제였는지도 모르겠다.

양로원은 알제이에서 팔십 킬로미터 떨어진 마랑고에 있다. 두 시에 버스를 타면, 오후중에 도착할 수 있을 것이다. 그러면 밤새움을 할 수 있고, 내일 저녁에는 돌아올 수 있으리라. 나는 사장에게 이틀 동안의 휴가를 청했는데 그는 이유가 이유니만큼 거절할 수는 없었다. 그러나 좋아하지는 않는 눈치였다. 나는 그에게 이런 말까지 했다. 〈그건 제 탓이 아닙니다.〉 사장은 아무 대꾸도 하지 않았다. 그제야 나는 그런 소리는 하지 말았어야 하는 걸 그랬다고 생각했다. 따지고 보면 내가 변명할 필요는 없었던 것이다. 그가 나에게 조의를 표해 주는 쪽이 오히려 마땅할 일이었다. 하지만 아마도 모레, 내가 상장을 달고 있는 것을 보면 조문을 할 것이다. 지금은 어쩐지 어머니가 죽지 않은 것이나 별다름이 없는 듯한 상태다. 장례식을 치르고 나면 확정적인 사실이 되어 만사가 다 공인된 격식을 갖추게 될 것이다.

_알베르 카뮈, 「이방인」

영원한 재귀는 아주 신비스러운 사상이다. 니체는 이 사상으로 많은 철학자들을 어리둥절하게 만들었다. 모든 것이 그 언젠가는 이미 앞서 체험했던 그대로 반복된다는 것이다. 이 반복 또한 무한히 반복된다는 것! 이 어처구니없는 신화가 말해 주는 것은 무엇인가?

영원한 재귀, 이 신화는 그것의 부정적 이면에서 우리에게 말해 주는 바가 있다. 영원히 사라져 가는, 다시는 돌아오지 않을 삶은 하나의 그림자에 불과하다는 것, 그것은 아무런 무게도 없는 하찮은 것이며 처음부터 죽은 것과 다름없다는 것을. 삶이 아무리 잔인했든, 아름답거나 찬란했든, 그것은 마찬가지다. 그와 같은 잔인함, 아름다움, 찬란함은 아무 의미도 없는 것으로, 우리는 이러한 것들에 조금도 주의를 기울일 필요가 없다. 그것은 마치 14세기 아프리카에 있었던 두 나라간의 전쟁과 같다. 비록 전쟁에서 30만 명의 흑인이 이루 말할 수 없는 고통을 겪으면서 죽었다 하더라도 이 전쟁은 세상 상황을 아무것도 바꾸어 놓지 못했다.

만약 아프리카 두 나라간의 이 전쟁이 영원한 재귀의 형식으로 수없이 반복된다면, 그것이 이 전쟁에서 무엇인가를 바꾸어 놓게 될 것인가?

　　　　　　　　　　　　　　　　＿밀란 쿤데라, 「참을 수 없는 존재의 가벼움」

평소 아무런 사건이 없는 단순한 내 삶에 떼어놓고 보아도 아무런 의미가 없고, 뭉뚱그려 본다 해도 안타깝게도 아무런 관련이 없는 두 가지 사건이 거의 동시에 발생했다. 운전을 배우기로 작심하고 이 생각에 겨우 익숙해지기 시작했을 무렵 편지를 한 통 받았던 것이다. 한동안 소식이 없었던 한 친구가 아주 낡은 타자기로 친 편지를 통해 결혼을 알려왔다. 그런데 내가 개인적으로 아주 혐오하는 게 있다면 그건 다름 아닌 소식이 없던 친구들이다.

　　　　　　　　　　　　　　　　　　　＿장 필립 뚜생, 「사진기」

그날 아침, 항구에 죽은 고양이 한 마리가 있었다. 수면 위로 둥둥 떠다니는 그것은 몸이 뻣뻣하게 굳어서 뱃전을 따라 천천히 표류했다. 주둥아리 밖으로 썩은 생선 대가리가 삐죽 튀어나왔고, 그 생선 입에서 다시 3~4센티 정도의 끊어진 낚싯줄이 나와 있었다. 나는, 그 생선 대가리는 낚시 미끼였고 고양이가 그걸 먹으려고 물위로 몸을 숙였다가 그만 낚시바늘이 목구멍에 걸려 중심을 잃고 물에 빠진 거라 추정했다. 내가 서 있던 항구의 물은 매우 더러웠지만 밑바닥의 자갈과 해초 속에는 창자가 터진 곰치 시체에 치어 떼가 우글우글 달려들고 있었다. 자리를 뜨기 전 나는 거의 감지할 수 없을 정도로 미미한 수면 위의 물결을 따라 아주 천천히 좌우로 혹은 상하로 항구를 표류하는 고양이 시체를 잠시 내려다보았다.

__장 필립 뚜생, 「망설임」

　어느 놈이 요셉 K를 밀고했음이 분명했다. 왜냐하면 어느 날 아침 전혀 죄를 지은 기억조차 없는 그가 갑자기 체포되었기 때문이다. 아파트 주인인 프라우 그르바하 부인의 하녀가 아침 여덟시에 식사를 날라다 주기로 되어 있는데도 오늘따라 그녀의 모습이 보이지 않았다. 이것은 전례 없는 일이었다. K는 잠시 동안 기다리면서 베개 위에 머리를 얹은 채 길 건너에 사는 노파가 이상하게 빛나는 눈초리로 이쪽을 응시하고 있는 모습을 무심코 바라보다가 뭔가 불안한 기분과 공복을 함께 느끼고 벨을 눌렀다. 그 순간 문을 노크하는 소리가 나더니, 이 아파트에서는 한 번도 본 적이 없는 한 사내가 방안으로 들어왔다. 후리후리한 키에 야무진 몸집인데 그 위에 걸친 검은색 양복이 아주 잘 어울렸다. 그것은 여행복처럼 여러 곳에 주름이 잡혀 있고, 호주머니며 단추며 물림쇠 같은 것이 많이 달렸는데 밴드를 두르게 되어 있었다. 무슨 옷인지는 알 수 없었지만 어떻든 퍽 실용적으로 보였다.

__프란츠 카프카, 「심판」

　내가 태어난 것은 1951년 1월 4일이다. 이십 세기 후반의 첫해 첫달 첫주^{週}인 셈이다. 기념적이라고 한다면 기념적이라 안 할 수도 없다. 그런 덕분에, 내게는 '하지메始'란 이름이 주어지게 되었다. 하지만 그것을 제외하면 나의 출생에 관하여 특필한 만한 것은 거의 아무것도 없다. 아버지는 대규모 증권회사에 근무하는 회사원이고, 어머니는 평범한 주부였다. 아버지는 학도병의 출신으로 싱가포르에 보내졌고, 종전 후에도 한동안 그곳의 수용소에 수용되어 있었다. 어머니의 집은 전쟁의 마지막 해에 B29의 폭격을 받아 깡그리 불타 버렸다. 그들은 오랜 전쟁에 의해 상처받은 세대였다.

__무라카미 하루키, 「국경의 남쪽, 태양의 서쪽」

그레고르 잠자는 어느 날 아침, 밤새도록 악몽에 시달리다가 눈을 뜨니 자신이 어느새 침대 위의 거대한 독충毒蟲으로 변해 있는 것을 발견했다. 철갑처럼 단단하고 딱딱한 등껍질을 아래로 하고 누워 있는데, 고개를 조금 쳐들고 살펴보니 갈색의 불룩한 배가 눈에 들어왔다. 배는 여러 개의 활 모양의 딱딱한 띠로 나누어져 있었다. 몸의 다른 부분에 비해 한심할 정도로 섬약纖弱한 다리가 무수히 돋아나 있었으며, 그것들이 바로 그의 눈앞에서 불안스럽게 바르르 떨고 있는 것이었다.

__프란츠 카프카, 「변신」

올 여름에 나는 까날에서 방영한 포르노 영화를 처음으로 보았다. 텔레비전에는 데코더를 달지 않아 화면이 흔들리고, 끊이지 않고 부드럽게 계속되는 대사는 미지의 언어처럼 지직거리고 쇄액거리는 이상한 음향으로 변했다. 스타킹에 코르셋을 한 여자와 남자의 모습이 흐릿하게 보였다. 무슨 내용인지 도무지 이해할 수 없었고, 어떤 동작이며 어떤 몸짓인지 짐작할 수도 없었다. 남자가 여자에게 다가갔다. 화면 가득히 여자의 비밀스러운 곳이 나타났고, 그것은 화면이 번쩍거리는데도 아주 뚜렷하게 보였다. 그러더니 발기한 남자의 성기가 여자의 그곳으로 미끄러지듯 삽입되었다. 오랜 시간 동안 두 남녀의 정사 장면이 여러 각도에서 비춰졌다. 남자의 손에 움켜쥐어진 성기가 다시 보여지고 정액이 여자의 배 위로 쏟아졌다. 대개는 이런 장면에 익숙해져 있겠지만 처음 보는 나로서는 무척 당혹스러웠다. 옛날 같으면 죽을 때까지 볼 수 없었던 정사 장면이나 남자의 정액을 수 세기가 흐르고 여러 세대를 지난 오늘날에는 거리에서 악수를 나누는 것만큼이나 쉽게 볼 수 있게 되었다.

__아니 에르노, 「단순한 열정」

소설의 끝마무리 짓기

황석영 「삼포森浦 가는 길」 /가브리엘 가르시아 마르께스 「백년 동안의 고독」 /블라디미르 나보코프 「롤리타」 /은희경 「새의 선물」 /폴 오스터 「달의 궁전」 /이청준 「병신과 머저리」 /강석경 「가까운 골짜기」 /니코스 카잔차키스 「그리스인 조르바」 /배수아 「푸른 사과가 있는 국도」 /요시모토 바나나 「키친」 /장정일 「아담이 눈뜰 때」 /하일지 「그는 나에게 지타를 아느냐고 물었다」 /최윤 「당신의 물제비」 /하창수 「돌아서지 않는 사람들」 /박상우 「샤갈의 마을에 내리는 눈」 /최인훈 「광장廣場」 /이문열 「금시조」 /알베르 카뮈 「이방인」 /밀란 쿤데라 「참을 수 없는 존재의 가벼움」 /장 필립 뚜쌩 「사진기」 /장 필립 뚜쌩 「망설임」 /프란츠 카프카 「심판」 /무라카미 하루키 「국경의 남쪽 태양의 서쪽」 /프란츠 카프카 「변신」 / 아니 에르노 「단순한 열정」

마침내 당신은 한편의 소설을 마무리할 단계에 와 있다. 한편의 소설을 끝낸다는 것은 기나긴 여정의 끝과 같다. 구상, 자료수집, 플롯짜기, 집필, 그리고 수없이 되풀이된 지우고 다시 쓰기, 그리고 마침내 "소설의 끝"을 맺는 단계에 도달해 있는 것이다. 그 끝맺음을 어떻게 하느냐에 따라서 당신이 그동안 기울였던 노력이 성공을 거둘 것인가, 아니면 실패할 것인가가 결정된다. 소설의 끝을 어떻게 맺어야 하는가에 대한 확정적인 규범이 있는 것은 아니다. 소설의 끝은 다양한 형식으로 씌어질 수 있다. 성공적인 소설의 끝마무리는 이제까지 소설에 기울였던 우리의 노력이 보람 있는 결실을 가져올 것이다.

소설의 도입 부분에서 던져졌던 작중인물들 간의 갈등과 문제가 어떤 방식으로든지 정리되고 해결되어야 한다. 소설의 서두에서 제시된 갈등과 문제는 줄거리가 진행되어 가는 동안 갈등과 문제는 복잡해지고 확대되어 간다.

*

"동네는 그대루 있을까요?"

"그대루가 뭐요. 맨 천지에 공사판 사람들에다 장까지 들어섰는걸."

"그럼 나룻배두 없어졌겠네요."

"바다 위로 신작로가 났는데, 나룻배는 뭐에 쓰오. 허허 사람이 많아지니 변고지. 사람이 많아지면 하늘을 잊는 법이거든."

작정하고 벼르다가 찾아가는 고향이었으나, 정씨에게는 풍문마저 낯설었다. 옆에서 잠자코 듣고 있던 영달이가 말했다.

"잘됐군. 우리 거기서 공사판 일이나 잡읍시다."

그때에 기차가 도착했다. 정씨는 발걸음이 내키질 않았다. 그는 마음의 정처를 방금 잃어버렸던 때문이었다. 어느 결에 정씨는 영달이와 똑같은 입장이 되어 버렸다.

기차가 눈발이 날리는 어두운 들판을 향해서 달려갔다.

_황석영, 「삼포森浦 가는 길」

아우렐리아노는 다시 한 번 그것을 확인한 다음, 숨겨진 핏줄을 더듬어 갔다. 그리하여 한 직공이 반항으로부터 몸을 내맡긴 여인을 상대로 욕정을 채운 다음, 어두컴컴한 목욕실에 들끓는 전갈과 누렁나방들 속에서 치러진, 그 자신의 수태受胎의 순간에 다다랐다.

너무나 열중해 있었기 때문에, 그는 두 번째 불어온 세찬 바람에 문과 창들이 떨어져 나가고, 동쪽 복도의 천장이 내려앉고, 집의 기초가 무너져 내리는 것도 몰랐다.

그는 그때 비로소 아마란타 우르술라가 누이가 아니라 이모라는 사실을 알았다. 그리고 프란시스 드레이크가 리오야차를 습격한 것은 결국 복잡하게 뒤엉킨 혈통의 미로 가운데서, 그들 두 사람이 상대를 서로 찾아내어 집안의 계통을 끊게 할 운명을 짊어질 괴물을 낳기 위해서였다는 사실을 깨달았다.

마콘도는 이미 미칠 듯이 성난 폭풍에 휩싸여 먼지와 기왓장이 소용돌이를 이룬 폐허가 되어 있었다.

아우렐리아노는 이미 알고 있는 사실에 시간을 낭비하는 것을 그치고, 열한 쪽을 넘겨, 지금 그가 살고 있는 순간을 읽기 시작했다. 그는 마지막 한쪽을 해득할 자신을 예상하면서, 마치 말하는 거울을 들여다보듯 수수께끼를 풀어 갔다.

그는 예언을 앞질러 자신이 죽는 날과 그때의 모습을 알아내기 위해, 다시 몇 쪽을 더 넘겼다. 그러나 마지막 줄까지 읽지 않더라도 그는 이미 이 방에서 나갈 수 없음을 알아차렸다. 왜냐하면 이 아우렐리아노 바빌로니아가 양피지를 다 읽는 순간에 이 거울의 마을, 즉 신기루의 마을은 바람에 날려가 사람의 기억 속에서 완전히 사라져 버릴 것이 명백했기 때문이다. 그리고 이 백년 동안의 고독을 운명으로 타고난 집안은 다시 지구 위에 출현할 기회를 가질 수 없기 때문에, 과거와 미래를 불문하고 영원히 반복될 가능성은 없다고 예견되었기 때문이다.

＿가브리엘 가르시아 마르께스, 「백년 동안의 고독」

그러니 독자들이 이 책을 읽을 때쯤이면 우리는 둘 다 살아 있지 않을 것이다. 하지만 글 쓰는 내 손에서 아직도 피가 뛰는 동안 너는 나만큼 축복 받은 자료의 중요한 부분이다. 그리고 나는 아직도 이곳에서부터 알래스카에 이르기까지 너에게 얘기할 수 있다. 너의 남편, 딕에게 진실하라. 다른 사람들이 너를 만지지 못하게 하라. 낯선 사람에게 말을 걸지 마라. 네 아기를 사랑하기를 빈다. 그 아기가 사내였으면 좋겠다.

너의 남편이 늘 네게 잘했으면 좋겠다. 그렇지 않으면 검은 연기처럼, 미친 거인처럼, 나의 유령이 그에게 나타나 신경을 산산조각낼 것이다. 그리고 클레어 큐를 동정하지 말아라. 사람은 그와 험버트 사이에서 어느 쪽을 선택해야만 하고, 또 험버트가 몇 달이라도 더 살기를 원한다. 그렇게 해야 그가 너를 후세 사람들의 마음속에 심어놓을 게 아니냐. 나는 들소와 천사들, 오래가는 색소의 비결, 예언적인 소네트, 그리고 예술이라는 피난처를 생각한다. 그리고 이것이 너와 내가 나눌 수 있는 단 하나의 불멸성이란다, 나의 롤리타.

__블라디미르 나보코프, 「롤리타」

"진희야, 아버지다."

나는 왼쪽 털신 속에 발을 집어넣고 이번에는 오른쪽 털신을 벗어들고는 그 안의 눈을 털어 냈다. '보여지는 나'가 말한다. 공손하게 인사를 해. 침착하게. '바라보는 나'가 말한다. 반가워하지 마. 아버지라고? 농담이야. 60년대엔 나에게 아버지가 없었다. 그러니 이건 새로운 농담이 틀림없어. 70년대식 농담인 거야. 시대라는 구획에서 자유로울 수가 없다는 건 어쩔 수 없이 인정하더라도 맙소사, 아버지라니, 70년대엔 내게 아버지가 있다니, 이건 대단한 농담이다.

한쪽 손으로 마루기둥을 잡고 한쪽 손으로 댓돌 위에 털신을 연신 패대기치면서, 그리고 한쪽 다리로 서 있었지만 나는 조금도 비틀거리지 않았다.

눈이 계속 쏟아지고 있었다. 크리스마스 카드를 만들 때 나도 이런 눈을 만들어 본 적이 있다. 붓에 흰 물감을 듬뿍 적셔서 검은 켄트지에 마구 뿌려대는 것이다. 그러면 검은 밤 위로 흰 눈이 쏟아지는데 눈이 너무 많이 쏟아지니 시야가 흐릴 것이므로 당연히 다른 풍경은 그릴 필요가 없었다. 지금 나도 시야가 흐렸다.

__은희경, 「새의 선물」

1972년 1월 3일, 나는 레이크 앨시노어라는 곳에서 다섯 켤레째 신발을 사 신었고 그로부터 사흘 뒤에는 몸과 마음이 지칠 대로 지친 채 라구나 해변 마을로 이르는 언덕길을 오르고 있었다. 내 호주머니에는 4백13 달러가 들어 있었다. 그 언덕 꼭대기에 이르자 태평양이 한눈에 들어왔지만 나는 물가에 이를 때까지 내리막길을 따라 계속 걸었다. 내가 신발을 벗고 발바닥에 와 닿는 모래를 느낀 것은 오후 네시였다. 나는 세상 끝까지 온 것이었고 그 너머로는 바람과 파도, 중국 해안까지 곧장 이어진 공허 외에는 아무것도 없었다. 여기가 내 출발점이야, 나는 속으로 그렇게 말했다. 여기가 내 삶이 시작되는 곳이야.

나는 마지막 남은 석양이 사라질 때까지 한참이나 그 해변에 서 있었다. 내 뒤쪽으로 라구나 해변 마을이 귀에 익은 세기말의 미국적 소음을 내며 깨어나기 시작하고 있었다. 내가 해안의 굴곡을 바라보고 있을 동안 한 집 두 집 불이 켜지기 시작했고, 다음에는 언덕 뒤에서 달이 떠올랐다. 달아오른 돌처럼 노란 둥근 보름달이었다. 나는 그 달이 어둠 속에서 자리를 잡을 때까지 눈 한번 떼지 않고 밤하늘로 솟아오르는 모습을 지켜보았다.

__폴 오스터 「달의 궁전」

나의 아픔은 어디서 온 것인가. 혜인의 말처럼 형은 6·25의 전상자이지만, 아픔만이 있고 그 아픔이 오는 곳이 없는 나의 환부는 어디인가. 혜인은 아픔이 오는 곳이 없으면 아픔도 없어야 할 것처럼 말했지만 그렇다면 지금 나는 엄살을 부리고 있다는 것인가.

나의 일은, 그 나의 화폭은 깨어진 거울처럼 산산조각이 나 있었다. 그것을 다시 시작하기 위하여 나는 지금까지보다 더 많은 시간을 망설이며 허비해야 할는지도 모른다.

어쩌면 그것은 나의 힘으로는 영영 찾아 내지 못하고 말 얼굴일는지도 모를 일이었다. 나의 아픔 가운데에는 형에게서처럼 명료한 얼굴이 없었다.

__이청준, 「병신과 머저리」

희조는 두 시간 뒤 가마불을 끄고 푸르스름한 새벽 대기 속으로 걸어 나왔다. 얼굴엔 그을음이 묻었으나 육체의 껍질을 벗고 심연에서 걸어 나온 혼 같았다. 혼돈도 광포한 열정의 찌꺼기도 구름처럼 걷혀 그 모습은 댓잎 빗자국이 난 새벽 마당 같이 깨끗했다. 윤회는 빨려들 듯 희조를 바라보다 한민화를 떠올렸다. 여자에게 청정한 모습을 보여 주리라.

윤회는 마당에 놓인 자전거를 끌고 몽유병자처럼 문밖으로 나섰다. 아이 것이라 다리를 웅크리고 페달을 밟아야 했지만 차가운 새벽 공기가 폐부를 씻어 주는 듯했다. 빈 들판이 푸른 여명 속에 하늘의 무대처럼 펼쳐지는데 마을은 아직 고요에 묻혀 있었다. 여기저기 볏단들이 고단한 넋처럼 누워 있고 철지난 허수아비가 찢어진 가슴을 드러낸 채 허공을 가리키고 서 있었다. 애기 무덤 곁을 지나 뱀허리 같은 황토길을 달려가니 자전거 소리에 까치들이 빈 옥수수대를 흔들며 일제히 날아갔다.

_강석경, 「가까운 골짜기」

저는 이 마을 교장으로 이곳 동광 주인인 알렉시스 조르바가 지난 일요일 오후 6시에 세상을 떠났다는 슬픈 소식을 전하고자 이 글월을 올립니다.

그는 이런 말을 남겼습니다.

"교장 선생, 이리 좀 오시오 내겐 그리스에 친구가 하나 있고 내가 죽거든 편지를 좀 써 주시어, 최후의 순간까지 정신이 말짱했고 그 사람을 생각하더라고 전해 주시오 그리고 나는 무슨 짓을 했던 후회는 않더라고 해주시오 그 사람의 건투를 빌고 이제 좀 철이 들 때가 되지 않았느냐고 하더라고 전해 주시오 잠깐만 더 들으시오 신부 같은 게 내 참회를 듣고 종부성사를 하려거든 빨리 꺼지는 건 물론이고 저주나 잔뜩 내려주고 가라고 해요. 내 평생 별짓을 다 해보았지만 아직도 못한 게 있소 나 같은 사람은 천 년을 살아야 하는 건데!"

이게 그분의 유언입니다. 유언이 끝나자 그는 침대에서 일어나 시트를 걷어붙이며 일어서려고 했습니다. 우리가—부인인 류바, 저, 이웃의 장정 몇 사람—달려가 말렸습니다. 그러나 그는 우리 모두를 한쪽으로 밀어붙이고는 침대에서 뛰어내려 창문가로 갔습니다. 거기에서 그는 창틀을 거머쥐고 먼산을 바라보다 눈을 크게 뜨고 웃다가 말처럼 울었습니다. 이렇게 창틀에 손톱을 박고 서 있을 동안 죽음이 그를 찾아왔습니다.

그의 부인 류바는 선생님께 편지를 보내어 자기 대신 경의를 표해 달라고 했습니다. 부인 말에 의하면 고인은 자주 선생님 이야기를 했고 자기의 사후에는 산투리를 꼭 선생님께 드려 정표를 삼겠다는 분부가 있었다고 합니다.

그래서 미망인께서는 선생님께 이 마을을 지나는 걸음이 있으시면 손님으로 그날 밤을 쉬시고 아침에 떠나실 때는 산투리를 가지고 가시라는 것입니다.

_니코스 카잔차키스, 「그리스인 조르바」

나는 공항에서 그에게 푸른 사과가 있던 국도에 대해서 물어 봤어야만 했다. 그러면 그는 기억을 되살려 대답해 주었을 것이다. 기차를 타고 가다가 다시 버스로 갈아타야만 하는 곳이야. 근처에 강이 있고 호수도 있지. 국도로 접어들면 바다로 가는 길 쪽으로 곧바로 가면 돼. 방안의 테이블 위에서 여러 가지 주방용품들과 초콜릿 조각과 캔커피 사이에서 헹켈 가위가 변함없이 반짝였다. 위스키 스트레이트를 너무 많이 마셨나 봐. 담배에 불을 붙이고 캔에 반쯤 남아 있던 미지근해진 캔커피를 마셨다. 새벽이 이제 오려고 하는 마지막 여름의 어둠을 향해서 나는 속삭인다. 나는 아무것도 모른다. 섹스의 기쁨도 모르고 사랑의 감동도 없다. 멀리로 나 있는 길을 바라보면서 나는 스산한 먼지 바람 속에 서 있다. 초록빛 강물 냄새와 오래된 풀잎 냄새가 나는 것 같다. 바다로 가는 길이 이쪽인가요, 하고 차를 멈추고 여행자들이 내게 묻는다. 바람이 나의 머리를 흐트러뜨리고 길가의 키 큰 마른 풀들을 눕게 한다. 그들의 차에서는 라흐마니노프의 음악이 요란하고 그들은 푸른 사과를 산다.

_배수아, 「푸른 사과가 있는 국도」

꿈의 키친.

나는 몇 군데나 그것을 지니리라. 마음속으로, 혹은 실제로 혹은 여행지에서. 혼자서, 여럿이서, 단둘이서, 내가 사는 모든 장소에서, 분명여러 군데 지니리라.

_요시모토 바나나, 「키친」

대구에 내려온 나는, 등록금의 매우 적은 일부를 덜어 중고의 사벌식타지기를 한 대 샀다. 나는 늘 타자기가 필요하다고 생각해 왔고, 스무살이 되어서야 그것을 갖게 되었다. 나는 이것으로 무엇을 쓸 수 있을것이다. 편지나, 일기, 아니 어쩌면 진짜 창작을 말이다. 그리고 만약, 내가 소설을 쓰게 된다면 제일 먼저, 이렇게 시작되는 열아홉 살의 초상을그릴 것이었다.

내 나이, 열아홉 살, 그때 내가 가장 가지고 싶었던 것은 타자기와 뭉크 화집과 카세트 라디오에 연결하여 레코드를 들을 수 있게 하는 턴테이블이었다. 단지, 그것들만이 열아홉 살 때 내가 이 세상으로부터 얻고자 하는 전부의 것이었다.

_장정일, 「아담이 눈뜰 때」

네가 죽고도 상당한 시간이 흐른 어느 날 소더비 미술품 경매장에는이상한 그림 한 장이 경매에 붙여졌다. 그 그림은 병든 젊은 동양인 여자의 초상화였다. 에두와르 뭉크의 작품을 연상케 하는 이 작품이 이상하다는 것은 그림의 어디에도 작가의 사인을 찾아볼 수 없다는 것이었다. 그렇기는 하지만 사람들 중에는 그것이 에두와르 뭉크의 초기 작품이 아닐까 하고 추측까지 하는 사람이 있었을 만큼 그 그림은 강렬한데가 있었다. 그러나 그 작품은 사인이 없었기 때문에 대단히 싼값에 스코틀랜드 어느 미술품 애호가의 손에 넘어갔다.

그때 그 그림에는 사인이 없는 대신 그림 하단에 이런 말이 씌어 있었다.

'He asked me if I know Jita.'

__하일지, 「그는 나에게 지타를 아느냐고 물었다」

　민박사가 우리를 떠난 후 나는 뒤늦게 장선생의 멋없고 건조한 청혼
을 받아들였으며 그를 도와 민박사의 업적을 정리·출판하는 일을 맡았
다. 그 중의 한 논문에서 본 다음과 같은 구절이 오랫동안 내 기억에 남
았다. 드물게 쓰레기통 신세를 면한, 「과학의 우연성에 관한 소고」라는
제목의 짧은 논문이었다.

　(……) 이처럼 두 신체 부위에 대한 엄청난 지식이 총망라되었다고
해도 그 접합의 다양한 외과적 실험에 있어서 과학자에 의해 계산된, 바
로 그 결과가 나타내는 예는 실로 드물다. 이는 인간 역사의 한 가지 행
동이나 의도가 꼭 그 예상된 결과를 낳지 않음과 같다. 이때 과학자는
질문한다. 나의 지식의 어딘가에 차질이 있었던가 하고. 그러나 불가지
론과는 무관하게 과학의 세계는 늘 예상외의 놀라운 결과를 연출하며
이 앞에서 과학자는 한계성과 무한성이라는 심히 아름다운 상반된 우주
의 법칙을 마주하게 된다. 그때 과학자는 자신이 질문을 잘못 던졌음을,
다른 방식으로 질문을 던져야 함을 인정하는 것을 배운다…….

　민박사가 그의 힘겨운 추적을 그친 바로 다음해 발표된 것이었다.

__최윤, 「당신의 물제비」

　"이번 금요일 떠난다면서? 삼분대장이 동기라던데 함께 전역하지 못
해 안타깝군. 이 자리에서 후배들과 동료들에게 한마디쯤 하지, 응?"
　내 귓속으로 그의 목소리가 웅웅 들려왔다. 나는 떨리는 두 다리를
버티고 서서 주위를 둘러보았다. 몇 개의 피곤한 시선들이 내 몸에 와
부딪치고 있었다. 그 중에서도 겁에 잔뜩 질려 있는 신병의 눈동자가 나
를 가슴아프게 했다. 과연 내가 할 수 있는 얘기가 무얼까. 이런 짓은

과연 정당할까……. 그러나 나는 그렇게 서 있을 수만은 없었다. 헛기침 소리가 들렸다. 나는 찬찬히 신병의 눈을 들여다보았다. 나는 그를 향해 희미하게 웃었다. 그러나 그는 더 무섭고 경직된 눈빛으로 굳어져 가고 있었다. 나는 손바닥으로 이마를 문질렀다.

나는 상투적이고, 답답하고, 꾀죄죄한 목소리로 말했다. 무언가를, 나 자신 너무 익숙하고, 메말랐던, 그래서 기억에도 남아 있지 않은 말들을 남겼다.

내 목소리는 차갑고 무거운 박수소리에 묻혀 들었다. 나는 무너지듯 자리에 앉았다. 창문을 흔드는 삼월의 바람소리가 내 귀로 불길처럼 타올라 왔다. 나는 고개를 슬슬 흔들었다. 내일은, 씨를, 뿌리지 않으리라……. 그때, 중대장이 돌아서며 아주 담담한 목소리로 그의 죽음을 전해 주고 있었다.(10. 멀고먼 내일은, 봄)

_ 하창수, 「돌아서지 않는 사람들」

붉은 태양과 흰 염소, 그리고 한다발의 꽃과 두 여인, 올망졸망하게 눈덮인 마을과 헐벗은 겨울나무의 풍경들이 아득하게 떠오르기 시작했다. 아주 오래 전부터 우리 모두의 기억 속에서 잠자고 있던 그런 풍경인 것 같았다. 그리고 오래 않아 여자가 어깨를 두드리는 소리, 머리를 떨군 채 의식을 잃어 가는 둘 중 하나를 조심스럽게 깨우는 소리가 꿈속에서인 것처럼 아득하게 들려오기 시작했다. 몽중에 그러는 것처럼, 그때 우리 중 하나가 탁자 밑으로 손을 뻗어 나머지 하나의 손을 필사적으로 거머쥐었다.

_ 박상우, 「샤갈의 마을에 내리는 눈」

이튿날.

타고르 호는, 흰 페인트로 말쑥하게 칠한 삼천 톤의 몸을 떨면서, 한 사람의 손님을 잃어버린 채 물체처럼 빼곡히 들어찬 남지나 바다의 훈김을 헤치며 미끄러져 간다.

흰 바다새들의 그림자는 보이지 않는다. 마스트에도, 그 언저리 바다
에도

아마, 마카오에서, 다른 데로 가 버린 모양이다.

아까, 침대에서 손에 잡힌 대로, 들고 온 것이다.

_최인훈, 「광장廣場」

어떤 사람에게는 고죽 일생의 예술이 타고 있었다. 어떤 사람에게는
그 처절한 진실이 타오르고 있었고, 또 어떤 사람에게는 고죽의 삶 자체
가 타는 듯도 보였다. 드물게는 불타는 서화더미가 그대로 그만한 고액
권더미처럼 보이는 사람도 있었다. 반세기 가깝게 명성을 누려 온 노대
가, 두 대통령이 사람을 보내 그의 서화를 얻어 가고, 국전심사위원도
한마디로 거부한 고죽의 진적眞蹟들이 한꺼번에 타 없어지고 있는 것이
었다.

그러나 그때 고죽은 보았다. 그 불길 속에서 홀연히 솟아오르는 한
마리의 거대한 금시조를. 찬란한 금빛 날개와 그 힘찬 비상을.

—고죽이 숨진 것은 그날 밤 8시경이었다. 향년 72세.

_이문열, 「금시조」

그가 나가 버린 뒤에, 나의 마음은 다시 가라앉았다. 나는 기진맥진
해서 침상 위에 몸을 던졌다. 그러고는 잠이 들었던 모양이다. 왜냐하면
눈을 뜨자 얼굴 위에 별이 보였기 때문이다. 들판의 소리들이 나에게까
지 올라왔다. 밤 냄새, 흙 냄새, 소금 냄새가 관자놀이를 시원하게 해주
었다. 잠든 그 여름의 그 희한한 평화가 밀물처럼 내 속으로 흘러들었
다. 그때 밤의 저끝에서 뱃고동 소리가 울렸다. 그것은 이제 나에게 영
원히 관계가 없게 된 한 세계에로의 출발을 알리고 있었다. 참으로 오래
간만에 처음으로 나는 엄마를 생각했다. 엄마는 왜 인생이 다 끝나갈 때
〈약혼자〉를 만들어 가졌는지, 왜 생애를 다시 시작해 보는 놀음을 했는

지 나는 이해할 수 있을 것 같았다. 거기, 뭇생명들이 꺼져 가는 그 양로원 근처 거기에서도, 저녁은 우수가 깃든 휴식 시간 같았었다. 그처럼 죽음 가까이에서 어머니는 해방감을 느꼈고, 모든 것을 다시 살아 볼 마음이 내켰을 것임에 틀림없다. 아무도 어머니의 죽음을 슬퍼할 권리는 없는 것이다. 그리고 나도 또한 모든 것을 다시 슬퍼할 권리는 없는 것이다. 그리고 나도 또한 모든 것을 다시 살아 볼 수 있을 것 같은 생각이 들었다. 마치 그 커다란 분노가 나의 고녀를 씻어 주고 희망을 가시게 해준 것처럼, 신호들과 별들이 가득한 밤을 앞에 두고, 나는 처음으로 세계의 정다운 무관심에 마음을 열고 있었던 것이다. 그처럼 세계가 나와 닮아, 마침내는 형제 같음을 느끼자, 나는 전에도 행복했고, 지금도 행복하다고 느꼈다. 모든 것이 완성되도록 하기 위해서, 내가 덜 외롭게 느껴지기 위해서, 나에게 남은 소원은 다만, 내가 사형집행을 받는 날 많은 구경꾼들이 와서 증오의 함성으로써 나를 맞아 주었으면 하는 것 뿐이다.

__알베르 카뮈, 「이방인」

　그의 솔직한 목소리를 믿지 않을 수 없었다. 오전의 모습이 그녀의 눈앞에 떠올랐다. 그는 트럭을 수리했고, 그녀에게 늙었다고 여겨졌었다. 그녀는 자기가 언제나 가 있고자 했던 곳에 도착했다. 말하자면 그가 늙었으면 하고 그녀는 언제나 소망했었다. 다시금 그녀는 그녀의 어린 시절 방에서 그녀의 얼굴에 대고 꼭 껴안았던 그 작은 토끼를 회상했다.
　한 마리의 작은 토끼로 변한다는 것은 무엇을 뜻하는가? 그것은 자기의 모든 강한 면을 포기했음을 의미한다. 그것은 누가 다른 사람보다 더 이상 강하지 않음을 의미한다.
　그들은 피아노와 바이올린의 연주에 맞추어 스텝을 밟으며 움직였다. 테레사는 머리를 그의 어깨 위에 얹었다. 그들을 태우고 안개 속을 날았던 비행기에서 그들이 함께 나란히 앉아 있던 그때처럼. 지금 그녀는 그때와 똑같은 독특한 행복을, 독특한 슬픔을 체험했다. 이 슬픔은

〈우리는 종착역에 도착했다〉는 것을 의미했다. 이 행복은 〈우리는 함께 있다〉는 것을 의미했다. 슬픔은 형식이었고 행복은 내용이었다. 행복은 슬픔의 공간을 채웠다.

그들은 그들 테이블로 돌아왔다. 그녀는 두 번 더 조합장과 춤을 추었고 또 한 번은 젊은이와 추었다. 젊은이는 벌써 너무나 취해 그녀와 함께 쪽마루 무도장에 쓰러졌다.

그리고서 그들은 모두 그들의 호텔방으로 올라갔다.

토마스는 자물쇠에 열쇠를 꽂아 두었다. 그리고 방의 불을 켰다. 그녀는 나란히 밀어붙여 놓은 두 개의 침대를 보았다. 한쪽 침대 옆에는 전등이 있는 침대용 탁자가 놓여 있었다. 큰 나방 한 마리가 불빛에 놀라 전등갓으로부터 훨훨 날아올라 방에서 원을 그리며 빙빙 돌았다. 밑에서부터 바이올린과 피아노의 멜로디가 은은히 울려 왔다.

＿밀란 쿤데라, 「참을 수 없는 존재의 가벼움」

이제 해가 뜨고, 나는 공중전화 유리 너머로 그 해를 바라본다. 아직은 어두웠으나 이미 푸르스름한 새벽빛에 의해 그 어둠이 약해졌다. 주변 들판에는 움직이는 것이라곤 아무것도 없었고, 해는 점차 대기를 감싸고 있는 투명한 주위 공기를 가볍고 밝은 빛으로 물들이며 천천히 내 눈앞에서 떠올랐다. 이 외딴 시골 들판에 철저하게 격리된 공중전화 부스의 유리문 뒤에 앉은 나는 떠오르는 태양을 바라보며 현재, 현재 이 순간을 생각하며 다시 한 번 그 덧없이 사라지는 축복의 순간을 고정시켜 보려고 애썼다. 마치 살아 있는 나비 몸뚱이를 바늘 끝으로 고정시키듯.

살아 있는 나비를.

＿장 필립 뚜생, 「사진기」

그날 밤, 나는 곧바로 호텔로 돌아오지 않고 마을 뒤로 수킬로미터에 걸쳐 펼쳐진 광활한 모래사장으로 갔다. 마을은 벌써 멀리 뒤에 있고 여기저기 자동차가 지나가며 만든 바퀴 자국에 빗물이 고여 형성된 커다란 물구덩이를 피해 희미한 달빛을 받으며 해변으로 이르는 조그만 오솔길을 걸었다. 길가에는 다 부서진 울타리가 쳐진 밭, 황량하게 버려진 밭이 있었고 나는 어둠 속에서 계속 길을 걸었다. 멀리서 바다의 중얼거림, 서서히 내 감각과 영혼에 안도감을 안겨 주는 바다의 중얼거림이 들리기 시작했다. 해변에 이르자 나는 신발과 양말을 벗고 한 손에 양말을 든 채 맨발로 천천히 캄캄한 해변으로 나아갔다. 발바닥에서 차가운 모래가 느껴졌고 발가락 사이로 파고드는 축축한 모래의 접촉에서 느끼는 안도감이 더해 가면서 그에 따라 내 발도 더욱 푹푹 빠져 들어갔다. 마침내 바닷가에 자리잡고 앉아 꼼짝도 하지 않고 정면의 바다를 바라보았다. 사수엘로 섬의 등대는 어둠 속에서 일정한 간격으로 돌아갔고 내 주위는 완전히 적막했다. 나는 칙칙한 색깔의 외투를 걸치고 축축한 모래에 맨발로 바닷가에 혼자 앉아 있었고 그때 멀리 수평선에 한 척의 배가 보였다. 어둠을 환히 밝히며 물위를 미끄러져 가는 페리호는 아주 천천히 사수엘로 섬 뒤편으로 사라지고 말았다.

_장 필립 뚜생, 「망설임」

대리는 주머니칼을 꺼냈다. K의 책상 위에 있던 삼각자를 써서 이 가장자리를 들어올리려고 했다. 그렇게 하면 가장자리를 훨씬 깊게 박아 넣을 수 있기 때문이리라. K는 보고 속에 완전히 새로운 제안을 덧붙이고 있었다. 이 제안은 대리에 대하여 특별한 효과를 발휘할 것이라고 기대하고 있었다. 그러나 자기는 이 은행에서 뭔가 특별한 의미를 가진 인간이라는 의식, 자기의 생각은 자기의 입장을 변호할 수 있을 만큼의 힘을 가지고 있다는 의식, 그러한 의식이 차차 멀어져 가는 것에 기쁨을 느끼고 있다고 말하는 것이 옳은 견해인지도 모르겠다. 뿐만 아니라 이러한 자기 변호 방법은 은행에서뿐만 아니라 심리의 경우에도 최상의 변명이라도 할 수 있을 것이다.

너무 급하게 지걸였기 때문에 K는 책상 가장자리로부터 대리의 손을 완전히 떼내 버릴 수 있는 여유를 가질 수가 없었다. 보고서를 낭독하는 동안에 K는 불과 두세 번, 비어 있는 손으로 마치 상대편을 달래기라도 하는 것처럼 가장자리를 가볍게 만져 보았을 뿐이었다. 이것은 K로서는 대리의 행동이 무엇을 의도하는 것인지 정확히 알 수 없었으나 이 가장자리에는 굳이 고쳐야 할 결점이 없다는 것, 만일 있다고 하더라도 보고를 들어 주는 것이 책상 수리보다는 중요하다고 또 예의바른 일이라는 것을 대리가 깨닫게 되기를 바랐기 때문이다.

그러나 정력적이긴 하나 육체노동을 않는 사람들처럼 이 손을 놀리는 일은 대리를 열중케 하고 있었다. 가장자리의 일부는 이미 높이 치켜 올려지고 지금은 이 장식물의 조그마한 한쪽 끝을 다시 제자리의 홈에 끼워 넣는 단계에 이르렀다. 그것은 떼어 낼 때보다 어려운 작업이었다. 지점장 대리는 일어서서 두 손으로 그것을 판자 속으로 밀어넣지 않으면 안 되었다. 그러나 이것은 아무리 애써 보아도 잘될 것 같지 않았다.

K는 낭독을 계속하면서 대리가 자리에서 일어서는 것을 멀거니 바라보았다. 그러나 대리의 몸의 움직임은 자기의 보고서 낭독과는 조금도 관련이 없는 것이라고 K 스스로 단정하고 있었다. 그래서 K도 대리를 따라 의자에서 일어서면서 어떤 숫자 하나를 집게손가락으로 가리키면서 서류를 한 장, 대리에게 내밀었다. 그러나 상대는 두 손으로 눌러서는 아직 힘이 모자란다고 생각했는지 상기된 얼굴로, 전신의 무게를 가장자리 위로 옮겼다. 그러자 일단은 성공했다. 자그마한 나무 끝은 삑삑거리면서 홈 속으로 끼어 들어갔다. 그러나 다음 순간, 홈에 금이 생기고 그것이 순식간에 길고 큰 것으로 되더니 그만 두 조각으로 짝 갈라지고 말았다.

"재료가 나쁘군!" 지점장 대리는 화난 목소리로 중얼거렸다.
___프란츠 카프카, 「심판」

나는 지금부터 딸아이들을 유치원에다 데려다 주고, 그 다음에는 풀에 갈 것이다. 여느 때와 마찬가지로 나는 중학생 시절에 다니던 풀을

생각해 냈다. 나는 그 풀의 냄새와, 천장으로 반향하는 목소리를 생각해
냈다. 그 시절, 나는 새로운 무엇이 되려고 하고 있었다. 거울 앞에 서면,
자신의 몸이 변화해 가는 모양을 볼 수가 있었다. 조용한 밤이면, 그 육
체가 성장해 가는 소리를 듣는 것까지도 가능했다. 나는 새로운 자신이
라고 하는 옷을 걸치고, 새로운 장소에 발을 디뎌 넣으려고 하고 있었다.

부엌 테이블에 앉은 채, 나는 묘지 위에 떠 있는 구름을 아직도 지그
시 바라보고 있었다. 마치 하늘에 못박히기라도 한 듯, 거기에, 꼼짝 않
고 정지해 있었다. 딸아이들을 슬슬 깨우러 가야지, 하고 나는 생각했다.
벌써 한참 전에 날은 밝아 있었고, 딸아이들은 일어나지 않으면 안 되었
다. 그녀들은 나보다 훨씬 강하고, 훨씬 절실하게, 이 새로운 하루를 필
요로 하고 있는 것이다. 나는 그녀들의 침대로 가서, 이불을 걷고, 그 부
드럽고 따스한 몸 위에 손을 얹고, 새로운 하루가 방문했음을 고하지 않
으면 안 되는 것이다. 그것이 지금, 내가 해야만 하는 일이다. 그러나 나
는 그 부엌 테이블 앞에서, 아무리 하여도 일어설 수가 없었다. 몸에서
모든 힘이란 힘이 다 상실되어 버린 듯했다. 마치 누군가가 내 배후로
슬쩍 돌아가, 소리도 없이 육체의 뚜껑을 열어 버린 것처럼. 나는 테이
블에 양 팔꿈치를 대고, 손바닥으로 얼굴을 감쌌다.

나는 그 어둠 속에서, 바다에 내리는 비를 생각했다. 광활한 바다에,
누구에게도 드러나지 않도록 은밀하게 내리는 비를 생각했다. 비는 소
리도 없이 해면^{海面}을 두드리고, 그것은 물고기들에게조차 전해지는 일
이 없었다.

누군가가 다가와, 등에다 살며시 손을 얹을 때까지, 나는 줄곧 바다
를 생각하고 있었다.

_무라카미 하루키, 「국경의 남쪽, 태양의 서쪽」

세 사람은 나란히 집을 나섰다. 몇 달 만의 일인가! 그들은 교외^{郊外}로
나가기 위해 전차를 탔다. 차 안에는 그들 외의 승객은 하나도 없었으며
따뜻한 햇살이 가득 스며들고 있었다. 세 사람은 발을 쭉 뻗고 좌석에

기대앉아 장래 문제를 의논했다.

깊이 생각하는 가운데 자신들의 장래가 그토록 암담한 것만은 아님을 느끼게 되었다. 그들은 지금껏 서로의 일에 대해 의견을 나눈 적이 없었으나 이제 생각해 보니 모두 혜택받은 좋은 일자리를 얻은 것 같았으며 특히 장래성이 있어 보였다. 급한 대로 사정을 호전시키려면 집을 바꾸는 것만으로 충분했다. 앞으로는 그레고르가 있었을 때 구한 지금 집보다 규모가 작고 값싼, 그러나 더 자리가 좋은, 요컨대 좀더 편리한 집을 구하기로 정했다.

이런 이야기를 주고받는 가운데 차츰 생기를 되찾아가는 딸을 바라본 잠자 부처^{夫妻}는 거의 동시에, 그녀가 최근 안색이 창백하도록 갖가지 괴로움을 겪는 가운데 어느새 아름답고 탐스러운 처녀로 변한 것을 발견했다. 두 사람은 점점 말수가 적어지면서 그러나 무의식으로 시선이 마주치자 고개를 끄덕이면서 딸이 이제는 좋은 신랑감을 찾아 주어야 할 만큼 자랐다고 생각했다. 드디어 목적지에 도착하자 맨 먼저 자리에서 일어선 딸이 젊음이 넘치는 싱싱한 몸을 쭉 펴는 것을 본 두 사람은, 이것이 그들의 새로운 꿈과 선의의 확증처럼 생각되는 것이었다.

__프란츠 카프카,「변신」

나는 한 사람의 열정이 어디까지 가능한지를 알게 되었다. 욕망은 극에 달하고, 자존심 따위는 없어지고, 다른 사람들이 그랬을 때는 무분별하다고 생각했던 행동을 신념에 차서 스스럼없이 했다. 그 사람은 자신도 모르는 사이에 나를 세상과 더욱 굳게 맺어 주었다.

그 사람은 내게 절대로 자기에 대해 글을 쓰면 안 된다고 말했었다. 하지만 나의 글은 그 사람에 대한 것도 나에 대한 것도 아니다. 단지 그 사람이 내 삶의 한 부분에 자리잡으면서 내가 깨달은 것을 글로 표현했을 뿐이다. 그 사람은 이것을 읽지도 않을 것이고 또, 읽으라고 쓴 것도 아니다. 그것은 다만 그 사람이 내게 주었던 어떤 부분을 다시 드러낸 것이라고나 할까.

　어렸을 때, 나는 사치라고 하면 모피코트나 긴 드레스, 혹은 바닷가
에 있는 저택 같은 것을 떠올렸다. 그리고 조금 자라서는 지성적인 삶을
사는 게 사치라고 생각되었다. 지금은 한 남자, 혹은 한 여자에 대해 사
랑의 열정을 느끼며 사는 게 사치가 아닐까 생각한다.
__아니 에르노, 「단순한 열정」

제2부

표출—한국 소설의 새로운 양상들

1. 새로운 소설의 발생론적 조건들

'광주' 위로 겹쳐지는 '압구정동'

현실/세상이 달라졌다고 한다. 세상이 달라졌다면 일정 부분 세상을 머금어 반영/반항하는 문학 역시 달라졌을 것이다. 현실/세상은 어떻게 달라졌는가? 이 글은 달라진 현실/세상 읽기이며, 동시에 달라진 '신세대' 문학의 의미를 읽어 내려는 노력의 결과다. 이 글은 아주 우연히 발상되고 시작되었다. 비슷한 시기에 이루어진 나의 책읽기, 즉 「신세대 문학을 말한다」는 제목의 한 문학 잡지의 특집과, 『압구정동 : 유토피아 디스토피아』란 한 권의 단행본과, 〈문화과학〉이라는 내게는 생소한 간행물 속의 '소비 문화의 징후, 홍대 앞 거리 분석'(거리를 분석하다니! 거리는 현실의 문화적 징후의 표면이다. 따라서 거리를 분석한다는 것은 당대의 문화적 징후 읽기이며, 근본적으로는 감추어진 현실의 의미 읽기다. 압구정동과 홍대 앞의 거리들은 '포스트 모던한 징후가 이미 우리에게 주어진 현실이다'를 증거하는 현장이며, 물증이다)이라는 부제가 붙은

「미로에서 길 찾기」를 읽고, 내가 발을 딛고 있는 삶의 물적 토대인, 1990년대 한국의 현실 속에 떠오르고 있는 그 새로운 것의 정체란 무엇인가라는 소박한 의문과, 또 '신세대 문학'이라고 불리는 것과 이제 본격적인 사회 문화적 분석의 대상으로 떠오를 정도로 주목되고 있는 '압구정동 문화'나 '홍대 앞 거리'가 보여 주는, 탈현대와 소비의 상징 사이에 작용하고 있는, 그것들이 결국은 한 뿌리라는, 그 혈연적 친화 관계와 신세대의 문학적 징후들의 의미를 밝혀 보고 싶다는 우연한 욕망이 이 글의 시발이다. 하지만 이 글은 신세대 문학에 관한 방대한 정보들을 수집하고 분석하고 그 의미를 꼼꼼하게 따져 드러내 보인 분석적 비평이기보다는, 신세대 문학이 어떤 사회 문화적 문맥 속에서 발생하고 그것을 어떻게 이해해야 하는가를 위한 일종의 단상적 시론試論이다.

> 문화란 일상의 환경인 동시에 일상의 조건이다. 한 인간은 일상의 환경과 조건에 의해 의식과 무의식이 결정된다.(1 ; 6)

우리는 전환과 태동의 시대를 살고 있다. 우리 삶의 주변에 피어나고 있는 여러 전환과 태동의 사회 문화적 징후의 버섯들을 보면 그것은 분명하다. 1980년대의 그 징후적 공간은 광주였고, 그것은 1980년대의 문화를 읽어 내는 데 빠뜨릴 수 없는 하나의 키워드였다. 1990년대의 징후적 공간은 압구정동이다. 1980년대의 광주가 단순한 특정 지명이라는 의미를 넘어서 있듯이 1990년대의 압구정동 역시 특정 지역을 가리키는 지명 이상의, 우리 시대의 사회 문화적 의미를 함축하고 있는 상징어다. 우리의 집단 무의식 속에 숨어 있던 광주가 서서히 의식의 저편으로 퇴장하면서 그 빈자리를 압구정동이 채우고 있다. 우리 시대의 압구정동이란 어떤 문화적 함의를 갖고 있는가? 압구정동은 우리의 의식과 무의식을 결정짓는 일상의 환경과 조건이라고 말할 수 있는가? 압구정동을 규정하는 데 동원되는 여러 언설들, 이를 테면 '향락, 퇴폐, 편중된 부, 무분별한 모방, 무절제한 수용, 배금주의, 모방 심리, 이기주의, 귀족 문화, 저질 문화, 구조적 모순의 노정'(1 ; 59) 들은 밖에서 바라본 자들의 비판적 시각을 여실히 드러내 보여 준다. 압구정동을 말할 때처럼 그것을 말하는 자의 세계관과 이데올로기, 문화에 대한 감수성을 적나라하게 드러내 보이는 경우도 없다. 사람들이 압구정동을 말할 때 실은 압구정동에 대해서가 아니라 자신을, 자신의 현실 인식과, 이데올로기와, 계급적 기반을 말하고 있는 것이다.11 그렇게 자신의 폐쇄적인 가설과 고착된 시각에 얽매여서는 이 낯설게 떠오르고 있는 현실의 의미를 정확하게 읽어 낼 수가 없다. 『압구정동 : 유토피아 디스토피아』의 한 필자인 사회학자 조혜정의 제안대로 우리에게 필요한 것은 「문화적 상대주의 관점과 '내부인의 관점'」을 관용하는 '열린 현실 읽기'(1 ; 35)의 자세다. 압구정동에 관한 여러 언설들을 검토해 보면, 압구정동은 '독점자본과 부르주아 계급의 결합으로 자체 내의 자본주의 생산 양식이 지배적인 사회 구성체'이며 동시에 '신식민지적 형태'(1 ; 21)를 이루고 있는 '우리 사회를 일정한 방식으로 드러'(1 ; 13)내고 있으며, 그 자체로 우리 의식과 무의식을 결정짓는, 지금—여기에서의 자본주의의 첨단적이고 병적인 징후들을 집약적으로 떠올리고 있는 문화의 물적 기반이며, 그 모든 것을 아우르는 상징의 공간이라는 인식으로 집약된다. 압구정동을 단

---

11 사회학자인 조혜정은 압구정동을 바라보는 '시선'들에 대한 사회학적 분석의 글에서 '압구정동에 관한 기사나 글을 읽을 때면 압구정동에 관한 새로운 지식보다 글쓴이의 머리 속이 더 잘 들여다보인다'라고 말하고 있다. 그것은 사람들이 압구정동을 바라볼 때 그 시선들은 일정한 편견과 폐쇄적 가설, 그리고 관념적 이해의 틀로부터 벗어나지 못했음을 보여 주는 것이다. 압구정동을 제대로 바라보기 위해서는 '열려져' 있지 않으면 안 된다.(조혜정, 「압구정 '공간'을 바라보는 시선들 : 문화 정치적 실천을 위하여」, 『압구정동 : 유토피아 디스토피아』, p.35)

순하게 욕망의 해방구라든가, 욕망과 쾌락의 배설더미가 버려지는 곳
이라는 고정적이고 폐쇄적인 인식 체계 속에 자신을 가둔 사람이라면
압구정동이 갖는 다양한 내포적 의미, 즉 그것이 우리 사회가 겪고 있
는 심화된 자본주의의 징후적 공간이며, 차츰 우리 삶을 규정하는 동
시대적 환경이며 조건이라는 사실을 놓칠 수도 있을 것이다. 열린 의
식으로 현실의 의미를 이해하려고 해야 한다. 열린 의식으로 바라볼
때 오늘의 압구정동의 거리를 거니는 자본주의의 아이들이 '매우 걱
정스러울 정도로 탈이념적이고 탈정치적이고 유아적'(1 ; 56)이며, 동
시에 '획일주의적이고 집단주의적 냄새를 싫어'(1 ; 48)하며, 이들이
'강렬한 자기 표현'(1 ; 48) 욕구와, '문화적 혼성 시대의 자기 찾기'(1 ;
56)에 열심인 세대라는 것을 알 수 있다. 또한 자주 비판의 대상이 되
는 그들의 무분별하게 보이는 소비 양태 역시 자세히 들여다보면 실
은 나름대로의 합리적인 가치 기준과 분별력에 의해 행사되고 있다는
사실을 볼 수 있다.

어쨌든 압구정동은 1980년대의 광주를 살아 낸 우리에게 주어진
지금-여기의 우리 삶을 떠받치고 있는 물적 토대이며, 일상의 조건
이다. 우리 의식 속에 광주의 영상이 희미해지고 압구정동의 영상이
생생하게 새겨지는 것은 문학의 중심 지형이 바뀌고 있고, 동시에 우
리의 사유와 삶의 체계의 중심이 이념의 영역에서 욕망의 영역으로
넘어서 왔음을 알려 주는 징표다. 1990년대의 신세대 작가들은 일상
의 새로운 조건들과 그것을 지배하는 논리12에 주목하고 그 일상 속

---

12 일상이란 무엇인가. 일상이란 더 이상 기상 시간에 쫓기며 서두르는 출근, 지하철 타기, 직
   장에서의 새로울 것 없는 반복적인 업무, 퇴근, 텔레비전 시청하기, 취침과 같이 매일 무의미
   하게 반복인 것, 지리멸렬한 것, 하찮은 것, 권태로운 것이 아니다. 우리 일상은 철저하게
   소비 문화적 상품 언어의 담론과 논리에 의해 지배되고 있고, 그것들에 의해 우리 욕망은 조
   작되고 관리되며, 우리 의식은 프로그래밍 된다. 매일매일의 일상성은 주체의 욕망과 의식을
   통제하며 균질화시키고 우리 삶의 평면적 나날 위에 펼쳐져 있다. 우리는 그 일상을, 일상
   속에 굽이치는 환영과 기호들을 따라 떠돌며 산다. 일상성은 도시적 삶의 산물이다. '일상의
   질서는 우리가 매일매일 내리는 선택과 판단의 결과이며, 그 선택을 지배하는 논리는 시대에

으로 떠오르고 있는 욕망의 생태학을 그들의 문학적 탐구 영역으로 삼고 있다. 1990년대의 신세대 작가들은 분단 모순이나 계급 모순과 같은 민족 공동체의 문제보다도 우리 삶을 앞과 뒤로 포박하고 있는 욕망의 풍경에 눈길을 돌리고 그것의 의미를 묻는 데 더욱 열심이다. 범박하게 말하면, 1980년대 문학이 광주—이념을 그 토대로 하는 것이었다면, 1990년대 문학은 압구정동—욕망을 그 토대로 하고 있다.

1980년대의 폐허 위로 달려온 신세대들

1980년대가 망한 폐허에서 탈출한 새로운 인간들, 무거운 것은 싫고 가벼운 것이 좋아서, 경쾌한 록 음악과 섹스를 구가하는 새로운 인간들…… 작가의 재능이 과연 이런 데에 바쳐져야 할까요?(2 ; 72)

1980년대가 망했다고 한다. 우리에게 1980년대란 무엇이었던가. 광주로 상징되는 씻을 수 없는 추문과 그로 인해 우리 내면에 찍혀 버린 원죄 의식, 그리고 이념 과잉, 그것이 우리의 1980년대를 지배했다. 마르크스의 그 유명한 『자본론』을 비롯하여 숱한 마르크스—레닌의 원저들과 관련 이론 서적들이 쏟아져 나왔고, 마음만 먹는다면 『김일성 주체 사상 전집』도 구해 읽을 수 있는 그 1980년대의 한복판을 가로질러 새로운 작가들이 몰려오고 있다. 1990년대의 소설의 흐름을 개관하는 한 좌담의 자리에서, 한 작가가 신세대 작가들의 소설을 두고 가볍다, 소비 문화 지향적이다, 성을 상품화하고 있다, 라는 비판들은 보수주의적인 우리 문단에 상당히 넓게 유포되어 있는 신세대 문학에 대해 회의적이거나 비판적인 시각의 일단을 드러낸다. 이 발언은

따라 끊임없이 변화한다.'(임성희, 「미로에서 길 찾기」, 〈문화과학〉 1993년 봄호, p.193)

1990년대 신세대 작가들의 작품에 대한 진지한 숙고와 분석을 담고 있다고 말하기는 힘들다. 이 발언은 다분히 인상주의적이긴 하지만 우리 내면에 왜 신세대 작가들이 가벼운 것들에 매혹되는가, 또 그들은 왜 역사와 이념과 같은 민족 공동체의 운명과 결부된 무거운 문제에 대해 심각하게 생각하지 않고 경쾌한 록 음악과 섹스와 같은 찰나적이고 현세적인 쾌락에 탐닉하게 되었는가 하는 의문을 만들어 낸다. 논의의 순서상 무엇보다도 먼저 신세대 작가들이란 어떤 작가들을 말하는 것이며, 또 '1980년대가 망한 폐허', 그 이념이 무화된 폐허의 균열들 사이로 넘치는 미시적 욕망들과, 그 욕망 위에 세워지는 1990년대의 현실을 신세대 문학은 어떻게 드러내고 있는가를 꼼꼼하게 살펴야 할 것이다.

'신세대 문학'으로 함께 묶어 논의할 수 있는 작가는 장정일, 김영하, 성석제, 박상우, 하창수, 구효서, 이순원, 이인화, 배수아, 송경아, 하재봉, 그리고 하일지와 신경숙과 같은 작가다(나는 이 대담의 자리에서 언급된 모든 신진 작가들을 명실공히 '신세대 작가'라고 불러야 하는가에 대해서는 회의적이다). 내가 읽은 신세대 작가군에 속하는 소설들은 장정일의 『아담이 눈 뜰 때』(1990년, 미학사), 『너에게 나를 보낸다』(1992년, 미학사), 이인화의 『내가 누구인지 말할 수 있는 자는 누구인가』(1992년, 세계사), 하일지의 『경마장 가는 길』(1991년, 민음사), 그리고 장태일의 『49일의 남자』(1993년, 세계사) 등이다(그들의 또 다른 편에 아직도 크고 무거운 이념과 역사의 잔영을 묘사하고 그것의 의미에 천착하고 있는 작가들이 없는 것은 아니다. 「회색 눈사람」의 최윤과 「패랭이꽃」 「완전한 영혼」의 정찬은 신세대 작가들과는 다른, 죽임과 야만의 연대였던 1980년대의 시대가 어떻게 사람의 삶을 억압하고 왜곡했는가를 보여 주는 정신사적 계보에 속해 있는 작가들이다). 그것들을 하나씩 읽을 때마다 내 안에서 그것들에 대해 무언가 말하고 싶은 강한 충동과 욕구들이 꿈틀거렸다. 그러나 내 삶의 여러 제약들은 그것을 곧바로 실천에 옮길 수 없게 했다. 이제 비로소 나는 신세대 작가들과 그들의 작품에 관한 내 생각의 일단을 피력할 수 있게 된 것이다.

그들을 신세대 작가라고 한데 묶는 것은 '출생 연도라는 생물학적 질서에 준'한 것이라기보다는 '공유된 경험의 질이라든가 문학적 특성'의 유사성에 두어야 한다는 한 대담 참가자의 제의를 유보 없이 받아들인다면, 어떤 작가를 신세대 작가냐 아니냐를 판단하는 척도는 삶의 공유된 경험과 문학적 특성 두 가지다. 그런데 그 첫 번째 기준이 되는 공유된 경험의 질이라는 것이 그들이 출생하고 성장하면서 불가피하게 동시대적으로 경험할 수밖에 없었던 사회적·역사적 경험들과 깊은 관련이 있는 것이라면 출생 연대라는 생물학적 질서가 절대의 기준이 될 수는 없다 할지라도 적어도 완전히 배제할 수 없는 기준임은 분명하다. 일례로 위에 언급된 신세대 작가들이 예외적인 경우를 제외하고 30대 안팎의 연령에 이른, 4·19 세대나, 박정희 정권의 유신 독재 시대, 그리고 1980년대의 일단의 정치 지향적 군인들에 의해 권력이 독점되었던 시대의 역사가 요청하는 당위적 이념에 복무해야 한다는 이념 과잉의 강박 관념 속에 짓눌려 있던 작가들과는 다른 '물적 토대'를 그들의 성장 배경으로 갖고 있다. 다시 말해 물질적 풍요와 소비의, 더 직접적으로는 압구정동과 홍대 앞 거리가 표상하는 먹고 마시고 입고 부르고 노는 탈이념, 소비, 놀이 문화에 대한 적극적인 수용, 탈국적 문화와 같은 충동적 욕망의 발산과 소비 사회의 징후적 양상들의 역사적·사회적 맥락 속에서 솟아난 새로운 작가들이란 점이다. 다른 또 하나, 신세대 작가인가 아닌가를 가름할 수 있는 중요한 기준이 문학적 특성이라고 했는데, 그렇다면 그들을 신세대 작가로 분류할 수 있는, 이전의 세대들과는 뚜렷하게 변별되는 그들만의 독자적인 감수성과 문학의 문법이 있다면 그것은 어떤

것들인가? 다시 말해 그들을 신세대 작가라는 별칭으로 불리게 하는
그들의 작품 속에 구현된 독특한 현실 인식, 그것을 전달하는 방법적
특질은 어떤 것들인가? 그들의 소설이 '자신들의 정체성을 사회 정치
적 맥락 속에 포괄하려 하지 않'고, '탈이념성, 집단보다는 개인의 자
아를 중심으로 하는 자아 중심주의적인 측면'(3 ; 15)이 강하다는 지적
은 적절하다. 신세대 작가들은 문학의 4·19 세대들이 보여 준 자아
중심주의에서 자아 해체적으로 한 걸음 더 나아간다. 왜 그들은 자아
해체적으로 나아갔는가? 그들은 왜 사회와 역사라는 바깥을 향하고
있던 시선을 자아와 욕망이라는 안으로 돌리게 되었는가? 신세대 작
가의 한 사람으로 분류되는 장정일의 다음과 같은 고백적 발언은 그
물음에 대한 적절한 대답을 담고 있다.

  1980년대까지는 나를 구성하는 것이 나의 자아가 아니고 사회였는데,
1990년대로 넘어오면서 그 사회가 붕괴하면서 나의 표본이 되지 않고
더 이상 규범이 되지 못하자 그 공동화 현상 속에 이제 자신의 진정한
자아가 대입된 것으로 보입니다.(3 ; 22)

이념에서 욕망에로

1980년대의 초입에서 우리는 정치적 야심을 품은 군부의 실권자들
이 엄청난 살상을 감행하면서 권력을 쟁취하는 야만적 행위를 목격했
고, 놀라 크게 벌어진 눈동자를 다시 감을 수가 없었다. 정과리의 말
처럼 '진리의 전면적 상실의 순간'에 부닥쳐서 우리는 이 야만적 현실
에 문학의 응전 방법은 무엇인가를 물었고, 그 물음 앞에서 우리는 쓰
디쓴 환멸을 경험해야 했고, 우리의 내면은 온통 원죄 의식으로 물들

었다. '벌어진 눈동자'를 한 채 속수무책으로 참담한 현실을 수납할 수밖에 없었던 우리는 문학이란 도대체 무엇인가 하는 문학의 정치 사회적 효용론에 대한 절망적 무력감에 빠져 있었다. 그때, 1980년대 에는 한 인간의 개체적 실존의 의미를 규정하는 힘이 바깥[사회와 역사]으로부터 왔다. 그것은 우리 삶을 움직이는 동인이었고, 규범이었고, 자아를 억압하는 중요한 권력의 하나였다. 1980년대의 정치적 이념이란 신神이 사라진 20세기의 신을 대체하는 절대의 가치와 같은 것이었다. 그것을 위해 기꺼이 자신의 몸을 불사르는, 그 불사름이 상징이 아니라 가시적 현실로 나타나는 것을 우리는 현실 속에서 전율하면서 목격했었다. 반정부 구호를 외치며 데모를 하던 젊은 학생들이 몸에 휘발유를 끼얹고 불을 당겼고, 그 불길에 휩싸인 채 말 그대로 산화해 갔다. 있을 수 없는 일이, 우연히, 어쩌다 한 번 있었던 것이 아니라 자주 일어났다. 1980년대는 죽임의 연대였다. 이념이란 그것을 위해 마땅히 목숨을 버릴 수도 있는 크고 무거운 것, 절대의 영역에 속하는 것이라는 신념이 공공연하게 유포되었고, 문학 역시 그것을 위해 복무해야 마땅한 것으로 여겨졌고, 그것은 삶의 절대적인 대의였다. 그러나 어떤 변화가 있었는가? 그 사회는 붕괴되었고, 더 이상 정치적 강박 관념을 가질 필요도 없게 되었다. 신세대 작가의 한 사람의 말처럼 그것은 더 이상 '표본'이 되지 않고 '규범'도 될 수 없었다. 이념과 정치의 강박 관념으로부터 자유롭게 된 그들의 상상력과 사유는 한결 가벼워지게 된 것이다. 젊은 평론가 박철화는 한 대담에서 이렇게 말한다.

1980년대까지의 지배 권력이 곧 악이라고 생각하는 의식은 그것 자체가 일상사에 미세하게 스며든 지배 이데올로기를 은폐하고 호도한 부분이 있어요 그런데 6월 항쟁 이후에 절대악이라는 개념이 해체되면서 일상사에 스며든 권력, 즉 지배 권력이 아니라 미시 권력들에 대한 인식이 싹트기 시작하죠. 바르트나 푸코에 대한 관심은 그것 때문에 증폭됩니다. 그런 관점에서 그 동안 이 땅의 지배 권력이 자본주의화를 추구해 온 것에 대한 반대 급부로, 대항 이데올로기로서의 사회주의 내지는 공산주의의 사상이 절대선이라 여겨졌던 사유에도 근본적인 반성이 제기됩니다.(4 ; 149)

1980년대 문학은 심하게 말하면 반성적 사유가 배제되어 있는 문학이다. 개체의 내면과 욕망의 문제들은 의도적으로 은폐되었거나 누구도 깊은 시선을 던진 바 없었고 1980년대 문학에는 그저 이념에로의 일방적인 질주만 있었다. 그러나 1990년대로 들어서면서 상황이 급변했다. 1990년대에 들어서면서 절대악으로 상정되었던 지배 권력이 해체되고 그 해체는 이전까지는 중요하게 바라보지 않았던 일상사에 스며든 '미시 권력들에 대한 인식'이 싹트는 계기를 만들어 주었다. 1980년대 내내 우리 의식을 짓눌렀던 이념이나 정치적 강박 관념 같은 것은 더 이상 우리 삶의 규범도 아니고 중심도 아니게 되었다.

1990년대는 1980년대 말의 6월 항쟁과 같은 우리 현실 내부의 변화뿐만 아니라, 탈이념, 탈냉전이라는 새로운 세계사적 변화와 함께 시작되었다. 우리의 작고 가벼운 개체적 삶을 둘러싸고 있는, 아니 그보다 그 삶을 만들어 내는 객관적 조건, 완강하면서도 커다란 틀이 변한 것이다. 그 변화는 하나의 균열이다. 소련의 해체, 동구권 블록의 몰락과 같은 정치 체제의 변화가 겉으로 드러난 세계의 균열의 양상이라면, 우리가 의식하는 것보다 훨씬 빠른 속도로, 그리고 전면적으로 이루어지고 있는 활자 매체 중심의 문화에서 전자 매체 중심의 사회로의 이동과 같은 변화는 세계의 안 보이는 이면에서 일어나는 균열이다. 매일 똑같이 반복되고 있는 것으로 보이는 '포만과 권태'로 채워진 우리의 일상적 삶의 변화의 적극적인 촉매로 작용하는 것은 정치 체제나 이념의 변화보다도 눈에 보이지 않게 고도의 기술로 인간의 의식과 욕망을 조작하고 관리하는, 이미 우리의 현실이 되어 버린 고도 정보 사회, 소비 사회의 여러 변화된 상황과 조건들인지도 모른다. 어쨌든 이 균열들은 우리의 삶을 이전 시대의 틀이나 척도로서가 아니라, 새로운 패러다임으로 들여다볼 것을 요청하고 있다. 불과 몇 년 전까지 우리들의 의식을 강고하게 지배하던 그 '이념들'은 이제 어디 있는가? 바로 그것을 위해 유일무이한 것, 삶의 절대 명제인 생물학적인 생명조차 아낌없이 버릴 수 있도록 절박하게 몰아갔던 것, 즉 우리 삶에 덧씌워졌던 억압 기제로서의 이념의 영향력은 현저하게 느슨해졌다. 그것들은 사라져 버린 것이다. 그것들이 사라진 현실에는 커다란 공동空洞들이 생겨났다. 현실에 뚫려 있는 그 공동들은 눈에 보이지 않는다. 그래서 우리는 그 공동에 헛발을 딛고 허우적거리기도 한다. 공동에 헛발을 디딘 우리 눈에 현실은 '전망 부재'의 그것, 혹은 가닥을 잡을 수 없는 '무질서한 혼돈' 그 자체다. 혼란이 출렁이는 그 커다란 공동의 위로 인간의 욕망이 가로질러 간다. 우리를 둘러싼 정치적·이념적 환경이 변하면서 그것은 동시에 우리의 정서와 의식의 변화에까지 일정 부분 영향력을 행사했다. 그들은 이제 바깥으로의 시선을 돌려 중심의 와해와 공동화 현상 속에서 불확실하고 무질서한 혼돈 속으로 떠오르고 있는 그들의 삶을, 즉 그들의 일상을, 그들의 내면을, 그들의 일상과 내면 속에 굽이치는 욕망을 주목하기 시작했다.

1980년대가 이념이 지배하는 시대였다면 1990년대는 욕망이 지배하는 시기이며, 또한 1980년대가 이성이 강조되는 시기였다면 1990년대는 감성이 자유롭게 파동치는 시기이고, 1980년대가 사회과학을 중심으로 하여 과학적인 합리성이 중시되는 시대였다면 1990년대는 상대적으로 예술을 중심으로 한 상상력이 중시되는 시대, 그리고 1980년대가 인과론적 질서라든가 환원론이 강조되는 시대였다면 1990년대는 우연이라든가 운명, 복잡성, 혹은 신과학의 용어를 빌리자면 '혼돈 이론'에 대한 담론들이 범람하는 시기인 것 같습니다.(2 ; 31)

신세대 작가들과 세대론적으로 삶의 경험과 문학적 특성을 공유하고 있는 것으로 보이는 비평가 권성우는 1990년대가 1980년대와 어떤 변별성을 갖고 있는가를 지적하고 있다. 그에 따르면, 1980년대에서 1990년대로 넘어오면서 문학의 중심 지평이 이념에서 욕망으로, 이성에서 자유로운 감성으로, 과학적 합리성에서 예술적 상상력으로, 인과론적 질서와 환원론에서 우연, 운명, 복잡성, 혼돈으로 전이되고 있다. 그들은 더 이상 이념, 이성, 역사와 같은 '크고 무거운 것'에 매달려 그들의 생을 소모하지 않는다. 이성에 기초한 우리 삶의 큰 테두리를 이루고 있는 것, 이를테면 사회와 역사, 이념, 신神, 진리와 같은 것들이 크고 무거운 것의 범주에 들어가는 것들이다. 그것들은 커다란 중심이었다. 이제 그 중심은 없다. 커다란 중심은 해체되어 저마다 작은 중심들로 파편화되어 존재할 뿐이다. 그들은 자신들의 삶과 의식을 짓누르는 크고 무거운 것으로부터 벗어나기 위해 애쓴다. 그들은 전세대들의 삶의 절대적이고 유일한 대의였고 크고 무거운 것의 권위를 부정하고, 그것의 권위가 지워진 자리에 그들의 세계를 건축한다.

신세대, 그 영상 세대의 출현과 인식론적 변화

1990년대에 들어서면서 빈번하게 나오기 시작한 '문학의 위기' 담론들은 활자 문화의 쇠퇴에 대한 우려와 상대적으로 그 영향력을 폭발적으로 넓혀 나가고 있는 전자 영상 매체들이 주도하는 영상 문화의 강화된 위상에 그 근거를 두고 있다. 신세대들은 몰래 카메라, 이경규의 개그, 그 내용을 알아들을 수 없을 정도로 급박하게 내뱉듯이 부르는 신세대 가수들의 랩 뮤직, 록 카페, 노래방, 24시간 불이 환하게 켜진 편의점들, 현란한 조명 속의 빠른 춤과 신세대적 감수성에 초점이 맞추어진 트랜디 드라마, 요정 같은 최진실이 등장하는 상품 광고들을 무한 공급하는 텔레비전의 영상과 비디오, 영화와 같은 새로운 문화적 환경에 길들여진 세대들이고, 무엇보다도 영상 언어에 친숙한 세대다. 그래서 신세대를 가리켜 '영상 세대의 출현'이라는 표현이 어색하지 않다.

문자 세대와 영상 세대 사이에는 일정한 가치관과 인식론적인 변별성이 존재하며(여러 현상으로 드러나고 있는바 그 변별성은 급격하며 단층적이다), 따라서 그들의 글쓰기의 방법과 주제 영역 역시 어떤 차이를 드러낼 것임은 미루어 짐작할 수 있을 것이다. 문자 세대와 영상 세대의 가치관은 어떻게 다른가. 문자 세대와 영상 세대의 차이를, '이성 중심/감성 중심, 옳고 그름으로 판단/좋고 싫음의 선호로 판단, 논리적 심사숙고/감각적 판단에 따른 행동, 미래의 득실이 기준/당장의 호오好惡가 기준, 동질 지향 가치관/이질 지향 가치관, 나도 남들처럼 살고 싶다/남과 다르게 살고 싶다, 자기 절제/자기 표현, 남이 창조한 가치에 동의/스스로 가치 창조, 남에 대해 의식함/자기 자신에게 충실하려는 자기 지향적, 억제된 감성/해방된 감성, 보고 듣고 구경하던 정적 문화/직접 참여의 즐거움 추구하는 동적 문화, 소유에 대한 욕구/사용 가치의 중시'(5 ; 393)들로 대립, 차별화시켜 볼 수도 있을 것이다. 신세대 작가들은 확실히 영상 세대적 특징들을 공유하고 있는 것으로 보인다.

평론가 도정일 역시 1990년대 신세대 작가들의 작품에서 발견되는 경향적 흐름의 하나로 영화적 영상 기호에 크게 영향을 받고 있음을 지적하고 있다. 도정일은 그것이 1990년대 신세대 작가들과 다른 세대의 작가들을 가르는 형식적 변별 요소의 하나라고 말한다. 그에 의하면 '영화의 영상 기호학적 문법에서는 이미지가 기호이고, 이 영상 기호가 제시되는 방식은 언어 기호의 제시법과 아주 다르다. 영화는 카메라의 눈으로 세계를 보고, 카메라의 눈으로 세계를 소유하는 방식이며, 서사를 전개하되 그것을 이미지로 제시, 연결, 조직하는 것이 영화이다'(6 ; 78). 그런데 1990년대의 장정일이나 박일문의 소설들의 공통적인 특징으로 '영화적 영상 이미지에 대한 집착이 서사 요소의 선택과 배열에 강력한 동기로 작용'(6 ; 79)하고 있는 점을 지적하고 있다. 그들이 영화의 문법을 소설에 원용하고 있는 것은 그들 세대가 영상 언어 환경 속에서 성장하고 그것에 익숙하기 때문이기도 하지만 또한 그들의 소설이 거대 자본과 고도의 기획력을 가진 후기 산업 사회의 텔레비전이나 비디오, 영화와 같은 영상 매체와 동렬에 서서 생존 경쟁을 해야 한다는 사실을 인식하고 있기 때문이기도 하다. 그들이 영화적 기법을 그들의 소설에 끌어들이는 것을 소설 문법의 다양화의 한 측면으로 이해할 수도 있다.

생산적인 대화—신세대 문학을 위하여

신세대의 실체는 분명히 존재하지만 그 실재는 명확하게 드러나 있지 않다. 그들은 마치 유령의 존재처럼 소문 속에 '무성하게' 살아 있다. 그들의 상은 대중 매체들에 의해 심하게 왜곡되고 있거나 허구적으로 조작되고 있다. 나는 이 글을 먼저 그들을 바로 보기 위해, 또한 열린 의식으로 그들을 '이해'하기 위해, 그리고 나와 다른 생각을 가진 사람들과의 무의미하고 소모적인 논쟁을 위해서가 아니라 '생산적인 대화'를 향하여 함께 나아가기 위해 쓴다.

　새로운 유형의 인간들이 몰려오고 있다. 그들은 신인류, X세대, 혹은 신세대라는 이름으로 불린다. 문화와 상품의 소비 세대…… 대중 스타들의 몸짓 하나에도 열광하고, 그들과 닮으려고 하고(「하여가」란 2집 앨범을 발표한 서태지와 아이들이 셔츠의 앞자락은 바지 속에 넣고 뒷자락은 나풀거리도록 꺼내놓은 패션을 선보였을 때 순식간에 그것을 그대로 모방한 신세대들의 물결이 거리를 뒤덮었다), 거침없이 일탈적인 옷차림을 하고도 당당하게 거리를 활보하는 신세대……. 전후 세대, 4·19 세대, 유신 세대, 그리고 광주 세대의 뒤를 이어 우리 현실 속에 그 모습을 드러낸 신세대에 대해 기성 세대들은 당혹감과 우려를 감추지 않는다. 기성 세대들은 '신세대'라는 말을 듣는 순간 압구정동, 오렌지족, 두건을 쓰거나 너덜너덜 찢어진 청바지를 입고 다니는 알 수 없는 아이들(그 이전에 누가 감히 멀쩡한 옷을 찢어 입고 거리를 활보할 생각을 했던가!), 서태지와 아이들, 록 카페, 24시간 편의점들, 자동차를 먼저 떠올리고, 자본주의의 구조적 모순이 낳은 편중된 부, 무분별한 모방, 배금주의 저질의 대중 문화, 무국적 문화, 향락, 세기말의 여러 퇴폐적 징후들을 연상할 것이다. 신세대들은 우리의 토속 음식보다는 서구의 패스트 푸드를 더 좋아하고, 우리의 창보다는 랩 음악과 같은 서구 대중 음악에 더욱 길들여진 세대들이다. 서태지와 아이들말고도 신해철, 현진영, 이오스, 듀스, 김건모, 김준선 등과 같은 신세대 가수들의 음악에서 세대론적 동질감을 느끼고 환호하는 신세대들은 기성 세대의 가치관이나 의식의 잣대로 보면 철이 들지 않고, 위험하고, 경박하고, 무책임하고, 희망이 없고, 소비 지향적이고, 알 수 없는 존재들이다.

　기성 세대들이 그들을 '알 수 없는' 것은 너무나 당연하다. 왜냐하면 신세대들은 획일적이고 규범적인 기성 세대의 문화를 거부하며(그들의 어법에 의하자면 '기성 세대의 상식, 도덕, 윤리, 법, 제도, 관습, 인습, 규칙, 약속을 파괴하는 아방가르드'다), '제멋대로' 살고 싶어하는 세대들이다(다시 그들의 어법에 의하자면 신세대들은 '우아함, 환상, 과거, 향수, 집착, 명예, 치사함, 불신, 공포, 절망, 안주, 패배와 결별하고 자유로운 세계를 향해 끊임없이 질주하는 혁명가'이고 싶어한다). 신세대들이 입는 청바지는 기성 세대와의 차별성을 강조하는 일종의 기호다. 청바지를 '입는' 효용 가치로만 알고 그런 인습에 깊이 젖어 있는 기성 세대에게 새 옷을 '찢어' 입는 행위는 하나의 충격적이고, 이해할 수 없는 퇴폐의 행위로만 보일지도 모른다. 그러나 그 행위를 새로운 시각으로 보면 신세대들은 그 동안 감히 아무도 하지 않았던 새 옷을 찢어 입는 획기적이고 대담한 발상을 실천에 옮긴 '거칠 것 없는 창의적인' 감수성을 보여 준 감각 혁명의 세대들이다. 이해할 수 없다고 모든 것이 다 위험한 것은 아니다.

그들을 '소비 지향적'이라고 몰아세워 도착적 성의 노예가 되도록 제물이 되게 하지 말라. 그들을 퇴폐적이고 문란하다고 몰아세워 도착적 성의 노예가 되도록 부추기지 말라. 그들은 그 이전의 어느 세대보다도 '자유롭고', 억압이 없는 감성을 가진 세대들이다. 기성 세대의 고답적인 사고와 권위주의, 고정된 세계관이 그들의 참신한 사고, 발랄한 상상력, 폭발하는 감성을 사회적 자산으로 키우고 길어 올리는 대신 그것을 억누르고 길들여서 제도권으로 편입시키려고만 든다. 제도권으로의 편입이란 신세대의 창의성과 감성의 발랄함의 죽음에 다름 아니다. 신세대들은 엄청난 가능성과 잠재력을 가진 세대다. 그들을 몰역사주의적이고, 몰주체적이라고 몰아세우기보다는 열린 의식을 갖고 '신세대의 사회적인 파워와 감성적인 열정'이 우리 사회의 발전을 위한 동력은 될 수 없는가를, 그것이 우리 국가의 잠재적인 국가 경쟁력의 한 차원은 될 수 없는가를 모색하는 것이 훨씬 생산적인 논의가 될 것이다.

현실이 초토라는 1980년대의 현실 인식은 폐기된 지 오래이며, 더이상 1980년대적 지식과 열정으로 현실을 변화시킬 수 있다는 낙관적 전망은 허용되지 않는다. 1990년대의 글쓰기의 기반은 '혼란'이며, '미로들'이다. 새로운 작가들은 전망 부재의 그 혼란과 미로 위에서 그들의 글쓰기를 시작할 수밖에 없었다. 그들은 불운한 세대다. 그들은 새로운 문학의 패러다임을 요청하는 전환의 시대 앞에 벌거벗고 서 있다. 1980년대의 현실과 1990년대의 현실 사이에 가로놓인 단층적인 변화의 거리는 우리의 현실적 예측 능력을 훨씬 뛰어넘는 것이다. 신세대는 무거운 것에서 가벼운 것으로, 이념에서 욕망으로, 이성에서 감성으로, 정신에서 육체로, 질서에서 무질서에로, 구축에서 해체에로 그 중심이 이동하고 있는 새로운 문화적 환경이 일구어 낸 현실의 징후다. 우리 현실은 1980년대 후반부터 거세게 휘몰아치고 있는 탈이념, 탈냉전이라는 세계사적 변화의 자장磁場 속에 있다. 주체적 삶을 감싸고 있는 현실의 지형 변화는 그 속에 있는 개체의 내면과 욕망에도 변화를 불러온다. 지금 세계는 거대한 전환의 시대 앞에 서 있다. 가벼움과 풍요에 매혹되는 새로운 감수성으로 무장한 신세대의 출현은 그 변화의 방향성에 대한 암시다.

　신세대에 대한 최초의 본격적인 문화적 연구서라고 할 수 있는 『신세대 : 네 멋대로 해라』(1993년, 현실문화연구)에 의하면 신세대는 '새로운 사회적 환경과 문화적 조건 속에서 태어난 아이들, 곧 우리 근대사의 지배적인 담론이었던 모던 프로젝트 혹은 발전 이데올로기의 적자'이며, '풍요 속의 소비자, 이미지 시대의 아이들, 도시에서 태어나 도시에서 죽어 가는 젊은이'들로 규정한다.

　신세대들의 문화적 특성을 구세대의 그것과 비교해서 도식화시켜 보면 재미있는 공식이 만들어진다. 구세대의 하모니와 신세대의 비트는 이성의 문화에서 감성의 문화로의 변화를 말하며, 구세대의 오리지널과 신세대의 짜깁기는 창조의 미학에서 모방의 미학으로, 구세대의 원색과 신세대의 파스텔은 강한 주체 의식에서 중성적인 주체 의식으로, 무거운 것에서 가벼운 것으로, 질서에서 무질서로, 정신의 문화에서 육체적인 문화로, 가난에서 풍요로 등을 의미한다.(위의 책, 「서문」에서)

신세대 작가들은 전세대들과 전혀 다른 사회, 경제, 문화적인 경험을 공유하고 있으며, 따라서 그들의 문학은 새로운 감수성과 이미지들을 표현한다. 젊은 비평가 권성우의 지적처럼 1980년대에서 1990년대로 넘어오면 문학의 중심 지평이 이념에서 욕망으로, 이성에서 자유로운 감성으로, 과학적 합리성에서 예술적 상상력으로, 인과론적 질서와 환원론에서 우연 운명 복잡성 혼돈으로 전이되고 있다. 신세대 작가들은 우리 삶은 그 전과 전혀 다른 이질적인 문화적 환경 속에 진입했음을 감지하고 그것을 그들의 문학 속에 표출하고자 하는 세대다.

그렇다면 '신세대 문학'이란 무엇인가. 한 가지 분명한 사실은 '신세대'와 '신세대 문학' 사이에는 일정한 거리가 있다는 사실이다. 신세대 문학이란 신세대에 의해 쓰여진 문학도 아니며, 신세대를 위한 문학도 아니며 신세대를 소재로 한 문학도 아니다. '신세대 문학'과 '신세대'는 전혀 무관하다고 말해도 틀리지 않는다. 지금 문단에서 논의되고 있는 '신세대 문학'은 신세대로 표상되는 1990년대의 변화된 현실의 징후를 반영하는, 전세대의 문학과 변별되는 새로운 문학의 이름이다. 그러나 신세대의 새로운 의식과 삶의 양태를 전면적으로 복원하는 데 주력하고 있지도 않다. 신세대 문학이란 막연하게 1970년대의 유신 세대, 혹은 1980년대의 광주 세대에까지 이념의 세례를 받은 세대들과 변별되는, 대체로 1960년대생들이 1980년대 후반 이후 써내고 있는 탈이념적 · 탈정치적인 작품 경향을 포함하여 부르는 명칭으로 보인다. 그러나 1980년대 후반 이후 작품 활동을 시작한 모든 1960년대생 젊은 작가들이 신세대 작가라고 분류할 수 있는 것은 아니다. 다시 말해 출생 연도라는 생물학적 질서가 신세대 작가인가 아닌가의 기준은 작품에 나타난 현실 인식과 문학적 특성에서 찾아내는 것이 합리적이다. 신세대 작가들이란 박정희 정권의 유신 독재, 그리고 1980년대의 군부 독재 시대가 요청하는 당위적 이념에 복무해야 한다는 이념 과잉의 강박 관념 속에 짓눌려 있던 전세대들과 뚜렷하게 구별되는, 그들과 전혀 다른 물적 토대, 이전에 우리가 한번도 경험해 보지 못한 소비문화라는 역사적·사회적 맥락 속에서 솟아난 것들이다.

이들 새로운 역사적 사회적 맥락 속에서 솟아난 작가들이 보여 주는 1990년대적 문학의 징후란 어떤 것인가. 그것은 '섹스에서의 금기의 타파, 광고 문안의 여과 없는 인용, 대상의 가벼움 중시, 추리적 요소의 등장과 독자의 예측 무너뜨리기, 문체의 다양성, 시점의 다양화' (하응백)이거나, '창작 방법에 있어 작가주의로부터 장르주의로의 전환, 세계관에 있어 1980년대적 이념성의 거부와 자유 민주주의적 가치의 확산, 장르 선택에 있어 장편소설적 발상'(이인화)이라고 요약되거나, '유기적 구조와 강력한 이야기의 부재', 그리고 '전통적 문학적 규범으로부터 벗어나기 위한 형식 해체적인 경향'(장정일) 등으로 말해질 수 있다. 이것이 1990년대적 소비 사회에서 증대되는 문학의 위기감이다. 다시 말해 문학의 입지를 크게 위축시키는 소비 사회에 대응하기 위한 전략적 몸짓들이라는 것이다.

'신세대 문학'을 향한 비판이 집중 포화처럼 쏟아지고 있다. 그것이 문학사의 도도한 흐름에서 분리된 '왜소하고 고립된 문학'(김태현)이라거나, '자기 문학에 대한 뜨거운 자기 진실성'이 부재한 '자기 없는 흉내'의 문학(「문학공간」, 〈문학과 사회〉 1992년 여름호)이라는 비판, 심지어 노골적으로 '몇몇 젊은 작가들은 우리 문단의 오렌지족'(임규찬)이라는 단죄적 비판까지 터져 나오고 있는 형편이다. 그러나 이러한 비판들은 신세대 작가들의 작품이 드러내는 많은 미숙함과 시행착오에도 불구하고 지나치게 '전략적'이고 성급한 것처럼 보인다. 그들은 완성된 작가들이 아니다. 신세대 문학은 이제 막 태동을 시작한 현재 진행형의 문학이며 그 작가들은 자기 세계의 완성을 향하여 새롭게 출발을 하고 있는 작가들이라는 점이다. 신세대 문학에 쏟아지는 비판들에 대해 젊은 평론가 이광호는 '이제까지의 이른바 신세대 문학은 신세대의 주체들에 의해서가 아닌 신세대를 타자화하려는 언술 행위들이 이루어 놓은 허구적인 이데올로기적 상일 뿐이며, 신세대 글쓰기를 전체적으로 포괄하는 거시적인 개념들이 아니었다'고 선언하고 있다. 다시 말해 이 비판들은 실재하지 않는 허구적인 이데올로기적 상을 향한 비판들이며, 이 비판의 표적이 되는 신세대 문학이란 부재한다는 것, 엄밀하게 말해서 신세대의 글쓰기와 무관한 문학 권력들에 의해 조작된 것을 향한 비판이라고 말한다.

가벼움에 대한 명상

신세대 작가들의 소설은 가볍다. '작고 가벼운 것'에의 경도는 그들 세대의 한 징표다. 신세대 작가들의 세계를 말하는 데 빠질 수 없는 용어 중의 하나가 '가벼움'이란 말이다. 가벼움은 신세대 작가들의 세계와 접속하기 위한 일종의 코드와 같은 것이다. 가벼움은 1990년대 신세대 작가들을 말하는데 가장 빈번하게 등장하는 용어 중의 하나이며, 또 그것은 아무런 저항감 없이 자연스럽게 받아들여진다. 현실을 가장 민감하게 반영한다는, 혹은 재현한다는 문학에서 크고 무거운 주제들을 지워 버리고 '작고 가벼운 것'들을 문학의 전면에 내세우는 작품들이 등장하는 것은 한 시대의 변화를 아우르는 의미심장한 징후이고, 또한 거역할 수 없는 흐름으로 보인다. 작고 가벼운 것이란 무엇인가? 미시적인 일상, 자아, 욕망의 문제들은 전세대들의 의식을 지배했던 민족, 분단, 이념들에 비하면 가벼운 것들이다. 무엇보다도 인간은 욕망하는 주체다. 1990년대의 신세대 작가들이 욕망하는 주체인 인간 자체에 대해 관심을 갖고 그들의 자아와 내면, 일상 속에 스며든 미시적 욕망의 세계를 그리기 시작했다는 것은 어쩌면 너무나 당연한 결과다. 신세대 작가 중의 한 사람인 장정일은 '이제 커다란 이야깃거리는 배면으로 가라앉고 작은 이야깃거리가 찬양된다'고 말하고 있다. 역사나 이념, 사회와 정치, 민족 공동체의 운명 따위의 커다란 이야깃거리들은 더 이상 신세대 작가들의 의식을 지배하지 못한다. 그들을 사로잡는 것은 인간의 자아와 욕망의 문제와 같은 작고 가벼운 이야기들이다. 작고 가볍다는 것은 크고 무거운 것들에 대해 상대적으로 그렇다는 것이지, 그 자체로 무의미하거나 하찮은 것은 아니다. 신세대 작가들은 그들의 소설을 통해 커다란 이야기를 외면하고 작은 이야기를 하는 데 몰두한다. 작은 이야기들은 가볍다. 그 가벼움이라는 말이 유행처럼 널리 쓰이게 된 것은 아마도 밀란 쿤데라의 『참을 수 없는 존재의 가벼움』이 출간된 이후가 아닐까(한국어 번역판이 출간된 것은 1988년이다). 밀란 쿤데라는 '가벼움'의 의미에 대한 철학적 숙고를 보여 준다.

영원한 재귀의 세계에서는 모든 동작에 견디어 낼 수 없는 무거운 책임의 짐이 지워져 있다. 이러한 근거에서 니체는 영원한 재귀의 생각을 '가장 무거운 무게'라 일컬었다. 만약 영원한 재귀가 가장 무거운 무게라면 우리들의 삶은 이 배경 앞에서 아주 가벼운 것으로 찬란하게 나타날 수 있다.

하지만 무거운 것은 정말 무섭고, 가벼운 것은 찬란한가?

가장 무거운 무게는 우리를 짓눌러 우리를 압사케 한다. 우리를 땅바닥에 압착시킨다. 하지만 어느 시대나 사랑의 서정시에서 여자는 남자 육체의 육중한 무게를 동경한다. 따라서 가장 무거운 무게는 동시에 가장 집약적인 삶의 충족 이미지다. 무게가 무거우면 무거울수록 우리의 삶은 더욱더 땅에 가깝다. 그것은 더욱더 실제적이고 참된 것이 된다. 이와는 반대로 무게가 전혀 없을 때 그것은 인간이 공기보다도 더 가볍게 되어 둥둥 떠올라 땅으로부터, 세속의 존재로부터 멀리 떠나게 한다. 그래서 인간은 절반만 실제적이고, 그의 동작은 자유롭고 동시에 무의미한 것이 된다. 자 그러니 어떤 것을 선택할 것인가? 무거운 것을? 아니면 가벼운 것을?(7 ; 13~14)

무거움은 인간 존재를 압박하기는 하지만, 그래서 우리를 짓눌러 압사하게도 하지만 그것이 부정적인 것만은 아니다. 그것은 '집약적인 삶의 충족'과 관련이 있고, 그것은 '실제적이고 참된 것'이다. 무거움에 속하는 것들, 이를테면 우리의 몸과 마음을, 그리고 존재를 억압하고 무겁게 만드는 것들은 역사, 이데올로기, 현실, 도덕, 책임, 이성, 가치, 인습, 혈연적 유대, 필연성, 인과론…… 들이다. 가벼움은 그것들과 절연한 자리에서 생겨난다. 삶의 가벼움이란 역사, 이데올로기, 현실, 도덕…… 들로부터 해방되어 그것들과 무관하게, 자유롭게 사는 것을 포괄한다. 신세대 작가들은 가벼움에 매혹된다. 그들의 작품과 삶의 태도는 밀란 쿤데라와 함께 신세대 작가들에게 깊은 영향을 주고 있는 무라카미 하루키의 작중인물들이 취하고 있는 '모든 사물을 너무 심각하게 생각하지 말 것, 모든 사물과 나 자신 사이에 적당한 거리를'(무라카미 하루키, 『노르웨이의 숲』) 두고 가볍게 살려는 것과 같은 맥락에 놓여 있다. 그들은 역사, 이데올로기, 현실, 도덕들에 대한 무거운 책임 의식으로부터 벗어나 그것들의 위로 가볍게 스치듯 떠다니는 삶의 태도를 견지한다. 인간들의 욕망은 끊임없이 존재를 압사케 하는 그 일체의 무거운 것들로부터 자유롭게 풀려나 가벼운 삶을 꿈꾸지만 막상 그 꿈을 이루게 되었을 때 그 가벼운 삶이란 또 얼마나 '참을 수 없는', 멀미나는 것인가.

작은 이야기를 쓴다, 그 해체적 글쓰기

신세대 작가들의 '작은 이야기'는 어떤 양식으로 드러나고 있는가. 장정일의 『너에게 나를 보낸다』를 읽어 보자. 작중인물들의 이름이 지워진 채 '바지입은여자, 은행원, 후기에설명하기로함, 오만과자비' 등으로 익명화되어 있거나, 사족처럼 붙어 있는 '인간의 삶이 얼마나 가변적인 것이고 각 개인이 상정한 삶의 목표가 얼마나 불확정적인 것인가를 말하고자 했다'는 작가의 설명 따위는 그다지 중요하지 않을지도 모른다. 장정일은 소설을 작은 이야기로 지칭하거나 '종합잡지와 같은 읽을거리에 지나지 않는다'고 말한다. 그 발언들에는 소설에 덧씌워져 있는 권위의 무거움을 지워 내려는 의지가 숨어 있다. 신춘문예 공모에서 소설이 당선된 한 청년이 표절 작가[13]로 낙인찍힌

---

13 표절의 문제는 신세대 작가들이 등장하면서 문학의 중요한 쟁점의 하나로 부각된 문제다. 장정일이 그의 소설에서 표절의 문제를 본격적으로 다루고 있지는 않지만 그 주인공으로 표절 혐의를 받고 있는 작가를 내세움으로써 간접적으로나마 이 문제를 부각시키고 있음은 시사하는 바가 작지 않다. 표절의 문제는 박일문의 『살아남은 자의 슬픔』과, 이인화의 『내가 누구인지 말할 수 있는 자는 누구인가』를 중심으로 쟁점화되었었다. 특히 혼성 모방의 문제는 이인화의 소설이 여러 국내외 소설들을 표절했다는 비판이 있고, 그 비판에 대해 작가 자신이 그것은 표절이 아니라 포스트 모더니즘의 혼성 모방의 기법의 차용이었다는 반론을 제기하면서 확산되었다. 표절이냐, 혼성 모방이란 새로운 문학의 기법의 원용이냐 하는 판단은 간단치가 않다. 과거의 인식이나 척도로 보면 명시성, 다시 말해 '공공연함과 명백성'이 없는 차용은 표절 행위임이 분명하지만 모든 자명성은 불분명해진 시대의 새로운 소설들을 과거의 고정적 틀과 인식으로 바라볼 수 없다는 데 문제의 복잡성이 내재해 있다. 혼성 모방은 현실은 재현할 수 없다는 신세대 작가들의 의식의 산물이다. 더 이상 현실을 재현해 낼 수

뒤 겪게 되는 인생유전의 이야기를 그리는 『너에게 나를 보낸다』는 파편화된 세계를 '파편화된 양식'으로 드러내 보여 주는 소설이다. 그 것은 깨어진 거울 조각들처럼 345개의 파편화된 조각들로 이루어져 있다. 그 파편들 하나하나는 아무 뜻도 없이 던져져 있는 것도 있고, 또 어떤 것들은 우리 시대의 분열되고 파편화되어 있는 욕망과, 의미 가 배제된 불모의 일상성과, 억압과 일탈의 불연속적인 우리의 삶을 재현해 낸다. 장정일의 소설은 그 내부에 수없이 많은 미로와 같은 작 은 이야기들을 거느리고 있는 육체와 같다. 그의 소설을 읽는 것은 그 미로의 육체를 더듬는 것과 같다.

『너에게 나를 보낸다』의 축이 되는 이야기는 서로 엉켜 있는 세 개 의 인생유전이다. 인생유전이란 뒤집기, 즉 전복적 상상력의 산물이 다. 작가를 여배우의 운전 기사 겸 가방 심부름꾼으로 만든다든가, 여 공을 당대의 유명 여배우로 변신시킨다든가, 열혈 운동권이었던 사람 을 경양식집 주방장이 되게 한다든가, 포르노 소설을 '주체 사상 전 집'이나 '불멸의 력사'와 같은 장정으로 가판대에서 판다든가 하는 것 은 모두 현실 뒤집기에 해당된다. 전복적 상상력에 의해 뒤집어진 현 실은 우스꽝스러운 모습으로 변한다. 현실 희화화, 가볍게 하기. 그래 서 장정일 소설은 무겁지 않다.

'나'는 끊임없이 소설 쓰는 꿈을 꾸지만 실제로는 소설을 쓰지 못 한다. 그것은 그의 신춘문예 당선 소설이 표절이라고 판정받은 쓰라

없고, 기원起源이 없는 수많은 다른 소설들의 부분부분들을 모사함으로써 '나'와 '현실'을 그 려 낼 수 있다는 것이 그들의 생각이다. 기법으로서의 차용과 표절의 경계는 모호하다. 경계 지우기, 혹은 경계 넘나들기는 신세대 작가들의 한 특성이기도 하다. 장정일 자신은 '「베끼 기」의 세 가지 층위」(〈문학정신〉 1992년 7, 8월 합병호)라는 글을 통해 '포스트 모더니스트가 패스티쉬를 자신의 예술 양식에 있어 당연한 기법으로 주장함은 물론 하나의 세계관으로까 지 승격시킬 때, 표절에 대한 윤리 판단은 어디서 얻어 올 것인가?'라고 묻고 있다. 한 가지 특기할 만한 것은 장정일이 이인화의 소설에 대해서는 방법적 베끼기라는 새로운 문학적 기 법의 원용으로 인정할 수도 있다는 관용적 태도를 취하면서도 박일문의 소설에 대해서는 문 장과 세계관이 바로 자신과 무라카미 하루키의 분명한 표절이라고 못박고 있다는 점이다.

린 경험(그는 그가 베끼기 했다는 남미 작가의 소설을 읽어 본 사실조차 없고, 그가 베꼈다면 자신이 꿈속에서 썼던 소설을 베꼈을 뿐이라고 말한다), 즉 작가라는 신분으로 사회 속에 발을 들여놓으려는 한 청년의 참담한 입사 의식의 실패와 관련이 있다. '나'는 소설을 쓰지 못하는 대신 '매일 밤 꿈을 꾸는데, 다른 사람들이 흉내내지 못할 꿈을 꾼다. 나는 늘 소설을 쓰는 꿈을' 꾼다. 꿈이란 무엇인가. 고전 정신 분석에 의하면 꿈은 '신체적 욕망이 사회와 타협해야 할 때 일어난다는 점에서 경계선적인 현상'(8 ; 28)이라고 설명한다. '나'는 소설 쓰기에 대한 정신적 강박에 시달리고 있는 것이다. '나'의 무의식 속에 숨어 있는 타자들, 그 검열자의 시선들에 대한 두려움 때문에 '나'는 소설을 쓰지 못한다. '나'의 소설을 읽고 그와 똑같은 꿈을 꾸었다는 바지 입은 여자가 찾아와 '나'와 동거하며 '나'에게 소설을 쓰도록 부추긴다. '나'는 정체 모를 기관원의 부탁으로 포르노 소설을 쓰지만 제대로 된 소설은 영영 못 쓰게 된다. '나'와 동거하던 바지 입은 여자는 우연히 영화 감독에게 발탁되어 영화계와 모델계의 신데렐라가 되고 끝내 소설을 쓰지 못한 '나'는 그녀의 운전 기사가 된다. 그것이 두 사람의 뒤바뀐 인생 살기, 즉 인생유전이고, 다른 하나는 엉뚱하게도 은행에서 헌 돈만 세던 '나'의 고등학교 동창인 은행원이 첫 번째로 써낸 장편소설로 베스트셀러 작가가 되는 것이다. 내내 발기 불능이었던 은행원은 자신의 소설을 써냄과 동시에 발기 불능 상태로부터도 벗어난다. '작가와의 대담'이라는 프로그램의 사회자가 된 바지 입은 여자가 그 프로에 작가로 초대되었던 은행원에게 대담이 끝나고 스튜디오에서 '아직 그게 안 서요?'라고 물었을 때, 작가가 된 은행원은 '천만에요 펜과 함께 페니스도 벌떡 일어섰답니다'라고 대답한다. 글쓰기가 성적 욕망과 깊이 관련되어 있다는 암시다. 다음과 같은 대목은 보다 직접적으로 글쓰기를 성적 욕망과 연관시킨다.

나는 '바지 입은 여자'의 가방에서 뚜껑이 없는 타자기를 발견했는데, 그것은 치마 속에 아무것도 입지 않기를 좋아하던 그녀 가랑이처럼 음란해 보였다. 나는 '바지 입은 여자'의 타자기를 아무것도 생산해 내지 못하는 이름뿐인 작업실로 가져와 내 타자기 앞에 마주놓았다. 그리고 바지를 무릎까지 내리고 수음을 하기 시작했다. 오랫동안 시들어 있던 자지에서 몇 방울의 정액이 힘들게 솟구쳐 나왔는데, 나는 그것을 두 대의 타자기의 자판과 활자에 번갈아 뿌렸다.(9 ; 272)

말할 것도 없이 타자기는 글쓰기의 도구이며, 글쓰기의 상징이다. 오랫동안 아무것도 쓰지 못하고 있는 불모성에 붙잡혀 있는 작중인물이 그 타자기에 자신의 정액을 뿌리는 행위는 불모성의 대지에 씨앗을 뿌리는 것, 즉 풍요와 생산을 희구하는 상징적인 제의다. 이 대목은 탁월한 포스트 모더니즘 소설로 평가받고 있는 리처드 브라우티건의 『미국의 송어낚시』의 한 대목, 즉 주인공이 초록색 달팽이와 죽은 물고기들이 떠내려오는 하천에서 여자와 성교를 하다가 절정에 도달한 순간 여자의 몸에서 자신의 성기를 빼내 죽은 하천에 사정을 하는 대목을 연상시킨다. 브라우티건은 담담한 어조로 '정액이 솟아 나와 물 위에 퍼져갔다'고 묘사한다. '철鐵처럼 뻣뻣하고 딱딱'한 눈을 가진 죽은 물고기들이 떠내려오는 하천은 현대 문명으로 황폐화된 자연, 죽음을 상징한다. 그것에 정액을 뿌리는 행위는 잃어버린 것을 되찾고 싶은 욕망, 죽은 것을 되살리고 싶다는 희원, 즉 '재생과 낙원 회복을 위한 기구祈求'(10 ; 171)를 담은 행위다.

『너에게 나를 보낸다』에서 정말로 중요한 것은 글쓰기에 대한 자의식이다. 글쓰기를 비롯한 예술 작품 일반이 '예술가가 자신들의 원초적 욕망을 문화 내에서 용인될 수 있는 의미로 변형'(8 ; 41)시킴으로 이루어진다는 것은 정신 분석학에서는 그다지 새로울 것도 없는 사실이다. 장정일은 소설 속에서 한 작중인물의 입을 통해 보다 직접적으로 글쓰기, 즉 '예술은 성 욕망이 문화적 형태로 위장된 것일 뿐'(9 ; 12)이라고 말한다. 타자기는 일종의 여성이고, 소설을 배태하는 자궁이다. 소설을 쓰지 못하는 주인공이 매일 밤마다 꾸는 '거대한 성기의 꿈'과 글쓰기의 도구인 타자기에 자신의 정액을 뿌리는 행위는 생산적인 글쓰기에의 강렬한 욕망을 보여 주는 것이다. 그 욕망이란 다름 아닌 자신의 정체성 찾기에의 욕망, 더 나아가 의미 있는 삶에의 욕망이다.

글쓰기란 무엇인가. 작가이며 비평가인 모리스 블랑쇼는 그의 『문학의 공간』에서 글쓰기의 의미가 무엇인가라는 물음에 대한 끈질긴 천착을 보여 준다. 글쓰기는 주체를 드러내 보여 주려는, 혹은 그것을 숨기고 싶어하는 욕망의 산물이다. 그러나 그 욕망은 끊임없이 실패하는 욕망, 좌절하는 욕망이다. 블랑쇼에 의하면 글쓰기의 주체에 귀속되는 것은 언제나 '한 권의 책, 불모의 단어들의 말 없는 축적, 즉 이 세상에서 의미 없는 것 뿐'(11 ; 20)이기 때문이다. 작가는 쉬지 않고 글쓰기에 빠져들게 되지만 글쓰기는 영원히 끝낼 수 없는 것, 따라서 작가가 하는 일이란 '덧없는 헛수고'(11 ; 20)가 되고 만다. 그리하여 '글을 쓴다는 것은 지금 끝나지 않는, 끊임없는 그 무엇'(11 ; 25)을 향한 도로의 행위다. 글쓰기를 '시간의 부재, 그 매혹에 몸을 맡기는 것'(11 ; 30)이라고 말하는 블랑쇼의 말을 조금 더 인용해 보자.

글을 쓴다는 것은 끊임없이 말하지 않을 수 없는 그 무엇의 메아리가 되는 것이다. 그리고 이 때문에, 즉 그 메아리가 되기 위하여, 나는 어떠한 식으로든 그것을 침묵하게 하여야 한다. 나는 이 그치지 않는 말에 결말을 내리고, 나 스스로의 침묵에 권위를 부과한다. 나의 말 없는 명상으로 끊임없는 긍정을, 그 거대한 속삭임을 감지 가능한 것으로 만든다. 이 거대한 속삭임 위에서 언어는 이미지가 되면서 열리기 시작하고,

상상의 것이 되고, 이 침묵의 근원은 글을 쓰는 자가 다다르게 되는 자기 소멸에 있다. 또는 이 침묵은 그의 언어에 대한 지배력의 수단이다. 글을 쓰지 않는 손이 보유하고 있는 개입할 권리다. 언제나 '아니다'라고 말할 수 있으며, 필요한 때에는 시간에 결정권을 맡기고 미래를 회복하는 그 자신의 한 부분인 것이다.(11 ; 26)

모든 글쓰기는 궁극적으로 '나'에 대한 글쓰기, 즉 자서전 쓰기, 변용된 자서전 쓰기다. 한 논자는 '자아^{AUTO}, 삶^{BIO}, 글쓰기^{GRAPHIE}가 합해서 만들어진 자서전^{AUTOBIOGRAPHIE}이란 용어야말로 문학을 가장 함축적으로 설명하는 장르 명칭'(12 ; 331)이라고 말하기조차 한다. 로브그리예의 '나는 오로지 나에 대한 이야기만 썼다. 전에도 그랬고 지금도 그렇다'는 말도 같은 범주에서 이해할 수 있다. 혼자 있기, 침묵은 단순한 소리 부재의 비생산적인 상태가 아니라 '하나의 원형상'이고 '아무것에도 소급시킬 수 없는 원초적 소여^{所與}'(13 ; 17)라면. 그 침묵에 의해 글쓰기의 주체는 자기 전존재의 내밀한 소리, 블랑쇼의 표현에 의하면 '거대한 속삭임'에 귀를 기울일 수 있고, 그때 비로소 언어는 이미지로, 상상의 것으로, 말하는 깊이로, 불분명한 충만함이 된다.

글쓰기에의 욕망은 주체의 죽음으로써만 완성된다. 따라서 작가는 살아 있는 동안에는 끊임없이 글쓰기의 임무라는 '무한성의 불행으로 미끄러져'(11 ; 24) 들어간다. 『너에게 나를 보낸다』에서도 '나'는 실제로는 소설을 쓰지 못하지만 꿈속에서 글을 쓰며 '무한성의 불행'으로부터 빠져 나오지 못한다. 글쓰기에의 욕망이란 다름 아닌 가변적이고 불확정적인 삶의 정체성을 찾으려는 욕망이다. 장정일은 바로 그 정체성의 회복을 위하여 불연속적이고 파편화된 세계에서 자신의 해체적 글쓰기를 밀고 나가는 것이다. 장정일의 주인공들이 소설을 쓰지 못하고 소설 쓰기에 대한 강박에 짓눌려 고통스러워하는 것은 자신의 정체성 찾기의 힘듦을 보여 주는 것이다. 그들의 불행이란 자기 정체성을 잃어버린 자의 불행이다.

소설을 더는 못 쓰는 불행한 작가의 이야기는 레이먼드 페더만의 '소설의 모든 가능성이 이제는 다 고갈되었고, 소모되었으며, 남용되었기 때문에 아직도 소설을 쓰겠다고 안간힘을 쓰는 사람들이 할 수 있는 거라곤 그저 더 이상 쓸 것이 없다라는 것에 대해 쓰는 것밖에 없다'(14 ; 71)는 말을 떠올리게 한다. 소설의 모든 가능성이 고갈되어 버린 시대, 이것이 신세대 작가들이 서 있는 불운한 현실적 입지다. 현실은 문학을 훨씬 빠르게 앞질러 간다. 현실은 소설보다 더욱 드라마틱하고, 환상적이며, 인간의 상상력을 뒤집어엎는 의외성을 가지고 있다. 소설보다 더 재미있는 현실, 다원화되고 파편화된 현실을 전체로서 통찰하기가 불가능해져 버린 세기말의 글쓰기……. 그들은 현실의 파편만을 가까스로 조립하고 현실의 파편적인 이미지만을 보여 줄 수 있을 뿐이다. 여러 정황을 종합해 볼 때 소설을 포함한 문학이라는 장르는 쇠퇴해 가는 문화 양식이라는 의혹을 떨쳐 버릴 수가 없다. 이처럼 문학의 죽음, 혹은 문학의 위기가 논의되는 시점에서, 다시 말해 문학이 더는 과거와 같은 영향력과 권위를 가질 수 없는 시대에 글쓰기를 그들의 방법적 삶으로 선택했다는 점에서 신세대 작가들의 글쓰기는 불행한 글쓰기다. 그러나 그것이 불운한 선택이라 할지라도 자명함이 사라진, 압도적인 환멸과 불확실성만이 자명한 시대에 글쓰기를 통해 자기 정체성을 찾으려는 새로운 작가들이 끊임없이 나올 것이다.

아날로그 문명에서 디지털 문명에로—글쓰기의 전환

내가 아는 한 대체적으로 신세대 작가들은 컴퓨터로 글을 쓴다. 하재봉이나 장정일이 그렇고, 하일지나 문형렬 등과 같은 작가들은 일찍부터 컴퓨터의 모니터를 바라보며 키보드를 두드리는 글쓰기를 해 왔다. 최근의 한 문학 계간지에 응모되어 온 신인 작가들의 원고 역시 대부분 컴퓨터와 워드프로세서에 의해 작성된 것들이라고 들었다. 컴퓨터에 의한 글쓰기는 신세대들에게 이미 익숙한 일반화된 사실이다. 글쓰기의 도구적 전환과 그들의 세계 이해, 또는 사물에 대한 인식 방법 사이에는 아무 상관 관계가 없는 것일까? 다음 인용글을 읽어 보자.

> 분명 언어와 문자에 의해 지배되는 사고의 논리적 체계는 종이와 펜으로 현시될 때와 모니터와 키보드로 발현될 때는 그 구조가 바뀐다. 글쓰기를 보자. 글쓰기를 시작할 때는 글의 초입과 마감이 머리에 그려져야 한다. 또한 문맥의 앞과 뒤가 머리에 떠오를 때 글쓰기가 시작된다. 원고지 첫 장을 무수히 날리는 지난 세대의 버릇은 글쓰기 대상의 전체적인 플롯에 대한 일관성의 훈련에 의한 것이다. 그러나 워드프로세서에 의한 글쓰기는 그 사정이 매우 달라진다. 글의 앞과 뒤가 머리 속으로 정리되기보다는 떠오르는 단상들이 그대로 입력된다. 시간을 두고 모아진 단편들은 앞뒤 전후로 뒤섞이면서 플롯이 형성된다. 그러나 언제라도 단숨에 그 구조는 바뀌어질 수 있다. 하나의 일관된 구조와 체계는 존재하지 않는다. 구조 자체가 변화될 수 있다는 '개연성'이 원고지의 글쓰기와는 비교할 수 없도록 증폭된다. 컴퓨터의 글쓰기는 따라서 수미 일관된 논리적 체계이기보다는 몽타지를 꼴라지하는 방식을 익숙하도록 한다. 글쓰기뿐 아니라 작곡, 그래픽 디자인 등의 변화된 생산 방식은 논리적 구조의 변화와 함께 사물의 인식하는 방법을 뒤바꿔 놓는다. 대상은 체계적이고 종합적이고 일관된 논리 구조 속에 놓여지는 것이 아니라 발췌되고 쪼개지고 분열되어 인식된다.(1 ; 113)

글쓰기의 변화된 생산 방식은 사물에 대한 인식 체계를 뒤바꿔 놓는다! 펜으로 원고지에 정서하던 시대의 글쓰기는 머리 속에 전체적인 구성이 착상되고 어느 정도 논리와 순서가 정리된 다음 시작되었지만, 컴퓨터를 도구로 하는 글쓰기는 기계 안에서 언제든지 플롯과 순서를 뒤바꿀 수 있기 때문에 머리 속으로 정리되지 않은 채 주체의 사물 인식 세계에도 작지 않은 변화를 가져온다는 사실은 신세대 작가들의 소설을 읽어 내는 데 하나의 유용한 참조의 틀이 될 것이다.

컴퓨터의 발명과 그 기술의 혁신적인 발전은 우리 삶의 거의 전면에 걸쳐 엄청난 파장을 일으키며 변화를 몰아오고 있다. 문학에서도 그것은 예외가 아니다. 오늘의 젊은 작가들 거의 대부분은 원고지에 펜으로 글을 쓰는 대신 컴퓨터나 워드프로세서와 같은 편리한 기계를 사용해서 글을 쓰고 있다. 컴퓨터를 이용해서 글을 쓰는 것은 너무나 익숙한 일상적 범주의 일로 받아들여지고 있는 것으로 보인다. 오늘의 작가들은 컴퓨터라는 글쓰기의 새로운 도구를 갖게 되었고, 동시에 이러한 도구적 전환과 환경의 변화는 필연적으로 문학의 잠재적 가능성의 폭을 확대하고 새로운 문학 양식을 현실화한다. 필기용구를 사용하는 수공업적인 '쓰기'에서 기계를 이용하는 '치기'로의 글쓰기의 도구적 전환과 세계 이해, 또는 사물의 인식 방법 사이에는 어떤 상관 관계가 있을까? 컴퓨터는 문학을 어떻게 변화시킬 것인가?

도구적 환경의 변화는 그 도구를 사용하는 인간의 의식의 변화를 필연적으로 수반한다. 펜에 잉크를 묻혀 원고지에 정성스럽게 글을 쓰는 작가와 컴퓨터의 모니터를 바라보며 문자판을 두드려 글을 쓰는 작가는 그 도구뿐만 아니라 의식, 사물에 대한 감수성, 세계 인식의 방법도 달라질 수밖에 없다. 컴퓨터라는 새로운 매체로의 전환은 전체로 통합하려는 의식에서 잘게 쪼개지는 분열의 의식에로, 절제에서 분출로, 총체적이며 이성적인 통찰에서 부분적이며 감각적인 즐김으로 나아가게 한다. 장정일과 같이 젊은 작가들의 작품에서 관찰할 수 있는 것처럼 컴퓨터 시대의 글쓰기를 실현하는 세대의 대상에 대한 인식은 '발췌되고 쪼개지고 분열된' 양상으로 나타난다.

세상은 깜짝 놀랄 만큼 빠르게 변화해 가고 있다. 정통적인 문학 잡지인 〈문학사상〉에서 피시^{PC} 통신 문학의 흐름과 특징, 그리고 그 것의 미래의 전망에 대해 써 달라는 원고 청탁을 받으면서 내 뇌리에 스쳐 지나간 생각은 바로 그것이다. 대부분의 작가들에게 피시 통신 문학은 생소한 것이며, 그것의 실체는 거의 모르거나 그저 어렴풋하게 이해되는 정도이리라고 생각된다. 이성수, 이우혁, 임준홍, 방재희……와 같은 '작가들'의 이름이나, 『아틀란티스 광시곡』, 『우먼 큐^Q』, 『바이러스 임진왜란』, 『비서일기』, 『네메시스의 서』, 『사형수』, 『퇴마록』과 같은 작품 제목을 듣고 생소해하며 고개를 갸우뚱한다면 당신은 이미 이제까지의 문학의 생산, 유통과는 전혀 다른 차별성을 가진 '새로운 글쓰기와 글읽기의 방법들이 나타나고'(황찬욱, 「컴퓨터와 문학」, 〈문학정신〉 1994년 4월호) 있다는 변화를 읽고 있지 못하고 있음이 분명하다. 무수한 '작가들'이 누구에게나 열려져 있는 컴퓨터 통신망을 통해 아무런 등단 절차도 없이 떠오르고 있으며, 그들이 써내는 '장르 문학'은 수없이 많은 컴퓨터 통신자들에게 자유롭게 읽혀지고 있다. 오늘날 광범위하게 유통되고 있는 피시 통신 문학이란 새로운 형태의 문학의 생산, 유통 방식은 전통적인 문학의 개념에 대한 수정을 요구할 만큼 엄청난 변화이며 기존의 작가들에게 '위협적'인 것으로 받아들여질지도 모른다. 그 빠른 변화의 핵심을 이해하지 못한 채 다만 현상들을 피동적으로 수납해야 하는 입장에 선 자들의 내면은 당혹과 불안으로 채워지게 되며, 그것이 강화될 때 '미처 이해되지 않은 현상들'에 대한 강렬한 불쾌감과 분노가 치솟게 된다. 빠르게 와 버린 변화의 중심으로 재빠르게 달려가 그것을 사유화하며 변신하는 극소수의 사람들을 제외하고 대다수의 사람들은 급작스런 변화의 충격에 그대로 노출되어 버리며 도덕적 무력감에 빠져들게 된다. 도덕적 무력감에 속수무책으로 빠지게 되는 그들, 세상의 빠른 변화를 수용할 수 없는 자들이 그 '미처 이해되지 않는 현상들'의 의미를 애써 축소하며 그것들을 하찮고 주변부적인 것으로 무시해 버린다 하더라도 그것들은 여전히 하나의 새로운 흐름으로 우리 앞으로 밀려오며, 그 위협의 강도는 사라지지 않는다. 그 변화를 총체적으로 아우를 수 없는 기성의 가치 체계를 독점해 왔거나 그 기득권을 상당 부분 공유해 왔던 자들의 내면은 혼란은 깊어지고 그 변화의 폭은 곧장 두려움의 깊이로 전환된다. 이해되지 않은 채 빠른 속도로 진행되는 그 변화는 그들의 눈에는 파국으로 치닫는 것으로 보일지도 모른다. 나는 안다. 그들이 강렬한 불쾌감과 분노를 드러내 보일 때 그것들은 일종의 심리적 방어 기제이며, 사실은 그들이 굳게 신봉해 왔던 개념과 가치 체계를 뒤흔드는 그것들에 대한 두려움에 떨며 그 뒤로 숨는 것임을. 피시 통신 문학은 한 비평가의 말을 그대로 빌리자면 새로운 통신 기술의 발달로 나타나게 된, 문자가 '흐릿해지거나 불순해진, 문학'의 하나일 것이며, 그것에 대한 두려움의 배경은, 족보도 없이 어느 날 갑자기 튀어나온 것처럼 보이는 그것이 그 동안 누려 왔던 기득권의 기반을 균열시킬 것이며 모든 것을 한꺼번에 잃어버릴지도 모른다는 위기 의식이다. 언제나 내가 잘 알 수 없는 것들은 두려운 법이다. 피시 통신 문학을 '미처 이해되지 않은 현상들', 느닷없이 출현한 유령의 범주로 받아들이는 우리 자각들의 심리적 정황도 이와 크게 다르지 않은 것 같다.

그럼 구체적으로 피시 통신 문학이란 무엇을 말하는가? 피시 통신 문학이란 한마디로 문학과 컴퓨터가 결합되어 나타난 새로운 창작 방법과 유통 양식의 문학이라고 말할 수 있다. 소박하게 말하자면 컴퓨터를 글쓰기의 도구로 이용할 뿐만 아니라 컴퓨터의 통신망을 통해 발표되고 읽혀지는 문학을 피시 통신 문학의 범주에 넣을 수 있을 것이다.

피시 통신 문학보다 더 넓은 범주를 포괄하는 것으로 '컴퓨터 문학', 혹은 '멀티미디어 문학'의 개념이 있다. 그것들은 '데이터 뱅크의 커뮤니케이션망 내에서 독자가 선택하여 만든 조건인 소환 필터를 작동해 원하는 문학 작품을 순간적으로 불러내는', '작가와 독자 사이에 메시지가 오가고, 필요하다면 배경 음악까지를 패키지로 불러올 수 있는 문학 장르'(김성재, 「문학과 멀티미디어」, 〈문학정신〉 1994년 5월호)다. 현재 국내에는 '하이텔'과 '천리안'이라고 하는 두 개의 통신망이 있는데, 모뎀이 장착된 컴퓨터를 가진 사람이라면 누구나 두 개의 통신망에 접속하여, 그 통신망 속의 다양한 프로그램과 정보들을 이용할 수 있다. 이 통신망을 이용하던 사람들 중에 몇몇 사람들이 호기심으로 자신의 작품을 게시판에 올리게 된 것이 오늘의 피시 통신 문학의 시초다. 이 통신망의 게시판에 자신이 쓴 소설을 누구나 자유롭게 발표할 수 있으며, 거의 매일 10여 편의 작품들이 문학 동호회의 게시판에 올라온다고 한다. 과거의 '문학'은 작가가 창작의 밀실에서 수도승과 같은 구도하는 자세로 삶과 세계의 의미를 찾아 펜에 잉크를 묻혀써 낸 원고를 납 활자로 종이에 찍어 '책'으로 독자들에게 전달되었다. 그러나 오늘의 피시 통신 문학은 컴퓨터 문자판을 손가락 끝으로 가볍게 두들기면 모니터에 떠오르는 '문학'을 통신망에 접속시키는 것으로 끝난다. 그것은 납 활자로 종이에 찍혀 고정되는 '활자 문학'과는 근본적으로 다른, 무게나 부피가 전혀 없는 가변적이며 엄청난 속도를 가진 빛으로 만들어진 문자의 문학이다.

그것은 기존의 문학과 어떤 차별성을 갖고 있는가? 우선 컴퓨터 통신망이란 누구에게나 열려져 있는 개방적 매체이기 때문에 마음만 먹는다면 누구나 자유롭게 자신의 글을 써 올림으로써 '작가'가 될 수 있다는 점은 무수한 미지의 작가들에 의해 분출되는 온갖 양태의 탈규범적 문학 담론의 가능성을 예측하게 한다. 과거와 같이 엄격한 등단 과정을 거치지 않아도 쉽게 작가가 될 수 있다는 점은 '문학'의 지평을 이전에는 상상하지 못할 만큼 넓힐 수 있을 것이며, 기존 문학이 갖고 있던 권위적이고 폐쇄적인 벽들은 상당 부분 소멸될 것이다. 과거의 작가들의 창작의 산실은 독자들과 소통이 완벽하게 차단된 '밀실'이며, 작가와 독자들의 관계는 수직적이며, 작가는 독자들 위에 일방적이고 권위적인 군림이 가능했다. 하지만 오늘의 피시 통신 문학 작가들의 컴퓨터가 놓여져 있는 창작의 산실은 더 이상 밀폐된 공간이 아니며 이 지구 곳곳에 산재해 있는 무수한 불특정 다수의 컴퓨터 통신자들과 언제라도 상호 소통할 수 있는 완벽하게 열려져 있는 공간이며, 작가와 독자들과의 관계 역시 수평적이며, 작가는 독자들 위에 군림하지 않으며, 작품이 통신상에 떠워지는 순간부터 즉각 독자들은 작품에 대한 느낌과 비판들을 작가에게 쏟아 낼 수 있으며, 마음만 먹는다면 작가를 대화방으로 불러내 그 작품에 대해 대화할 수도 있다. 작가와 독자 사이에 가로놓여져 있던 시공간의 거리가 완벽하게 소멸되어 버린 것이다.

구체적으로 기존의 문학과 피시 통신 문학 사이에 문체론적으로, 그리고 소재나 주제, 내용 전개에 차이가 있다면 어떤 차이가 있을까? 우선 문체만 따져 보기로 하자. 기존의 소설들은 오랜 사유 끝에 나온 깊은 의미를 머금고 있고 잘 정제된 문체를 구사한다면, 피시 통신 문학에서는 감각적이고 간결하며 의태어와 의성어를 풍부하게 구사하는 '통신 문체'가 선호된다. 피시 통신 문학의 모범적인 작품의 하나로 평가받은 『비서일기』의 성공이 '통신 용어의 자연스러운 구사, 깔끔하고 함축적인 단어 사용, 살아 움직이는 문체'에 힘입은 바 크다고 한 피시 통신자는 평가하고 있다. 이 작품뿐만 아니라 대다수의 컴퓨터 통신망을 통해 발표되는 소설들은 특이하고 흥미롭고 자극적이며 충격적인 소재, 감각적이고 간결한 구어체의 문체, 빠른 사건

전개, 예기치 않은 급작스런 반전, 가벼운 주제라는 특징들을 공유하고 있는 것으로 보인다. 활자 언어의 세대와 빛이 주사하면서 만들어내는 언어의 세대 사이에는 분명한 '차이'가 존재한다. 그 차이란 '논리의 강조, 질서 정연, 역사, 잘 분류된 묘사, 감정의 절제, 원칙의 강조 등을 대변하는 〈인쇄된 언어의 세계〉와, 그림의 강조, 에피소드와 순간성 강조, 동시성, 친밀성, 직접적인 만족, 그리고 신속하고 감정적인 반응으로 대표되는, 영상 세계'(김성재, 위의 글)의 차이다. 컴퓨터 통신망에 올려진 소설에 대한 독자의 반응은 즉각적이며, 그 반응의 정도는 '조회수'에 의해 명확하게 통계화된다. 피시 통신 문학은 '모든 씌어진 것이 가치 있는 것이 아니라 보다 많이 읽혀지는 것이 가치 있다'는 새로운 규범의 지배 아래 놓이게 된다. 읽혀지지 않는 것은 그것의 존재 이유 자체를 소멸시킨다. 피시 통신 문학의 작가들은 잘 읽혀지는 글을 써야 한다는 압력을 받으며 글을 쓴다. 따라서 통신망을 접속하여 글을 찾아 읽는 독자들의 눈길을 끌기 위해 보다 더 자극적인 소재, 짧고 톡톡 튀는 문체가 개발되고, 극적 긴장과 재미, 서스펜스로 무장된 추리 소설과 에스에프^{SF} 소설들이 피시 통신 문학의 주류를 이루는 것은 당연한 일이다. 그리고 대부분의 피시 통신 문학의 작가들은 전문적인 작가 수업을 거치지 않은 아마추어 작가들이다. 그들에 의해 씌어진 문학은 그 문장이나 기법에서 미숙성을 드러낼 수 있으며, 그럴 때 독자들은 그것을 자기 나름대로 고쳐서 다시 컴퓨터 통신망에 올릴 수 있다. 피시 통신자들 모두는 잠재적 작가들이기 때문에 그런 가능성이 배제될 수 없다. 따라서 하나의 원전에서 파생된 수없이 많은 원전들이 존재할 수 있으며, 결국 문학의 고전적인 원전 개념이 약화되거나 소멸되는 방향으로 나아가게 할 것이다.

전자 혁명으로부터 태동되고, 새로운 디지털 통신 기술을 반영하고 그것에 의해 생산된 새로운 문학의 미래에 대해 평론가 김병익은 미국의 하이퍼픽션 작가 앨런 류의 말을 인용하며 '문자나 언어만으로 이루어진 것이 아니며 그것으로부터 자유로워진, 그러니까 문$^{☆}$자가 지워진 것은 아니지만 흐릿해지거나 불순해진, 문학이 되리라는 것은 분명하다. 그렇다면 문학의 전제 조건적인 토대를 이루는 글 또는 말의 위치가 〈불순〉해진 문학은 어떤 의미를 가질 것인가. 우리는 여기서 종합 예술로서의 영화처럼, 〈복합 미디어 문학〉을 상상해야 할 것인데, 이때 문학의 형태는 물론 기능도, 근본적인 변화를 겪게 될 것이다'(김병익, 「컴퓨터는 문학을 어떻게 변화시킬 것인가」, 〈동서문학〉, 1994년 여름호)라고 전망하고 있다. 20세기 후반의 기술 문명의 발달에 힘입어 새롭게 대두되고 있는 '매체 환경'은 문학의 표면에 수없이 작은 균열과 마모를 가져오며, 아직도 많은 문학에 대한 고전적인 규범과 양식, 그리고 그것에 대한 우리의 기대는 유효하다. 피시 통신 문학의 수준과 가치를 기존 문학 이론과 평가의 잣대로 재는 것은 무리가 있을지 모르지만, 냉정하게 말하면 아직 그것은 지나치게 일회적인 재미에만 매달려 있으며, 그 '문학성'은 아마추어적인 수준을 벗어나지 못한 것으로 보인다. 그것은 여전히 문학의 하부 구조로 종속되어 있으며, 문학이 인류의 정신적 자산으로 빛을 발하며 남도록 하는 그 심오함에 도저히 미치지 못하고 있고, 기존의 문학만큼 독자들의 의식을 뒤흔드는 충격을 가하지도 못한다. 그러나 컴퓨터 통신망을 통해 발표되었다가 출판되어 당당하게 베스트셀러가 된 『퇴마록』의 경우에서 볼 수 있는 것처럼 피시 통신 문학은 이제 기존의 출판계와 문단의 관심을 집중시킬 만큼 문화의 표면으로 떠오르고 있다. 피시 통신 문학을 더 이상 정체를 알 수 없는 유령으로 치부해 버리거나 폄하만할 것이 아니라 그것의 가능성을 적극적으로 모색하고 확대해 나가도록 노력하는 것이 궁극적으로 우리 문학의 지평을 넓히고 우리 문학을 풍요롭게 만들게 될 것이다.

소비 문화적 징후의 거리에서

세상은 빨리 돌아가고 있다 시간은 그대를 위해 멈춰 기다려 주질 않는다

사람들은 그대의 머리 위로 뛰어다니고 그대는 방 한구석에 앉아 쉽게 인생을 얘기하려 한다

환상 속에 그대가 있다 모든 것이 이제 다 무너지고 있어도 환상 속에 아직 그대가 있다

— 서태지의 작사, 작곡, 노래, 「환상 속의 그대」 일부

일상은 실재다. 먹고 잠자고 일하고 배설하는 자질구레한 잡다함, 지리멸렬함, 반복성으로 점철되는 일상은 육체의 삶, 육체가 배제되어서는 있을 수 없는 삶이다. 이에 반해 압구정동이 우리에게 제시하는 것은 환영이다. 압구정동의 화려한 쇼윈도, 다양하고 세련된 간판들, 포스트 모던한 실내 장식의 카페들……은 모두 육체를 위한, 육체의 욕망과 향유를 위한 것들이지만, 자세히 들여다보면 역설적이게도 압구정동은 교묘하게 육체가 배제된, 육체를 소외시키는, 실재가 아니라 무수히 명명하는 기호들의 유혹과 기호들의 소비로만 이루어진 환영의 공간이다. 앙리 르페브르의 말처럼 '모든 소비 대상은 소비의 기호'가 되고, '소비자들은 기호라는 자양분'(15 ; 159)을 취할 뿐이다. 압구정동은 육체 없는 삶, 환영의 삶을 끊임없이 재생산해 낸다. 압구정동은 이미 우리가 새로운 사회 속에 진입해 있다는 물증으로 존재한다. 새로운 사회란 프레드릭 제임슨에 의하면, '새로운 형태의 소비, 급속도로 변하는 유행과 스타일, 광고와 텔레비전과 미디어의 침투, 도시와 시골, 그리고 중앙과 지방 사이의 긴장 그리고 슈퍼 하이웨이와 자동차 문화의 시작'이며, 그것은 '후기 산업 사회, 다국적 자본주

의 사회, 소비 사회, 미디어 사회'(16 ; 268)라는 이름으로 불린다. 한 랩 뮤직이 말하고 있는 것처럼 '세상은 빨리 돌아가고 있고 시간은 우리를 위해 멈춰 기다려 주지 않는다.' 우리는 모든 것이 무너져 내린 소비 문화적 징후의 거리의 한 모서리에 서 있다. 우리는 압구정동이라는 환영의 공간으로까지 흘러 들어온 것이다. 압구정동은 우리의 새로운 일상의 조건이며 환경이다. 신세대 작가들의 상상력은 그 환영의 공간 속으로 스며들어 간다.

신세대 작가들을 둘러싼 여러 비판적인 언설들에도 불구하고 나는 그들의 잠재적 가능성에 대한 기대를 버리지 않는다. 그들은 급변하는 현실과, 우리가 살고 있는 새로운 사회의 근저를 지배하는 사람들의 욕망과 무의식을 읽어 내야 한다는 당위를 인지하고 있고, 이미 그 시도를 하고 있다. 이미 드러나 있는 신세대 작가들 밑에, 아직은 그 모습을 드러내지 않은 또 다른 수많은 미래의 작가들이 숨어 있다. 그들은 다원적이고 파편화된 현실을 거머쥐고, 열린 의식으로 그것들의 의미를 읽어 내고, 그들의 자유롭고 다원적인 상상력은 새로운 현실 속으로 스며들어 가 뒤섞이고, 그것들은 마침내 새로운 문학을 낳는다. 그들 중에서 마술적 리얼리즘의 세계를 보여 준 『백년 동안의 고독』의 가브리엘 마르께스나 보르헤스, 또는 『장미의 이름』의 움베르토 에코나 밀란 쿤데라와 같은 대작가의 신화를 일구어 낼 작가가 없으리란 법은 없다.

현실의 위로, 혹은 현실의 밑으로, 그것의 핵심을 꿰뚫으며 가로질러 가는 날렵한 상상력…… 현실을 비춰 내는 거울, 깨어지지 않은 거울, 더 잘게 쪼개지고 분열되는 현실을 완벽하게 비춰 내는 거울…… 묵시록적인 혼돈과 무질서 속에 있는 현실의 의미를 비춰 주는 한 줄기 예지의 빛을 반사해 내는 거울…… 궁극적으로 소설이란 현실과 인간의 삶의 의미에 대한 탐색의 역사다. 전반적인 활자 문화의 쇠락과, 소설이 고갈된 장르라는 자꾸 터져 나오는 불길한 예언에도 불구하고 새로운 소설들이 계속 나오고 있고, 그것들은 저마다 우리에게 인간의 삶의 의미에 대한 새로운 빛을 던져 주고 있다.

안드레이 타르코프스키는 그의 저서 『봉인된 시간』에서 '예술 작품이란 궁극적으로 그 자체가 하나의 미학적 세계관적 완성품인 것이며 스스로의 법칙에 따라 생동하며, 스스로 발전해 나가는 유기체'(17 ; 123)라고 말한다. 소설도 마찬가지다. 좋은 소설이란 그 자체로 우리의 감성과 의식을 확장하는 '미학적 세계관적 완성품'이며, 그것은 아직 해독되지 않은 인간의 욕망과 무의식에 대한 이해의 빛을 넘치게 하고, 또한 묵시록적인 세계의 미로 속에 갇혀 있는 우리에게 가야 할 길을 홀연히 열어 준다. 나는 그런 소설들을 읽고 싶다, 밤새워 감동으로 떨며, 그 도저^{到底}한 상상력에 전율하며…… 신세대 작가란 아직은 씌어지지 않은 미래의 소설의 저자들이다. 그들의 소설은 아직은 미래, 저 너머에 있다.

* 인용된 글의 말미에 붙은 팔호 안의 숫자들 중 앞의 것은 책을 그리고 뒤의 것은 그 책의 면수를 가리킨다.

1. 『압구정동 : 유토피아 디스토피아』, 현실문화연구, 1992.
2. 좌담 「90년대 소설의 흐름과 리얼리즘」, 〈창작과 비평〉 1993년 여름호
3. 좌담 「신세대 문학을 말한다」, 〈문학정신〉 1992년 1, 2월 합병호
4. 좌담 「새로운 세대의 문학적 지평」, 무크지 〈비평의 시대〉 1집.
5. 정근원, 기획 토론 「영상 세대의 출현과 인식론의 혁명」, 〈세계의 문학〉 1993년 봄호.
6. 도정일, 「90년대 소설의 영화적 관심과 형식 문제」, 〈세계의 문학〉 1993년 봄호
7. 밀란 쿤데라, 『참을 수 없는 존재의 가벼움』, 송동준 옮김, 민음사, 1988.

8. 엘리자베드 라이트,『정신분석비평』, 권택영 옮김, 문예출판사, 1989.

9. 장정일,『너에게 나를 보낸다』, 미학사, 1992.

10. 모리스 블랑쇼,『문학의 공간』, 박혜영 옮김, 책세상, 1990.

11. 리처드 브라우티건,『미국의 송어낚시』, 김성곤·송문근 옮김, 중앙일보사, 1987.

12. 이재룡,「자아-삶-글쓰기」, 〈작가세계〉 1993년 봄호

13. 막스 피카르트,『침묵에 관하여』, 최승자 옮김, 까치, 1985.

14. 레이먼드 페더만,「초소설-네 개의 제안」(여기서는 김성곤 편,『소설의 죽음과 포스트 모더니즘』의 글, 1992년에서 재인용)

15. 앙리 르페브르,『현대 세계와 일상성』, 박정자 옮김, 세계일보사, 1990.

16. 프레드릭 제임슨,『*Postmodernism and Consumer Society*』(여기서는 김성곤,「소설의 위기와 메두사의 거울」, 〈세계의 문학〉 1991년 봄호에서 재인용)

17. 안드레이 타르코프스키,『봉인된 시간』, 김창우 옮김, 분도출판사, 1991.

풀 사이드_무라카미 하루키

무라카미 하루키(1949~)는 지금 한국에서 가장 사랑 받는 일본 작가다. 소설과 산문들을 포함해 그의 거의 모든 책들이 번역되어 나올 정도로 인기를 끌고 있다. 이는 전례가 없는 일이다. 와세다대학에서 연극을 공부하고 재즈카페를 운영하던 그는 1979년 「바람의 노래를 들어라」라는 중편소설을 써내면 작가로 등장한다. 그 뒤로 그가 일본에서 거둔 성공은 하나의 신화다. 「노르웨이 숲」이라는 장편소설은 거의 1천만부가 팔렸다. 그는 정치 투쟁과 탄압이 있었고, 히피와 마리화나와 비스마르크의 반전가反戰歌가 있었고, 지미 헨드릭스와 짐 모리슨이 있었고, 프리 재즈가 울려 퍼지고, 스커트의 길이가 점점 짧아지고, 데모의 열풍에 휩싸였다가 봉쇄되어 버린 대학이 있었던 일본의 1960년대를 통과해 나왔다. 그는 이상주의가 좌절된 이후의 일본 젊은이들의 의식을 따라가며 존재이유와 삶의 가치를 찾는 심각하고 무거운 주제들을 소설 속에서 구현해 왔다. 그는 무거운 것을 어떻게 가볍게 전달하는가를 잘 알고, 동시대성의 감각을 건져 올리는 탁월한 능력을 가졌다. 섬세하면서도 많은 예감을 감춘 문체의 능력과 날카롭게 동시대성의 감각을 만들어 내는 공명의 힘 때문에 한국의 젊은이들도 그의 소설에 쉽게 매혹되는 것이다. 무라카미 하루키라는 이름은 역사·신·이념과 같은 절대 가치가 붕괴한 이래, 집단에서 개별화로, 이념에서 욕망으로 달려 올라가는 고도 자본주의 세계인 1990년대의 새로운 문학의 상징이고 기호가 되었다.

35세가 되던 봄, 그는 자신이 이미 인생의 반환점을 돌아 버린 것을 확인했다.

아니, 그것은 정확한 표현이 아니다. 정확히 말하면, 35세의 봄을 계기로 그는 인생의 반환점을 돌기로 결심했다고 하는 것이 적합하리라.

물론 자신의 인생이 몇 년간이나 계속 될지는 아무도 알 수가 없다. 만약 78세까지 산다고 한다면 그의 인생의 반환점은 39세가 되는 셈이고 39세가 되려면 아직 4년의 여유가 있다. 게다가 일본 남성의 평균 수명과 그 자신의 건강 상태를 함께 생각한다면 78년의 수명은 그다지 낙천적인 가설은 아니었다.

그래도 그는 35세의 생일을 자기 인생의 반환점으로 정하는 것에 대해 조금의 망설임도 가지지 않았다. 그렇게 하려고 생각하면 죽음을 조금씩 멀리 물릴 수도 있다. 그러나 그런 일을 계속하다 보면 나는 아마 명확한 인생의 반환점을 놓쳐 버릴 것임에 틀림없다. 타당하다고 생각되는 수명이 78에서 80으로 되고, 80에서 82로 되고, 82에서 84로 된다. 그런 식으로 인생은 조금씩 조금씩 연기되어 간다. 그리고 어느 날 사람은 자신이 벌써 50세가 되었다는 것을 알아차린다. 50이라는 나이는 반환점으로는 너무 늦다. 100세까지 산 인간이 도대체 몇명이나 된단 말인가? 사람은 자신도 모르는 사이에 인생의 반환점을 잃어 가는 것이다. 그는 그렇게 생각했다.

스무 살이 넘었을 때부터, 그는 계속 그 '반환'이라는 사고 방식이 자신의 인생에서 빠뜨릴 수 없는 요소인 것처럼 느껴왔다. 스스로를 알기 위해서는 자기 자신이 서 있는 장소의 위치를 우선 알아야 한다는 것이 그의 사고 방식의 기본이었다.

혹은 그런 사고 방식에는 그가 중학교에 들어갔을 때부터 대학을 졸업하기까지 십년 가까이를 톱 클래스의 수영 선수로서 보냈다는 사실도 적지 않게 영향을 주었을지도 모른다. 수영이라는 스포츠에는 확실히 단락이 필요했다. 손가락이 풀의 벽에 닿는다. 그것과 동시에 그는 돌고래같이 수중에서 몸을 놀려 순간적으로 몸의 방향을 바꾸고 발바닥으로 힘껏 벽을 친다. 그리고 후반 200미터로 돌입한다. 그것이 턴이다.

만약 수영 경기에 턴이 없고 거리 표시도 없다면, 400미터를 끝까지 전력으로 헤엄치는 작업은 어떻게 할 길이 없는 암흑의 지옥임에 틀림없다. 턴이 있어야만 그는 400미터를 두 부분으로 나눌 수가 있는 것이다. '이것으로 적어도 반이 끝났다'라고 그는 생각한다. 그리고 또 반……이라는 식으로 긴 거리는 점점 세분화되어 간다. 거리의 세분화에 맞추어 의지도 또 세분화된다. 즉 '아무튼 이 다음 5미터를 헤엄쳐 버리자'라는 식이다. 5미터를 헤엄치면 400미터의 거리는 80분의 1이 줄어드는 셈이다. 그렇게 생각해야만, 그는 물 속에서 때로는 구토하고 살을 경련시키면서도 마지막 50미터를 전력으로 헤엄칠 수가 있었던 것이다.

다른 선수들이 도대체 어떤 생각을 품고 풀을 왕복하고 있었는지는 알 수 없다. 그러나 그에게 있어서는 그 분할 방식이 가장 성미에 맞았고, 또 가장 진지한 사고 방식인 것처럼 생각되었다. 사물이 아무리 거대하게 보이고 그것에 마주서는 자신의 의지가 아무리 미소하게 보여도, 그것을 '5미터만큼'씩 정리해 나가는 것은 결코 불가능하지 않다는 사실을 그는 50미터 풀 속에서 배웠다. 인생에 있어 가장 중요한 것은 제대로 된 형식을 가진 인식이다.

그래서 35회째의 생일이 눈앞에 다가왔을 때 그는 그것을 자신의 인생의 반환점으로 삼는 것에 전혀 망설임을 느끼지 않았다. 겁날 것은 무엇 하나 없다. 70년의 반인 35년, 그 정도면 괜찮지 않은가 하고 그는 생각했다. 만약에 70년을 넘게 살 수 있다면 그건 그대로 고맙게 살면 된다. 그러나 공식으로는 그의 인생은 70년인 것이다. 70년을 풀 스피드로 헤엄친다―그렇게 정해 버리는 것이다. 그렇게 하면 그는 인생을 그럭저럭 잘 헤쳐 나갈 수 있음에 틀림없다.

그리고 이것으로 반이 끝난 것이다.

라고 그는 생각한다.

1983년 3월 26일은 그의 35번째 생일이었다. 아내는 그에게 초록색 캐시미어 스웨터를 선물했다. 날이 저물자 두 사람은 아오야마에 있는 자주 가는 레스토랑에 가서 와인을 따고 생선 요리를 먹었다. 그리고 그 후 조용한 바에서 진토닉을 세 잔인가 네 잔씩 마셨다. 그는 '반환점'의 결심에 대해 아내에게는 아무 말도 하지 않기로 결심했다. 그러한 종류의 사고 방식은 타인의 눈에는 종종 바보처럼 비친다는 것을 그는 잘 알고 있었다.

두 사람은 택시를 타고 집으로 돌아와서 섹스를 했다. 그가 샤워를 끝내고 부엌으로 가서 캔맥주를 갖고 침실로 돌아오자 아내는 벌써 잠에 푹 빠져 있었다. 그는 자신의 넥타이와 양복을 옷장에 걸고 아내의 실크 원피스는 살짝 접어서 책상 위에 놓았다. 셔츠와 스타킹은 둥글게 말아서 욕실의 세탁 바구니에 던져 넣었다.

그는 소파에 앉아 혼자 맥주를 마시고 한동안 아내의 자는 얼굴을 바라보고 있었다. 그녀는 1월에 갓 서른이 되었다. 그녀는 아직 분수령의 저쪽 편에 있다. 그는 이미 분수령의 이쪽 편에 있다. 그렇게 생각하니 왠지 이상한 느낌이 들었다. 그는 나머지 맥주를 다 마신 후, 머리 뒤로 팔짱을 끼고 소리내지 않고 웃었다.

물론 정정은 가능했다. 인생은 80년이라고 새삼스레 결정해 버리면 된다. 그렇게 하면 터닝 포인트는 40세가 되고 나머지 5년 간 그는 저쪽 편에 머물 수 있다. 하지만 그것에 대한 답은 노였다. 그는 35세를 계기로 이미 터닝 포인트를 돌아 버린 것이다. 그것으로 됐잖은가?

그는 부엌에 가서 맥주를 또 한 병을 마셨다. 그리고 거실의 스테레오 장치 앞에 엎드려 헤드폰을 끼고 심야 2시까지 브루크너의 심포니를 들었다. 밤중에 혼자서 브루크너의 장대한 심포니를 들을 때마다 그는 언제나 어떤 종류의 얄궂은 기쁨을 느꼈다. 그것은 음악 속에서 밖에 느낄 수 없는 기묘한 기쁨이었다. 시간과 에너지와 재능의 장대한 소모⋯⋯.

　미리 말해 두고 싶은 건데, 나는 처음부터 끝까지 그가 나에게 이야기한 대로 여기에 적고 있다. 물론 문장에 대한 약간의 각색은 있고, 불필요하다고 생각되는 부분은 독단적으로 생략했다. 내 쪽에서 질문을 해서 자세한 부분을 보충한 곳도 있다. 아주 조금이지만 내 상상력을 구사한 곳도 있다. 그러나 전체적으로 이 문장은 그가 이야기한 대로라고 생각해도 문제는 없다고 생각한다. 그의 이야기 태도는 정확하고 요령이 있었고, 그렇게 해야 할 부분에서는 상황을 극명하게 묘사할 줄도 알았다. 그는 그런 타입의 인간이었다.

　그는 어느 회원제 스포츠 클럽의 풀 사이드에 있는 카페 테라스에서 나에게 이 이야기를 했다.

　생일 다음날은 일요일이었다. 그는 7시에 깨어나서는 물을 끓이고 뜨거운 커피를 타고 서양 상추와 오이로 샐러드를 만들어 먹었다. 드물게도 아내는 아직 푹 자고 있었다. 식사가 끝나자 그는 음악을 들으며 수영부 시절에 단련된 꽤 힘든 체조를 15분 동안 열심히 했다. 미지근한 물에 샤워를 하고 머리를 감고 수염을 깎는다. 그리고 긴 시간을 들여 정성스레 이를 닦는다. 치약을 조금 짜서 이빨 하나하나의 앞과 뒤에 천천히 칫솔질을 한다. 이빨 사이의 더러운 것은 덴탈 플러스를 사용한다. 세면장에는 그의 것만 세 종류의 칫솔이 놓여 있다. 특정한 자국이 안 생기도록 로테이션을 하면서 한 번씩 나누어 쓰는 것이다.

　그런 아침 의식을 대강 마치고 나서 그는 언제나처럼 근처에 산책은 가지 않고 탈의실 벽에 붙은 키만한 거울 앞에 태어난 그대로의 모습으로 서서 자신의 몸을 가만히 점검해 보았다. 어쨌든 그것은 후반의 인생에 있어 첫 번째 아침인 것이다. 그는 마치 의사가 신생아의 몸을 조사하듯 이상한 감동을 가지고 자신의 몸 구석구석까지 바라보았다.

우선 머리카락 그리고 얼굴 피부, 이빨, 턱, 손, 배, 옆구리, 페니스, 고환, 허벅지, 발. 그는 긴 시간을 들여 그 하나하나를 체크하고 플러스와 마이너스를 머리 속 리스트에 메모했다. 머리카락은 이십대에 비해서 어느 정도 엷어졌지만 아직 특별히 신경쓰이는 것은 아니었다. 50까지는 아마 이대로 계속되겠지. 그 뒤는 그 후에 다시 생각하면 된다. 가발도 좋은 것이 많이 있고, 나 같은 경우는 머리 형태가 나쁘지 않으니까 벗겨진다 해도 그 정도로 보기 싫은 모습은 안 될 것이다. 이빨은 젊었을 때부터의 숙명적인 충치 때문에 상당수의 의치가 들어 있다. 그러나 3년 전부터 정성스레 칫솔질을 계속하고 있는 덕택으로 진행은 딱 멈추었다. "20년 전부터 이렇게 했으면 충치 따위는 하나도 없는 건데 말입니다"라고 치과 의사는 말한다. 과연 옳은 말이지만, 끝난 일은 한탄해 봐도 소용없다. 현상을 유지하는 것, 지금으로서는 이것이 전부다. 그는 치과 의사에게 도대체 몇 살까지 이빨로 음식을 씹을 수 있는지 물어 보았다. "60까지는 괜찮겠죠"라고 의사는 말했다. "이렇듯 제대로 손질을 하신다면야." 그것으로 충분하다.

얼굴 피부의 거친 상태는 역시 나이에 걸맞는 것이다. 혈색은 좋아서 언뜻 보기에는 젊게 보이지만 거울에 가만히 다가가 보면 피부에는 미세하게 오돌오돌한 것이 나 있었다. 매년 여름이 되면 꽤 무리하게 살을 태웠고 담배도 오랫동안 너무 많이 피워 왔다. 앞으로는 질 좋은 로션이나 스킨이 필요했다. 턱살은 생각했던 것보다 많이 붙어 있었다. 이것은 유전적인 것이다. 아무리 운동을 해서 턱살을 깎아도 얇게 눈이 쌓인 것처럼 보이는 이 연한 살 껍질만은 절대로 떼낼 수가 없다. 나이가 듦에 따라 이것은 결정적이 된다. 그리고 나도 아버지와 마찬가지로 언젠가는 이중턱이 되겠지. 결국은 포기할 수밖에 없는 것이다.

배에 대해서는 플러스와 마이너스가 6대 4 정도였다. 운동과 계획적인 식사 덕택에 3년 전에 비해 배는 유난히 단단히 죄어져 있었다. 35세치고는 상당한 것이다. 그러나 옆구리에서 등에 걸친 군살은 어중간한 운동으로는 떼어 낼 수 없다. 옆을 보면 학생 시절 마치 칼로 깎은 듯한 허리 뒤의 날카로운 선은 사라져 있었다. 성기에는 그다지 변화가 없다. 옛날에 비하면 전체적으로 생생함이 약간 감소한 것 같지만, 그것도 그렇게 생각해서 그럴지도 모른다. 섹스 횟수는 물론 옛날만큼 많지는 않지만 지금까지 임포텐츠의 경험은 없다. 아내와의 사이에서도 성적인 불만은 없다.

전체적으로 보면 신장 173센티미터, 체중 64킬로의 그의 몸은 주위에 있는 같은 나이 또래의 남자들의 몸과 비교해 보면, 비교될 수 없을 정도로 젊음을 유지하고 있었다. 28세라고 해도 충분히 믿을 정도다. 육체적인 순발력은 쇠퇴하긴 했지만, 지구력에 한해서 말하면, 그의 육체는 훈련 덕택에 20대 당시보다 진보되어 있기까지 하다.

그러나 그의 주의 깊은 눈은 자신의 몸을 천천히 감싸 가는 숙명적인 늙음의 그림자를 놓치지는 않았다. 머리 속의 체크리스트에 확실히 새겨진 플러스와 마이너스의 밸런스 시트가 무엇보다도 그 사실을 잘 말해 주고 있었다. 아무리 타인의 눈은 속일 수 있어도 자기 자신을 속이면서 살아갈 수는 없다.

나는 늙고 있는 것이다.

이것은 움직일 수 없는 사실이었다. 아무리 노력해 봤자, 사람은 늙는 것을 피할 수가 없다. 충치와 마찬가지다. 노력을 하면 그 진행을 지연시킬 수는 있지만, 아무리 진행을 늦추어 봤자 늙음이라는 것은 반드시 들 만큼은 들어간다. 사람의 생명이라는 것은 그런 식으로 프로그램되어 있는 것이다. 나이가 들면 들수록 쓰여진 노력의 양에 비해서 얻을 수 있는 것의 양은 적어지고 그리고 이윽고 제로로 된다.

그는 욕실을 나와서 타월로 몸을 닦고 소파에 누워서 오랫동안 무엇을 하는 것도 아니고 다만 멍하니 천장을 바라보고 있었다. 옆방에서는 아내가 다림질을 하면서 라디오에서 흘러나오는 빌리 조엘의 노래에 맞춰 콧노래를 부르고 있었다. 폐쇄된 철공소에 대한 노래다. 전형적인 일요일 아침이었다. 다리미 냄새와 빌리 조엘과 아침 샤워.

"나이가 드는 것 자체는, 솔직히 말해서, 나에게는 그다지 공포라고 할 것도 아니오 아까 말한 바와 같이 말이오 그에 맞서기 어려운 것에 대해서 계속 맞선다고 하는 것은 내 성질에 맞소 따라서 그런 것은 괴롭지도 않고 고통스럽지도 않소"라고 그는 나에게 말했다. "나에게 가장 큰 문제는 더 막연한 거요 거기에 있다는 것을 알고 있어도 제대로 직면해서 싸울 수 없는 것, 그런 것 말이오"

"왠지 그런 것을 느낀다는 건가요?"라고 나는 물어 보았다.

그는 끄덕였다. "아마 그런 거라고 생각하오"라고 그는 말했다. 그리고 나서 테이블 위에서 거북한 듯이 손가락을 움직였다. "물론 나도 35살이나 된 남자가 다른 사람 앞에서 새삼스레 이런 이야기를 꺼내는 것이 어리석다는 정도는 알고 있소 그런 종류의 파악 불능한 요소는 누구의 인생에나 있소 그렇지 않소?"

"그렇겠죠"라고 나는 맞장구를 쳤다.

"하지만 말이오, 솔직히 말해, 실제로 이런 식으로 확실히 느낀 건 나로서는 태어나서 처음이오 즉 자기 자신 속에 이름을 밝히기 어려운 파악 불능의 뭔가가 잠재하고 있다는 걸 느낀 건 말이오 그래서 그것을 도대체 어떻게 하면 좋을지 도무지 모르겠소"

할 말이 없어서 나는 잠자코 있었다. 그는 확실히 혼란에 빠진 듯이 보였지만 그래도 그 혼란된 모습은 혼란된 나름대로 시원스레 일리가 있었다. 그래서 나는 아무 말도 하지 않고 그의 이야기를 계속 듣기로 했다.

그가 태어난 곳은 도쿄 교외였다. 쇼와 23년 봄, 아직 종전 후 얼마 되지 않아서였다. 형이 한 명에다, 나중에 5살 아래 여동생이 태어났다. 아버지는 원래 중견 클래스의 부동산업자였지만 후에 중앙선연선 中央線沿線을 중심으로 한 빌딩 임대업에 진출해서 60년대의 고도 성장 기에 꽤 성공을 거두었다. 그가 14살 때 양친이 이혼했는데 복잡한 사 정이 있어 아이들은 세 명 다 아버지 집에 머물렀다.

그는 일류 사립 중학교에서 같은 계열의 고등학교에 그리고 대학 에 에스컬레이터식으로 올라갔다. 성적도 나쁘지 않았다. 대학에 들 어가자 그는 미타三田에 있는 부친의 맨션으로 옮겨 갔다. 그리고 일주 일에 닷새는 수영장에서 헤엄치고 나머지 이틀은 여자와 데이트하는 걸로 삼았다. 그다지 화려하게 놀아나지도 않았을 뿐더러, 노는 상대 에게 얽매이지도 않았다. 결혼 약속에 발목을 잡힐 정도로 한 여자와 깊이 사귀는 일도 없었다. 대마초도 피웠고 친구가 권해서 데모에 참 가한 적도 있었다. 공부라고 할 만한 공부를 한 건 아니지만, 그래도 강의에만은 출석하고 있었기 때문에 보통 정도의 성적을 거둘 수는 있었다. 노트 필기할 시간이 있으면, 그만큼 수업에 진지하게 귀를 기 울이면 되는 것이다.

주위의 많은 사람들은 그런 그의 성격을 잘 파악할 수 없었다. 그의 가족도 그의 친구들도 사귀던 여자들도 그랬다. 그가 마음속으로 무 엇을 생각하고 있는지 아무도 잘 알 수 없었다. 공부도 제대로 하지 않고 그다지 머리가 좋아 보이지도 않는데, 항상 톱 클래스에 가까운 성적을 받고 있는 것도 수수께끼였다. 그러나 그렇게 파악할 길이 없음에도 불구하고 그의 천성적인 순수한 친절함은 여러 종류의 사람들을 극히 자연스럽게 그의 주위로 끌어들였고, 그 결과로서 그 자신도 실로 많은 것을 얻을 수 있었다. 연장자에게도 잘 받아들여졌다. 그러나 대학을 나오자 그는 주위 사람들이 예상하고 있던 일류 기업에는 들어가지 않고 아무도 이름을 들어 보지 못한 작은 교재 판매 회사에 취직했다. 대개의 사람들은 그 일로 놀랐지만, 그에게는 물론 그 나름대로의 심산이 있었다. 그는 3년 동안 세일즈맨으로서 일본 전체의 중학교와 고등학교를 돌아다니며 현장의 교사나 학생들이 하드, 소프트 양면에서 어떤 교재를 구하고 있는지를 자세히 관찰했다. 각 학교가 얼마만큼의 예산을 교재에 맞추고 있는지도 조사했다. 리베이트(수수료)에 대해서도 생각했다. 젊은 교사들과 술을 마시며 불평도 들었다. 수업도 열심히 관찰했다. 그 동안 영업 성적도 물론 톱을 지켰다.

입사한 지 세 해째의 가을, 그는 새로운 교재에 대해 두꺼운 기획서를 사장실에 제출했다. 비디오 테이프와 컴퓨터를 직결하고 교사와 학생이 공동으로 소프트 제작에 참가하는 획기적인 방식의 교육 시스템이었다. 기술적인 몇 가지 문제점을 해결하기만 한다면 그것은 원리적으로 가능할 터였다.

사장이 독단적으로 승낙을 해서 그가 중심이 된 프로젝트팀이 결성되었다. 그리고 그 3년 뒤에 그는 압도적인 성공을 거둔다. 그가 만들어 낸 교재 시스템은 값이 비싸기는 했지만 사지 못할 정도는 아니었고, 한번 팔아 버리면 소프트웨어 관련의 애프터 캐어로 그의 회사가 지속적인 영업 이익을 얻도록 되어 있었다.

모든 것은 그의 계산대로였다. 그것은 그에게 이상적인 규모의 회사였던 것이다. 새로운 시도가 하찮은 관료적인 회의의 연속에서 짓

뭉개져 버릴 만큼 큰 회사도 아니고, 그렇다고 해서 자본에 얽매일 정도로 작은 회사도 아니었다. 경영진도 젊고 충분히 의욕적이었다.

그렇게 해서, 그는 서른이 되기 전에 실질적으로 중역의 권한을 가지게 되었다. 연수입은 같은 나이 또래의 누구보다도 많았다.

스물아홉의 가을에 그는 2년 전부터 사귀어 온 다섯 살 아래의 여성과 결혼했다. 그녀는 깜짝 놀랄 정도의 미인은 아니었지만, 사람의 눈을 끌 정도로는 아름답고 매력적이었다. 집안 환경도 좋고 성실하고 무뚝뚝한 데가 없었다. 성격은 솔직하고 매우 근사한 치아를 가지고 있었다. 첫 인상보다도 횟수를 거듭해서 만날 때마다 느낌이 좋아지는 그런 타입의 여성이었다. 그는 결혼을 계기로 아버지 회사에서 요노키자카에 있는 3LDK의 맨션을 거저나 다름없는 가격으로 샀다.

결혼 생활에도 무엇 하나 문제는 없었다. 두 사람은 서로를 매우 마음에 들어 했고 공동 생활은 극히 부드럽게 흘러갔다. 그는 일하는 것을 좋아했고, 그녀는 가사를 돌보는 것을 좋아했고, 둘 다 노는 것은 더 좋아했다. 몇 쌍의 친구 부부를 골라 함께 테니스를 치기도 하고 식사를 하기도 했다. 그런 친구 부부가 손떼고 싶어하던 중고 MG를 아주 싼 가격으로 손에 넣기도 했다. 신형의 일본차에 비해 차를 검사할 때마다 쓸데없는 돈은 많이 들었지만, 그래도 역시 싸게 산 것이었다. 친구 부부 쪽은 아이가 태어나서 두 사람 좌석밖에 없는 MG가 필요없게 된 것이지만, 그들 두 사람 쪽은 당분간 아이는 낳지 않기로 정하고 있었다. 두 사람에게 있어 인생은 이제 막 시작한 것처럼 보였던 것이다.

이제 그다지 젊지는 않다, 라고 그가 처음으로 인식한 것은 결혼하고 두 번째 봄이었다. 그는 역시 알몸으로 욕실 거울 앞에 서서 자신의 몸의 선이 옛날과는 아주 달라졌음을 눈치챘다. 그것은 마치 다른 사람의 모습이었다. 요컨대, 22세까지 수영으로 단련시킨 육체의 유산을 그는 10년 동안에 전부 갉아먹은 것이다. 술, 미식, 도회 생활, 스포츠카, 평온한 섹스, 그리고 운동 부족이 군살이라는 추악한 형태로 그의 육체에 달라붙어 있었다. 앞으로 3년만 있으면, 나는 분명히 추한 중년 남자가 되어 버릴 것이 틀림없다고 그는 생각했다.

그는 우선 치과 의사에게 가서 철저한 이빨 치료를 받았고, 그리고 나서 다이어트 컨설턴트와 계약해서 종합적인 다이어트 메뉴를 작성했다. 우선 당분이 삭감되고 백미가 제한되고 지방이 선별되었다. 술은 지나치게만 마시지 않으면 제한은 없었지만, 담배는 열 개비까지로 제한되었다. 육식은 일주일에 한 번이라고 정해졌다. 원래 처음부터 끝까지 그렇게 광신적이 될 필요는 없다고, 그는 생각하고 있었기 때문에 밖에서 식사할 때는 좋아하는 것을 조금 양에 덜 차게 먹기로 했다. 운동에 관해서는 자신이 무엇을 해야 될지 그는 잘 알고 있었다. 살을 빼기 위해서라면 테니스라든가 골프라든가 볼품 있는 스포츠는 무의미했다. 하루 20분에서 30분 제대로 된 체조, 그리고 적당한 런닝과 수영, 그것으로 충분했다.

70킬로였던 그의 체중은 8개월 후에는 64킬로까지 줄었다. 듬뿍 쳐져 있던 뱃살이 빠져서 배꼽 모양이 뚜렷이 보이게 되었다. 볼이 홀쭉해지고 어깨 폭이 넓어지고 고환의 위치가 이전보다 조금 낮아졌다. 다리가 굵어지고 입 냄새가 줄었다.

그리고 그는 애인을 만들었다.

상대는 어느 클래식 콘서트에서 옆좌석에 앉아 알게 된 9살 연하의 여성이었다. 그녀는 미인은 아니었지만, 어딘가 남자들이 좋아할 만한 점이 있었다. 두 사람은 콘서트 후에 술을 마시고 그리고 잤다. 그녀는 독신으로 여행 대리점에 근무하고 있고 그 외에도 남자 친구가 몇 명 있었다. 그 쪽도 그녀 쪽도 서로 이 이상 깊게 사귈 생각은 없었다. 두 사람은 한 달에 한 번이나 두 번 콘서트에서 만났고, 그리고 잤다. 아내 쪽은 클래식 음악에는 전혀 흥미가 없었기 때문에 그의 온화한 바람피우기는 발각되지 않고 2년 간 계속되었다.

그는 그 정사를 통해 어떤 한 가지 사실을 배우게 되었다. 놀랍게도 그는 이미 성적으로 무르익어 있었던 것이다. 그는 35살치고는 24살의 여자가 원하고 있는 것을 전혀 부족하지 않게 제대로 줄 수 있게 되었던 것이다. 이것은 그에게 있어서 새로운 발견이었다. 그는 그것을 줄 수 있는 것이다. 아무리 군살을 빼더라도, 그는 두 번 다시 젊어질 수는 없다.

그는 소파 위에 엎드린 채 그날의 첫 담배에 불을 붙였다.

이것이 그에게 있어서는 전반의 인생, 즉 35년분의 저쪽 인생이었다. 그는 원하고 원했던 것의 많은 부분을 손에 넣었다. 노력도 했지만 운도 좋았다. 그는 보람 있는 일과 높은 연수입과 행복한 가정과 젊은 연인과 건장한 몸과 초록색 MG와 클래식 레코드의 컬렉션을 가지고 있었다. 더 이상 무엇을 바라야 할지 그는 알 수 없었다.

그는 그대로 소파에서 담배를 피우고 있었다. 생각을 잘 집중할 수가 없었다. 그는 담배를 재떨이에 비벼 끄고 멍하니 천장을 바라보았다.

빌리 조엘은 이번에는 베트남 전쟁에 대해서 노래하고 있다. 아내는 아직 다림질을 계속하고 있다. 무엇 하나 모자라는 것은 없다. 그러나 정신이 들었을 때, 그는 울고 있었다. 양쪽 눈에서 뜨거운 눈물이 차례차례 흘러내렸다. 눈물은 그의 볼을 타고 밑으로 떨어져서 소파의 쿠션에 얼룩을 만들었다. 어째서 자신이 울고 있는지 그는 이해할 수 없었다. 울 이유 따위는 하나도 없을 터였다. 혹은 그것은 빌리 조엘의 노래 때문인지도 몰랐고, 다리미 냄새 때문일지도 몰랐다.

10분 후 아내가 다림질을 끝내고 그의 옆에 다가왔을 때, 그는 울음을 그치고 있었다. 그리고 쿠션은 뒤로 돌려져 있었다. 그녀는 그의 옆에 앉아서 손님용 이불을 새로 사고 싶은데, 라고 말했다. 그로서는 손님용 이불 따위는 아무래도 상관없었기 때문에 당신 좋을 대로 하라고 대답했다. 그녀는 그것으로 만족했다. 그런 뒤에 두 사람은 긴자銀座로 나가서 프랑수아 트뤼포의 새 영화를 보았다. 두 사람은 결혼 전에 「야성의 소년」을 같이 본 적이 있었다. 신작은 「야성의 소년」만큼 재미있지는 않았지만 그래도 나쁘지는 않았다.

영화관을 나온 두 사람은 찻집에 들어가 그는 맥주를 마시고 그녀는 멜론 아이스크림을 먹었다. 그리고 나서 그는 레코드점에 가서 빌리 조엘의 LP를 샀다. 폐쇄된 철공소와 베트남의 노래가 들어 있는 LP이다. 그다지 감탄할 정도의 음악이라고 생각되지는 않았지만, 그것을 한 번 들었을 때 어떤 기분이 들지 그는 시험해 보고 싶었던 것이다.

"어째서 빌리 조엘의 LP를 살 기분이 되었어요?"라고 아내가 놀라서 물었다.

그는 웃고 대답하지 않았다.

카페 테라스의 한쪽 벽은 유리로 되어 있고, 눈 아래로는 풀의 전경이 내려다보였다. 풀 천장에는 가늘고 긴 천창天窓이 붙어 있고 그곳에서 내리쬐는 햇살이 수면에 작게 흔들리고 있었다. 빛들 중 어떤 것은 물 밑바닥까지 닿고, 어떤 것은 반사해서 무지적인 흰색 벽에 의미 없는 기묘한 모양을 그리고 있었다.

위에서 물끄러미 내려다보고 있자니, 그 풀이 조금씩 풀로서의 현실감을 잃어 가고 있는 것처럼 느껴졌다. 아마 풀의 물이 너무 맑은 탓이라고 나는 생각했다. 풀의 물이 필요 이상으로 맑은 탓에, 수면과 수정 사이에 공백 부분이 생긴 것처럼 보이는 것이다. 풀에서는 두 명의 젊은 여자와 한 명의 중년 남자가 헤엄치고 있었는데, 그들은 헤엄을 치고 있다기보다는 마치 그 공백 위를 조용히 미끄러지고 있는 듯이 보였다. 풀 사이드에는 하얗게 칠해진 감시대가 있고, 체격 좋은 젊은 감시원이 심심한 듯 풀의 수면을 멍하니 바라보고 있었다.

그는 대강 이야기를 끝내고 손을 들어 웨이트리스를 불러서 맥주를 더 주문했다. 나도 내 몫을 주문했다. 그런 뒤에 맥주가 올 때까지 둘이서 다시 하릴없이 풀의 수면을 바라보고 있었다. 수저에는 코스로프와 헤엄치는 사람의 그림자가 비치고 있었다.

그와 나는 만난 지 2개월밖에 되지 않았다. 우리는 둘 다 이 스포츠 클럽 회원으로 말하자면, 수영 동지인 셈이다. 내가 크롤할 때의 오른팔 움직임을 교정해 준 것도 그였다. 우리는 수영 후, 역시 이 카페 테라스에서 차가운 맥주를 마시면서 몇 번인가 세상사를 이야기했다. 어느 땐가 서로의 직업에 관한 이야기를 하게 되어, 내가 소설가라고 말하자 그는 한동안 잠자코 있다가 잠시 이야기를 들어 주지 않겠느냐고 말했다.

"나 자신의 이야기요"라고 그는 말했다. "어느 쪽인가 하면, 평범한 이야기라고 생각되고, 당신은 재미없다고 여길지도 모르겠소. 하지만 아무래도 누군가에게 이야기해야겠다고 줄곧 생각하고 있었소. 나 혼자 품고 있자니, 언제까지나 납득할 수 있을 것 같지가 않아서 말이오."

상관없다고, 나는 말했다. 그는 재미없는 이야기를 지루하게 해서 상대에게 폐를 끼치는 타입의 인간으로는 보이지 않았다. 그가 일부러 나에게 뭔가를 이야기하려고 한다면 그것은 제대로 들을 만한 가치가 있는 이야기일 것이라고 나는 생각했다.

그리고 그는 이 이야기를 했다.

"이봐요, 당신은 소설가로서 이 이야기를 어떻게 생각하오? 재미있다고 생각하오? 아니면 지루하다고 생각하오? 솔직하게 말해 주시오."

"재미있는 요소를 포함한 이야기라고 생각합니다만······"이라고 나는 주의 깊고도 솔직하게 대답했다.

그는 미소를 짓고 머리를 몇 번인가 가로저었다. "그럴지도 모르겠소 하지만 나로서는 도대체 이 이야기의 어디가 재미있는지 전혀 모르겠소 나는 이 이야기의 중심에 있는 어떤 종류의 우스꽝스러움이라고 할 만한 것을 파악할 수가 없소 그리고 그것이 만약 잘 파악된다면 나는 나를 둘러싸고 있는 상황을 보다 제대로 이해할 수 있을 것 같은 기분이 들어요"

"당신의 말대로겠죠, 아마도"라고 나는 말했다.

"당신은 이 이야기의 우스꽝스러움이 어디에 있는지 알 것 같소?"라고 그는 내 얼굴을 들여다보며 말했다.

"모르겠어요"라고 나는 말했다. "하지만 난 당신 이야기에는 매우 재미있는 부분이 있다고 생각합니다. 소설가의 눈을 통해서라고 말해도 좋다면 말이죠 하지만 도대체 이 이야기의 어디가 재미있느냐 하는 것은 실제로 손을 움직여 원고지에 써 보지 않고는 모르는 거죠 내 경우는 문장으로 보지 않으면 여러 가지 모습이 잘 보이지 않는 거죠"

"당신이 이야기하고 싶어하는 것은 알겠소"라고 그는 말했다.

우리는 그리고 나서 한동안 잠자코 각자의 맥주를 마셨다. 그는 베이지색의 버튼 다운 셔츠 위에 엷은 초록색 캐시미어 스웨터를 입고 테이블에 턱을 괴고 있었다. 길쭉하게 잘 빠진 약지에는 은색의 결혼 반지가 빛나고 있었다. 나는 그 손가락이 매력적인 아내와 젊은 연인을 애무하고 있는 모습을 잠깐 상상해 보았다.

"그 이야기를 써 봐도 좋을 것 같군요"라고 나는 말했다. "어쩌면 어딘가에 그것을 발표해 버릴지도 모르겠어요"

"상관없소, 그래도"라고 그는 말했다. "게다가 발표해 주는 게 좋을 것 같기도 하고"

"여자 일이 들켜 버리는데도 말입니까? 그래도 괜찮겠어요?"라고 나는 말했다. 내 경험에서 말하자면 실재의 인물을 모델로 한 문장은 우선 100퍼센트의 확률로 주위 사람들에게 알려지게 마련이다.

"괜찮소 그 정도는 각오하고 있소"라고 그는 아무렇지도 않은 듯 대답했다.

"들켜도 괜찮다구요?"라고 나는 다짐하듯 말했다.

그는 끄덕였다.

"누군가에게 거짓말을 하는 것은 정말이지 좋아하지 않소"라고 그는 헤어질 때 말했다. "그 거짓말이 가령 누구 한 사람 상처 입히지 않는다는 걸 알고 있더라도, 거짓말은 하고 싶지 않소 그런 식으로, 누군가를 속이거나, 이용하거나 하면서 나머지 인생을 살아가고 싶지는 않소"

나는 거기에 대해서 뭔가 말하려고 했지만, 말이 잘 나오지 않았다. 그가 말하고 있는 게 옳았기 때문이다.

나는 지금도 풀에서 그와 얼굴을 마주한다. 이제 복잡한 이야기는 하지 않는다. 풀 사이드에서 날짜 이야기를 하거나 최근의 콘서트 이야기를 하거나 할 뿐이다. 그가 나의 이 문장을 읽고 어떤 식으로 느낄지, 나로서는 짐작할 수가 없다.

*

무라카미 하루키의 「풀 사이드」는 스포츠 클럽의 풀 사이드에서 이루어지는 두 남자의 인생의 반환점에 대한 방담^{放談}이다. 두 남자 중의 '그'는 말하는 자이고, '나'는 그 이야기를 듣고 소설로 쓰는 작가다. 따라서 이 소설은 '그'의 인생의 반환점에 대한 이야기, 혹은 늙어가고 있다는 느낌에 대한 이야기다. 또한 「풀 사이드」는 더 이상 젊지 않다는 자각이 일으키는 여러 상념들, 심리적 변화를 꼼꼼하게 묘사하고 있다.

여기 35세의 생일을 맞는 한 남자가 있다. 그는 35세의 생일을 맞아 바로 그 나이가 일종의 인생의 분수령이며, 반환점이라는 사실을 자각한다. 그 반환점에 서서 자신이 달려 온 '생의 저쪽'에 있는 전반의 인생과, 달려가야 할 미래의 '생의 이쪽'인 후반의 인생에 대해 생각에 빠져든다. 그가 갑자기 인생에 대한 심각한 생각에 빠져드는 것은 알 수 없는 불안과 막연한 혼란 때문이다.

'그'는 이미 결혼하고 두 번째 봄을 맞이했을 때 '알몸으로 욕실 거울 앞에 서서 자신의 몸의 선이 옛날과는 아주 달라졌음을 눈치'챈다. '술, 미식, 도회 생활, 스포츠카, 평온한 섹스, 그리고 운동 부족이 군살이라는 추악한 형태로 그의 육체에 달라붙어' 있는 것을 목격하고, '그'는 충격을 받는다. 젊고 건강한 육체는 그의 생이 일궈 낸 성공을 향유하기 위한 필요 불가결한 전제 조건이다. 젊고 건강한 육체를 상실한다는 것은 곧 인생의 상실이며, 그것은 생물학적인 죽음은 아닐지라도 사회적인 의미의 죽음이다. 그렇기 때문에 그는 육체의 젊음을 유지하는 데 필사적인 노력을 기울인다. 철저한 이빨 치료를 받고 '다이어트 컨설턴트와 계약해서 종합적인 다이어트 메뉴를 작성'하고 그것을 실천에 옮기며, 담배와 육류의 섭취를 현저하게 줄이고, 수영과 달리기와 같은 적당한 운동을 통해 육체를 끊임없이 단련한다. 그럼에도 불구하고 그는 자신의 육체의 표면에서 진행되는 노화와 죽음의 징후들을 피할 수 없다는 사실을 깨닫는다.

미구에 닥칠 노화와 죽음에 대한 막연한 불안감의 증폭은 아직은 젊음을 유지하고 있는 자신의 육체에 대한 나르시시즘을 불러온다. '그'는 35세의 생일 다음날 아침 샤워를 끝내고 '거울 앞에 태어난 그대로의 모습으로 서서 자신의 몸을 가만히 점검'한다. '의사가 신생아의 몸을 조사하듯 이상한 감동을 가지고 자신의 구석구석'을 바라보는 그의 시선은 지나치게 자애적이며, 자의식적이다. 그 과잉의 자의식의 밑바닥에는 영원한 젊음을 유지하고 싶다는 불가능한 열망이 숨어 있다. 그는 자신의 육체에 나타난 노쇠의 징후들을 찾아내려고 '머리카락 그리고 얼굴 피부, 이빨, 턱, 손, 배, 옆구리, 페니스, 고환, 허벅지, 발'을 공들여 꼼꼼하게 살핀다.

그는 욕실을 나와서 타월로 몸을 닦고 소파에 누워서 오랫동안 무엇을 하는 것도 아니고 다만 멍하니 천장을 바라보고 있었다. 옆방에서는 아내가 다림질을 하면서 라디오에서 흘러나오는 빌리 조엘의 노래에 맞춰 콧노래를 부르고 있었다. 폐쇄된 철공소에 대한 노래다. 전형적인 일요일 아침이었다. 다리미 냄새와 빌리 조엘과 아침 샤워.

이것은 '그'가 맞은 그다지 새로울 것도 없는 생일 다음날인 일요일 아침의 범상한 풍경이다. 이 범상한 풍경 속에서 감지되는 중산층의 평화와 안락감은 그의 전반 인생의 성공 결과다. '보람있는 일과 높은 연수입과 행복한 가정과 젊은 연인과 건장한 몸과 초록색 MG와 클래식 레코드의 컬렉션'을 갖고 있는 그의 인생은 누가 보더라도 성공한 인생이다.

그러나 그는 이미 자신의 육체의 표면에서 일어나고 있는 조화와 죽음의 징후들을 발견해 낸 뒤다. 피부는 서서히 탄력을 잃어 가고, 몸의 이곳저곳에 불필요한 군살들이 붙어난다. 아직은 그 나이의 누구와 비교해도 뒤지지 않을 젊고 건강한 육체를 유지하고 있지만, 그의 꼼꼼하게 살피는 시선은 '자신의 몸을 천천히 감싸 가는 숙명적인 늙음의 그림자'를 놓치지 않는다. 그는 '노력을 하면 그 진행을 지연시킬 수는 있지만' 결국은 늙어 간다는 사실 자체를 피할 수 없음을 알고 있다. 35세의 생일 바로 다음날인 그 '전형적인 일요일 아침'의

'다리미 냄새와 빌리 조엘과 아침 샤워'는 생생하게 현재적인 것들의 목록이다. 아직 젊고 싱싱한 그의 육체의 감각 기관들은 냄새를 맡고, 듣고, 촉지한다. 그렇게 현재적인 것들의 목록은 그의 육체 속에 수납된다. 그러나 그 향유의 대상인 생생하게 현재적인 것들, 육체의 기관들에 수납되어 삶을 즐겁고 풍요하게 했던 그 냄새와 선율들은 곧 사라져 버릴 것들의 목록이며, 그것을 향유하는 육체 역시 항구 불변인 것이 아니다. 냄새와 선율들은 공중에 떠도는 무게 없는 것들이다. 그것은 금방 휘발하고, 자취를 감춘다. 마찬가지로 우리의 생 역시 금방 휘발하고 '자취를 감추는 가벼운' 것에 지나지 않는다. '전형적인 일요일 아침'의 안락감과 평화 속에 들러붙어 있는 소멸의 기미들을 읽어 낸 그는 돌연 절망적 슬픔에 사로잡힌다.

빌리 조엘은 이번에는 베트남 전쟁에 대해서 노래하고 있다. 아내는 아직 다림질을 계속하고 있다. 무엇 하나 모자라는 것은 없다. 그러나 정신이 들었을 때, 그는 울고 있었다. 양쪽 눈에서 뜨거운 눈물이 차례차례 흘러내렸다. 눈물은 그의 볼을 타고 밑으로 떨어져서 소파의 쿠션에 얼룩을 만들었다. 어째서 자신이 울고 있는지 그는 이해할 수 없었다. 울 이유 따위는 하나도 없을 터였다. 혹은 그것은 빌리 조엘의 노래 때문인지도 몰랐고, 다리미 냄새 때문일지도 몰랐다.

돌연한 '그'의 울음의 의미는 무엇일까? 덧없이 흘려 보낸 '전반의 인생'에 대한 애도이며, 동시에 아직 살아 보지 못한 '후반의 인생' 역시 이미 경험한 '전반의 인생'과 크게 다르지 않을 것이라는 예감에서 오는 비애의 표현일까? 그럴지도 모른다. 그러나 더 정확하게는 그의 의식을 죄어 오는 공포 때문이다. 그의 공포는 '나이가 드는 것 자체'가 아니고, '거기에 있다는 것을 알고 있어도 제대로 직면해서 싸울 수 없다는 것', 다시 말해 인생의 불확실한 요소들, 혹은 느닷없이 인생에 개입하는 우연성, 예기치 않은 실수, 그리고 혼란이나 막연함과 같은 '파악 불능한 요소들' 때문이다.

「풀 사이드」는 그 제목이 암시하고 있듯이 무겁고 의미 심장한 '중심'의 이야기가 아니라 날씨 이야기나 최근의 콘서트 이야기와 같은 범주에 드는 가벼운 '사이드'의 이야기다. 그것은 흘러가는 시간에 관한 이야기이며, 시간 속에서 풍화되고 마모되는 육체에 관한 이야기이며, 아직 살아가야 할 많은 날들의 '이편'에서 바라본 흘러간 '인생의 전반'에 대한 회고의 이야기이며, 어느 '전형적인 일요일 아침'의 공간에 떠도는 냄새와 선율이 문득 불러일으킨 소멸의 예감에 대한 이야기이며, 즉 '다리미 냄새와 빌리 조엘과 아침 샤워'의 이야기이며, 동시에 '시간과 에너지와 재능의 장대한 소모'의 이야기다.

무진기행 _김승옥

김승옥金承鈺(1941~)은 일본 오사카에서 태어난다. 해방을 맞은 네 살께 부모를 따라 귀국해 전남 순천에서 산다. 1962년 단편소설 「생명 연습」이 〈한국일보〉 신춘 문예에 당선되어 문단에 나온다. 1965년 스물네 살짜리 새파란 젊은이 김승옥은 소설 「서울, 1964년 겨울」을 내놓고 제10회 '동인 문학상'을 거머쥔다. 「서울, 1964년 겨울」은 새로운 문학의 탄생을 알리는 서곡이었다. 김승옥이 사람들을 놀라게 한 것은 범속한 1960년대의 일상성을 복원하는 한국어 문체의 세련성과, 사소함의 사소하지 않음을 보여 준 점, 하찮은 동시대의 풍경을 그려 나가는 문체에 구현된 번뜩이는 기지와 섬세함, 의식의 자유로움 때문일 것이다. 작가는 역사나 사회 같은 거대 담론을 지워 내고, 그 자리에 우리 주변에서 흔히 만날 수 있는 평범한, 너무 평범한 나머지 왜소하게 느껴지는 인물들을 내세운다. 김승옥은 1960년대 이후의 한국인들이 자본주의식 개인주의에 눈뜨고, 개인과 자기 세계에 대한 과도한 집착이 현실적으로 '영악스러움'과 타인의 세계에 대한 배타성으로 나아가는 것을 발견하고 그 세태를 풍부한 실감 속에 그려 낸다. 이기적 개인주의의 세계 속에서 타인은 모두 속물이고 그들이 하는 짓은 모두 "무위無爲와 똑같은 무게밖에 가지고 있지 않은 장난"이라고 생각한다. 그의 소설은 앞 세대 작가들과는 충분히 달랐다. 그는 사소한 것의 사소하지 않음을 찾아냈고, 감수성의 혁명을 일으켰다.

무진霧津으로 가는 버스

버스가 산모퉁이를 돌아갈 때 나는 '무진 Mujin 10Km'라는 이정비里程碑를 보았다. 그것은 옛날과 똑같은 모습으로 길가의 잡초 속에서 튀어나와 있었다. 내 뒷좌석에 앉아 있는 사람들 사이에서 다시 시작된 대화를 나는 들었다. "앞으로 십 킬로 남았군요." "예, 한 삼십분 후엔 도착할 겁니다." 그들은 농사 관계의 시찰원들인 듯했다. 아니 그렇지 않은지도 모른다. 그러나 하여튼 그들은 색 무늬 있는 반소매

샤쓰를 입고 있었고 데드롱직^織의 바지를 입었고 지나쳐 오는 마을과 들과 산에서 아마 농사 관계의 전문가들이 아니면 할 수 없는 관찰을 했고 그것을 전문적인 용어로 얘기하고 있었다. 광주에서 기차를 내려서 버스로 갈아 탄 이래 나는 그들이 시골 사람답지 않게 낮은 목소리로 점잔을 빼면서 얘기하는 것을 반수면 상태 속에서 듣고 있었다. 버스 안의 좌석들은 많이 비어 있었다. 그 시찰원들의 대화에 의하면 농번기이기 때문에 사람들이 여행을 할 틈이 없어서라는 것이었다. "무진엔 명산물이…… 뭐 별로 없지요?" 그들은 대화를 계속하고 있었다. "별 게 없지요. 그러면서도 그렇게 많은 사람들이 살고 있다는 건 좀 이상스럽거든요." "바다가 가까이 있으니 항구로 발전할 수도 있었을 텐데요." "가 보시면 아시겠지만 그럴 조건이 되어 있는 것도 아닙니다. 수심이 얕은데다가 그런 얕은 바다를 몇 백 리나 밖으로 나가야만 비로소 수평선이 보이는 진짜 바다다운 바다가 나오는 곳이니까요." "그럼 역시 농촌이군요?" "그렇다고 이렇다 할 평야가 있는 것도 아닙니다." "그럼 그 오륙만이 되는 인구가 어떻게들 살아가나요?" "그러니까 그럭저럭이란 말이 있는 게 아닙니까?" 그들이 점잖게 소리 내어 웃었다. "원 아무리 그렇지만 한 고장에 명산물 하나쯤은 있어야지." 웃음 끝에 한 사람이 말하고 있었다.

무진에 명산물이 없는 게 아니다. 나는 그것이 무엇인지 알고 있다. 그것은 안개다. 아침에 잠자리에서 일어나서 밖으로 나오면, 밤 사이에 진주해 온 적군처럼 안개가 무진을 삥 둘러싸고 있는 것이었다. 무진을 둘러싸고 있던 산들도 안개에 의하여 보이지 않는 먼 곳으로 유배당해 버리고 없었다. 안개는 마치 이승에 한^恨이 있어서 매일 밤 찾아오는 여귀^{女鬼}가 뿜어 내놓은 입김과 같았다. 해가 떠오르고, 바람이 바다 쪽으로 방향을 바꾸어 불어 가기 전에는 사람들의 힘으로써는 그것을 헤쳐 버릴 수가 없었다. 손으로 잡을 수 없으면서도 그것은 뚜렷이 존재했고, 사람들을 둘러쌌고, 먼 곳에 있는 것으로부터 사람들을 떼어 놓았다. 안개, 무진의 안개, 무진의 아침에 사람들이 만나는 안개, 사람들로 하여금 해를, 바람을 간절히 부르게 하는 무진의 안개, 그것이 무진의 명산물이 아닐 수 있을까?

버스의 덜컹거림이 좀 덜해졌다. 버스의 덜커덩거림이 더하고 덜하는 것을 나는 턱으로 느끼고 있었다. 나는 몸에서 힘을 빼고 있었으므로 버스가 자갈이 깔린 시골길을 달려오고 있는 동안 내 턱은 버스가 깡충거리는 데 따라서 함께 덜그럭거리고 있었다. 턱이 덜그럭거릴 정도로 몸에서 힘을 빼고 버스를 타고 있으면, 긴장해서 버스를 타고 있을 때보다 피로가 더욱 심해진다는 것을 알고 있었지만 그러나 열린 차창으로 들어와서 나의 밖으로 드러난 살갗을 사정없이 간질이고 불어 가는 유월의 바람이 나를 반수면 상태로 끌어넣었기 때문에 나는 힘을 주고 있을 수가 없었다. 바람은 무수히 작은 입자로 되어 있고, 그 입자들은 할 수 있는 한 욕심껏 수면제를 품고 있는 것처럼 내게는 생각되었다. 그 바람 속에는, 신선한 햇볕과 아직 사람들의 땀에 밴 살갗을 스쳐 보지 않았다는 천진스러운 저온低溫, 그리고 지금 바다가 있다는 것을 알리는 소금, 그런 것들이 이상스레 한데 어울리면서 녹아 있었다. 햇볕의 신선한 밝음과 살갗에 탄력을 주는 정도의 공기의 저온, 그리고 해풍에 섞여 있는 정도의 소금기, 이 세 가지만 합성해서 수면제를 만들어 낼 수 있다면 그것은 이 지상에 있는 모든 약방의 진열장 안에 있는 어떠한 약보다도 가장 상쾌한 약이 될 것이고 그리고 나는 이 세계에서 가장 돈 잘 버는 제약 회사의 전무님이 될 것이다. 왜냐하면 사람들은 누구나 조용히 잠들고 싶어하고, 조용히 잠든다는 것은 상쾌한 일이기 때문이다……

그런 생각을 하자 나는 쓴웃음이 나왔다. 동시에 무진이 가까웠다는 것이 더욱 실감되었다. 무진에 오기만 하면 내가 하는 생각이란 항상 그렇게 엉뚱한 공상들이었고 뒤죽박죽이었던 것이다. 다른 어느 곳에서도 하지 않았던 엉뚱한 생각을, 나는, 무진에서는 아무런 부끄럼없이 거침없이 해 내곤 했었던 것이다. 아니 무진에서는 내가 무엇을 생각하고 어쩌고 하는 게 아니라 어떤 생각이 나의 밖에서 제멋대로 이루어진 뒤 나의 머리 속으로 밀고 들어오는 듯했었다.

"당신 안색이 아주 나빠져서 큰일났어요. 어머님의 산소에 다녀온다는 핑계를 대고 무진에 며칠 동안 계시다가 오세요. 주주 총회에서의 일은 아버지하고 저하고 다 꾸며 놓을 게요. 당신은 오랜만에 신선한 공기를 쐬고 돌아와 보면 대★회생 제약 회사의 전무님이 되어 있을 게 아니에요?"

라고, 며칠 전날 밤 아내가 나의 파자마 깃을 손가락으로 만지작거리며 나에게 진심에서 나온 권유를 했을 때도, 가기 싫은 심부름을 억지로 갈 때 아이들이 불평을 하듯이 내가 몇 마디 입안엣소리로 투덜댄 것도, 무진에서는 항상 자신을 상실하지 않을 수 없었던 과거의 경험에 의한 조건 반사였다.

내가 좀 나이가 든 뒤로 무진에 간 것은 몇 차례 되지 않았지만 그 몇 차례 되지 않은 무진행이 그러나 그때마다 내게는 서울에서의 실패로부터 도망해야 할 때거나 하여튼 무언가 새출발이 필요할 때였었다. 새출발이 필요할 때 무진으로 간다는 그것은 우연이 결코 아니었고 그렇다고 무진에 가면 내게 새로운 용기라든가 새로운 계획이 술술 나오기 때문도 아니었었다. 오히려 무진에서의 나는 항상 처박혀 있는 상태였었다. 더러운 옷차림과 누런 얼굴로 나는 항상 골방 안에서 뒹굴었다. 내가 깨어 있을 때는, 수없이 많은 시간의 대열이 멍하니 서 있는 나를 비웃으며 흘러가고 있었고, 내가 잠들어 있을 때는 긴긴 악몽이 거꾸러져 있는 나에게 혹독한 채찍질을 하였었다. 나의 무진에 대한 연상의 대부분은 나를 돌봐 주고 있는 노인들에 대하여 신경질을 부리던 것과 골방 안에서의 공상과 불면을 쫓아 보려고 행하던 수음과 곧잘 편도선을 붓게 하던 독한 담배 꽁초와 우편 배달부를 기다리던 초조함 따위거나 그것들에 관련된 어떤 행위들이었다. 물론 그것들만 연상되었던 것은 아니다. 서울의 어느 거리에서 나의 청각이 문득 외부로 향하면 무자비하게 쏟아져 들어오는 소음에 비틀거릴 때거나, 밤 늦게 신당동 집 앞의 포장된 골목을 자동차로 올라갈 때, 나는 물이 가득한 강물이 흐르고, 잔디로 덮인 방죽이 시오 리 밖의 바닷가까지 뻗어 나가 있고, 작은 숲이 있고, 다리가 많고, 골목이 많고, 흙담이 많고, 높은 포플러가 에워싼 운동장을 가진 학교들이 있고, 바닷가에서 주워 온 까만 자갈이 깔린 뜰을 가진 사무소들이 있고, 대로 만든 와상臥床이 밤 거리에 나앉아 있는 시골을 생각했고, 그것은 무진이었다. 문득 한적閒寂이 그리울 때도 나는 무진을 생각했었다. 그러나 그럴 때의 무진은 내가 관념 속에서 그리고 있는 어느 아늑한 장소일 뿐이지 거기엔 사람들이 살고 있지 않았다. 무진이라고 하면 그것에의 연상은 아무래도 어둡던 나의 청년이었다.

그렇다고 무진에의 연상이 꼬리처럼 항상 나를 따라다녔다는 것은 아니다. 차라리 나의 어둡던 세월이 일단 지나가 버린 지금은 나는 거의 항상 무진을 잊고 있었던 편이다. 어제 저녁 서울역에서 기차를 탈 때에도, 물론 전송 나온 아내와 회사 직원 몇 사람에게 일러 둘 말이 너무 많아서 거기에 정신이 쏠려 있던 탓도 있겠지만, 하여튼 나는 무진에 대한 그 어두운 기억들이 그다지 실감나게 되살아 오지는 않았다. 그런데 오늘 이른 아침, 광주에서 기차를 내려서 역 구내를 빠져 나올 때 내가 본 한 미친 여자가 그 어두운 기억들을 홱 잡아 끌어당겨서 내 앞에 던져 주었다. 그 미친 여자는 나일론의 치마 저고리를 맵시 있게 입고 있었고 팔에는 시절에 맞추어 고른 듯한 핸드백도 걸치고 있었다. 얼굴도 예쁜 편이고 화장이 화려했다. 그 여자가 미친 사람이라는 것을 알 수 있는 것은 쉬임없이 굴리고 있는 눈동자와 그 여자를 에워싸고 서서 선하품을 하며 그 여자를 놀려 대고 있는 구두닦이 아이들 때문이었다. "공부를 많이 해서 돌아 버렸대." "아냐. 남자한테서 채어서야." "저 여자 미국말도 참 잘한다. 물어 볼까?" 아이들은 그런 얘기를 높은 목소리로 하고 있었다. 좀 나이가 든 여드름쟁이 구두닦이 하나는 그 여자의 젖가슴을 손가락으로 집적거렸고 그럴 때마다 그 여자는 무표정한 얼굴로 비명만 지르고 있었다. 그 여자의 비명이, 옛날 내가 무진의 골방 속에서 쓴 일기의 한 구절을 문득 생각나게 한 것이었다.

그때는 어머니가 살아 계실 때였다. 6·25 사변으로 대학의 강의가 중단되었기 때문에 서울을 떠나는 마지막 기차를 놓친 나는 서울에서 무진까지의 천여 리 길을 발가락이 몇 번이고 부르터지도록 걸어서 내려왔고, 어머니에 의해서 골방에 처박혀졌고, 의용군의 징발도, 그 후의 국군의 징병도 모두 기피해 버리고 있었다. 내가 졸업한 무진의 중학교의 상급반 학생들이 무명지에 붕대를 감고 "이몸이 죽어서 나라가 산다면……"을 부르며 읍 광장에 서 있는 트럭들로 행진해 가서 그 트럭들에 올라타고 일선으로 떠날 때도 나는 골방 속에 쭈그리고 앉아서 그들의 행진이 집 앞을 지나가는 소리를 듣고만 있었다. 전선이 북쪽으로 올라가고 대학이 강의를 시작했다는 소식이 들려 왔을 때도 나는 무진의 골방 속에 숨어 있었다. 모두가 나의 홀어머니 때문이었다. 모두가 전쟁터로 몰려갈 때 나는 내 어머니에게 몰려서 골방 속에 숨어서 수음을 하고 있었다. 이웃집 젊은이의 전사 통지가 오면 어머니는 내가 무사한 것을 기뻐했고, 이따금 일선의 친구에게서 군사 우편이 오기라도 하면 나 몰래 그것을 찢어 버리곤 하였었다. 내가 골방보다는 전선을 택하고 싶어하는 것을 알고 있었기 때문이었다. 그 무렵에 쓴 나의 일기장들은 그 후에 태워 버려서 지금은 없지만,

모두가 스스로를 모멸하고 오욕汚辱을 웃으며 견디는 내용들이었다. "어머니, 혹시 제가 지금 미친다면 대강 다음과 같은 원인들 때문일 테니 그 점에 유의하셔서 저를 치료해 주십시오……." 이러한 일기를 쓰던 때를, 이른 아침 역 구내에서 본 미친 여자가 내 앞으로 끌어당겨 주었던 것이다. 무진이 가까웠다는 것을 나는 그 미친 여자를 통하여 느꼈고, 그리고 방금 지나친, 먼지를 둘러쓰고 잡초 속에서 튀어나와 있는 이정비를 통하여 실감했다.

"이번에 자네가 전무가 되는 건 틀림없는 거구, 그러니 자네 한 일 주일 동안만 시골에 내려가서 긴장을 풀고 푹 쉬었다가 오게. 전무님이 되면 책임이 더 무거워질 테니 말야."

아내와 장인 영감은 자신들은 알지 못하는 사이에 퍽 영리한 권유를 내게 한 셈이었다. 내가 긴장을 풀어 버릴 수 있는, 아니 풀어 버릴 수밖에 없는 곳을 무진으로 정해 준 것은 대단히 영리한 짓이었다. 버스는 무진 읍내로 들어서고 있었다. 기와 지붕들도 양철 지붕들도 초가 지붕들도 유월 하순의 강렬한 햇볕을 받고 모두 은빛으로 번쩍이고 있었다. 철공소에서 들리는 쇠망치 두드리는 소리가 잠깐 버스로 달려들었다가 물러났다. 어디선지 분뇨 냄새가 새어 들어왔고 병원 앞을 지날 때는 크레졸 냄새가 났고 어느 상점의 스피커에서는 느려 빠진 유행가가 흘러나왔다. 거리는 텅 비어 있었고 사람들은 처마 밑의 그늘에 쭈그리고 앉아 있었다. 어린아이들은 빨가벗고 기우뚱거리며 그늘 속을 걸어다니고 있었다. 읍의 포장된 광장도 거의 텅 비어 있었다. 햇볕만이 눈부시게 그 광장 위에서 끓고 있었고 그 눈부신 햇볕 속에서, 정적 속에서 개 두 마리가 혀를 빼물고 교미를 하고 있었다.

밤에 만난 사람들

저녁 식사를 하기 조금 전에 나는 낮잠에서 깨어나서 신문 지국들이 몰려 있는 거리로 갔다. 이모님댁에서는 신문을 구독하고 있지 않았다. 그렇지만 신문은, 도회인이 누구나 그렇듯이 이제 내 생활의 일부로서 내 하루의 시작과 끝을 맡아 보고 있었던 것이다. 내가 찾아간 신문 지국에 나는 이모님댁의 주소와 약도를 그려 주고 나왔다. 밖으로 나올 때, 나는 내 등뒤에서 지국 안에 있던 사람들이 그들끼리 무어라고 수군거리는 소리를 들었다. 아마 나를 알고 있는 사람들이었던 모양이다. "그래애? 거만하게 생겼는데……." "……출세했다지?……" "…… 옛날…… 폐병……." 그런 속삭임 속에서, 나는 밖으로 나오면서 은근히 한마디를 기다리고 있었다. 그러나 결국 "안녕히 가십시오"는 나오지 않고 말았다. 그것이 서울과의 차이점이었다. 그들은 이제 점점 수군거림의 소용돌이 속으로 끌려 들어가고 있으리라. 자기 자신조차 잊어버리면서, 나중에 그 소용돌이 밖으로 내던져졌을 때 자기들이 느낄 공허감도 모른다는 듯이 그들은 수군거리고 또 수군거리고 있으리라. 바다가 있는 쪽에서 바람이 불어오고 있었다. 몇 시간 전에 버스에서 내릴 때보다 거리는 많이 번잡해졌다. 학생들이 학교에서 돌아오고 있었다. 그들은 책가방이 주체스러운 모양인지 그것을 뱅뱅 돌리기도 하며 어깨 너머로 넘겨 들기도 하며 두 손으로 껴안기도 하며, 혀끝에 침으로써 방울을 만들어서 그것을 입바람으로 훅 불어 날리곤 했다. 학교 선생들과 사무소의 직원들도 달그락거리는 빈 도시락을 들고 축 늘어져서 지나가고 있었다. 그러자 나는 이 모든 것이 장난처럼 생각되었다. 학교에 다닌다는 것, 학생들을 가르친다는 것, 사무소에 출근했다가 퇴근한다는 이 모든 것이 실없는 장난이라는 생각이 든 것이다. 사람들이 거기에 매달려서 낑낑댄다는 것이 우습게 생각되었다.

이모댁으로 돌아와서 저녁을 먹고 있을 때, 나는 방문을 받았다. 박이라고 하는 무진 중학교의 내 몇 해 후배였다. 한때 독서광이었던 나를 그 후배는 무척 존경하는 눈치였다. 그는 학생 시절에 이른바 문학 소년이었던 것이다. 미국의 작가인 피츠제럴드를 좋아한다고 하는 그 후배는 그러나 피츠제럴드의 팬답지 않게 아주 얌전하고 매사에 엄숙하였고 그리고 가난하였다. "신문 지국에 있는 제 친구에게서 내려오셨다는 얘길 들었습니다. 웬일이십니까?" 그는 정말 반가워해 주었다. "무진엔 왜 내가 못 올 덴가?" 그렇게 대답하며 나는 내 말투가 마음에 거슬렸다. "너무 오랫동안 오시지 않으시니까 그러는 거죠 제가 군대에서 막 제대했을 때 오시고 이번이 처음이시니까 벌써……." "벌써 한 사년 되는군." 사년 전, 나는 내가 경리의 일을 보고 있던 제약 회사가 좀더 큰 다른 회사와 합병되는 바람에 일자리를 잃고 무진으로 내려왔던 것이다. 아니 단지 일자리를 잃었다는 이유만으로 서울을 떠났던 것은 아니다. 동거하고 있던 희姬만 그대로 내 곁에 있어 주었던들 실의의 무진행은 없었으리라. "결혼하셨다더군요?" 박이 물었다. "흐응, 자넨?" "전 아직. 참 좋은 데로 장가 드셨다고들 하더군요" "그래? 자넨 왜 여태 결혼하지 않고 있나? 자네 금년에 어떻게 되지?" "스물아홉입니다." "스물아홉이라. 아홉 수가 원래 사납다고 하네만, 금년엔 어떻게 해 보지 그래?" "글쎄요" 박은 소년처럼 머리를 긁었다. 사년 전이니까 그해의 내 나이가 스물아홉이었고 희가 내 곁에서 달아나 버릴 무렵에 지금 아내의 전남편이 죽었던 것이다. "무슨 나쁜 일이 있었던 건 아니겠죠?" 옛날의 내 무진행의 내용을 다소 알고 있는 박은 그렇게 물었다. "응, 아마 승진이 될 모양인데 며칠 휴가를 얻었지." "잘 되셨군요 해방 후의 무진 중학 출신 중에선 형님이 제일 출세하셨다고들 하고 있어요." "내가?" 나는 웃었다. "예, 형님하고 형님 동기 중에서 조형趙兄하고요" "조라니, 나하고 친하게 지내던 애 말인가?" "예. 그 형이 재작년엔가 고등 고시에 패스해서 지금 여기 세무 서장으로 있거든요" "아, 그래?" "모르셨어요?" "서로 소식이 별로 없었지. 그 애가 옛날엔 여기 세무서에서 직원으로 있었지, 아마?" "네." "그거 잘 됐군. 오늘 저녁엔 그 친구에게나 가 볼까?" 친구 조^趙는 키가 작았고 살결이 검은 편이었다. 그래서 키가 크고 살결이 창백한 나에게 열등감을 느낀다는 얘기를 내게 곧잘 했었다. '옛날에 손금이 나쁘다고 판단받은 소년이 있었다. 그 소년은 자기의 손톱으로 손바닥에 좋은 손금을 파 가며 열심히 일했다. 드디어 그 소년은 성공해서 잘살았다.' 조는 이런 얘기에 가장 감격하는 친구였다. "참 자넨 요즘 뭘 하고 있나?" 내가 박에게 물었다. 박은 얼굴을 붉히고 잠시 동안 머뭇거리다가 모교에서 교편을 잡고 있다고, 그것이 무슨 잘못이라도 되는 것처럼 우물거리며 대답했다. "좋지 않아? 책 읽을 여유가 있으니까 얼마나 좋은가. 난 잡지 한 권 읽을 여유가 없네. 무얼 가르치고 있나?" 후배는 내 말에 용기를 얻었는지 아까보다는 조금 밝은 목소리로 대답했다. "국어를 가르치고 있습니다." "잘했어. 학교측에서 보면 자네 같은 선생을 구하기도 힘들 거야." "그렇지도 않아요. 사범 대학 출신들 때문에 교원 자격 고시 합격증 가지곤 견디기가 힘들어요." "그게 또 그런가?" 박은 아무 말 없이 다만 쓸쓸한 미소만 지어 보였다.

저녁 식사 후 우리는 술 한 잔씩 마시고 나서 세무 서장이 된 조의 집을 향하여 갔다. 거리는 어두컴컴했다. 다리를 건널 때 나는 냇가의 나무들이 어슴푸레하게 물 속에 비쳐 있는 것을 보았다. 옛날 언젠가, 역시 이 다리를 밤중에 건너면서 나는 저 시커멓게 웅크리고 있는 나무들을 저주했었다. 금방 소리를 지르며 달려들 듯한 모습으로 나무들은 서 있었던 것이다. 세상에 나무가 없다면 얼마나 좋을까 하고 생각하기도 했었다.

"모든 게 여전하군." 내가 말했다.

"그럴까요?" 후배가 웅얼거리듯이 말했다.

조의 응접실에는 손님들이 네 사람 있었다. 나의 손을 아프도록 쥐고 흔들고 있는 조의 얼굴이 옛날보다 윤택해지고 살결도 하얘진 것을 나는 보고 있었다. "어서 자리로 앉아라. 이거 원 누추해서…… 빨리 마누랄 얻어야겠는데……." 그러나 방은 결코 누추하지 않았다. "아니 아직 결혼 안 했나?" 내가 물었다. "법률책 좀 붙들고 앉아 있었더니 그렇게 돼 버렸어. 어서 앉아." 나는 먼저 온 손님들에게 소개되었다. 세 사람은 남자로서 세무서 직원들이었고 한 사람은 여자로서 나와 함께 온 박과 무언가 얘기를 주고받고 있었다. "어어, 밀담들은 그만하시고, 하河선생, 인사해요. 내 중학 동창인 윤회중이라는 친굽니다. 서울에 있는 큰 제약 회사의 간사님이고 이쪽은 우리 모교에 와 계시는 음악 선생님이시고. 하인숙 씨라고 작년에 서울에서 음악 대학을 나오신 분이지." "아, 그러세요 같은 학교에 계시는군요?" 나는 박과 그 여선생을 번갈아 가리키며 여선생에게 말했다. "네." 여선생은 방긋 웃으며 대답했고 내 후배는 고개를 숙여 버렸다. "고향이 무진이신가요?" "아녜요. 발령이 이곳으로 났기 땜에 저 혼자 와 있는 거예요." 그 여자는 개성 있는 얼굴을 가지고 있었다. 윤곽은 갸름했고 눈이 컸고 얼굴색은 노르께했다. 전체로 보아서 병약한 느낌을 주고 있었지만, 그러나 좀 높은 콧날과 두꺼운 입술이 병약하다는 인상을 더욱 강하게 하고 있었다. 그리고 카랑카랑한 목소리가 코와 입이 주는 인상을 더욱 강하게 하고 있었다. "전공이 무엇이었던가요?" "성악 공부 좀 했어요." "그렇지만 하 선생님은 피아노도 아주 잘 치십니다." 박이 곁에서 조심스런 목소리로 끼여 들었다. 조도 거들었다. "노래를 아주 잘하시지. 소프라노가 아주 굉장하시거든." "아, 소프라노를 맡으시는가요?" 내가 물었다. "네. 졸업 연주회 땐 「나비 부인」 중에서 「어떤 갠 날」을 불렀어요" 그 여자는 졸업 연주회를 그리워하고 있는 듯한 음성으로 말했다. 방바닥에는 비단의 방석이 놓여 있고 그 위에는 화투짝이 흩어져 있었다. 무진이다. 곧 입술을 태울 듯이 타 들어가는 담배 꽁초를 입에 물고, 눈으로 들어오는 그 담배 연기 때문에 눈물을 찔끔거리며 눈을 가늘게 뜨고, 이미 정오가 가까운 시각에야 잠자리에서 일어나서 그날의 허황한 운수를 점쳐 보던 그 화투짝이었다. 혹은, 자신을 팽개치듯이 끼여 들던 언젠가의 노름판, 그 노름판에서 나의 뜨거워져 가는 머리와 떨리는 손가락만을 제외하곤 내 몸을 전연 느끼지 못하게 만들던 그 화투짝이었다. "화투가 있군, 화투가." 나는 한 장을 집어서 소리가 나게 내려치고 다시 그것을 집어서 내려치고 또 집어서 내려치고 하며 중얼거렸다. "우리 돈내기 한판 하실까요?" 세무서 직원 중의 하나가 내게 말했다. 나는 싫었다. "다음 기회에 하지요." 세무서 직원들은 싱글싱글 웃었다. 조가 안으로 들어갔다가 나왔다. 잠시 후에 술상이 나왔다.

"여기엔 얼마쯤 있게 되나?" "일주일 가량." "청첩장 한 장 없이 결혼해 버리는 법이 어디 있어? 하기야 청첩장을 보냈더라도 그땐 내가 세무서에서 주판알을 퉁기고 있을 때니까 별 수도 없었겠지만 말이다." "난 그랬지만 넌 청첩장 보내야 한다." "염려 마라. 금년 안으로는 받아 볼 수 있게 될 거다." 우리는 별로 거품이 일지 않는 맥주를 마셨다. "제약 회사라면 그게 약 만드는 데 아닙니까?" "그렇죠" "평생 병 걸릴 염려는 없겠습니다그려." 굉장히 우스운 익살을 부렸다는 듯이 직원들은 방바닥을 치며 웃었다. "참 오랫동안 박군, 학생들한테서 인기가 대단하더구먼…… 기껏 오분쯤 걸어오면 될 거리에 살면서 나한테 왜 통 놀러 오지 않나?" "늘 생각은 하고 있었습니다만……" "저기 앉아 계시는 하 선생님한테서 자네 얘긴 늘 듣고 있었지…… 자, 하 선생, 맥주는 술도 아니니까 한 잔 들어 봐요 평소엔 그렇지도 않던데 오늘 저녁엔 왜 이렇게 얌전을 피우실까?" "네네, 거기 놓으세요. 제가 마시겠어요." "맥주는 좀 마셔 봤겠지요?" "대학 다닐 때 친구들과 어울려서 방문을 안으로 잠가 놓고 소주도 마셔 본 걸요." "이거 술꾼인 줄은 몰랐는데." "마시고 싶어서 마신 게 아니라 시험 삼아서 맛 좀 본 거예요." "그래서 맛이 어떻습디까?" "모르겠어요. 술잔을 입에서 떼자마자 쿨쿨 자 버렸으니까요." 사람들이 웃었다. 박만이 억지로 웃는 듯한 웃음이었다. "내가 항상 생각하는 바지만, 하 선생님의 좋은 점은 바로 저기에 있거든. 될 수 있으면 얘기를 재미있게 하려고 한다는 점, 바로 그거야." "일부러 재미있게 하려고 하는 게 아녜요. 대학 다닐 때의 말버릇이에요." "아하, 그러고 보면 하 선생의 나쁜 점은 바로 거기 있어. '내가 대학 다닐 때'라는 말을 빼 놓곤 얘기가 안 됩니까? 나처럼 대학엔 문전에도 가 보지 못한 사람은 서러워서 살겠어요?" "죄송합니다." "그럼 내게 사과하는 뜻에서 노래 한 곡 불러 주시겠어요?" "그거 좋습니다." "좋지요." "한번 들어 봅시다." 사람들은 박수를 쳤다. 여선생은 머뭇거렸다. "서울 손님도 오고 했으니까…… 그 지난번에 부르던 거 참 좋습디다." 조는 재촉했다. "그럼 부릅니다." 여선생은 거의 무표정한 얼굴로 입을 조금만 달싹거리며 노래를 부르기 시작했다. 세무서 직원들이 손가락으로 술상을 두드리기 시작했다. 여선생은 「목포의 눈물」을 부르고 있었다. 「어떤 갠 날」과 「목포의 눈물」 사이에는 얼마큼의 유사성이 있을까? 무엇이 저 아리아들로써 길들여진 성대에서 유행가를 나오게 하고 있을까? 그 여자가 부르는 「목포의 눈물」에선 작부들이 부르는 그것에서 들을 수 있는 것과 같은 꺾임이 없었고 대체로 유행가를 살려 주는 목소리의 갈라짐이 없었고, 흔히 유행가가 내용으로 하는 청승맞음이 없었다. 그 여자의 「목포의 눈물」은 이미 유행가가 아니었다. 그렇다고 「나비 부인」 중의 아리아는 더욱 아니었다. 그것은 이전에는 없었던 어떤 새로운 양식의 노래였다. 이 양식은 유행가가 내용으로 하는 청승맞음과는 다른, 좀더 무자비한 청승맞음을 포함하고 있었고 「어떤 갠 날」의 절규보다 훨씬 높은 옥타브의 절규를 포함하고 있었고, 그 양식에는 머리를 풀어 헤친 광녀狂女의 냉소가 스며 있었고, 무엇보다도 시체가 썩어 가는 듯한 무진의 그 냄새가 스며 있었다.

그 여자의 노래가 끝나자 나는 의식적으로 바보 같은 웃음을 띠고 박수를 쳤고 그리고 육감으로써랄까, 나는 후배인 박이 이 자리에서 떠나고 싶어하는 것을 알았다. 나의 시선이 박에게로 갔을 때, 나의 시선을 박은 기다렸다는 듯이 자리에서 일어났다. 누군가가 그에게 앉아 있기를 권했으나 박은 해사한 웃음을 띠며 거절했다. "먼저 실례합니다. 형님은 내일 또 뵙지요" 조는 대문까지 따라 나왔고 나는 한길까지 박을 바래다 주려고 나갔다. 밤이 깊지 않았는데도 거리는 적막했다. 어디선가 개짖는 소리가 들려 왔고 쥐 몇 마리가 한길 위에서 무엇을 먹고 있다가 우리의 그림자에 놀라 흩어져 버렸다. "형님, 보세요. 안개가 내리는군요" 과연 한길의 저 끝이, 불빛이 드문드문 박혀 있는 먼 주택지의 검은 풍경들이 점점 풀어져 가고 있었다. "자네, 하 선생을 좋아하고 있는 모양이군?" 내가 물었다. 박은 다시 그 해사한 웃음을 띠었다. "그 여선생과 조군과 무슨 관계가 있는 모양이지?" "모르겠습니다. 아마 조형이 결혼 상대자 중의 하나로 생각하고 있는 것 같아요." "자네가 그 여선생을 좋아한다면 좀더 적극적으로 나가야 해. 잘해 봐." "뭐 별로……." 박은 소년처럼 말을 더듬거렸다. "그 속물들 틈에 앉아서 유행가를 부르고 있는 게 좀 딱해 보였을 뿐이지요. 그래서 나와 버린 거죠" 박은 분노를 누르고 있는 듯이 나직나직 말했다. "클래식을 부를 장소가 있고 유행가를 부를 장소가 따로 있다는 것뿐이겠지. 뭐 딱할 거까지야 있나?" 나는 거짓말로써 그를 위로했다. 박은 가고 나는 다시 '속물'들 틈에 끼였다. 무진에서는 누구나 그렇게 생각하는 것이다. 타인은 모두 속물들이라고 나 역시 그렇게

생각하는 것이다. 타인이 하는 모든 행위는 무위無爲와 똑같은 무게밖에 가지고 있지 않은 장난이라고

밤이 퍽 깊어서 우리는 자리에서 일어났다. 조는 내가 자기 집에서 자고 가기를 권했다. 그러나 다음날 아침에 잠자리에서 일어나서 그 집을 나올 때까지의 부자유스러움을 생각하고 나는 기어코 밖으로 나섰다. 직원들도 도중에서 흩어져 가고 결국엔 나와 여자만이 남았다. 우리는 다리를 건너고 있었다. 검은 풍경 속에서 냇물은 하얀 모습으로 뻗어 있었고 그 하얀 모습의 끝은 안개 속으로 사라지고 있었다. "밤엔 정말 멋있는 고장이에요" 여자가 말했다. "그래요? 다행입니다." 내가 말했다. "왜 다행이라고 말씀하시는 줄 짐작하겠어요" 여자가 말했다. "어느 정도까지 짐작하셨어요?" 내가 물었다. "사실은 멋이 없는 고장이니까요. 제 대답이 맞았어요?" "거의." 우리는 다리를 다 건넜다. 거기서 우리는 헤어져야 했다. 그 여자는 냇물을 따라서 뻗어 나간 길로 가야 했고 나는 곧장 난 길로 가야 했다. "아, 글루 가세요. 그럼……." 내가 말했다. "조금만 바래다 주세요. 이 길은 너무 조용해서 무서워요" 여자가 조금 떨리는 목소리로 말했다. 나는 다시 여자와 나란히 서서 걸었다. 나는 갑자기 여자와 친해진 것 같았다. 다리가 끝나는 바로 거기서부터, 그 여자가 정말 무서워서 떠는 듯한 목소리로 내게 바래다 주기를 청했던 바로 그때부터 나는 그 여자가 내 생애 속에 끼여 든 것을 느꼈다. 내 모든 친구들처럼, 이제는 모른다고 할 수 없는, 때로는 내가 그들을 훼손시켰지만 그러나 그들이 더 많이 나를 훼손시켰던 내 모든 친구들처럼. "처음에 뵈었을 때, 뭐랄까요, 서울 냄새가 난다고 할까요, 퍽 오래 전부터 알던 사람처럼 느껴졌어요. 참 이상하죠?" 갑자기 여자가 말했다. "유행가." 내가 말했다. "네?" "아니 유행가는 왜 부르십니까? 성악 공부한 사람들은 될 수 있는 대로 유행가를 멀리 하지 않던가요?" "그 사람들은 항상 유

행가만 부르라고 하거든요” 대답하고 나서 여자는 부끄러운 듯이 나지막하게 소리 내어 웃었다. “유행가를 부르지 않으려면 거기에 가지 않는 게 좋다고 얘기하면 내정 간섭이 될까요?” “정말 앞으론 가지 않을 작정이에요 정말 보잘것없는 사람들이에요” “그럼 왜 여태까진 거기에 놀러 다녔습니까?” “심심해서요” 여자는 힘없이 말했다. 심심하다, 그래 그게 가장 정확한 표현이다. “아까 박군은 하 선생님께서 유행가를 부르고 계시는 게 보기에 딱하다고 하면서 나가 버렸지요” 나는 어둠 속에서 여자의 얼굴을 살폈다. “박 선생님은 정말 꽁생원이에요” 여자는 유쾌한 듯이 높은 소리로 웃었다. “선량한 사람이죠” 내가 말했다. “네, 너무 선량해요” “박군이 하 선생님을 사랑하고 있다는 생각을 해 본 적은 없었던가요?” “아이, ‘하 선생님, 하 선생님’ 하지 마세요, 오빠라고 해도 제 큰오빠뻘이나 되실 텐데요.” “그럼 무어라고 부릅니까?” “그냥 제 이름을 불러 주세요 인숙이라고요.” “인숙이, 인숙이.” 나는 낮은 소리로 중얼거려 보았다. “그게 좋군요” 나는 말했다. “인숙인 왜 내 질문을 피하지요?” “무슨 질문을 하셨던가요?” 여자는 웃으면서 말했다. 우리는 논 곁을 지나가고 있었다. 언젠가 여름밤, 멀고 가까운 논에서 들려 오는 개구리들의 울음 소리를, 마치 수많은 비단조개 껍질을 한꺼번에 맞비빌 때 나는 듯한 소리를 듣고 있을 때 나는 그 개구리 울음 소리들이 나의 감각 속에서 반짝이고 있는, 수없이 많은 별들로 바꾸어 있는 것을 느끼곤 했었다. 청각의 이미지가 시각의 이미지로 바뀌는 이상한 현상이 나의 감각 속에서 일어나곤 했었던 것이다. 개구리 울음 소리가 반짝이는 별들이라고 느낀 나의 감각은 왜 그렇게 뒤죽박죽이었을까. 그렇지만 밤 하늘에서 쏟아질 듯이 반짝이고 있는 별들을 보고 개구리의 울음 소리가 귀에 들려 오는 듯했었던 것은 아니다. 별들을 보고 있으면 나는 나와 어느 별과 그리고 그 별과 또 다른 별들 사이의 안타까운 거리가, 과학책에서 배운 바로써가 아니라, 마치 나의 눈이 점점 정확해져 가고 있는 듯이, 나의 시력에 뚜렷하게 보여 오는 것이었다. 나는 그 도달할 길 없는 거리를 보는 데 홀려서 멍하니 서 있다가 그 순간 속에서 그대로 가슴이 터져 미쳐 버리는 것 같았다. 왜 그렇게 못 견디어 했을까. 별이 무수히 반짝이는 밤 하늘을 보고 있던 옛날, 나는 왜 그렇게 분해서 못 견디어 했을까. "무얼 생각하고 계세요?" 여자가 물어 왔다. "개구리 울음 소리." 대답하며 나는 밤 하늘을 올려 봤다. 내리고 있는 안개에 가려서 별들이 흐릿하게 떠 보였다. "어머, 개구리 울음 소리. 정말예요. 제겐 여태까지 개구리 울음 소리가 들리지 않았어요. 무진의 개구리는 밤 열두시 이후에만 우는 줄로 알고 있었는데요." "열두시 이후예요?" "네, 밤 열두시가 넘으면, 제가 방을 얻어 있는 주인댁의 라디오 소리도 꺼지고 들리는 거라곤 개구리 울음 소리뿐이거든요." "밤 열두시가 넘도록 잠을 자지 않고 무얼 하시죠" "그냥 가끔 그렇게 잠이 오지 않아요." 그냥 그렇게 잠이 오지 않는다. 아마 그건 사실이리라. "사모님 예쁘게 생기셨어요?" 여자가 갑자기 물었다. "제 아내 말씀인가요?" "네." "예쁘죠" 나는 웃으면서 대답했다. "행복하시죠? 돈이 많고 예쁜 부인이 있고 귀여운 아이들이 있고 그러면……." "아이들은 아직 없으니까 쬐끔 덜 행복하겠군요" "어머, 결혼을 언제 하셨는데 아직 아이들이 없어요?" "이제 삼년 좀 넘었습니다." "특별한 용무도 없이 여행하시면서 왜 혼자 다니세요?" 이 여자는 왜 이런 질문을 할까? 나는 조용히 웃어 버렸다. 여자는 아까보다 좀더 명랑한 목소리로 말했다. "앞으로 오빠라고 부를 테니까 절 서울로 데려가 주시겠어요?" "서울에 가고 싶으신가요?" "네." "무진이 싫은가요?" "미칠 것 같아요. 금방 미칠 것 같아요. 서울엔 제 대학 동창들도 많고…… 아이, 서울로 가고 싶어 죽겠어요." 여자는 잠깐 내 팔을 잡았다가 얼른 놓았다. 나는 갑자기 흥분되었다. 나는 이마를 찡그렸다. 찡그리고 찡그리고 또 찡그렸다. 그러자 흥분이 가셨다. "그렇지만 이젠 어딜 가도 대학 시절과는 다를걸요 인숙은 여자니까 아마 가정으로나 숨어 버리기 전에는 어느 곳에 가든지 미칠 것 같을 걸요" "그런 생각도 해 봤어요 그렇지만 지금 같아선 가정을 갖는다고 해도 미칠 것 같은 생각이 들어요 정말 맘에 드는 남자가 아니면요 정말 맘에 드는 남자가 있다고 해도 여기서는 살기가 싫어요 전 그 남자에게 여기서 도망하자고 조를 거예요" "그렇지만 내 경험으로는 서울에서의 생활이 반드시 좋지도 않더군요 책임, 책임뿐입니다." "그렇지만 여긴 책임도 무책임도 없는 곳인걸요 하여튼 서울에 가고 싶어요 절 데려가 주시겠어요?" "생각해 봅시다." "꼭이에요, 네?" 나는 그저 웃기만 했다. 우리는 그 여자의 집 앞에까지 왔다. "선생님, 내일은 무얼 하실 계획이세요?" 여자가 물었다. "글쎄요 아침엔 어머님 산소엘 다녀와야 하겠고, 그러고 나면 할 일이 없군요 바닷가에나 가 볼까 하는데요 거긴 한때 내가 방을 얻어 있던 집이 있으니까 인사도 할 겸." "선생님, 거긴 내일 오후에 가세요." "왜요?" "저도 같이 가고 싶어요 내일은 토요일이니까 오전 수업뿐이에요" "그럽시다." 우리는 내일 만날 시간과 장소를 약속하고 헤어졌다. 나는 이상한 우울에 빠져서 터벅터벅 밤길을 걸어 이모댁으로 돌아왔다.

내가 이불 속으로 들어갔을 때 통금 사이렌이 불었다. 그것은 갑작스럽게 요란한 소리였다. 그 소리는 길었다. 모든 사물이, 모든 사고가 그 사이렌에 흡수되어 갔다. 마침내 이 세상에선 아무것도 없어져 버렸다. 사이렌만이 세상이 남아 있었다. 그 소리도 마침내 느껴지지 않을 만큼 오랫동안 계속할 것 같았다. 그때 소리가 갑자기 힘을 잃으면서 꺾였고 길게 신음하며 사라져 갔다. 내 사고만이 다시 살아났다. 나는 얼마 전까지 그 여자와 주고받던 얘기들을 다시 생각해 보려 했다. 많은 것을 얘기한 것 같은데 그러나 귓속에는 우리의 대화가 몇 개 남아 있지 않았다. 좀더 시간이 지난 후, 그 대화들이 내 귓속에서 내 머리 속으로 자리를 옮길 때는 그리고 머리 속에서 심장 속으로 옮겨 갈 때는 또 몇 개가 더 없어져 버릴 것인가. 아니 결국엔 모두 없어져 버릴지도 모른다. 천천히 생각해 보자. 그 여자는 서울에 가고 싶다고 했다. 그 말을 그 여자는 안타까운 음성으로 얘기했다. 나는 문득 그 여자를 껴안고 싶은 충동에 사로잡혔다. 그리고…… 아니, 내 심장에 남을 수 있는 것은 그것뿐이었다. 그러나 그것도 일단 무진을 떠나기만 하면 내 심장 위에서 지워 버리리라. 나는 잠이 오지 않았다. 낮잠 때문이기도 하였다. 나는 어둠 속에서 담배를 피웠다. 나는 우울한 유령들처럼 나를 내려다보고 있는 벽에 걸린 하얀 옷들을 흘겨보고 있었다. 나는 담뱃재를 머리맡의 적당한 곳에 털었다. 내일 아침 걸레로 닦아 내면 될 어느 곳에. '열두시 이후에는' 개구리 울음 소리가 희미하게 들려 오고 있었다. 어디선가 한시를 알리는 시계 소리가 나직이 들려 왔다. 어디선가 두시를 알리는 시계 소리가 들려 왔다. 어디선가 세시를 알리는 시계 소리가 들려 왔다. 어디선가 네시를 알리는 시계 소리가 들려 왔다. 잠시 후에 통금 해제의 사이렌이 불었다. 시계와 사이렌 중 어느 것 하나가 정확하지 못했다. 사이렌은 갑작스럽고 요란한 소리였다. 그 소리는 길었다. 모든 사물이, 모든 사고가 그 사이렌에 흡수되어 갔다. 마침내 이 세상에선 아무것도 없어져 버렸다. 사이렌만이 세상에 남아 있었다. 그 소리도 마침내 느껴지지 않을 만큼 오랫동안 계속할 것 같았다. 그때 갑자기 소리가 힘을 잃으면서 꺾였고 길게 신음하며 사라져 갔다. 어디선가 부부들은 교합하리라. 아니다. 부부가 아니라 창부와 그 여자의 손님이리라. 나는 왜 그런 엉뚱한 생각을 하고 있는지 알 수 없었다. 잠시 후에 나는 슬며시 잠이 들었다.

바다로 뻗은 긴 방죽

그날 아침엔 이슬비가 내리고 있었다. 식전에 나는 우산을 받쳐 들고 읍 근처의 산에 있는 어머니의 산소로 갔다. 나는 바지를 무릎 위까지 걷어올리고 비를 맞으며 묘를 향하여 엎드려 절했다. 비가 나를 굉장한 효자로 만들어 주었다. 나는 한 손으로 묘 위의 긴 풀을 뜯었다. 풀을 뜯으면서 나는, 나를 전무님으로 만들기 위하여 전무 선출에 관계된 사람들을 찾아다니며 그 호걸 웃음을 웃고 있을 장인 영감을 상상했다. 그러자 나는 묘 속으로 들어가고 싶었다.

돌아가는 길은, 좀 멀기는 하지만 잔디가 곱게 깔린 방죽 길을 걷기로 했다. 이슬비가 바람에 뿌옇게 날리고 있었다. 비를 따라서 풍경이 흔들렸다. 나는 우산을 접어 버렸다. 방죽 위를 걸어가다가 나는, 방죽의 경사 밑, 물가의 풀밭에, 읍에서 먼 촌으로부터 등교하기 위하여 온 학생들이 모여서 웅성거리고 있는 것을 보았다. 나이 많은 사람들이 몇 사람 끼여 있었고 비옷을 입은 순경 한 사람이 방죽의 비탈 위에 쭈그리고 앉아서 담배를 피우며 먼 곳을 바라보고 있었고 노파 한 사람이 혀를 차며 웅성거리고 있는 학생들의 틈을 빠져 나와서 갔다. 나는 방죽의 비탈을 내려갔다. 순경 곁을 지나면서 나는 물었다. "무슨 일입니까?" "자살 시쳅니다." 순경은 흥미 없는 말투로 말했다. "누군데요" "읍내에 있는 술집 여잡니다. 초여름이 되면 반드시 몇 명씩 죽지요." "네에." "저 계집애는 아주 독살스러운 년이어서 안 죽을 줄 알았더니, 저것도 별 수 없는 사람이었던 모양입니다." "네에." 나는 물가로 내려가서 학생들 틈에 끼였다. 시체의 얼굴은 냇물을 향하고 있었으므로 내게는 보이지 않았다. 머리는 파마였고 팔과 다리가 하얗고 굵었다. 붉은색의 얇은 스웨터를 입고 있었고 하얀 스커트를 입고 있었다. 지난 밤의 새벽은 추웠던 모양이다. 아니면 그 옷이 그 여자의 맘에 든 옷이었던가 보다. 푸른 꽃 무늬 있는 하얀 고무신을 머리에 베고 있었다. 무엇인가를 싼 하얀 손수건은 비를 맞고 있었고 바람이 불어도 조금도 나부끼지 않았다. 시체의 얼굴을 보기 위해서 많은 학생들이 냇물 속에 발을 담그고 이쪽을 향하여 서 있었다. 그들의 푸른색 유니폼이 물에 거꾸로 비쳐 있었다. 푸른색의 깃발들이 시체를 옹위하고 있었다. 나는 그 여자를 향하여 이상스레 정욕이 끓어오름을 느꼈다. 나는 급히 그 자리를 떠났다. "무슨 약을 먹었는지 모르지만 지금이라도 어쩌면……." 순경에게 내가 말했다. "저런 여자들이 먹는 건 청산가립니다. 수면제 몇 알 먹고 떠들썩한 연극 같은 건 안 하지요. 그것만은 고마운 일이지만." 나는 무진으로 오는 버스 안에서 수면제를 만들어 팔겠다는 공상을 한 것이 생각났다. 햇빛의 신선한 밝음과 살갗에 탄력을 주는 정도의 공기의 저온, 그리고 해풍에 섞여 있는 정도의 소금기, 이 세 가지를 합성하여 수면제를 만들 수 있다면……. 그러나 사실 이 수면제는 이미 만들어져 있었던 게 아닐까. 나는 문득, 내가 간밤에 잠을 이루지 못하고 뒤척거리고 있었던 게 이 여자의 임종을 지켜 주기 위해서가 아니었을까 하는 생각이 들었다. 통금 해제의 사이렌이 불고 이 여자는 약을 먹고 그제야 나는 슬며시 잠이 들었던 것만 같다. 갑자기 나는 이 여자가 나의 일부처럼 느껴졌다. 아프긴 하지만 아끼지 않으면 안 될 내 몸의 일부처럼 느껴졌다. 나는 접어 든 우산에 묻은 물을 휙휙 뿌리면서 집으로 돌아왔다. 집에는 세무 서장인 조가 보낸 쪽지가 기다리고 있었다. "할 일 없으면 세무서에 좀 들러 주게." 아침밥을 먹고 나는 세무서로 갔다. 이슬비는 그쳤으나 하늘은 흐렸다. 나는 조의 의도를 알 것 같았다. 서장실에 앉아 있는 자기의 모습을 보여 주고 싶은 거다. 아니 내가 비꼬아서 생각하고 있는지 모른다. 나는 고쳐 생각하기로 했다. 그는 세무 서장으로 만족하고 있을까? 아마 만족하고 있을 게다. 그는 무진에 어울리는 사람이다. 아니, 나는 다시 고쳐 생각하기로 했다. 어떤 사람을 잘 안다는 것―아는 체한다는 것이 그 어떤 사람의 입장에서 보면 무척 불행한 일이다. 우리가 비난할 수 있고 적어도 평가하려고 드는 것은 우리가 알고 있는 사람에 한하는 것이기 때문이다.

조는 런닝 셔츠 바람으로, 바지는 무릎 위까지 걷어붙이고 부채를 부치고 있었다. 나는 그가 초라해 보였고 그러나 그가 흰 커버를 씌운 회전 의자에 앉아 있는 것을 자랑스러워하는 듯한 몸짓을 해 보일 때는 그가 가엾게 생각되었다. "바쁘지 않나?" 내가 물었다. "나야 뭐 하는 일이 있어야지. 높은 자리라는 건 책임진다는 말만 중얼거리고 있으면 되는 모양이지." 그러나 그는 결코 한가하지 않았다. 여러 사람들이 드나들면서 서류에 조의 도장을 받아 갔고 더 많은 서류들이 그의 미결함未決函에 쌓였다. "월말에다가 토요일이 되어서 좀 바쁘다." 그는 말했다. 그러나 그의 얼굴은 그 바쁜 것을 자랑스럽게 여기고 있었다. 바쁘다. 자랑스러워할 틈도 없이 바쁘다. 그것은 서울에서의 나였다. 그만큼 여기는 생활한다는 것에 서투를 수 있다고나 할까? 바쁘다는 것도 서투르게 바빴다. 그리고 그때 나는, 사람이 자기가 하는 일을 처리해 버린다는 건 우선 우리를 안심시켜 준다. "참, 엊저녁, 하 선생이란 여자는 네 색시감이냐?" 내가 물었다. "색시감?" 그는 높은 소리로 웃었다. "내 색시감이 그 정도로밖에 안 보이냐?" 그가 말했다. "그 정도가 뭐 어때서?" "야, 이 약아 빠진 놈아, 넌 빽 좋고 돈 많은 과부를 물어 놓고 기껏 내가 어디서 굴러 온 줄도 모르는 말라 빠진 음악 선생이나 차지하고 있으면 맘이 시원하겠다는 거냐?" 말하고 나서 그는 유쾌해 죽겠다는 듯이 웃어 대었다. "너만큼만 사는 정도라면 여자가 거지라도 괜찮지 않아?" 내가 말했다. "그래도 그게 아냐, 내편에 나를 끌어 줄 사람이 없으면 처가편에서라도 누가 있어야 하는 거야." 그가 대답했다. 그의 말투로는 우리는 공모자였다. "야, 세상 우습더라. 내가 고시에 패스하자마자 중매쟁이가 막 들어오는

데…… 그런데 그게 모두 형편없는 것들이거든. 도대체 여자들이 성기 하나를 밑천으로 해서 시집가 보겠다는 고 배짱들이 괘씸하단 말야." "그럼 그 여선생도 그런 여자 중의 하나인가?" "아주 대표적인 여자지. 어떻게나 쫓아다니는지 귀찮아 죽겠다." "퍽 똑똑한 여자일 것 같던데." "똑똑하기야 하지. 그렇지만 뒷조사를 해 보았더니 집안이 너무 허술해. 그 여자가 여기서 죽는다고 해도 고향에서 그를 데리러 올 사람 하나 변변한 게 없거든." 나는 그 여자를 어서 만나 보고 싶었다. 나는 그 여자가 지금 어디서 죽어 가고 있는 것처럼 생각되었다. 어서 가서 만나 보고 싶었다. "속도 모르는 박군은 그 여자를 좋아한대." 그가 말하면서 빙긋 웃었다. "박군이?" 나는 놀라는 체했다. "그 여자에게 편지를 보내어 호소를 하는데 그 여자가 모두 내게 보여 주거든. 박군은 내게 연애 편지를 쓰는 셈이지." 나는 그 여자를 만나 보고 싶은 생각이 싹 가셨다. 그러나 잠시 후엔 그 여자를 어서 만나 보고 싶다는 생각이 되살아났다. "지난 봄엔 그 여잘 데리고 절엘 한번 갔었지. 어떻게 해 보려고 했는데 요 영리한 게 결혼하기 전까지는 절대로 안 된다는 거야." "그래서?" "무안만 당하고 말았지." 나는 그 여자에게 감사했다.

시간이 됐을 때 나는 그 여자와 만나기로 한, 읍내에서 좀 떨어진, 바다로 뻗어 가고 있는 방죽으로 갔다. 노란 파라솔 하나가 멀리 보였다. 그것이 그 여자였다. 우리는 구름이 긴 하늘 밑을 나란히 걸어갔다. "저 오늘 박 선생님께 선생님에 관해서 여러 가지 물어 봤어요." "그래요?" "무얼 제일 중요하게 물어 보았을 거 같아요?" 나는 전연 짐작할 수가 없었다. 그 여자는 잠시 동안 키득키득 웃었다. 그리고 말했다. "선생님 혈액형을 물어 봤어요." "내 혈액형을요?" "전 혈액형에 대해서 이상한 믿음을 가지고 있어요. 사람들이 꼭 자기의 혈액형이 나타내 주는—그 생물책에 씌어 있지 않아요?—꼭 그 성격대로이기만 했으면 좋겠어요 그럼 세상엔 손가락으로 꼽을 정도의 성격밖에 없을 게 아니에요?" "그게 어디 믿음입니까? 희망이지." "전제가 바라는 것은 그대로 믿어 버리는 성격이에요" "그건 무슨 혈액형입니까?" "바보라는 이름의 혈액형이에요" 우리는 후텁지근한 공기 속에서 괴롭게 웃었다. 나는 그 여자의 프로필을 훔쳐보았다. 그 여자는 이제 웃음을 그치고 입을 꾹 다물고 그 커다란 눈으로 앞을 똑바로 응시하고 있었고 코끝에 땀이 맺혀 있었다. 그 여자는 어린아이처럼 나를 따라오고 있었다. 나는 나의 한 손으로 그 여자의 한 손을 잡았다. 그 여자는 놀란 듯했다. 나는 얼른 손을 놓았다. 잠시 후에 나는 다시 손을 잡았다. 그 여자는 이번엔 놀라지 않았다. 우리가 잡고 있는 손바닥과 손바닥의 틈으로 희미한 바람이 새어 나가고 있었다. "무작정 서울에만 가면 어떻게 할 작정이오?" 내가 물었다. "이렇게 좋은 오빠가 있는데 어떻게 해주겠지요" 여자는 나를 쳐다보며 방긋 웃었다. "신랑감이야 수두룩하기 하지만…… 서울보다는 고향에 가 있는 게 낫지 않을까요?" "고향보다는 여기가 나아요" "그럼 여기 그대로 있는 게……." "아이, 선생님, 절 데리고 가시잖을 작정이시군요" 여자는 울상을 지으며 내 손을 뿌리쳤다. 사실 나는 나 자신을 알 수 없었다. 사실 나는 감상이나 연민으로써 세상을 향하고 서는 나이도 지난 것이다. 사실 나는, 몇 시간 전에 조가 얘기하듯이 '빽이 좋고 돈 많은 과부'를 만난 것을 반드시 바랐던 것은 아니지만 결과적으로는 잘 되었다고 생각하고 있는 사람인 것이다. 나는 내게서 달아나 버렸던 여자에 대한 것과는 다른 사랑을 지금의 내 아내에 대하여 갖고 있었다. 그러면서도 나는 구름이 끼어 있는 하늘 밑의 바다로 뻗은 방죽 위를 걸어가면서 다시 내 곁에 선 여자의 손을 잡았다. 어느 해, 나는 그 집에서 방 한 칸을 얻어 들고 더러워진 나의 폐를 씻어 내고 있었다. 어머니도 세상을 떠나간 뒤였다. 바닷가에서 보낸 일년. 그때 내가 쓴 모든 편지들 속에서 사람들은 '쓸쓸하다'라는 단어를 쉽게 발견할 수 있었다. 그 단어는 다소 천박하고 이제는 사람의 가슴에 호소해 오는 능력도 거의 상실해 버린 사어死語 같은 것이지만 그러나 그 무렵의 내게는 그 말밖에 써야 할 말이 없는 것처럼 생각되었다. 아침에 백사장을 거니는 산보에서 느끼는 시간의 지루함과 낮잠에서 깨어나서 식은땀이 줄줄 흐르는 이마를 손바닥으로 닦으며 느끼는 허전함과 깊은 밤에 악몽으로부터 깨어나서 쿵쿵 소리를 내며 급하게 뛰고 있는 심장을 한 손으로 누르며 바다의 그 애처로운 울음 소리에 귀를 기울이고 있을 때의 안타까움, 그런 것들이 굴 껍데기처럼 다닥다닥 붙어서 떨어질 줄 모르는 나의 생활을 나는 '쓸쓸하다'라는, 지금 생각하면 허깨비 같은 단어 하나로 대신시켰던 것이다. 바다는 상상도 되지 않는 먼지 낀 도시에서, 바쁜 일과 중에, 무표정한 우편 배달부가 던져 주고 간 나의 편지 속에서 '쓸쓸하다'라는 말을 보았을 때, 그 편지를 받은 사람이 과연 무엇을 느끼거나 상상할 수 있었을까? 그 바닷가에서 그 편지를 내가 띄우고 도시에서 내가 그 편지를 받았다고 가정할 경우에도 내가 그 바닷가의 나의 심경에 공명共鳴할 수 있었을 것인가? 아니 그것이 필요하기나 했었을까? 그러나 정확하게 말하자면, 그 무렵 편지를 쓰기 위해서 책상 앞으로 다가가고 있던 나도, 지금에 와서 내가 하고 있는 바와 같은 가정과 질문을 어렴풋이나마 하고 있었고 그 대답은 '아니다'로 생각하고 있었던 듯하다. 그러면서도 나는 그 속에 '쓸쓸하다'라는 단어가 씌어진 편지를 썼고 때로는 바다가 암청색으로 서투르게 그려진 엽서를 사방으로 띄웠다. "세상에서 제일 먼저 편지를 쓴 사람은 어떤 사람이었을까요?" 내가 말했다. "아이, 편지. 정말 편지를 받는 것처럼 기쁜 일은 없어요 정말 누구였을까요? 아마 선생님처럼 외로운 사람이었겠죠?" 여자의 손이 내 손 안에서 꼼지락거렸다. 나는 그 손이 그렇게 말하고 있는 듯한 느낌이 들었다. "그리고 인숙이처럼." 내가 말했다. "네." 우리는 서로 고개를 돌려 마주 보며 웃음지었다.

　　우리는 우리가 찾아가는 집에 도착했다. 세월이 그 집과 그 사람들만은 피해서 지나갔던 모양이다. 주인들은 나를 옛날의 나로 대해 주었고, 그러자 나는 옛날의 내가 되었다. 나는 가지고 온 선물을 내놓았고 그 집 주인 부부는 내가 들어 있던 방을 우리에게 제공해 주었다. 나는 그 방에서 여자의 조바심을, 마치 칼을 들고 달려드는 사람으로부터, 누군가가 자기의 손에서 칼을 빼앗아 주지 않으면 상대편을 찌르고 말 듯한 절망을 느끼는 사람으로부터 칼을 빼앗듯이 그 여자의 조바심을 빼앗아 주었다. 그 여자는 처녀는 아니었다. 우리는 다시 방문을 열고 물결이 다소 거센 바다를 내다보며 오랫동안 말없이 누워 있었다. "서울에 가고 싶어요. 단지 그것뿐이에요." 한참 후에 여자가 말했다. 나는 손가락으로 여자의 볼 위에 의미 없는 도화를 그리고 있었다. "세상에 착한 사람이 있을까?" 나는 방으로 불어오는 해풍 때문에 불이 꺼져 버린 담배에 다시 불을 붙이며 말했다. "절 나무래시는 거죠? 착하게 보아 주려는 마음이 없으면 아무도 착하지 않을 거예요." 나는 우리가 불교도라고 생각했다. "선생님은 착한 분이세요?" "인숙이가 믿어 주는 한." 나는 다시 한 번 우리가 불교도라고 생각했다. 여자는 누운 채 내게 조금 더 다가왔다. "바닷가로 나가요, 네? 노래 불러 드릴게요." 여자가 말했다. 그러나 우리는 일어나지 않았다. "바닷가로 나가요, 네? 방은 너무 더워요." 우리는 일어나서 밖으로 나왔다. 우리는 백사장을 걸어서 인가가 보이지 않은 바닷가의 바위 위에 앉았다. 파도가 거품을 가지고 와서 우리가 앉아 있는 바위 밑에 그것을 뿜어 놓았다. "선생님." 여자가 나를 불렀다. 나는 여자 쪽으로 고개를 돌렸다. "자기 자신이 싫어지는 것을 경험하신 적이 있으세요?" 여자가 꾸민 명랑한 목소리로 물었다. 나는 기억을 헤쳐 보았다. 나는 고개를 끄덕이며 말했다. "언젠가 나와 함께 자던 친구가 다음날 아침에 내가 코를 골면서 자더라는 것을 알려 주었을 때였지. 그땐 정말이지 살맛이 나지 않았어." 나는 여자를 웃기기 위해서 그렇게 말했다. "선생님, 전 서울에 가고 싶지 않아요" 나는 여자의 손을 달라고 하여 잡았다. 나는 그 손을 힘을 주어 쥐면서 말했다. "우리 서로 거짓말은 하지 말기로 해." "거짓말이 아니에요" 여자는 방긋 웃으면서 말했다. "「어떤 갠 날」 불러 드릴게요" "그렇지만 오늘은 흐린걸." 나는 「어떤 갠 날」의 그 이별을 생각하며 말했다. 흐린 날엔 사람들은 헤어지지 말기로 하자. 손을 내밀고 그 손을 잡는 사람이 있으면 그 사람을 가까이 좀더 끌어당겨 주기로 하자. 나는 그 여자에게 '사랑한다'고 말하고 싶었다. 그러나 '사랑한다'라는 그 국어의 어색함이 그렇게 말하고 싶은 나의 충동을 쫓아 버렸다.

우리가 바닷가에서 읍내로 돌아온 것은 저녁의 어둠이 밀려든 뒤였다. 읍내에 들어오기 조금 전에 우리는 방죽 위에서 키스했다. "전 선생님께서 여기 계시는 일주일 동안만 멋있는 연애를 할 계획이니까 그렇게 알고 계세요" 헤어지면서 여자가 말했다. "그렇지만 내 힘이 더 세니까 별수없이 내게 끌려서 서울까지 가게 될걸." 내가 말했다.

집으로 돌아와서 나는 후배인 박이 낮에 다녀간 것을 알았다. 그는 내가 '무진에 계시는 동안 심심하시지 않을까 하여 읽으시라'고 책 세 권을 두고 갔다. 그가 저녁에 다시 오겠다고 하더라는 얘기를 이모가 내게 말했다. 나는 피로를 핑계로 아무도 만나기 싫다는 뜻을 이모에게 알려 두었다. 이모는 내가 바닷가에서 아직 돌아오지 않았다고 대답하겠다고 말했다. 나는 아무것도 생각하고 싶지 않았다. 아무것도 나는 이모에게 소주를 사오게 하여 취해서 잠이 들 때까지 마셨다. 새벽녘에 잠깐 잠이 깨었다. 나는 이유를 집어낼 수 없이 가슴이 두근거렸는데 그것은 불안이었다. "인숙이" 하고 나는 중얼거려 보았다. 그리고 곧 다시 잠이 들어 버렸다.

당신은 무진을 떠나고 있습니다

나는 이모가 나를 흔들어 깨워서 눈을 떴다. 늦은 아침이었다. 이모는 전보 한 통을 내게 건네 주었다. 엎드려 누운 채 나는 전보를 펴보았다. '27일 회의 참석 필요, 급상경 바람, 영.' '27일'은 모레였고 '영'은 아내였다. 나는 아프도록 쑤시는 이마를 베개에 대었다. 나는 숨을 거칠게 쉬고 있었다. 나는 내 호흡을 진정시키려고 했다. 아내의 전보가 무진에 와서 내가 한 모든 행동과 사고를 내게 점점 명료하게 드러내 보여 주었다. 모든 것이 선입관 때문이었다. 결국 아내의 전보는 그렇게 얘기하고 있었다. 나는 아니라고 고개를 저었다. 모든 것이 흔히 여행자에게 주어지는 그 자유 때문이라고 아내의 전보는 말하고 있었다. 나는 아니라고 고개를 저었다. 모든 것이 세월에 의하여 내 마음속에서 잊혀질 수 있다고 전보는 말하고 있었다. 그러나 상처가 남는다고, 나는 고개를 저었다. 오랫동안 우리는 다투었다. 그래서 전보와 나는 타협안을 만들었다. 한 번만, 마지막으로 한 번만, 이 무진을, 안개를, 외롭게 미쳐 가는 것을, 유행가를, 술집 여자의 자살을, 배반을, 무책임을 긍정하기로 하자. 마지막으로 한 번이다. 꼭 한 번만. 그리고 나는 내게 주어진 한정된 책임 속에서만 살기로 약속한다. 전보여, 새끼 손가락을 내밀어라. 나는 거기에 내 새끼 손가락을 걸어 약속한다. 우리는 약속했다.

그러나 나는 돌아서서 전보의 눈을 피하여 편지를 썼다. '갑자기 떠나게 되었습니다. 찾아가서 말로써 오늘 제가 먼저 가는 것을 알리고 싶었습니다만 대화란 항상 의외의 방향으로 나가 버리기를 좋아하기 때문에 이렇게 글로써 알리는 것입니다. 간단히 쓰겠습니다. 사랑하고 있습니다. 왜냐하면 당신은 제 자신이기 때문에, 적어도 제가 어렴풋이나마 사랑하고 있는 옛날의 저의 모습이기 때문입니다. 저는 옛날의 저를 오늘의 저로 끌어다 놓기 위하여 갖은 노력을 다하였듯이 당신을 햇볕 속으로 끌어 놓기 위하여 있는 힘을 다할 작정입니다. 저를 믿어 주십시오 그리고 서울에서 준비가 되는 대로 소식 드리면 당신은 무진을 떠나서 제게 와 주십시오 우리는 아마 행복할 수 있을 것입니다.' 쓰고 나서 나는 그 편지를 읽어 봤다. 또 한 번 읽어 봤다. 그리고 찢어 버렸다.

덜컹거리며 달리는 버스 속에서 나는, 어디쯤에선가 길가에 세워진 하얀 팻말을 보았다. 거기엔 선명한 검은 글씨로, '당신은 무진읍을 떠나고 있습니다. 안녕히 가십시오'라고 씌어 있었다. 나는 심한 부끄러움을 느꼈다.

*

원죄의식은 그 피동적 주체에게 주어진 도덕적 책무에 대한 부채 의식을 갖게 하기는 하지만 간혹 그 원형의 공간을 도피처로 삼아 상실의 위기와 회복에의 의지를 버리고 다시 되돌아가 안주할 수 있는 장소로 만들기도 한다. 원죄는 낙원에서 이루어진다. 이러한 원죄의식은 낙원의 의미를 두 가지로 나누어 놓는다. 자신의 의지와는 상관없이 이미 주어진 상황의 원죄의식이라면 그것은 주체에게 어느 정도 존재의 무거운 짐을 덜어 주기도 한다. 원죄의식을 대면할 때의 주체는 영원히 피동적인 자세를 취하기 때문이다. 그러하기에 피동적인 주체는 언제든지 그 원죄의 공간, 낙원으로 존재의 도피를 감행할 수 있게 된다. 도피가 이루어지는 것은 어쨌든 그곳이 낙원이기 때문이다. 자신의 의지와는 상관없이 주어진 상황에 의한 원죄이기에 다시한 번 그 원죄를 저지르는 데 있어서 도덕적 책무는 실존의 영역을 비껴간다. 낙원은 존재의 평화와 행복이 깃들어 있는 곳이다. 이러한 낙원에서의 원죄는 그 운명을 안고 살아야 하는 존재의 부채의식과 함께 낙원으로의 안주를 부추기는 도피처를 제공한다. 영원히 회복할 수 없는 원죄라면 그것은 몇 번이라도 반복되어 실행될 수 있다. 그 수효에 상관없이 그것은 단 한 번의 원죄로서만 남아 있기 때문이다.

하지만 낙원에서의 원죄는 결코 존재의 피동적인 삶일 수만은 없다. 어쨌거나 그것은 스스로가 껴안을 수밖에 없는 원형의 상처이기 때문이다. 상처는 결코 지워지지 않는다. 상처는 흔적으로서라도 남아 있어 현재적 삶에 개입하게 된다. 이럴 때 낙원과 원죄는 영원히 분리될 수 없는 장소로 존재한다. 낙원에서의 평화와 행복은 곧 원죄의 암울하고 어두운 상처를 함께 갖고 있기 때문이다. 이제 낙원은 원죄로 더럽혀지고 결코 평화와 행복의 장소로만 존재할 수 없게 되지만 그렇다고 본래적인 낙원의 의미가 완전히 사라지지는 않기에 낙원으로 존재하게 된다. 낙원은 이러한 이중적 상징의 세계다.

김승옥의 「무진기행」에서의 무진이라는 공간은 이러한 원죄를 발생시키고 간직하고 있는 낙원이다. 달리 말하자면, 무진이라는 공간은 주체가 자신의 존재를 숨기고 도피할 수 있는 장소인 것이다. '서울에서의 실패로부터 도망해야 할 때거나 하여튼 무언가 새출발이 필요할 때' 무진행이 이루어진다. 무진이라는 공간은 주체에게 '도망'과 '새출발'을 동시에 실행할 수 있는 곳이다. 그렇다고 해서 무작정 무진이라는 공간을 낙원으로 규정하는 것은 섣부른 것일 터이다. 주체에게 있어 무진행은 의지적인 것이 아니라 거의 무의식적인 영역에 속하기 때문이다. 무진행이 의지적인 행동일 때 무진을 낙원으로 규정하는 일은 보다 분명해진다. 그러나 무진행이 거의 무의식적인 행동이라면 무진을 낙원이라고 단적으로 규정하는 것에는 유보적일 수밖에 없다. 여기서 '거의 무의식적'이라고 한 것은 주체가 '무진으로 간다는 그것은 우연이 결코 아니었고 그렇다고 무진에 가면 새로운 용기라든가 새로운 계획이 술술 나오기 때문도 아니'라는 발화에서 알 수 있듯이 무엇인가 알 수 없는 어떤 힘에 이끌려 이루어지는 것이기 때문이다.

무진에서의 생활은 평화와 행복과는 아무런 상관이 없다. 항상 골방에 처박혀 있는 것이다. 의식의 영역에서는 '수없이 많은 시간의 대열이 멍하니 서 있는 나를 비웃으며 흘러가고', 무의식의 영역에서는 '긴긴 악몽들이 거꾸러져 있는 나에게 혹독한 채찍질'을 한다. 이렇듯 무진에서의 생활은 고통스럽다. 결코 충만한 안식의 순간은 없는 것이다. 하지만 무진은 '물이 가득한 강물이 흐르고, 잔디로 덮인 방죽이 시오 리 밖의 바닷가까지 뻗어 나가 있고, 작은 숲이 있고, 다리가 많고, 골목이 많고, 흙담이 많고, 높은 포플러가 에워싼 운동장을 가진 학교들이 있고, 바닷가에서 주어 온 까만 자갈이 깔린 뜰을 가진 사무소들이 있고, 대로 만든 와상臥床이 밤거리에 나앉아 있는 시골'의 풍경으로 '한적閑寂이 그리울 때'마다 연상되는 곳이다. 그리움과 고통스러움이 동시에 공존하는 무진은 그러나 '관념 속에서 그리고 있는 어느 아늑한 장소'보다는 '어둡던 나의 청년'을 더욱 깊이 간직한 곳으로 나타난다.

6·25 사변 당시 무진의 골방에 숨어 '의용군의 징발도, 그 후의 국군의 징병도 모두 기피'하게 된 것은 홀어머니 때문이었다. 어머니는 아들을 그의 품에서 보호하고 지키려고 했다. 중학교의 상급반 학생들조차 어린 나이에 일선으로 떠나가는데도 이 소설의 주인공인 윤회중은 어머니에 의해 골방에 처박히게 된다. '골방보다는 전선을 택하고 싶어하는 것'이 윤회중의 의지였지만 그것은 어머니에 의해 좌절되고 만다. 현실로부터의 도피는 윤회중의 청년 시절을 씻을 수 없는 모멸과 어두운 상처를 안겨 주게 된다. 골방에서의 도피는 '전사 통

지'를 '이웃집 젊은이'의 것으로 만들면서 피해갈 수 있었고, 일선의 친구에게서 온 군사우편을 받아 보지 못하는 소통의 단절을 가져다 주었다. 이 모든 것이 윤회중의 어머니에 의해서 이루어졌다는 것은 윤회중을 피동적인 주체로 만든다. 윤회중이 골방에서 현실로부터 도피할 때, 그것은 어머니에 의해 이루어진 피동적인 것이다. 이러한 정황이 윤회중의 골방으로의 도피를 원죄로 만들고 있다. 스스로의 의지에 의한 것이 아니라 주어진 상황이었다는 것은 윤회중의 도피를 죄가 아닌 원죄로 변화시킨다.

죄의식이 주체적이라면 원죄의식은 피동적 주체를 낳게 된다. 하지만 그 원죄는 실제적인 행위였기에 피동적 주체는 신경질, 공상, 불면, 수음, 초조함으로부터 자유로울 수가 없다. 이러한 것들이 윤회중의 청년 시절을 어두운 것으로 만든다. 여기서 윤회중의 도피가 피동적 주체를 낳았다는 것은 그 도피의 정황 자체로도 충분히 설명이 되지만 돈많은 과부와 결혼하고 그의 장인 영감의 힘으로 승진의 기회를 갖게 되는 상황에서 다시 한 번 현재적 도피의 피동적 삶으로 연장되고 있다는 사실이 여실히 증명하고 있다. 또한 피동적 주체는 '어둡던 세월이 일단 지나가 버린 지금'에 와서 '거의 항상 무진을 잊고 있었던 편'이라는 의식에서 알 수 있듯이 현재적 조건이 호전되는 순간 원죄의식으로부터 벗어날 수 있게 만든다.

아내와 장인 영감이 윤회중의 승진을 앞두고 무진으로의 여행을 권유한 것에 대한 윤회중의 진술은 중요하다. '긴장을 풀어 버릴 수 있는, 아니 풀어 버릴 수밖에 없는 곳을 무진으로 정해 준 것은 대단히 영리한 짓'이라는 진술은 윤회중에게 있어 무진이라는 곳이 어떻게 작용하는지를 암시한다. 물론 아내와 장인 영감은 윤회중의 승진을 위해 힘을 쓰고 있다. 윤회중의 출세가 그들의 평화와 안녕을 더욱 보장하기 때문이다. 그들은 윤회중이 편안하게 쉴 수 있고 그런 다음

보다 활기찬 모습으로 사회에 복귀해서 출세의 길을 갈 수 있기를 바라고 있다. 그러하기에 윤회중의 무진행을 권유했던 것이다. 아내와 장인 영감이 생각하는 무진은 단지 윤회중이 편안히 긴장을 풀 수 있는 곳일 터이다. 그러나 윤회중은 무진에 대한 그리움을 갖고 있기는 하지만 실제의 무진에서의 생활은 고통스러운 것이었다. 윤회중이, 아내와 장인 영감이 자신에게 무진행을 권유한 것이 영리한 짓이었다고 생각하는 것은 다른 이유에서다. 아내와 장인 영감이 '자신들은 알지 못하는 사이에 퍽 영리한 권유'를 한 것이다.

무진이 '긴장을 풀어 버릴 수 있는, 아니 풀어 버릴 수밖에 없는 곳'이라는 말의 숨겨진 뜻을 찾아가는 일은 매우 중요하다. 이것이 무진의 의미를 단적으로 드러내 주기 때문이다. 그 해답은 이미 앞에서 언급한 것에서 다시 출발함으로써 얻어낼 수 있다. 무진은 윤회중을 피동적 주체로 만들었고 그럼으로써 '전쟁'으로 상징되는 위험과 죽음의 상황을 벗어나게 했다. 그렇게 현실로부터 도피하면서 윤회중은 다시 현실로 복귀할 수 있었던 것이다. 무진으로의 도피는 현재적 의미에서 현실로 되돌아오는 복귀의 출발점이다. 이때의 현실로의 복귀는 '긴장을 풀 수 있는' 곳에서 시작하는 것이라기보다 긴장을 '풀어 버릴 수밖에 없는 곳'에서 시작한다. 앞의 '긴장'이 육체적 의미를 갖는다면 뒤의 '긴장'은 정신적 의미를 갖는다. 무진에서의 골방은 현실로부터의 도피이지만 달리 말하자면, 보다 나은 현실을 위한 도피였던 것이다. 무진은 이렇듯 보다 나은 현실로의 복귀를 출발하는 지점이다.

'영리한 짓'이라는 표현이 함축하는 의미 또한 윤회중의 심리를 잘 설명해 준다. 피동적 주체는 죄에 대한 자책보다는 원죄에 대하여 어쩔 수 없이 주어진 것이었다는 보다 완화된 의식을 갖게 만든다. 이미 윤회중은 자신이 피동적 주체라는 것을 인식하고 있다. '영리한 짓'이라고 표현하는 것은 이를 증명한다. 그것은 윤회중이 자신의 피동적 주체라는 것을 씁쓸하게 인식하고 있다는 것이다. 윤회중은 무진이라는 공간이 자신에게 어떠한 곳이라는 것을 매우 잘 인식하고 있으면서도 그곳으로 가는 인물이다. 무진은 죄의 공간이 아닌 원죄의 공간, 즉 낙원이다. 이러한 낙원은 현실로부터의 도피와 보다 나은 현실로의 복귀를 함축하고 있는 곳이다. 그것은 '그럭저럭' 살아간다는 무진에 대한 외부인의 판단을 뛰어넘는다. 무진의 명산물이 '안개'라고 하는 윤회중의 진술은 이를 잘 설명하고 있다. '이승에 한恨이 있어서 매일 밤 찾아오는 여귀女鬼가 뿜어 내놓은 입김' 같은 무진의 '안개'는 '사람의 힘으로써는 그것을 헤쳐 버릴 수' 없는 절대적인 현실 조건으로 나타난다. '안개, 무진의 안개, 무진의 아침에 사람들이 만나는 안개, 사람들로 하여금 해를, 바람을 간절히 부르게 하는 무진의 안개'는 낮의 세계, 현실의 세계를 희망하게 하는 촉매제 역할을 하기도 한다. 무진은 그 이름에서도 알 수 있듯 곧 '안개'에 다름 아니다. 무진의 안개는 어찌할 수 없는 운명이고 나아가 현실의 세계를 희망하게 하는 것이다. '손으로 잡을 수 없으면서도 그것은 뚜렷이 존재'한다는 진술은 매우 상징적이다. 이때의 무진은 다른 의미에서의 낙원일 뿐, 진정한 낙원은 아닌 것이다.

김승옥이 그려내는 낙원의 모습은 완성되지 않은 것이다. 어쩌면 김승옥은 이제 진정한 의미에서의 낙원은 존재하지 않는다는 것을 말하고 싶었는지 모른다. 존재의 충만된 안식이 있는 낙원은 이 지상에 없다. 무진은 윤회중이 골방에서 전선으로 나아가고자 하는 꿈이 있었던 곳이고, 하인숙이 서울로 떠나가고 싶어 유행가를 부르는 곳이다. 김승옥이 그려내는 낙원은 이렇듯 현실로부터의 도피와 현실로의 복귀가 이루어지는 낙원이다. 밤의, 안개의 낙원이다.

불현듯 아내에게서 온 전보가 윤회중의 의식을 흔들어 놓는 것은 무엇 때문일까. 아내의 전보는 무진에서의 윤회중의 행동과 사고를 명료하게 드러내고 있었다는 진술은 또 무엇일까. 윤회중은 전보를 받아 들고 환상에 빠진다. 서울의, 현실의 아내는 모든 것이 선입관, 자유 때문이라고 세월에 의하여 마음속에서 잊혀질 수 있다고 말한다. 윤회중은 계속 아니라고, 고개를 내젓는다. 윤회중은 끝내 상처는 남을 것이라고 말한다. 윤회중이 이렇듯 당황하게 된 이유는 그가 하인숙에게 쓴 편지에서 발견할 수 있다. '사랑하고 있습니다. 왜냐하면 당신은 제 자신이기 때문에, 적어도 제가 어렴풋이나마 사랑하고 있는 옛날의 저의 모습이기 때문입니다. 저는 옛날의 저를 오늘의 저로 끌어다 놓기 위하여 갖은 노력을 다하였듯이 당신을 햇볕 속으로 끌어 놓기 위하여 있는 힘을 다할 작정입니다.' 여기서 알 수 있는 것은 윤회중이 무진을 떠나고 싶어하는 하인숙을 통해서 자신의 모습을 발견했기 때문이다. 과거의 무진에서의 어두웠던 청년 시절을 다시 바라보게 된 윤회중은 자신의 모습을 사랑한다고 말하고 있다. 그것은 분명 사랑이 아닐 것이다. 그것은 연민이다. 자신에 대한, 그리고 자신의 모습을 비추고 있는 하인숙에 대한 연민이다. 하인숙을 '햇볕 속으로' 끌어 놓겠다는 말은 단순히 무진을 밤의 세계, 안개의 세계로만 인식하는 것이 아니다. 자신의 골방에서의 삶, 피동적이었던 삶을 벗어나겠다는 의지의 소산이다. 하인숙과 자신을 동일시 여기는 윤회중이 하인숙을 무진에서 벗어날 수 있도록 도와 주겠다는 것은 곧 현재의 자신을 향한 주체적인 의지를 보여 주는 것이다. 자신이 자신의 삶을 이끌어 나가는 주체적인 삶을 하인숙을 통해서 실현하고자 했던 것이다. 그러나 편지는 곧 윤회중 스스로 찢어 버린다. 결국 윤회중은 서울의, 현실의 삶으로 되돌아간다.

무진에서 서울로 돌아가는 윤회중이 느끼는 감정은 '부끄러움'이다. 그렇다. 김승옥은 이 '부끄러움'에 대해 말하고 싶었는지 모른다. 김승옥은 이 현실을 살아가는 모든 이들에게 한마디의 전언을 힘겹게 남기고 있다. 그것은 '부끄러움'이다. 이 '부끄러움'에 대해 말할 수 있는 사람이 진정 몇 명이나 될 수 있을까. '한 번만, 마지막으로 한 번만, 이 무진을, 안개를, 외롭게 미쳐 가는 것을, 유행가를, 술집 여자의 자살을, 배반을, 무책임을 긍정하기로 하자. 마지막으로 한 번만이다. 꼭 한 번만. 그리고 나는 내게 주어진 한정된 책임 속에서만 살기로 약속한다'는 말이 남기는 것은 역설적이다. 윤희중은 왜 무진을 긍정하는 대가로 자신의 삶을 '한정된' 공간으로 가두겠다는 것일까. 왜 무진을 긍정하고자 하는 것일까. 그것은 무진에서의 삶이 갖는 꿈 때문이다. 그 꿈을 긍정하고 싶은 것이다. 마지막 한 번 그 꿈을 긍정하는 대가로 지불하는 것은 꿈을 잃은 자의 참혹함이리라. 그렇게 해서라도 단 한 번의 순간적인 것으로라도 꿈을 긍정하고 싶은 자의 목소리는 비장하다. 잃어 버린 낙원, 지상에서의 훼손된 낙원에 대해 말하는 김승옥은 현실의 삶을 운명적인 것으로 받아들이지만 그렇다고 해서 현실 추수적인 것은 아니다. 이러한 인식은 철저하게 현실을 바라보는 자의 시각을 떠나서는 이루어질 수 없다. 그리움의 대상, '관념 속에서 그리고 있는 어느 아늑한 장소'가 결코 관념이나 훼손된 추억에 의한 것이 아닌 그러한 낙원은 없는 것일까. 어쩌면 김승옥이 그리려고 하는 낙원은 지상에 없는, 신화나 몽상 속에 존재하는 그러한 낙원이 아니라 지금—이곳에서의 현재적 낙원인지도 모른다. 그러하기에 김승옥의 무진으로의 기행은 다시 현실의 조건들을 추론하게 만든다. 이러한 역설은 더욱 이 소설을 비장하게 만든다. 김승옥의 눈은 저 먼 곳에 있지 않고 철저하게 현실에 존재한다.

2. 포스트 모더니즘 소설의 이해

오염된 하천의 죽은 송어 따라가기, 또는 새로운 상상력의 발견

리처드 브라우티건^{Richard Brautigun}의 『미국의 송어 낚시^{Trout Fishing America}』, 겉으로는 대단히 유머러스하면서도 속으로는 음울한 상실감으로 가득 차 있고, 또 새롭고 자유분방한 상상력이 정구공처럼 탄력 있게 튀어 오르는 이 소설을 처음 읽었을 때 나는 그 돌연한 낯설음에 질려 버렸다. 그 낯설음에 질려 나는 이 소설이 가지고 있는 재미의 심연에 접근하기도 전에 이 책을 집어던져 버리고 말았다(낯설음에 대한 인간의 자기 방어 본능!). 그만큼 소설에 대해 나도 모르게 강한 거부감 같은 걸 느꼈던 것이다. 그러나 뭔지 모르지만 강하게 끌어당기는 어떤 힘에 의해 다시 이 소설을 다 읽고 난 뒤에는, 저물어 가는 1984년 11월 어느 날 헤밍웨이처럼 총으로 49세의 젊은 제 목숨을 끊어 버린 이 작가에게 단숨에 매료되고 말았다. 『미국의 송어 낚시』의 전편에 번득이고 있는 '금빛 펜촉에서 샘물처럼 흘러나오는 지혜나, 비

처럼 쏟아져 나온 상상력, 그리고 송어의 은빛 비늘처럼 투명하게 빛
나는 언어들'의 감격을 어떻게 설명할 수 있을까.

제2차 세계대전 이후 인간들은 그것이 일어나기 전과 전혀 다른 문
명을 경험하고 있다. 그 이후 태어난 세대들은 그 이전 세대들과 전혀
다른 세대들이다. 이제 전후의 인간들은 고전적인 의미에서의 꿈, 지
혜, 정신, 목가적 삶에 대한 낭만, 행복의 한 원형으로서의 고향, 그리
고 진정한 풍요와 향수를 잃어버린 세대들이라고 할 수 있다. 우리는
지금—여기에서 한 사회학자에 의해 '후기 산업 사회'라고 명명된—
소비 사회, 대중 매체 사회, 정보 사회, 전자 문명 사회, 또는 고도 기
술 사회 등의 의미들을 포괄하는 이제까지 우리가 전혀 경험해 보지
못했던 새로운 형태의 사회의 출현을 목격하고 있다. 우리의 의식을
끈덕지게 물고 늘어지는 이 정체를 알 수 없는 불안과 절망감, 소외와
고독, 압도적인 불모성과 희망 없음의 뿌리는 무엇인가.

그것을 우리는 모호하게나마 세기말적 징후라고 이름 붙일 수 있
을 것이다. 그것들의 뿌리에는 인류가 승차하고 있는, 제어 장치가 고
장난 죽음의 속도의 문명이 자리하고 있다. 속도는 곧 신神 없는 시대
의 신으로 섬김을 받는다. 이 세계에는 불모와 광기, 절망과 좌절의
어두운 그림자가 짙게 드리워져 있다. 지금 우리의 의식을 지배하고
있는 것은 죽음과 폐허, 그리고 문명의 몰락에 대한 종말론적인 위기
감이다. 이 위기감은 세기의 끝에 가까이 가면 갈수록 더욱 짙어질 것
이다. 리처드 브라우티건의 『미국의 송어 낚시』는 바로 이러한 종말
론적인 위기감을 반영하는 '폐허와 죽음', 그리고 '총체성과 연대감의
상실'을 다루고 있는 의미 심장한 소설이다. 이 소설에 죽은 송어들이
떠 있는 황폐한 하천에 주인공이 정액을 뿌리는 대목이 나오는데, 이
것은 세계의 압도적인 불모성과 폐허화에 대한 중요한 증언이면서,
동시에 작가의 '잃어버린 것', 즉 낙원 회복에의 열망, 혹은 '풍요와

재생의 기구^{新求}'를 위한 하나의 상징이다. 모호하고, 때로는 이해할 수 없을 정도로 혼란스럽고, 누구도 따라갈 수 없을 정도로 기발한 이 『미국의 송어 낚시』의 전면에 돌출하고 있는 숱한 '무덤, 공동묘지, 조사^{甲辭}, 잔해^{殘骸}, 죽은 물고기, 시체'와 같은 이미지들은 세기말의 불모와 상실과 고갈의, 황폐한 삶에 대한 예감과 징후를 보여 주는 것이다.

리처드 브라우티건의 소설이 보여 주는 현저한 '표현의 해체'를 어떻게 이해해야 할 것인가. 그 해체된 표현의 내부에 깃들어 있는 '오염된 하천 속의 죽은 송어들'에서 우리는 작가의 세기말적 징후에 민감하게 반응하는 상상력을 발견하게 된다. 리처드 브라우티건의 『미국의 송어 낚시』는 바로 포스트 모더니즘 소설의 한 전형이다.14 우리에게도 새로운 소설을 시도했던 작가들이 전혀 없었던 것은 아니다. 우리는 김수경의 『ᄌ유종』의 한 구절처럼 '모더니즘 계열'의 소설들의 '그 신^新을 다시 신^新'한, '여태까지의 문학이 모두 재로 돌아가는 전대미문의 신소설'—그것이 무엇이겠는가. 바로 포스트 모더니즘의 소설들을 말하는 것이다—들을 썼던, 혹은 쓰려고 했던 작가들의 이름을 기억하고 있다. 이상^{李箱}으로부터 장용학, 박상륭, 이제하의 몇 편의 소설들, 그리고 이인성, 최수철, 박인홍 같은 작가들이 만들려고 했던 '새로움'의 신화들을 기억해야 할 것이다. 우리는 이제 그 '새로움'의 신화가 1990년대 한국 문학의 지평 속에서 움터 오르고 있음을 발견할 수 있게 된다. 바로 젊은 작가 장정일의 『아담이 눈뜰 때』와 하일지의 소설, 그리고 김수경의 『ᄌ유종』 같은 작품들이 그 '새로움'의 신화의 징후들이다. 그러나 우리는 먼저 그 '새로움'의 신화, 즉 포스트 모더니즘 문학이라는 것의 정체를 탐색하는 여행을 떠나 보도록 하자.

14 리처드 브라우티건의 『미국의 송어 낚시』(김성곤 · 송문근 옮김, 중앙일보사, 1987년)에 관한 글을 쓰는 데는 이 책의 말미에 수록되어 있는 김성곤 씨의 작가 인터뷰 「미국의 꿈과 절망」과 닐 슈미츠의 「리처드 브라우티건과 현대의 목가^{牧歌}」의 도움을 받았다. 더 자세한 내용은 두 글을 직접 찾아 읽어 보기 바란다.

포스트 모더니즘 정체를 탐색하는 짧은 여행

　최근 여러 잡지들에서는 또 다투어서 포스트 모더니즘 관련 논문을 수록하거나 좌담을 게재하고 있다. 이와 같이 포스트 모더니즘은 문학, 사회, 예술 등의 분야에서 20세기 후반기의 문화 현상을 이해하는 데 중요한 개념으로 떠오르고 있다.15

　이 포스트 모더니즘에 대해 비판적 입장을 보이고 있는 사람들은 이것을 후기 산업 시대의 자본의 상업주의와 저급한 대중 문화의 문화적 논리, 혹은 제국주의적 서구 자본주의의 시장 확산과 그 유지를 정당화해 주는 지배 이데올로기의 한 변형쯤으로 여기며, 포스트 모더니즘이 내세우고 있는 해방의 논리를 현실 변혁 운동에 장애가 되는 거짓 해방의 논리라고 몰아세운다.16 그러나 다른 한편에서는 포스트 모더니즘을 '가변성, 다양성, 차별성, 기동성, 커뮤니케이션, 지방 분권화, 그리고 국제화' 되고 있는 20세기 후반기라는 이제까지 우리가 경험해 보지 못한 미증유의 '새로운 시대'에 다양한 형태로 생산되고 있는 새로운 예술들과 현상들을 설명해 주는 패러다임으로 받아들이고 있다.17

　특히 포스트 모더니즘에 관한 논의가 가장 활발하게 이루어지고 있는 분야는 바로 문학 분야다. 그것은 아마도 다른 어떤 영역보다도 문학적 상상력이야말로 고성능의 지진계와 같이 시대의 지각 변동을

---

15 내가 읽을 수 있었던 포스트 모더니즘에 관한 글들은 전문 문예지들을 제외하고도 종합시사지인 월간 〈신동아〉 1990년 11월호에 실린 좌담 「포스트 모더니즘, 문화 예술계의 새 쟁점」, 시사주간지인 〈시사저널〉 1990년 11월 1일자의 「새 이슈로 떠오르는 포스트 모더니즘」과 같은 글들이 있다. 포스트 모더니즘에 관한 글들이 문화 예술 전문지들뿐만 아니라 일반 대중 독자들을 상대로 하는 시사지들까지 다루고 있는 것은 우리 사회의 변화 국면과 밀접한 관련이 있는바, 이는 후기 산업 사회의 지적, 문화적 논리로서의 포스트 모더니즘 현상이 문화 예술계의 쟁점을 넘어서서 폭넓게 확산되어 일반화, 대중화되는 단계에 있음을 보여 주는 구체적인 증거라고 할 수 있다.

16 〈한겨레 신문〉, 1990년 10월 30일자.

17 김욱동, 「포스트 모더니즘 남용되고 있다」, 〈한국논단〉 1990년 11월호, p.124.

가장 먼저 예민하게 포착하기 때문이리라. 1980년대 이후 이성복, 황지우, 그리고 박남철과 같은 젊은 시인들이 보여 주었던 전통적 시 형식에 대한 해체와 파괴의 양식화나, 그 이후 하재봉, 윤성근, 기형도, 송찬호, 유하 등과 같은 '경계선이 붕괴된 이후의 상상력'을 보여 주는 젊은 시인들의 단절과 일탈의 상상력의 시들과, 구체성과 일상성을 전면에 내세우는 도시시들, 그리고 이인성과 최수철의 일련의 실험 소설로부터 최근의 박인홍, 김수경, 장정일 등이 보여 주는 세기말 징후군 소설들은 바로 '합리주의와 이성'의 신화가 거세된 이후의 열린 형식으로서의 문학, 즉 포스트 모더니즘 형식의 문학이 서서히 수면 위로 떠오르고 있음을 보여 준다.

이들의 문학을 지배하는, 현저하게 돌출하는 유희성이나 임의성, 탈이념화, 의도적 깊이 없음, 도덕적 엄숙주의에 대한 야유, 정치적 허무주의, 주체의 소멸 등은 이제 한국 문학의 지평 속에도 포스트 모더니즘 징후들이 더 이상 비표면적 차원에 숨어 있지 않고 겉으로 불거져 나오고 있음을 증거한다. 그들의 문학은 그 전세대의 문학과는 확연하게 변별되는, 후기 자본주의적 포스트 모던 사회의 물적 기반과 현상을 두드러진 특징으로 머금고 있다. 그것은 우리의 삶이 이미 '포스트 모던'한 사회적 조건이라는 토대 위에 성립하고 있는 사실의 자연스러운 반영이다. 그러나 아직 우리는 포스트 모더니즘이란 무엇인가 하는 그 개념과 본질에 관해 확정된 합의 없이 그 용어를 혼란스럽게 사용하고 있다. 물론 그렇게 된 데는 일정한 이유가 있다. 즉 포스트 모더니즘이 하나의 신념이나 사상 체계, 고답적 전통과 권위주의의 획일성, 그리고 총체적인 가치 체계에 대한 해체와 거부로부터 시작된 포괄적 개념이므로 그것을 단일성의 논리로 설명하기가 어려웠기 때문이다.

포스트 모더니즘이란 무엇인가. '탈' 모더니즘이냐, '후기' 모더니즘이냐. 그것은 모더니즘의 연장인가, 그것과의 단절인가. 그것을 한 마디로 말하기는 쉽지 않다. 우리가 분명하게 말할 수 있는 것은 포스트 모더니즘 현상 '이후의 현상'이라는 것이다. 따라서 포스트 모더니즘에 관한 이해는 모더니즘에 관한 이해의 전제가 필수적인 조건이다. 맬컴 브래드버리^{Malcom Bradbury}와 같은 사람은 모더니즘의 특징에 관하여 '파편성, 당혹성, 해석의 주관성, 다양화, 예술 지상주의, 구조 찾기, 기교 중심주의, 회의주의, 불확실성의 논리, 무질서, 절망, 무정부적, 중심 와해' 등을 들고 있다.[18] 그런데 이런 것들은 포스트 모더니즘과 겹쳐지는 부분들이다. 이런 점들에 국한하여 포스트 모더니즘은 '모더니즘의 상대성이라는 열린 체계를 한층 더 밀고 나가 다원성'에 도달하면서, 단순한 '담론의 자의성 드러내기가 아니라 담론 그 자체를 와해시킨다.'[19] 포스트 모더니즘은 모더니즘에 대하여 '반동과 연장의 이중성'이라는 성격을 갖는다. 그것은 탈역사화^{脫歷史化}, 탈중심화^{脫中心化}, 탈정전화^{脫正典化}의 특징을 보여 준다. 포스트 모더니즘은 모더니즘적 본질들, 이를테면 '불확정성, 파편화, 반^反 리얼리즘, 전위적 실험성, 아이러니와 패러독스, 형식주의, 비역사성과 비정치성' 들을 계승하면서, 그것의 극단화로 나아간다.[20] 그것은 '자아나 주관성에 대한 새로운 입장, 패러디와 패스티쉬의 내용, 행위와 참여, 임의성과 우연성, 주변적인 것의 부상, 대중 문화에 대한 관심, 탈장르화나 장르 확산, 자기 반영성' 등의 측면에서 모더니즘과의 단절, 변별적 입지를 갖는다.[21] 따라서 포스트 모더니즘은 모더니즘과의 관계에서 단절과 일탈로서의 '탈'의 요소와 계승과 지속, 그리고 극단화로서의 '후기'

---

18 맬컴 브래드버리, 『포스트 모더니즘이란 무엇인가』, 권택영 옮김(민음사, 1990), p.15에서 재 인용.

19 권택영의 위의 책, p.20 참조

20 김욱동의 위의 글, p.124 참조

21 김욱동의 위의 글, p.124 참조

의 요소를 동시에 끌어안고 있는 것이다.22

가짜 낙원에서 눈 뜬 아담의 울음 ─장정일의 상상 세계23

내 나이 열아홉 살, 그때 내가 가장 가지고 싶었던 것은 타자기와 뭉크 화집과 카세트 라디오에 연결하여 들을 수 있게 하는 턴테이블이었다. 단지, 그것들만이 열아홉 살 때 내가 이 세상으로부터 얻고자 하는 원하는, 전부의 것이었다.

장정일의 소설 『아담이 눈뜰 때』는 이렇게 시작된다. 1980년대 후반의 약속 없는 세대, 환멸의 세대의 한 사람인 장정일의 소설은 1990년대 소설의 지형학에서 그 포스트 모더니즘적 요소 때문에 독특한 위치를 점유하고 있다. 잘 알려져 있다시피 장정일은 그의 시집들 『햄버거에 관한 명상』『길안에서의 택시잡기』『서울에서 보낸 3주일』 등을 통하여 경기관총처럼 쉬지 않고 쏟아 내는 요설과 재치, 경박함과 재기 발랄함으로 1980년대 후반기에 활동한 해체시 제2세대의 선두 주자로 평가받아 왔다. 그가 희곡으로, 시나리오로, 소설과 비평으로 장르 확산을 시도하고 있는 것은 그리 놀랄 만한 일은 아닐지 모른다. 그의 전작 소설 『그것은 아무도 모른다』가 나왔을 때만 해도 나는 그의 소설들을 그다지 신뢰할 수가 없었다. 그 소설은 포스트 모던적 요소에도 불구하고, 아직 소설적 육화가 충분하지 않은, 다분히 서툴고 미숙한 소설이었다. 작가가 '길게' 써야 한다는 강박 관념의 짓눌림으

---

22 위에서 언급한 글들 외에 특히 포스트 모더니즘에 관한 나의 생각들을 정리하는 데 크게 도움을 받고 참고한 문헌들은 다음과 같다. 『포스트 모더니즘론』, 정정호·강내희 편(도서출판 터, 1989) ; 『포스트 모더니즘』, 이합 핫산Ihab Hassan, 정정호 편역(종로서적, 1985) ; 『포스트 모더니즘 무엇인가』, 권택영(민음사, 1990)

23 장정일, 『아담이 눈 뜰 때』(미학사, 1990)

로부터 자유롭지 못한 채 그가 이전에 써서 발표했던 온갖 잡동사니들을 아무런 내적 필연성도 없이 마구 쑤셔 넣어 가까스로 장편소설의 형태를 만들어 내기는 했지만, 그것은 조악한 제품이었고, 그것을 읽는 것은 대단히 고통스러운 경험이었다. 작가의 미숙성 탓에 그 '의미 부재'가 흉하게 불거져 보였던 전작 『그것은 아무도 모른다』에 비하면 이번의 『아담이 눈뜰 때』는 대단히 뛰어난, 완성도가 높은 소설이다. 포스트 모던한 사회의 물적 기반과 그 황량한 세계의 미로를 헤매는, 대학 입시에 실패한 한 열아홉 살 청년의 내면과 경험의 외관을 경쾌한 언어로 그려내고 있는 『아담이 눈뜰 때』는 분명히 주목할 만한 포스트 모더니즘 소설 중의 하나다. 장정일의 소설들에서 담론의 전통적 구조와 그 지배적 규범의 와해를 목격하는 것은 아주 흔한 일이다. 『아담이 눈뜰 때』에 수록된 모든 작품들에서 전통적 소설 양식을 비틀거나 깨뜨리거나 뒤집어엎거나 하려는 작가의 의지가 조금이라도 들어가 있지 않은 작품을 찾아내는 것은 불가능하다. 특히 「인터뷰」, 「실크 커튼은 말한다」, 「아버지를 찾아가는 긴 여행」과 같은 작품들은 전통적 소설 양식에 길들여져 있는 독자들에게는 그 현저한 낯설음 때문에 과연 이것도 소설이라고 받아들여야 할 것인가 하는 의혹과 혼란을 안겨 주기 십상이다. 「인터뷰」와 같은 작품은 과연 소설과 연극 대본이 어떻게 다른가, 그것이 갈라지는 경계선이 어딘가 하는 의문을 던져 준다(이 작품집의 말미에 「말세의 고현학考現學」이라는 재미있는 해설을 쓰고 있는 류철균은 「인터뷰」에서 여러 사람들의 무질서한 회상 속에서 춘자라는 대상의 총체성이 복원된다고 했는데, 내 생각엔 그 무질서한 회상들의 나열들이 춘자라는 대상의 총체성을 분해하려는 작가의 의도를 반영하고 있는 것이 아닌가라고 판단된다. 다시 말해 춘자라는 대상의 총체성을 둘러싸고 있는 다양한 범주의 인물들의 관점을 차용하여 그 대상을 분해, 파편화하고 있는 것이다. 그 점은 명민한 평론가 류철균이 작가의 숨은 의도를 잘

못 짚어 낸 것이라고 생각된다). 장정일의 소설들은 기존의 소설 양식을 폐허화(이것은 너무나 과격한 용어가 아닌가. 지배적 제도와 질서를 무의식적으로 무화無化하려는 작가의 욕망 정도로 표기해 두자)하려는, 과격한 일탈에의 의지에서뿐만 아니라, 그 담론 속에 구현된 현실 인식, 또는 세계관에도 관습화된 모더니스트적인 형식과 변별되는 새로움을 드러내 보여 준다. 장정일을 당대의 어떤 소설가들과도 닮지 않은, 전혀 이질적이고 새로운 작가로 떠오르게 한 그 새로움의 실체란 다름 아닌 포스트 모더니즘적 요소들이다. 장정일의 소설의 포스트 모더니즘적 요소들은 하드 록이나 디스코 테크와 같은 대중 문화에의 깊은 탐닉, 무절제하고 무분별할 정도의 아무런 도덕적 책무감, 혹은 혼 없는 섹스, 충동적이고 찰나주의적인 작중인물들의 행동 양식, '나는 일찍 죽은 자들만 믿을 뿐이야/나는 마약을 먹고 미친 자들만 믿을 뿐이야'라는 구절 속에 언뜻언뜻 비치는 기존의 권위주의적 질서나 문화에 대한 반항과 일탈의 정열, '나는 내게 맡겨진 투표 용지에, 엿 먹어라 자식들아, 라고 썼을 것이다'라는 문맥에서 보여지는 정치에 대한 극단적인 혐오감과 야유, 현저한 자기 방기와 탈이념화, 가부장적인 권위의 지우기, 여관방 순례, 그리고 혼음과 남색…… 등 수없이 찾아진다. 작가 자신은 이와 같은 포스트 모던적 삶과 일그러진 내면에 대한 탐색에 '세기말적 상상력'이라는 이름을 붙이고 있다. 아담이라고 불리는 '나'는 디스코 테크에서 한 연상의 여류 화가에게 모델로 유혹당한다. 아담은 그녀에게 '어차피 이건 과정이 아닌지요 그럴 바엔 바로 인터코스하는 게 어때요'라고 제의를 하고, 그들은 곧바로 바닥에 엉겨 붙어 서로의 몸을 만지고 빨고 핥아 준다. 그들은 '한 몸뚱이에 머리가 둘 달린 말같이 뛰놀았다.' 아담이 그녀의 아틀리에에서 보았던 펠라티오를 하는 그 여자의 그림, 남자의 성기를 물고 있는 여자의 입가에 생긴 섬세한 주름과 이마의 땀방울, 그리고 원색의 애니메이션 화법과 '아! 좋아'라고 만화 대사처럼 써넣은 기법들은 바로 포스트 모더니즘 그림의 전형적인 예다.

아담과 그 주변의 어린 여자애들, 현재와 은선 역시 아담의 현실 인식이나 행동 양식과 그리 멀리 떨어져 있지 않다. 그들은 '약속 없이 만나, 여관방을 순례하고, 섹스가 끝나면 귀에다 헤드폰을 가져다 꽂는'다. 현재는 '섹스를 하지 않을 때는 헤드폰이 그녀의 두 귀를 막고 있었고, 음악을 듣지 않을 때에는 두 다리 사이가 막혀' 있는 여자애다. 그녀의 삶은 하드 록과 섹스가 전부다. 그녀에게 섹스는 고독의 형식이고, 그것을 통해 얻고자 하는 것은 단지 '순간적인 자각'과 '생의 사용'뿐이다. 섹스도 '오직 자신만을 위하여, 제 것을 바치'는 자기 만족적이고 자기 충족적인 행위이고, 철저하게 자폐적이고 개인주의적인 행동 양식의 한 구현일 뿐이다. 가장 은밀하고 끈끈한 두 성의 커뮤니케이션이라고 할 수 있는 섹스에서조차 그들은 철저하게 타인을 배제시켜 버리는 것이다. 그들은 섹스의 즐거움을 통해 다만 '여기의 나에서 다른 삶의 나로 전이'하기만을 바란다. '아담'은 열아홉 살의 그가 이 세상으로부터 욕망했던 것, 타자기와 뭉크 화집과 턴테이블을 하나씩 얻는다. 그러나 그는 이미 행복하지 않다. 아담과 현재가 섹스를 하다가 나누는,

"나는 똥이야."

그녀는 신음을 대신하기라도 하듯 계속해서 그 말을 중얼거렸다.

"나는 똥이야……."

그리고 나는 현재가 내는 소리보다 조금 큰 목소리로 이렇게 중얼거렸다.

"나는 개다. 똥을 주워 먹는다. 나는 개다. 똥을 주워 먹는다. 나는 개다. 똥을 주워 먹는다……."

와 같은 대화를 읽다가 나는 너무나 고통스러워서 하마터면 눈물을 흘릴 뻔했다. 그들의 삶은, 그들의 존재는 똥과 같이 철저하게 무의미로 채색되어 있다. 아담은 '가짜 낙원에서 잘못 눈을' 떴고, 그래서 그는 '어둠과 부패'로 썩어 가는 그 가짜 낙원에서 운다.

> 한밤에 비명을 지르고 일어나 앉아, 나는 쿨쩍쿨쩍 울기 시작했다. 눈에서 네온이 흐를 줄 알고 손바닥으로 눈물을 닦아 코에 대어 보니 아무런 냄새도 나지 않았고 혀에 대어 봐도 아무런 맛이 느껴지지 않았다. 눈물, 나는 비로소 마음을 놓고 큰 소리로 엉엉 울기 시작했다. 내 이브는 창녀였으며, 네온의 십자가 아래서 세상은 내 방보다 더 큰 어둠과 부패로 썩어지고 있다. 나는 내가 눈 뜬 가짜 낙원이 너무 무서워서 울었다.

그들은 가짜―인공낙원에서 길 잃은 자다. 아담과 현재, 그리고 은선 들은 인공낙원에서 '더 많은 자유에 대한 끝없는 갈구'에 헌신한 고립, 유폐의 자아들이다. 마침내 현재는 그녀가 자주 가던 디스코 클럽의 십층 유리창을 깨고 보도로 뛰어내려 죽는다. 그 깨어짐, 그 파산은 지미 핸드릭스, 재니스 조플린, 짐 모리슨 등과 같은 팝 아티스트들이 창조해 내는 '인공낙원' 속에다 제 존재의 집을 마련하고자 했던 키취^{Kitsch}의 세대, 이 포스트 모더니즘 세대들의 깨어짐이고 파산인 것이다. 아니다, 그렇게 말해 버리는 것은 너무나 상투적이다. 애초에 그들에게 삶은 뜻 없음으로 부풀어 있는 어떤 것, 그들은 다만 '질서도 진리도 없는 가짜 낙원에서 유희'만을 즐기다 익명성 속으로 흘러가 버리고 마는 것이다. 췌언을 하나 하자면, 이 소설의 결말은 지나치게 진부하고 낡아서 역겹기조차 하다. 이것은 장정일의 한계인가. 어쨌든 장정일은 『아담이 눈뜰 때』라는 이 한 편의 소설로 1990년대의 새로운 포스트 모더니즘 소설의 선두 주자로 떠올랐다. 어쩌면 우리는 장정일 이후 더 많은 새로운 포스트 모더니즘 작가들의 소설을 읽게 될 것 같다.

현실과 '해석된' 현실의 거리 ─하일지의 상상 세계[24]

   문학을 서로 소통해야 하는 타자들의 세계 속에 내던져진 한 인간의 감각적 진실을 충실히 재현하는 것, 그리고 그것의 의미를 묻는 것이라고 정의할 수 있다면 한 편의 시나 소설 작품 속에 구현된 그 '감각적 진실'의 형상은 비평의 일차적 대상이 된다. 소설의 경우 감각적 진실의 재현은 하나의 작품 속에서 형태, 줄거리, 인물의 전형성의 획득, 문체와 같은 것으로 구체화되며, 그것들은 문학 기술記述의 층위의 문제에 종속된다. 소설의 기술이란 무엇인가. 누보 로망 작가인 알랭 로브그리예에 의하면, 그것은 '세계와 인간의 창조인 것이고, 또다시 문제로 삼게 되는 불변의 영속적인 창조'다. 극단적으로 말하자면 현실은 기술될 수 없다. 문학 작품 속에 사실적 실감으로 형상화되어 있는 현실이란 '현실적인 것'일 뿐이지 그 자체로 현실은 아닌 것이다. 현실은 어떠한 경우에도 그것과 똑같이 복사되거나 재현될 수 없다. 우리가 소설 속에서 '현실'이라고 읽는 것은 작가에 의해 '발견되고' '해석된' 현실이고, 그것은 현실의 기호이거나 이미지일 뿐이지 현실 그 자체는 아니다. 발견이라는 말은 현실에 대한 작가에 의해 이해되고 인식된 현실이라는 의미를 포괄하는 말이다. 현실의 기호는 그것을 고안해 낸 작가의 주관적 자아의 진실에 종속된다. 소설 속에 형상

   24 하일지, 『경마장은 네거리에서……』(민음사, 1993)

화된 현실은 근본적으로 위조된 현실, 모제품이다. 그것이 뜻 있을 수 있는 것은 현실의 모호함 속에 감추어져 있는 의미와 가치의 체계들에 대해 정연한 이해와 인식을 부여하고, 그것을 보여 준다는 점이다. 현실은 시간에 얽매어 있고 시간성에 구속되지만, '해석된' 현실은 시간으로부터 자유로우며 초시간적으로 존재한다. 우리가 읽는 것은 언제나 기술된 것이다. 모든 기술된 것들은 작가가 믿고 있는 바에 따라 해석된 범주를 벗어나지 않는다. 이미 '기술된 것'이란 그 자체가 작가의 욕망의 생태학과 이념, 동경, 관심의 범주, 그리고 세계관의 반영이며, 구현인 것이다. 따라서 모든 시나 소설들은 작가에 의해 유일무이한 것으로 새롭게 이해되고 인식된 '현실'들이며, 그것은 작가의 창조에의 열망 때문에 영원히 감추어지지 못하고 드러나 버리고 만 것들이다. 작가들은 현실이나 세계를 재현하지 않으며, 그것들을 낳는 존재다. '현실'은 한순간도 아무런 변화 없이 멈추어 있거나 화석과 같이 굳은 상태로 머물러 있지 않는다. 그것은 시간 속에서 끊임없이 변화하며, 흘러가고, 다만 순간 속에 일회적으로 구현된다. 그리고 간단없이 아무 자취 없이 사라져 버리기도 한다. 그것이 실재했었다는 사실은 인간의 기억 속에 남아 있는 어떤 실감들, 감각적 경험들에 대한 사유와 회상 속에서만 증명된다. 소설을 읽는 것은 곧 기술된 것을 읽는 것이며, 한 주관적 자아에 의해 해석된 현실의 이미지, 기호와 상징들을 읽는 것에 지나지 않는다. 하나의 작품 속에서 고의적으로 기술되지 않은 것, 즉 여백, 지움, 휴지休止와 같은 형태로 남아 있는 것들조차 그것들 속에 구현된 유의미한 '전언들'이 스며 있을 때에는 작가의 감각적 진실의 재현으로 읽어 내야 한다.

첫 번째 장편소설 『경마장 가는 길』을 발표하면서 일약 1990년대 한국 문학의 각광받는 작가의 한 사람으로 떠오른 하일지의, 성도착적 관계 망상에 빠져 있는 한 인간의 자의식을 치밀하게 묘사하고 있는 두 번째 장편소설 『경마장은 네거리에서……』가 발표된 지 몇 달이 지나도록 아무런 비평적 조명이 되지 않은 채 방치되고 있는 사실은 의아스럽기 짝이 없다. 내가 읽은 바로는 『경마장은 네거리에서……』는 그의 첫 번째 장편소설 『경마장 가는 길』에서 한 발자국 더 나아간, 거의 흠잡을 데 없이 완성되어 있는 대단히 뛰어난 소설이다. 미루어 짐작하건대 이 작품에 대한 비평가들의 다소 의도적이고 냉소적인 무관심과 방임은 두 가지 이유에서 비롯되는 것 같다. 그 한 가지는 작가와 비평가 사이의 논쟁에서도 주요 쟁점으로 부각된 바가 있는 작가 하일지의 개인적 윤리성과 관련된 일종의 떠도는 '소문들'이고, 또 한 가지는 이 소설 자체가 가지고 있는 논리화, 의미화하기 어려운 모호함과 난삽함이 그것이다. 전자의 경우 한 젊은 비평가와 작가 사이에 있었던 논쟁을 통해 첨예하게 드러났던바 소설창작의 발생론적 근거와 그것의 의미는 문학 텍스트로 구현된 것 안에서 찾아야지, 추정되는 것, 가설을 토대로 해서는 안 될 것이다. 작가의 현실과 문학 창작품 속에 형상화된 현실 사이에는 거리가 있다. 내 생각으로는 문학 텍스트와 작가 자신의 사적인 삶의 여러 정황들은 별개의 영역으로 분리되어야 마땅하다. 다시 말하면 소설이란 문학 텍스트 이상도 이하도 아니라는 것이다. 항간에 떠도는 '소문들', 즉 『경마장 가는 길』이 작가를 배반한 한 여자에 대한 '사사로운 복수극'으로 씌어졌다는 소문은 확인되지 않은 일종의 가설일 수밖에 없다. 그것이 설사 사실이라 할지라도 『경마장 가는 길』은 하나의 허구이고 픽션으로만 읽혀지는 것이 마땅하며, '소문들'을 근거로 해서 작품의 문학적 가치를 폄훼하고, 도덕적 단죄를 하는 것은 우스꽝스러운 일이 아닐 수 없다. 왜냐하면 『경마장 가는 길』은 작가가 아무리 노력한다고 해도 그가 경험한 현실 그 자체로 복원될 수는 없고, 이미 '해석된', 그리고 창조된 현실의 범주를 벗어날 수 없기 때문이다. 『경마장은 네거리에서……』에 대한 비평의 부재 이유가 두 번째의 이유에서라면 그것은 비평가들의 게으름과 직무 유기에 다름 아니다. 두 작품 속에 구현되어 있는 작가 하일지의 소설 담론의 실험성, 새로움의 의미들은 세기말, 이념의 와해, 포스트 모더니즘, 다원주의의 1990년대 소설의 유의미한 한 징후이며, 그것이 정말 뜻 있는 것이라면 활발한 비평 행위를 통해서 그 자치와 의미의 고구考究 작업이 이루어져야 할 것이다.

하일지의 두 번째 장편소설 『경마장은 네거리에서……』는 한국의 소설 독자들에게는 익숙하지 않은 낯선 형식의 소설이다. 이 소설의 낯설음은 우선 이 작품이 한 편의 소설을 통해 확정적인 정보—그것은 작가의 독창적 고안물인 작중인물들이 겪게 되는 감각적 경험들, 어떤 계기들을 통해 드러나는 그의 성격, 욕망의 유형들, 현실 이해, 정서적 반응들, 타인들과의 관계, 사회적 운명의 드라마라는 형태들로 전달된다. 독자들은 그 정보를 근거로 하여 감동을 얻고, 인생의 교훈을 배우며, 삶의 진실에 더 가까워지기를 바란다—를 얻고자 하는 독자들의 보편적 기대를 배반하면서 소설이 전개되고 있는 점에서 비롯된다. 작가가 고안해 낸 인물들이란 한 작가의 말처럼 '현실화하지 않은 내 자신의 가능성들'(밀란 쿤데라)이기도 하고, 작가가 살고 있는, 혹은 살아온 시대와 삶에 대한 이해, 감정과 의혹들, 이념, 세계관들을 총체적으로 구현해 내는 진실의 담지자다. 일반적으로 작중인물들은 당대를 관통하는 정신과, 자아와 사회적 관계에 지배적 역할을 하는 당대의 도덕, 규범들, 가치 체계를 드러내 보인다. 얼마나 탁월하게 그 전형성이 성취되었는가 하는 판단은 그 작품이 얼마나 훌륭한 문학 작품인가를 식별하는 하나의 기준이기도 하다. 독자들의 눈은 당연히 소설 속의 작중인물들의 움직임을 따라가며, 그 작중인물들의 말과 행위, 그 경험의 여로가 표현해 주는 상징과 개념의 숨은 의미들을 발견하고 이해하려고 한다. 독자들은 또한 작가가 자신의 작품을 통해 구현해 낸 여러 다양한 인물들과 풍속들을 통해 당대적 삶의 진실에 대한 이해에 이를 뿐만 아니라 당대적 삶과 현실에 대한 풍부한 비전과 이미지들을 갖게 된다.

『경마장은 네거리에서······』의 작중인물 K는 취업에 필요한 세례 교인 증명서를 구하기 위해 U시에 사는 친구를 방문한다. K의 친구 A는 자신이 다니는 교회의 목사에게 K를 소개하고, 세례 교인 증명서를 부탁한다. 목사는 몇 시간 동안 그들과 만나 얘기를 나누었지만 서류를 해주겠다든지, 혹은 그걸 거절하겠다든지 하는 확실한 언질을 주지 않는다. K는 A의 권유로 A의 아파트에서 하룻밤을 묵고 이튿날 A의 가족들과 함께 교회당에 나간다. 그러나 그날도 목사는 서류를 떼어 주지 않는다. 그날 오후 K는 경마장에 갔다가 A의 아파트로 되돌아온다. 다음날 아침 간밤에 예배를 갔다 온 A는 K에게 목사가 해주었다는 세례 교인 증명서를 준다. K는 서둘러 A의 아파트를 나와 T시행 기차에 몸을 싣는다. 이것이 『경마장은 네거리에서······』에서는 그런 규범들이 해체된다. 작가는 사소해 보이고 파편화되어 있는 미시적 일상의 정황들을 의도적으로 꼼꼼하게 기술함으로써 그것 안에 구현되어 있는 주체의 욕망의 정황들을 보여 주려는 것처럼 보인다. 그것을 일상의 생태학적 탐구라고 명명할 수 있을까? 아니 일상의 생태학의 밑자리에 잠복해 있는 욕망의 생태학적 탐구라고 하는 것이 더 정확할지 모르겠다. 욕망이란 개체적 삶을 움직여 나가는 동력이다. 개체의 욕망들은 서로 끌어당기고, 뒤섞이고, 합쳐지고, 소용돌이치고, 밀어내고, 갈라지며, 하나의 거대한 카오스라고 부를 수 있는 욕망들의 풍경을 만들어 낸다. 제도와 관습, 그리고 각종 규범들은 욕망의 아노미적 상태에 대하여 강제적으로 작용한다. '일상성은 욕망을 질식시킨다'(앙리 르페브르). 그리하여 억압당하고 좌절된 욕망은 무의식과 상상의 영역으로 도망간다. 이를테면 우리가 거리에서 예쁜 여자를 보고, 그 여자에 대해 어떤 성적 욕망을 자극 받았다고 하자. 그렇다 할지라도 우리는 그 여자에게 곧장 다가가 그 여자를 통해 자극된 성적 욕망을 실현할 수는 없다. 욕망은 현실의 제도와 관습, 규범들에 의해 억압되고, 욕망은 상상이나 무의식 속으로 후퇴한다. 우리는 상상 속에서 그 여자의 몸에 걸친 옷들을 하나씩 벗길 수 있으며, 그 여자의 벗은 몸의 구석구석을 애무할 수도 있고, 마침내 그 여자의 의지와 상관없이 주체의 욕망을 실현할 수 있다. 다만 상상과 무의식 속에서! 『경마장은 네거리에서……』의 작가는 바로 그 상상과 무의식의 세계로 후퇴해 간 우리들의 욕망의 미로를 좇아간다. 그리고 현실의 일상성이 아니라 K의 내면 속에 일종의 환영, 혹은 무의식적 강박 관념으로 구현되어 있는 상상의 일상성을 꼼꼼하게 재현해 내고 있는 것이다.

작가는 T시에서 U시로 오는 기차 안, 맞은편 좌석에 앉은 남자가 보고 있던 신문의 기사, U시역 광장, U시의 거리들, K가 A와 목사를 만나는 다방 안, 다방 안에 있는 남녀가 나누는 뜻 없는 대화들, A의 아파트, K가 A와 함께 참석한 교회 예배, A의 교회 신자들과 함께 갔던 음식점들을 집요할 정도로 꼼꼼하게 묘사를 하고, 또한 지겨울 정도로 그것들을 되풀이해서 보여 준다. 작중인물 K의 상상 속에서 여자들은 옷을 벗기우고, 능욕을 당하기도 하고, 목졸려 살해되기도 한다. 그리고 K의 의식에 의해, 이성 중심의 체계로 바라보던 현실은 해체되고, 하찮게 보이는 일상범백사 속에 구현되어 있는 개체의 미시적 욕망들의 움직임은 꼼꼼하게 재구성된다. 이 하찮은 형상들에 대한 작가의 그토록 집요한 묘사를 통해 드러나는 것은 무엇인가. 그것은 일종의 현실에 대한 기호들이다. 일상성에 자잘하게 분절되어 흩어져 있는 욕망의 기호들! 우선 이 하찮고 뜻 없어 보이는 것들을 세공細工하듯이 꼼꼼하게 복원해 내려는 작가의 의도가 소설의 표면 위로 불거져 나온다. 그것은 우선 심연도 없고, 추구해야 할 가치들도 부재하고, 정신적 고양도 일체 없으며, 어떤 꿈이나 드높은 도덕적 이상도 소멸해 버린 오늘의 볼품없고 지리멸렬한 삶에 대한 보고서요, 증언이다. 그 집요한 묘사의 지문들 속에서 우리들의 불연속적이며, 비속하기 짝이 없는 삶의 결들이 생생하게 드러나 있다. 개개의 인간들이란 개개의 욕망의 주체에 다름 아니다. 『경마장은 네거리에서……』의 작가는 카메라의 렌즈처럼 그 미시적 욕망들의 움직임들을 따라간다. 그때 카메라의 렌즈는 사물의 외관을 있는 그대로 드러내 보이는 현실 재현적 기능으로서가 아니라 주체의 표현 의지에 종속되어 현실 창조적으로 작용하는 렌즈이며, 해체와 재구성의 반복을 통해 미시적 욕망들의 다양한 발현과 움직임들, 그리고 정황을 보여 준다. 카메라의 렌즈가 포착한 대상[묘사된 것, 혹은 서술된 것] 그 자체는 아무 뜻도 없다. 대상 속에 내면화하여 숨어 버린 작가의 고안물들, 즉 알리바이・필연성・연쇄적인 작은 테마들에 의해 뜻 없이 보이는 대상은 살아 일어나고, 하나의 의미론적 장場으로 떠오른다.

『경마장은 네거리에서……』는 사회적・심리적으로 고립된 한 인간의 욕망의 미시적 생태학을 보여 주고 있다. 또한 그것은 탈근대적 자아가 처해 있는 불연속적이며 파편화되어 있는 오늘의 실존적 상황과 오늘의 욕망의 발현과 존재 방식, 인간 관계의 불모성을 보여 주고, 그것의 의미를 꿰뚫어 내려는 작가의 의도를 드러내 보여 준다. 그의 사회적 고립은 일차적으로 실직 상태를 통해 드러난다. 실직자가 겪는 고통은 이중적이다. 우선 경제적 궁핍함으로부터 오는 고통과 또 의미 있는 사회적 생산 활동으로부터 단절, 소외되었다는 느낌으로부터 오는 고통이 바로 그것이다.

이번에 취직이 된다면 늦어도 두 달 안에는 첫 월급을 받을 수 있을 것이고 그것은 지금의 K에게는 대단히 요긴한 돈이 될 것이다. 그것이면 지난 삼 년 동안 크게, 혹은 작게 신세를 진 사람들에게 조그마한 선물도 할 수 있을 것이고, K에게 딸려 있는 가족들의 생활을 원활하게 영위해 나갈 수도 있을 것이다. 그리고 그 동안 대하기에 면목이 없었던 사람들을 보다 밝은 낯으로 만날 수도 있게 될 것이다.

주인공 K는 취직을 하기 위해 여러 곳에 이력서를 들이밀어 보지만 실패한 것으로 기술되어 있다. 취직을 해서 돈을 버는 일은 대단히 요긴한 것이다. 그것은 K에게 딸린 식구들을 원활하게 부양할 수 있고, '대하기에 면목이 없었던' 사람들을 당당하게 대할 수 있게 하기 때문이다. 실직의 상태란 사회적 소속감을 느낄 수 있는 경제적 기반의 부재를 의미하며, 또 그것은 K의 의식을 고립, 단절, 소외의 영역 속에 위치시킨다. 그것을 벗어나고자 하는 열망이 크면 클수록 직장을 구하는 일에 적극적이 될 수밖에 없다.

사회적으로 심한 고립의 상태에 있는 K의 어두운 의식의 심층에 자리잡고 있는 것은 어떤 강박 관념, 하나의 환영, 성적인 잠재 의식이다. 그것은 소설 전편을 통해 끈질기게 되풀이해서 나타난다. 그것이 처음으로 나타나는 것은 U시행으로 가는 기차 안에서다. K는 자신의 맞은편에 앉은 남자의 무릎 위에 얹어진 신문을 통해 '십대 소녀 연쇄 강간 살인' 기사를 보게 된다. 그 연쇄 살인 강간 기사와, K가 앉은자리와 통로를 사이에 두고 건너편에 앉은 '빨간 한복을 입은 소녀'와, '선아'는 전혀 무관한 것들이면서 동시에 K의 잠재 의식 속에서 자연스럽게 하나로 겹치는 연상 작용을 일으킨다. 십대 소녀 연쇄 강간 살인 기사를 통해 촉발된 성적 연상 작용은 '빨간 한복을 입은 소녀'의 한복 밑에 받쳐입은 속옷과 그 속옷에 감싸인 나신에 대한 연상 작용으로 발전하고, 그것은 다시 K 자신의 기억 속에 남아 있는 하나의 잔상을 떠올리게 한다. 그 잔상 속의 주인공이 '선아'라는 인물인데, 이 '선아'는 주체의 내면 속에 있는 강박 관념, 혹은 환영으로부터 돌연 소설의 표면 위로 떠오른다. 아니, '선아'는 생각과 생각, 혹은 욕망과 욕망 사이의 어떤 불연속적인 틈으로부터 갑자기 솟아나온다. 그것의 출현은 놀라우리만치 갑작스럽고 돌연하다. 그러나 작가는 이 '선아'가 누구인가를 알 수 있는 어떠한 정보도 독자들에게 주지 않는다. 그리고 '선아'가 실재하는 인물인지, 혹은 K의 환영 속에서 만들어진 가공의 인물인지도 밝혀져 있지 않다. 그러면서도 K가 '선아'를 강간하고 살해하는 장면을 실제의 그것처럼 아주 생생하게 묘사하고 있다. 『경마장은 네거리에서……』에서 실제로 그러한 사건이 있었는가 혹은 없었는가 하는 사실의 입증은 별로 중요한 문제가 아니다. 그것들은 언제-어느 곳의 현실 속에나 잠재해 있는 어떤 폭력의 개연적 드라마, 있음직한 현실의 전형을 현실의 그것보다 더 생생하게 드러내 보여 주며, 동시에 그것에 대한 하나의 상징과 메타포로 떠오른다. 그 상징과 메타포는 작가의 머리 속에서 고안되고, 그 상징과 메타포 속에서 소설의 인물들은 생명성을 얻고 태어난다. K의 환영, 혹은 성적 연상 작용을 그대로 따라가 보면 그것은 우연히 신문에서 읽게 된 십대 소녀 연쇄 강간 살인 기사와 겹쳐진다. 그것은 K가 U시의 한 거리에서 마주친 극장 간판 속의 그림과 다시 겹쳐진다.

그 간판의 가운데 부분에는 지금 풀밭 위에 뒤로 반듯하게 누워 있는 여자를 왼쪽 옆에서 비스듬히 내려다본 모습이 그려져 있다. 여자는 그녀가 입고 있는 긴치마가 젖퉁 위에까지 걸어 올려져 있어서 사실상 거의 알몸이나 마찬가지다. 그녀의 가슴패기에까지 걸어 올려진 빨간 치마의 한 자락이 그녀의 왼쪽 유두를 살짝 가리고 있다. ……그녀의 두 다리는 벌어져 있다. 그러나 그녀의 왼쪽 다리가 약간 세워져 있기 때문에 그녀의 사타구니 사이의 음부는 가려져 있다. 가슴패기에까지 걷어 올려진 그녀의 치마는 몹시 고통스러운 표정을 짓고 있는 그녀의 얼굴의 일부를 가리고 있다. 그녀의 왼손은 지금 그녀가 누워 있는 바닥의 풀 포기 같은 것을 움켜쥐고 있다. 그러나 그녀의 오른팔은 지금 무엇을 하고 있는지 그림에 나타나 있지 않다. 그녀의 벌어져 있는 가랑이 사이의 발치에는 구두를 신고 검은 바지를 입고 있는 남자의 하반신이 역광으로 서 있다.

이 영화의 제목은 「경마장에서 생긴 일」이고, 이 간판 그림 속에 묘사된 정황은 십대 소녀 연쇄 강간 살인 사건의 정황과 겹쳐지며, 다시 '선아'에게 일어난 일로 암시되고 있는 정황과 겹쳐진다. 그리고 그 정황 속의 여자들은 한결같이 '빨간 한복을 입은 소녀'들이다. 그들은 동일 인물이 아니면서 마치 동일 인물처럼 묘사되고 있다. 이것은 다시 U시의 교회에서 만났던 한 교인의 딸이 똑같은 정황 속에서 똑같은 방법으로 강간당하고 살해되는 것으로 다시 변주된다. 강간이란 무엇인가. 그것은 투박하게 말하자면 힘이 센 남성이 약한 여성의 주체성을 박탈하고 저지르는 폭력의 한 양태다. 그것은 남성 지배 문화 사회의 밑에 잠복해 있는 여성을 욕망의 도구적 존재로 비하해서 폭력성을 증거해 준다. 그것은 또한 여성의 성적 육체적 매력을 상품화하는 관료 사회의 타락한 풍속이 유발시키는 폭력이기도 하다. 대중 매체를 통해 쏟아 부어지는 광고들은 성적 욕망을 끊임없이 자극하고, 그리고 기회는 박탈해 버린다. 그들은 불쌍하게도 그것이 함정이라는 것도 모른 채 어슬렁거리며 박탈된 기회를 엿본다. K는 바로 어슬렁거리는 사람이다. K가 T시행 기차 안에서 보았던 신문 기사, '오늘 아침 일곱시경, T시 T여자중학교 뒷산 소나무 밑에서……'로 시작되는 것과, '오늘 아침 일곱시경, U시 U여자중학교 뒷산 소나무 밑에서 이 학교 이학년에 재학 중인 열네 살 권모양이 하반신이 벗겨진 변사체로 발견되었습니다'라는 보도 기사는 하나로 겹쳐진다. 이것은 무엇을 말해 주는가. 이것은 현실 속에서 일반적으로 일어나는 사례는 아니다. 그렇다고 해서 이런 일이 절대로 있을 수 없다고 단정적으로 말할 수도 없다. 항상 개연성은 존재한다. 우리가 실제적으로 인지하는, 혹은 인지할 수 있는 현실과 소설 속의 그것과의 사이, 즉 거리를 보여 준다. 그 거리에 의해 현실의 자명성, 상투성의 탈은 벗겨지고, 현실의 내면에 잠복해 있던 동일한 것의 영원한 재귀, 불가해성, 미궁과 같은 것들이 드러난다.

특이하고 괴이한 것 앞에서 사람들은 놀란다. 『경마장은 네거리에서……』 속에 제시되는 현실은 특이하고 괴이한 것이다. 독자들은 현실의 특이하고 괴이한 사례 앞에서 놀란다. 이것은 작가가 고안해 낸 소설의 한 트릭이고, 기교다. 다시 말해 실존의 조건과 세계를 새롭게 조명해 보려는 작가에 의해 고안된 일종의 소설적 장치라는 말이다. 소설 속에 육화되는 감각적 진실은 실재하는 '현실'의 재현으로부터 비롯되는 것이 아니고, 작가의 상상, 최초의 고안으로부터 나온다. 소설은 단순한 현실의 복사가 아니라 현실에 대한 새로운 패러다임을 제시한다. 밀란 쿤데라의 '소설의 인물은 실제의 인간처럼 어머니 뱃속에서 일어나는 것이 아니고, 핵심에 인간의 가능성을 내포하고 있는 어떤 상황, 어떤 문장, 어떤 메타포에서 탄생한다'는 말을 떠올릴 수도 있다. 소설 속에 그려진 이 그로테스크하고 비현실적일 수밖에 없는 정황은 현실적 개연성으로 우리의 현존에 대한 전율하는 인식을 만들어 낸다. 『경마장은 네거리에서……』는 일그러져 있는 실존의 삭막한 풍경이다. 현실은 U시의 조악하게 그려진 극장 간판 그림처럼 조악한 것이며, 전신주에 부착되어 있는 빨간 고딕체 글씨의 '에올라가 마시오'는 의미 전달이 제대로 안 될 정도로 훼손되어 있는 현실의 불구성의 기호로 읽힌다. '사랑'이나 '진실'과 같은 어사들은 텔레비전의 드라마 속에서 배우들에 의해 뜻 없이 공허한 대사로 되뇌어질 뿐 더 이상 본래의 의미를 전달하지 못한다. 그 말들은 죽은 말들이다.

『경마장은 네거리에서……』에서 주인공 K는 끊임없이 '내가 지금 이곳에 있다는 사실을 무엇으로 증명할 수 있는가' 하는 문제에 집착하고 있다. K는 그것이 상상 속의 것이든 실제적인 행위이든 욕망의 표현으로서의 행위, 행동 들의 도덕성에 대한 가치 판단을 배제하고 있다. 한 사회 속에서 통용되는 도덕성이란 가변적인 것이다. 지금—여기에서 도덕적인 것으로 여겨졌던 어떤 것들은 지금—여기가 아닌 곳에서는 비도덕적일 수도 있다. 또 제도와 관습, 그리고 규범들로 제도화, 체계화된 한 사회의 도덕은 그것을 낳은 현실에 의해 언제든지 전복되고 배반될 수 있다. 오히려 중요한 것은 불확정성의 세계 속에서의 자아의 현존을 어떻게 증명할 것인가라는 문제다. 그것은 영속적이고 항구적인 주체의 문제다. K의 의식이 빠져드는 '매순간 내가 거기에 있었음을 어떻게 입증할 수 있을까' 하는 문제는, 사실은 '매순간 나의 살아 있음이 의미 있다는 것을 무엇으로 증명할 수 있는가' 하는 문제다.

『경마장은 네거리에서……』 역시 『경마장 가는 길』과 마찬가지로 순환 구조를 가지고 있는 소설이다. 소설의 결미는 소설의 서두와 맞물려 있다. 그것은 영원한 재귀, 되풀이로서의 삶과 현실에 대한 기호다. 또 『경마장은 네거리에서……』를 관통하고 있는 일관된 주제는 '세계는 의미 심장한 것도 부조리한 것도 아니다. 세계는 다만 존재할 뿐이다'(알랭 로브그리예)라는 이미 『경마장 가는 길』에서 드러낸 바 있던 그 주제다. 작가는 다시 삶과 세계의 있음, 그 현존의 불가해성을 반복적으로 보고하고 있다. 또 작중인물 누구도 구체적 이름을 부여받지 못하고 단순한 알파벳으로 표기되고 있는 것도 동일하다. K는 누구인가. 그것은 이미 개체적 존재로서의 의미를 부여받지 못하는 익명화된 사회의 그 누구라도 좋은 것이다. 그것은 『경마장 가는 길』에서 그랬듯이 현대 사회의 익명성, 탈인물의 징후에 대한 표지다. 작중인물의 주요 관심의 범주가 성과 취직이라는 두 개의 축을 중심으로 구성되어 있는 것 역시 동일하다. 『경마장은 네거리에서……』의 작중인물 K는 포스트 모던 시대의 한 일탈된 자아, 환멸성에 침윤된 자아를 보여 준다. 그 자아가 빠져드는 성적 백일몽은 현실의 억압으로 사회화되지 못하고 주체의 내면 속에 억제된 야만적이고 강박적인 성적 욕망은 그 백일몽으로 방출된다. 그 자아를 둘러싸고 있는 현실은 모든 것이 불확실하고 애매모호하다. 『경마장은 네거리에서……』는 불확실하고 모호함으로 이루어진 미망迷妄과도 같은 현실 속에서 지표와 이념을 잃고 표류하는 자아의 미시적 욕망의 생태학을 따라간다. 카프카의 『성城』의 주인공 K가 '성'으로 가고자 그렇게 열망했으면서도 실패했듯이 『경마장은 네거리에서……』 주인공 K도 욕망의 기호들의 홍수 속을 표류하면서 끝내 '경마장'에 가 닿지 못한다.

■작품읽기 12

엘리베이터_로버트 쿠버

로버트 쿠버 Robert Coover는 1932년 미국에서 태어나 현실과 환상이 뒤섞이는 소설을 써서 주목을 받은 소설가다. 쿠버의 대표작으로 알려져 있는 단편집 『점보악곡과 수창부』로 1969년에 브랜다이스 창작예술상을 받았고, 장편소설 『공개 화형』으로 1976년도에 미국 학술원상을 받았다. 로버트 쿠버의 소설에는 역사에 대한 불신, 신화나 우화에 대한 재해석, 패러디 등이 잘 드러난다. 물론 이런 특징은 쿠버의 독자적인 것은 아니고 1960년대에 작품활동을 한 미국의 포스트모더니즘 작가들, 이를테면 도널드 바셀미나 존 바스, 커트 보네커트, 리처드 브라우티건, 토머스 핀천 등과 공유하고 있는 특징이다. 쿠버의 소설에는 여기에 기발한 상상력, 시적 직관, 독백 들을 뒤섞으며 현대문명 속을 허우적이며 사는 사람들의 백일몽과 병적 심리를 묘파해 냄으로써 독창적인 경지를 이끌어 낸다. 여기 실린 「엘리베이터」는 로버트 쿠버의 작가적 개성이 돋보이는 소설이다.

1

마틴은 매일 아침 예외없이 엘리베이터의 단추를 반사적으로 눌러 그의 사무실이 있는 14층으로 올라간다. 그는 오늘도 그렇게 할 것이다. 그러나 그가 제일 먼저 도착했을 때, 로비는 텅 비었고 낡은 건물은 아직도 어두운 그림자와 고요에 휩싸여 있어, 말없이 누군가를 기다리고 있음에도 불구하고 삭막한 느낌을 준다. 그래서 마틴은 오늘 무슨 색다른 일이라도 생기는 것은 아닌가 궁금하다.

오전 7시 30분 : 마틴은 일찍 온 덕분에 엘리베이터를 독차지한다, 그는 그 안으로 발을 들여놓는다 : 이 갑갑한 공간! 마음을 동요시키는 충격 같은 것을 느끼며 그는 생각한다. 그리고 숫자가 쓰인 단추판을 향해 선다. 1에서 14까지, 그리고 지하층을 가리키는 'B'를 누른다—7년이 지난 이제야 지하층에 가 보다니! 그는 소심한 자기 자신에게 코웃음친다.

잠시 고요가 흐르더니 엘리베이터 문이 우르르 닫힌다. 밤새 뜬눈으로 이 순간을 기다렸단 말인가! 엘리베이터는 천천히 지하로 가라앉는다. 낡은 건물의 음산하면서도 퀴퀴한 냄새에 까닭없이 두렵고도 당황한 마틴은 갑자기 자신이 지옥으로 떨어진 것이라 상상한다. 그래! 지옥에 떨어진 사람들 속으로 말야! 가벼운 전율로 그는 몸을 떤다. 그러나 마틴은 마음을 단단히 먹고 그렇기라도 하다면 좋으련만 하고 생각한다. 낡은 승강기는 부르르 떨며 멈춰 선다. 자동문이 하품하듯 열린다. 그저 지하실일 뿐, 아무것도 아니잖아. 텅 빈 채 거의 깜깜할 정도군. 아무 소리도 안 들리고, 별 뜻도 없어.

마틴은 내심 자신에게 미소를 지으며 '14'번을 부른다. "여! 삼도천 사공 친구, 지옥은 반대쪽일세!" 그는 큰 소리로 외친다.

2

마틴은 비참한 심정으로 고약한 방귀 냄새가 자기 코에 닿을 때까지 기다렸다. 매번 똑같았다. 그는 캐뤄더일 것이라고 짐작했으나 밝힐 수가 없었다. 어디서 났는지 알 수 있을 만큼 소리가 큰 것도 아니었다. 그러나 항상 캐뤄더가 먼저 시작했고, 비록 다른 얼굴들은 바뀔 망정 캐뤄더는 항상 그 속에 끼어 있었다.

엘리베이터에는 일곱 명이 타고 있었다. 여섯 명의 남자와 안내양 한 명. 안내양은 참견하지 않았다. 틀림없이 불쾌했겠지만 전혀 내색을 하지 않았다. 그녀는 캐뤄더가 상스러운 수작으로 감히 어쩌지 못할 초연함을 겉으로는 유지하고 있었다. 하물며 남자들의 추잡한 장난질에 끼어들 리 만무였다. 하지만 마틴은 그녀가 이들 때문에 고통을 받고 있음은 틀림없다고 생각했다.

그리고, 그러면 그렇지. 그가 옳았다. —처음에는 살짝, 좋은 냄새인가 싶을 정도로, 그러다가 서서히 아주 고약한 냄새가 그의 코를 찌르는 것이었다.

"이봐! 한 방 뀐 게 누구야?" 이렇게 캐뤄더가 말문을 열며 외쳤다.

"마틴이 뀌었지!" 철석 같은 대답이 나왔다. 그리고는 한바탕 웃음보가 터지고

"뭐야! 마틴이 또 뀌었어?" 두툼한 입술 사이로 이를 드러낸 채 껄껄대는 그들의 웃음소리가 그의 주위에 응결되는 동안 다른 자가 큰 소리로 말했다.

"아이구, 제발, 좀 참아 줘, 마틴!"

다른 자가 외쳤다. 이런 짓거리는 그들이 엘리베이터를 내릴 때까지 계속되곤 했다. 엘리베이터는 비좁았다 : 그들의 웃음이 벽에 가로막힌 채, 그 안에 가득 차 있었다.

"살려줘, 마틴! 방귀 좀 작작 뀌라구!"

나는 아냐, 나는 아니라구, 마틴은 주장했다. 그저 자기 속으로만. 아무 소용없었다. 그것은 운명이었다. 운명과 캐뤄더. (더 많은 웃음과 더 거칠게 쿡쿡 찔르기만 할 뿐.) 두어 번 그는 아니라고 주장했다. "아, 마틴, 자네 너무 부끄러워하는군!" 캐뤄더가 큰 소리로 말했다. 쩌렁쩌렁하는 목소리, 커다란 체구. 마틴은 그가 싫었다.

사람들은 하나씩 그들의 코를 싸잡고 각기 다른 층에서 엘리베이터를 빠져 나갔다. 엘리베이터를 내리다 사람을 만나면 그들은 "방귀쟁이 마틴아!"하고 외쳐 대곤 했고, 그러면 으레 엘리베이터가 움직이는 동안 또 웃음이 터지는 것이었다. 문이 열릴 때마다 공기는 약간씩 맑아졌다.

마지막에는 항상 마틴과 안내양 단둘이만 남게 되었다. 그가 내리는 14층이 맨 위층이었다. 오래 전 이 모든 일이 시작되었을 때, 그는

내리면서 안내양에게 사죄의 눈길을 던져 보았으나, 그녀는 항상 어깨를 돌리고 있었다. 아마도 그녀는 자기 때문에 마틴이 이런 장난을 친다고 생각했을지도 모른다. 마침내 그는 몸을 그저 꾸부정한 채 가능한 한 빨리 빠져 나가는 습관이 몸에 배이게 되었다. 여하튼 그녀는 그가 범인이라고 생각할 테니까.

물론 캐뤄더에게 할 대꾸는 있었다. 그렇다. 마틴은 그것을 알고 있고, 수없이 연습도 했다. 그 자를 상대하는 유일한 길은 그의 방식 대로인 것이다. 그리고 그는 그렇게 할 것이다. 때가 되면.

3

마틴은 나이 어린 안내양과 단 둘이 엘리베이터 안에 있다. 그녀는 마르지도 뚱뚱하지도 않아, 연보랏빛 유니폼을 입은 맵시가 아주 매력적이다. 마틴은 여느 때와 다름없이 그녀에게 친절히 인사를 걸고, 그녀는 그의 인사에 미소로 답한다. 그들의 눈길이 순간적으로 마주친다. 그녀의 눈은 갈색이다.

마틴이 엘리베이터를 탈 때, 실은 그 안에 여러 명이 있었지만, 엘리베이터가 사향내 나는 낡은 건물 속을 올라가면서 다른 사람들은 혼자 아니면 여럿이 같이 내린다. 마침내 마틴은 안내양하고만 남게 된다. 그녀는 조종간을 잡고 그것에 기대어 있고, 엘리베이터는 한숨을 지으며 위로 향한다. 그는 그녀에게 말을 걸고 엘리베이터에 관한 가벼운 농담을 한다. 그녀는 웃고

엘리베이터에 안내양과 단 둘이 있게 되자 마틴은 생각한다. 만약 이 엘리베이터가 떨어지기라도 한다면, 내 목숨을 바쳐서라도 아가씨를 구하리라. 그녀의 등은 곧바른 것이 야릇하게 매력적이다. 연보랏빛 유니폼 스커트는 몸에 딱 붙어, 만개한 듯한 궁둥이를 팽팽하게 감싸 올려 주고, 그곳에 움푹한 곳이 있음을 말해 준다. 아마 밤이겠지.

그녀의 장딴지는 근육이 단단해 보인다. 그녀는 조종간을 잡고 있다.

안내양과 마틴만이 엘리베이터를 타고 있고, 그것은 올라가고 있다. 그녀가 뒤돌아 서서 자기를 쳐다보지 않을 수 없을 때까지 그녀의 둥긋한 궁둥이를 뚫어져라 쳐다본다. 그의 시선은 침착하게 그녀의 배에서 벨트로 꼭 죄인 허리로, 그리고 팽팽한 젖가슴을 지나 그녀의 상기된 시선과 마주친다. 그녀는 입술을 벌린 채 숨을 깊이 들이마신다. 그들은 포옹한다. 그녀의 젖가슴이 부드럽게 그의 몸을 누른다. 그녀의 입술은 달콤하다. 마틴은 엘리베이터가 올라가고 있는지 아닌지 잊고 있었다.

4

어쩌면 마틴은 엘리베이터 속에서 죽음을 만날지도 모른다. 그렇다, 어느 오후 점심 먹으러 나가다가. 아니면 담배 사러 약국으로 가다가. 그는 14층 복도에서 단추를 누를 것이고, 문이 열리며 암흑의 미소가 손짓할 것이다. 엘리베이터 통로는 깊다. 그곳은 암흑과 침묵뿐이다. 마틴은 그 침묵에 의해 죽음을 알아차릴 것이다. 그는 항의하지 않으리라.

그가 항의할 꺼라구요! 오 신이여!
아무리
공허감이 숨결 아래로 비틀비틀
새어나올지라도
그 통로는 길고 좁습니다. 그 통로는
암흑이지요
그는 항의하지 않을 겁니다.

5

　마틴은 여느 때와 다름없이 거의 반사적으로 엘리베이터의 단추를 눌러 그가 일하는 14층으로 간다. 일찍 오기는 했으나 겨우 몇 분 빠를 뿐이다. 다른 사람 다섯 명이 같이 타게 되고, 서로 인사를 나눈다. 그는 'B'를 누르고 싶은 유혹을 받지만, 감히 그러지 못하고 대신 '14'를 누른다. 7년간이나!

　자동문이 닫히고 엘리베이터가 천천히 불평하는 듯 올라가기 시작하자, 마틴은 멍하게 범주에 관해 생각하게 된다. 다소 우울하면서도 만족감을 느끼며 그는 깨닫는다. 이 조그만 공간. 너무도 평범하고 너무도 압축된 이 방. 이 엘리베이터는 모든 것을 포함한다 : 시간, 공간, 원인, 운동, 크기, 종류 등. 우리를 가만히 내버려두어도 우리는 아마 그것들을 발견하리라. 다음 탑승자들은 독선적인 미소를 지으며 (결국 그들은 시간의 존재이니까) 날씨와 선거, 그리고 오늘 그들이 해야 할 일에 대해 지껄여 댄다. 그들은 외견상 움직이지 않고 서 있으나, 그럼에도 움직이고 있는 것이다. 운동 : 아마도 결국에는 이것이 전부 아닐까. 운동과 매체, 에너지와 가중된 입자들. 힘과 물질. 이미지가 그를 순수하게 사로잡는다. 상승, 그리고 분자들의 수동적인 재조직.

　7층에서 엘리베이터는 멈추고 한 여인이 내린다. 그녀의 향기 자취만이 남는다. 다시 상승 운동이 시작될 때, 마틴 혼자만이 그녀의 부재에 대해 말한다―물론 자기 속으로 한 명이 줄어들었다. 그러나 우주의 총체는 가득 차 있는 것이다 : 한 사람 한 사람 그 모두를 포함한다. 상실이란 상상할 수 없다. 그러나 만약 그렇다면―마틴의 몸은 싸늘하게 떨린다―총체란 무無와 마찬가지인 것이다. 전율감에 이어 연민의 정이 몰려 들어옴을 느끼며 마틴은 남은 네 명의 탑승자들을 둘러본다. 우리는 항상 운동 가능성에 주의를 기울여야만 한다고 그는 자신을 상기시킨다. 그러나 아무도 겉으로는 그를 필요로 하지 않는다. 만약 그가 오늘 그들 대신 일을 해줄 수 있다면, 그들에게 생각할 수 있는 하루를 친절히 베풀 수 있다면……

엘리베이터는 10층에서 허공에 매달린 채 진동하며 멈춰 선다. 남자 둘이 내린다. 두 번만 더 서면 마틴은 혼자가 된다. 그들이 무사히 빠져 나가는 것을 보았다. 비록 여느 때와 다름없이 마틴은 자신의 냉혹한 우울감에 갇혀 있기는 하지만, 그래도 14층에서 엘리베이터를 걸어나오며 그는 미소를 짓는다. "참가하게 되어 기쁩니다"라고 그는 목청껏 큰 소리로 선언한다. 그러나 엘리베이터 문이 자기 뒤에서 닫히고, 공허한 하강 소리가 들리자 그는 의아해진다. 엘리베이터의 총체는 지금 어디에 있는 것일까?

6

엘리베이터 줄이 13층에서 끊긴다. 순간적인 치명적 정지 상태가 온다—그리고는 갑작스럽고 숨막히는 급강! 안내양은 공포에 질려 마틴에게로 돌아선다. 단 둘뿐. 비록 속으로는 공포로 가슴이 터질 듯하지만 그는 겉으로는 침착한 채 있다. "누워 있는 것이 안전할 것 같아요" 그는 말한다. 그는 바닥에 쭈그리고 앉으나 안내양은 충격으로 얼어붙어 있다. 그리고 그는—"어서요"라고 말한다. "내 위에 누워도 좋아요. 내 몸이 충격을 약간 흡수할 거요." 그녀의 머리가 그의 뺨을 애무하고, 그녀의 궁둥이는 스펀지처럼 그의 사타구니를 누른다. 그의 희생정신에 감동한 나머지 그녀는 사랑에 도취되어 운다. 그녀를 진정시키기 위해 그는 그녀의 발딱거리는 배를 꼭 껴안고 달래듯 그녀를 어루만져 준다. 엘리베이터는 휙하고 떨어진다.

7

오늘 안으로 해치워야 할 일들을 정리하면서 마틴은 사무실에서 늦도록 일한다. 틀에 박힌 일들이긴 하나 그의 일상생활을 지배하는 중단되지 않는 필요성의 일부이기도 하다. 마틴의 사무실, 비록 더 클 필요도 없긴 하지만, 그것은 그리 크지 않은, 그리고 그의 책상 위에 약간 어지러이 쌓여 있는 것을 제외하고는 아주 깔끔한 사무실이었다. 방에는 책상과 의자 두 개, 한쪽 벽면에 놓여 있는 책꽂이들, 그리고 다른 벽면에 걸려 있는 달력, 이것이 전부였다. 마틴의 책상 위에 있는 형광등 스탠드만이 그 방을 밝혀 주고, 천장의 등은 꺼져 있었다.

마틴은 마지막 서류에 서명을 하고 한숨을 내쉬며 미소를 지었다. 그는 재떨이에서 반쯤 타 들어간 담배를 집어들어 깊숙이 빨고는 다시 길게 내뿜으면서 검은색 재떨이 바닥에 꽁초를 반으로 꺾어 꽉 눌렀다. 재떨이 속에 있는 뒤틀린 필터 더미 사이로 꽁초를 계속 비벼 끄면서 그는 한가하게 자기 시계를 쳐다보았다. 놀랍게도 시계가 12시 30분을 가리키고 있었다─그리고 멈춰 있었다. 벌써 자정이 넘었다니!

그는 벌떡 일어나 소매를 걷어 내리고 단추를 채우고 의자 등에서 양복저고리를 획 집어들고는 그 속으로 팔을 찔러 넣었다. 12시 30분이라도 많이 늦은 것인데─맙소사! 도대체 얼마나 더 늦었을까? 양복저고리가 아직 등의 4분의 3정도밖에 걸쳐지지 않았는데도 그는 넥타이를 비뚤하게 맨 채 책상 위에 흩어져 있는 서류들을 서둘러 쌓아 놓고는 스탠드를 껐다. 깜깜한 방을 더듬어 희미한 노란색 전구 하나가 밝히고 있는 복도로 나와서는 사무실 문을 등뒤로 잡아당겼다. 단단히 문이 걸리는 둔탁한 소리가 텅 빈 복도에 공허하게 울렸다.

대리석 바닥 위로 떨어지는 발소리로 정적을 깨뜨리면서 14층에 있는 다른 사무실들의 닫혀진 문을 지나 안내양이 없는 엘리베이터를 향해 통로를 허둥지둥 지나는 동안, 셔츠 깃의 단추를 채우고 넥타이와 오른쪽 어깨께에서 두 겹으로 접힌 양복깃을 반반히 했다. 웬일인지 그는 떨고 있었다. 낡은 건물의 심원한 정적이 그를 불안하게 했다. 마음을 편히 가지라구. 이렇게 그는 자신을 독려했다. 금방 몇 시인지 알게 될 텐데 뭘 그래. 그는 엘리베이터 단추를 눌렀다. 그러나 아무 일도 일어나지 않았다. 설마 걸어 내려가는 것은 아니겠지! 그는 몹시 속이 상해서 혼자 투덜댔다. 그는 단추를 다시 더 세게 쿡 눌렀다. 그랬더니 이번에는 밑에서부터 엄숙하게 우르릉거리며 들릴 듯 말 듯한 쿵쿵 소리가, 명확치 않게 삐걱거리는 비탄의 소리가 점점 가까이 들려 왔다. 소리가 멈추더니 엘리베이터 문이 그를 받아들이려고 열렸다. 발을 들여놓으면서 마틴은 갑자기 어깨 너머로 뒤돌아보고 싶은 충동을 느꼈으나 꾹 참았다.

엘리베이터 속에서 그는 번호판에 있는 '1'번 단추를 주먹으로 쳤다. 문이 닫혔다. 그러나 엘리베이터는 내려가는 대신 계속 올라가는 것이었다. 빌어먹을 놈의 고물 같으니라구! 마틴은 짜증이 나 욕설을 해댔다. 그리고는 '1'이라는 단추를 자꾸자꾸 흔들어 보았다. 하필이면 오늘밤에! 엘리베이터가 멈췄고 문이 열려 마틴은 밖으로 나왔다. 나중에 그는 자기가 왜 그렇게 했는지 의아했다. 문이 자기 등뒤로 스르르 닫히더니 그 재미있는 우르릉 소리가 희미하게 멀어져 가면서 엘리베이터가 내려갔다. 완전히 깜깜했지만 무슨 형체들이 보이는 듯했다. 비록 아무것도 명확히 볼 수 없었지만, 그는 자기 혼자 있는 것이 아니라는 것을 확실히 알고 있었다. 그는 엘리베이터 단추를 찾으려고 벽을 더듬었다. 차가운 바람이 그의 발목을, 목덜미를 갉아먹는 듯했다. 바보 같으니! 바보 멍청이 같으니라구! 그는 한탄했다. 15층은 없잖아! 벽에 기대어 서서 그는 단추는커녕 심지어 엘리베이터 문도 찾을 수가 없었다. 그저 그 벽밖에는.

캐뤄더의 큼직한 목소리가 조그만 우리 속에서 우렁차게 울렸다. "마틴이 꾀었어!" 어김없는 대답이 나왔다. 그 다섯 남자들은 웃었다.

마틴은 얼굴을 붉혔다. 안내양은 무관심한 척했다. 고약한 방귀 냄새가 비좁은 엘리베이터 속에서 진동했다.

"빌어먹을, 마틴, 방귀 좀 작작 뀌란 말야!"

마틴은 침착한 눈초리로 그들을 노려봤다. "캐뤄더는 제 에미하구 ×한다구." 그는 단호하게 말했다. 캐뤄더가 그의 얼굴을 정면으로 때렸고, 안경이 깨어져 떨어지자 마틴은 비틀거리며 벽에 기대섰다. 또다시 한방 오겠지 하고 기다렸으나 그렇지 않았다. 누군가가 팔꿈치로 그를 쳤고, 마틴은 바닥으로 엎어졌다. 그는 바닥에 무릎을 꿇고는 조금씩 울면서 손으로 안경을 더듬어 찾았다. 마틴은 코피가 입 속으로 줄줄 흘러내리는 것을 핥았다. 그는 안경은커녕 아무것도 볼 수 없었다.

"아가씨, 조심하라구!" 캐뤄더가 큰 소리로 말했다. "방귀쟁이 마틴이 아가씨의 예쁜 속옷을 살짝 엿보려 한단 말야!" 웃음보가 터졌다. 마틴은 안내양이 다른 쪽으로 몸을 움츠린다고 느꼈다.

9

그녀의 보드라운 배가 스펀지처럼 그의 사타구니를 눌렀다. 아냐, 아가씨 등으로 눕는 것이 더 안전하겠어, 라는 생각이 떠올랐지만 그 생각을 떨쳐 버린다. 그녀는 공포에 질려 울며, 촉촉하고 뜨거운 입술을 그의 입술에 비벼 댄다. 그녀를 진정시키기 위해 그는 그녀의 부드러운 궁둥이를 껴안고 달래듯 어루만져 준다. 너무도 급작스럽게 아래로 떨어져 그들은 허공에 떠 있는 듯했다. 그녀는 스커트를 벗었다. 기분이 어떨까? 그는 궁금했다.

10

마틴은 아무 생각 없이 자동적으로 엘리베이터를 타고 단추를 눌러 그가 일하는 14층으로 간다. 조직화라는 것, 그것이 잘못된 것이야. 그는 결론짓는다. 그것이 사람들을 미치게 만든단 말야. 그는 지각했지만, 단지 몇 분 늦었을 뿐이다. 다른 일곱 명이 안절부절 땀을 흘리며 그에 합세한다. 그들은 초조한 듯 손목시계를 흘끔흘끔 쳐다본다. 아무도 'B'단추를 누르지 않는다. 허둥지둥 서로 인사를 나눈다. 그들의 바보 같은 걱정이 마치 악한 기운처럼 스며 나와 마틴에게로 들어간다. 그는 손목시계를 자꾸 들여다보고 있는 자신을 발견하며, 엘리베이터가 느린 것 같아 조바심을 낸다. 여유를 가지라구, 그는 자신에게 주의를 준다. 그들의 멍한 얼굴이 그를 짓누른다. 처량해. 눈에 뭔가 씌인 거야. 자기들이 직접 마음대로 만들어 놓은 조직적인 시간의 횡포에 시달리잖아. 자초한 고문이지. 허나 피할 가능성은 전혀 없을 것. 엘리베이터가 덜컹하며 3층에서 멈추고, 그들의 누르스름한 얼굴 근육이 떨린다. 그들은 모두 고개를 까딱하고, 헛기침을 하고는 신경질적으로 얼른 문 닫으라는 시늉을 한다. 엘리베이터가 다시 기를 쓰고 위로 올라가기 시작할 때 그들은 모두 조금씩 그녀를 의식하긴 하지만(제기랄, 늦게 만들고 있네!), 오직 마틴만이 진정으로—속으로만— 그녀의 모든 존재에 주목한다. 커져 가는 비극. 비극이 또 비극을 낳고, 이렇게 끝없이 계속되겠지. 오르락내리락. 오르락내리락. 어디서 끝날까? 그는 궁금했다. 그녀의 향수 냄새가 탁한 공기 속에 음울하게 떠돈다. 위협을 당하는 이 기형적인 이성의 동물들. 고통을 당하면서도 오만하기 그지없는. 오르락내리락. 그는 눈을 감았다. 하나씩 그들은 그에게서 떠난다.

그는 혼자 14층에 당도한다. 그는 낡은 엘리베이터 밖으로 발을 내딛고는, 그 텅 빈 공간을 뒤돌아본다. 그곳에, 오직 그곳에만이 평화가 있는 것이라고 지친 듯 결론짓는다. 엘리베이터 문이 꽉 막힌다.

11

여기 이 엘리베이터 속에서, 내가 창조했고, 내가 조종하며, 내가 운명을 결정짓는 이 나의 엘리베이터 속에서, 나 마틴은 나의 전능함을 선포하노라! 종국에는 모든 것에 저주가 있을지니! 나의 저주! 내가 내리노라! 두려워할지어다!

12

엘리베이터는 떨어지면서 미친 듯이 비명을 지른다. 그들의 벌거벗은 배가 한데 철썩하며 맞붙고, 손은 서로 움켜잡은 채, 그녀의 질구는 스펀지처럼 그의 딱딱한 기관 위에서 다물어 버린다. 맞붙은 입술, 얽혀 있는 혀. 그들의 육체는 : 그들이 어떤 상태로 발견될까? 그는 속으로 웃는다. 그는 곤두박질하는 바닥을 박차고 일어선다. 그녀의 갈색 눈은 눈물을 글썽거리며 그는 사랑한다.

13

그러나—아!—저주받았다구요, 영감, 저주받았단 말입니다! 그들이 우리에게, 또 나에게 무엇이란 말입니까? 전부예요. 그들이 고약한 냄새를 풍기고, 잔인하기 이를 데 없으며, 우둔함에서 헤어나지 못해도 상관없습니다—그러나 아버지, 그들을 웃게 내버려두소서! 영원히! 그들을 울게 놔두소서!

14

그런데 이봐! 이 친구 있잖아, 그가 빌어먹을 놈의 엘리베이터를 탄 것 좀 봐. 그리고 그가 어떻게 5피트나 되는 긴 물건을 갖게 되었는지는 유명하다구, 놀리는 게 아냐. 5피트나 되는데 그 자가 올라타니—그렇다니까! 자네 그런 녀석이 빌어먹을 음부를 아니 내 말은 공공 엘리베이터를 올라탄 것을 상상이나 하겠나? 굉장해! 그 친구 이름은 몰라. 머트 아니면 모트일걸. 그러나 가장 중요한 건 그자가 옛날 라합이 보았던 것보다 훨씬 큰 자식 낳는 발을 가졌다는 거야. 그럼 어떻게 하냐구? 나도 잘 몰라. 다리에 감거나 어깨에 걸머지거나 하겠지. 맙소사! 얼마나 힘들까! 장담하지만 그 친구 내가 내 빈약한 물건을 찔러 넣어 본 것보다 훨씬 많이 불쌍한 갈보들을 죽여줬을걸. 심지어 한번은 말야—잘 들어봐! 캐뤄더가 이건 진짜 사실이라고 그러는데, 내 말은 그가, 그 자식을 존경한다는 뜻이야—심지어 그 자는 수음신들 중의 하나라는 거야. 거기 이탈리아 사람들은 뭐라고 부르는지 잊어버렸지만 말야. 큰 전쟁이 있은 후 어느 날 그들은 그 자가 여기 이 5피트나 되는 자기 호스를 죽 펴는 것을 보고는 말문이 막혀 버렸지 뭐야—그 자는 단지 빌어먹을 뭉치를 꺼내려고 했을 뿐이라고 캐뤄더가 그러더군—그들은 그 자가 틀림없이 빌어먹을 수음신이나 아니면 그 비슷한 것이리라고 생각했어. 그래서 그를 부려 가지고 신이 하는 그런 일을 하게 만들고 싶어했지. 그리고 모트는 그 일이 그리 나쁠 것도 없다고 생각한 거야. 자네는 그 자가 지금껏 해오던 것같이 리비아에서 기름 파내는 일이나 네덜란드에서 제방 구멍을 막는 것보다 하여간 더 잘 알지 않나. 그래서 그 자는 그곳에 잠시 머문 거야. 그리고 바로 거기 이탈리아에 있는 헤픈 여자가 돼지기름이나 올리브 기름을 그에게 발라 주는 거지. 그리고는 제복 입은 처녀들처럼 모두 힘을 합쳐 그를 들판으로 끌고 나와 그 무리들에게 물을 뿌려 주게 하는 거야. 그리고 모트 말로는 바로 그때가 최고로 기막힌 것에 가장 가까이 갔던 때라는 거야. 맙소사! 그는 웃음소리가 되고도 남지! 그리고 그들은 그 자에게 늙은 아줌마나 할망구들은 모조리 데려다 준단 말이지. 그러면 그는 그 늙은 아줌마 둘을 벌려 놓고 기막힌 안락사를 시켜 주는 거야. 그리고 그의 물건이 흘리는 땀방울로 그녀들의 생식을 축복해 주고 게다가 옆쪽까지도 구석구석 잘 파주는 거야. 그러나 그는 할례를 받지 않았기 때문에 기독교인들과 문제가 생기고, 그리고 그들은 그것을 확 까 버리고 싶어하나 모트는 안 된다고 하고, 그렇다고 그렇게 어마어마하게 큰 공이를 가지고 때려부술 수 있는 그 자 곁에 가까이 갈 수도 없는 노릇이고, 그래서 그들은 그에게 약간의 기적이 일어나게 했어. 성수를 뿌려 그의 물건이 쭈글쭈글해지게 하고 그의 정액을 뜨겁게 데워 들판이 타게 하고 심지어 하루는 빌어먹을 화산까지 불붙게 했어. 맙소사! 그는 얼른 제 물건을 어깨 위로 집어 올리고 그곳에서 줄행랑을 놓았지! 그러나 지금 내가 말하다시피 그 옛날 목가적이던 날들은 사라져 버린 거야. 그래서 그는 우리처럼 엘리베이터를 타고 오르락내리락하는 거고 우리 얼간이들은 그 주위에서 죽음이 함정인 빈약한 물건을 갖고 어쩌다 생긴 일처럼 아가씨의 기막힌 궁둥이를 슬쩍 건드려 보는 그런 어릿광대짓이나 하고 그리고 하느님 맙소사! 그녀는 뜨겁게 달아올라 안달이 나서 우리를 물리치는 척하면서도 우리를 끌어당기며 그 조종간을 조작하여 쌩! 그 고층건물을 날아올라 가는 거야. 바로 그때 캐퓨더가 맙소사, 그 친구 정말 이따금 자네를 무척 괴롭히는데. 미친 자식이지. 그 자가 아가씨의 조그만 자주색 스커트를 걷어올리는데 그런데 말야, 누가 알았겠어! 그 조그만 색시가 글쎄 속옷을 하나도 안 입었지 뭐야! 아주 기가 막혔다구. 내 말은 어느 이국의 과수원에서 금방 따온 아름답게 벌어진 복숭아 같았어. 그리고 딱한 모트 같으니라구. 그 친구 낄낄거리다 괴로워하는 거였어. 그러나 우리는 한동안 왜 그가 그리 흥분하는지 영문을 몰랐지. 그런데 그때 믿을 수 없는 그 물건이 바로 그의 턱 밑에서 갑자기 부들부들 떨면서 빌어먹을 하느님 눈깔같이 확 튀어 오르는 거 아니겠어. 그리고는 옷이 쫙 찢기더니 원 세상에! 그것이 전능하신 하느님도 쓰러뜨릴 양 솟구치는 삼나무처럼 벌떡 서서는 옷을 비집고 솟아오르는 거야. 그리고는 캐뤄더를 죽으라고 치는 거였어! 직통으로 뻗게 말이지! 그의 제일 친한 친구, 그리고 그녀의 조그마한 음부. 그녀는 그 무적의 막대기가 그 속에서 윙윙거리며 벽을 후려갈기고 하는 것을 흘깃 쳐다보고는 기절했어. 그런데 맙소사! 그녀가 바로 엘리베이터 조종간 위로 쓰러져 버리잖아 세상에! 나는 한동안 우리 모두 죽었다고 생각했지.

15

그들은 곤두박질한다, 그들의 축축한 몸은 엉겨 붙고, 심장은 걷잡을 수 없이 뛰면서, 공포로, 환희로, 그 충격은……

나 마틴은 모든 저주에도 불구하고 불멸의 씨앗임을 선언하노라.

마틴은 평소 습관대로 엘리베이터를 타고 14층으로 올라가는 대신, 잠시 생각 끝에 이상한 예감이 들어 14개의 계단을 걸어 올라가기로 결심했다. 반쯤 올라갔을 때 그는 엘리베이터가 그의 곁을 쏜살같이 지나가는 것을 듣는다. 그리고는 밑에서 박살나는 소리를 듣는다. 그는 계단에 잠시 서서 망설인다. 수수께끼군. 마침내 그는 이렇게 결론짓는다. 그는 그 말을 큰 소리로 말하고는 살며시, 슬프게, 조금은 지친 듯 미소를 짓고, 이따금씩 멈춰서 자기 뒤로 계단을 바라보면서 지루하게 계속 올라간다.

*

로버트 쿠버의 「엘리베이터」는 기발하면서도 대단히 매력적인 작품이다. 이 소설에서 쿠버는 틀에 박힌 삶에 진절머리치는 어느 소심한 샐러리맨의 일상과 성적 백일몽을 절묘하게 묘파해 낸다. 이 작품은 열다섯 개의 장으로 이루어져 있는데, 그것은 엘리베이터가 오르내리는 건물의 14층과 한 개의 지하층과 정확하게 맞아떨어진다. 서술 방법도 다양한 문학 장르의 기법들이 동원된다. 「엘리베이터」는 공포소설, 드라마, 독백, 시 들이 객관적 묘사와 시적 은유, 그리고 환상으로 짜여져 있다.

엘리베이터는 현대 문명의 산물이다. 현대 문명은 인간의 필요에 따라 여러 다양하고 유용한 도구와 기계들을 발명해 냈다. 그 결과 인간의 육체적 능력들은 그 도구와 기계들을 통해 놀라울 정도로 확대되었다. 현미경과 망원경은 인간의 눈을 그 이전보다 훨씬 더 미세한 것들과 먼 것들까지 보게 만들었다. 자동차들은 인간을 훨씬 더 빠르게 움직이게 만들었다. 컴퓨터는 인간이 정밀한 도면을 그리고, 복잡한 여러 자료들을 분석하고, 도저히 수작업으로는 불가능한 것들까지 계산하도록 만들었다. 컴퓨터 발명의 결과 그 이전과는 비교할 수 없을 정도로 모든 것들을 놀랄 만큼 빠르고 완벽하게 수행하게 되었던 것이다. 문명의 이기들은 인간의 능력을 극대화시켰을 뿐만 아니라 더 많은 여가의 시간들을 만들어 냈다. 그러나 그토록 편리하고 유용한 도구와 기계들은 음험하게 인간들을 그것에 길들여지게 만들었을 뿐만 아니라 그것에 종속되도록 만들었다. 인간의 야성은 사라져 버리고, 풍부한 생산 능력은 거세되어 버린 채 일종의 도구로 전락해 버리는 것이다.

「엘리베이터」의 화자인 마틴은 매일 엘리베이터를 타고 그의 일터를 오고 가는 수없이 많은 현대 직업인의 한 전형이다. 그는 거의 언제나 자신의 일터가 있는 14층의 단추만을 '반사적으로 눌러' 오간다. 14층의 단추를 누르는 그의 행위가 '반사적'으로 이루어지는 것은 이미 삶이 주체적 의지에서가 아니라 타성에 의해 움직인다는, 즉 수동성의 강제에 깊이 빠져 있음을 보여 주는 것이다. 어느 날 아침 혼자 엘리베이터를 타게 되자 그는 불쑥 '지하층을 가리키는 B층'을 누른다. 그는 지난 7년 동안 한 번도 지하층에 가 보지 않았다는 사실을 깨달았던 것이다. 엘리베이터는 그를 지하층으로 데려다 준다. 마틴은 엘리베이터의 문이 열렸을 때 지하층을 바라본다. '텅 빈 채 거의 깜깜할' 뿐인 그 지하실을. 그는 'B'를 누르고 싶은 유혹과 충동을 느끼면서도 감히 실행에 옮기지를 못하고 언제나 '14층'만을 눌렀던 것이다.

그는 매일 14층에 있는 자신의 사무실로 가기 위해 엘리베이터를 타고 올라가며 안내양과 단둘이 있게 되자 엘리베이터가 갑자기 떨어져 내리는 상상을 한다. 엘리베이터는 급강하를 시작하고, 그는 겁에 질려 있는 그녀를 향해 자신의 몸 위에 누우라고 권유한다. "그녀의 머리가 그의 뺨을 애무하고, 그녀의 궁둥이는 스펀지처럼 그의 사타구니를 누른다. 그의 희생 정신에 감동한 나머지 그녀는 사랑에 도취되어 운다. 그녀를 진정시키기 위해 그는 그녀의 발딱거리는 배를 꼭 껴안고 달래듯 그녀를 어루만져 준다." 이때의 엘리베이터는 강렬한 성적인 이미지로 치환된다. 엘리베이터는 여성이며, 의심할 여지없이 자궁의 한 상징이다. 엘리베이터의 여닫히는 문, 타고 내리는 것, 그리고 오르고 내리는 운동은 모두 성적 행위들을 연상시킨다. 성적 흥분의 고조, 그리고 급격한 하강……

「엘리베이터」라는 작품에서 성은 원초적 생명력을 상징한다. 심약한 샐러리맨인 마틴은 '틀에 박힌' 일상에 갇힌 채 그 원초적 생명력을 서서히 소진시켜 간다.

마틴은 마지막 서류에 서명을 하고 한숨을 내쉬며 미소를 지었다. 그는 재떨이에서 반쯤 타 들어간 담배를 집어 들어 깊숙이 빨고는 다시 길게 내뿜으면서 검은색 재떨이 바닥에 꽁초를 반으로 꺾어 꽉 눌렀다. 재떨이 속에 있는 뒤틀린 필터 더미 사이로 꽁초를 계속 비벼 끄면서 그는 한가하게 자기 시계를 쳐다보았다.

마틴의 일상적 삶의 모습이 얼핏 내비치는 이런 대목에서 우리는 마틴이 처한 상황에 대한 암시를 읽어 낼 수 있다. 책상 위에 수북히 쌓여 있는 서류 더미들, 상사의 업무 지시들, 재떨이에 쌓여 가는 담배 꽁초들……. 이런 풍경들은 현대 도시 직업인들에겐 그리 낯설지 않은 풍경이다. '재떨이 속에 있는 뒤틀린 필터 더미들'은 직업인들의 반복되는 과중한 업무와 스트레스, 그리고 불안과 초조를 말해 준다. 어느 날 문득 엘리베이터를 타고 내려가 바라본 지하실의 풍경, '어둡고 텅 비고 고요하고 의미 없는' 풍경은 끔찍하지만 자신의 삶이 뿌리를 내리고 있는 그 심층의 모습이다. 끔찍하지만 그것은 인정하지 않을 수 없는 삶의 실상이다. 그는 거세된 채 이 세계의 제도와 규범들에 순응하며 살아가는 수없이 많은 현대인의 한 전형인 것이다.

　그가 이 세계로부터 벗어나는 길은 거세된 원초적 생명력을 다시 회복하는 것이다. 그의 성기가 기적적으로 '어마어마하게 큰 공이'처럼, 혹은 '전능하신 하느님이라도 쓰러뜨릴 양 솟구치는 삼나무처럼 벌떡 서서는 옷을 비집고 솟아오르'게 하여 여자들의 '생식을 축복해 주고', 그의 정액으로 '뜨겁게 데워 들판이 타게 하고 심지어 하루는 빌어먹을 화산까지 불붙게' 하는 것이다. 왜소해진 존재인 마틴의 꿈은 문명적인 것에 의해 황폐해져 버린 이 세계의 모든 '음부들'을 '무적의 막대기'로 들쑤시고 '구석구석까지 잘 파주'고, 마침내 '여기 이 엘리베이터 속에서, 내가 창조했고, 내가 조종하며, 내가 운명을 결정짓는 이 나의 엘리베이터 속에서, 나 마틴은 나의 전능함을 선포하노라!'라고 외치는 것이다. 그러나 그것은 엘리베이터 속에 무력하게 실려진 채 사무실로 올라가는 동안 꾸는 백일몽에 불과하다. 그는 한심하게도 미친 듯이 비명을 지르며 떨어져 내리는 그 순간에 엘리베이터 속에서 안내양과 교합하는 상상에나 빠져드는 것이다. '축축한 몸은 엉겨 붙고, 심장은 걷잡을 수 없이 뛰'는 공포와 환희와 충격으로 뒤범벅된 그 나른한 성적 백일몽에서 깨어나는 순간 마틴은 또다시 눈앞에 펼쳐져 있는 그 타성의, 저주받은 일상과 마주칠 수밖에 없다. 여전히 그의 다리 사이에는 오그라붙은 '빈약한 물건'이 가까스로 매달려 있고, 그의 사무실에는 처리해야 할 업무들이 산더미처럼 쌓여 있는 것이다.

엘리베이터는 마틴의 허구적 상상과 일상 사이에 교묘하게 걸쳐져 있다. 엘리베이터는 '한숨을 지으며 위로' 올라가기도 하고, 바닥으로 '떨어지면서 미친 듯이 비명을 지'르기도 한다. 엘리베이터는 마틴을 가두고 있는 일상의 감옥이며, 동시에 허구적 상상의 공간이기도 하다. 엘리베이터의 표면 위로 마틴의 일상의 관습들과 백일몽이 들러붙어 부풀어오른다. 마침내 이 엘리베이터는 바닥으로 추락하여 박살이 나 버린다. 아마도 그것은 마틴의 상상 속을 오르락내리락거리던 엘리베이터일 것이다. 마틴은 여전히 '슬프게, 조금은 지친 듯 미소를 짓고는' 계단을 지루하게 올라가는 것이다.

오스트리아의 어느 시에서의 청춘_잉게보르크 바하만

잉게보르크 바하만 Ingeborg Bachmann은 1926년 오스트리아의 남부 클라겐푸르트에서 태어났다. 처음엔 음악을 공부하려다가 법학으로 전공을 바꿨고, 나중에는 하이데거의 실존철학을 연구한 논문으로 박사학위를 받는다. 1953년 첫 시집 『유예된 시간』을 내놓으며 독일의 전후작가 그룹인 '47그룹'의 일원이 된다. 1956년에 두 번째 『큰곰자리의 부름』을 내놓으며 전후 독일의 최고 시인이라는 평가를 받는다. 많지 않은 소설들에는 자전적 체험과 허구가 겹쳐지고, 생에 대한 절대의 긍정, 그리고 "내 그대에게 말하노니— 일어서서 걸으라. 그대의 뼈는 결코 부러지지 않았으니"(「삼십세」의 한 구절)에서 볼 수 있듯이 생의 궁극에 대한 도전의식으로 충만해 있다. 절망과 희망, 침묵과 말 사이에 걸쳐져 있는 바하만의 소설들은 거대한 병증病症이라는 그림자를 드리우고 있는 인생의 저변, 그 의식의 갈등과 모험을 풍부한 예감과 상징이 돋보이는 시적 문체로 잘 그려내고 있다. 바하만의 문학은 절망의 극단에서 주저앉지 않고 희망의 끝에서 안주하지 않으며, 그 두 극단 사이를 왕복운동 하는 도상途上의 문학이라고 할 수 있다. 바하만은 1973년 10월 16일 로마의 한 호텔방에서 담뱃불로 화재가 일어나 화상을 입고 삶을 마감한다.

쾌청한 10월, 라데쯔끼가街로부터 오노라면 우리는 시립 극장 옆에서 햇빛을 받고 있는 한 무리의 나무를 보게 된다. 열매를 맺지 않는 저 검붉은 태양의 벚나무 숲을 배경으로 하고 서 있는 첫 번째 나무는 가을과 함께 불타 올라, 천사가 떨어뜨리고 간 횃불처럼, 어울리지 않게 금빛 찬란한 얼룩을 이루고 있는 것이다. 바로 지금 그 나무는 불타고 있다. 그리고 가을 바람도 서리도 나무의 불을 끌 수는 없다.

그럼에도 불구하고 이 한 그루 나무를 앞에 두고 내게 낙엽과 흰빛 죽음에 대해 말하고자 하는 자는 누구인가. 내가 이 나무에서 시선을 떼지 않고, 이 나무야말로 지금 이 순간처럼 언제든지 빛나리라고 믿는 것을, 세계의 법칙도 이 나무에는 해당되지 않으리라고 믿는 것을 방해하는 자가 누구인가?

이 나무의 빛 속에서 지금 우리는 옛 도시와 운하를 다시 알아볼 수 있다. 어두운 벽돌 지붕 밑에서 회복되어 가는 창백한 집들이 있는 도시와, 간혹 호수로부터 보트를 한 척 운반해 들어 도심都心부에 정박시키는 운하를. 화물이 열차나 트럭에 의해 훨씬 빨리 시내로 운반되게 된 이래로 항구는 확실히 죽어 버렸다. 그렇지만 높은 선창船艙으로부터는 지금도 꽃이나 과일이, 흐르지 않는 물 위로 떨어지고, 눈송이가 나뭇가지로부터 무너져 내리며 눈 녹은 물이 소리를 내며 아래로 흘러내린다. 그러고 나면 항구는 다시금 기꺼이 물이 불어나 하나의 파도를 일으키며 파도와 함께 한 척의 배를 높이 들어올린다. 우리가 여기 도착했을 때 알록달록한 돛을 감아 올렸던 바로 그 배를.

이 도시로는 다른 도시로부터 이주해 오는 사람이 퍽 드물었다. 이 도시에는 별로 유혹이 없기 때문이다. 농가農家들이 궁색해졌기 때문에 시골에서부터 농부들이 올라와, 집세가 가장 싼 도시 변두리에 집을 구했다. 변두리에는 아직 밭이나 자갈 웅덩이가 있었고 식수植樹할 만한 넓은 터와 집터가 있었던 것이다. 그 터에서는 오랫동안, 가난한 이주자들에게 양식이라 할 수 있는 무나 배추, 완두콩이 수확되었다. 이주자들은 지하실을 손수 팠다. 지하실에는 지하수가 고였다. 또 그들은 봄과 가을 사이의 짧은 밤 동안 자기네들 손으로 대들보를 올렸다. 하지만 그들이 죽기 전에 상량식上樑式을 볼 수 있었는지의 여부는 아무도 모른다.

그들의 아이들은 그런 것을 상관하지 않았다. 실상 그 아이들은, 감자 줄기를 태우는 불이 지펴지고, 집시들이 거칠게 낯선 말을 주고받으며 묘지와 비행장 사이의 이 주인 없는 땅에 살림을 차릴 때마다, 이미 아득히 먼 곳의 알 수 없는 향기에 마음이 쏠려 있었기 때문이었다.

두르히라쓰가^街에 있는 셋집에 사는 아이들은 집주인의 머리 위에 살고 있는 이유로 신발을 벗고 양말만 신은 채 놀아야 한다. 그들은 소곤소곤 숨을 죽여 얘기해야만 하며 이러한 생활 속에서는 아마 소곤거리는 버릇을 벗어날 수 없으리라. 학교에서 선생님들은 그들에게 이렇게 말한다. —너희들의 입을 열게 하려면 때리는 수밖에 없구나…… 너무 시끄럽게 군다는 집에서의 비난과, 목소리가 너무 작다는 학교에서의 비난 사이에서 아이들은 묵묵히 생활에 순응해 가는 것이다.

두르히라쓰(Durchlass. 통과하게 함, 통로^{通路}의 뜻—옮긴이)라는 거리 이름은 도둑놈들이 통과하여 빠져 나가는 놀이(아이들이 노는 유희의 일종 —옮긴이)에서 연유된 것이 아닌데도 아이들은 오랫동안 그렇게 생각하고 있었다. 훗날 멀리까지 걸어서 진출할 수 있었을 때에야 비로소 그들은 그 동행의 현장을 보게 되었다. 그것은 작은 입체 교차로인데, 그 위로는 비엔나행^行 열차가 달리는 것이다. 비행장을 가 보고 싶은 호기심에 동한 아이들은 이 교차로를 통과하지 않으면 안 되었던 것이다. 밭을 지나 다채롭게 수놓은 가을 풍경을 가로질러. 비행장을 묘지 옆에 설치하도록 생각해 낸 자는 누구였던가—K시^市에 사는 사람들은, 한동안 비행 연습을 진행하고 있던 파일러트들의 매장을 위해서는 그 점이 편리할 것이라고 추측했다. 하지만 비행사들이 추락하여 사람들의 기대를 충족시켜 주는 일은 결코 없었다. 아이들은 언제나 비행사! 비행사! 하고 환성을 올렸고 마치 그것을 잡아 보겠다는 듯이 비행기를 향해 두 팔을 높이 올렸다. 그리고 비행사들이 짐승의 머리와 도깨비 사이를 날고 있는 구름 속의 동물원을 뚫어지게 바라보는 것이었다.

아이들은 판^板초콜릿에서 은종이를 벗겨 내어 그것에 대고 '마리아

자알의 종^鍾'(마리아 자알은 클라겐푸르트의 북쪽 도시―옮긴이)을 휘파람으로 분다. 아이들의 머리에는 이^蝨가 붙어 있어 학교에 있는 여의사의 손에 의해 샅샅이 검사를 당한다. 또 아이들은 시계가 몇 번을 쳤는지조차 모른다. 시^市 성당구 교회의 시계는 항상 잠자고 있었기 때문이다. 아이들은 언제나 학교에서 늦게 집으로 돌아간다. 아이들!(그들은 자기들의 이름이 무엇인지를 겨우 알고 있지만, 그래도 '얘들아'라고 불리기만 귀를 모아 기다리는 것이다.)

여러 가지 과제. ―직립 자체^{直立字體}의 위의 획^劃과 아래 획, 이해력 획득과 꿈의 상실 속에서의 연습, 기억력을 바탕으로 암기한 것. 기름 칠한 마룻바닥의 냄새 속에서 몇 백 명의 아동의 생활과 난쟁이 외투, 손때로 불이 난 고무 지우개가 내뿜는 냄새 속에서, 눈물과 꾸지람, 교실 구석에 세워진 벌과 꿇어앉는 벌, 가라앉히기 어려운 재잘거림 사이에서 이룩되는 것은―알파벳과 구구법, 철자법, 그리고 십계명^{十誡命}인 것이다.

아이들은 낡은 언어를 집어 던지고 새 것을 걸친다. 그들은 시나이 산(홍해^{紅海} 북쪽 끝에 있는 산. 모세가 십계를 받은 산―옮긴이)에 대한 얘기를 듣고, 히말라야삼나무나 가시덤불에 대해 어리둥절해하면서, 무밭과 낙엽송, 가문비나무가 울창한 울리히 산(클라겐푸르트 북쪽에 있는 산―옮긴이)을 바라보는 것이다. 그리고 그들은 수영(마디풀과의 다년초, 승아―옮긴이)을 먹고, 미처 영글기도 전에 옥수수를 자루째로 갉아먹거나 장작불에 굽기 위해 집으로 가져간다. 다 먹어치운 옥수수 자루는 땔감 통으로 사라져 불쏘시개로 이용되는 것이다. 그리고 공상 속의 히말라야삼나무와 올리브나무가 덧붙여 지펴져, 옥수수 자루 위에서 뭉근하게 그을리며, 아득히 먼 곳으로부터의 열^熱을 가져 오고, 벽위에 그림자를 던지는 것이었다.

앞을 보는 일도 뒤돌아보는 일도 없는 상패^{賞牌}의 시절, 크리스마스

시즌, 호박의 밤들(할로윈 절節 때 호박을 파내고 초롱을 만들어 드는 일 — 옮긴이), 끊임없는 유령과 공포의 시절. 좋은 일이 있어도 궂은 일이 있어도 — 희망이 없던 시절.

아이들은 미래라는 것을 모른다. 그들은 온 세계에 대해 두려움을 갖고 있다. 그들은 세계의 모습을 마음속에 그려 보지도 않고, 단지 이쪽 편, 저쪽 편이라고만 생각하려 한다. 그렇게 한다면 분필로 긋는 선으로써도 경계를 짓는 일이 가능하기 때문이다. 그들은 한 발로 지옥 위를 깡총깡총 뛰어가고, 양쪽 발로 천국 안으로 펄쩍 뛰어 들어간다(아이들의 돌차기 놀이를 뜻함 — 옮긴이).

어느 날 아이들은 헨젤가로 이사를 했다. 집주인이 없는 건물로 저당을 잡히는 각박하고 소심하게 갓 생겨난 부락으로. 그 주택지는 웅장하고 중앙 난방을 갖춘 저택만이 즐비한 베에토벤가에서 두 블록 떨어져 있었고, 전기의 빨간빛을 하고, 커다랗게 입을 벌린 전차가 통과하는 라데쯔키가와는 길 하나 사이였다. 그들은 정원의 주인이 되었다. 앞뜰에는 장미가 심어졌고 뒤뜰에는 어린 사과나무와 구즈베리(범의귀과의 낙엽 소관목. 과실은 생식, 또는 잼을 만들어 먹음 — 옮긴이) 덤불이 심어졌다. 나무들은 아이들 자신보다 크지 않아서 결국 나무나 아이들이나 함께 성장해야 될 판이었다. 그들의 집 왼편으로는 복서 종種의 개를 기르는 이웃이 있고, 오른편에는 바나나를 먹으며, 철봉과 시합장試合場을 정원에 설치해 놓고 온종일 몸을 흔들어 대며 소일하는 이웃 아이들이 있었다. 그들은 알리라는 이름의 복서와는 친구가 되었지만, 자기네들보다 무엇이든 잘하고, 모든 것을 잘하는 이웃 아이들과는 사이가 나빴다.

그들은 자기네끼리 노는 것이 한결 즐겁다. 그래서 지붕밑 다락방에 깃巢을 쳤고, 이따금 이 은신처에서 발육 부진發育不振의 목소리를 시험해 보려고 크게 고함을 질렀다. 거미줄 앞에서 살그머니 반란의 비명을 내지르고는 하는 것이다.

그들은 쥐와 사과 냄새 때문에 지하실을 싫어했다. 매일처럼 그 밑으로 내려가 썩은 사과를 끄집어 내어 썩은 데를 도려 내고 먹는 일이라니! 썩은 사과를 모조리 먹어치울 수 있는 날은 결코 오지 않을 것이기 때문에, 사과는 꼬리를 물고 끊임없이 썩는데다가, 결코 버려서는 안 되기 때문에, 그들은 미지^{未知}의 금지된 과일을 갈망했다. 그들은 사과를 좋아하지 않는다. 친척과 일요일을 좋아하지 않는다. 일요일만 되면, 그들은 집 위쪽에 있는 크로이쯔 산으로 산책을 가야 하며, 꽃 이름을 맞히고, 새 이름을 맞혀야 했기 때문이다.

여름이 되면 아이들은 눈이 부셔 깜빡이며 초록빛 덧창 너머로 햇빛을 바라보며, 겨울이면 눈사람을 만들어 눈^眼이 있어야 할 자리에 석탄 뭉치를 끼운다. 아이들은 프랑스 말을 배운다. 마들렌느 에 뛴느 쁘띠뜨휘유. 엘레 알라 프네트르 엘 르걈르드 라 뤼(마들렌느는 작은 여자 아이입니다. 그녀는 창가에 기대어 있습니다. 그녀는 거리를 봅니다). 그들은 피아노를 친다. 샴페인의 노래. 여름의 마지막 장미. 봄의 찬가를.

그들은 이제 철자법 연습은 하지 않는다. 그들은 신문을 읽는다. 신문에서는 치정 살인자^{癡情殺人者}가 튀어나온다. 종교 시간을 마치고 집으로 돌아올 때, 침침한 어둠 속에서 어른거리는 나무 그림자가 그 살인자로 화한다. 구즈베리 덤불과 협죽도^{夾竹桃}가 갈라지는 곳에서 그 살인자는 한순간 모습을 드러낸다. 아이들은 몸을 조이고 살인자의 손가락을 느끼고, 치정이라는 말 뒤에 숨어 있는 비밀, 살인자라는 것 이상으로 무서운 비밀을 느낀다.

아이들은 지나치게 심하게 읽어서 눈이 나빠진다. 밤마다 너무나 오랫동안 쿠루디스탄(이란 지방―옮긴이)의 황야에 가 있기도 하고, 알래스카의 금광에 가 있노라고 밤을 지새우기도 한다. 그들은 사랑의 대화에 잠복하고서 이해할 수 없는 말을 위해 사전을 갖고 싶어한다.

아이들은 자기들의 육체에 대하여, 그리고 어느 날 밤 양친의 방에서 일어나는 말다툼에 대하여, 노심초사勞心焦思한다. 아이들은 기회만 있으면 웃는다. 웃음에 못 이겨 가만히 몸을 지탱할 수 없고 걸상에서 떨어질 지경이다. 그래서 일어서서 경련을 일으킬 정도로 웃음을 계속하는 것이다.

그런데 그 치정 살인범은 얼마 안 가서 로젠탈의 어느 마을 헛간에서 잡혔다. 마른 풀이 장식되어 있고 부우연 잿빛 안개가 얼룩진, 사진 속의 얼굴로써. 그 안개는 살인범을 비단 조간 신문에서뿐 아니라, 영원히 알아볼 수 없는 인상으로 바꿔 버렸다.

집에는 돈이 없었다. 돼지 저금통에서는 이젠 동전 한 닢 떨어지지 않는다. 아이들 앞에서 어른들은 오로지 암시로만 얘기한다. 나라가 팔려 가는 판국에 있다는 것을 아이들은 눈치채지 못한다. 나라의 땅덩어리뿐 아니라 하늘까지 덧붙여서. 만인萬人의 운명이 이어져 있는 하늘까지 결국은 찢어져 시커먼 구멍이 난다는 것을.

아이들은 말없이 식탁에 앉아서 음식을 한 입 넣고는 오래오래 씹는다. 그 동안에 라디오는 형세가 심상치 않음을 알린다. 뉴스를 전하는 아나운서의 음성이 총알의 섬광처럼 부엌 안을 휘돌아서, 깜짝 놀란 냄비 뚜껑이, 터진 감자 위에서 들먹이는 지점에 와서 멈춘다. 거리에서는 행군하는 수많은 종렬縱列이 계속 된다. 병사들의 머리 위에서 깃발들이 맞부딪친다. "……모든 것이 진토塵土로 돌아갈 때까지", 이러한 노래 소리가 밖에서 들려 온다. 라디오의 시보가 울린다. 아이들은 훈련된 손가락 말로 무언無言의 뉴스를 주고받게끔 변해 간다.

아이들은 사랑에 빠져 있으면서, 그것이 누구를 향한 사랑인지를 모른다. 그들은 알아들을 수 없는 은어隱語를 쓰며, 규정할 수 없는 회색의 세계를 꼬치꼬치 캐며 생각한다. 그리고 그 이상 알 수 없게 되면, 어떤 말을 하나 만들어 내어 그것에 열광한다. 나의 물고기. 나의 낚시 바늘. 나의 여우. 나의 함정. 나의 불. 너, 나의 물. 너, 나의 파도 나의 어어드^{接地}. 너, 나의 조건. 그리고 너, 나의 의혹. 저것, 아니면 이 것. 나의 모든 것…… 나의 모든 것……. 그들은 좌충우돌하며 주먹을 쥐고 덤벼들고, 존재하지도 않은 대칭어^{對稱語}를 찾아서 부딪쳐 싸우는 것이다.

무의미한 일이다. 이런 아이들!

그들은 열이 나고, 토하며, 오한에 떨고, 인후염, 백일해, 홍역, 성홍 열에 걸린다. 그들은 위기에 빠져들어 포기 상태에 이르러 죽음과 삶 의 틈바구니에 걸려 있다. 그러던 어느 날, 모든 것에 대한 새로운 생 각을 안고, 무기력하고 무감각하게 드러누워 있는 것이다. 전쟁이 터 졌다고 어른들은 아이들에게 말해 준다.

폭탄이 빙판 위로 날기까지는, 그래도 몇 해 겨울 동안 크로이쯔 산기슭의 연못에서 스케이트를 탈 수가 있었다. 한가운데 있는, 섬세 한 유리알 같은 빙판은 소녀들 몫으로 마련되어 있었다. 소녀들은 종 처럼 퍼진 스커트를 입고 그 안에서 안쪽으로, 바깥쪽으로 활 모양을 긋거나 8자^字를 그렸다. 그 주위를 에워싼 코스는 스피드 주자^{走者}의 몫 이었다. 난방이 되어 있는 방안에서 좀 나이 든 사내아이들은, 나이 든 소녀들에게 스케이트 구두를 신겨 주며, 귀 가리개로 앙상한 다리 를 덮고 있는 백조의 모가지 같은 가죽을 스치는 것이다. 나사로 조이 는 활대를 갖고 있지 않으면, 자랑스럽게 뻐길 수가 없다. 그래서 이 아이들처럼 가죽끈이 달린 나막신으로 된 스케이트 구두밖에 가지지 못한 사람은, 눈이 붙어 쌓인 연못 구석으로 밀리거나 구경꾼이 되는 것이다.

저녁이 되어 남녀 스케이트군들이 스케이트 구두에서 미끄러져 빠 져 나와, 그것을 어깨에 걸치고 작별 인사를 하며 나무로 된 관람석으 로 올라갈 때면, 모든 얼굴들이 갓 떠오른 달처럼 생기 있게 어스름빛 속에서 빛날 때면, 눈밭이 파라솔 밑에는 등불이 켜지기 시작한다. 확성기가 울리기 시작하고, 이 도시에서 소문난 열여섯 살짜리 남녀 쌍둥이가 나무 계단에서 내려온다. 소년은 흰 스웨터에 푸른 바지, 소녀는 살색의 트리코트 바지 위에 푸른 옷으로 벗다시피 가리우고 그들은 침착하게 서곡序曲이 울리기를 기다린다. 마침내 그들은 끝에서 둘째번 계단으로부터—소녀는 날개치는 듯한 모습으로, 소년은 멋지게 헤엄을 치는 듯한 도약跳躍으로—얼음판 위로 뛰어내려, 두세 번의 깊고 힘찬 동작으로 중앙에까지 이른다. 그곳에서 소녀는 최초의 피규어를 그리기 시작한다. 그때 소년은 등불로 된 둥근 테를 소녀를 향해 떠받치고 있고, 축음기의 바늘이 음반을 긁어 대며 쥐어뜯는 듯한 음악을 울리는 동안, 소녀는 안개에 싸인 듯 몽롱한 모습으로 그 둥근 테 사이를 뛰어넘는다. 노신사들은 허옇게 센 눈썹 밑으로 눈을 둥그렇게 뜨고, 양발에 누더기를 감은 채 눈삽을 들고 연못 둘레의 장거리용 주로走路를 쓸고 있던 사나이는 삽자루에 턱을 고이고 소녀의 발자취를 좇는다. 그 발자국이 마치 구원久遠으로 인도하는 것인 양.

아이들은 다시 한 번 놀라운 경험에 빠진다.—이듬해의 크리스마스 트리는 그야말로 하늘로부터 떨어져 온 것이다. 불꽃을 튕기면서. 아이들에게 기대하지도 않게 닥쳐온 선물은 한결 더 많아진 자유로운 시간이었다.

그들은 사이렌이 울리면 공책을 팽개친 채 방공호로 들어가도 무방하다. 그리고 얼마 안 있어서 부상자를 위해 과자를 아낀다든가, 군인 아저씨를 위해, 육군, 공군, 해군 아저씨를 위해 양말을 짠다든가, 나무 껍질로 바구니를 엮어도 좋은 것이다. 또 땅 밑이나 물 속에 잠들어 있는 병사들을 작문作文 속에서 추도追悼한다. 그리고 좀더 지나 그들은, 이미 어느 틈엔가 묘지에 경의를 표하게 된 비행장과 묘지를 연결하는 교통호交通壕를 파도 무방하다. 그들은 라틴어를 잊어버리고 하늘에서 울리는 엔진의 소음을 분간하는 방법을 배워도 무방하다. 그들은 지금까지처럼 그렇게 자주 몸을 씻을 수 없다. 그들의 손톱에 신경을 쓰는 이는 아무도 없는 것이다. 새 것이 아예 없기 때문에, 아이들은 헌 줄넘기 줄을 손질한다. 그리고 시한 폭탄과 쟁반 모양의 폭탄 이야기를 신이 나서 주고받는다. 폭격 맞은 폐허 속에서 아이들은 '도둑놈을 행진시켜라'라는 놀이를 하고 논다. 그러면서도 때로는 그 자리에 웅크리고 앉아, 멍한 눈망울로 앞을 보며, 누구인가 '애들아!'라고 불러도 이제는 들은 척도 않는다. 천국과 지옥 놀이를 위한 깨진 기와 조각도 얼마든지 있지만, 아이들은 벌벌 떨고 있을 따름이다. 흠뻑 젖어 꽁꽁 언 모습으로.

아이들은 죽어 간다. 그리고 아이들은 칠년전쟁과 삼십년전쟁의 연대年代를 배운다. 설사 모든 적대 관계를 뒤섞어 그 동기와 원인을 뒤바꾸어 놓는다 해도, 아이들에게는 똑같았으리라. 그것들을 정확하게 구별해야만 역사 시간에 점수를 잘 받을 수 있었던 원인과 동기를 말이다.

아이들은 개犬 알리와, 또 알리의 주인을 장사葬事 지냈다. 암시의 시기는 지났다. 어른들은 아이들 앞에서 목을 꺾는 총살형과 교수형, 숙청과 폭격에 대해 드러내 놓고 이야기한다. 그리고 듣지도 보지도 못한 일을, 그들은 냄새 맡는다. 성聖 류프레히트의 사자死者들을 냄새 맡듯이. 그것은 「단조短調 로만스」를 보기 위해 아이들이 몰래 갔었던 영화관이 무너져서 파낼 수 없었던 시체들이었다. 청소년들은 구경이 허용되어 있지 않았었는데도 그때 그들은 갔었다. 그리고 이삼일 후에는 그 대량의 죽음과 살육을 보러 갔고, 그 다음에는 매일처럼 갔었다.

집에는 이미 등불이 없다. 창유리도 없다. 경첩에 달려 있는 문은 한 짝도 없다. 움직이는 사람도, 몸을 일으키는 사람도 없다.

글란 강江은 위로도 아래로도 흐르지 않는다. 이 작은 강은 멈추어서 있다. 그리고 치글른 성^城도 서 있기는 하되 위용^{威容}을 자랑하지는 않는다.

노이엔 신^新 광장에 서 있는 성^聖 게오르그는 몽둥이를 들고 있기는 하지만 용^龍을 때려 죽일 기세는 아니다. 그 옆에 서 있는 여왕도 자랑스러운 위엄을 잃고 있다.

오오, 도시여, 온갖 뿌리를 내리고 있는 쥐똥나무 같은 도시여. 집에는 등불 하나, 빵 한 조각 없다. 아이들에게 일러지는 말은 오로지―조용히 해라. 어떤 일이 있어도 조용히 해라, 뿐이다.

이 성벽들 가운데, 환상^{環狀} 도로 사이에, 아직도 남아 있는 벽은 얼마나 되는가? 기적의 새여, 그대는 아직도 살아 있는가? 그 새는 칠년 동안 침묵을 계속하고 있었다. 이제 그 칠년이 지났다. 너, 나의 장소, 너, 장소 아닌 장소여. 구름 위에, 카르스트(알프스 산맥의 석회암으로 된 대지^{臺地}―옮긴이) 아래, 밤 아래, 낮 위에 있는 나의 도시, 나의 강물이여. 그리고 나, 너의 파도―너, 나의 어어드여.

비크트링 환상가, 성^聖 화이트 환상가를 지닌 도시여…… 모든 환상가는 위대한 별의 궤도처럼 마땅히 그런 이름으로 불려야 한다. 별의 궤도라 할지라도, 아이들에게는 그 환상 도로보다 더 위대하지는 않았던 것이다. 그리고 또 모든 좁은 거리들, 부르크가, 게트라이데가, 그렇다, 그런 이름이었다. 파라다이스가. 광장도 잊을 수 없다. 호이 광장과 하일리게 가이스트 광장. ―이렇듯 이 광장에서는 모든 것의 이름이 한꺼번에 불리고 있었다. 모든 광장의 이름이 불리고 있었다. 파도와 어어드가.

그리고 어느 날, 이미 아이들에게 성적표를 건네줄 사람은 아무도 없게 되었다. 이제 아이들은 떠나도 좋은 것이다. 그들은 인생에 발을 들여놓도록 재촉을 받는다. 봄은 광란하는 맑은 시냇물과 함께 내려와, 한 가닥 풀줄기를 낳는다. 이제 아이들을 향해서 평화가 왔구나,

라고 이야기해 줄 필요는 없다. 그들은 떠난다. 너덜너덜 풀어진 포켓에 양손을 찔러 넣고, 그들 자신에게 경고가 될 휘파람을 불면서.

그 시대, 그 장소에 아이들의 틈바구니에 내가 한몫 끼어 있었고, 새로운 광장을 만들어 낸 것이 우리였기 때문에, 그는 지금 헨젤가를 포기하고 떠난다. 크로이쯔 산의 전망도 함께. 그러면서 모든 가문비 나무와 어치, 그리고 수다스러운 잎새들을 증인으로 삼는다. 그리고 가게 주인이 빈 탄산수 병瓶 값으로 일 그로센을 쳐 주지도 않고, 나를 위해 레몬수를 부어 주지도 않는다는 의식이 들었기 때문에, 나는 두르히라쓰가의 거리를 타인들에게 양도하고, 그 거리에 눈길도 주지 않고 지나치며 외투깃을 세운다. 그렇게 나는 아무도 나의 혈통을 알아채는 이 없는 한낱 스쳐 가는 나그네로서 마을 밖의 묘지로 빠져나가는 것이다. 시가가 끝나는 곳. 웅덩이가 있는 곳. 조약돌의 잔재가 가득 찬, 모래 거르는 체가 놓여 있고, 발밑에서 모래의 사박거림이 멈추는 곳. 그곳에서 우리는 잠시 주저앉아 얼굴을 양손으로 감싸도 좋으리라. 그때 우리는, 모든 것이 과거에는 과거대로, 현재에는 현재대로, 있는 그대로 존재한다는 것을 깨닫고, 모든 것에 대해 근원을 추구하기를 포기하게 되리라. 왜냐하면 너를 감동시키는 막대기 하나 존재하지 않기 때문이다. 아무런 변화도 없기 때문이다. 보리수와 라일락 수풀은……? 아무래도 너의 가슴에 와 닿는 것은 아무것도 없다. 어릴 때의 비탈도, 복구된 집도 그리고 치글룬 성의 탑도, 갇혀 있는 두 마리 곰도 연못도, 장미도, 노란 등꽃 가득 핀 정원도 이 모든 것이 가슴에 와 닿지는 않는다. 길을 떠나기 전에, 모든 출발에 앞서서, 아무런 감동 없는 이 회상 속에서 우리의 마음속에 떠오르는 것이 무엇인가? 우리에게 일루의 깨우침의 빛을 가져다 주는 최소한의 것이 거기에 있는 것이다. 청춘도, 청춘의 무대가 된 도시도 거기에 속해 있지는 않다. 오로지 극장 앞의 한 그루 나무가 기적을 보여 줄 때, 횃불이 타오를 때에야, 비로소 나는 바다 속의 물처럼 모든 것이 고르게 뒤섞이는 것을 볼 수 있게 된 것이다. ─어린 시절의 몽매함과 백열白熱 속에 쌓인 구름의 비행이 뒤섞이는 것을. 노이엔 광장과 그곳에 서 있는 바보 같은 기념비가 유토피아를 향하는 눈길에 뒤섞이는 것을. 그 옛날의 사이렌 소리와 고층 건물에서 나는 엘리베이터의 소음이, 그리고 말라빠진 잼 빵과 대서양의 바닷가에서 내가 깨물었던 자갈의 맛이 뒤섞이는 것을.

*

잉게보르크 바하만의 「오스트리아의 어느 시에서의 청춘」은 매우 압축적인 소설이어서 읽어 내기가 쉽지 않지만 아름다운 시적인 작품이다. 이 소설은 작가의 자전적 체험이 깊이 투사되어 있는 작품이다. 하지만 작중인물의 개체적 체험보다는 어린 시절을 함께 보낸 동세대 인물들의 공통적 체험이 보다 강조되어 있다. 그러므로 '나'의 이야기는 '우리들'의 이야기 속에 자연스럽게 녹아 들어 있다. 누구에게나 어린 시절은 가난과 풍요를 떠나서 일종의 유토피아와 같은 시절이다. 따라서 어린 시절로부터 멀리 떨어져 나온 사람이라면 그는 유토피아를 상실한 사람이라고 할 수 있다. 「오스트리아의 어느 시에서의 청춘」의 주인공들인 '우리들'이 함께 어울려 보냈던 청춘 시절은 비록 궁핍과 폐허 속에서이지만 유토피아임에 틀림없다.

소설의 첫 대목은 그 유토피아를 가장 강렬하게 환기시켜 주는 '불타는 나무'에 대한 기억으로부터 시작된다. 시립 극장이 있는 길가에 서 있던 한 무리의 나무 가운데 유독 '천사가 떨어뜨리고 간 횃불'처럼 타오르며 '금빛 찬란한 얼룩'을 이루는 그 나무는 유토피아에 대한 회고의 한가운데에서 홀연히 다시 빛을 뿌리며 떠오른다. 이 '금빛 찬란한 얼룩'을 자세히 들여다보면 그것을 이루고 있는 작은 입자들을 볼 수 있다. 그 작은 입자들이란 유년 시절의 '금빛 찬란한' 체험들이다. 그것이 비록 폐허와 궁핍한 현실 위에서 이루어졌다 할지라도, '집에 등불 하나, 빵 한 조각 없다. 아이들에게 일러지는 말은 오로지—조용히 해라. 어떤 일이 있어도 조용히 해라, 뿐이다'와 같은 통제와 억압 속에서일지라도 유년 시절이란 행복의 한 원형을 경험하게 해주는 축복받은 '금빛 찬란한' 시공간인 것이다. 어떤 경우에도 칙칙하고 어두운 유년 시절이란 존재하지 않는다. 유년 시절이란 모든 회색빛 죽음들에 대한 '금빛 찬란한' 불멸의 승리의 징표다. 이 소설의 화자는 그 나무를 두고 '낙엽과 흰빛 죽음에 대해 말하고자 하는 자는 누구인가'라고 묻고 있다.

이 소설의 주인공인 '우리들'은 가난한 농촌으로부터 집세가 가장 싼 도시의 변두리로 이주해 온 이주민들의 자식들이다. '변두리에는 아직 밭이나 자갈 웅덩이가 있었고 식수植樹할 만한 넓은 터와 집터'가 남아 있어 이들 가난한 이주민들이 정착하기 좋은 조건을 갖추고 있다. 그들은 지하실을 손수 파고, 대들보를 올려 살 집을 마련한다. 셋집에 사는 아이들은 '집주인의 머리 위에 살고 있는 이유' 때문에 발소리를 내지 않도록 주의하고, 말소리도 밖으로 새나가지 않게 '소곤소곤 숨을 죽여 가며' 얘기해야만 한다. 아이들은 '너무 시끄럽게 군다는 집에서의 비난과, 목소리가 너무 작다는 학교에서의 비난 사이에서' 묵묵히 환경에 순응해 가며 커가는 것이다. 아이들은 그들 부모들의 가난과 상관없이 그들의 세계를 만들어 나간다. 아이들의 마음을 사로잡는 것은 집시들이며, 집시들의 말투와 낯선 행색에 자극된 '아득히 먼 곳의 알 수 없는 향기'다.

아이들의 세계는 여러 가지 과제물들, 즉 '직립 자체直立自體의 위의 획^劃과 아래 획, 이해력 획득과 꿈의 상실 속에서의 연습, 기억력을 바탕으로 암기한 것. 기름칠한 마룻바닥의 냄새 속에서 몇 백 명의 아동의 생활과 난쟁이 외투, 손때로 불이 난 고무 지우개가 내뿜는 냄새 속에서, 눈과 꾸지람, 교실 구석에 세워진 벌과 꿇어앉는 벌, 가라앉히기 어려운 재잘거림 사이에서' 익혀지는 '알파벳과 구구법, 철자법, 그리고 십계명^{十誡命}'의 세계. 또한 야생 식물들을 먹거리로 삼기, 거리의 이곳저곳을 기웃거리기, 지붕밑 다락방에서 저희들끼리 깃을 치고 놀기, 발육 부진의 목소리를 시험해 보기 위해 소리 내지르기, 저희들끼리만 통하는 은어로 대화하기 등이 아이들의 세계의 중심을 이룬다. 아이들은 '일요일과 친척들', 그리고 '썩은 사과'를 좋아하지 않는다. 왜냐하면 일요일에 방문하는 친척들은 아이들을 대동하고 근처의 산으로 산책하며 아이들에게 꽃이며 새들의 이름을 물어 보기 때문이다. 자유롭게 방목하듯이 자라나는 아이들에게 학습의 강제는 견디기 힘든 고역이다.

전쟁이 터지고, 모든 물자들은 부족하며, 궁핍은 일상화된다. 거리에서 병사들은 군가를 부르며 전장으로 향하고, 아이들은 지하실의 썩은 사과들을 먹어야 하며, 식탁에 앉아서는 '음식을 한 입에 넣고 오래오래 씹'어야 한다. 아이들은 저마다 '미지의 금지된 과일'을 갈망하며 질 나쁜 식사와 굶주림을 견뎌 내는 것이다. 아이들은 늘 건강하게 뛰어 놀기만 하는 것은 아니다. 그들은 자주 아프다. 그들은 '열이 나고, 토하며, 오한에 떨고, 인후염, 백일해, 홍역, 성홍열'에 걸린다. 때로는 '죽음과 삶의 틈바구니'에 끼여 거의 포기 상태에까지 이르는 경우도 없지 않다.

아이들은 여름이면 '초록빛 덧창 너머로 햇빛'을 바라보고, 겨울에는 '눈사람을 만들어 눈이 있어야 할 자리에 석탄 뭉치'를 끼워 눈사람을 완성한다. 그들은 프랑스 말을 배우고, 피아노를 치며, 샴페인의 노래와 여름의 마지막 장미, 그리고 봄의 찬가를 부른다. 그들은 '밤마다 너무나 오랫동안 쿠루디스탄의 황야에 가 있기도 하고, 알래스카의 금광에 가 있노라고 밤을 지새우기도' 하고, 이해할 수 없는 사랑의 말들을 위해 사전을 갖고 싶어한다. 그뿐만이 아니다 '아이들은 자기들의 육체에 대하여, 그리고 어느 날 밤 양친의 방에서 일어나는 말다툼에 대하여, 노심초사'하기도 하고, '기회만 있으면 웃는다.' 너무 웃어서 어떤 경우에는 경련이 일어나기도 한다.

유년 시절이란 낙원을 통과하여 성장한 사람들은 하나둘씩 뿔뿔이 흩어져 간다. 그들과 마찬가지로 '모든 가문비나무와 어치, 그리고 수다스러운 잎새들을 증인'으로 삼고 유년 시절의 거리를 '타인들에게 양도하고' 떠났던 주인공은 성장하여 다시 그곳으로 되돌아온다. 그러나 그는 이제 그 거리의 주인공이 되지 못한다. 그는 다만 아무도 '알아채는 이 없는 한낱 스쳐 가는 나그네'에 불과한 것이다.

우리에게 일루의 깨우침의 빛을 가져다 주는 최소한 것이 거기에 있는 것이다. 청춘도, 청춘의 무대가 된 도시도 거기에 속해 있지는 않다. 오로지 극장 앞의 한 그루 나무가 기적을 보여 줄 때, 햇불이 타오를 때에야, 비로소 나는 마치 바다 속의 물처럼 모든 것이 고르게 뒤섞이는 것을 볼 수 있게 된 것이다.

회색빛 회상의 공간 중심에 어느 거리가 떠오르고, 그 거리에 줄지어 서 있는 한 무리의 나무들이 나타난다. 그들 중 한 나무가 '금빛 찬란한' 빛을 뿜고 서 있다. 우리들의 시선은 '천사가 떨어뜨리고 간 햇불'처럼 타오르는 나무, '금빛 찬란한 얼룩'인 그 나무로 되돌아온다. '청춘도, 청춘의 무대가 된 도시도' 어떤 유년 시절도 헛되이 망각 속에 묻혀 사라지는 법은 없다. 유년 시절은 햇불처럼 타오르고, 금빛을 내뿜으며 서 있는 나무와 같이 불멸한다. 주인공은 낙엽과 흰빛의 죽음을 이룬 이 기적의 나무는 언제까지 불멸의 빛을 뿌리며 서 있으리라는 믿음을 그 누구도 방해하지 못할 것이라고 천명한다. '우리들'의 흘러가 버린 유년 시절은 황금빛으로 타오르며 서 있는 '기적의 나무'처럼 영원할 것이다. 「오스트리아의 어느 시에서의 청춘」은 유년기에 대한 송가이며, 유년기의 몽매함과 천진난만함에 바쳐진 예찬의 시다.

3. 페미니즘 소설의 이해

전 역사를 통해 책들은 정액으로 씌어져 왔지,
월경의 피로 씌어졌던 적은 없다.__에리카 종, 「날기가 두렵다」에서

'월경의 피'로 쓰는 여성적 글쓰기

오랫동안 이 세계를 지배해 온 것은 가부장제적 남성 중심주의의 문화였다. 불행하게도 이 지구 위에 존재하는 인구의 반을 차지하는 여성들은 그 남성 중심주의의 문화 속에서 소외와 질곡, 희생의 삶을 강요당해야만 했다. 여성들의 입에는 재갈이 물려졌고, 여성들의 왕성한 활동력과 창조력은 사회적 의미의 생산성이 증발된 가사 노동을 끝없이 반복하도록 강요당해 왔다. 남성 중심주의 문화 지배라는 착취 구조 속에서 여성들이 가진 원초적인 생명력, 본능, 신성성은 끊임없이 탈취당했고, 그 결과 여성들의 삶은 메마르고 바스러져 버렸다. 이제 남성 중심주의 문화가 여성들에게 강요했던 여성다움이라는 거짓된 신화는 폭로되어야 한다. 여성들은 결코 나약하거나 창의력이 뒤떨어지거나 무능력하지 않다. 오랜 세월을 통하여 손상된 여성성의 원형은 재발견되어져야 하며, 부당한 왜곡과 소외를 넘어서서 여성이

가진 원초의 생기와 모성, 통찰력, 지혜의 가치와 의미들은 재평가되어야 한다.

여성들이 창작한 모든 문학이 단지 여성이 창작의 주체라는 사실만으로 페미니즘 문학의 정신을 구현하고 있다고 말할 수는 없다. 진정한 페미니즘 문학이란 '월경의 피'로 찍어 쓴 글, 다시 말해 여성성에 대한 투철한 자의식을 갖고 씌어진 문학만이 페미니즘 문학이라고 말할 수 있다. 진정한 페미니즘 문학이란 여성으로서 산다는 것의 본래적 의미를 짚어 내고, 궁극적으로 여성들의 감정, 생각, 행동들에 깊이 스며들어 있는 지배 문화로서의 남성 중심주의의 해독을 씻어 내고, 건강하고 생명력 넘치는 여성으로 거듭나도록 도와야 한다.

환^幻인 남성성, 혹은 무^無인 아버지를 통해 비춰 본 여성성

김채원의 소설들은 넓은 범주의 페미니즘 문학이다. 그의 소설들은 여성적 삶의 정체성에 대한 의미를 묻되, 그것을 정치적·사회 운동적 맥락에서가 아니라, 다시 말해 위압적이거나 투쟁적인 자세가 아니라 한없이 깊고 따뜻한 모성적 지평 속으로 수렴하여 그 의미의 핵을 드러내려 한다는 데 그 독자성을 확보하고 있다.

김채원의 초기작이라고 할 수 있는 「밤인사」로부터 최근작인 「달의 몰락」 「봄날에 찍은 사진」에 이르기까지 작가의 의식을 지배하고 끈질기게 따라다니는 것은 '여성성', 혹은 여성적 실존의 의미에 대한 탐구의 열정이다. 그것은 '자궁을 가진 여자로서의 숙명감, 아버지가 아닌 어머니로서의 모^母라는 의미, 결연히 인생과 마주한 여자로서 서야 하는, 또한 그 중에서도 동양의 여자, 소나무가 있는 지역의 여자, 이런 의미들'(「겨울의 환」)을 따라가는 여로다. 그것은 여성의 느낌, 감정, 기억, 경험들, 더 나아가 여성 고유의 예감, 직관, 통찰, 생산, 창의와, 일체의 심리적·생리적 현상들의 무수한 기미들로 가득 찬 세계의 의미를 향한 몸의 열림이고, 여성 본연의 자아와 정체성에 대한 깊고 그윽한 성찰에 의해 길어 올려진 세계다.

당신과 플라타너스 밑을, 밑으로 처진 나뭇가지 때문에 간혹 허리를 굽혀 걷던 때 저는 문득 그 생각이 들었습니다. 제 몸 속에 흐르고 있는 선조들의 피, 할머니와 할머니의 어머니, 까마득한 그 너머 어머니들의 숨결을 느꼈지요 그녀들이 무동을 태워 저를 여기 이 아름다운 플라타너스 거리에 결국은 세워 놓은 것이라고요 이렇게 아름다운 순간을 맛보라고 말이지요 훗날 어느 때엔가는 그들의 마음속에 품었던 한을 꽃 피우라고 말이지요

—「겨울의 환」에서

황혼은 어머니라는 대명사를 거치지 않고 맞바로 뚫고 들어가, 그들 남매들의 어머니라기보다 예부터 내려오는 어떤 혈통을 이어받은 한 여인으로 보이게 했다. (……) 어머니의 어머니, 까마득한 옛조상들은 어떤 사람들이었을까, 그런 생각이 스치듯 지나갔다.

—「애천」에서

여성사적 계보의 혈통에 면면히 세습되는, 뿌리칠 길 없는 숙명의 실체와 근원을 더듬어 가는 「겨울의 환」과, 엄격한 생존의 현실 속에 내팽개쳐진 여성의 삶의 풍부한 실감의 세목들을 끌어안으며, 소자라는 사춘기 소녀의 시각을 통해 바라본 여성적 실존의 의미를 조용히 묻고 있는 「애천」은 김채원의 가장 뛰어난 소설들이면서, 동시에 한국 문학 속에서 여성성, 그 현존의 의미를 공작 날개처럼 활짝 펼쳐 보여 주는 의미 심장한 작품들이다. 위에 인용된 두 개의 예문이 증거

해 주는 것처럼, 김채원 소설들의 여성 작중인물들은 거의 언제나 지금―여기에 혼자 외롭게 고립, 유폐되어 있는 한 개별적 현존인 동시에 '선조들의 피, 할머니와 할머니의 어머니, 까마득한 그 너머의 어머니들의 숨결'에 의해 만들어진, 다시 말해 여성사적 계보의 혈통과 단단하게 연결되어 있는 여성 보편의 현존이다. '나'는 그냥 '나'가 아니라, 여성 선조들의 피와 숨결의 육화인 존재이며, 그 피와 숨결의 구체적 현존인 것이다. 그러므로 '나이 들어가는 여자라는 성과, 그 성이 가지는 떨림'의 의미를 그려내고 있는 「겨울의 환」은 한 여자의 자의식과 개체적 삶의 정체성을 짚어 보며 여성 보편의 삶의 근저에 단단하게 자리잡고 있는 운명성을 탐구하고 있다고 말할 수 있다.

「겨울의 환」에서 여성 화자는 여성의 정체성이 남성을 위하여, 혹은 남성을 기다리며 밥상을 차리는 일, 싸리문 여잡고 기다리는 일에서 찾아질 수 있는 것이 아닌가고 조심스럽게 고백하고 있다. 이 소설에서 여자라는 성과 그 떨림의 정체성이 여성 화자의 삶 저 너머에 존재하는 남성인 '당신'에 의해 촉발된 것이라는 점을 놓쳐서는 안 된다. 소설의 문맥을 그대로 따라가자면 '당신'은 6년 간의 결혼 생활을 청산하고 친정으로 돌아와 홀로된 어머니와 둘이 살고 있는 사십대 중반에 이른 이혼녀인 '내'가 동네에서 우연히 조우하게 된 인물이다. 그 '당신'은 여성 화자의 삶에 결핍된 어떤 요소들의 집합체, 혹은 결정結晶이며, 따라서 그것은 실재하는 것이 아니라 '내'가 계속 찾아 헤매는 일종의 환幻이다. 그것은 결핍과 부재로서 여성 화자의 자의식을 보다 선명하게 드러내 보여 주는 남성성, 혹은 부성적 삶의 원리라고 말할 수 있다.

밥상을 차리는 일과 싸리문 여잡고 기다리는 일은 여성적 운명과 삶의 원형을 응축적으로 보여 주고 있는 상징적 영상들이다. 「겨울의 환」은 여성 화자의 내면과 그녀가 감당해야 했던 신산스런 삶의 궤적들을 조용히 반추하거나 드러내는 그녀의 목소리만으로 채워져 있다. 그리움의 대상인 '당신'은 철저하게 부재로 일관되어 있고, 그 부재 위로 '기억 속에 아무런 영상도 없이 오직 무無인 아버지'가 소리없이 겹쳐진다.

이혼을 하고 사십대 중반에 친정집으로 돌아와 '소멸해 가는 어머니를 담당하는 것만이 저의 운명'이라고 수락해 버리는 여자가 감당해야 하는 저 고단한 일상의 삶은 어둠의 형식, 환멸의 형식의 삶이다. 그것은 여자에게 '안락함 속에서도 왠지 모를 갈증'으로 허덕거리게 하거나 '심한 갑갑증'을 느끼게 한다. 그렇게 의미가 탕진되어 버린 불모의 일상적 삶에 수동적으로 함몰된 여자에게 다가온 '당신'이란 어떤 존재인가. 여자는 이렇게 설명한다.

당신이 저를 어둠 속에서 불렀을 때, 갑자기 거리의 많은 사람들, 모든 다 물러가고 당신과 나, 아니 내가 아닌 내 눈만이 거기에 있던 것과도 흡사합니다. 그것은 인생에 있어서 어떤 것, 인생이라고 하는 것 속에서 우리가 뽑아 낼 수 있는 가장 최선의 것을 순간적으로 맛 보게 해 준 것이었을까요. 순간이 영원으로 변하는 그 가능성, 아니 무엇인가를 만들어 나갈 수 있는 열리고 열리며 아름다움 자유의 개념 같은 것, 인간이 근본적으로 갖고자 하는 조건 같은 것, 그런 것에의 형상화가 아니었을까요

___「겨울의 환」에서

여성 화자인 '나'의 삶과 운명에서, 또한 '나'의 할머니와 어머니들의 삶과 운명에서 사라져 버린 할아버지와 아버지와 남편과 삼촌들, 그리고 애인들이란 다 무엇인가. 남성들이 부재하는 여성적 실존은 어떤 의미를 갖는가. 그 주제는 김채원의 문학이 안고 있는 일종의 화두처럼

보인다. 「겨울의 환」은 그 화두를 정면에서 다루고 있는 작품이다.

'당신'은 어둠의 형식, 환멸의 형식의 삶에 허덕이고 있는 여자를 그 어둠과 환멸 속에서 불러내, 순간을 영원으로 열어 주고, 그 가능성의 지평에 세우는 존재, 혹은 '무엇인가를 만들어 나갈 수 있는 열리고 열리며 아름다운 자유'에로 데려가 여자의 삶을 활짝 꽃 피게 한다. 그러나 '당신'은 실재하는 존재이며, 동시에 여자의 삶이 머금고 있는 환幻이다. '당신' 여자의 삶을 속박하고 있는 고립, 유폐의 사슬을 풀어 주고, 보다 넓은 세계로 나아가게 하는 매개적 존재다. 그래서 여자는 애타게 허공을 향해 그 이름을 부르며 그 환幻을 쫓아 나아가는 것이다.

「겨울의 환」이 그러하듯이 김채원의 여러 소설들은 흔히 남성이 부재하는, 여성만으로 이루어진 가족 구성원들을 배경으로 하고 있다. 「애천」도 그 대표적인 소설 중의 하나다. 그러나 「애천」에는 열일곱 살의 어린 나이로 학도병에 끌려 나갔다가 살아서 돌아온 숭일이란 이부異父 오빠가 잠깐 등장하는데 그마저 우연한 사고로 죽어 버린다.

「애천」은 사춘기의 혼미한 격정에 휩싸인 소자가 여성으로서의 자신의 정체성에 대해 눈떠 가는 과정을 섬세하게 그려내고 있다. 소자가 어린 계집아이를 유혹해 계집아이의 몸을 호기심어린 눈으로 관찰한다거나, 뜬금없이 '자신의 몸을 함부로 내던지고 싶다고 생각했다. 조금씩 몽글하게 올라오고 있는 가슴을 누군가 한없이 만져 주었으면 좋겠다는 느낌에 휘말리게' 되는 것 모두가 자신의 몸과 마음속에서 조금씩 꿈틀거리며 솟아나는 여성성의 징후들이다. 소자가 보여 주는 여성 신체에 대한 관심의 증대는 곧 여성적 삶의 생물학적인, 그리고 구체적·실제적 조건에 대한 관심의 확장이며, 더 나아가 월경을 하고 임신을 하며 출산을 하고 수유를 하는, 필경 자신의 운명이 되고 말 여성성을 핵으로 하는 여성 주체적 삶에 대한 자의식이 형성되기 시작한 맹아기에 들어섰음을 보여 주는 부분이다.

　　소자는 손을 내밀어 아직도 어둠 속에서 떠돌고 있을 듯한 그 아이의
손을 잡으려고 했다. 승일아 라고 자신의 아들처럼 조그맣게 부르며, 그
의 손을 잡아 가슴속으로 끌어들이고 싶어 피가 끓어오르는 것을 느꼈
다. 그러다가 어느 순간 투둑, 하고 끓어오르던 피가 터져 버리는 느낌
을 체득했다.

—「애천」에서

　　「애천」의 마지막 부분에서 소자의 내면에서 솟구쳐 일어나는 죽은
승일에 대한 모성은 돌연하기도 하면서, 또한 감동적이기도 하다. 그
것은 소자가 한 여성으로서 성장했음과 동시에 모성이 여성적 삶의
한 원형질임을 극명하게 드러내 보여 주는 대목이다.[25] 모성은 여성
의 고유한 생물학적 기능이라는 의미를 넘어서서 여성성의 중심을 이
루는 한 요소이며, 여성이 자기 정체성을 확인하기 위해서는 필연적
으로 그 의미와 본질을 짚어 보지 않으면 안 되는 것이기도 하다.

모성의 발견, 모성을 통한 여성의 자기정체성 찾기

　　「오후의 세계」는 자신의 생의 근원에 놓여져 있는 모성에 대한 자
각과, 그 모성을 통해 자기 정체성의 확인에 이르는 여성의 심리와 내

---

25 이연정은 모성적인 것에 대한 부성적인 것과 비교하여 다음과 같이 규정된다고 언급하고
있다. "일반적으로 모성적인 것은 부드러움, 자기 소멸self-effacement, 수동성, 감수성 등을 특
징으로 하고, 부성적인 것은 힘, 단호함, 자유, 능동성 등을 특징으로 한다고 규정된다. 이 규
정에 함축된 것은 남성은 자녀 양육을 할 수 없고 여성은 자신의 정체성을 갖기 위해 어머니
가 되어야 한다는 것이다. 그리하여 여성의 모성은 사회적 경제적 정치적 영역에서 여성의
능력과 한계를 규정하는 본질임과 동시에 자연스럽고 불가피한 것처럼 유아의 잠재 의식, 사
회화 과정 등을 거쳐 내면화되는 것이다."(이연정, 「여성의 시각에서 본 '모성론'」, 〈여성과
사회〉 제6호, 1995년, 창작과비평사)

면을 그리고 있는 작품이다.

나는 그 자리에 얼어붙은 듯 멈추어 섰어. 그리고 다음 순간 몸 속으로 스며드는 그 감명이 무엇인지 알아내었어. 그것은 그리워하는 마음이었어. 무엇을? 하고 나는 빠르게 묻고 스스로 대답했지, 그것은 어머니. 나는 내 대답이 맞다고 생각했어. 그리고 왠지 푹 안도했어. 이 세상의 모든 것은, 인간은 물론이고 짐승 벌레 그리고 산의 나무와 정원의 꽃, 길가의 마른 풀까지 그리고 하늘의 별들 달과 해 땅덩이와 바다, 집, 개천, 다리, 모든 것이 어머니를 그리워하고 있다는 그 사실을 나는 새로이 확인하듯 인식하였어. 바꾸어 말하면 그것은 낙원에 대한 꿈이기도 할 거야. 유년의 집 들창과 대문 마당 꽃밭 부엌 책상 이런 것이 내게 한꺼번에 어떤 이미지로 밀려들었어. 곰의 몸 전체 표정에는 그만큼 간절한 그리움이 있었어. 그것은 가장 근원적인 어떤 것을 꿰뚫고 있었어. 나는 관통상을 당한 듯 아, 이렇게 근원이라는 게 역시 있는 것이로구나 생각했어.

__「오후의 세계」에서

「오후의 세계」는 흘러가는 시간 속에 놓여져 있는 사람들의 덧없는 일상과 세계를 이루고 있는 온갖 물상들, 그리고 그것들 위에 드리워지는 빛과 그늘을 점묘해 내고 있다. 그것은 '붙들지 않으면 영원히 놓쳐져 결코 다시 떠오르지 않는 영상들'의 세계다. 그러나 그 영상들은 머무르지 않고 흘러가 버리며 한번 흘러가 버린 것은 '다시 되돌아오지 않'는다. 「오후의 세계」는 다름 아닌 중년에 이른 여성 화자 자신의 생의 오후에 대한 관조이며, 이때 관조의 시선을 지배하는 것은 흘러가서 다시는 되돌아오지 않는 것들, 잃어버린 것들이 불러일으키는 상실감과 비애, 아득한 그리움이다. 상실감과 비애의 감정 위로 '어쩐지 자신의 생의 한 부분이 무산되어 버'렸다는 느낌이 선명하게 떠오른다.

위의 인용문은 다시는 회귀가 허락되지 않는 저 흘러가 버린 시간의 중심에 신기루처럼 떠 있는 잃어버린 세계의 시원始原에 어머니, 혹은 모성이 있음을, 마치 '관통을 당한 듯이' 확연하게 깨달은 여자의 내면에 일어나는 심리적 반응들을 함축적으로 보여 준다. 모성, 어린 시절, 꿈, 청춘의 온갖 가능성들……과 같은, 모든 흘러가 버린 것들, 상실된 것들은 그것이 지금—여기에 부재하다는 이유 때문에 낙원에 대한 꿈을 환기시킨다.

어찌 보면 비현실적이고 몽환적으로 흘러가는 그 생의 오후에 여자의 아득한 눈길이 가 닿은 것이 어머니라는 사실은 의미롭다. 저 잃어버린 세계에 속하는 어머니를 그리워하며 '내가 너를 사랑하는가, 내가 너의 엄마인가'라고 자신의 어머니 노릇, 혹은 모성의 의미를 되물어 보고, 어머니—딸로 이어지는 여성사적 계보의 운명을 감싸고 있는 거역할 길 없는 생의 리듬이 제 몸에, 제 운명에 굽이치고 있음을 실감한다.

여자의 일상적 삶 그 자체는 고립되어 있고, 우연적이고 부수적이며, 하찮고 사소한 일상적 일들 속에 자잘하게 파편화되어 흘러가 버리는, 의미가 고갈되어 버린 어떤 것이다. 그래서 '여자 자신은 스스로에게 아무런 의미가 없다. 그녀는 있어도 좋고 없어도 되는 한갓 무의미한 존재로서 거기 서 있을 뿐'이다.

뜻 없는 일상성 속에 매몰되어 수동적 삶을 수납하는 여자를 넘어서기 위하여 필요한 것은 무엇인가. 의미가 고갈된 존재로, 메마르고 바스러져 가는 존재로 '거기 서 있을 뿐'임을 극복하기 위하여 필요한 것은 무엇인가. 김채원의 여러 소설들을 포개 보면 여자는 아이의 엄마라는 자각을 통해, 다시 말해 아이를 낳아 기르는, 그 임신, 출산, 수유, 양육의 경험을 통해 구체화되는 모성을 가진 존재라는 사실의 발견을 통해 자신의 닫힌 삶의 지평을 찢고 나가, 의미와 영원한 생의 리듬을 향하여 활짝 열리게 된다는 작가의 존재론적 인식이 무의식적 의미망으로 나타나고 있음을 확인할 수 있다. 그 리듬을 온몸으로 감지하며 여자는 '이대로 이끌려 가면 다른 시간대의 다른 인생 혹은 어딘가에 있을 영원, 어린 시절 시간의 문을 열고 나가서 만난, 집 앞 공터에 펼쳐졌던 푸르른 무와 배추밭을 만날' 것 같은 느낌을 고백하는 것이다.

모성의 세계의 본질을 이루는 것은 '부드러움, 자기 소멸, 수동성, 감수성'이다. 김채원의 「오후의 세계」는 모성적 감수성, 혹은 모성적 상상력의 지평을 활짝 펼쳐져 보여 주는 드물게 아름다운 소설이다. 소설의 결미에서 여자가 바다의 '다정한 애무'에 몸을 맡기고, '영원한 움직임, 바다 내면의 움직임'을 온몸으로 감지하는 것은 우연한 일이 아니다. 바다의 애무에 여자의 몸은 '녹아 내리'고, 바다의 기운은 그녀의 몸을 '채운다.' 그래서 바다와 여자는 한몸을 이룬다. 여성성, 그리고 모성이 '물의 부드러움'과 연결되는 것은 너무나 자연스럽다. 소설의 마지막은 '더 큰 파도, 산더미만 하다고 느껴지는 파도가 위엄 있게 다가올 때 여자는 자신의 삶이 전부 무산되어지는 것을 느낀다'라는 문장으로 끝나는데, 이때의 무산은 그냥 덧없는 흩어짐이 아니라 모성의 자기 소멸을 통한 거듭나기의 의미로 읽혀져야 마땅하다.

안 가 본 미지의 길, 자신만의 길 찾기

김채원의 최근 소설들인 「봄날에 찍은 사진」과 「달의 몰락」을 읽으면, 김채원의 소설 세계의 중심을 이루었던 여성성의 의미에 대한 탐구는 인생의 새로운 길 찾기라는 주제에 그 중심을 내주고, 다만 소설의 이면에 희미한 흔적으로만 남아 있다. 그것은 여성성의 탐구라는 주제가 차츰 내면화되고 간접화되고 있음을 보여 주고 있는 것일 수도 있다.

「봄날에 찍은 사진」은 며느리이고, 아내이고, 아이의 엄마이며, 생물 교사인 여성 화자가 일가 친척들과 함께 음식과 꽃을 장만해 가지고 갔던 성묘와, 야유회처럼 나무 그늘 밑에 둘러앉아 식사를 했던 어느 봄날 하루를 소묘하고 있는 작품이다. 이 소설의 중심을 이루고 있는 것은 성묘를 끝낸 일행들이 '비탈진 나무 밑에 돗자리를 깔고, 싸가지고 온 음식을 펼'치고, 더운 김이 나는 국과 밥을 둘러앉아 먹는 그 산 자들의 풍경과, 일가 친척들의 신변에 일어났던 대소사들, 이를테면 누군가가 죽고 새로 태어나고, 병이 들고, 전근을 가고, 백일을 맞고, 국민학교에 입학을 하고, 중학교를 들어가고, 유학을 떠나고…… 하는 것들과, 도도한 역사의 흐름 속에서 아주 작은 포말처럼 일어났다가 흔적도 없이 사라져 버린, 이제는 가족의 곁을 영원히 떠나 버린 망자들에 대한 담담한 추억과 회고다. 여성 화자의 의식을 사로잡고 있는 것은 자신이 '이 세상 속에 살고 있으면서도 자기와는 가장 무관한 것이 바로 이 세상이 아닌가 싶기도 하다'는 것과, '이 시간, 모든 것이 하나의 흐름으로 흐르고 있'으며, 일체의 탄생과 죽음이 그 흐름 위에 실려 있다는 깨달음이다. 이처럼 「봄날에 찍은 사진」은 두 개의 중심축을 하여 여성 화자의 심리와 가족사가 펼쳐지며, 작가가 그토록 집요하게 탐구해 왔던 자궁을 갖고 모성을 가진 한 여성으로 세계와 삶에 마주선다는 것의 의미에 대한 물음은 작품의 전면에서 이면으로 자리를 이동하고 있다. 그것이 눈여겨보아야 할 작가 김채원 문학적 변모의 신호라고 추단하기에는 아직 성급한 것처럼 보인다.

「달의 몰락」에서도 마찬가지다. 「달의 몰락」은 우연히 짝을 이뤄 해외 여행에 나선 A와 B와 C와 D, 이 네 남녀를 중심으로 이루어지는 이야기를 담고 있다. 그 내용은 그다지 특별할 것도 없는, 어느 여행에서나 있음직한 시시콜콜한 에피소드들로 짜여져 있다. 유명한 유적지 돌아보기, 쇼핑하기, 호텔에서의 체류, 신기한 풍물들, 새롭게 부딪치는 이방의 사람들, 외국어로 말하기, 동행자들 간의 사소한 갈등, 낯선 곳에서의 길잃고 헤매기……와 같은 것들이 끝없이 펼쳐진다. 별다른 사건도 없이 단조롭게 끝날 것만 같던 이 소설은 동행자 중의 하나인 A가 약속 장소에 나타나지 않음으로써 일행들은 배를 타고 목적지로 이동하기를 포기하고 A를 찾아 나서는 마지막 부분에 이르러서 돌연 하나의 커다란 사건과 함께 급박하게 종결을 향해 줄달음친다. 그 돌연하고 충격적으로 던져지는 사건이란 여성 화자인 D가 일행과 외따로 떨어져 A의 행방을 쫓아 헤매다가 해변가에서 낯선 남자에게 강간을 당하는 것이다. 그러나 독자의 의식을 더욱 놀라게 하고 의혹에 빠뜨리는 것은 여성 화자가 직면하는 강간이란 폭력의 거칢 때문이 아니라 그것을 받아들이는 여성 화자의 의식의 너무나도 담담함 때문이다.

D가 걸으며 거리에서 창문 너머로 본 사람들은 그대로 달이 반사해 놓은 사람들 같다, 이 깊은 밤 그들은 모두 무엇을 하고 있는 것일까, D가 그런 생각에 젖어 있는 동안 어느 그림자 하나가 포장된 길에서부터 이쪽 모래밭 쪽으로 걸어오고 있었다. 모래를 밟고 오는 발걸음 소리는 파도 소리에 지워졌다. D는 그 그림자가 아주 가까이 올 때까지 모르고 있었다. 그 그림자는 D에게로 와서 D의 몸을 덮쳤다. 그의 머리가 두둥실 검은 달처럼 D가 보고 있는 시야를 가려 버렸다.

D는 갑작스런 출현에 놀라고 당황했으나 곧 그대로 몸을 놓아두었다. 저항할 힘도 없을 뿐더러 저항할 까닭도 없었다. 억장, 절벽, 절규라는 단어가 D의 귓가에 소용돌이 쳤다.

D는 눈을 감았다. 그리고 에게 해를 향하여 다리를 벌렸다.

D는 왜 저항하지 않았는가. D는 왜 '저항할 까닭도 없었다'라고 말하는가. 그녀는 자신의 몸을 덮쳐오는 낯선 그림자에 저항하는 대신에 '눈을 감고', '에게 해를 향하여 다리를 벌렸다.' 그리고 '……왜인지 얼어붙었던 내 마음이 녹고 있습니다. 이상한 일이지요 미지의 빛이 제게 보이는 듯해요 이 섬의 심장을 지금 이 순간 찾은 느낌이에요 이 섬의 심장과 저의 심장이 맞닿아 오는 것 같아요'라고 고백한다. 그것이 그녀가 말하는 '새길, 그 길을 찾아보아야겠어요 이제까지 안 가 본 미지의 길, 자신만의 길', 그 새로운 인생을 찾아 나선 길 찾기의 첫발 내딛기일까. 아니면 타자를 진정으로 자기 삶의 일부로 받아들이고 끌어안는, 넓은 의미에서 보자면 대지모신大地母神의 모성성의 발현으로 이해해야 할까. 그것이 작가가 의도하는 어떤 상징성을 함축적으로 드러내기 위한 사건이라 할지라도 우리의 내면에서 솟구쳐 일어나는 의문은 사라지지 않는다.

여성, 메마르고 바스러짐을 넘어서기 위하여

나는 이미 「'당신', 아버지, 그리고 여성적 실존의 원형」이라는 글에서 김채원의 소설 세계에 대해 '김채원의 소설들은 여성됨, 혹은 여성으로서의 살아감에 대한 의미를 묻는다. 초기 작품에서부터 잠복되어 왔던 여성적 삶의 의미에 대한 물음은 김채원의 대표적 작품이라고 할 수 있는 「겨울의 환」에서 꽃봉오리처럼 겉으로 불거져 나오며 활짝 만개한다. 초기의 소설들에는 여성성에 대한 자각의 문제는 작

페미니즘 소설의 이해 :: 467

가가 탐색하는 삶의 보편의 의미라는 큰 줄기 속에 합류되어 있는 지류^{支流}였다가 최근으로 오면서 어느덧 그것은 본류^{本流}로 탈바꿈해 버린 것이다. 이것이 김채원의 소설 세계의 변모다. 「겨울의 환」은 여성성, 즉 '여자라는 성과, 그 성이 가지는 떨림'에 대한 본격적인 탐색이면서, 그것에 대한 한결 그윽해진 깨달음의 깊이를 아주 섬세하게 펼쳐 낸다'고 쓴 바 있다.

지금까지 우리는 거칠게나마 「겨울의 환」으로부터 「애천」, 「오후의 세계」를 거쳐 작가의 최근작인 「봄날에 찍은 사진」, 「달의 몰락」까지를 읽어 보며, 작가가 여성적 삶에 대한 구체적이고도 풍부한 실감들을 섬세한 문체로 형상화해 내고, 그 의미를 짚어 내는 데 탁월한 통찰력이 발휘되고 있음을 확인했다. 김채원의 정갈하고 섬세한 문체는 공허하고 뜻 없는 일상성에의 피동적 수납과 의미가 고갈된 비천한 노동에서 벗어나와 진정한 여성 주체의 삶의 의미를 일궈 내려고 애쓰는 여성 화자들의 삶의 세목들을 따라간다. 김채원의 중요한 소설들의 여성 주인공들은 자신과 아이 사이의 유대와 애착이라는 끊을 길 없는 모성에 대한 자각, 혹은 확인을 통해 닫혀 있는 자신의 삶을 열고, 드넓은 지평으로 확장한다. 이때 모성은 생명의 근원성에 대한 전폭적이고도 따뜻한 신뢰의 복판에서 솟구쳐 나오는 모성이다. 그녀들은 자신들의 삶을 메마르고 바스러지게 하는 세상의 일체의 제도와 관행, 또한 반생명적인 가난, 폭력, 전쟁까지도 말없이 끌어안으며, 그것을 생명의 흐름으로 전화^{轉化}시킨다. 「애천」에서 그려지는 원초^{原初}의 어머니가 그 대표적인 예다. 그녀들의 성, 사랑, 모성, 일체의 인간관계, 가족의 의미에 대한 물음은 그것 자체로서가 아니라 여성성이라는 자의식을 통해서만이 비로소 의미를 개진한다. 그녀들은 '수태시키는' 존재인 부성적 삶의 원리와 상호보완의 의미를 가진 '출산하고 양육하는' 모성적 존재라는 사실의 자각을 통해 자기정체성을 확인한다.

김채원은 '여자라는 성과, 그 떨림'의 미학을 우리에게 보여 주었다. 위대한 생명의 원리인 모성을 통해 자기 정체성을 확인하는 여자들의 삶을 우리에게 보여 주었다. 이제 우리는 김채원의 모성적 상상력이 펼쳐 낼 또 다른 미지의 문학 세계를 즐거운 기대를 가지고 기다릴 수 있다. 그것은 김채원이라는 작가를 가진 한국 문학이 우리에게 베푸는 행복의 하나다.

한국 문학사에서 박화성, 강경애, 임옥인, 최정희, 손소희와 같은 제1세대 여성 작가들과 박경리, 강신재, 박완서, 박순녀와 같은 제2세대 여성 작가들을 잇는 오정희, 서영은, 김지원, 강석경, 양귀자 등과 함께 제3세대 작가 집단에 속하는 김채원은 여성적 실존의 의미를 묻는 일련의 소설들을 통해 자신의 문학적 변별성을 일궈 내면서 그 문학적 입지를 확고하게 굳히고 있는 도상途上의 작가다. 김채원의 문학이 성취하고 있는 여성의 개체적 실존의 역사화라는 주제와, 그 주제를 실어 내는 문체의 수려함은 기억할 만하다. 여성 작가에 의해 씌어진 모든 소설들이 '월경의 피'로 씌어진 소설은 아니다. 이를테면 '자궁', '모母', '밥상을 차리는 일' 등과 같은 여성됨, 혹은 여성으로서의 살아감에 대한 깊고 단단한 자의식에 의해 씌어진 소설들만이 '월경의 피'로 씌어졌다고 말할 수 있다. '월경의 피'로 씌어진 소설들만이 비로소 여성 문학의 계보에 들 수 있다. 김채원이 추구해 온 여성됨, 혹은 여성으로서의 살아감의 의미를 묻는 소설들의 세계는 분명 그것이 순수한 '월경의 피'로 씌어졌음을 스스로 입증한다. 우리는 김채원의 소설 세계가 더욱 깊어지고 넓어져서, 그 뒤를 잇는 김향숙, 최윤, 신경숙, 공지영 등과 같은 새로운 여성 작가군들과 함께 한국 여성 문학의 계보를 이어가는, 찬란한 성좌의 한 자리를 빛내는 별이 되기를 기대한다.

옛 우물 __오정희(출전 : 『불꽃놀이』, 문학과지성사, 1995)

오정희吳貞姬(1947~)는 한국 여성 소설의 한 정점에 자리하고 있다. 그는 1968년 단편소설 「완구점 여인」이 〈중앙일보〉 신춘문예에 당선하며 문단에 나온다. 오정희의 소설들은 흔히 "개인적 존재론적 차원에서 신화적인 차원, 원형 상징의 공간"(이혜원)으로 나아간다. 작가는 「바람의 넋」 「동경^{銅鏡}」 「중국인거리」 「저녁의 게임」 「옛우물」 「새」와 같은 여성 정체성의 위기와 현존의 의미를 탐구하는 빼어난 작품을 선보였고, 그 이후의 여성 작가들에게 뚜렷하게 드러나는 영향을 끼치기도 했다. 삶의 현존을 감싸고 도는 의미에 대한 통찰력, 겹으로 둘러싸인 의미를 명료하게 드러내 보이는 명확한 구도, 때로는 섬뜩할 정도로 그로테스크하고 대담한 작중인물들의 행위, 암시와 절제로 상상력을 증폭시키는 문체의 기교, 섬세하고도 집요한 묘사 등은 오정희의 소설이 왜 한국 단편문학이 도달한 최고의 수준이라고 평가받는지를 알게 한다. 인간의 근원적 존재상인 허무를 보아 버린 이의 전율과 공포를 세밀하게 그려 온 작가는 한 문학상의 수상소감을 통해 자신의 소설쓰기가 "보상을 바랄 수 없는 짝사랑, 지독한 연애"라고 말한 바 있다.

　마흔다섯살이 된 생일 아침, 나는 여느 날과 마찬가지로 여섯시에 맞춘 괘종 시계 소리에 눈을 떴다. 겨울 지나면서 해는 발돋움질하듯 조금씩 길어지고 매일매일 한 겹씩 엷어지는 어둠 속에 섬세하게 깃든 새벽빛, 친숙하고 익숙한 습관과 사물들 사이에서 잠을 깨었다. 여기저기, 가장 적합하다고 여겨진 자리에 의심 없이 놓여진 전기 밥솥, 가스 레인지, 프라이팬과 낡고 늙어 부쩍 모터 소리가 요란해진 냉장고 따위의 가운데서 움직이며, 나는, 태어났을 때 사십오년 후의 이러한 내 모습을 결코 상상하지 않았으리라는 생각을 잠깐 해 본 것이 다르다면 다른 일이었을 것이다. 어느 해 이른 봄 오늘과 별로 다를 것 없는 어느 날 나는 스물세살부터 십년에 걸쳐 해 거름으로 아이 낳기를 한 서른세살의, 아마 그녀로서는 마지막 출산이기를 바랐을 여자의 자궁에서 벗어나 시간의 그물에 걸려들었다.

어머니는 그 뒤로도 십년 가까이 아이를 낳았다. 내가 여덟살이 되었을 때 낳은 사내아이를 끝으로 자궁은 말린 오얏처럼 쭈그러들었다.

내가 태어난 날임을 상기시키는 아무런 특별함은 없다. 그 해 봄날 바람이 불었는지 비가 내렸는지 맑았는지 흐렸는지, 이제는 층계를 오르는 일조차 잊어버린 치매 상태의 노모에게 묻는 것은 의미 없는 일이다. 다산의 축복을 받은 농경민의 마지막 후예인 그녀에게 아이를 낳는 것은, 밤송이가 벌어져 저절로 알밤이 툭 떨어지는 것, 봉숭아 여문 씨들이 바람에 화르르 흐트러지는 것처럼 자연스럽고 범상한 일이었을 것이다.

나는 막내동생이 태어나던 때를 기억하고 있다. 깨끗한 바가지에 쌀을 담고 그 위에 마른 미역을 한 잎 걸쳐 안방 시렁에 얹어 삼신에게 바친 다음 할머니는 또다시 깨끗한 짚을 한 다발 안방으로 들여갔다. 사람도 짐승처럼 짚북데기 깔자리에서 아기를 낳나? 누구에게도 물을 수 없었던 마음속의 의문으로 안방 쪽으로 가는 눈길이 자꾸 은밀하고 유심해졌다.

할머니는 아궁이가 미어지게 나무를 쳐넣어 부엌의 무쇠 솥에 물을 끓였다. 저녁 내내 어둡고 웅숭깊은 부엌에는 설설 물 끓는 소리와 더운 김이 가득 서렸다. 특별히 누군가 말해 준 적은 없지만 아이들은 무언가 분주하고 소란스럽고 조심스런 쉬쉬함으로 어머니가 아기를 낳으려 한다는 눈치를 채게 마련이었다.

할머니는 언니에게, 해지기 전에 옛우물에서 물을 길어 와 독을 채워 놓으라고 말했다. 머리카락 빠뜨리지 마라. 쓸데없이 수다 떨다 침 떨구지 마라. 부정탄다. 할머니는 엄하게 덧붙였다. 열다섯살 큰언니는 물 뜨러 다니는 것을 부끄러워해서 물 길러 갈 때마다 입을 한 발이나 내밀었지만 불평 없이 물초롱을 찾아 들고 나는 두레박을 챙겨 따라 나섰다. 정자나무 지나 먼 옛우물까지 가는 동안 언니는 한 번도 입을 열지 않았다. 물을 떠오면 할머니는 검불이나 먼지가 떴는지 살핀 뒤 먼저 흰 사발에 담아 장독대로 돌아갔다. 다음에는 부뚜막의 조왕 각시 사발에 채웠다. 아버지는 보이지 않았다. 마실이나 갔다 오게. 아이야 여자가 낳는 거지. 할머니가 손사래를 쳐서 내보냈다. 남자야 아이를 만드는 데나 소용있는 거지 하는 뜻이었을 게다.

우리들은 불길이 잘 들이지 않아 써늘한 윗방에 모여 재미도 없는 놀이에 열중하는 체하지만 귀는 온통 어머니의 신음 소리가 새어 나오는 안방에 쏠려 있었다. 실뜨기도 공깃돌 놀이도 재미없었다. 우리들이 모이면 으레 아웅다웅 벌이는 싸움질도 하지 않았다. 이슬이 비친다거나 양수가 터졌다거나 문이 덜 열렸다거나 아아직 멀었다, 하는 할머니의 목소리에 섞여 아이고 어머니 아이고 어머니, 고통에 찬 외침이 들릴 때마다 언니는 어깨를 움찔움찔 떨고 조그만 얼굴이 굳어지며 말했다. 난 시집 안 가. 아이를 안 낳을 거야. 나는 작은오빠에게 머리를 쥐어박히고 쿨적쿨적 울었다. 정옥이의 엄마, 염쟁이 마누라가 아기를 낳다가 아기와 함께 죽었다는 말을 했기 때문이었다. 밤 깊도록 불 켜진 안방의 수런거림과 산고의 신음에 불안하게 귀기울이다가 옷을 입은 채로 가로세로 쓰러져 잠이 들었지만 아침 일찍 저절로 눈이 떠졌다. 햇살이 퍼지지 않았는데도 문 창호지가 밤새 눈 내린 아침처럼 환했다. 한바탕 큰 일이 지나간 것처럼 평온함이 감돌았다. 기름이 뜬 미역국과 흰밥으로 차려진 밥상을 보며 우리는 우리가 잠든 사이 어머니가 아기를 낳았다는 것을 알았다. 안방에 건너가면 윗목에 한아름 꿍쳐 있는 수상쩍은 피 빨래와 짚 더미. 아기는 우리가 차례로 입었던 배냇저고리를 우리가 막 벗어난, 혹은 지나온 작은 생

처럼 물려 입고 밤을 지샌 고통, 피와 땀과 젖 냄새가 비릿하고 후덥
덥하게 뒤섞인 공기를 마시며 잠들어 있었다.

할머니는 뒤란으로 돌아가 피 묻은 짚과 태를 태웠다. 우리가 떠나
온 세계는 시커먼 연기와 검댕이로 피어올라 할머니가 장독대에 떠놓
은 흰 대접, 옛날의 우물물에 날아 앉고 그렇게 우리는 영원한 암호,
비밀일 수밖에 없는 한 세계와 결별한다.

마당은 어느새 깨끗이 쓸려 있고 아버지는 새끼를 꼬아 숯과 고추
를 끼워 대문에 금줄을 쳤다. 싸리비 자국이 선명한, 아직 아무도 밟
지 않은 마당에 우리들의 작은 발자국을 만들며 학교로 갔다. 길에서
만나는 아이들에게마다 비밀 얘기하듯 소곤소곤 말했다. 우리 엄마가
아기를 낳았어. 동생이 생겼어. 사내 아기야.

거기에는, 새 아기가 태어난 풍경에는 밝음과 고즈넉함, 슬픔 같은
것이 어려 있다. 우리는 누구나 가엾은 한 여자의 가랑이에서 피투성
이가 되어 태어났다. 그리고 익히 알고 있는 길을 걸어가듯 생애 속으
로 한 걸음씩 옮겨 놓는다. 삶에 대한 상상력이란 대개의 경우 지나치
게 황당하거나 안일하다. 묘지에 갔을 때 사람의 생애란 묘비에 적힌
생몰 연대 이상이라거나 그 이상이 아니라는 상반된 느낌들이 동시에
고개를 들지만 간단한 생몰 연대에 비해 그의 생애와 업적을 적은 비
문은 구차한 변명이나 췌사로 보여질 수도 있으리라.

한 사람의 생애에 있어서 사십오년이란 무엇일까. 부자도 가난뱅이
도 될 수 있고 대통령도 마술사도 될 수 있는 시간일 뿐더러 이미 죽
어서 물과 불과 먼지와 바람으로 흩어져 산하에 분분히 내리기에도
충분한 시간이다.

나는 창세기 이래 진화의 표본을 찾아 적도 밑 일천 킬로미터의 바
다를 건너 갈라파고스 제도로 갈 수도, 아프리카에 가서 사랑의 의술을
펼칠 수도 있었으리라. 무인도의 로빈슨 크루소도, 광야의 선지자도 될

수 있었으리라. 피는 꽃과 지는 잎의 섭리를 노래하는 근사한 한 권의 책을 쓸 수도 있었을 테고 맨발로 춤추는 풀밭의 무희도 될 수 있었으리라. 질량 불변의 법칙과 영혼의 문제, 환생과 윤회에 대한 책을 쓸 수도 있었을 것이다. 납과 쇠를 금으로 만드는 연금술사도 될 수 있었고 밤 하늘의 별을 보고 나의 가야 할 바를 알았을는지도 모른다.

그러나 나는 지금 작은 지방 도시에서, 만성적인 편두통과 임신 중의 변비로 인한 치질에 시달리는 중년의 주부로 살아가고 있다. 유행하는 시와 에세이를 읽고 티브이의 뉴스를 보고 보수적인 것과 진보적인 것으로 알려진 두 가지의 일간지를 동시에 구독해 읽는 것으로 세상을 보는 창구로 삼고 있다. 한 달에 한 번씩 아들의 학교 자모회에 참석하고 일주일에 두 번 장을 보고 똑같은 거리와 골목을 지나 일주일에 한 번 쑥탕에 가고 매주 목요일 재활 센터에서 지체 부자유자들의 물리 치료를 돕는 자원 봉사의 일을 하고 있다. 잦은 일은 아니지만 이름 난 악단이나 연주자의 순회 공연이 있을 때면 남편과 함께 정장을 하고 밤 외출을 하기도 한다.

갈라파고스를 떠올린 것도 엊그제, 벌써 한 주일 이상이나 화재가 계속되어 희귀 생물의 희생이 걱정된다는 티브이 뉴스에 비친 광경이 의식의 표면에 남긴 잔상 같은 것일 테고 더 먼저는 아들이, 자신이 사용하는 물건들에 붙여 놓은, '도도'라는 말에서 비롯된 것일 수도 있다. 도도가 무엇인가를 묻자 아들은 4백 년 전에 사라진, 나는 기능을 잃어 멸종된 종으로 여기지 않겠는가. 관습과 제도 속으로 들어가야 하는 두려움과 항거를 그렇게 나타내지 않겠는가.

우리 삶의 풍속은 그만큼 빈약한 상상력에 기대어 부박하다. 삶이 내게 도태시킨 가능성에 대해 별반 아쉬움도 없이 잠깐 생각해 본 것은 내가 새로 보태어진 나이테에 잠깐 발이 걸렸다는 뜻일 게다. 그러나 나는 이제 혼례에나 장례에 꼭 같은 한 가지 옷으로 각각 알맞은 역할을 연출할 줄 알고 내 손으로 질서 지워지는 일들에 자부심을 갖고 있다. 마늘과 생강이 어우러져 내는 맛을 알고 행주와 걸레의 질서를 사랑하지만 종종 무질서 속으로 피신하는 것도 한 방법이라는 것을 알고 있다.

남편과 아들이 서둘러 아침 식사를 하고 각각 일터와 학교로 간 뒤 화장실 청소를 하려다가 나는 픽 웃었다.

깔끔한 성격의 남편은 그답지 않게 자주 변기의 물을 내리는 일을 잊는다. 나는 한 번도 그 점을 지적한 적이 없다. 비교적 성공한 봉급생활자인, 이제 머리가 벗어지기 시작하고 몸이 붇기 시작하는 장년의, 일자리나 술자리, 잠자리에까지 능숙하고 세련된 그에게 어린 날을 떠올리게 하는 것은 거의 없다. 내게서 어린 날의 심한 허기와 도벽, 노란 거품을 게워 내던 횟배앓이의 흔적을 찾을 수 없는 것처럼. 그러나 나는 사타구니에 손을 넣고 모로 누워 웅크리고 자는 그의 모습을 볼 때, 채 물 내리는 것을 잊은 변기 속의, 천진하게 제 모양을 지니고 물에 잠겨 있는 똥을 볼 때 커다란, 늙어 가는 그이 속에 변치 않은 모습으로 씨앗처럼 깊이 들어 있는 작은 그를, 똥을 누고 나서 자신이 눈 똥을 신기하고 이상해 하는 눈길로 물끄러미 바라보는 어린아이, 유년기의 가난의 흔적을 본다.

남편의 선배 중에 경상도 시골에서 과수원을 하는 사람이 있었다. 남편과 내가 찾아갔을 때, 그와 그의 아내는 똥과 풀을 섞어 두엄자리를 만들고 있었다. 그의 아내가 냄새 풍기는 것이 미안했던지 내게 말했다. 똥이 썩을 때의 빛깔은 얼마나 형형색색으로 예쁜지 몰라요 사람들이 제가 눈 똥을 보지 않게 되면서부터 본질을 잃어 가는 게 아닌가 싶다고 나는 대꾸했었다. 그들 부부는 오래 전 통일 이전의 독일 유학생으로 각각 독일 문학과 교육학의 박사 과정을 마쳐 갈 즈음 모종의 사건에 연루되어 소환되었다. 재판을 받고 일년 간 복역한 후 풀려 났지만 남편의 선배는 원거리 공포증이라는 이상한 병을 얻었다. 자신이 있는 곳으로부터 이 킬로미터 반경을 벗어나면 심장이 뛰고 불안해서 안절부절못한다는 것이었다. 고향인 시골로 돌아왔을 때도 한동안 검은 수건으로 눈을 가리고 자신이 이제부터 살아가야 할 생활 반경을 익혀야 했었노라고 했다. 버스 터미널까지 자동차를 운전해서 우리를 데려다 준 것도 그의 아내였다. 방랑이 꿈이었는데 인생이 참 아이러니컬하지요 자랑스런 영농 후계자로 뽑혔다는 그는 사과꽃이 만발한 과수원에서 우리와 작별하며 헛헛하게 웃었다.

집 안을 치우고 나니 한결 호젓하고 조용한 것 같다. 찻물 주전자를 불에 얹고 나는 부엌 벽에 걸린 전화기의 송수화기를 떼어 들었다. 지역 번호를 누른 뒤 빠르고 센 힘으로 번호판을 꾹꾹 눌렀다. 아득한 공간 속으로 신호음이 울렸다. 열 번, 열다섯 번, 스무 번. 송수화기를 제자리에 걸고 나는 더운 물을 부은 찻잔을 천천히 휘저었다.

시는 강을 경계로 해서 남과 북으로 갈리고 농사를 짓는 북쪽과 소비 지역인 남쪽의 생활권을 이어 주는 다릿목께에 상설 야채 시장이 선다. 남편과 아들이 녹즙을 마시기 시작하면서부터 나는 값도 비교적 싸고 무엇보다 싱싱하다는 이유로 이 시장을 자주 이용해 왔다.

이른 아침 시장에 나오면 이슬 맺힌 채로의, 아직 가지런히 땅에 뿌리내리고 있는 듯한 연상을 불러일으키는 채소들, 푸른 잎과 구근들을 만난다. 그것들은 또한 내가 해 뜰 무렵 이슬에 발목 적시며 푸른 식물들 사이에 서 있는 듯한 만족감을 주기도 했다. 내 손으로 가꿀 수 있는 작은 밭이 있었으면 좋겠다는 생각을 해 보는 것도 그때였다. 대부분 햇빛과 바람, 비에 의한 것이 아닌, 알맞은 온도와 습도, 빛을 인위적으로 조절한 비닐 하우스에서 재배한 것이라는 것을, 시든 푸성귀에 흠뻑 물을 뿌려 푸릇푸릇 살아나게 하여 갓 뽑은 것 같은 속임수를 쓰기도 한다는 것을 알게 된 뒤에도 그랬다.

신선초와 케일, 컴푸리 따위로 채워진 커다란 비닐 주머니를 양손에 무겁게 들고 시장을 벗어나며 나는 잠깐, 여름이 오기 전에 운전 면허를 따야 하지 않겠는가를 생각했다. 진작 운전을 시작한 이웃 사람들이나 친구들로부터 운전을 하면 생활 형태와 감각이 달라진다는, 얼마나 기능적이고 자유스러워지는가 하는 얘기를 듣고 있는 터였다. 그러나 운전에 대한 생각은 다릿목에 이르러 지워져 버렸다.

차들이 꼼짝 않고 늘어서 있었다. 다리가 끝나는 곳에 시가지로 진입하는 세 갈래 길이 부챗살처럼 뻗어 있어 병목 현상을 일으켜 평소 교통 체증이 심한 곳이긴 해도 이처럼 끝간데 없이 차들이 뒤엉켜 움직이지 않는 것은 드문 일이었다.

파마 머리를 봉두 난발로 불불이 세우고 두터운 겨울 코트를 입은 한 여자가 입에 불 붙이지 않은 담배를 서너 개비 한꺼번에 물고 길 가운데 서서 피식피식 웃어 대고 자동차들은 신경질적으로 경적을 울려 대었다. 나는 그때 늘어선 차 중에서 낯익은 감청색 승용차를 보았다. 남편의 차였다. 뒷좌석과 옆에 동승한 남자들이 있었다. 다리 건너 횟집에서 점심 식사를 하고 오는 길이리라 짐작되었다. 은행의 부장 직에 있는 남편으로서는 고객과의 식사 자리도 중요한 업무일 것이었다. 핸들에 손을 얹고 있는 남편의, 그의 동승자들에게는 보이지 않을 얼굴은 피곤하고 권태로운 표정을 담고 있었다. 뒷자리의 남자들은 창을 내리고 고개를 빼어 그 여자를 보며 웃고 있었다.

나는 나 자신도 모르게 조금 남편의 시야에서 비껴 섰다. 남편은 나를 보지 못한 것 같았다. 똑바로 앞만 바라보고 있었다. 아침에 입고 나간 그대로의 차림인데도 집 밖에서 보는 남편은 낯설었다. 나는 순간적인 내 태도와 감정에 당황했다. 내가 조금 더 그를 바라보았거나 아주 작은 소리로라도 불렀다면 그는 알아차렸을 만큼 가까운 거리었다.

미친 여자의 교통 정리는 상습적인 것인 듯 그녀는 경찰에게 어깨를 잡혀 순순히 끌려가며 물방개 떼처럼 까맣게 밀린 차들을 향해 손을 흔들어 주는 여유까지 보였다. 차들이 움직이기 시작하고 감청색 승용차도 그 속에 섞여 들어 어느 결에 시야에서 사라졌다. 그 차가 안 보일 때까지 눈으로 쫓다가 나는 천천히 걸음을 떼어 놓았다.

몇 대의 버스를 보내고도 나는 그 자리에 우두커니 서 있었다. 버스비로 꺼내 쥔 몇 닢의 동전에 축축이 땀이 찼다. 버스를 타기에는 짐이 무겁다고 속으로 말했다. 아직 세시, 집에 들어가서 서둘러 해야할 일은 없다고, 저녁 밥을 지을 때까지는 아직 시간이 많이 남아 있노라고 왠지 변명하는 기분으로 말했다. 신호 대기에 파란불이 켜 있어도 건널 염이 없이 비스듬히 맞바라다보이는 건물을 바라보고 서서 뜨거운 커피를 한잔 마시고 싶다고 목쉰 소리로 조그맣게 말해 보았다. 택시는 쉽게 잡히지 않았다. 어쩌다 빈 택시가 지나가기도 했지만 미처 손을 들기 전 지나가 버렸다. 반대 방향으로 가는 빈 택시는 자주 눈에 띄었다. 조금 돌더라도 건너가서 타는 게 낫겠다고 작정을 하고 길을 건넜다. 택시 정류장의 표지판을 찾아 망설이듯 느릿느릿 걷다가 옛날로부터 홀연히 나타난, 낯익은 찻집의 문 앞에서 문득 멈춰 섰다.

문득, 이라고 말하는 것은 옳지 않다. 나는 집으로부터 이곳까지의 먼 길이 여러 해에 걸친 우회라는 것을 부인할 수 없다. 유리창에 바짝 붙어 서서 뚫고 들어갈 듯 이마를 대었다. 강이 맞바로 내다보이는 창가의 탁자 위에 담뱃갑과 반쯤 마시다 만 찻잔, 몇 개의 열쇠가 매달려 있는 열쇠 고리가 무심히 놓여 있었다. 그리고 재떨이에 걸쳐진 담배에서 피어 오르는 연기. 의자는 비어 있었다. 유리 밖의 내 모습이 유령처럼 그 물상 위로 비비적대며 어른거렸다. 나는 훅 숨을 들이 마시며 눈을 부릅떴다. 그것은 텅 빈 공허, 사라짐의 공포였을까. 그곳은 사과가 떨어져도 '〈툭〉 소리가 나'26지 않는 저편의 세계. 내가 때때로 송수화기를 통해 듣게 되는, 어둠의 심부로 한없이 빨려 가 사라지는 신호음. 이제는 영원히 과거 시제로 말해질 수밖에 없는 비인칭 명제. 그러나 나로서는 간신히 온 힘을 다해 '그'라고 부르는.

　연인들이 저물도록 강물을 바라보다가 돌아가는 찻집이었다. 내가 무거운 나무 문을 밀자 그것은 '여러 해 만에' 비로소 삐익 녹슨 소리를 내며 열렸다. 한낮인 탓에 찻집 안은 손님이 추억을 상기시키는 하나의 장치처럼 모든 것이 그대로였다. 상아빛 와이셔츠에 커프스가 단정한 주인 남자가 이제는 수염을 기르고 있는 것만이 달랐을 뿐이다. 모든 것이 그대로 인 채 조금씩 낡아 가고 가라앉아 가고 있었다. 나는 제일 안쪽 자리를 잡고 앉았다. 찻잔이 놓인 탁자가 마주보이는 자리였다. 그 자리에 앉았었을 남자는 카운터 옆의 공중 전화 부스에서 이켠에 등을 보이고 서서 전화를 걸고 있었다. 유리 칸막이가 되어 있어 말소리는 들리지 않았다.

　완연히 봄이군요, 가죽 덮개 씌운 메뉴 책을 가져온 주인 남자의 말에 여러 해 전의 내가, 스스로에게도 이상하게 들리는 낮고 쉰 목소리로 '블루마운틴' 커피를 주문했다. 그와 함께였다면 찻집 남자는 그때처럼, 강물빛이 좋지요라고 말했을 것이다. 정말 그렇군요라고 그가 대답하면 찻집 남자는 이 고장에는 봄, 가을이 없어요, 봄인가 하면 여름이 되고 가을이 오면 곧 눈이 내리지요라고 덧붙일 것이다. 찻집 남자는 그가 혼잡한 대도시에서 왔음을 알아챘다. 이 고장 사람이라면 강물빛이 좋군요 따위의 말은 하지 않는다. 그것은 스쳐 지나가는, 잠시 머물고 영원히 떠나가는 나그네의 말이다. 담배 한 대를

---

26 박목월의 시 중에서.

피울 동안, 차 한 잔을 마실 동안, 한 컵의 맥주를 마실 동안만 내 눈빛에 머무는.

재떨이에 걸쳐진 담배는 더 이상 푸르스름한 연기를 피워 올리지 않고 위태롭게 구부러진 흰 재가 어느 순간 소리 없이 무너졌다.

나는 그가 내 어깨 너머로 바라보던 강과 강물 위에 떠 있는 갈대숲 우거진 작은 섬을 바라보았다.

반백의 남자가 전화 부스에서 나와 자리에 털썩 주저앉았다. 담배를 물고 불을 붙였다. 찻집 남자가 커피를 가져왔다. 진하고 뜨거운 커피 냄새가 가라앉은 공기 속을 섬세하게 떨며 실핏줄처럼 퍼져 가는 것을 느꼈다. 그 향기를 감지했던가, 맞은편 탁자의 남자가 고개를 들어 이켠을 바라보았고 잠깐 허공에서 시선이 맞부딪쳤다. 어딘가 몽롱하고 불안해 하는 눈빛이었다. 나는 찻잔에 설탕과 크림을 넣어 천천히 휘저으며 그에게서 눈을 떼지 않았다. 나는 찻집 주인이 손수 뽑아 내는 커피 맛이 일품이라는 것을 알고 있었고 또한 그가 남색가라는 것을 알고 있었다. 이 작은 도시에서는 무엇이든 감추어지는 것이 없었다. 아직 늙지 않은 그의 가짜로 만들어 붙인 듯 풍성한 턱수염 따위는 하나의 위도일 따름일 것이다.

베토벤의 석고 데드마스크는 옛날처럼 벽 위 높직이 그 자리에 붙어 있었다. 나는 마주앉은 그에게, 중학교 미술 시간에 석고로 마스크 뜨던 얘기를 했을 것이다. 콧구멍을 막고 눈을 꼭 감고 되게 갠 석고 반죽을 얼굴에 바를 때의, 화면이 사라지듯 어둡고 차가워지던 느낌을, 아마 죽음이 그럴 거라고 말했을 것이다. 오직 내 어깨 너머로 아득히 가 있는 그의 눈길을 잡으려는 필사적인 노력으로 더듬거리며.

담배를 다 피우고 난 남자는 일어나 다시 전화 부스로 들어갔다. 나는 눈길을 돌렸다. 강은 완연히 봄빛을 띠고 있었다. 먼 산은 아직 잎 피지 않은 부드러운 갈색으로 아득하지만 강둑을 따라 늘어선 버드나무 가지에는 연둣빛 기운이 안개처럼 어려 있었다. 다리의 중간 쯤에서 한 여자가 허리를 깊이 굽히고 강물을 내려다보는 것이 보였다. 다리에서는 종종 자살 사건이 일어났다. 그것은 신병 비관, 생활고, 실연 등의 제목을 달고 지방 신문의 하단 일단 기사로 보도되었다. 다리의 중간 지점을 받친 기둥 아래는 물살이 믿을 수 없이 빠르게 소용돌이치기 때문에 깊이 빨려 들어간 익사체는 오랜 후에야 물의 흐름이 느려지는 강의 하류에서 천천히 떠오른다고 했다.

어릴 때 내게 죽음은 흰 봉투였다. 가끔 학교에서 돌아올 때나 아침에 집을 나설 때 대문과 문설주 사이에 반으로 접혀 꽂힌 흰 봉투를 보곤 했었다. 집안 식구들 중 아무도 누가 언제 그것을 끼워 넣었는지 알지 못했다. 어른들은 그것이 부고라는 것을 알려 주지 않았지만 아이들은 함부로 만지거나 열어 보면 안 되는 불길하고 부정한 그 무엇이라는 것을 저절로 알았다. 아무것도 씌어지지 않은 흰 봉투에 넣어져 아무도 알아차리지 못하는 순간에 살짝 문틈에 끼워진 죽음은 두렵고 낯선 비밀이었다.

한여름 청청히 물오르는 계절에도, 죽음의 자리에 누운 아버지는 자꾸 뚝뚝 나뭇가지 부러지는 소리가 들린다고 말했다. 저승으로 열린 귀는 셀로판지처럼 얇고 투명해져 다른 사람들은 볼 수 없는, 오직 이미지 속에서만 존재하는 또 다른 세계의 소리를 듣고 있었다. 죽음을 앞둔 사람의 환청이라 귀담아듣지 않으면서도 임종을 지키기 위해 모여든 가족들은 자주 밖을 내다보는 시늉을 하고 아버지를 안심시켰다. 우리는 그것이 죽음의 소리라는 것을 몰랐다. 우리는 죽음을 알아보기에는 너무 젊었던 것이다. 참 깨끗이 곱게 가셨다. 입관을 하기 전 어머니가 자부심을 가지고 말했으나 그 말이 끝나기가 무섭게 아버지는 냄새를 풍기기 시작했다. 온몸을 흔들며 웃던 평소의 습관처럼 전신으로 냄새를 풍겼다. 어머니는 그러한 말을 해서는 안 된다는 것을 몰랐다. 오래된 미신이라 하더라도 옛사람들이 옳았다. 그들은 죽음에 위엄을 부여할 줄 알았다. 죽은 자에 대해 말하는 것은 금기였다. 야삼경 지붕 위에 올라가 망자의 흰 저고리를 흔들며 캄캄한 천공에 외치는 초혼제를 지낼 때 나의 어린 아들은 아주 커다랗고 하얀 새가 날개를 펄럭이며 어두운 하늘로 날아가는 것을 보았다고 말했다.

그가 죽은 후 오랫동안 나를 괴롭히던 귀울음은 나았다. 한없이 귀가 부풀어오르는 느낌, 세상의 온갖 소리들이 종잡을 수 없이 웅웅대며 끓어올라 뇌 속을 파고드는 고통을 호소하자 이비인후과의 젊은 의사는 아마 달팽이관에 이상이 생긴 듯하다는 자신 없는 진단을 내렸다. 이제 범상히 살아가는 내게 그의 흔적은 없다. 밥을 먹고 잠을 자고 혼자 있는 시간에 뜻 없이 내뱉는 탄식처럼 짧고 습관적인 성교를 한다. 그러나 모든 죽은 사람들이, 그들에 대한 기억이 소멸한 뒤에도 그들이 남긴 살아 있는 사람들의 유전자 속에 깃들이듯 그는 나의 사소한 몸짓과 습관 속에 남아 있다. 예기치 않았던 날, 누구나 이용할 수 있는 신문의 부고란에서 그의 죽음을 보았을 때부터 내게는, 그의 떠도는 전화 번호를 불러 내어 꾹꾹 눌러 대는 버릇이 생겼다. 어둠의 심부를 향해 신호음을 울리고 이제 그가 사용할 수 없는 일련의 숫자들은 컴컴한 공허 속으로 끝없이 퍼져 갔다. 그가 왜, 어떻게 죽었는가를 묻는 것은 의미 없는 일이리라.

그가 죽은 뒤 한동안 내게는 모든 사람들이 시체처럼 보였다. 먹고 마시고 너털웃음 치는 시체, 걸어 다니는 시체, 쾌락을 느끼거나 고통을 느끼는 시체. 어릴 때 동무 정옥이의 아버지가 옳았는지도 모른다. 술주정뱅이 염쟁이인 정옥의 아버지는 밤마다 관 속에 들어가 잔다고 했다.

전화 부스를 나오는 남자의 시선이 다리 위에 가 있는 내 눈길을 끌어당겼다. 남자가 여자를 바라보는 것이 아닌, 어딘가 혼란에 빠진 눈길이었다. 해가 갈수록 나는 낯선 눈길을 받을 때 그것이 단지 남자가 여자를 바라보는 눈길이 아님을 느끼게 되었다. 유리알처럼 무의미하고 건조하게 스쳐 가는, 혹은 자신의 내부를 들여다보는 눈빛의 투사, 그것은 내가 더 이상 젊은 여자가 아니라는 의미이리라.

나는 똑바로 그 남자를 바라보았다. 그 남자는 가지런히 빗긴 머리를 공연히 쓸어 보고 얼굴을 문지르며 흐트러진 눈빛으로 허둥대었다. 실내에 갇힌 만져질 듯 단단한 고요함을 견디지 못한 찻집 주인이 턴테이블에 판을 걸었다. 지익지익 바늘 긁히는 소리에 이어 라벨의 볼레로가 흘러 나왔다.

그 남자는 힘겹게 내 시선을 걷어 내며 신문을 펴들었다. 그러나 나는 그의 얼굴을 가린 신문지 너머에서 여전히 나를 바라보는 눈과 조금씩 거북해지고 가빠지는 숨결을 느낄 수 있었다. 왜 나를 뚫어지게 바라보는 것일까. 뒤죽박죽으로 헝클어진 기억의 창고를 헤집어 그가 알았던 여자, 안았던, 버렸던 여자들의 희미한 얼굴을 떠올리며 진땀을 흘릴 것이다. 점차적으로 빨라지는 캐스터네츠의 소리들이 가까스로 끌어올린 실마리들을 흩어 버려 그는 점점 더 미로 속을 헤매게 될 것이다.

그가 마침내 신문을 탁자에 내려놓으며 결심한 듯 몸을 일으켰다. 내 쪽을 향한 몸이 순간 기우뚱하며 탁자를 치고 찻잔이 바닥에 떨어져 날카로운 파열음으로 부서졌다. 그는 이제 극도로 당황한다. 막바지로 치닫는 볼레로의 8분음표와 16분음표의 숨 가쁜 원무를 헤치고 주인 남자가 다가왔다. 당황한 몸짓으로 허리를 굽혀 깨진 조각들을 주우려는 그를 만류했다. 그와 주인 남자 사이에 몇 마디 말이 오갔다. 점점 높아지는 음악 소리 때문에 그들이 하는 말은 들리지 않았다. 그는 이제 절대로 내 쪽을 보지 않았다. 완강히 등을 돌린 자세로 빈 담배갑을 구겨 버리고 열쇠 고리를 집어 넣고 계산을 치른 뒤 밖으로 나갔다.

넓은 유리창을 통해 어딘가 불안정한 걸음걸이로 횡단 보도를 건너는 그의 모습이 보였다. 그는 담배 가게에서 담배를 사고 손수건을 꺼내 얼굴을 문질렀다.

나는 찻집을 나왔다. 분명히 설명할 수 없는 조바심으로 종종 걸음을 치며 그의 발자취를 충실히 따라 횡단 보도를 건너 강둑길로 올라섰다.

그는 강둑, 마른풀들이 깔린 편편한 땅에서 버드나무를 짚고 서 있었다. 왼손으로 가슴을 문지르고 애써 심호흡을 했다. 토하려는, 어쩌면 뭔가 자신 속에서 치밀어 오르는 억누를 수 없는 힘과 싸우는 듯도 했다. 낯빛이 무섭게 창백했다. 그가 나를 바라보았던가 알 수 없었다. 미간을 모아 찌푸린 눈길이 힐끗 나를 거쳐 벌써 이울기 시작하는 해를 바라보았다.

그는 신경질적이고 불안한 손놀림으로 넥타이를 풀었다. 목을 매려는가 보다고 나는 순간적으로 생각했지만 그는 넥타이를 주머니에 넣고 양복 상의를 벗어 개었다. 그리고는 개어 놓은 윗도리를 베고 반듯하게 누웠다. 그는 이제 눈에 띄게 헐떡이고 있었다. 바지 주머니에서 손수건을 꺼내 얼굴을 덮으며 그는 으으윽, 억눌린 비명과 함께 몸을 뒤틀었다. 흰 와이셔츠와 엷은 색 바지는 이내 마른풀과 흙으로 더럽혀졌다. 전혀 예기치 않은 돌연한 사태에 나는 왜, 왜 그래요, 어디 아픈가요 목 질린 소리를 내뱉으며 물러섰다. 강둑 아래 선착장에서 배를 기다리던 사람들과 노점을 펼쳐 놓고 있던 사람들이 모여들었다. 그들은 경찰을 부르거나 병원으로 옮겨야 하지 않겠느냐는 다급한 내 말을 간단히 묵살했다. 간질이라고, 발작이 와서 넘어지면 뇌진탕을 일으킬까 봐 자신이 미리 알고 대비하는 것이라고 말했다. 그리고는 이렇게 호젓한 자리를 잡아 옷을 벗어 놓고 누운 것을 보니 병이 골수에 박혀 발작이 잦은 사람인 게라고, 곧 멀쩡해져서 일어날 테니 걱정할 게 없다고 덧붙였다.

그는 죽어 가는 개구리처럼 끊임없이 사지를 비틀고 떨어 대었다. 흰 손수건 밑의 얼굴 윤곽이 젖은 형태로 드러났다. 둘러선 사람들은 간질이 내림병이라거니 아니라거니, 맞선 보는 자리에서 발작을 일으킨 애기, 결혼 첫날밤에 발작을 일으켜 색시가 놀라 달아났다는 등 보거나 들은 애기들을 나누며 발 밑에서 몸부림치는 그가 어떤 모습으로 일어날까를 기다렸다. 그것은 뭔가 허구적이고 비현실적인 느낌을 주는 광경이었다. 나 역시 유수한 기업체의 입사 시험에서 합격한 후 마지막 코스인 면접 시험장에서 발작을 일으킨 애기를, 사랑하는 여자의 마음을 어렵게 사로잡은 순간 발작을 일으킨 사람들의 애기를 알고 있었다. 오분? 십분? 몸의 경련이 차츰 느려지고 어느 순간 그는 부르르 진저리를 치며 길게 휘파람 같은 한숨을 내쉬었다. 이제 다 됐어. 누군가의 말을 받듯 불룩하게 치솟은 바지 앞섶이 펑 젖어 들었다. 그것은 점차 짙은 빛깔의 얼룩으로 걷잡을 수 없이 번져 갔다.

그가 일어났다. 돌연히 감지되는 침묵과 둘러선 사람들을 묵살하고 그는 옷의 흙을 털고 머리를 매만졌다. 양복 상의를 집어 들고 발길을 돌리는 순간 잠깐 나와 눈이 마주쳤던가. 나는 그 고독하고 허전한 눈빛을 결코 잊지 못할 것이다.

저녁 식탁에서 남편은 오늘은 아주 더웠다고, 여름 양복을 손질해 놓았느냐고 물었다. 나는 아무리 그래도 지금은 봄이고 봄 날씨는 예측할 수 없다고 대꾸했다. 남편은 여름의 휴가는 바캉스 시기를 피해 6월쯤 숲 속의 콘도에서 보내고 싶다고 말했다. 아들이 대학에 들어가서 집을 떠나 대도시로 가게 되면 우리도 함께 외국 여행을 가자고 말하기도 했다. 식사를 마치고 신문을 보던 남편이 더러운 물과 공기는 우리 스스로에게 썩어 가는 식수원과 지렁이가 나오는 수돗물에 항의하는 시민들의 사진이 실려 있다.

조용한 휴가와 깨끗한 물과 공기에 대해, 연금과 전원 주택에 대해 나누는 대화에서 나는 우리가 늙어 가고 있다는 것을 느낀다. 남편은 '베드로'라는 영세명을 받은, 십대 후반부터 냉담 중인 천주교인이지만 은퇴 후에는 종교 활동을 통해 이웃과 사회에 봉사하는 생활로 평화로운 노년을 보내고 싶다고 말한다. 그것은 꿈이라기보다 계획이라고 해야 옳을 것이다. 사람의 생애나 내일은 예측할 수 없는 것이긴 하지만 우리가 이제껏 살아온 것처럼 별달리 모험을 하려 하지 않는다면 남편과 나는 아마 그러한 노년을 누리게 될 것이다. 남편은 욕심 없이 깨끗하고 점잖게 늙고 싶어하고 그러한 마음이 내게 신뢰를 준다. 나는 우연히 그가 종교 단체에서 벌이는 운동에 동참해서 사후의 장기 기증을 약속했다는 것을 알았다. 그것을 내게 말하지 않은 것은 나의 죽은 몸이 채 식어지기 전에 벌거벗겨져 낯선 손에 의해 열린다는 것, 내용물을 뽑아 낸 텅 빈 자루가 되어 땅에 묻힌다는 것을 받아들이기 어렵다. 만약 남편이 먼저 죽는다면 나는 아마 그의 박제를 매장하게 될 것이다.

남편과 아들은 지구 온난화 현상과 기상 이변에 대해서, 나라 밖 전쟁과 핵 보유 문제에 대해, 새로 발견된 명왕성보다 더 먼 별에 대해 이야기를 하고 나는 그들이 나누는, 나로서는 잘 알 수 없는 얘기를 듣는 일이 즐겁다. 그것은 우리가 다른, 새로운 세상에 살고 있음을 깨닫게 하고 약간의 두려움과 자부심을 동시에 느끼게 해 준다.

인도 바람은 한물간 것 같은데 명상이 대유행이에요 고도의 경지에 이르면 뭐든지 가능하대. 가만히 혼자 앉아서 섹스도 가능하고 오르가슴까지도 느낀대. 그거야 마스터베이션과 뭐가 달라요? 나는 신문에 끼어 온 명상 센터 광고지를 보며 남편에게 말했다. 생산적이지 않겠지. 남편이 말했다. 우리의 생활에서 더 이상 생산적인 것은 있는 것일까. 우리의 삶의 내용을 이루는 것들. 그와 나, 합법적인 관계에서 태어난 아들을 나날이 싱싱하게 자라는 나무처럼 바라보며 소망과 걱정을 나누고 자잘한 생활의 문제, 음식과 성을 나눈다. 물론 배반과 환멸과 분노의 몫도 있을 것이다. 그릇에 담긴 물의 평화와 고약한 항변처럼 끓어오르는 장 항아리의 곰팡이가 있고 무엇보다도 이 모든 것들을 싸안는 충실한 관습, 질서가 있다. 기나긴 습관의 미덕에 기대 약간의 불면과 무력한 고통의 기억을 잠재운다. 언제부터인가 우리는 나란히 누워 잠들지만 각각 꾸었던 지난밤의 꿈에 대해 이야기하지 않는다. 당신은 나를 어떻게 견디나. 나는 때때로 마음속으로 그에게 물음을 던지지만 그것은 똑같이 나 자신에게도 유효한 물음이기도 할 것이다. 그러나 나는 한 번도 그러한 말을 한 적이 없다. 잠수에 자신이 없는 사람은 어떤 경우에나 수면 아래로 내려가면 안 될 것이었다. 익사의 위험이 따르므로

그러나 우리의 관계를 단순히 관습이라거나 시간의 길들임이라고 말하는 것은 정직하지 않다. 남의 환심을 사기 위해 짐짓 해 보는, 자신에 대한 능멸처럼 비겁하고 위선적이다. 그렇게 말할 수만은 없는 무엇인가가 분명히 있다.

남편과 나는 같은 해에 태어났다. 각각 서로 나뉘는 다른 고장에서 자랐지만 전쟁 중에 태어나서 폐허 속에서 성장한 공유의 경험이 있다. 점심이 없던 봄과 여름 긴긴 오후의 허기와 쓸쓸함을, 그 쓸쓸함을 달래 주던, 무딘 손칼이나 생철 조각으로 무른 흙을 헤집어 캐먹던 메뿌리의 맛을 알고 있다. 춥고 긴 겨울 밤 까닭 모를 슬픔으로 잠 못 이루고 뒤척이게 하던 야경꾼의 딱딱이 소리와 석양 무렵 오후의 늦은 잠에서 깨어났을 때의 서러운 혼미, 상이 군인의 쇠갈고리 손의 공포, 고달픈 부모의 매질과 욕설을 알고 있다. 구구단과 연대기, 우리의

맹세와 혁명 공약을 외우며 자란 작은 아이들.

열일곱살인 아들을 보면 내가 아직 알지 못했던, 그맘 나이 때의 남편의 모습이 보이고 매번 인간의 유전자 속에 들어 있는 끔찍한 복제 욕망에 새삼스레 놀란다.

남편은 낮의 다릿목에서 있었던 교통 체증에 대해 말하며 좁은 길과 앞을 내다보지 못하는 도시 행정을 비난했다. 이어 이사철이 지나기 전 작은 아파트를 팔아야 하지 않겠는가고 말했다. 나는 내일 부동산 업자에게 집을 내놓겠노라고 순순히 대답했다.

내가 살고 있는 고층 아파트 앞 아카시아 덤불과 잡목이 우거진 야산을 넘어가면 우리 가족이 편의상 '작은집'이라고 부르는 예성 아파트가 있다. 그리고 그 아파트로 가는 길에 연당집이 있다. 예성 아파트로 가려면 우리가 사는 아파트의 진입로에 연결된 찻길로 나와 아파트 단지의 담을 끼고 빙 돌아야 하지만 나는 대개의 경우 길도 나 있지 않은 야산을 넘어 작은집으로 간다. 지름길인 탓도 있지만 용케도 둥치 굵은 나무들이 이루는 숲이 남아 있기 때문에 나는 개인 소유로서 출입을 금한다는 푯말을 무시한 채 철망 울타리의 개구멍으로 기어 들어가곤 했다. 그곳에는 소나무와 참나무, 커다란 오동나무까지 있어 예성 아파트를 오갈 때마다 저절로 발길을 멈추게 되었다. 잎을 모두 나목일 때에도 밤이 깃들 무렵 그 아래에 서면 왠지 현자가 된 듯한 느낌이 들어 오랫동안 숨을 가다듬으며 피어 오르는 어둠을 응시하기도 했다.

산비탈의 경사가 끝나는 곳에서 연당집의 나무 울타리는 시작되었다. 산자락이 싸안은 북쪽을 빼고는 모두 웬만한 집 서까래 굵기의 통나무를 어른 키 높이로 가지런히 잘라 굵은 철사로 촘촘히 엮어 울타리를 둘렀다. 그러나 봄으로 접어들면서 그 울타리가 동쪽부터 헐려

나가기 시작했다. 오래 된 집을 헐고 향어와 송어회를 파는 음식점을 할 거라는 소문이 떠돌았다.

예성 아파트로 가기 위해 연당집 앞을 지나다가 나는 문득 눈을 치 떴다. 대문 옆 울타리에 눈에 익은 내 스카프가 매어져 있었던 것이다. 벌써 여러 날 전 내가 바보의 다리 상처에 묶어 주었던 것으로 나는 그 동안 스카프 따위는 까맣게 잊고 있었다. 오래된 물건으로 색깔이 낡고 올이 해져, 버리려고 내놓았다가 그날 목에 두르고 나갔던 것이 다. 엉뚱한 장소에 놓인, 붉은 무늬가 요란한 낡은 스카프는 이물스럽 고 부끄러웠다. 내게 익숙하고 내 몸에 걸쳤던 것이기 때문일 것이다.

어제까지도 종일 울타리를 뽑고 있던 바보는 보이지 않았다. 나는 다른 사람들이 그러하듯 그를 바보라고 부른다. 그는 이미 이름을 불 릴 나이를 지났을 것이다. 그를 바보라고 부를 때, 물론 마음속에서지 만 나는 하등 미안하거나 불편하지 않다. 모르는 사람의 이름이 다만 자음과 모음의 어울림이듯 단지 바보라는 두 글자 외에 어떤 느낌도 없다. 서른? 마흔? 나이를 가늠해 보기도 하지만 종잡기 어려웠다.

며칠 전 나는 바보가 울타리를 뽑는 것을 보고 있었다. 바보는 작은 톱으로 울타리를 엮은 철사를 끊으려고 애쓰고 있었다. 톱이 아닌 펜 치를 사용해야 한다고 말하는 것은 부질없는 짓이었다. 일을 시작하 면 바보는 누구의 말도 듣지 않았다. 언제나처럼 바보의 주위에는 유 치원에도 학교에도 가지 않는 동네 아이들이 모여 있었다. 아이들은 바보의 행동 하나하나에 따라 바보가 담배를 피운다, 바보가 오줌을 눈다, 바보가 웃는다, 라고 일일이 말했다. 끊기지 않는 쇠줄을 끊으려 온 힘을 다해 애쓰던 그가 다리를 싸쥐고 주저앉았다. 더러운 트레이 닝 바지에 피가 배어 나왔다. 톱이 동강이 나면서 무릎을 찔렀던 것이 다. 바보가 쥐어짜듯 온 얼굴을 찡그리며 어헝어헝 울었다. 집 안에서 는 아무런 기척이 없었다. 피는 점점 더 짙고 붉게 번지고 나는 바보에게 바지를 걷도록 한 뒤 스카프를 풀어 피 흐르는 상처를 동여매었다. 피 흐르는 푼수치고 상처는 그리 깊지 않았다. 바지 자락이 자꾸 흘러내려 나는 무릎 위로 버쩍 올려 주었다. 근육질의 단단한 살 위로 내 손이 닿자 바보는 간지럼을 타듯 움찔움찔 몸을 비틀었다. 바보도 털이 난다, 우리 아빠처럼. 어린아이들이 바보의 다리를 가리키며 떠들어 대고 울음을 그친 바보는 잔뜩 찡그린 얼굴에 자랑스런 표정을 떠올렸다. 나는 그가 알아들으리라 믿지 않으면서도 꼭 소독을 하고 약을 발라야 한다고 일러주었다. 바보라서 아무것도 몰라요 바보는 히죽 웃고 아이들이 대신 대답했다. 바보는 아마 내게 돌려 주기 위해 스카프를 울타리에 묶어 놓는 기교를 부렸는지도 몰랐다. 나는 엷은 수치심 비슷한 느낌에 스카프에서 눈을 돌리고 예성 아파트로 향했다.

아무런 기대도 생각도 없이 다만 내 소유의 아파트 번호가 적혀 있다는 이유로 열어 보게 되는 우편함에서 언제나 기본 요금에 머무는 수도와 전기 요금 청구서를 뽑아 들고 층계를 올라갈 때 반장일을 맡아 보는 3층 여자를 만났다. 오랜만이라고, 통 만날 수가 없다는 그녀의 말에 나는 그녀가 몇 차례 나를 찾아왔었다는 것, 정식 입주인이 아닌 나를 못마땅해 하고 있다는 것을 동시에 느꼈다. 아파트 공동의 궂은일과 심부름을 도맡아 해야 하는 반장의 처지에서 보자면 나처럼 빈집에 이름만 걸어 두고 층계 청소부터 연판장 서명, 때로 떼지어 시청에 달려가 민원을 호소하거나 궐기 대회에 나가는 일 따위에 일절 참여하지 않는 사람은 난처하기도 할 것이었다. 내가 집을 비워 두고 있다는 것은 그녀가 잘못 알고 있는 일이다. 드나드는 시간이 일정치 않았던 것뿐이다. 반장은 내게 밀린 반 회비며 그 밖에도 몇 가지 자질구레한 명목의 돈을 요구하고 나는 곧 내겠노라고 약속했다. 집을 팔 작정이니 마땅한 매도인을 찾아 달라고 부탁하면 반가워할 것이라

는 생각이 스쳤으나 나는 간단한 인사로 그녀와 엇비껴 층계를 올라
갔다.

맨 위층인 5층 끄트머리의 초록빛 철제 현관문을 열고 들어서며 나
는 아마 빈집의 잠긴 문을 열고 들어갈 때의 그 이상하게 호젓하면서
도 충만한 느낌 때문에 별반 쓰일 일도 없는 이 집을 처분하지 않는가
보다고 잠깐 생각했다. 남편은 한 가구가 집 두 채를 갖는 것에 따른
불리함을 말하며 팔도록 했지만 나는 전혀 믿는 바가 아니면서도, 이
곳 사람들이 크게 기대를 걸고 있는 재개발에 대해, 그럴 경우 우리가
얻을 이익을 말하며 차일피일 미루고 있었다. 솔직히 말하자면 나는
나 혼자만의 공간이 필요했던 것이리라.

아주 오래 전에 지은 열한 평짜리 서민 아파트였다. 방바닥에 불기
는 느껴졌지만 사람이 살지 않는 집의 서늘한 기운, 삭막함이 엷게 깔
린 먼지와 함께 고여 있었다.

이태 전 우리 가족은 이곳에서 석 달을 살았다. 새로 분양받은 아파
트의 입주 전, 이사철을 놓치지 않으려고 살던 집을 팔고 임시로 거처
할 셋집을 찾다가 싼값에 이 집을 사고 들었다. 전셋돈이나 매입금에
차이가 없었던 것이다. 석 달을 살고 새 아파트로 입주를 하며 세를
놓았는데 지난 겨울 그들이 이사를 나간 뒤로 다시 비어 있게 되었다.

집은 세들었던 사람들이 나갈 때 그대로였다. 나는 한차례 쓸고 닦
은 것 외에 아무것도 달리 손대지 않았다. 경우가 바르고 분명한 젊은
부부는 자신들이 쓰던 물건은 허드레 걸레 조각 하나 남기지 않고 떠
났기 때문에 일은 훨씬 쉬웠다. 단 하나, 부엌 찬장 서랍 안쪽에 송곳
으로 구멍을 내고 고무줄을 꿰어 볼펜을 달아 놓은 그것은 구멍가게
의 외상 장부처럼 보이기도 했다. 가계부로 썼던가 보았다. 두부 한
모, 꽁치 세 마리, 시금치 한 단 등의 세목이 날짜와 함께 꼼꼼히 적혀
있었다. 미니 카, 바나나 1킬로그램, 콘돔 한 박스…… 그리고 뜸뜸이

시구인지 유행가 가사인지 알 수 없는 글들이 적혀 있었다. 아이를 때리고 남편을 미워하는 마음에 대한 반성이 적힌 곳도 있었다. ……그 역시 착하고 가엾은 사람이다. 이해하려고 노력해야 한다. 가난이 우리를 메마르게 한다. 사랑의 말과 눈빛을 잊게 한다. 오늘은 특히나 내가 참을 수가 없이 싫어지고 우울하다. 비가 오기 때문일까. 어디론가 훌쩍 떠나고 싶은 마음뿐……. 능숙하지 않은 글씨체로 담긴 젊은 부부의 생활을 보며 난 미소지었다. 선뜻 쓰레기통에 던져 버릴 수가 없어 언제든 우연히 마주칠 일이 있으면 돌려주리라는 생각에 찬장 위칸에 넣어 두었다.

지난 겨울 내내 거의 매일 나는 연탄 보일러의 불이 꺼지면 온수 파이프가 얼어 터질 것이라는 구실로 이 집에 왔다. 빗자루와 쓰레받기 그리고 그들이 잊고 간 노트 외에 이 집에는 아무것도 없다. 아, 벽에는 장롱이 놓이고 액자가 걸렸던 자리의, 빛에 바랜 다른 벽지에 비해 조금 짙은 색깔로 남아 있는, 정사각형 혹은 직사각형의 흔적이 있다. 사라진 뒤에야 비로소 드러나는 존재의 흔적. 나는 이곳에서 낮잠을 자기도 하고 창 밖을 내다보기도 하면서 아무런 하는 일이 없이 시간을 보낸다. 세탁소 배달차에서 흘러나오는 「소녀의 기도」나 트럭 행상인의 외침 그리고 어디선가 들리는, 내가 이제는 잊어버린, 어린아이의 울음 소리에 귀를 기울이기도 한다. 서향의 창으로 해가 들 무렵이면 으레 우리 가족이 이곳에서 살았던 짧은 동안의 시간들이 곧 스러질 금빛 햇살 속에 환각처럼 살아나 슬픔이 차오르곤 했다.

창을 열면 눈 아래에 연당집이 빤히 내려다보였다. 이 동네 사람들은 이백년도 넘었으리라는 커다랗고 낡은 기와집을 진사집 혹은 바보네집, 연당집이라고 부른다. 앞마당의, 여름이 되면 수련이 장관을 이룬다는 연못 때문에 그렇게 부르는 것이리라. 누대로 당상관을 지낸 이가 다섯 명이 넘고 아홉 명의 바보가 태어났다는 것, 교사와 공무원,

장사꾼으로 풀린 자손들은 각지로 흩어져 뿔뿔이 제 살림들을 살고 있고 노인만이 남아 있는 커다란 집에 장가 못간 바보 아들이 허드렛 일꾼으로 집안일을 하고 있다는 것 따위는 모두 아파트 초입의 구멍 가게 주인에게서 들은 얘기였다. 이 동네에서 태어나 육십년을 살아 왔다는 그는 연당집에 대해 모르는 것이 없었다. 고층 아파트 사이의 야산이 소유라는 것과 원래 예성 아파트와 내가 살고 있는 고층 아파 트 자리도 그 집 땅이었는데 떡 잘라 먹듯 야금야금 팔아먹었다는 것, 제삿날에나 모여드는 자손들의 재산 싸움이 볼 만하다는 것, 귀신이 나올 것처럼 퇴락해 가기만 할 뿐인 집을 헐고 '가든'을 할 거라는 것 도 그에게서 들은 얘기였다. 세상이 달라졌는걸. 돈 버는 게 제일이지 까짓 족보 끼고 가문 내세우며 백년을 살아보라지. 땡전 한닢 생기나. 그가 연당집을 비껴 보며 덧붙인 말이었다.

연당집, 엄장하게 엎드린 기와 지붕 틈새로 드문드문 돋아 난 시든 풀들이 이따금 생각난 듯 바람에 흔들렸다. 후원에 헝클어진 개나리 가 노랗게 피어나고 진달래는 불긋불긋 꽃봉오리를 내비치고 있었다. 봄볕이 지천으로 흐르고 있었다. 집을 멀찌감치 둘러친 해묵은 나무 들도, 연당가의 살구나무, 배나무 들도 곧 잎 틀듯 불그레 살찐 눈을 부풀렸다.

이젠 채마밭으로 변해 버렸지만 터를 넓게 잡아 후원과 앞뜰이 넉 넉하고 연당과 누각과 정자를 갖춘 집은 화사한 봄볕 속에서 세월을 털어 내며 재처럼 조용히 삭아 가고 있었다. 어느 자손이라도 이 집을 감당할 수 없으리라.

기척 없이 조용한 집 안에서 바보가 나왔다. 마당의 수돗가에서 세 수를 하고 삽을 집어 들고는 휑하게 터진 동쪽 울타리 쪽으로 갔다. 울타리 뽑는 일을 하려는가 보았다. 톱으로 상처를 입은 바보는 아마 다시는 톱을 만지지 않을 것이다. 휑하니 열린 대문 옆 울타리에는 아직도 내 낡은 스카프가 불그죽죽한 빛깔로 매어져 있었다. 바보는 힘이 세다. 쉴 새 없이 울타리 나무를 쑥쑥 뽑아 던지는 모습은 춤을 추는 것같이 보이기도 했다. 바보는 보이지 않는 끈에 매어 있는 것처럼 언제나 집 주위를 맴돌며 일을 하고 있었다. 그래서 창 밖, 내가 바라보는 풍경 속에는, 바람 속에는 언제나 바보가 있었다.

수증기가 가득한 사우나실에는 벽을 따라 좁다란 붙박이 의자가 붙어 있고 벌거벗은 여자들이 수건으로 입을 막고, 고통스러운 얼굴로 말없이 앉아 있다. 아우슈비츠에서 사람들은 이렇게 죽어 갔으리라. 그러나 모공이 활짝 열리고 복숭아빛으로 익은 몸들은 활짝 핀 꽃처럼 보인다. 사우나실 안에는 여기저기 쑥 타래가 걸려 있어 진짜 쑥탕을 하고 있다는 만족감을 준다. 찬 물수건으로 입을 막고 백까지 세어 본다. 처음에는 스무 번 세는 것도 힘이 들었지만 이제 백을 세는 일이 어렵지 않다.

사우나실에서 나와 미지근한 물로 땀을 닦아 낸다. 동네 목욕탕치고는 시설이 좋고 물이 깨끗해서 사람이 항상 많았다. 젊은 처녀들로부터 둥글고 기름진 몸매의 중년 여자, 만삭의 임부, 다산의 주름이 겹겹이 늘어진 노파들이 열심히 때를 밀고 비누칠을 하고 마사지를 한다. 남편이 지난해 가을 러시아 여행에서 민속 인형을 사왔다. 얇은 나무로 만든 것으로 볼이 붉은 처녀의 얼굴이 그려지고 민속 의상의 무늬와 채색을 입힌, 얼핏 오뚝이처럼 단순한 모양이었지만 그 안에는 똑같은 모양의 인형들이 크기의 차례대로 겹겹이 들어 있었다. 그것은 내게 인생의 중첩된 이미지로 받아들여졌다. 앙상한 뼈 위로 남루하고 커다란 덧옷을 걸친 듯 살가죽이 늘어진 한 늙은 여자 속에 얼마나 많은 여자들이 들어 있는 것일까. 보다 덜 늙은 여자, 늙어 가는 여자, 젊은 여자, 파과기의 소녀, 이윽고 누군가, 무엇인가가 눈 틔

위 주기를 기다리는 씨앗으로, 열매의 비밀로 조그맣게 존재하는 어린 여자 아이.

옆자리에서 배가 붕긋이 부른 젊은 여자가 아이를 씻기고 있었다. 제 엄마에게 몸을 맡기고 있는 네댓살 된 여자 아이는 끊임없이 플라스틱 인형의 몸을 씻기고 있었다. 여자에게 모성이란 생래적인 본능인가. 결혼을 하자 나는 재빨리 모성의 자리로 옮겨 앉았다. 마치 방과 방 사이의 마루를 의심 없이 건너듯. 오늘 아침 나는 서둘러 현관문을 나서는 아들을 보며 까닭 모르게 사금이 서늘해졌다. 얼결에 이름을 불러 세웠지만 아들이 고개를 돌려 나를 바라보자 아무것도 아니라고 웃으며 손을 내저었다. 문득 그토록 강하게 가슴을 치고 지나간 것이 그애에게서 뿜어져 나오는 순수한 성, 무 싹 같은 동정이었다는 것을 깨달은 것은 문을 잠그고 돌아서서였다.

아이를 낳은 뒤로 나는 이전에 그토록 빈번하게 꾸던 꿈, 날거나 추락하는 꿈을 꾸지 않는다.

아이 엄마가 비누 거품으로 덮인 아이의 몸에 맑은 물을 끼얹었다. 앗 뜨거, 쌍년. 물이 뜨거웠는지 아이가 공처럼 튀어 오르며 비명을 내질렀다. 아이의 느닷없이 낭랑한 욕설은 방자하고 통쾌했다. 말없이 몸을 씻던 사람들이 쿡 웃으며 돌아보았다. 아이 엄마는 당혹한 표정으로 손을 멈칫하며 주위를 둘러보았다. 반사적으로 얼결에 욕설을 내뱉은 아이는 어쩔 줄 몰라 으앙 울음을 터뜨렸다. 엄마 미안해, 엄마인 줄 모르고 그랬어. 아이의 새된 울음 소리가 휑뎅그레 비어 높은 천장에 부딪혀 울렸다.

샤워 꼭지 밑에서 쏟아지는 더운 물줄기에 몸을 맡기고 섰다가 섬뜩 놀랐다. 거울 속에 내가 없다. 수증기 탓에 거울이 흐려졌기 때문이라고 알면서도 반드시 있으리라는 것이 없다는 것은 두렵다. 나는 샤워기의 물을 잠그고도 한참을 그대로 거울을 보며 서 있었다. 차츰 수증기가 걷히고 맑아지는 거울 면에 아주 먼 곳으로부터 닥쳐오듯 천천히 얼굴 윤곽이 살아났다. 잘못 당겨진 천처럼 좌우 대칭이 깨진 얼굴. 그가 죽은 뒤 내게 미미하게 나타난 변화.

마른 빨래를 개키면서 건성 눈길을 주었던 신문의 부고란에서 그의 이름을 보았을 때, 괄호 속에 박힌 직장과 전화 번호를 재차 확인한 후 내가 제일 먼저 한 일은 거울을 본 것이었다. 왜 그랬는지 어떤 심리가 나를 거울 앞으로 이끌었는지 나 자신도 알 수 없었다. 거의 무의식적으로 다가간 거울에 조각조각 균열된 얼굴이 비쳤다. 갑자기 눈에 띄는 주름살도, 처음의 놀람처럼 거울이 깨진 것도 아니었다. 오랜 세월 길들여진 관습과 관행이 한순간에 깨진 얼굴이었다. 아, 내 안의 비명이 새어 나오기도 전에 깨진 얼굴은 스러지고 익히 알고 있는 얼굴이 나타났다. 자신의 것이면서도 거울이나 사진이라는 방법을 통하지 않고는 알 수 없는. 거울 앞을 떠난 나는 빨래를 마저 개키고 낮에 절여 둔 배추를 버무려 김치를 담갔다. 하던 일을 계속하는 것말고 달리 내가 무엇을 할 수 있었을까. 아들의 도시락 반찬을 만들고 남편과 티브이를 보며 농담을 나누고 방충망의 허술한 틈새로 비비적대며 들어와 절박하고 불안한 날갯짓으로 등 주위를 맴도는 나방을 내보내었다.

그의 죽음은 내게 전혀 비개인적인 방법으로 그렇게 심상히 통보되었다.

존재하던 한 사람이, 그가, 이 세상에서 영영 사라졌다는 기미는 어디에도 없는, 여느 날과 다름없이 예사롭고 평온한 저녁 시간은 느릿느릿 흘러갔다.

그가 죽고 내 안의 무엇인가가 죽었다. 그것이 무엇인지 나는 알지 못한다. 아마 알고자 하는 소망조차 없는 건지도 모른다. 내게는 문득 걸음을 멈추고 상점의 진열창에, 슈퍼마켓의 거울에, 물 위에 비치는 내 얼굴을 물끄러미 바라보는 습관이 생겼다. 저녁 쌀을 씻다가 문득 눈을 들어 어두워지는 숲이나 낙조를 바라보는, 물에 떨어진 한 방울 피의 사소한 풀림처럼 습관 속에 은은히 녹아 있는 그의 존재와 부재. 원근법이 모범적으로 구사된 그림의, 점점 멀어져 가는 풍경의 끝, 시야 밖으로 사라진 까마득한 소실점으로 그는 존재한다. 지금의 나는 지나간 나날들이 그러했던 것처럼 가끔 행복하고 가끔 불행감을 느낀다. 나는 그렇게 늙어 갈 것이다. 다른 사람들과 다르지 않은, 공평하게 공인된 늙음의 모습으로

목욕을 마치고 집에 돌아와 거실 긴 의자에 누워 깊이 잠이 들었다. 꿈속에서 나는 조그만 계집애로 옛우물가에 서서 울고 있었다. 두레박을 빠뜨린 것이다. 까치발을 하고 가슴팍까지 닿는 우물턱에 매달려 내려다보지만 까마득히 깊은 우물 속에서는 아무것도 보이지 않았다. 빠뜨린 두레박도, 아무도 없는 밤이면 슬며시 떠오르기도 한다는 금빛 잉어도 보이지 않았다. 이즈음 나는 가끔 옛우물의 꿈을 꾼다. 내용은 언제나 비슷했다. 두레박을 빠뜨려 울고 있거나 어릴 때 죽은 동무 정옥이와 함께 가없이 둥그렇고 적막하게 가라앉은 우물 속을 들여다보는 것, 우물 치는 광경 따위였다.

내게 오래된 옛우물과 그 속에 사는 금빛 잉어에 대해 말해 준 사람은 증조할머니였을 것이다.

어릴 때 살던 동네 가운데에 큰 우물이 있었다. 물맛이 달아 단샘, 커다랗고 해서 한우물이라고도 했지만 사람들은 옛부터의 습관대로 옛우물이라고 불렀다. 아주 옛날부터 있어 온 우물이라는 뜻이었을 것이다. 물이 깊고 물맛이 좋았다. 증조할머니는 내게 말을 했다. 옛우물에는 금빛 잉어가 살고 있단다. 천년이 지나면 이무기가 되고 또 천년이 지나면 뇌성 벽력 치는 밤 용이 되어 하늘에 올라가지. 아흔살이 넘은 할머니에게서 검은 머리털이 돋아 나고 텅 빈 입에 누에

씨 같은 희고 깨끗한 이가 돋아 나자 어머니는 그것을 불길한 재앙의 징조로 여겼다. 노망이 들었다고 말했다. 할머니에게 대꾸도 하지 않았고 바로 보지도 않았고 밥도 조금씩밖에 주지 않았다. 노망든 노인네들은 오래 산다는 속설을 두려워했다. 그러나 할머니는 고양이 혼이 씌워 밤마다 고양이 울음 소리를 내며 쥐를 잡으러 다니는 광자네 할머니 같지는 않았다. 오돌이네 할아버지처럼 자기가 싼 똥을 주워 먹지도 않았다.

달빛 가득한 우물을 들여다보면 금빛 잉어가 슬멋슬멋 물 속에서 움직이는 소리가 들리는 듯도 했다. 계집아이들은 학교에서 오전 수업을 마치고 돌아오면 해지기 전까지 물을 길어 놓아야 했다. 두레박을 빠뜨리면 매를 맞거나 밥을 굶었지만 아이들은 늘 두레박을 빠뜨리고 저물 때까지 우물가에서 무력하고 공포에 찬 울음을 울곤 했다. 방심은 언제나 용서받지 못할 악덕이었다. 계모가 낳은 아이를 업고 물을 길러 나오던 염쟁이의 딸 정옥이는 자주 두레박을 빠뜨렸다.

정옥이의 집에는 어엿이 동해 장의사라는 간판이 걸려 있었지만 동네 사람들은 정옥이의 아버지를 염쟁이라고 불렀다. 밤이면 가게에 쌓아 놓은 관 속에 들어가 잔다는 말도 떠돌았다. 그럴지도 몰랐다. 사람들은 그다지 자주 죽지 않았기에 할 일이 없는 염쟁이는 거의 늘 술에 취해 있었다. 계모는 시장에서 떡 장사를 했기 때문에 정옥이는 밥을 하고 빨래를 하고, 그래서 손은 늘 커다랗고 물에 불어 있었다. 등에 언제나 아기가 달려 있었지만 신이 많고 흥이 많은 정옥이를 막을 것은 아무것도 없었다. 무섭고 이상한 냄새가 나는 듯한 정옥이의 집까지 찾아가 불러낼 필요가 없었다. 집에서 아기를 보고 있으라고 아무리 야단을 쳐도 계모가 나가면 대여섯 발짝 뒤에서 아기를 들쳐 업은 정옥이가 싱긋이 웃으며 나타났기 때문이었다. 아기를 업고 줄넘기를 하다가 혀를 깨물린 뒤로는 전봇대에 포대기째 매어 놓고 술

래잡기, 줄넘기를 했다. 숨바꼭질을 하다가 아기를 달아 놓은 것을 잊어버려 저물도록 아기가 보따리처럼 매달려 잠든 적도 있었다. 두레박을 빠뜨리면 정옥이는 빈 초롱을 들고 집에서 쫓겨났다. 종종 해질 때까지 우물가에 서서 울었다. 물을 길러 나온 아주머니나 동네 큰 언니들은 정옥이의 덜렁대는 버릇을 한바탕 나무란 뒤 '이것도 빠뜨리면 네가 우물 속에 들어가 건져 와야 해' 경고하듯 선심 쓰듯 두레박을 빌려 주었다.

물이 가득 찬 두레박을 힘겹게 끌어올리다 보면 어느 결에 우물 속에서 끌어당기는 아귀 센 힘에 아앗 놀래라 하는 순간 줄이 긴장된 손아귀에서 매끄럽게 빠져 나가거나 두레박에 단단히 묶었던 줄이 스르르 풀려 빈 줄만 올라오기도 했다. 제대로 두레박질을 할 때도 줄이 확 손에서 떨어져 나갈 때면 가슴이 후득 뛰곤 했다.

아이들은 우물 속에 금빛 잉어가 산다는 내 말을 믿어 주었다. 게다가 '소원을 들어주는 잉어'일 거라고 덧붙였다.

그 해 여름 장마가 지나고 우물을 쳤다. 물맛이 뒤집혔기 때문이었다. 가뭄이나 큰 홍수 따위 큰일이나 나라의 변고가 있을라치면 우물이 뒤집히고 장맛이 변한다고 어른들은 믿었다. 그 해의 장마는 대단했다. 아이들은 모두 강으로 달려갔다. 어른들은 긴 장대와 망태를 들고 집을 나섰다. 학교는 휴교였다. 수재민들의 숙소가 되었기 때문이었다. 강 건너 섬에는 포플러 가지들만이 비죽비죽 솟아 있고 그 위에 커다란 새들이 날아와 앉았다. 누런 물이 범람하는 강은 벌판 같았다. 어른들은 강이 범람하여 둑을 무너뜨릴까 봐 밤새 잠을 이루지 못하였다. 그러면서도 아침이면 장대를 들고 강으로 나갔다.

아이들은 강가에서 노래를 불렀다. 장마통에 똥 덩어리가 제 이름 부르며 흘러가더라. 동동동동 똥똥똥똥. 마지막 후렴은 목소리를 모아 악을 쓰듯 질러 대었다. 비바람에 새파래진 얼굴과 입술로, 강에는 없는 것이 없었다. 호박과 장롱과 양은 솥, 우리에 든 채인 닭과 토끼가 사나운 물살에 실려 떠내려 왔다. 인자 아버지는 꽥꽥 비명을 지르며 떠내려 오는 돼지를 잡으려다가 물살에 휩쓸려 죽을 뻔했다.

장마가 지난 후 우물을 쳤다. 우물 속에 차오르던 황톳물이 가라앉기를 기다려 날을 잡아 떡과 돼지 머리, 과일을 차려 놓고 고사를 지냈다. 고사를 지낸 뒤 남자들이 물을 퍼냈다. 그리고는 제대 군인 순옥이 삼촌이 양말과 신발을 벗고 옛날 얘기에 나오는 사람처럼 튼튼히 엮은 삼태기를 타고 우물 밑으로 내려갔다. 아이들은 순옥이 삼촌이 끼무룩히 아래로 내려가는 것을 불안하게 바라보았다. 한없이 깊고 어두운 동그라미 속으로 빨려 들어가는 것 같았다. 푸른 이끼 자라는 우물의 돌 틈에서 손톱만한 개구리들이 팔짝팔짝 뛰어오르고 빈 우물이 우우웅 웅숭깊은 소리로 울었다. 바닥을 긁는 소리, 그리고 올리어어 하는 순옥이 삼촌의 소리가 땅 밑으로부터 벽에 부딪혀 몇 바퀴 돌아 나오면 우물가의 남자들이 줄을 당겼다. 삼태기에는 바닥의 흙이며 녹슨 두레박과 두레박 건지는 갈쿠리, 삭아 버린 고무신 한 짝, 썩은 나무 토막, 사금파리 따위들이 한없이 실려 올라왔다. 위에서 내려다보면 까마득히 깊은 우물 속에서 허리를 굽히고 그 안의 것들을 처담는 순옥이 삼촌은 난쟁이처럼 납작해 보였다. 삼태기가 올라올 때마다 모두들 유심히 그것들을 살펴보았다. 깊은 우물 속에는 우리가 알지 못했던 고운 모래흙만 담겨 올라오자 일은 끝났다. 마지막으로 순옥이 삼촌이 한 오백살이나 나이 먹은 얼굴로 삼태기를 타고 올라왔다. 빛에 눈이 부신지 한동안 낯선 눈길로 주위를 둘러보다가 으허허 영문 모를 웃음을 터뜨렸다.

순옥이 삼촌과 우물 치던 남자들은 술을 마시러 갔고 아이들은 우물 턱에 조롱조롱 매달려 아무것도 없이 텅 빈 우물 속을 말없이 들여다보았다.

우물 속에 금빛 잉어는 없었다. 그래도 나는 맑은 물이 그득 고이면 금빛 잉어가 살리라는 생각을 버릴 수 없었다. 정옥이는, 금빛 잉어는 사람들 눈에 띄면 안 되니까 샘이 솟는 깊은 구멍으로 잠시 숨어 버렸을 거라고, 맑은 물이 고이면 다시 돌아올 거라고 말했다.

정옥이는 그 해 늦가을 우물에 빠져 죽었다. 해가 퍼지기 전 물을 길러 간 사람이 우물가에서 빈 초롱과 우물 속에 떠 있는 정옥이를 발견했다. 동네 누구도 해진 뒤 물을 긷는 것을 금기로 알았기에 정옥의 죽음은 밤중이리라 했다. 정옥의 계모는 밤중에 물을 길러 내보낸 적이 없다고 말했지만 정옥이는 밤중에 물을 길러 나간 것이 틀림없었다. 어른들은 그 어린것이 무엇엔가 홀린 것이 틀림없다고 수군거렸다. 일찍 죽은 제 어미가 불러 간 것이리라고도, 우물 치는 일에 부정이 끼여 들었기 때문이라고도 말했다.

우물은 메워졌다. 하루 동안 굿을 하고 흙으로 메워 물귀신을 꽝꽝 묻어 버렸다. 아이들은 대낮에도 우물가에 얼씬거리지 않았고 한밤중에 오줌을 쌌다. 우수수 부는 바람에도 창호지 문에 비치는 검고 비죽비죽한 나무 그림자로 정옥이 찾아와 계모가 낳은 아기를 업고 물에 불어 커다란 손을 내저으며 자꾸자꾸 불러 대었기 때문이었다. 정옥이는 금빛 잉어를 보기 위해 한밤중 옛우물로 간 것이 아니었을까.

늙은이들은 옛우물의 차고 단 물맛을 그리워했지만 자라나는 아이들은 죽은 동무와 매몰된 우물의 두려움을 쉽게 잊었다. 집집이 펌프를 박아 물을 길러 다니지 않아도, 두레박을 빠뜨려 매를 맞을 일도 없어졌기 때문이다.

남편이 낚시를 다니기 시작할 무렵 나는 잉어가 흐리고 더러운 물, 썩은 수초와 이끼 속에 산다는 것을 알았다. 잡아 온 물고기를 손질하는 것은 늘 내 몫이었다.

밀봉된 것을 뜯을 때의 모독감과 긴장으로 살아 있는 물고기의 배를 가를 때면, 피융 하는 약한 소리가 났다. 우리와 마찬가지로 창조되고 봉인된 그리고 아무도 볼 수 없었던 내부가 드러났다. 밀폐된 공간의 어둠이 있고 최초의 빛의 순간이 있었다. 갑작스런 외기에 놀란 붉고 푸른 내장들이 푸르륵 경련하고, 찬피 동물의 어둡고 축축한 몸속에서, 의지하고 있는 세계의 무너짐을 감지한 더 작은 생물체들이 고래 뱃속에 들어간 요나처럼 고통의 몸부림으로 흩어졌다.

아파트로 이사 오기 전 주택에 살 때에 손질하고 난 나머지, 내장과 머리를 마당 화단에 묻었다. 좋은 비료가 되리라는 생각에서였다. 그러면 밤새 그것을 탐하는 쥐떼가 끓었다. 화단 밑에 쥐구멍이 숱한 공동을 만들어 맥없이 발이 빠졌다. 쥐덫을 놓으면 덫에 걸린 살찐 쥐들이 밤 내내 쥐덫을 끌고 맴돌며 단말마의 비명을 질러 대었다.

추억이란 물 속에서 건져낸 돌과 같은 것인지도 모른다. 물 속에서 갖가지 빛깔로 아름답던 것들도 물에서 건져내면 평범한 무늬와 결을 내보이며 삭막하게 말라 가는 하나의 돌일 뿐. 우리가 종내 무덤 속의 흰 뼈로 남듯. 돌에게 찬란한 무늬를 입히는 것은 물과 시간의 흐름일 뿐이라는 것을 안다. 그러나 나는 종종 이즈음에도 옛우물과 금빛 잉어의 꿈을 꾼다.

봄 가뭄이 계속되고 있었다. 수은주는 섭씨 삼십 도를 웃도는 이상 기온이다. 연당집은 하룻밤 새 목련이 활짝 피고 동쪽부터 뽑기 시작한 울타리는 대문에 이르기까지 거의 다 사라졌다. 서쪽에만 남아 있어 집은 반벌거숭이 꼴이 되었다. 대문 옆 울타리에 매어져 있던 내 스카프는 연당가의 늙은 살구나무 가지에 높직이 걸려 있었다. 바보가 장난을 치나? 쓴웃음이 나왔다. 누구의 것인지는 이미 기억에서 지워졌지만 꼭 돌려주어야 한다는 일념만은 남아 있는 것인지도 몰랐다.

바보는 가뭄 때문에 푸석푸석 메말라 보이는 채마밭에 물을 주고

있었다. 수도에 연결한 호스로 물을 뿌려 대는 것이다. 그러다가는 문
득 울타리가 없어져 횅하니 내다보이는 길을 보며 불안하게 고개를
갸웃거렸다. 마당 한쪽에 차곡차곡 쌓여 있던 울타리 나무들은 트럭
에 실려 나갔다. 평소 사람의 기척이 없이 조용하던 집이 갑작스레 활
기를 띠고 있었다. 허드레 작업복을 입거나 예비군복, 청바지 차림의
남자들이 때없이 드나들고 양복을 갖춰 입은 중년 남자도 있었다. 옷
차림이나 무람없이 방문을 들락거리는 것으로 보아 따로 나가 사는
맏아들쯤 되는 게 아닌가 싶었다. 마당에는 은색의 중형 승용차가 늘
머물렀다. 마당에 시멘트 포대와 모래를 쌓는 것으로 보아 횟집을 할
거라는 소문은 사실인 모양이었다.

나는 예성 아파트에 머무는 대부분의 시간을, 창을 통해 연당집을
내려다보는 것으로 보냈다. 어제는 구멍가게에서 내려가 화장지를 사
며 지나가는 말처럼 넌지시 연당집이 정말 헐릴 것인가를 묻기도 했
다. 워낙 좋은 옛날 재목을 써서 지은 집이라 탐내는 사람이 많다는
것, 어느 부자가 이 집 재목을 그대로 옮겨 써서 산속에 근사한 한식
별장을 짓기로 했기에 대들보와 서까래 문짝까지 비싼 값에 진작 팔
아먹었다는 것이 그의 대답이었다. 짓기가 어렵지 무너뜨리는 건 한
순간이야. 그가 덧붙였다.

나는 연당집에 대한 집요한 관심을 스스로도 이해할 수 없어 다만
달리 알 일이 없기 때문이라고, 창을 열면 바로 보이는 것이 그뿐이라
고, 오래된 아름다운 집이 사라지는 것이 안타깝기 때문이라고 자신
에게 말하기도 했다.

바보가 물 흐르는 호스를 내려놓고 쭈그리고 앉았다. 그리고는 하
염없이 흙을 들여다보았다. 호스에서 콸콸 쏟아져 나오는 물이 발을
적시고 도랑을 지어 흐르는 것도 모른 채 땅에 박은 눈길을 돌리지
않았다. 간혹 손가락으로 무언가 파헤치는 시늉도 했다. 무엇을 열심

히 찾고 있는 것도 같았다.

땅 밑에는 물과 불이 흐르고 십자가의 묘석 아래 부활을 기다리며 뒤척이는 뼈들이 있다.

날은 점점 더워지고 봄빛을 이기지 못한 꽃들이 아우성치듯 피어 올랐다. 집 주위를 둘러친 나무들은 시시각각 잎을 피워 푸르러 가고 바보는 더욱 분주해졌다. 본채 옆의 사랑채가 없어지고 다음날에는 헛간처럼 보이던 작은 기와집이 밤새 헐려 깨진 기와 조각과 흙덩이로 내려앉아 빈 자리로 남았다. 연당집은 나날이 제자리와 모양을 지워 가고 있었다.

울타리가 있던 자리를 따라 서너 명의 인부들이 벽돌 담을 쌓기 시작했다. 마당 안쪽에서는 시멘트를 개는 작업이 한창이었다. 한낮, 해는 높직이 떠서 발 밑에서 짧게 뭉개진 그들의 그림자 위로 시멘트 가루와 모래 먼지가 간단없이 부옇게 피어 올랐다. 채마밭을 뒤엎어 평평히 고르고 한 뼘만큼씩 파랗게 자라 오르던 배추들은 흙과 뒤섞여 묻혀 버린다.

바보는 이제 집 뒤켠의 나무 베는 일을 하고 있었다. 벌목꾼처럼 도끼를 휘둘러 해묵은 나무의 밑둥을 찍고 쓰러뜨리며 힘이 좋은 바보는 종일 쉴 짬이 없었다. 누군가의 지시에 충실히 따르고 있는 것이리라. 그럼에도 불구하고 바보는 몹시 허둥대는 것 같았다. 소나무를 베다 말고 무엇을 잊은 듯 허둥지둥 뛰어가 산수유나무의 둥치를 끌어안고 뽑아 내려 용을 썼다. 땀을 닦는 사이사이, 도끼를 놓고 허리를 두드리는 사이 문득문득 집 주위를 돌아보며 이상하다는 듯 고개를 흔들었다. 그가 태어나 살았고 유일하게 깃들었던 한 세계, 그것의 변모, 사라짐에 불안해 하는 것일까.

불안은 전염성이 있는 모양이다. 나는 파를 썰거나 두부 모를 자르는 하찮은 칼질에서도 자주 손을 베고 유리 컵을 깨뜨린다. 더위 탓이라고, 두통 탓이라고 변명하지만 봄이 되면 심해지는 두통은 새삼스러운 것이 아니다. 남편은 작은 아파트를 복덕방에 내놓았는가고, 여름이 오기 전에 팔아야 한다고 다시 말하고 나는 애매하게 고개를 끄덕였지만 집을 팔기 위한 어떠한 시도도 하고 있지 않았다. 나는 이즈음 더욱 자주 야산을 넘어 이 아파트에 온다. 식구들이 잠든 한밤중에 몰래 빠져 나올 때도 있다. 이제 제법 잎이 무성해진 나무들 사이에 서면 이상하게 머리가 맑아졌다. 이 아파트에서 보내는 시간이 많아지자 남편은 어딜 외출했었는가고, 연락할 일이 있었는데 하루 종일 통화를 할 수 없었다고 내가 집을 비운 것에 대해 힐난했다. 남편으로서는 내가 그 빈집에서 아무런 하는 일 없이 하루를 보낸다는 것에 생각이 미칠 수 없을 것이다.

오토바이가 한 대 털털대며 마당으로 들어선다. 옆구리에 함석 가방을 끼고 있는 것으로 보아 중국집에서 음식 배달을 온 모양이었다. 일을 하던 사람들이 일손을 털고 일어나 수돗가로 몰려갔다. 그들 중의 하나가 아직도 둥치 굵은 나무를 끌어안고 힘을 쓰는 바보를 향해 소리쳐 불렀다. 연당집 앞길로 노란색 포크레인이 들어서고 요란한 캐터필러 소리는 바보를 부르는 목소리를 삼켜 버렸다.

방안 가득 붉은 기운이 어려 있었다. 잠이 들었었나? 후닥닥 일어났다. 열린 채로인 창 밖 하늘이 불을 지른 듯 붉었다. 베개도 없이 방바닥에 그대로 누워 잠이 들었던 모양이었다. 나는 일어나 앉아 우두커니 노을빛이 짙은 하늘을 올려다보았다.

해가 질 때, 그리고 떠오를 때 우리들은 그들을 기억하리라. 일차대전에서 죽은 무명 용사들의 묘비문. 사람들은 그렇게 살아 있음을 변명한다.

왜 장엄한 황혼을 볼 때면 열패감을 느끼게 되는 것일까.

어릴 때 해가 지고 노을이 물들 무렵이면 까닭 없이 서러워 목놓아 울게 하던 것은 어찌 해 볼 수 없는 운명, 어쩌면 비겁하고 허약할 수밖에 없는 인간으로서의 열패감, 두려움 때문이 아니었을까.

그 여름, 나를 찾아온 그의 전화를 받았을 때 나는 아이에게 젖을 먹이고 있었다. 허둥대는 어미의 기색을 본능적으로 느낀 아이는 필사적으로 젖꼭지를 물고 놓지 않았다. 진저리를 치며 물어뜯었다. 이가 돋기 시작한 아이의 무는 힘은 무서웠다. 아앗, 나도 모르게 비명을 지르며 아이의 뺨을 후려쳤다. 불에 덴 듯 울어 대는 아이를 떼어 놓자 젖꼭지가 잘려 나간 듯한 아픔과 함께 피가 흘러내렸다. 아이의 입에도 피가 묻어 있었다. 브래지어 속에 거즈를 넣어 흐르는 피를 막으며 나는 절박한 불안에 우는 아이를 이웃집에 맡기고 그에게 달려나갔다. 그와 함께 강을 건너 깊은 계곡을 타고 오래 된 절을 찾아갔다.

여름 한낮, 천년의 세월로 퇴락한 절 마당에는 영산홍 꽃들이 만개해 있었다. 영산홍 붉은빛은 지옥까지 가 닿는다고, 꽃빛에 눈부셔 하며 그가 말했다. 지옥까지 가겠노라고, 빛과 소리와 어둠의 끝까지 가 보겠노라고 나는 마음속으로 대답했을 것이다.

절에서 배 터까지 내려오는 계곡에는 행락객들로 끓었다. 강가에는 음료수와 술을 파는 장사치들의 차일이 늘비했다.

저녁이 이울었지만 햇살이 뜨거웠다. 그와 나는 그 중의 한곳으로 들어갔다. 바닥에 비닐을 깔고 서너 개의 상을 놓은 그곳에는 두 가족이 어울려 나온 것으로 보이는 남자와 여자, 아이들이 자리를 벌이고 있었다. 어린아이가 잠들어 있고 접은 군용 담요 위에 화투짝들이 흐트러져 있는 것으로 보아 그들은 복잡한 계곡으로 들어가느니 아예 이곳에 자리잡고 놀기로 작정했던 듯싶었다. 소주와 도토리묵을 가져온 주인 여자가 그에게 생색내는 어투로 오소리 간을 먹겠느냐고, 아저씨들에게 아주 좋은 거라고 말했다. 이거 아주 귀한 겁니다. 옆자리의 남자가 붉고 흐늘거리는 것을 한 점 집어 올리며 거들었으나 그는 난처한 표정으로 웃으며 고개를 저었다. 주인 여자와 그들은 살아 있는 오소리를 통째로 넣어 담그는 술의 신묘한 효험에 대해 이야기를 나누었다.

저녁 해는 느릿느릿 이울었다. 해가 지고 강물 위 하늘에 짙은 노을이 드리울 때까지 그는 말없이 강물을 보며 소주 한 병을 천천히 비웠다. 가까이에서 본 강물은 더러웠다. 얕게 밀리며 끊임없이 더러운 쓰레기들을 우리들의 발 밑에 밀어 올렸다.

마지막 배가 몇 시에 뜨느냐고 묻는 내게 주인 여자는 요즘 같은 철에는 늦게까지 있다고, 위쪽으로 가면 방갈로도, 깨끗한 민박집도 있으니 걱정할 게 없다고 대답했다. 옆자리에 앉았던 사람들은 생포한 오소리를 사겠노라고 잠든 두 아이들만을 남겨 둔 채 함께 차일 밖으로 나갔다. 의좋은 내외분이시네요, 주인 여자가 발라 맞추듯 말했지만 나는 그녀가 마음과는 다른 말을 하고 있다는 것을 알았다. 술기로 눈빛이 붉어진 그와 그 앞에 무릎을 싸 안고 말없이 동그마니 앉아 있는 나는 그녀의 눈에 수상쩍은, 그렇고 그런 남녀였다. 어디로든 사람 없는 곳에 가서 뒤엉키고 싶다는 갈망을 숨기는 일에 서툰. 진정 부부인 양 천연덕스러웠던 우리의 표정은 그녀의 말에서 일기 시작한, 서로의 마음속으로 느끼고 있는 거북스러움 때문이 아니었던가. 그 거북스러움은 단지 질서와 제도에서 비껴 선 데 대한 것이었을까. 그것만은 아니었을 것이다. 그 거북스러움을 천연덕스런 표정으로 은폐할 수 있는 모든 관계들에 대한 역겨움이 아니었을까.

나는 더러운 간이 화장실에서 오줌을 누고 브래지어 속을 열어 보았다. 피와 진물이 엉겨 달라붙은 거즈를 들추자 날카롭게 박힌 두 개의 잇자국이 선명했다. 나는 돌연 메스꺼움을 느끼며 헛구역질하는 시늉을 하였다.

잠에서 깬 아이가 서럽디서러운 소리로 울기 시작했다. 살아 있는 오소리를 사러 간 아이들의 부모는 아직 돌아오지 않았다. 먼저 울음을 그친, 누나인 듯한 계집애가 작은 아이를 달랬다. 신발을 신기고는 오소리와 피와 술 자국으로 더러운 차일을 벗어나 손을 잡고 강을 따라 걸어갔다. 아이들은 곧 보이지 않게 되었다. 짙은 노을을 치받으며 피어 오르는 땅거미가 조그맣게 멀어져 가는 아이들의 모습을 지웠다.

강물이 그렇게 더럽지만 않았다면, 그렇게 짙은 황혼이 아니었다면, 황혼과 어둠 속으로 조그맣게 지워져 간 그 두 아이가 아니었다면 우리는 그토록 극력 감추고 있던 욕망의 본질을, 허위를 단번에 꿰뚫어 보는 일은 없었으리라. 지옥까지 가겠노라는 행복감의 또 다른 얼굴을 보는 일은 없었을지도 모른다.

그와 나는 똑같은 생각을 동시에 하였음에 틀림없다. 나는 나의 집과 아이를 생각하고 한 번도 본 적이 없는 그의 가족과, 그를 맞아 줄 저녁 식탁과 불빛을 생각했다. 그 역시 그러했을 것이다. 그가 시계를 보았다. 나는 마지막 배 시간이 많이 남아 있었음에도, 그와 함께 있는 시간을 조금이라도 늘여 보려는, 그는 모를 필사적인 소망과 노력에도 불구하고 우리를 태우고 각자 떠나온 곳으로 안전하게 데려갈 배가 다가오는 것에 안도감을 느끼며 일어섰다.

창 아래 연당집이 사라졌다. 내가 꿈 없는 깊은 잠에 들었던 사이, 정오의 태양이 이우는 사이 이백년의 세월은 재처럼 내려앉았다. 장엄한 노을은 보랏빛으로 시들어 어둠이 차오르고 있었지만 집이 있던 자리, 폭삭 내려앉은 자리만은 이상하게 훤히 떠보였다. 밤에도 공사를 계속할 모양이었다. 마당을 가로지른 줄에 몇 개의 알 전구가 때이른 불을 밝히고 있었다. 바보는 무너진 집의 잔해를 헤집어 보다가 그 주위를 황망하게 돌아다니기도 한다. 무엇인가 찾으려는 몸짓으로, 안타까운 목안엣소리를 지르며 아직 남아 있는 나무 둥치를 끌어안고 흔들기도 했다. 왜, 왜, 왜? 뭐였지? 뭐였지? 바보의 움직임은 커다란 의문 부호 같았다. 그러나 바보는 자신이 찾는 것이 무엇인지 알 수 없을 것이다. 익숙한 것의 사라짐, 그 낯섦을 이해하지 못할 것이다. 나는 조금 울었던가. 아마 그랬을 것이다.

아파트의 문을 잠그고 계단을 내려오며 곧 집을 내놓으리라고 생각하기도 했을 것이다. 연당집 울타리가 있던 길로 접어들다 발을 돌려 아파트 입구의 공중 전화 부스로 들어갔다. 동전을 넣고 번호판을 하나씩 힘주어 꾹꾹 눌렀다. 벨이 두 번 울리기도 전에 생소한 여자의 목소리가 들렸다. 잘못 걸렸나? 나는 할 말을 몰라 가만히 수화기를 내려놓았다. 동전을 넣고 다시 번호판을 꼼꼼히 눌렀다. 역시 벨이 두 번 울리기 전에 조금 전의 목소리가 받았다. 잘못 걸렸나 보다고, 미안하다고 더듬더듬 말하는 내게 그 여자는 새로 바뀐 전화 번호라고 상냥하게 대답했다. 나는 천천히 발길을 돌렸다. 그가 오랫동안 소유했던 그 일련의 숫자들이 이제는 다른 사람에 의해 쓰여진다는 것이 기이했다. 그 일련의 숫자들은 그를 기억할까. 그의 음성과 말버릇, 말속에 담거나 숨겼던 무한히 복잡한 감정들을 기억할까. 어느 날 그들은 까마득한 지난날로부터 들려 오는 귀 익은 소리에 문득 놀라고 그게 누구였지? 기억을 더듬어 보지 않을까. 내가 갈게. 여긴 비가 오는데 거긴 어때? 그냥 전화했어요. 이젠 됐어요. 끊을게요……

어둠이 깃드는 숲에 발걸음을 멈추고 서 있으면 현자가 된 느낌이 든다. 나무의 몸체에 가만히 귀를 대어 보기도 한다. 그러나 나는 나무의 말을 알아듣기에는 너무 나이를 먹었다. 나무의 몸에서 귀를 떼고 팔을 벌려 안아 보았다. 따뜻한 기운이 느껴지는 것 같았다. 신을 벗고 나무 위로 기어올랐다. 거친 줄기의 속 깊이 흐르는 수액이 향기

롭게 말아졌다. 나무는 곧게 자라 자칫 주르르 미끄러지거나 떨어질
듯 긴장이 되었다. 나는 다리를 꼬아 힘껏 굵은 줄기를 휘감았다. 돌
발적이고 불합리한 욕구로 몸이 뜨거워졌다. 나는 나무를 껴안고 감
아 안은 다리에 힘을 주며 온 힘을 다해 비틀었다. 아아, 억눌린 비명
이 터져 나오고 나는 산산이 해체되어 흰 빛의 다발로 흩어지는 듯한
짧은 희열을 느끼며 축 늘어졌다. 나는 조금 울었던가?

오동의 보랏빛 꽃이 어둠 속에서 나울나울 피고 있었다. 비로소 먼
옛날 증조할머니가 내게 해 준 말을 정확히 기억해 내었다. 옛날 어느
각시가 옛우물에 금비녀를 빠뜨렸는데 각시는 상심해서 죽고 금비녀
는 금빛 잉어로 변해…….

*

오정희의 소설들은 늘 '개인적 존재론적 차원에서 신화적인 차원,
원형 상징의 공간'(이혜원)으로 그 지평을 넓혀 간다. 오정희가 즐겨
다루는 것들은 '삶의 불구성, 낙태, 불임, 가족간의 왜곡된 관계, 비정
상적인 성장, 중산층 중년 여성의 심리적 갈등'(하응백) 들이다. 여성의
정체성의 위기와 여성적 현존의 의미를 탐구하는 「옛우물」은 '만성적
인 편두통과 임신 중의 변비로 인한 치질에 시달리는 중년의 주부'인
일인칭 화자가 마흔다섯살의 생일을 맞는 아침으로부터 시작된다. 「
옛우물」은 현재와 과거, 현실과 환상이 수없이 중첩된다. 「옛우물」은
오그라든 어머니의 자궁, 죽은 친구, 아버지, 삭아 가는 옛집, 매몰된
우물들의 이미지들이 꼬리에 꼬리를 물고 이어지며, 탄생의 비의성과
죽음의 불모성에 걸쳐져 있는, 우리가 생이라고 부르는 것에 대한 직
관과 예감으로 가득 차 있는 소설이다.

'옛우물'은 어머니의 마지막 해산의 날에 대한 회고로부터 이야기

를 풀어 간다. 온 집안을 수런거리게 만드는 어머니의 해산, '이슬이 비친다거나 양수가 터졌다거나 문이 덜 열렸다거나' 하는 할머니의 목소리와 함께 어머니의 '고통에 찬 외침'으로 불안한 밤이 지나가고 아침이 왔을 때 간밤에 어머니가 아이를 낳았다는 사실을 안다. '밤을 지샌 고통, 피와 땀과 젖 냄새가 비릿하고 후덥덥하게 뒤섞인 공기' 속에서 할머니는 '피 묻은 짚과 태'를 태우고, 거기서 피어오르는 '시커먼 연기와 검댕이'는 할머니가 장독대에 떠 놓은 정화수 대접과 옛날의 우물물 위에 날아와 앉는다.

할머니는 김혜순의 지적대로 여성적 상징물들인 '바가지, 무쇠솥, 아궁이, 장독대, 옛우물, 독, 물초롱, 두레박, 흰 사발, 조왕각시 사발, 정화수 흰 대접' 사이를 부지런히 오가며 어머니의 해산 뒷바라지를 한다. 이 공간에서 남성이란 전혀 무용한 존재다. 그래서 할머니는 아버지를 이 여성적 공간에서 '마실이나 갔다 오게. 아이야 여자가 낳는 거지'라는 말과 함께 추방한다.

남편이 러시아 여행에서 사온 '똑같은 모양의 인형들이 크기의 차례대로 겹겹이 들어 있는' 러시아 민속 인형은 '나'의 안에 중첩되어 있는 여성적 실존에 대한 완벽한 조응이다. '앙상한 뼈 위로 남루하고 커다란 덧옷을 걸친 듯 살가죽이 늘어진 한 늙은 여자 속에 얼마나 많은 여자들이 들어 있는 것일까. 보다 덜 늙은 여자, 늙어 가는 여자, 젊은 여자, 파과기의 소녀, 이윽고 누군가, 무엇인가가 눈 틔워 주기를 기다리는 씨앗으로, 열매의 비밀로 조그맣게 존재하는 어린 여자 아이'라는 문맥은 '나'의 안에는 수없이 많은 여자들, 늙은 여자, 젊은 여자, 파과기의 소녀, 어린 여자 아이들이 숨어 있음을 의미한다. 이제 늙은 어머니는 더 이상 출산할 수 없게 되었으며, 그녀의 생산의 자리였던 자궁은 '말린 오얏처럼 쭈그러 들었다.' 이 닫힘은 그 자궁이 더 이상은 어떤 살아 있는 것도 잉태할 수 없게 되었음을, 다시 말해 영원한 불모의 닫힘으로 되돌아갔음을 의미한다. '나'는 그 늙은 어머니와, 어머니의 마지막 해산 과정을 지켜보며 한 생명의 탄생을 '영원한 암호, 비밀'로 받아들였던, 여성적 생산의 가능성을 품어 안은 어린 여자 사이에 있다. '나'는 말 그대로 중년에 도달해 있는 것이다.

중년이란 늙어 가는 것을 서서히 의식하기 시작하는 나다. 주인공은 '조용한 휴가와 깨끗한 물과 공기에 대해, 연금과 전원 주택에 대해 나누는 대화에서 나는 우리가 늙어 가고 있다는 것을 느낀다'. 중년이란 어린 시절의 '심한 허기와 도벽, 노란 거품을 게워 내던 횟배앓이의 흔적'들을 지우고, 남자들은 '머리가 벗어지기 시작하고 몸이 붇기 시작하는 장년'의 안정감에 안착하고, 여자들은 그 남자들과 함께 더 이상 생산적일 수 없는 나이에 이르렀음을 깨닫는다. 어린 시절을 거쳐 관습과 제도들에 길들여진 중년이 되어 커 가는 아이들을 바라보며 '소망과 걱정을 나누고 자잘한 생활의 문제, 음식과 성'을 나누며 서서히 늙어 간다는 것, 그것이 「옛우물」의 여주인공이 마흔다섯살의 아침에 확인하는 자신의 현존의 모습이다. 그 중년의 일상을 감싸고 있는 '충실한 관습, 질서' 밑에는 '텅 빈 공허, 사라짐의 공포'가 도사리고 있다. 마치 '나는 기능을 잃어 멸종된 새'인 도도와 같이 젊음을 잃어버린 '나'는 사멸에 대한 예감에 사로잡혀 있다. 이것은 주인공이 강가의 찻집 유리벽에 비친 자신의 모습을 보고 놀라는 대목에서 날카롭게 드러난다. "유리 밖의 내 모습이 유령처럼 그 물상 위로 비비적대며 어른거렸다. 나는 훅 숨을 들이마시며 눈을 부릅떴다. 그것은 텅 빈 공허, 사라짐의 공포였을까." 중년에 이른 주인공의 의식을 지배하는 죽음에의 예감은 자신의 모습을 '유령'처럼 받아들인다.

사라져 가는 것들의 잔상이 내면에 일으키는 파문은 무엇인가. 그것은 '어릴 때 해가 지고 노을이 물들 무렵이면 까닭없이 서러워 목놓아 울게 하던 것은 어찌해 볼 수 없는 운명, 어쩌면 비겁하고 허약할 수밖에 없는 인간으로서의 열패감, 두려움 때문이 아니었을까'라는 어린 시절의 경험 속에 투영되어 있듯이 '어찌해 볼 수 없는 운명'과 '인간으로서의 열패감'이라는 자각이 불러일으키는 '두려움'이다. 사라져 가는 것들은 많다. 서편 하늘에 지는 황혼, 어린 시절, 멸종되어 지구 위에서 사라져 버린 도도새, 흘러가는 많은 날들, 아파트를 비워 주고 떠난 사람들, 죽은 아버지, 죽은 친구 정옥이, 그리고 신문의 부고란에서 확인된 '그'의 죽음, 가든으로 변신하기 위해 곧 헐릴 퇴락한 연당 집, 친구가 빠져 죽어서 매몰해 버린 옛우물, 옛우물과 함께 사라진 금빛 잉어 들이다. 그것들 사이사이에 크고 작은 죽음들이 있다.

'나'의 여성적 정체성에 대한 위기는 남성인 '그'의 죽음으로부터 온다. 한때의 애욕으로 '나'를 몸서리치게 만들고, '허둥대는 어미의 기색을 본능적으로 느'끼고, '필사적으로 젖꼭지를 물고 놓지 않'는 아이의 뺨까지 후려치며 떼 놓고 그에게 달려가던 날들이 지나가자 '나'의 현존은 뜻 없이 반복되는 일상 속으로 추락하고 만다. '이제 범상히 살아가는 내게 그의 흔적은 없다. 밥을 먹고 잠을 자고 혼자 있는 시간에 뜻 없이 내뱉는 탄식처럼 짧고 습관적인 성교를 한다. 그러나 모든 죽은 사람들이, 그들에 대한 기억이 소멸한 뒤에도 그들이 남긴 살아 있는 사람들의 유전자 속에 깃들이듯 그는 나의 사소한 몸짓과 습관 속에 남아 있다.' 그의 죽음이 확인 된 날 '나'는 거울을 본다. "왜 그랬는지 어떤 심리가 나를 거울 앞으로 이끌었는지 나 자신도 알 수 없었다. 거의 무의식적으로 다가간 거울에 조각조각 균열된 얼굴이 비쳤다. 갑자기 눈에 띄는 주름살도, 처음의 놀람처럼 거울이 깨진 것도 아니었다. 오랜 세월 길들여진 관습과 관행이 한순간에 깨진 얼굴이었다. 아, 내 안의 비명이 새어 나오기도 전에 깨진 얼굴은 스러지고 익히 알고 있는 얼굴이 나타났다." 거울에 비쳐지는 '조각조각

페미니즘 소설의 이해 :: 513

균열된 얼굴'은 정체성의 위기에 빠진 '나'의 마음의 혼돈과 균열을 보여 준다. 그것은 '길들여진 관습과 관행' 밑에 억눌려 있던 여성적 현존의 의미에 대한 의혹들이 얇아진 껍질을 뚫고 나오면서 생긴 심리적 균열인 것이다.

그렇다면 '옛우물'이란 어떤 상징성을 갖고 있는 것일까. 다시 어머니의 해산의 날로 돌아가 보자. '옛우물'은 어머니의 마지막 해산의 날 정화수에 담을 물을 길어 오는 곳이다. 원형 상징 체계에서 물은 생명력과 정화력의 표상이다. 양수, 침, 피, 정액 들은 물로 이루어져 있고, 이것들은 전부 생명과 연관된 액체들이다. 생명의 근원인 깨끗한 물을 솟구쳐 올리고, 그것을 감싸안고 있는 우물은 여성적 창조와 생산의 근원을 상징한다.

소멸에의 예감을 '어찌해 볼 수 없는 운명'으로 수납할 수밖에 없는 폐경기의 중년 여자의 의식 위로 수없이 중첩되며 나타났던 그 모든 죽음의 잔상들을 제압하며, '옛우물'에 산다는 전설의 '금빛 잉어'가 찬연한 빛을 뿌리며 그 존재를 드러낸다. '금빛 잉어'는 여성성의 내면에 간직되어 있는 불멸의 생명력을 상징해 주는 그 무엇이다. '금빛 잉어'가 등장하는 순간 이 작품은 실재적·현재적 공간에서 환상적·신화적 공간으로 탈바꿈해 버린다.

4. 대중 소설, 혹은 베스트셀러의 이해

1993년 여름, 거리를 활보하는 '거북'의 무리

한 사회학자는 '하나의 망령이 사회학자들을 괴롭히고 있다. 이는
〈대중 사회〉라는 망령이다'(강현두 편, 『대중문화론』)라고 말하고 있다.
대중 사회라는 망령은 끊임없이 새로운 유행을 만들어 내고, 확산하
고, 또 그 유행을 소멸시킨다. 대중 사회는 우리가 불가피하게 생존의
터전으로 선택한 도시를 근거로 하고 있다. '유행의 완전한 독재가 뒷
받침해 주는 이 확산, 이 차이의 〈연쇄 반응〉이 일어나는 기하학적 장
소가 도시이다'(장 보드리야르, 『소비의 사회』). 저 서울의 종로나 을지로,
혹은 명동이나 압구정동의 거리를 꽉 메우고 흘러가는 인파들을 바라
보면서 우리는 '대중들'을 실감하게 된다. 그 인파 속에 있는 미니스
커트, 혹은 아랫단이 넓게 퍼진 판탈롱 바지를 입고 있는 젊은 여자들
의 등허리에는 검정색의 '거북 가방'이라는 것이 앙증맞게 매달려 있
다. 대전 엑스포, 무수히 생겨 나는 노래방들, 24시간 편의점들, 발매

되자마자 품절 사태를 빚은 서태지와 아이들의 새로운 음반, 판탈롱 바지가 보여 주는 신복고주의와 함께 거북 가방은 1993년의 상징물로 기억될 것이다.

1993년 여름의 거리에 느닷없이 나타난 거북 무리의 출현에서 나는 대중 사회라는 '망령'을 본다. 젊은 여자들의 등에 매달려 있는 귀여운 거북들은 내게 여러 상념들을 불러일으킨다. 거북, 장수하는 수륙 양생의 동물, '거북아 거북아 머리를 내놓아라. 내놓지 않으면 구워먹으리'라는 주술적 제의의 노래인 구지가^{龜旨歌} 속의 동물, 때로는 남성의 성기에 대한 은어로도 통용되는 동물, 신화적으로 해석하자면 신성한 군주의 출현을 촉구하는 백성의 뜻을 신에게 전달하는 매개자인 거북 무리의 느닷없는 출현을 어떻게 보아야 할까⋯⋯. 우리는 혼돈과 무질서의 시대인 이 세기말에 어떤 '신성 군주'의 출현이라도 고대하고 있는 것일까⋯⋯. 그러나 거북 가방을 등에 매달고 다니는 젊은 여자 누구도 그 거북 가방을 메는 자신의 '상징적 몸짓'의 의미를 생각하며 그것을 메고 다니지는 않는다. 그들은 다만 올 여름 이 도시에 유포되는 새로운 패션, 유행에 따랐을 뿐이다. 그것은 밖으로 뿜어져 나오는 싱그러운 젊음의 동질성을 확인하는 자연스러움이고, 즐거움을 주는 것이기에. 유행은 그들의 몸과 의식을 꼼짝할 수 없도록 포박한다. 그들의 머리 모양, 구두, 옷의 색깔과 디자인, 장신구들을 보라. 그들은 새로운 유행에 몸을 던진다. 아무도 그들에게 거북 가방을 메고 다니라고 명령하지 않는다. 그들은 자발적으로 거북 가방을 메고 거리를 나온다. 그리하여 1993년 여름의 서울의 거리에는 느닷없는 거북 무리의 출현은 하나의 패션으로 자리잡는다.

대중 문학이란 바로 젊은 여자들의 등에 매달려 있는 이 거북 가방이다. 자신이 행하고 있는 '상징적 몸짓'의 의미를 모르면서도 타자들과 함께 그 패션에 동참하며 느끼는 즐거움을 공유하는 것. 대중 문학에의 탐닉은 삶의 절실성에서 동기지워지기보다는 거대 도시의 대중들에 의해 발견되고, 확산되는 일회적인 유행, 즉 거북 가방을 메고 다니는 것과 같은 패션의 일종이다. 유행이란 공감하고 공유하는 문화적 소비행위에서 발현된다. 대중들의 욕망과 동기, 감수성과 호기심에서 유발된 유행이라는 연쇄 반응은 계급, 인종, 지역, 직업, 종교의 경계들을 넘어서서 급속한 확산을 일으킨다. 젊은 여자들의 거북 가방은 서울뿐만 아니라 다른 도시로, 도시의 주변부로 급속히 확산되어 하나의 유행이 된다. 아무도 명령하지 않고 강제하지 않았는데, 자발적으로······.

경계의 소멸, 그리고 소비의 신화

대중 문학을 둘러싼 여러 비판에도 불구하고 대중 문학은 시장 장악력에서 우리 시대의 본격 문학을 압도하고 있다. 순수 문학 출판물들이 대중적 구매력을 상실하고 있다는 징후는 도처에서 확연하게 드러나고 있다. 지금 출판 시장을 장악하고 있는 소설들, 알려진 바에 의하면 최소한 백만 부 이상 삼백만 부까지 팔렸다는 소설들은 『소설 동의보감』, 『소설 토정비결』, 『소설 목민심서』, 김한길의 『여자의 남자』나, 마이클 크라이튼의 『쥬라기 공원』이나 『떠오르는 태양』, 끊임없이 번역되어 나오는 시드니 셸던의 소설들, 그리고 앤 타일러, 존 그리샴, 에릭 시걸, 토마스 해리스와 같은 미국의 대중 작가들의 소설들이다. 예외적으로 신경숙의 창작집 『풍금이 있던 자리』가 화제가 되고 있긴 하지만 그 판매부수는 위에 언급한 베스트셀러에 비하면 무시해도 좋을 정도다. 1980년대만 해도 박경리의 『토지』, 황석영의 『장길산』, 김주영의 『객주』, 조정래의 『태백산맥』같은 본격 문학 소설들은 서점에서 막강한 위력을 보여 주었었다. 이들 정통적 문학 작품들이 누렸던 권력과 대중적 영향력의 감소는 그대로 판매부수의 감소로 나타나고 있다.

　그 동안 우리가 경멸해 마지않았던, 저급하고 상스럽고 세련되지 못하고 천박한 대중 문학의 '야만적'인 물결이 지워진 경계선을 넘어 거세게 밀려와 우리의 눈과 귀를 사로잡고, 마침내 욕망과 감수성, 의식을 점령하고 있다. 정말로 대중 문학은 '야만'의 물결인가? 절대적, 독재적, 가치 독점적, 소수 엘리트 중심주의적 고급 문화의 생산자이며, 대중들과 유리된 채 고고하게 그것을 독점하고 향유하던 자들의 얼굴이 일그러지며 일제히 '위기'를 외치고 있다. 무엇에 대한 '위기'인가? 왜 이런 일이 벌어지게 되었을까? 혹시 그들은 전환의 혼돈스런 움직임들, 새로움으로 나아가려는 그 에너지의 격동을 '위기'로 읽은 것은 아닐까? 본격 문학의 쇠락 현상과 새로운 대중 작가들의 등장은 문학을 둘러싼 생산적 조건의 변화, 그리고 삶의 토대인 현실 전체의 변화와 일정한 상관 관계가 있다. 현실의 변화나 문학의 생산적 조건의 변화에 대한 성찰을 빠뜨리고는 '대중 문학'에 대해서 바르게 말할 수 없다.

　이미, 많은 경계선들이 지워져 버렸거나 희미해지고 있다. 장르간의 경계들이 지워져 가고, 고급 문화와 대중 문화 사이에 가로놓여졌던 높은 장벽들이 무너져 내리고 있다. 이 '경계의 소멸'은 포스트 모더니즘 문화 현상의 중요한 징후이기도 하다. 1989년 11월 9일, 냉전 시대의 산물이었던 베를린 장벽이 무너져 내리면서, 우리 삶과 문화의 눈에 보이지 않는 여러 경계선들이 동시에, 혹은 더 빠르게 지워지거나 희미해져 가고 있다. 중심의 와해와 탈중심화에로 가속화하는 현실의 변화들…… 이념에서 욕망으로 치닫는…… 이념의 세계가 지나가 버린 광장에서는 지난 시대의 동상들이 철거되고, 그것이 철거

된 빈자리에서 새롭게 '소비의 신화'가 만들어지고 있다.

오늘날의 재화의 소비란 생존의 최소한도의 필요에 대한 압박으로부터 비켜난 잉여적 성격의 소비다. 잉여적 소비란 단순히 먹고 살아가기 위한, 생물학적 생명의 유지를 위한 재화의 구매와 사용의 범주를 넘어선 인위적 욕구에 의한 소비를 말한다. 그 소비는 엄격하게 말하자면 재화의 소비가 아니라 재화에 부여된 '기호들의 소비'다. 잘 알려져 있다시피 현대의 상품 광고들은 재화에 대한 기능과 사용 가치에 초점이 맞추어지는 것이 아니라 그것에 대한 기호들, 이를테면 행복, 성공, 위세, 권위, 즐거움, 더 많은 여유 시간, 풍요……와 같은 '꿈과 상상의 기호들'을 만들어 내는 데 주력한다. 광고들은 마술을 부려 세탁기를 단순히 더러워진 의류를 세척하는 도구가 아니라, 빨래라는 고된 노동으로부터 인간을 해방시키고 무한대의 자유와 여가 시간을 창출해 내고, 삶의 풍요를 만들어 내는 '꿈의 도구'로 변신시킨다. 기호들이란 궁극적으로 실체가 없는 환영幻影과 같은 것이다. 환영의 소비는 아무리 계속되더라도 결코 만족할 줄을 모른다.

'기호들'에 현혹된 소비자들인 대중들은 공급되는 재화에 비해 항상 초과하는 채워지지 않는 욕구들을 갖게 되고, 채워질 수 없는 욕구들은 그들을 '심리적 궁핍화'의 상태로 빠뜨린다. 심리적 궁핍감에 사로잡혀 있는 대중들은 기호들, 즉 붙잡을 수 없는 무지개와 같은 환영을 붙잡기 위하여 소비에로 치닫는다. 대중들은 심리적 궁핍감 속에서 환영을 좇아 극장을 찾고, 캐빈 코스트너의 매력에 감탄하거나 「원초적 본능」을 연기하는 샤론 스톤의 뇌쇄적 육체의 향기에 넋을 잃고, 서점에서 가장 잘 팔리는 『소설 동의보감』이나 『소설 토정비결』을 사고, 그 소설에 복원된 역사 공간 속으로 미끄러져 들어간다. 소비 사회의 체계에서는 문학마저도 소비될 수밖에 없는 기호의 운명을 벗어날 수가 없다.

대중문학, 그 '저속한' 것으로부터의 위안

　대중 문학의 본질을 이해하기 위해서는 그것을 포괄하는 상위 개념인 대중 문화를 이해해야 한다. '대중 문화'라는 용어의 그 알 듯 말 듯한 '대중'의 정체는 도대체 무엇일까? 우리는 대중의 한 일원인가, 아닌가?

　대중 문화라고 말할 때 이 용어는 일반적으로 포퓰러 컬처[popular culture], 혹은 매스 컬처[mass culture]의 번역어다. 포퓰러 컬처와 매스 컬처는 약간의 차이를 보인다. 매스 컬처는 유럽의 근대 사회 성립 이후의 문화 현상이고, 포퓰러 컬처는 이보다 훨씬 오랜 역사적 배경을 가지고 있다. 매스 컬처는 가치 부정적인 반면에 포퓰러 컬처는 가치 중립적이거나 가치 긍정적인 개념의 문화 현상이다. 매스에 해당하는 독일어 '마스[masse]'는 비귀족적이고 교육을 제대로 받지 못한 계층, 오늘날의 중류층 이하의 노동자나 가난한 사람들과 같은 하류층을 지칭한다. 따라서 매스 컬처란 유럽의 귀족, 법관, 성직자, 부상富商 들과 같은 상류 계급들이 향유했던 고급한 문화의 대척적인 개념으로 하류층에 의해 수용되는 심미적 의미나 가치가 부재하는 천박한 싸구려 문화를 가리키는 말이다.

　우리가 논의하는 대중 문화는 매스 컬처이기보다는 유럽에서 산업화 이후 새롭게 대두된 시민 계급의 희로애락과 감성을 표현하고 그들에 의해 향유되었던 포퓰러 컬처에 가깝다. 포퓰러 컬처의 발달과 입지의 확대는 봉건제도의 붕괴, 테크놀러지 및 교통의 변화, 생산된 재화 분배의 균등화의 실현과 같은 사회적 변화 속에서 새롭게 사회의 주체로 떠오른 산업 혁명 이후의 시민 계급들의 '오락과 예술'에 대한 수요를 배경으로 하고 있다. 오늘의 대중이란 소득과 재화의 획득 기회의 증가로 인해 일정 수준 이상 '문화들'을 구매하고 소비할 수 있는 부와, 또 고등 교육의 대중적 확산의 결과 '문화들'을 이해하고 즐길 수 있는 지적 수준을 갖춘 중산층 일반을 지칭하며, 대중 문화란 바로 그들에 의해 수용되는 문화를 가리킨다. 우리는 문화 향유의 민주적 평등권이 확산된 시대에 살고 있다. 대중들은 더 이상 문화의 소외 지대인 변두리를 서성거리고 있지 않다. 그들은 오늘의 문화적 소비의 주체이며, 그들의 정서나 감수성에 부합되지 않는 문화 상품들은 소비의 주체들에 의해 단호하게 배격된다. 대중 문화는 더 이상 가치 부정적인, 혐오와 멸시의 대상이 아니다.

'저속한' 대중 문화에 퍼부어지는 가장 일반적인 비판은 그것이 심미적, 지적으로 타락한 것들이며, 현실 '도피주의적'이라는 것이다. 낭만적인 연애담, 기담, 권력과 부에 대한 스토리, 폭력, 선정적 내용을 주로 담는 대중 문학에 탐닉하는 것에도 똑같은 비판이 퍼부어진다. 특히 사회주의적 전망과 이념에 매달리고 있는 사람들로부터 그것은 현실 도피적이며, '보다 나은 세계를 지각하는 능력, 즉 혁명적 운동에 참여하는 것을 말살시키고 좌절시킨다'(강현두 편, 위의 책)는 것이다. 정말로 대중들은 '도피'하려고 하는 것일까? 무엇으로부터?

대중 문학은 셰익스피어, 괴테, 도스토예프스키나 톨스토이, 혹은 니체나 카뮈처럼, 그리고 최인훈이나 이청준, 조세희처럼 세계에 대한 근원적 전복력을 갖고 있지 않다. 어쩌면 대중 문학은 기분 전환, 야릇한 흥미, 정서적 위안, 이국 정취, 삶의 곤경으로부터의 일시적인 해방감만을 느끼게 할지 모른다. 대중 문학이란 '성스러움을 상실한 것에 대한 예술'인 팝 음악과 같은 것이다. 보드리야르가 말하고 있듯이 팝 이전의 예술이 '심층적인 세계상'이라는 것에 근거하고 있었던 데 반해 팝은 '기호의 내재적 질서에 동화'하는 경향을 보인다. 다시 말해 '기호의 산업적 대량 생산, 환경 전체의 인위적·인공적 성격, 사물의 새로운 질서의 팽창해 버린 포화 상태, 아울러 그 교양화된 추상 작용에 동화하려 한다'(장 보드리야르, 위의 책)는 것이다.

오규원이나 장정일, 유하의 상품 광고시들을 보라. 그들의 시는 '심층적인 세계상'을 반영하지도 않고, 세속 도시에 존재하지도 않는 '성스러움'을 찾아 떠도는 모험도 보여 주지 않는다. 그들은 우리 사회가 만들어 내는 상품의 기호들을 만드는 상품 광고에 주목하고, 그것들을 그대로 작품 속에 '차용'하기도 한다. 이제 문학은 문학 아닌 것과 몸을 포개고 새로운 문학을 낳고 있다. 그것의 이름은 '저속한' 대중 문학?

가벼워지는 문학들

대중 매체의 확산과 더불어 대중 문학의 시장은 커지고 있다. 그럼에도 불구하고 한국 문학에서 대중 문학이란 아직 본격적으로 논구되지 않은 미답의 영역이다. 오늘의 대중 문학과 순수 문학 사이의 경계는 모호해지고, 서로 영향을 주고받는 삼투 작용에 의해 서로의 속성들을 힘껏 빨아들이고 '자기것화'하고 있다. 움베르토 에코의 『장미의 이름』과 같은 소설은 대중 소설의 고유한 영역의 하나인 추리 소설의 기법을 '빨아들여' 심각한 주제를 훌륭하게 전달하고 있다. 밀란 쿤데라의 『참을 수 없는 존재의 가벼움』에서는 대중 문학이 가장 흔히 다루는 주제인 선정적이라고 보여질 만큼의 과잉의 에로티즘이 재현된다. 대체로 오늘의 소설들은 삶의 크고 무거운 것들, 이를테면 사회, 역사, 분단, 통일, 이데올로기, 도덕, 책임, 이성, 혈연적 유대, 필연성, 인과론……에 대한 주제보다는 보다 가벼운 것들, 즉 미시적 일상, 자아, 욕망, 성적인 것들을 경쾌한 어법으로 그리는 경향으로 가고 있다. 복거일의 『비명을 찾아서』, 이문열의 『추락하는 것은 날개가 있다』, 마광수의 『권태』, 장정일의 『아담이 눈뜰 때』, 하일지의 『경마장 가는 길』, 하재봉의 『블루스 하우스』와 같은 소설들은 이미 순수 문학과 대중 문학의 경계선을 긋는 일이 얼마나 무용한 노력인가를 단적으로 보여 준다. 대중 문학이 뿜어내는 삶과 세계의 현란한 이미지들은 그것을 향유하는 대중들의 욕망과 자의식의 결에 스며들어 간다. 모든 사람이 감동되어 눈물을 흘린 설교에 한 사람만 유독 아무런 반응을 보이지 않았는데, 그에게 왜 눈물을 흘리지 않았는가라고 묻자 '나는 이 교구에 속하지 않기 때문이다'라고 말했다는 우스갯소리가 있다. 대중 문학이라고 무조건 저속한 싸구려 소설들로 일축해 버리는 태도는 '맹목의 관점'에 갇혀 있는 그 어리석은 사람의 태도와 같다.

오늘날의 대중이란 무수한 개체들의 분열된 개성들의 집합이다. 대중들은 현실로부터 도피하지 않는다. '동질적이고, 무정형적이고, 무차별적'인 그들은 현실의 중심에서 몸 비비며 악착같이 나날의 '살아냄의 의미화'를 일궈 내기 위해 애쓴다. '소외, 불신, 원자화, 부도덕성, 순응성, 무력한 동질성, 도덕적 공허감, 익명성, 자아주의'(강현두 편, 위의 책)를 바탕으로 하는 대중 사회 속에서 대중들의 감성과 경험들, 욕망과 본능, 동경, 백일몽을 빨아들이고 그것을 낯익은 것으로 그려 낸, 대중들에 의해 '소비되는' 대중 문학에 씌워졌던, 의식을 마취시키고, 현실 도피하게 만들고, 건전한 사회 비판 의식을 잠재운다는 혐의는 벗겨져야 한다. 고고한 지식인의 관점에 서서 대중 문학을 업신여기고 논의의 가치도 없는 것으로 치부해 버리는 사람은, 이미, 빠르게 와 버린 변화된 현실의 맥락을 아직 읽어 내지 못한 사람이다. 대중 문학에 대한 논의는 열려져 있어야 하고, 그것의 의미와 가치는 새로운 통찰력과, 새로운 심미적·윤리적 기준에 의해 길어 내져야 한다.

나는 활을 쏜다, 대중 문학이라는 목표물을 향하여, 오늘의 소비 사회의 지평을 가로질러 날아가는 저 황금새를 향하여……

이야기에 관한 이야기

불가능할 것처럼 보이는 사람들 사이의 사랑은 얼마나 많은 이야기를 거느리고 있으며, 또한 독자들은 그런 이야기들에 얼마나 쉽게 빠져드는가. 소설의 역사를 일별해 볼 때 그러한 이야기들은 끊임없이 독자들의 사랑을 받아 왔으며, 따라서 그러한 이야기들은 작가들이 즐겨 그리는 테마이기도 하다. 바로 그 점 때문에 작가들은 '대중과 공모 관계에 있다'는 비난을 들어 왔으며, 보다 완강한 도덕주의자들로부터는 '인간의 영혼에 의혹과 불신과 방종이라는 악을 심는 공공의 적'이라는 누명을 뒤집어써 왔다.[27] 고전적인 문학 이론에 의하면 문학은 인간에게 즐거움을 주는 한편, 동시에 교육적·도덕적 기능을 갖고 있는 것으로 알려져 왔다. 소설은 그것을 읽는 사람에게 즐거움과 함께 인생의 교훈을 준다. 그럼에도 불구하고 소설은 그 가치에 비해 부당하게 평가절하되어 왔고, 그것의 기능에 대해 자주 의심받아 왔다. 소설의 역사는 바로 소설에 끊임없이 가해진 유형 무형의 압력의 역사, 곧 규제와 검열 제도의 역사다. 그러나 규제와 검열 제도에도 불구하고 소설의 생명력은 면면히 이어져 왔으며, 대중들의 사랑을 받아 왔고, 산업 혁명 이후 더욱 활짝 꽃 피었다.

'엄밀하게 말해서 소설이라고 하는 것은 독자들을 즐겁게 해주면서 그들을 교육하기 위하여 기교를 다하여 산문으로 쓴 사랑의 우여곡절의 허구다'라는[28] 연애소설에 대한 정의가 있다. 사랑이란 무엇인가. 그것은 일종의 혼수 상태, 비정상적으로 고양된 정서의 상태다. 모든 세계와 세계 속의 사물들은 사랑에 빠진 자의 눈으로 바라보면 온통 황금빛 눈동자에 비친 찬란한 모습이다. 그것은 범박하게 말하

---

27 『소설이란 무엇인가』, 김화영 편역(문학사상사, 1986), pp.20~21.
28 위의 책, p.31.

자면 '사랑은 의지의 활동이지 감각의 활동이 아니다. 진정한 사랑은 불멸부동하는 것을 향해서 끊임없이 나아가는 의지의 활동이다.'[29] 연애란 인생의 한 단계다. 모든 타인들의 연애 이야기는 흥미롭다. 더구나 남자와 여자 사이에 사랑을 어렵게 만드는 장애—두 사람 사이에 가로놓인 신분적인 격차, 그리고 여자가 이미 결혼한 여자라는 사실이 가져오는 현실적 제약—가 크면 클수록 더욱 그들의 이야기는 더 큰 재미와 호기심, 그리고 흡인력을 갖게 된다. 그런 사랑의 이야기는 재미있을 수밖에 없는 기초적 조건을 갖고 있다고 할 수 있다. 이 세상에 남성과 여성, 두 개의 성性만 존재한다는 것은 얼마나 다행한 일인가. 두 개의 성만으로도 이 세상에는 너무나 많은 사랑의 이야기들이 생겨난다.

연애소설의 주제는 한 꺼풀만 벗기고 그 속내를 들여다보면, 진실은 그것을 억압하는 세계의 모든 음험한 허위성과의 싸움에서 마침내 승리하며, 그것은 영원히 감추어질 수 없다라는 주제의 변형임을 알 수 있다.

삶이 그 자체로 충만하다면 누가 골치 아프게 소설 따위를 읽으려고 할 것인가. 그러나 우리들의 삶이란 불완전하기 짝이 없는 것이어서 그 안에 어떤 형태로든지 결핍과 부재라는 빈 구멍들을 품고 있다. 아마도 완벽하게 행복한 사람은 결코 어떤 형태의 소설도 찾지 않을 것이다. 비가 추적추적 내리고 아무 하릴없이 방구석에 빈둥거리며 누워 있다가 무심코 서가에서 빼어드는 한 권의 소설 책이란 정신적 허기를 메워 주는 양식이 아닐 수 없다. 정신적 허기라고? 그렇다. 그것은 육체가 공복시에 느끼는 것과 똑같은 괴로움을 동반한다. 그 괴로움이란 심리적으로는 절망과 불안, 신체적으로는 억압, 혹은 가위

---

29 A. 마다이스, 노리야끼, 『성과 사랑의 조화』, 박영도 옮김(서광사, 1985), p.105.

눌림에서 비롯된다. 그 괴로움은 예기치 않게 찾아든, 세계와 타자들과의 유의미한 관계들로부터의 단절에서부터 시작되었는지도 모른다. 아마 그대 가까이에 누군가가 있어서 뜻 없는 이야기일망정 대화를 나눌 수만 있었다면, 그리하여 혼자 고립되고 유폐되어 있다는 느낌으로부터 벗어날 수만 있었다면 그 괴로움의 상당 부분은 해소되었으리라. 그러나 우연하게도 누구도 옆에 없으며, 누군가를 부를 수도 없다. 세계 속에 삭막하게 내동댕이쳐진 채 외롭게 있는 나의 현존을 감싸 오는 숨막힐 듯한 존재의 빈곤감은 더욱 깊어 간다. 그 존재의 빈곤감 속에서 허덕일 때 우리가 진정으로 찾는 것은 무엇인가. 발랄한 삶의 어떤 계기들, 기쁨, 정서적 충만감, 삶의 가치와 의미들을 일깨워 주는 기억들의 회복 같은 것들이 아닐까. 이문열의 소설들이나, 노골적인 성희性戱를 주제로 한 마광수의 『권태』나 『즐거운 사라』, 혹은 조성기의 『우리 시대의 사랑』과 같은 소설들, 하다못해 황당한 무협 소설들이나 『대망大望』, 『인간시장人間市場』들마저도 우리들을 한때의 심심함, 그 정서적 좌절감으로부터 구원해 줄지 모른다. 그때 존재의 빈곤감 때문에 한껏 위축되어 있던 우리의 상상력은 소설의 공간 속에서 마음껏 기지개를 켜고 일어나 아연 활기를 되찾고, 기민하게 움직이며, 우리는 의혹과 불신을 넘어서서 새로운 세계의 경험으로 고무된다. 늘 평면적인 것들의 반복, 너무나 익숙한 것들이 따분하게 되풀이되는 일상은 우리의 의식을 한없는 권태와 무료함 속에 빠뜨린다. 꽉 막혀 있는 것만 같던 세계는 그것의 겉이라고 할 수 있는 평면적인 일상, 그 지리멸렬하고 볼품없는 외양을 벗어 버리고 늘 미지의 세계의 영역에 속해 있었던 것, 즉 새로운 모험과 사랑, 여행, 그리고 우리가 이제껏 누려 보지 못한 놀라운 부와 영광, 다양한 가능성과 기회를 제공하는 새롭게 갱신된 모습으로 우리 눈앞에 나타난다.

우리가 살고 있는 일상적 세계의 울타리가 부서졌다. 그 부서진 울타리를 통하여 숱한 다른 세계들이 모습을 드러낸다. 멀거나 가까운 미지의 세계, 그러나 소설의 비전을 통해서 그 미지의 모습이 암시된 세계 말이다. 우리들과 마찬가지의 질료로 만들어졌고 우리들과 마찬가지로 시간과 공간의 조직 속에 놓여져 있는 존재들, 일련의 유사점 그리고 비교해 볼 만한 점들을 통해서 돌연 우리들의 인간적인 활동 범위를 엄청나게 확대시켜 주는 존재들이 나타나는 것이다.[30]

우리는 마침내 '돌연 우리들의 인간적인 활동 범위를 엄청나게 확대시켜 주는' 소설이라는 잘 익은 과일을 깨물고, 그것은 입에 넘치도록 즐거움이라는 즙을 낸다. 그 넘치는 즙에 도취되어 있을 때 우리 삶의 알 수 없는 갈증과 불안은 해소된다.

보통 사람의 경우 심심할 때 소설을 찾아 들고 읽는다. 심심하다는 느낌은 결핍에서 유발된 정서적 불균형에 대한 자각에 다름 아니다. 정서적 불균형 때문에 우리의 몸은 무의식적으로 안정된 자세를 취하지 못하고 계속 뒤틀며 움직인다. 그것은 적어도 내적 결핍에서 연유된 불행과 괴로움에 대한 신체적 반응, 몸짓이다. 우리는 그렇게 무료하게 방구석을 뒹굴다가 대단한 결단이라도 내린 사람처럼 일어나서 책들이 꽂혀 있는 서가 가까이에 간다. 그리고는 단호하게 한 권의 소설 책을 뽑아 든다. 그리고 우리가 그 소설의 페이지들에 눈길을 주고 그것의 세계 속으로 차츰 몰입되어 갈 때 우리는 하나의 이야기, 그 이야기들의 세계 속으로 입문하게 되는 것이다.

이야기를 듣고(혹은 읽고) 싶어하는 욕망의 밑자리에 있는 것은 무엇인가. '사람들이 소설 책을 읽는 것은 경험 속의 어떤 구멍난 곳들에 대한 보상을 얻기 위해서'인가?[31] 우리가 저 어린 시절 할머니의

---

30 『소설이란 무엇인가』, 김화영 편역(문학사상사, 1986), pp.28~29.

무릎을 베고 누워 가슴 조이며 듣던 옛날 이야기야말로 소설의 원형이다. 우스운 이야기, 슬픈 이야기, 무서운 이야기, 기괴한 이야기, 신기한 이야기. 세상은 온통 이야기로 이루어져 있는 것처럼 보인다. 나는 얼마나 자주 그 이야기의 세계 속에 빠져들곤 했던가. 내가 어렸을 때 이야기를 해 달라고 할머니를 조르면 할머니는 언제나 이야기를 너무 좋아하면 게을러져서 가난하게 산다고 말씀하셨다. 그때의 이야기는 무용無用한 것이라는 뜻을 품고 있다. 이야기는 한끼의 배고픔조차도 해결해 줄 수 없으며, 추위로부터 우리를 보호해 주지도 못한다. 그것은 삶에 유용한 어떤 것도 우리에게 주지 못하는 쓸데없는 것들 중의 하나다. 그럼에도 불구하고 우리는 이야기의 '탐욕스러운 흡인력'에 막무가내로 빨려 들어간다. 그 흡인력, 이야기에의 매혹은 어디에서부터 비롯된 것일까. 한 탁월한 비평가는 '금기 때문에 욕망은 억압되고, 억압된 욕망은 원래의 욕망을 변형시켜 그 모습을 드러낸다. 이야기는 바로 그 욕망을 변형시켜 드러낸 것이어서 사람들의 한없는 호기심을 자극한다. 이야기에서 사람들은 자기 욕망의 시원의 모습을 감지할 수 있다'라고 그 점에 대해 명쾌하게 지적하고 있다.[32] 이야기 속에서 발견되는, 자기의 안에서는 이미 망각되어졌거나 희미한 흔적으로만 남은 자기 욕망의 시원의 모습! 이야기에 매혹되는 인간 심리의 밑자리에는 현실 원칙에 의해 오래 억압되어 온 욕망의 작용이 숨어 있다. 현실은 성적 재화이든지 물적 재화이든지 그것을 내 것으로 하고 싶다는, 자기 하고 싶은 대로의 욕망을 그대로 방출하도록 놓아두지 않고 어떤 규범과 원칙을 세워 놓고 그것을 넘어설 때 규제하고 억누른다. 이야기의 세계 속에서 욕망을 규제하는 규범과 원칙의 경계들은 지워져 버리고 억압 없이 자유롭게 방출된다. 고전적 정신분

31 위의 책, p.27.

32 『분석과 해석』, 김현 문학평론집(문학과지성사, 1988), p.226.

석학에 의하면 인간의 금기된 욕망 중에서 가장 오래된 것 중의 하나는 아버지와 딸, 그리고 어머니와 아들 사이의 근친적 성관계다. 그 제약과 규제는 현실이 유지되기 위해서 최소한도로 요구되는 질서이기도 하다. 이야기의 세계 속에서 현실과 제도에 의해 규제되고 억압되었던 우리의 욕망은 금기와 한계를 뛰어넘고 자유롭게 풀려난다. 우리가 소설 읽기에 이끌리는 것은 심미적 즐거움의 추구를 넘어서서, 현실 원칙에 억눌려 있는 욕망의 배설, 대리 만족의 즐거움을 취하려는 것과 상관이 있다. 또한 타자들은 어떻게 살고 있는가 하는 미지의 것들을 향한 호기심과 충동 역시 우리가 소설을 읽는 중요한 동기다. 모든 소설은 근본적으로 하나의 이야기의 세계이며, 현실로부터 나온 그 '미지의 것'들인 이야기의 세계에의 매혹은, 인간의 마음 밑바닥에 숨어 있는, 지금 내 삶이 아닌, 미지의 다른 삶을 살아 보고 싶다는 숨은 욕망 때문에 더욱 자극되고 커진다.

자, 그렇다면 이야기란 무엇인가. 우리는 이야기의 무엇에 그토록이나 매혹당하는 것인가.

문자로 쎠어진 서술 문학이 이루어지기 전에 이미 구비 문학은 헤아릴 길 없는 보물들처럼 축적되어 있었다. 이 세상의 어느 고장에 가 보아도 구비 문학이 없는 곳은 찾아보기 어려울 것이다. 동물들, 인간들, 영웅들, 갖가지 자연의 위력, 제신諸神들이 서로 뒤엉켜 자아내는 전설들이 있는가 하면 위대한 전쟁의 이야기와 농군들의 무훈담이 있고 '민담과 재담'이 있는가 하면 독일, 프랑스, 유고슬라비아, 러시아 등지에서 볼 수 있는 일련의 노랫가락 이야기들도 있다. 가장 오랜 옛날로 거슬러 올라가면 인도의 경전들과 성서聖書, 성현과 성자들의 이야기, 『천일야화千一夜話』와 같은 아랍의 꽁트들이 이야기의 형태를 취하고 있다는 점에서 소설의 조상이라고 간주될 수 있을 것 같다.33

이야기의 세계란 얼마나 다양하고 무궁무진한가. 이야기는 신화나 전설, 민요, 민담, 우화, 소문, 유언비어 들의 형태로 존재해 왔다. 구비 문학의 형태였던 소설은 근대에 와서 그 이야기가 문자 언어로 양식화되고 체계를 획득하면서 완성된 것이다. 그것들 속에는 인간들이 자연의 재해를 극복하며 살아 온 태초부터의 역사와 풍속, 그리고 기쁨과 슬픔, 한과 해학이 담겨진다. 이야기란 '의미 작용의 한 독자적 단계로서, 다양한 외화^{外化}가 가능한 의미의 조작으로서, 특수한 담화나 언술^{言述} 속에서의 의미 분절의 한 특수한 양식으로서 파악되고 정의된다.'34 소설은 이야기의 세계일 뿐만 아니라 작가 보르헤스의 말처럼 '주의력의 집중과 메아리와 친화력의 메커니즘이며 확증과 예감으로 가득 찬 세계'다.35 현실이 근본적으로 무질서한 세계라면, 소설은 일정한 인과론적 질서가 부여된 세계다. 소설의 세계란 '왕이 죽고, 그리고 왕비도 죽었다'가 아니라, '왕이 죽고, 그의 죽음을 슬퍼하던 왕비도 그 슬픔으로 병을 얻어 죽었다'고 이야기되는 세계다. 현실의 진실들을 그것의 인과론적 질서 속에서 일목요연하게 드러내 보이려는 인간의 노력과 의지를 보여 준다.

　이 세상에 떠도는 모든 소설—이야기들은 본질적으로 잉여의 이야기들이다. 그것은 직접적으로 인간이 생물학적 존재로서의 생명을 유지하는 데 필요한 먹고 사는 문제, 혹은 인간의 물질적 문명의 건설과 무관한 어떤 것이다. 그것들은 가혹하게 이야기해 버리면 있어도 그만이고 없어도 그만인 어떤 것들의 범주에 속한다. 그것은 현실을 모사—모방—재현하지만 현실 그 자체는 아니다. 이야기는 현실 속으로 다시 진입하기 위해 현실의 바깥을 떠돈다. 떠돌기는 이야기의 숙명

33 『소설이란 무엇인가』, 김화영 편역(문학사상사, 1986), p.23.
34 위의 책, p.45.
35 위의 책, p.44.

이다. 그것은 끊임없이 자유롭게 떠돎으로써 묶여 있는 삶의 부자유와 초라함을 증거한다. 이야기들은 인간의 불가능의 욕망들에서 반향된 이야기들이다. 그것들은 인간의 내면의 공동空洞의 어둠으로부터 나온다. 우리 삶은 욕망하되 끝끝내 채워지지 않는 부분, 그 결핍과 부재를 품어안고 있는 현존이다. 우리가 무료함에 못 견뎌 하며 몸을 뒤트는 것은 바로 그 결핍과 부재의 빈 구멍들에서 울려 나오는 음산한 울림 때문이다. 이야기들은 결핍과 부재의 그 구멍들을 메운다. 그 구멍들이 이야기로 메워짐으로써 우리의 영혼을 사로잡던 알 수 없는 불안과 절망은 잦아든다.

이야기는 의식의 가위눌림이 많은 사회에서 더욱 많이 발생한다. 그대의 이야기들은 기괴하고 흉측한 내용들로 이루어지며, 그 흉측함 때문에 사람들은 두려움에 떤다. 가위눌림이 많다는 것은 그만큼 사회적 억압이 많다는 것을 의미하며, 이야기들은 그러한 억압들에 대한 응전의 양식으로 만들어지고, 또 광범위하게 유포된다. 그러나 그 이야기들은 사회적 억압의 구조들과 직접적으로 맞서 싸울 수 없으며, 억압의 구조를 교정할 만한 어떤 직접적인 힘도 갖지 있지 않다. 그것들은 다만 이야기를 통해 가위눌림, 공포, 사회적인 억압에 대한 사유로 이끌고, 그 가위눌림들을 만들어 내는 그 사회의 억압들에 대해 생각하게 만든다.

세상에는 수없이 많은 이야기들이 존재한다. 사람들은 살아가면서 끊임없이 새로운 이야기들을 만들어 낸다. 아주 작고 사소한 이야기부터 크고 중대한 이야기까지. 작고 사소한 것은 그것들대로, 크고 중대한 것은 또 그것들대로 다 나름대로의 사회적 발생 근거들을 갖고 있다. 사람들은 이야기를 듣고 싶어할 뿐만 아니라 동시에 그것을 이야기하고 싶어한다. 그것은 다만 우리들의 욕망의 움직임의 흔적을 드러내 보여 준다. 이야기 속에서 우리의 욕망은 어떻게 움직이는가?

현실 원칙 때문에 적절하게 규제된 욕망이, 마음의 저 깊은 곳에 자리잡고 있다가, 사건들을 이야기할 때, 슬그머니 작용하여, 객관적 사실을 자기 욕망에 맞게 변형시킨다. 객관적 사실이, 자기의 욕망을 크게 충격하지 않을 때, 그 변형은 갑작스럽고 전체적인 것이 된다. 그 세계는 세계를 욕망하는 자의 변형된 세계다. 이야기는 그 변형의 욕망이 말이 되어 나타난 형태다. 소설의 세계는 그런 의미에서 작가의 욕망에 따라 변형된 세계다. 그 세계는 작가가 해석하고 바꿔 놓은 세계다.[36]

위대한 소설─이야기가 세기를 바꾸면서 끊임없이 읽혀지고, 그것의 의미가 여전히 소진되지 않은 채 새로운 의미들을 만들어 내는 것은 왜인가. '텍스트의 의미는 고정될 수 없고 단지 독자들과의 끊임없는 대화 속에서 시간을 통해 변형될 뿐이다'라는 빈센트 B. 라이치의 말처럼 소설─이야기는 닫혀진 의미 체계가 아니고 열려져 있기 때문이다. 하나의 소설─이야기를 읽는 백 명의 사람에게 그것은 백 가지의 소설─이야기로 읽혀진다. 바로 그러한 이유 때문에 위대한 소설─이야기는 불멸성을 획득하며, 영원히 소진 불가능한 의미를 갖게 되는 것이다. 독자─나는 언제까지 소설─이야기의 바깥에 머무를 수 없다. 독자─나는 끊임없이 소설─이야기의 내면 속으로 진입하고, 그것 속에서 새로운 의미를 만들어 낸다. 소설─이야기를 담고 있는 책─텍스트는 단순히 한때의 무료한 시간을 메우는 즐거움과 인생의 교훈 따위를 얻어 내는 도구적·기능적 존재를 넘어서서, 나의 삶의 기억─추억들을 되살려 내고, 또 나의 현존을 비춰 주며, 동시에 나─너라는, 열린 의사 소통의 관계를 맺어 주는 존재다. 연애소설의 주인공들은 이제 잃어버린 내 사랑의 꿈을 통해 나─독자를 그 지상적 열락의 세계로 이끌어 가는 안내자다. 내가 연애소설을 읽는다는 것은

36 『분석과 해석』, 김현 문학평론집(문학과지성사, 1988), p.231.

제2부 표출─한국 소설의 새로운 양상들

그것의 이야기-줄거리를 따라간다는 의미뿐만 아니라, 동시에 결핍과 부재의, 지금-여기에서의 삶보다 완벽한 다른 삶을 살고 싶다는 무의식의 욕망을 이끌어 내어, 그것을 통해 나의 삶과 세계의 의미들을 찾아간다는 뜻도 포함되어 있다.

　태초에 말-이야기가 있었다. 그 말-이야기는 삶-세계를 품고 마음의 외로운 자리를 정처定處로 삼기 위해 떠돈다. 사람들은 남의 말-이야기를 들을(혹은 읽을) 때조차 그냥 듣고만 있지 않다. 그 말-이야기 위에 자신의 말-이야기를 겹쳐 놓는다. 그래서 말-이야기는 또다른 숱한 말-이야기를 낳는다. 그 떠도는 모든 말-이야기들은 하나같이 불멸을 꿈꾼다.

공작나비 __헤르만 헤세

헤르만 헤세 Hermann Hesse는 1877년에 독일의 슈바르쯔 삼림지대에 있는 소도시 칼브에서 태어났다. 헤세는 바젤의 신학교를 다니다가 학교 규율의 억압을 견디지 못하고 중도에 포기하고 만다. 이 감성이 풍부하고 예민했던 청년은 그 뒤 서점 점원일을 하며 원없이 책을 읽고 스물한 살 때에 처음으로 시를 써서 출판한다. 그로부터 5년이 지난 뒤『페터 카멘치트』(1904),『게르트루트』(1910),『로스할데』(1914),『크눌프』(1915),『데미안』(1919) 등을 펴내며 작가로서 명성을 얻는다. 이즈음의 소설들은 방황하는 청춘의 시기를 통과하는 존재를 모티브로 삼아 끝없는 명상과 갈망과 추구의 비애와 기쁨, 아름다움을 펼쳐 보인다. 시대와의 불화, 그리고 가정의 불행까지 겹쳐 외부세계와의 소통을 끊고 은둔자로 살았다. 20세기의 가장 위대한 작가 중의 한 사람인 헤르만 헤세는 사후 50년이 지난 오늘날에도 가장 영향력이 큰 작가로 남아 있다.『황야의 늑대』『싯다르타』와 같은 작품은 속속 영화화되고, 50여개 이상의 나라 말로 번역된 그의 책들은 수천만권이나 팔렸다. 1960년대 미국에서 '히피'라고 불리던 반항적인 젊은이들은 그를 우리 시대의 정신적인 스승으로 받들자고 '성聖헤세'운동을 일으키기까지 했다. 그는 신학교에서 퇴학당하고, 서점점원으로 일하며, 두 번씩이나 정신병원을 들락거리고, 그의 생애에 세 번씩이나 결혼을 했었다. 그는 한결같이 20세기의 병과 위기를 고발하고, 어떤 형태의 폭력과 전쟁을 반대한 사람이며, 불멸의 작품들을 남겼고, 노벨문학상을 수상하기도 했다. 그의 작품들은 청년기에 부닥치는 인생에 대한 의문과 회의에서 비롯되는 내면의 고독과 방황을 어떻게 극복하고 자기완성에 도달할 수 있는가를 파헤쳐 보여 준다. 헤르만 헤세는 1962년에 뇌출혈로 사망했다.

손님으로 와 있던 친구 하인리히 모어가 저녁 산책에서 돌아와 함께 내 서재에 앉아 있었다. 석양녘이었다. 창문 너머로는 가파른 언덕으로 둘러싸인 창백한 호수가 있었다. 때마침 내 어린 아들이 밤인사를 막 하고 난 후라, 우리들의 화제는 아이들이나 아이들의 기억에 대한 것이 되었다.

내가 말했다. "아이들이 생기고부터는 내가 어릴 때 좋아하던 취미들이 다시 생생하게 되살아났다네. 글쎄, 나는 1년 전부터 나비 수집을 새로 시작했지 뭔가. 좀 보지 않겠나?"

그가 보기를 원했으므로 나는 작은 종이 상자 몇 개를 가져오려고 밖으로 나갔었는데, 돌아와 첫 번째 것을 열어 보았을 때에야 비로소 날이 어두워졌다는 것을 알았다. 펼쳐진 나비의 형체를 분간할 수 없었던 것이다.

내가 램프를 찾아 성냥을 긋자, 순간 창 밖의 경치는 사라져 버리고 거기에 칠흑 같은 어둠만이 있었다.

그러나 상자 속의 나비는 밝은 램프 불 속에서 빛나는 자태를 드러내었으므로, 우리는 고개 숙여 그 고운 빛깔의 형상들을 관찰하며 이름을 불러 나갔다.

"여기 이건 노란 밤나비일세." 내가 말했다. "학명은 풀미네아^{fulminea} 라고 하는데, 여기선 드문 거라네."

하인리히 모어는 핀에 꽂혀 있는 나비 한 마리를 상자 속에서 조심스럽게 꺼내더니 그 날개 아랫부분을 살펴보았다.

그가 말했다. "참 이상하지, 나비를 볼 때만큼 어릴 때의 기억을 불러일으키는 건 없으니."

그리고 그는 나비를 다시 제자리에 꽂고 상자 뚜껑을 덮으며, "이거면 충분해" 하고 말했다.

그가 그렇게 약간은 딱딱하게 말했을 때엔 마치 그 추억이 그에겐 달갑지 않은 듯이 보였다. 내가 곧 그 상자들을 가지고 나갔다가 방으로 돌아오자 그는 그 갈색의 여윈 얼굴에 웃음을 띠우며 담배 한 대를 청했다.

"자네 수집판을 자세히 보지 않은 걸 기분 나쁘게 생각하지는 말게." 그가 말했다. "나도 어렸을 때엔 그런 것을 갖고 있었지. 그런데 그 기억 때문에 기분이 상했다네. 창피하긴 하지만 그 이야기를 들려주지."

　그가 램프 덮개를 열어 담뱃불을 붙이고 램프 위에 녹색의 갓을 씌우자 우리의 얼굴은 어슴푸레해졌다. 그리고 그가 열려 있는 창문 곁으로 가 앉자 길쭉하고 마른 그의 얼굴은 거의 어둠 속에 파묻혀 버렸다. 내가 담배를 피우고 있는 동안 밖에서는 멀리서 들려오는 개구리 울음 소리가 밤을 수놓았으며 내 친구는 다음과 같은 이야기를 들려주었다.

　나는 여덟살이나 아홉살 무렵 나비 수집을 시작했는데 그땐 다른 장난이나 취미처럼 특별히 열심이랄 것도 없었지. 그러나 두 번째 여름부터인가, 그러니까 열살 무렵이었는데, 그때부터 나비 수집에 온통 정신이 팔려 어른들이 내게 수집을 못하도록 해야겠다고 말할 정도가 되어 버렸다네. 다른 모든 일을 팽개치고 거들떠도 안 볼 정도였으니까. 나비를 잡고 있을 때면 학교 가는 시간이건 점심 식사 시간이건 나는 탑 시계 치는 소리조차 못 들었다네. 방학 때면 채집함 속에 빵 한 덩이를 넣고 나가 아침 일찍부터 밤 늦게까지 밖에 있었지. 물론 한 끼 먹자고 중간에 집에 오는 일을 생략하고 말이야. 특별히 예쁜 나비를 보면 지금도 그때의 열성에 대해 무언가 알 것만 같다네. 그러면 아이들만이 느낄 수 있는, 마치 소년 시절 내가 처음으로 호랑나비한테 살금살금 다가갈 때의 그 알 수 없는 욕심스런 황홀감이 순간적으로 나를 덮치는 걸세. 동시에 어린 시절의 무수한 순간들, 짙은 안개가 낀 벌판에서의 햇빛 쨍쨍한 오후나 서늘한 정원에서의 아침 시간 혹은 보물 찾는 사람처럼 포충망을 들고 숨어 서 있던 은밀한 숲 가장자리에서의 저녁 나절 같은 시간들이 기막힌 놀라움과 행복감으로 나를 사로잡는 걸세. 그러니 내가 예쁜 나비를 보았을 때 그것이 특별히 드문 것이어야 할 필요는 없는 거라네. 햇빛 내리쬐는 꽃가지 위에 나비가 앉아 있거나 숨을 쉬며 천연색의 날개를 이리저리 움직일 때, 내가 살금살금 다가가 번쩍이는 빛의 점이나 투명한 날개의 혈관 또는 깨끗한 더듬이의 갈색 수염을 볼 때의 느낌은 그 이후의 생활에서는 거의 느껴 보지 못한, 부드러운 기쁨과 거친 욕심이 혼합된 긴장과 희열이었다네.

부모님은 가난해서 내게 따로 채집판을 사 줄 만한 능력이 없었기 때문에 나는 채집한 것들을 낡은 종이 상자에 보관할 수밖에 없었지. 병마개에서 잘라 낸 둥근 코르크 조각을 바닥에 붙이고 그 위에 나비를 꽂거나 아니면 상자의 판자 조각 사이에 그 소중한 것들을 보관했다네. 처음에는 나도 기꺼이 그 수집품들을 친구에게 자주 보여 주었지만, 다른 애들은 유리 뚜껑이 달린 나무 상자나 녹색 헝겊판이 달린 유충 상자를 갖고 있었기 때문에 원시적인 나의 진열 상태를 그 사치스런 아이들 앞에 자랑할 수 없게 되었다네. 점차 그 소중하고 신나는 채집 활동에 대해 입을 다물게 되었고, 내가 잡아 온 것들을 누이들에게만 보여 주었다네. 한번은 푸른빛을 띤 희귀한 오색나비를 잡아서 펼쳐 놓았는데, 그것이 마르자 적어도 뜰 위쪽에 사는 선생의 아들에게만큼은 보여 주고 싶은 자긍심이 나를 충동질하는 게 아닌가. 그 아이는 전혀 나무랄 데가 없다는 게 흠이었는데, 그 점이 아이들에게는 특히 마음에 들지 않았었지. 그는 대수롭지 않은 조그만 채집판을 갖고 있었는데, 너무도 깨끗하고 꼼꼼하게 보관했기 때문에 마치 보석처럼 보였다네. 게다가 그는 남다른 대단한 재주가 있어서 상하고 파손된 나비의 날개를 다시 접합시킬 수도 있었지. 그러니 매사에 모범 소년이었고, 나는 반쯤은 시기심으로 반쯤은 탄복으로 그를 미워하게 되었어.

 이상적인 소년이라고 할 수 있는 바로 그에게 나는 내가 잡은 오색나비를 보여 주었다네. 그는 전문가적인 태도로 그것을 꼼꼼히 살피고, 그것이 희귀한 것임을 인정하고서는 20페니히의 값을 메기지 뭔가. 하긴 그 아이 에밀은 우표건 나비건 모든 수집품의 대상을 화폐 가치로 평가할 수 있는 애였으니까. 그러더니 곧 그는 비판을 시작하는 것이었네. 푸른빛의 오색나비가 잘못 펼쳐져 있다, 오른쪽 날개는 휘어지고 왼쪽 것은 너무 늘어나 있다는 등 비판을 하더니 드디어는 그 나비의 다리가 두 개나 부족하다는 또 하나의 결점을 지적하는 게 아니겠나. 나는 그 부족함을 대수롭잖게 여겼으나, 이 불평꾼에 의해 오색나비에 대한 내 기쁨은 완전히 망가져 버려서 다시는 그에게 내가 잡은 걸 보여 주지 않게 되었지.

 2년쯤 지나, 우리는 제법 큰 사내아이들이 되었으나 여전히 나비 수집에 대한 열성은 대단했었지. 그 즈음 내 에밀이 공작나비를 잡았다는 소문이 들려 왔었다네. 그건 내 친구 한 녀석이 100만 마르크의 유산을 상속받았다거나 로마 시대 리비우스의 잃어버린 책들이 발견되었다는 소리를 들었을 때보다도 훨씬 더 나를 자극시키는 거였네. 우리 중 누구도 잡아 보지 못한 공작나비를 나는 내가 갖고 있던 나비 도감의 그림에서만 보아 알고 있었는데, 손으로 채색된 그 동판화는 현대의 어떤 원색 인쇄보다도 훨씬 아름답고 정교했었지. 내가 이름을 알고 있는 것 중에 그리고 내 수집 상자에 아직 없는 것 중에 내가 이 공작나비만큼 열렬히 갖기를 갈망했던 것도 없었으니까. 나는 내 책 속의 그 그림을 이따금 관찰하곤 했는데, 어떤 친구 하나가 이런 얘기를 들려주더군. 그 갈색 나비가 나뭇가지나 바위에 앉아 있을 때 새나 또 다른 적이 공격하려고 하면, 이놈은 접혀진 시커먼 앞날개를 활짝 펼쳐 아름다운 뒷날개를 보여 주기만 한다는 거야. 그러면 그 뒷

날개에 박힌 커다랗게 빛나는 눈들이 이상하고 예기치 못한 느낌을 주어, 그 새는 깜짝 놀라 나비를 내버려 둔다는 거지.

이토록 놀라운 곤충이 그 한심한 에밀의 손에 들어가다니! 그 얘기를 들었을 때 처음에는 그저 그 희귀한 것을 마침내 직접 보게 되었다는 기쁨과 그에 따른 호기심뿐이었다네. 그러나 곧 시기심이 발동하여, 이 한심한 녀석이 그 신비스럽고 값비싼 나비를 갖게 되었다는 사실이 하찮게 여겨지는 거였네. 그래서 나는 마음을 억누르고, 달려가서 그가 잡은 것을 보여 달라고 하는 짓 따위의 바보짓은 하지 않기로 하였다네. 그러나 공작나비에 대한 생각은 내 마음을 떠날 줄 몰랐고, 다음날 학교에서 그 소문이 사실임을 알게 되었을 때엔 당장 가 보리라고 마음먹게 되었다네. 식사가 끝나자마자 나는 곧장 집을 나서서 이웃에 있는 그 집의 4층으로 올라갔었네. 하녀 방과 나무 선반 옆에 그 선생의 아들은 종종 내가 부러워하던 혼자 쓸 수 있는 작은 방을 갖고 있었다네. 나는 도중에 아무도 만나지 않고 그 방문 앞까지 올라가 노크를 했는데 대답이 없더군. 에밀은 안에 없었던 거야. 문의 손잡이를 잡아 보았더니, 그 녀석이 밖으로 나갈 때면 끔찍이도 잊지 않고 잠가 놓던 문이 이상하게도 열려 있지 않겠는가. 그래서 보기만이라도 해야겠다는 생각으로 들어가서 에밀이 자기 수집품을 보관하는 커다란 상자 두 개를 집어 들었지. 상자 두 개를 다 뒤져 보아도 없자 그 나비가 전시판에 있을지도 모른다는 생각이 들더군. 결국 그것도 찾아 내었지. 좁다란 판자와 함께 갈색 날개가 펼쳐진 채로 공작나비는 판대기 위에 놓여 있었네. 나는 고개를 숙이고 밝은 갈색으로 된, 머리카락 같은 더듬이와 우아하고 끝없이 부드럽게 색이 박힌 날개테 또 아랫날개의 안쪽 테두리에 있는 깨끗하고 고운 솜털, 그 모든 것을 아주 가까이서 보았네. 종이핀으로 덮여 있어 날개에 박힌 눈만은 볼 수가 없었지만.

나는 유혹을 이기지 못하고, 가슴을 두근거리며 종이판을 걷어 내고 핀을 빼었지. 그러자 커다란 네 개의 신기한 눈이 그림에서보다 훨씬 더 아름답고 놀라운 자태로 나를 쏘아보는 것이었네. 그 눈빛으로 인해 나는 이 기막힌 놈을 소유하고 싶은 억누를 수 없는 욕구를 느끼게 되었고, 이미 건조되어 그 형태가 잘 보존된 나비를, 핀을 뽑아 집어 들고 방을 나왔다네. 생각지도 않게 인생에서 최초의 도둑질을 하게 된 걸세. 물론 그때엔 더 말할 나위도 없는 만족감 이외에 다른 느낌은 없었다네.

나는 오른손에다 나비를 숨기고 계단을 내려왔네. 그때 아래쪽에서 누군가가 올라오는 소리가 났는데, 나는 그 순간 양심이 깨어나 자신이 도둑질을 한 형편없는 놈이란 걸 깨닫게 되었다네. 그러나 그것도 잠시였고 들키면 어쩌나 하는 불안 때문에 본능적으로 훔친 물건을 쥔 손을 웃옷 주머니에 찔러 넣고 말았다네. 그리고 천천히 걸었는데, 다가오는 하녀 옆을 지날 때에는 자꾸만 떨리고 창피하고 부끄러우면서도 가득 찬 불안을 떨칠 수가 없었지. 이윽고 현관에 다다랐을 때에는 가슴이 두근거리고 이마에 땀이 흘러내려 제정신이 아니었다네.

그러나 곧 내가 이 나비를 가질 수도 없고 또 가져서도 안 된다는 게 분명해졌기 때문에 그것을 다시 가지고 올라가 없었던 일로 해 놓아야 한다는 생각이 들더군. 나는 누구를 만나거나 발각될지도 모른다는 불안을 무릅쓰고 재빨리 계단을 뛰어올라가 1분 후에는 다시 에밀의 방에 들어가 있었지. 나는 조심스럽게 주머니에서 손을 꺼내어 나비를 책상 위에 올려놓았는데, 그 순간 이미 불행한 사태가 벌어졌다는 걸 깨닫고는 울음을 터뜨릴 지경이 되었다네. 공작나비는 부서진 걸세. 오른쪽 앞날개와 오른쪽 더듬이가 떨어져 나갔더군. 떨어진 날개를 조심조심 주머니에서 꺼내 보았으나 다시 붙인다는 것은 생각도 할 수 없을 지경이었다네.

도둑질을 했다는 감정보다 내가 부서뜨린 그 아름답고 희귀한 것을 볼 때 내 가슴은 더 아팠다네. 내 손가락 위에 그 부드러운 갈색의 날개 비늘이 묻어 있는 것과 부서진 날개가 놓여 있는 걸 보니 마치 모든 소유물과 기쁨을, 다만 그것들의 전적인 가치를 재인식하기 위해 내버린 것 같은 느낌이 들더군.

　처량한 심정으로 집에 돌아와 오후 내내 집 앞 작은 정원에 앉아 있다가 어두워져서야 어머니에게 모든 걸 털어놓고 말씀 드려야겠다는 용기가 났지. 어머니가 얼마나 놀라고 슬퍼하실까 짐작할 수 있었지만, 벌을 견뎌 내는 것보다 고백하는 것이 더 값지다고 생각하실지도 모른다고 느꼈네.

　어머니는 단호하게 말씀하셨네. "네가 에밀에게 가서 그것을 직접 말해야 한다. 그것이 네가 할 수 있는 유일한 일이야. 그렇게 하기 전에는 나는 너를 용서할 수가 없어. 네가 갖고 있는 것 중에서 보상될 만한 물건을 찾아 보아라. 그리고 용서를 구해야 한다."

　그가 모범 소년이 아니라면 그것은 훨씬 쉬웠을 걸세. 그는 나를 이해하지 못하리라는 것, 어쩌면 내 말을 믿으려 들지도 않으리라는 것이 틀림없었으니 말일세. 저녁이 되고 밤이 되도록 나는 용기를 내지 못했다네. 그때 아래층 현관에서 어머니가 나를 보시더니 조용히 말씀하셨네. "오늘이라야만 한다. 이제 가 보거라!"

　나는 에밀의 집으로 가 아래층에서 그를 찾았지. 그는 나오자마자, 누군가가 공작나비를 망가뜨렸는데 그게 어떤 심술궂은 녀석의 짓인지 혹은 새나 고양이의 짓인지 모르겠다고 말하는 거였네. 그래서 나는 함께 올라가 좀 보여 달라고 했다네. 그가 방문을 열고 촛불을 켜자 판대기 위에 부서져 나간 그 나비가 보였지. 그리고 에밀이 부서진 날개를 조심스럽게 펼쳐, 축축한 압지에 올려놓고는 다시 원상 복구시키려는 작업을 시도했다는 걸 알 수 있었네. 하지만 그것은 절대로

원상 복구될 수가 없는 일이었지. 더듬이도 떨어져 나갔고

나는 그것이 내 소행이라고 말하면서 여러 가지 이야기로 해명을 하고자 애를 써 보았다네.

그러자 에밀은 내게 화를 내거나 소리를 지르는 대신 이 사이로 피이 하고 경멸을 표시하더니 한참 동안 나를 조용히 쳐다보는 거야. 그리고는 "그래그래, 너는 바로 그런 애야"라고 말하는 거야.

나는 그에게 내가 갖고 있는 것 중에서 무엇이든 주겠다고 했는데도, 그는 계속 냉랭하고 경멸에 찬 눈초리로 나를 쳐다보는 것이었네. 결국 나는 내가 수집한 나비 전부를 주겠다고 했다네. 그러나 그는 이렇게 말하는 거야. "고맙지만, 나는 네 수집품을 벌써 알고 있어. 네가 나비를 어떻게 다루는가가 오늘 다시 확인되었단 말이야."

그 말을 듣는 순간 나는 그의 목덜미를 움켜잡아 거꾸러뜨리고 싶은 심정이었으나 꼼짝 못하고 형편없는 무법자가 되어 그 자리에 서 있었고, 에밀은 여전히 경멸을 품은 채 마치 우주의 질서처럼 차갑게 내 앞에 서 있었다네. 그는 단 한마디도 욕을 하지 않았고 그저 바라보는 것만으로 충분히 경멸했던 거야.

그때 나는 처음으로, 한번 결단난 일은 다시 손을 써 볼 수 없다는 사실을 알게 되었지. 집으로 돌아가니 다행히도 어머니는 아무것도 묻지 않고 내게 키스를 해주셨지. 시간이 너무 늦었기 때문에 잠자리에 들 수밖에 없었지만, 잠들기 전에 몰래 식당에서 그 커다란 갈색 상자를 가져와 침대에 올려 놓고는 어둠 속에서 그걸 열었지. 그리고는 나비들을 꺼내어 차례로 하나씩 손가락으로 가루를 만들어 버렸다네.

*

헤르만 헤세의 「공작나비」는 하인리히 모어라는 남자의 소년 시절

이야기다. '나'와 손님으로 와 있는 하인리히 모어라는 남자는 서재에 앉아 있다. 빛과 어둠이 교차하는 석양녘의 서재에서 그들은 어린 시절의 취미를 화제로 얘기를 나누고 있다. '나'는 그에게 수집한 나비들을 보여 준다. 하인리히 모어는 '나'의 나비들을 보며 '나비를 볼 때만큼 어릴 때의 기억을 불러일으키는' 것은 없다고 고백하며, 나비 수집과 관련한 자신의 어린 시절의 이야기를 '나'에게 들려 준다.

「공작나비」는 나비 수집에 열중했던 한 소년이 한순간의 유혹에 굴복하여 씻을 길 없는 과오를 저질렀다가 다시 빠져 나오게 된 이야기다. 그가 '고통의 기억' 속에서 어렵게 끄집어 낸 이야기는 매우 단순하지만, 그 여운은 길게 남는다. 「공작나비」는 아름다운 것에의 소년다운 동경과 탐닉, 그리고 빗나간 소유에의 욕망의 파국을 아주 깨끗한 필치로 보여 주는 소설이며, 또한 인간과 인간 사이의 피할 수 없는 대립과 소유에의 욕망, 유혹, 죄악, 갈등, 후회의 이야기이기도 하다. 이 소박하고 단순한 스토리의 「공작나비」는 기묘한 설렘과 함께 어린 시절에 대한 우리의 향수를 자극한다. 공작나비는 일종의 잡을 수 없는 환영이며, 소년의 꿈의 상징이다.

나비 수집에 정신이 팔리게 된 소년은 '나비를 잡고 있을 때면 학교 가는 시간이건 점심 식사 시간이건 나는 탑 시계 치는 소리조차 못 들었'고, '방학 때면 채집함 속에 빵 한 덩이를 넣고 나가 아침 일찍부터 밤 늦게까지 밖에 있었'다. 그가 나비 수집에 사로잡힌 것은 물론 아름다운 나비에 대한 매혹 때문이기도 했지만, 또한 경이로운 자연의 빛과 풍광으로부터 비롯된 '기막힌 놀라움'과 '행복감' 때문이기도 하다.

소년 시절 내가 처음으로 호랑나비한테 살금살금 다가갈 때의 그 알 수 없는 욕심스런 황홀감이 순간적으로 나를 덮치는 걸세. 동시에 어린 시절의 무수한 순간들, 짙은 안개가 긴 벌판에서의 햇빛 쨍쨍한 오후나 서늘한 정원에서의 아침 시간 혹은 보물 찾는 사람처럼 포충망을 들고 숨어 서 있던 은밀한 숲 가장자리에서의 저녁 나절 같은 시간들이 기막힌 놀라움과 행복감으로 나를 사로잡는 걸세.

나비 수집에 빠져서 보낸 소년 시절은 '부드러운 기쁨과 거친 욕심이 혼합된 긴장과 희열'의 자기 충족적인 시간들이었다. 그러나 나비 수집이 가져다 준 이 완벽한 행복감과 충일감의 시간들은 이웃에 살고 있는 모범 소년 에밀의 등장과 함께 깨져 버리고 만다. 에밀은 소년의 수집품들이 지닌 결점과 흠집들을 낱낱이 지적해 냄으로써 소년의 기쁨을 '완전히 망가'뜨려 버린다. 소년의 나비들을 꼼꼼하게 살피고, 재고, 따지고, 흠집을 지적하고, '수집품의 대상을 화폐 가치'로 평가했던 에밀은 이미 소년다운 순진함을 잃어버린 아이다. 소년의 원시적인 나비 채집과 수집은 그 자체로 의미있는 일이지만 에밀에게 그것은 상품적 가치를 만드는 행위다. 따라서 날개의 휘어짐과 늘어남, 다리의 멸실 등과 같은 부족함은 소년에게는 대수롭지 않은 문제이지만, '수집품의 대상을 화폐 가치로 평가'하는 에밀에겐 치명적인 결함으로 지적된다. 에밀은 아름다움을 아름다움 그 자체로 보는 것이 아니라 사회적 교환 가치로 환원해 버리는 어른들의 방식에 따라 소년의 수집품들을 냉정하게 '화폐 가치'로 평가함으로써 소년의 은밀한 자족적 기쁨에 회복할 수 없는 상처를 남긴다. 에밀은 세속적 사회와, 그 사회를 움직여 가는 제도를 상징하는 인물이다. 그 이후 소년은 자존심에 크게 상처를 받고는 그의 수집품들을 다시는 에밀에게 보여 주지 않는다.

소년은 에밀이 공작나비를 잡았다는 소문을 듣는다. 그것은 소년에게 누군가 '100만 마르크의 유산을 상속받았다거나 로마 시대의 리비

우스의 잃어버린 책들이 발견되었다'는 것보다 훨씬 더 자극적이고 놀라운 소식이다. 소년은 그 '한심한 녀석'이 그런 행운을 잡았다는 사실에 질투감을 느낀다. 하지만 '그 회귀한 것을 마침내 직접 보게 되었다는 기쁨과 그에 따른 불타는 호기심' 때문에 에밀의 집으로 향한다. 소년은 주인이 없는 빈 방에서 그 공작나비를 본다.

소년은 그 아름다운 공작나비를 소유하고 싶다는 억누를 길 없는 욕망 때문에 그것을 훔치고 만다. 공작나비를 호주머니에 숨겨 가지고 에밀의 집을 빠져 나오던 소년은 죄 의식과 갈등에 사로잡혀 위험을 무릅쓰고 다시 그것을 제자리에 갖다 놓는다. 그러나 이미 공작나비는 회복이 불가능할 정도로 심각하게 훼손된 뒤였다. 소년은 '도둑질을 했다는 감정보다 내가 부서뜨린 그 아름답고 희귀한 것을 볼 때' 더욱 가슴이 아파 온다. 소년은 공작나비의 날개 비늘이 묻어 있는 자신의 손과, 공작나비의 부서진 날개를 바라보며 '모든 소유물과 기쁨을, 다만 그것들의 전적인 가치를 재인식하기 위해 돼 버린 것 같은 느낌'을 갖는다.

소년은 나중에 이 모든 자신의 과오를 에밀에게 고백하고 용서를 구한다. 순간적인 욕심 때문에 이미 돌이킬 수 없이 저질러 버린 자신의 과오를 인정하고, '한심한 녀석'에게 찾아가 용서를 구한 소년의 행위는 감동을 준다. 하지만 에밀은 '냉랭하고 경멸에 찬 눈초리'로 쳐다볼 뿐 소년을 용서하지 않는다. 소년은 집으로 돌아와서 자신이 수집한 나비들을 꺼내 손가락으로 하나씩 가루로 만들어 버린다.

결과적으로 에밀의 공작나비를 부서뜨리게 된 소년의 행위의 이면에는 자신의 수집품들을 모멸적으로 평가했던 에밀에 대한 복수의 심리가 숨어 있다.

5. 한국 소설의 환상성에 대한 이해

왜 한국 문학에서 환상성이 문제가 되는가

문학의 미래는 비관론자들의 전망대로 어둡기만 한 것인가? 그것은 대중 소비 시대의 한낱 일회용 소모품으로 전락하고 말 것인가? 문학은 그것의 존재 근거로 삼았던 근원적인 것에 대한 끊임없는 성찰과 세계 갱신력을 잃어버리고 소멸의 길을 자신의 운명으로 수납해 버리고 말 것인가? 영상 매체의 대중적 지배력이 확장되는 시대에 필연적으로 나타나는 여러 반문학적 현실 조건의 발호에도 불구하고 문학은 그 특유의 갱신력으로 위기 국면을 통과해 나갈 것인가?

한없이 가벼워지는 1990년대 한국 소설의 밑자리에는 1980년대적 현실의 와해와 문화적 조건의 변화에 대한 당혹감과, 그것을 가로질러 가기 위한 뜨거운 몸짓이 한데 뒤엉켜 있다. 야만의 시대가 끝나 버리자 한국 문학은 더 이상 지배 이데올로기에 대한 저항의 전위에서 있어야 할 필요성이 사라져 버렸다. 지식 사회를 강타했던 이념의

해일이 휩쓸고 지나가자 이해할 수 없는 적막이 왔다. 그 적막의 한 겹 아래에서 혼돈은 들끓고 있었다. 작가들은 갑자기 들이닥친 문학 생성 조건의 변화에 손을 늘어뜨린 채 아무것도 쓰지 못하고 곤혹스러워 했다. 문학의 생존 방식에 대해 저마다 다양한 의견들이 개진되고 있지만, 분명한 사실은 문학의 입지가 과거에 비해 현저하게 협소해지고 누추해졌다는 점과 문학이 더 이상 문화의 중심부에 위치해 있지 않다는 점이다.

1980년대까지 현실의 제도들을 장악하고 관장하는 정치적 권력들은 전복되어야 할 '거대한 악'으로 규정되었으며, 모든 문학적 담론의 전략은 그것의 혁명적 해체와 전복에 맞추어져야 했다. 이 당위의 압력은 모든 작가들의 의식을 엄청난 중압감으로 짓눌렀으며 작가적 의식의 협애화라는 부정적 기능으로 작용했다. 정치 지향성은 1980년대까지 한국 문학의 피할 길 없는 원체험이었다. 혁명과 실천, 그리고 리얼리즘은 문학이 기려야 할 이념이었고 의무였으며, 신성 불가침적인 가치였다. 그러나 1990년대가 열리면서 갑자기 현실의 지형도는 엄청난 지각 변동을 일으켰다. 이념의 쇠퇴, 이성 중심주의의 와해, 새로운 대중 소비 시대의 개화, 멀티미디어의 확산…… 들은 사람들의 의식과 감수성, 그리고 삶의 양식의 변화를 불러왔다. 1990년대의 작가들은 '1980년대적 이념성의 거부와 자유 민주주의적 가치의 확산'(이인화, 〈상상〉 1994년 봄호)이라는 글쓰기의 새로운 환경 속에 놓여 있다. 1990년대에 등단한 새로운 작가들, 문단에서 신세대 작가라고 명명한 탈이념적이고 탈정치적인 새로운 작가들은 역사주의의 압력으로부터 자유로워지면서 문학의 주제들을 일상의 생태, 육체와 성, 실재가 없는 기호와 이미지들이 춤추는 소비 사회 같은 것으로 옮겨 갔다. 그들은 아주 작고 하찮은 것들, 이를테면 인간의 욕망과 내면, 미로, 소비 사회, 대중 문화, 상품 미학, 광고, 기호와 환영들, 육체, 피로,

성 등으로 그들의 관심의 영역을 펼쳐 나갔다.

세계는 무섭게 빠른 속도로 변화하고 있고, 그 변화의 중심에 서서 흔들리고 있는 문학은 마치 유효 일자가 지나 버린 티켓처럼 무용지물이 되어 버려지지 않을까 하는 우려를 낳는다. 어렵게 획득한 그 자유와 여유를 향유하기도 전에 들이닥친 변화의 물결은 문학을 또 다른 어려운 입장으로 몰아넣었다. 상품과 자본의 논리를 앞세운 대중 문화의 기세 등등한 위세 속에서 문학은 설 자리를 잃어버렸다. 이 세기 말의 문명사적 변화의 소용돌이 속에서 나아가야 할 길을 찾으려는 문학의 어지러운 몸짓들은 '문학의 위기', 혹은 '문학의 죽음'이라는 담론의 형식으로 불거져 나온다.

1980년대에서 1990년대로 넘어오면서 '짧은 기간 동안에' 급격하게 이루어진 문화적 관심과 지형의 변화와 이동에 대해 김병익은 '혁명은 운동으로, 실천은 욕망으로, 정치 경제학은 문화 연구로, 진보주의는 다원주의로, 지배—피지배 논리는 탈중심주의와 해체주의로, 계급에의 논의는 기호에 대한 탐구로, 민중은 대중으로, 민족은 세계화로, 마르크스는 푸코와 보드리야르'로 그 중심이 옮겨 갔다고 지적하고 있다. 그 결과 담론의 중심어들도 어느새 '컴퓨터, 또는 뉴 멀티미디어, 영상, 사이버, 정보화, 또는 그린, 페미니즘, 다국적 기업, 문화 제국주의'와 같은 새로운 용어들로 바뀌어 버렸다.37

과연 문학의 시대는 가 버린 것일까. 문학 출판사들은 한없이 가벼워진 읽을거리들로 가까스로 명맥을 유지해 가고, 삶과 세계에 대한 깊은 성찰에서 길어 올려진 진정성의 아우라를 지닌 본격 문학 작품

---

37 김병익, 「신세대와 새로운 삶의 양식」, 〈문학과 사회〉, 1995년 여름호. 획일적이고 규범적인 것으로부터의 일탈과 자유를 향하여 나아가는 신세대 문학의 의미와 성과를 섬세하게 더듬고 있는 이 글에서, 김병익은 신세대 문학에 대해 '종래의 윤리적 가치관과 사유 방식을 배반하고 전래의 글쓰기 체계를 허물며' 전세대와 차별화된 문학적 전략을 펼쳐 나가고 있다고 평가하고 있다.

들은 이제 겨우 소수의 애호가들에게서만 읽혀질 뿐이다. 비평가들은 문학의 위기에 대한 불길한 징후들을 서서히 이야기하기 시작했고, 활자 문화의 쇠퇴는 거스를 수 없는 대세처럼 보였다. 활자 문화의 적자인 문학은 과거와 같은 광휘와 위엄을 잃고 속절없이 저 주변부로 밀려나고 있다. 그 비어 있는 중심의 자리를 영화, 비디오, 텔레비전, 컴퓨터와 같은 새로운 매체와 영상 언어들이 제공하는 정보와 오락, 그리고 현실의 이미지들이 점령해 버렸다.

그러나 문학을 둘러싼 반문화적 현실 조건의 발호에도 불구하고 문학은 여전히 사람과 사람 사이의 의미 있는 소통의 방식으로 남을 것이며, 인간 이해의 새로운 지평을 열어 나갈 것이라는 믿음은 포기 될 수 없다. 1990년대의 한국 문학은 급격하게 세계 인식의 갱신, 방법의 갱신을 보여 주며 변모해 가고 있다. 탈정치화, 미시 담론, 개인성의 회복, 시원으로의 회귀, 다양성의 개진 들은 1990년대 문학이 스스로를 변화시키고, 그 변화를 통해 세계를 변화시키려는 갱신에의 의지에서 태동되어 나온다. 그리고, 한 가지 주목할 만한 새로운 상황이 나타났다. 유례 없는 문학 출판의 불황 속에서도, 전생에서 이루지 못한 애틋한 사랑을 까마득한 세월이 흐른 뒤에 다시 태어나서 현생에 그것을 완성한다는 양귀자의 『천년의 사랑』이 출간 몇 달 만에 수십만부를 기록했다거나, 우연의 일치겠지만 『천년의 사랑』과 같은 신비하고 환상적인 스토리의 영화 「은행나무 침대」가 서울의 개봉관에서만 68만 명의 관객을 동원하는 흥행 기록을 세웠다는 사실은 내게 '환상성'에 대해 다시 한 번 생각해 보는 계기가 되었다.

어쨌든 놀랄 만한 대중성을 획득한 한편의 소설과 한편의 영화가 시사해 주는 것은 환상성이 1990년대 문학, 혹은 문화의 새로운 징후적 요소일지도 모른다는 점이다. 영화잡지 <시네 21>은 「은행나무 침대」의 흥행 성공 요인을 분석하는 기사에서 그것이 서구 근대주의가 결락하고 있는 반현실적인 개념들인 '무의식, 전생, 환생, 연기緣起, 영육 이탈'을 중요한 개념으로 다루어졌음과, 이전까지 그다지 비중 있게 취급되지 않던 환상적 요소들이 생태주의와 함께 21세기의 중요한 지적 패러다임이 될 것이라는 예측을 하고 있다. 그리고 조금 성급하기는 하지만 '우리 영화의 갈 길을 제시했다'고 말한 어느 평자의 말을 전한다.38 『천년의 사랑』의 책표지 한쪽에도 '한국인의 심층 밑바닥을 흐르는 동양 정신(의) 발현'이며, '한국 소설의 길 찾기에 일정하게 기여'하게 될 것이란 희망적인 관측이 들어 있다.39

환상성이 '잃어버린 동아시아 소설의 길'을 되돌려 줄 것인가

한국 현대 소설에 나타난 환상의 미학에 대해 짚어 달라는 편집자의 주문을 듣고 내 머리 속으로 스쳐간 것은 너무나 막연한 것이라는 점이었다. 내가 읽었던 많은 외국 소설들, 이를테면 이미 20세기 고전의 반열에 오른 카프카와 마르셀 프루스트의 소설들, 마르께스의 『백년 동안의 고독』『족장의 가을』이나, 카를로스 푸엔테스의 『아우라』, 마루야마 겐지의 『물의 가족』과 같은 소설에서 환상적 요소들은 리얼리즘만으로는 끝끝내 표착해 낼 수 없는 저 도저한 삶의 불가해성을 드러내기 위한 미적 장치임을 어렵지 않게 이해할 수 있었다. 과연 한국 문학에서 기존의 리얼리즘의 한계를 극복해 보려는 본격적인 시도

---

38 김소희, 「'·은행나무 침대' 흥행 이유 있다」, 〈시네21〉, 제 59호(1996년 6월 25일자)
39 양귀자, 『천년의 사랑』(살림, 1995), 책표지 문안. 『천년의 사랑』의 판권란에 표기된 것에 의하면 이 책은 1995년 8월 1일 초판 인쇄로 나왔다. 내가 이 글을 쓰기 위한 참고 도서로 구입한 책의 판권란에는 1996년 4월 20일 32쇄 발행으로 표기되어 있다. 이 소설이 대중적 통속성에 영합한 작품인지, 아니면 리얼리즘의 한계를 극복하고 잃어버렸던 우리 소설의 진정한 길을 다시 찾은 놀랄 만한 작품인지는 더 세밀하게 따져 봐야겠지만, 『천년의 사랑』은 거의 1년여가 지나도록 여전히 베스트셀러 목록에 올라가 있으며 그만큼 엄청난 대중적 성공을 거두고 있는 것임에는 틀림없다.

로서 환상성이 도입된 적이 있었는가. 아직도 우리 의식의 밑바닥에는 중남미 작가들이 일궈 낸 환상적 리얼리즘은 이미 세계적인 것으로 받아들이지만 우리 소설의 환상성을 논의하면 황당 무계한 것이라는 편견과 무지가 숨어 있는 것은 아닌가.

서사 문학 속의 환상성이란 서사의 원형, 혹은 기원으로부터 연원한다. 1990년대로 들어서면서 작가들은 거대 담론의 길에서 빠져 나와 자잘한 일상성을 세밀하게 복원해 내는 미시 담론의 길로 접어들었다. 앙리 르페브르가 날카롭게 지적하고 있는 것처럼 일상성에 대한 관심은 그것을 생산하는 사회의 성격과 정체를 규명해 내려는 의지에서 발현된다. 반복적이고 진부해 보이는 것, 이 자명한 일상의 세목들을 복원해 내는 것만으로는 삶과 세계의 진실을 총체적으로 드러내 보일 수 없다는 한계에 대한 인식은, 작가들을, 허무와 환멸의 일상성 속에 스며들어 있는 환상이라는 새로운 입자를 서사 문학에 도입하는 실험으로 나아가게 했다. 지금 작가들은 일상에서 환상으로 건너가고 있다. 1990년대의 한국 문학의 새로운 화두로 떠오른 환상성은 서사 문학의 기원과 결부하여 새롭게 탐구되어야 할 미답의 영역이다.

그러나 한국 문학 속에서 환상성이란 오랫동안 거의 주목받지 못한 주제 중의 하나일 뿐만 아니라, 드물게 그것이 언급될 때는 부정적 요인, 비판의 근거로 작용했다. 모순을 품어 안은 현실에 대한 사실적 재현을 하나의 미덕으로 간주하는 전통을 고수해 온 한국문학 속에서 반리얼리즘적인 환상성이라는 말은 금기의 영역 속에 놓여져 있었던 것이 사실이다. 한국 문학 전반에 깊이 침습한 정치적 상상력은 일정한 문학적 성과에도 불구하고 반현실적 환상성은 황당 무계한 개꿈이나 망상쯤으로 지나치게 폄하하고 결락시켜 버리는 과오를 저질렀다. 경직된 리얼리즘에의 일방적 경사는 한국 문학의 가능성과 창조성을 현저하게 고갈시켜 버렸다. 물론 현실 반영적 리얼리즘을 금과옥조로 섬겨 온 한국 문학의 지배적 흐름에 반발하고 고집스럽게 자기 나름의 방법론을 고수했던 최인훈, 박상륭, 이제하, 윤후명과 같은 작가가 없었던 것은 아니지만 그들은 언제나 비주류, 예외적 소수에 머물렀다. '본격 문학의 영역에 속하는 환상적, 경이적, 마술적, 그로테스크적 사실주의가 우리나라에서 전혀 발달되지 않은 가장 결정적인 이유는 사실주의의 지나친 유행과 그것의 범사회적 수용'에 있다고 지적한 황병하의 언급은 공감할 만하다.40

물론 우리 문학에도 몽유록 계열이나 우화 소설과 같은 전통 고대 소설에서 환상적 요소는 서사의 중요한 전략이었다. 그러나 그 전통은 서구 근대 문학의 사조를 받아들이면서 단절되었고, 환상의 반현실성은 마치 악성 바이러스처럼 외면당해 왔다. 1990년대로 접어들어 문학이 주변부적 장르로 밀려나면서, 그 자명한 것, 삶과 세계에 대한 문학의 응전 양식에 변화의 조짐들이 나타나기 시작했다. 그것은 먼저 '리얼리즘이 있던 자리(의) 균열'(김양현)로부터 발현되었다.

디테일의 현미경적 묘사, 일상사의 무의미한 반복 서술, 비언어적 재료의 도입, 뒤틀린 언어와 컴퓨터 문체, 불투명한 주제, 환상적/영화적 상상력, 섹스와 동성애의 상용 등으로 리얼리즘의 자리에 무차별 포격을 가함으로써 현실의 정체를 새롭게 규정하려 하였다.41

40 황병하, 「환상 문학에 대한 이야기적 접근 : 심상대, 이제하 소설에서」, 『반리얼리즘 문학론』(열음사, 1992), 99면. 황병하의 이 글은 내 기억에 의하면 서사 문학에서의 환상성에 대해 본격적으로 논의한 최초의 글이다. 1990년대 일부 작가들이 서사 문학에서 시도하고 있는 환상성이란 미적 장치가 대중 문화의 상품 미학 전략의 범주를 넘어서지 못하고 있다는 비판이 없는 것은 아니지만 현실과 환상, 의식과 무의식의 경계를 지우며 떠오르는 서사 문학에서의 환상성은 1990년대 문학의 주목할 만한 징후적 요소의 하나이다. 환상성은 '초자연적, 불가시적, 비실제적 현상을 마치 사실처럼 묘사하는 소설 양식'(앞의 책, 92면)에서 발현된다. 리얼리즘 문학론의 균열의 틈새들을 통하여 나오는 환상성은 인간과 역사의 저 가늠할 수 없는 불가해한 깊이와 조응한다. 환상성은 그 깊이로부터 반향되고 태동되어 나오는 시니피에를 감싸안은 시니피앙이다.

41 김양현, 「소설과 인간에 대한 의심」, 〈문학정신〉 1996년 여름호, p.209.

세계가 변했고, 그 세계를 표현하는 문학적 방법론도 변하지 않으면 안 되었다. 엄청나게 변모해 버린 현실의 정체를 새롭게 드러내기 위해서는 기존의 사회적 리얼리즘의 문법만으로는 한계가 있었다. 이제는 시들해져 버렸지만, 새로운 방법론으로 포스트 모더니즘이 적합한가 아닌가에 대한 논쟁이 1990년대 평단을 광풍처럼 스쳐 지나가기도 했다.

　'환상'이라는 단어가 가진 심리학적인 함의성은 동시에 '환상 소설'로 하여금 가시적 현실이 아닌 꿈이나 무의식의 세계를 다루고 있는 심리 소설에 대한 또 다른 지시어로서의 의미를 갖도록 만든다. 20세기 후반에 들어서 환상적 리얼리즘, 마술적 리얼리즘, 경이적 리얼리즘, 그로테스크 리얼리즘 같은 경향들의 대두는 이 장르들이 모두 비사실적이라는 측면과, '사실'의 반대말로서의 환상이라는 통념이 맞물려 이미 세속적인 용법의 의미 아래 방기되어 있던 이 장르의 경계선을 더욱 애매모호하게 만들어 버렸다.42

　환상이란 말은 공상, 기상奇想, 백일몽, 야릇함……과 결부되어 떠오르는 말이다. 환상의 저편에 있는 것은 자명한 '현실'이다. 그러니까 환상이란 현실적인 기초나 가능성이 증발되어 버린 신기루와 같이 손에 잡히지 않는 헛된 생각이다. 현실성이 증발되어 버린 이야기란 너무나도 당연히 비현실적인 것일 테고, 그것은 현실에서는 있을 수 없는 초자연적 현상과 결부되어 있는 체험들을 바탕으로 할 것이다. 환상성이란 말은 막연하게 민담, 신화, 설화를, 그리고 동화와 현대 공상과학 소설을 떠올리게 한다. 또 그것은 이제하의 초기 소설들을 모은 『초식草食』, 박상륭의 단편들, 『장수하늘소』『벽오금학도』를 쓴 이외

42 황병하, 앞의 책, p.85.

수, 『천년의 사랑』의 양귀자, 『은어낚시 통신』의 윤대녕, 심상대와 송
경아의 몇몇 단편들, 어느 날 갑자기 잠 깨어 보니 한 마리 흉측한 갑
충으로 변해 버린 주인공의 이야기인 『변신』의 카프카, 가브리엘 마
르께스나 보르헤스, 카를로스 푸엔테스와 같은 중남미 작가들의 환상
적 리얼리즘의 소설들을 떠올리게 한다.

이념과 이성 중심주의의 붕괴 이후 현실적 리얼리즘의 계보학에서
빠져 나온 일단의 1990년대 작가들이 가고 있는 탈현대의 길, 작은 담
론의 미로들, 특히 리얼리즘 계보학이 박멸해 온 반사실주의적 환상
성을 눈부시게 부활시키고 있는 일련의 소설들을 어떻게 읽어야 할
것인가. 그것을 '동아시아의 소설의 길'이라고 명명할 수 있을까. 끝
없이 되풀이되고 있는 진부한 후일담 문학이나 답답하고 권태로운 일
상을 집요하게 물고 늘어지는 미시적 서사의 세계에 멀미를 느끼고,
이윽고 환상으로 쏠리는 대중의 관심의 이동을 빠르게 포착한 뒤 그
것을 선점해서 동아시아적 소설 전통의 계승이라는 논리로 포장한 것
은 문학의 상품화 전략의 하나는 아니었을까. 리얼리즘의 한계를 돌
파하는 데 너무 쉽게 환상성에 의탁했던 것은 아닐까. 아직 '동아시아
소설의 길'은 모호하고 흐릿하다. 그러나 지금 몇몇 작가들의 작품에
서 발견되는 환상성은 1990년대 소설의 한 의미 있는 예감, 혹은 징후
라고 볼 수 있지 않을까. 그 중에서 양귀자의 『천년의 사랑』과 송경아
의 『책』을 통해 구체적으로 살펴보자.

양귀자의 『천년의 사랑』의 경우

양귀자는 그 어느 작가보다도 진지하고 치열하게 현실과 맞서며,
현실의 길을 모색해 왔던 작가다. 1990년대의 초입에 발표했던 「숨은

꽃」은 작가로서의 진지함이 돋보이는 작품으로 주목을 받았다. 그 작품에서 양귀자는 1980년대를 막 통과해 온 작가의 신체와 의식을 뒤덮어 오는 막무가내의 '피로'와, 갑자기 눈앞에 펼쳐진 '미로' 앞에서의 무력감과 절망을 토로한 바 있다. 이때의 '피로'는 심리적 좌절감과 상실감에 대한 신체적 반응이다.

> 지금 내 앞에 주어진 미로는 너무 교활하다. 지식과 열정을 지탱해 주던 하나의 대안^{代案}이 무너지는 것을 신호로 나의 출구도 봉쇄되었다. 나는 길 찾기를 멈추었다. 길 찾기를 멈추었으므로, 나는 내 소설의 새로운 주인공을 찾을 수가 없게 되고 말았다. 작은 꿈, 작은 눈물, 그런 것들로 무찌르기에 이 세계는 너무나 거대하고 음흉하다. 문학은 곧 폐기처분될 위기에 몰린 듯하다는 글쟁이들의 엄살은 결코 엄살이 아닌 현실이 되어 버리고 진실이나 희망이란 말은 흙더미에 깔려 안장되었다. 그 순간 나의 출구도 파묻혔다.
>
> __양귀자, 「숨은 꽃」에서

출구가 봉쇄되어 버린 절망감, 문학은 곧 폐기처분되고 말 것이란 위기 의식, 그리하여 한없이 무력해진 작가……. 그 모든 것은 '하나의 대안'의 상실로부터 비롯되었다. 지식과 열정을 지탱해 주던 대안 문화가 순식간에 무너져 내리고 작가는 '너무나 많은 미로들' 앞에 노출되어 버렸다. 소련과 동구의 사회주의 블록 체제가 붕괴되고 현실 사회주의 이념이 퇴조하면서, 몰가치적 혼돈과 일방적인 자본주의의 현실 지배의 힘이 우리 일상과 의식에 홉반처럼 달라붙는 상황 속에서 작가는 길을 잃어버렸다는 생각을 떨쳐 낼 수가 없었다. 현실의 좌표는 지워져 버리고, 출구는 봉쇄되어 버린 이 막막한 상황 앞에서 작가는 문학의 죽음은 시작된 것이 아닐까 하는 추측을 하며 몸을 떤다.

현실을 총체적으로 거머쥐고 그것을 통찰해 낼 수 없는 작가는 무력하게 '두 손을 늘어뜨리고' 아무것도 할 수 없는 피로, 그 수동성의 강제에 속수무책으로 몸을 의탁한 채 환멸과 허무주의를 씹을 수밖에 없다.

　바로 그 다가오는 문학의 위기를 온몸으로 체감하며 '두 손을 늘어뜨리고' 있던 작가가 심기일전해서 내놓은 소설이 『천년의 사랑』이다. 『천년의 사랑』은 생후 2개월 만에 생모로부터 유기되어 고아의 삶을 살 수밖에 없었던, 그리하여 모욕받은 생의 주인공이 되어야만 했던 여주인공 오인희와 성하상 사이에 이루어지는 천년에 걸친 설화적 인연과 사랑을 묘사한 소설이다. 생모로부터 유기된 오인희의 삶은 '꿈 없이 사는 세상, 꿈의 분량마저도 남들보다 훨씬 모자란 채로 시작한 인생'(『천년의 사랑』, 상권, p.63)이며, '악몽' 그 자체다. 그녀는 사랑했던 김진우로부터 배신당함으로써, 즉 다시 한 번 유기됨으로써 그녀가 '꿈으로부터 추방당한 자'라는 사실을 여실히 드러낸다.

　　그래, 악몽인 듯 싶은 세월이 있었어. 잠 안 오는 밤에는 스치는 바람 소리조차 불행의 신호로 들려 왔었지. 사람들은 서로 할퀴고 상처내는 일에만 몰두해 있었어. 사랑은 변덕의 한순간에 불과한 것이고, 배반당한 믿음이 뿜어내는 증오의 불길들은 살이 데일 정도로 뜨겁기만 했었지. 살아가는 것이 아니라 살아내는 것, 온몸에 가시를 세우고 살아내는 것, 그것이 나날의 삶이었는데. 그 많은 가시를 지니고 어떻게 그 겹겹의 세월을 살아냈을까……

　　　　　　　　　　　　　　　　　　_양귀자, 『천년의 사랑』, 하권, p.224

　상처받은 자의 삶의 길을 걸어왔던 오인희와 우연히 만난 범서 선생의 인도로 명상과 수련의 세계에 입문한 성하상의 사랑의 밑자리에는 천년 전 남부 아시아의 한 유목 민족이었던 수하치와 아힘사의 맺어지지 못한 사랑이 숨어 있다. 이 전생의 인연은 천년 후의 오인희와 성하상의 사랑으로 유전한다.

『천년의 사랑』은 이제까지 한국 문학에서 정전화正典化된 문학의 범주를 뛰어넘는다. 이 소설의 새로움은 그것의 중요한 서사적 기제로 채택된 환상성에서 비롯된다. 진정한 '새로움이란 유행이 아니며, 그것은 모든 비평의 근거인, 가치이다'(롤랑 바르트,『텍스트의 즐거움』). 물론 고미숙 같은 이는『천년의 사랑』을 전형적인 통속 소설이라고 깎아 내리며, 이 작품이 차용하고 있는 환상성이 '근대적 사유 너머에 있는 삶의 불가해성, 존재의 가없는 심연, 직설적 언어로 담을 수 없는 정서적 파토스 등을 담아 내고자 하는 절실한 인식'이 결여되어 있다고, 다시 말해 작품 내적 필연성이 부재한다고 비판한다.43 반면에 정재서는 같은 작품에 대해 '천년을 두고 유전流轉해 온 순결한 영혼 한 쌍의 슬픈 사랑'의 이야기이고, '동양의 전통적인 소설 양식'이며, '가시적 현실의 반영에 토대한 기존의 리얼리즘 소설에서 느끼는 한계, 즉 오늘날의 가상현실, 의제 현실적擬制現實的 상황을 보여 주기 어렵다는 한계를 극복하는 중요한 소설적 대응'이라는 상반된 평가를 내린다.44 바로 그 옆에서 한 비평가는『천년의 사랑』에 붙여진 '환상소설'이라는 명명은 전혀 허명이며, 완벽한 통속의 구조를 갖춘 것'이라는 엇갈린 평가를 내리고 있다.45

---

43 고미숙, 「대중 문학론의 위상과 '전통성'에 대한 비판적 접근」, 〈문학동네〉, 1996년 여름호, p.62.『천년의 사랑』에 대해 리얼리즘의 한계를 극복하고 끊겼던 동아시아의 소설적 전통을 이어가는 뛰어난 서사 문학의 하나로 평가한 김탁환, 이인화, 정재서와 같은 〈상상〉 계열의 비평가들을 겨냥하여 쓰여진 것으로 보이는 고미숙의 이 글은, 그들의 논리가 대중 문학의 상품화 전략이라는 입지 위에 서 있으며, 그들에 의해 옹호된『천년의 사랑』조차 '행간의 여백이나 사고 작용이 거의 필요없는 문체, 인물들의 추상성과 정적인 배치, 주인공을 중심으로 한 선악의 이분법의 구도'(앞의 글, p.62)를 지닌 '전형적인 통속 소설'에 불과하다고 혹독하게 비판하고 있다.

44 정재서, 「'간절한 사랑'을 새롭게 읽기」,『천년의 사랑』해설(살림, 1995)

45 한기, 「지옥의 소설 읽기」, 〈세계의 문학〉, 1996년 여름호, p.351.

『천년의 사랑』이 거둔 놀랄 만한 대중적 성공에도 불구하고 그것에 퍼부어진 비평가들의 비판은『천년의 사랑』이 차용한 환상성의 적합성이 부족했기 때문이다. 다시 말해 시공을 초월한 설화적인 인연이라는『천년의 사랑』의 환상성이 기본적으로 불우한 한 여성이 겪어내는 비극적 사랑의 체험에 흥미를 자극하기 위해 덧붙여진 주변적 요소에 머물고 말았다는 것이다. 이것은 또한『천년의 사랑』이 지닌 근본적인 한계성, 문학적 진정성의 아우라 부재에 따른 필연적 결과였다. 그렇다고 해도 이 작품이 우리 소설 문학 속에서 거의 다루어지지 않았던 기공, 도술, 명상, 그리고 전생 등과 반현실적 환상성을 과감하게 끌어들여 문학적 정전의 범주를 넓히는 의미있는 시도를 하고 있다는 사실까지 간과되어서는 안 될 것이다.

송경아의 『책』의 경우

송경아는 첫 창작집『성교가 두 인간의 관계에 미치는 영향에 대한 문학적 고찰 중 사례 연구 부분 인용』부터 줄기차게 현실과 허구 사이의 소통의 방법에 대해 모색해 온 작가다. 허구의 실재화, 환상의 실재화는 그녀가 발견한 소통의 한 형식이다. 사실과 허구의 경계를 지우고, 그 둘을 하나로 통합하여 세우는 것이 '환상의 제국'이다. 『책』에서 현실과 환상을 잇는 매개물은 책이다.

나는 그 책을 발견했다. 그 책은 지금까지 내 방 어디에도 존재하지 않던 책이었다. 망자를 추억하듯 그 책 위에는 어머니의 이름이 금박으로 새겨져 있었다. 그 책을 발견하고, 아직 정리가 끝나지 않은 책장을 아쉬운 눈길로 바라보다가, 나는 그 책을 펼쳐 보았다.

그 책은 어머니였다.

어머니가 쓴 책이라거나, 어머니에 관한 책이라는 의미가 아니다. 죽음 후에 어떤 경로를 거쳤는지 알 수 없지만, 어머니는 한 권의 책으로 변해 내 방 책장 속에 들어와 있었다. 나는 처음 책장을 넘길 때부터 알 수 있었다. 어머니의 말투, 눈길, 희망, 걱정, 그 모든 것이 책 속에 들어가 있었다.

_송경아, 『책』에서

『책』은 일견 진부해 보이는 스토리의 외관을 갖고 있다. 어머니의 느닷없는 교통 사고로 인한 죽음, 그 죽음 뒤에 밝혀지는 작중 여성 화자인 딸의 출생의 비밀, 혼자 남겨진 딸의 깨어진 연애와 쓸쓸한 삶이라는 이야기의 외관은 멜로 드라마의 한 전형처럼 보이기도 한다. 그러나 이 진부한 이야기는 반현실적 환상성의 도입에 의해 돌연 생채生彩를 띤다. 자명한 것으로 보이는 현실도 자세히 들여다보면 결코 자명하지 않다. 죽은 어머니는 제지 공장을 거쳐 한 권의 책이 되어 여성 화자가 살고 있는 집안의 서가로 되돌아온다. 죽은 어머니ー책은 마치 살아 있는 생명체가 생물학적 필요에 따라 자신의 신체의 모양을 자유롭게 변형시키듯이 그 내용을 자유자재로 수정, 보완, 첨가, 삭제의 과정을 거치면서 점점 두꺼워진다. 여성 화자인 '나'는 그 어머니ー책을 향한 시선을 거둘 수가 없고, 그 관음에 깊이 중독된다. 그 관음을 통해 '나'는 그녀의 어머니였던 망자의 처녀 시절과 비밀스런 연애, 그리고 자신의 출생 비밀을 그 '책'을 통해 읽어 내는 것이다. '책'은 단순히 한 인간이 살았던, 이미 화석화된 생의 경험들과 편력들을 자명한 것으로 재현해 내는 것이 아니라 그 실재성을 전면 부정하면서 새롭게 자기 갱신을 이뤄 낸다. 그 어머니ー책은 종종 요리를 하고 진공 청소기로 청소를 하는 등 진화해 나간다. 책이라는 무생명의 사물은 살아 움직이며 진화해 나가는 생명력을 불어넣은 것은 작가의 상상력이다.

송경아의 『책』에서 주목해야 할 것은 환상성이 주변적이거나 우연적 요소가 아니라 서사 체계의 핵을 이루는 중심적 요소라는 점이다. 송경아의 '책'은 삶의 숨겨진 진상을 드러내고, 정전이 감추고 있는 음습한 비밀들을 폭로한다. 어느 날 느닷없이 닥친 죽음은 망자의 책－인생을 영원히 수정할 수 없는 고정 불변의 것으로 만들어 버린다. 그 결과 되풀이 할 수 없는 삶의 일회성 안에 깃들어 있던 망자의 시행착오, 죄, 불륜…… 들은 죽은 자와 무관하게 들춰지고 산 자들의 입에서 입으로 추문으로 떠돌고, 죽음에 의해 모독된 망자는 다시 한 번 추문 속에서 모독된다. 그리하여 작가는 '위조본, 복사본, 파본, 앞의 반은 똑같고 뒤의 반이 틀린 두 개의 책, 같은 내용을 다루면서 문체가 다른 책들, 한 장이 틀린 책, 단어 하나가 틀린 책, 글자 하나가 틀린 책, 판본이 다른 책, 장정이 다른 책, 수많은 책'(송경아, 『책』, p.34)으로 다시 쓰겠다고 마음먹는다. 작가는 죽은 자가 편안히 자기 자신에 대한 망각 속으로 들어가게 하기 위해 정전과 다른 '책'을 쓰기로 결심하는 것이다. 정전의 거부는 삶의 일회성이 가진 저 하염없는 부박함에 대한 부정의 산물이다. 정전의 거부의 구체적 양태는 변형과 변조다. "영원의 기록에 대항해서 의미 없는 기록을 만들고 변조한다"(송경아, 앞의 책, p.35). 정전의 변형과 변조는 다시 쓰기이며, 또한 씌어진 것의 지우기다.

'환상의 제국'으로 가는 길

1990년대 한국 소설은 다양한 경향들이 혼재되어 있는 상황이다.

하일지의 『경마장 가는 길』, 장정일의 『너희가 재즈를 믿느냐』와 같은 포스트 모더니즘적인 글쓰기, 1980년대 민중 운동권의 후일담 문학, 박완서의 『그 많던 싱아는 누가 다 먹었을까』 『그 산이 정말 거기에 있었을까』, 신경숙의 『외딴 방』, 김형경의 『세월』 같은 여성 작가들의 자기 고백적 소설 쓰기, 윤대녕이 보여 주는 시원으로의 회귀 움직임, 배수아, 송경아, 박청호, 백민석과 같은 가볍고 경쾌한 신세대 문학…… 들이 뒤섞여 있다. 아직 환상의 제국은 세워지지 않았다. 그러므로 그것은 하나의 예감이며, 징후일 뿐이다. 그러나 이미 『천년의 사랑』이나 「은행나무 침대」가 보여 주고 있는 것처럼 시공을 초월한 환상성은 이미 대중들을 매혹시키는 유의미한 문화적 징후다. 텔레비전의 황금 시간대라고 알려진 주말 저녁 코미디 프로그램의 한 코너에 환생을 주제로 하는 드라마가 편성될 정도로 반현실주의적 환상성은 우리가 모르는 사이에 일상의 저변으로 깊이 스며들고 있다.

우리의 관심의 범주는 크게 보면 사회에서 개인의 내면으로, 이념에서 개체적 욕망으로, 정치, 경제에서 영성靈性으로, 서양에서 동양으로, 문명적인 것에서 자연, 혹은 우주적인 것으로 이동해 가고 있다. 놀랍게도 '철기 시대의 최후 유산인 컴퓨터는 산업사회에서 영성을 억압했던 권력의 집중적 조직 방식과 아카데미즘식의 지식 제도를 붕괴시켜 나가기 시작했다'는 지적도 나오고 있다.[46] 이것은 서구적 이성 중심주의와 그것에 기반한 권력과 제도의 종언에 대한 예언이다. 앞으로 더 많은 작가들의 시선이 꿈과 무의식으로, 거기에서 더 진전하여 환생, 전생, 윤회, 점성술, 꿈의 해석, 언어의 신비성, 심령 과학적인 요소들, 모든 신비주의적 체험들, 무속, 임사 체험NDE, Near Death Experience, 신성神性에 대한 재인식, 동양적인 기공, 풍수, 도교의 장생술

---

46 김용호, 「신문명과 영성」, 〈대화〉, 통권 7호(1995년 겨울호)

등과 같은 인간의 영혼과 정신의 세계를 획기적으로 넓혀 줄 초자연적이고 반현실적인 체험들로 돌려질 것이다. 이것들은 문학에서 기존의 인간에 대한 이해의 지평을 확대해 주는 환상성의 체험이라는 형태로 나타날 것이며, 새로운 세기의 패러다임으로 자리잡을지도 모른다. 이것이 우연한 현상처럼 보이지는 않는다. 그것은 1990년대 문학의 화두였던 내면성으로의 복귀에서 한 걸음 더 나아간 결과다. 현실의 자명함을 꿰뚫고 솟아나오는 환상성의 제국으로 나아가는 길은 위기 국면에 봉착한 우리 소설 문학의 한계를 넘어서려는 작가들의 진지한 모색과 선택의 한 결과다. 아직은 대중적 심미성에 영합하는 차원에 머물러 있을지 모르지만 환상성은 우리 작가들의 의식과 상상력을 교조적 억압으로부터 해방시키고, 새로운 문학 세계를 꽃 피우는 계기가 될 것이다.

6. 구애 ; 상품미학으로서의 소설

수련꽃 저 너머의 소롯길들

내가 지금 이대로의 삶을 기꺼워하는 것은 당신—미적 실재를 "당신"이라고 불러 보자—이 있기 때문이다. 지금─여기를 "나"는 사는 것인데, ─산다, 누구나 산다고 말한다. 죽은 자가 살지 못하는 것은 '산다'고 말할 수 있는 혀가 없기 때문이다. 그러나 "참나"를 산다는 것은 무엇보다도 지금─여기의 '시간'과 '장소'를 산다는 뜻이다.[47] ─ 그 밀도를 느껴 보기 위해 나는 몸을 한껏 굽힌다. 승인된, 아니 승인되지 않은, 그렇게 승인된, 미적 실재의 밀도로부터 오는 이 생생한 촉감觸感! 저 실재의 피부인 실감의 두께. 두께와 연루된 이 촉감은 증거인멸의 천재인 시간에 대한 부정─지나가는 것, 사라지는 것

---

47 그 '장소'에 대해 미셸 드 세르트는 이렇게 말한다. "장소는 조각난 것들이며, 내부로 돌아드는 역사이고, 남들은 읽을 수 없는 과거이며, 펼칠 수는 있지만 이야기처럼 보따리 안에 저장된 축적된 시간이며(수수께끼 같은 상태로 남아 있는), 육체의 고통과 기쁨 속에 감싸인 상징화다." 미셸 드 세르트, 「도시 속에서 걷기」, 『문화, 일상, 대중 : 문화에 관한 8개의 탐구』, 박명진 외 편역(한나래, 1996)

을 붙잡아 영원불멸의 것으로 새겨 넣으려는 자들의 저 하염없음. 혹은 모든 예술가들의 '초시간성'을 향한 헛된 꿈―, 시간이 검은곰팡이에게 젖을 물리는 이 순간, 검은곰팡이의 포자들이 희뿌옇게 공중으로 퍼져 나가는 이 순간, 무중력 진공의 햇빛을 뚫고 당신이 여기서 저기로 가고자 할 때, 당신은 순간과 틈새를 사는 것이다. 그때 당신은 그 순간과 틈새 속에서 환해지는 실재의 알리바이다. 순간의 파열 속에 몸을 드러내는, 그 순간의 명멸이야말로 살아 있음의 유일한 물증物證. 버터를 잔뜩 바른 빵 같은 하늘 아래에서 당신은 몸-물증의 삶을 산다.

낮아진 문들 속으로 지나가려는 자는 당연히 몸을 굽혀야 한다. 포도주는 오래 되면 탁해지고 심장은 오래 되면 꽃으로 폭발한다. 나를 여기까지 데려온 시간과, 다가오는 저 더딘 걸음의 시간 사이에서 "나"는 폭발하며 생성하는 꽃이다. "나"는 영겁의지로 창조된 자, 지금-여기 있는 자, 살아서 들끓는 죽음. "당신"에게로 연결되는 천 개의 미로. 혹은 연결되지 않는 거울 뒤의 미로들. 거울의 저쪽에 있는 "당신"과 거울의 이쪽에 있는 "나." "당신"이 보아 주지 않는다면 나는 휴화산, 떠도는 무無, 현이 없는 악기다. 내가 당신을 바라보듯이 "당신"은 "나"를 본다. 바라봄 ; 시선을 통한 향유의 방식으로서의 몸섞음. "당신"은 "나"의 발견자/발명자다. 당신은 "나"라는 존재의 존재성을 고양시키는 기폭제이며, 무수한 금들로 이루어진 기억의 촉매다.

수련은 흰 꽃잎을 활짝 펼쳤다가 오므리고 다시 펼친다. 저녁나절 내내 물 위로 솟구친 수련 꽃대 끝에서 수줍은 자태를 드러내는 흰꽃에서 눈을 떼지 못한 것은 그것이 수련꽃이기 때문이다. 당신의 부재를 스스로의 "있음"으로 말해 주는 수련꽃. 수련꽃은 대상의 세계 속에 하나의 이미지로 자신을 구현하고 있는 기표. 부재를 통해 당신의 현존을 호명하는 그 무엇. 당신은 골짜기를 덧없이 빠져 나가는 메아리. 메아리로서의 삶을 사는 것은 지금—여기가 아닌 어떤 곳에 당신이 있기 때문이다. 나는 지금—여기가 아닌 어떤 곳에 있는 당신을 느껴 보려 한다. 우선 눈과 귀를 크게 열고, 아니 그걸 닫은 뒤 마음을 열고 "나"에게 매달려 본다. 당신을 향한 최초의 출발은 "나"이기 때문이다. 내가 지금 여기 있지 않고, 내가 보지 않는다면 내 앞의 수련꽃도 피어 있는 게 아니다. "본다는 것"은 대상으로부터 그것의 존재성을 빨아들이는 흡혈 행위. "사랑"이란 이름의 끝없이 물고 이어지는 그 흡혈 행위라는 악덕을, 숙주와 기생하는 것 사이에 존재하는 투쟁 대신에 기꺼이 몸—내줌으로 공생의 미덕으로 전화시키는 것. 제 피와 살로 주체를 양육하며 꽃 피게 하고 스스로는 그 뿌리가 되는 것. 그렇게 더불어 함께 사는 것. 질 때는 함께 지는 것. 그래서 수련꽃은 핏기없이 창백한가? 그래서 수련꽃은 시간이 지나면 흰 꽃잎 다 떨구고 사라지는 것일까?

부재와 과잉 사이, 지나간 시간과 다가오는 시간 사이, 이 공간과 저 공간의 사이, 나와 당신의 사이, 사이, 사이들. 그 무수한 사이에 당신은 수련꽃이라는 하나의 구체적 존재로, 미적 실재로 피어난다. 천 겹의 기원起源을 가진 저 실재는 누군가 바라보기 때문에 존재하는 것이고, 그 존재를 승인하는 내[주체]가 있기 때문에 피어나는 것이다. 본다는 것, 혹은 존재와 존재 사이의 교호적 인증 행위. 사이, 사이, 사이들. 무수한 사이에 수련꽃은 피어 있고, 나는 수련꽃[존재·자연]에서 당신[부재·추상]에게로 연결되는 천 개의 소롯길을 본다. 수련꽃은 피어나는 순간 이미 그 밑에 눈에 보이지 않는 천 개의 길을 낳고 천 개의 길을 부양한다. 내 마음이 이미 달려간 그 길. 당신은 아직 오지 않은 그 시간을 나는 몸 없음으로 살고, 없는 몸에서 뻗쳐 나오는 내 시선은 햇살처럼 아스라이 흔들린다. 바다—바다는 끝없이 사소함을 버림으로써 저를 증명하고자 한다. 더럽혀진 해안 모래에 제 몸을 던져 철썩이는 파도는 바다가 버리려는 사소함일 것이다. 그래서 바다는 언제나 다시 시작하는 바다다—의 욕망을 가진 "나"는 지금 여기에 있고, 눈앞의 수련꽃은 바다의 욕망 앞에서 저 홀로 청초하다.

나는 수련꽃[자연]에서 수련꽃[미적 실재]을 본다. 수련꽃을 보는 것은 다름 아닌 "나"[자연]—아니 "나"[실재]라고 믿는 나[추상]인 것이다. 그것이 "나" 아닌 "너"라고 한들 무엇이 달라지겠는가?—다. 내 시선은 자연을 초월해서 미적 실재 저 너머로 간다. 수련꽃 저 너머에는 무엇이 있나? 수련꽃은 생명의 한 매듭. 생명 너머의 생명. 수련꽃은 여래의 해탈 결인이다. 혹시 수련꽃 뒤, 혹은 그 너머 "거기"에 당신은 있나? 이미 성스러움을 상실한 당신. 산업적 대량생산과 기술적 대량복제의 시대에 소비의 논리 속에 포박되어 버린 당신. "소비의 논리는 예술표현에 전통적으로 주어지고 있는 최고의 지위를 인정하지 않고 그것을 없애 버린다. 엄밀하게 말하면 사물의 본질이나 사물의 의미작용이 더 이상 이미지보다 특별히 우월하지 않다."[48] 이제 미적 실재는 "창조"가 아닌 "생산"의 시대로 접어든다. 당신의 얼굴이 안 보인다. 얼굴 없는 당신의 빈자리를 더듬는다. "증언으로서의 예술의 종언, 창조적 행위의 종언, 그리고 역시 중요한 것으로서 예술에 의한 세계의 전복 및 저주의 종언"[49] 만이 있을 뿐이다. 나는 구애한다, 당신에게. 나의 구애는 당신을 구매하는 것으로부터 시작된다.

48 장 보들리야르, 『소비의 사회 그 신화와 구조』, 이상률 옮김(문예출판사, 1991)
49 앞의 책, 165, 167쪽.

소설은 초콜릿이나 담배나 커피와 어떻게 차별화되는가

백화점 바겐세일 기간은 일대의 교통이 마비될 정도로 한꺼번에 많은 사람들이 밀려든다. 대리석 바닥, 호화롭고 세련된 내부 인테리어, 높은 룩스의 조명, 언제나 쾌적한 실내온도, 젊고 잘 훈련된 점원들……. 재래 시장과 백화점은 얼마나 큰 '차이'를 보여 주는가. 음습하고 비좁고 불결해 보이는 재래시장의 골목을 빠져 나오며 짜증스러웠던 마음은 넓고 쾌적하며 화려한 백화점의 내부로 들어서는 순간 경쾌해지며 발걸음도 가벼워진다. 오늘날의 백화점은 의심할 여지없이 대중적 스펙터클의 장소다. 그런 점에서 현대 도심의 쇼핑몰이나 백화점 같은 독점자본 공간은 고대의 원형경기장의 현대적 대체물이다. 원형경기장으로 밀려드는 사람들과 백화점 바겐세일에 동참하려고 밀려드는 구매자들 사이에는 기본적으로 차이가 없다.

현대적 도시환경의 산물인 일상 생활은 지연되는 휴가, 유동성의 탕진, 끊임없는 반복의 평면이다. 그것은 하찮고 권태로운 것으로 여겨진다. 그 밑으로 포만의 권태가 끈적하게 들러붙으며 증식한다. 일상에 부재하는 스펙터클과 욕망의 시원始原을 향한 열망이 오늘의 대중들로 하여금 현대의 원형경기장으로 몰려들게 한다. 그들은 소비자, 혹은 고객이라는 새로운 계급으로 다시 태어난다. 그들은 소비의 자아를 갖고 외친다, "나는 소비한다. 고로 나는 존재한다"라고. 백화점에 진열된 고가의 상품들은 소비의 차별화와 희소성의 원칙으로 서민들의 접근을 원천적으로 차단한다. 그 백화점들이 바겐세일이라는 팻말을 내걸고 일종의 '소비의 해방구'가 되는 것이다. 발 디딜 틈도 없이 밀려들어 북새통을 이루는 저 주말의 백화점 바겐세일의 매대에 달라붙어 아우성치고 허우적이는 군중의 손과 광기어린 얼굴들을 보라! 그것은 자본주의적 생산양식에 의해 과잉으로 만들어진 물적 재화와 서비스의 소비를 통해 제 존재의 의미를 확인하려는 안쓰러운 몸짓을 보여 준다. 백화점의 바겐세일에 동참하는 것은 인공낙원에서 벌어지는 축제에 참여하는 것이다. 도시적 일상생활이 차단하고 있는 축제·사교·자연·광기를 찾아 떠나는 모험이다.

백화점에서 팔려 나가는 물건들, 즉 고급 의류들과 각종 전자제품들에는 기호라는 '옷'이 입혀진다. 상품 자체의 사용가치는 속으로 숨고, 표면으로 불거져 나오는 것은 상품이 입고 있는 옷은 "날개"다. 모든 생산된 물적 재화는 날개를 갖는다. "날개"란 백화점 상품들이 가진 사용가치 위에 덧입혀진 풍부함과 호화로움, 혹은 상품에 부여된 환유적換喩的 가치다. 상품의 이미지고, 아우라다. "이미지는 물체의 감각적 물질성만이 아니라 인간의 욕망과 쾌락에까지도 중복적인 쌍겹을 이룬다. 동시에 이 이미지는 욕망과 쾌락을 허구화시킨다. 즉 그것들을 상상 속에 위치시킨다."50 현대의 기업들은 단순한 상품이 아니라 그것 속에 구현된 행복이나 여유, 풍요로움과 같은 이미지를 덧입혀 그 허상의 가치를 판다. 그것은 누구나 살 수 있는 것이 아니다. 상품은 지속적인 광고에 의해 '명품'으로 거듭난다. 명품은 "이 상품만이 당신의 신분을 상승시킬 수 있다"는 함의를 구매자에게 지속적으로 속삭이며, 가짜 욕망을 창출해 낸다. 잉여적 가치의 매김이라고 할 수 있는 '명품'은 그것이 지닌 사용가치를 훨씬 웃도는 값이 매겨진다. 비싼 물건은 당연히 그 구매력을 감당할 수 있는 소득을 올리는 사람만이 구매할 수 있게 된다. 한 상품이 한정된 소수 계층의 전유물이 될수록 상품가치는 높아진다. 물적 재화와 기호의 결합. 두 가지가 함께 소비되는 것이다. 사람들이 물건을 살 때 기능과 직접적인 상관이 없더라도 디자인이나 색상과 같은 것이 중요한 구매 유발 요인이

---

50 앙리 르페브르, 『현대 세계의 일상성』, 박정자 옮김(세계일보, 1990)

되고 있는 것이 바로 그 증거다.

　하지만 소설－책들은 쇼핑몰이나 백화점에서는 거의 판매되지 않는다. 소설－책이 백화점에서 추방된 것은 다른 상품과 비교해 그것들이 더 많은 이익을 실현시키지 않고, 더구나 그것은 '명품'이 될 수 없는 숙명을 타고났으며 기술적 대량복제시대의 무수한 모사^{simulation}만을 만들어 낸다는 데 그 이유가 있다. 소설－책은 그 태생적 한계에 의해 '명품'이 될 수 없으며, 판매의 매음 시장에서 가장 하위 서열의 욕망만을 충족시킨다. 소설－책에서 다루어지는 삶은 실재의 삶이 아니라 모사의 삶이다. 그렇다고 소설－책들이 상품화라는 운명을 벗어버린 것은 아니다. 소설－책도 다른 상품과 마찬가지로 자본주의의 틀 안에서 판매와 이윤의 실현이라는 상업자본주의적 현금화의 동기를 내재화시킨 하나의 '상품'이다. 상품으로서 오늘의 소설－책들은 초콜릿이나 담배, 차茶와 같이 인간의 욕구, 혹은 충동구조의 구애를 받는다. 구애 ; 현금화의 동기로부터 발현되는 상품화, 및 상품미학. 그러나 전자제품이나, 초콜릿·담배·차와 같은 기호식품과는 달리 소설－책은 감성적 필요에 부응하며, 물질적 구체로서의 책은 독자를 유혹한다. 소설－책의 유혹은 다분히 성적이다. "책은 책등에 유혹을 매달고 있다. 책은 등에서 배로 돌려지고, 펼쳐지고, 페이지가 넘어가기를 원한다."[51] 구매자의 욕구의 피동성 앞에서 소설－책들은 속수무책이다. 그러나 이제 누가 소설－책을 붙들고 관음증의 욕망으로 몸을 떨 것인가!

---

51 빌렘 플루서, 『디지털시대의 글쓰기』, 윤종석 옮김(문예출판사, 1998)

현금화의 동기로부터 발현되는 상품화, 혹은 상품미학 ; 『즐거운 사라』의 경우

현대 예술의 운명은 살아남기 위해 필연적으로 대중화 전략, 즉 소비의 논리에 귀착한다. 판매의 매음 시장에 뛰어든 소설 − 책도 마찬가지다. 『즐거운 사라』는 토하고 싶은, 그러나 끝내 토할 수 없는 포르노의 의장意匠을 상품미학의 전략으로 채택한다.52 "전형적인 포르

---

52 1992년 한국 검찰은 엉뚱하게도 소설 『즐거운 사라』가 미풍 양속을 해치는 음란 도서라고 결론짓고 수사에 나선다. 검찰의 돌발적인 행동은 '포르노'에서 계몽의식과 도덕적 당위를 꺼내 놓으라고 윽박지른 것에 다름 아니다. 그들은 포르노의 무차별적 확산으로 인해 사회 윤리의 마지노선이 무너질까 두려웠던 것이다. 그러나 분명한 것은 검찰의 튀는 행위로 인해 그저 약간의 발칙한 수준의 포르노에 불과했던 한 권의 소설을 전통 윤리와 현실과의 괴리, 그 첨예한 경계선으로 부각시켰다는 점이다. 이 사건을 보도하는 신문에 따르면 검찰은 "이 작품을 변태성 행위, 여성간의 동성애 행위, 교수와 제자간의 성 행위 등을 지나치게 노골적으로 묘사, 우리 사회에서 용납되는 '성애 행각'의 수준을 넘어 문학이 아니라 음란물"이라고 단정짓는다. 검찰은 특히 "사회 윤리를 정면으로 파괴하고 성적으로 타락한 행동을 다룬 이 같은 사실상의 포르노물을 '마광수 신드롬'이란 유행어 속에 그냥 방치해 두는 것은 일부 매스컴의 선정주의에 영합하는 것으로 사회 전반에 해악을 미칠 소지가 크다"고 강조하고, 『즐거운 사라』에 대한 '법적 제재'의 움직임을 기정 사실화한다. 한 신문은 검찰이 법적 제재에까지 나서게 된 배경을 "최근 들어 주간지 소설 스포츠신문의 일부 내용이 음란 퇴폐적이어서 이처럼 '법적' 음란 개념을 축소할 경우 사회 윤리의 마지노선을 포기하는 데까지 이를 수 있다고 보고 이의 척결에 나섰다고 밝히고 있다. 검찰은 특히 작가인 마광수가 대학교수라는 공인의 신분으로 사회 도덕적 책임까지 망각함으로써 다음 세대의 교육 및 관리에도 심각한 어려움을 낳고 있기 때문에 사법적으로 단죄하지 않을 수 없다는 입장"이라고 쓰고 있다.

이 "음란한" 필화 사건은 세간의 큰 주목을 받는다. 연일 신문과 방송은 이 사건을 세세하게 보도했고, 일부에서는 '외설 시비에 대한 공청회'가 열리고, '문학작품 표현자유 침해와 출판탄압 대책위원회'가 구성되기도 한다. 하지만 이 사건의 일심 법정은 검찰의 편을 들어 이 문제 소설의 작가와 출판인에게 유죄를 선고한다. 다음은 그 판결문의 일부다.

"이 사건 소설 『즐거운 사라』는 미대생인 여주인공 '사라'가 벌이는 자유분방하고 괴벽스러운 섹스 행각 묘사가 대부분을 차지하고 있는데, 성희의 대상도 미술학도, 처음 만난 남자, 여중 시절 동창생 및 그녀의 기둥서방, 동료 대학생 및 스승 등으로 여러 유형의 남녀를 포괄하고 있고, 그 성애의 장면도 자위 행위에서부터 오랄 섹스, 동성 연애, 그룹 섹스, 카 섹스, 비디오 섹스, 에이널 섹스 등으로 아주 다양하며, 묘사 방법도 매우 적나라하고 장황하게, 구체적, 사실적으로 또한 자극적, 선동적으로 묘사하고 있어서 위 소설은 위와 같이 때와 장소, 상대방을 가리지 않는 각종의 난잡하고 변태적인 성 행위를 선동적인 필치로 노골, 상세, 구체적으로 묘사하고 있는데다 나아가 그러한 묘사 부분이 양적, 질적으로 문서의 중추를 차지하고 있을 뿐만 아니라 그 구성이나 전개에 있어서도 문예성, 예술성, 사상성 등에 의한 성적 자극 완화의 정도가 별로 크지 아니하여 주로 독자의 호색적 흥미를 돋구는 것으로밖에 인정되지 아니하는바, 위와 같은 여러 가지 점을 종합하여 고찰하여 볼 때 위 소설은 문학 작품에 있어서의 표현의 자유의 최대한 보장이라는 명제와 오늘날의 개방된 성 문화 및 작가가 주장하는 '성 논의의 해방'이라는 전제적인 주제를 고려한다고 해도 형법 제243조, 제244조에서 말하는 음란한 문서에 해당되는 것으로 봄에 의심의 여지가 없다 할 것이다."

노 소설은 이야기가 시작되는 것에 대한 조잡한 변명을 늘어놓기 일
쑤다. 그러나 이야기가 일단 시작되기만 하면 계속 앞으로 나아갈 뿐,
결코 끝이라는 것을 모른다. 끝없이 반복, 또 반복되는 이런 유의 충
동 혹은 강요는 포르노 서적 대부분에 해당되는 두드러진 특징 중의
하나다."53 포르노의 특징 중의 하나는 끝없는 되풀이다. 환멸, 혹은
전언 없음. 포르노의 발생론적 근저에는 신체의 특정 부분에 대한 강
박증적 집착과 그것의 한없는 되풀이만 있을 뿐이다. 실재는 없고, 모
사만 있다. 당연히 "포르노는 인간에 관심을 두는 것이 아니라 그 육
체에 관심을 둔다. 감정은 당황스러움이고 모티브는 정신 착란과 비
슷하다. 포르노에서의 섹스는 감정이 없는 섹스다."54 이때 포르노는
현금화의 동기로부터 발현되는 상품화, 혹은 상품미학의 전략이다.
상품미학에 전략에 의해 인간의 욕구─충동구조는 조정되기도 하지
만 『즐거운 사라』는 인간 욕망이라는, 텅 빈 끝없는 결핍 구조를 드러
내 보여 줄 뿐이다. 『즐거운 사라』의 섹스는 감정이 없는 섹스, 섹스
─기계의 관습적인 섹스를 넘어서지 못한다. 나기사 오시마의 영화
「감각의 제국」은 포르노의 관습에 충실한 영화다. 신체의 한 부분에
대한 집요한 집착, 행위의 되풀이……. 작가는 포르노를 정교하게 절
단하며 그 서사의 내면 속으로 작가의 정치 사회적 함의를 불어넣는
다. 뛰어난 작가의식은 돌연 포르노의 피상성을 해체하면서 충격과
매혹의 화면을 이끌어 낸다. 전복과 위반의 전략으로서의 포르노. 포
르노의 화면에 겹쳐지는 군국주의의 행진하는 군화들. 포르노와 군화
들의 중첩을 통해 보여지는 정치사회적 함의. 「감각의 제국」은 단순
한 포르노를 넘어선다.
  하드 코어 포르노그래피는 아니더라도 명백하게 "독자의 호색적인

---

53 모리스 차니, 『우리는 문학 속의 성을 어떻게 이해하는가』, 이익성 외 공역(창과창, 1993)
54 앞의 책, 14쪽.

흥미를 돋구는” 포르노라는 상품미학을 구현하고 있는『즐거운 사라』에는 서로 다른 두 가지의 의식이 가로질러 간다. 하나는 그것이 부패한 상품 ; 정형화된 감성에의 모반이라는 의식과 다른 하나는 현실을 선취해서, 현실의 중심을 가로질러 흘러가는, 사회적 반영상으로서의 소설이라는 의식이다. 생식을 배제한 철저하게 놀이로서의 성이 서사의 켜켜이 스며든다. 작품의 전면에 흐드러지는 이 질탕한 성은 이중의 전략을 노출한다. 첫째 사회의 이중적이며 위선적인 가치 체계에 대한 전복의 전략이며, 둘째 노골적인 성애 소설이라는 코드를 통해 대중들에게 접근하려는 상품미학의 전략이 그것이다. 작가는 말한다.

혐오스러운 것을 보여 주는 것은 문학의 중요한 목표 중 하나입니다. 특히 현대 소설은 사회의 추악한 모습을 그대로 드러내는 경향이 있습니다. 사회를 해부하다 보니 그로테스크한 모습이 많이 나오는 것입니다. 아름다운 것만 그리면 실체를 파악할 수 없습니다. 혐오스러운 것을 보여 주는 것이 죄가 될 수 없습니다. 오히려 아름답지 않은 것을 아름답게만 포장하는 것은 위선입니다. 소설의 목적은 금지된 것을 파헤치는 것이고, 과거에 대한 끊임없는 회의요, 미래에 대한 끊임없는 꿈꾸기입니다.

‘혐오’의 유발이 중요한 문학적 목표의 하나였던『즐거운 사라』는 상상과 허구를 버무리고, 한편으로 리얼리즘 문체를 활용해 사회의 조감도를 그려내는 형식을 취하고 있다. 굳이 구분하자면 그로테스크 리얼리즘의 세태소설이라고 규정할 수 있다. ‘사라’라는 여성이 창안된 것은 이런 인물이 우리 사회에 적든 많든 실존할 수 있는 개연성이 큰 인물이기 때문이다.『즐거운 사라』에서 작가는 한 젊은 여성이 전환기의 성윤리에 혼돈을 느끼며 여러 남자를 거치는 동안 겪는 내면의 갈등을 그리고 있다. 그 묘사의 결은 조잡하게 느껴질 정도로 거칠고 도발적이다.

마광수는 "경건과 금욕으로 강제된 한국 문학사에서 회귀하고 소중한 예"라는 평가를 끌어내기도 했다. 『즐거운 사라』 이전에도 그는 『권태』와 『광마일기』 같은 소설을 펴낸다. 이 두 소설은 모두 관능적 상상력의 해방을 그리고 있다. 다만 『권태』가 현대를 배경으로 육체를 성적 매개로 삼아 페티시즘과 마조히즘—사디즘을 그려내고 있다면, 『광마일기』는 신괴神怪 · 염정艶情 · 우언寓言 · 호협豪俠 등을 특징으로 하는 전기 소설傳奇小說 형식을 취하고 있다. 『즐거운 사라』는 우연이 아니다. 『권태』에서 『즐거운 사라』까지 작가는 집요하게 포르노를 상품 미학의 서사 전략으로 그 가능성을 실험해 왔다. 이 소설들에는 장 보들리야르가 말하는 "외설스러움의 범람에서 오는 현기증"이 있다.55

그러나 『즐거운 사라』의 경우 단순한 상업주의 에로스 소설일까. 그 거리낌없는 표현과 행동에도 불구하고 '사라'는 자기애에 충실한 하나의 개성이다. 이 개성의 적나라한 노출이 충격일지라도 그것은 숨겨진 하나의 현실이 아닐까.56

『즐거운 사라』는 숨겨진 현실의 재현, "실재가 실재와는 다른 것 속에, 즉 하이퍼 실재 속에 흡수되는 환상"을 보여 준다. 그렇다면 『즐

---

55 장 보들리야르, 『섹스의 황도』, 정연복 옮김(솔, 1993). 포르노에서 이루어지는 유일한 환상(그것이 있다면 말이다)은 그러므로 성의 환상이 아니라, 실재의 환상, 실재가 실재와는 다른 것 속에, 즉 하이퍼실재 속에 흡수되는 환상이다. 포르노에 나오는 남의 정사를 훔쳐보는 변태 성욕은, 성적인 변태 성욕이 아니라 재현과 재현의 상실의 변태 성욕, 무대의 상실과 외설스러움의 범람에서 오는 현기증이다.

56 대부분의 신문들이 검찰의 입장을 대변하면서 '피상적 사실'을 전달하고 있다면, 피상적 사실을 벗어 버리고 좀더 깊이 있게 '기자의 주관'이 들어간 기사를 내보낸 신문은 <문화일보>다. 엄주엽 기자는 1992년 10월 28일자 <문화일보>에 실린 관련 기사의 말미에서 '사라'를 자기애에 충실한 하나의 발랄한 개성이며, 그것의 직접적인 노출은 '충격'이지만 그것은 우리의 '숨겨진 현실'이라고 쓰고 있다.

거운 사라』가 차용하고 있는 포르노그래피는 "단순한 상업주의적 에로스 소설"의 근거인가, 아니면 전복과 위반의 적극적 전략인가. 마이클 퍼킨스는 현대의 성애 소설이 세 가지 근거, 즉 공격적인 측면, 매혹적인 측면, 철학적인 측면에서 정당화될 수 있다고 본다. 그는 "에로티시즘 저작의 공격적인 형태에서는, 에로티시즘을 통해 무정부적인 충동을 자아내는 극단적인 표현을 포함한다. 그것의 공격적이고 잔인한 이미지들은 독자들에게 충격을 가해 그들로 하여금 자기 자신의 억압되어 있는 성적 감정의 파괴적 측면을 자각하도록 만들기 위해 의도된 것"이라고 말한다. 또 매혹적인 형태에서는 성적 공감의 정서를 끌어내서 독자의 성적 본성을 비춰 주며, 철학적인 형태에서는 에로티시즘의 본질을 탐색하고, 특히 에로티시즘을 통해 죽음의 의미나 자아의 초월을 깨닫게 해주는 의식적 · 무의식적 충동을 고찰한다는 것이다.[57] 『즐거운 사라』는 공격성 · 매혹성 · 철학성의 함의가 얇다. 그 얇은 함의의 비어 있는 자리를 채우는 것은 '성기'들과 그것의 분비물들에의 집착이다. 따라서 십년이 지난 뒤『즐거운 사라』를, 그것에 덧씌워진 '음란문서라는 혐의'를 벗겨 내고, 엉뚱하게 그 본질을 가려 버린, 공권력의 개입으로 빚어진 소동들을 지우고 작품 자체로서 냉정하게 보자면, 실패로 끝난 미완의 실험이다. 다만 그것은 매우 적극적으로 근엄하고 폐쇄적인 유교적 가치체계 속에 억눌려 있던 우리의 성의식을 포르노그래피라는 전략을 통해 드러내 보여 주려고 했던 선구적 작업이라는 평가마저 몰수할 수는 없다.

57 모리스 차니, 『우리는 문학 속의 성을 어떻게 이해하는가』에서 재인용.

574 :: 제2부 표출─한국 소설의 새로운 양상들

■참고문헌

제라르 즈네뜨, 『서사 담론』, 권택영 옮김, 교보문고, 1992.

수잔 스나이더 랜서, 『시점의 시학』, 김형민 옮김, 좋은날, 1998.

클리언스 브룩스·로버트 펜 워렌, 『소설의 분석』, 안동림 옮김, 현암사, 1985.

현길언, 『소설쓰기의 이론과 실제』, 한길사, 1994.

전상국, 『당신도 소설을 쓸 수 있다』, 문학사상사, 1991.

우리소설모임, 『소설창작의 길잡이』, 풀빛, 1990.

한용환, 『소설의 이론』, 문학아카데미, 1990.

한용환, 『소설학 사전』, 고려원, 1992.

S. 채트먼, 『이야기와 담론』, 한용환 옮김, 고려원, 1990.

롤랑 부르뇌프·레알 월레, 『현대소설론』, 김화영 편역, 현대문학, 1996.

J. 피츠제럴드·R. 메레디트, 『소설작법』, 김경화 옮김, 청하, 1982.

엄해영·채명식, 『소설교육론』, 느티나무, 1995.

S. 채트먼, 『영화와 소설의 수사학』, 한용환·강덕화 옮김, 동국대학교출판부,
    2001.

E.M. 포스터, 『소설의 이해』, 이성호 옮김, 문예출판사, 1975.

정한숙, 『소설기술론』, 고려대학교출판부, 1973.

정한숙, 『소설문장론』, 고려대학교출판부, 1973.

제임스 A. 미치너, 『작가는 왜 쓰는가』, 이종인 옮김, 미세기, 1995.

데이몬 나이트, 『소설창작법』, 김달용 옮김, 신구문화사, 1996.

나병철, 『소설의 이해』, 문예출판사, 1998.

딘 R. 쿤츠, 『베스트셀러 쓰는 법』, 정태원 옮김, 서지원, 1995.

송면, 『소설미학』, 문학과지성사, 1985.

나탈리 골드버그, 『뼛속까지 내려가서 써라』, 권진욱 옮김, 한문화, 2000.

로저 본 외흐, 『생각의 혁명』, 정주연 옮김, 에코리브르, 2002.

루디 러커, 『사고 혁명』, 김량국 옮김, 열린책들, 2001.

김동리·조연현·박영준·문덕수, 『소설작법』, 문명사, 1981.

T. 토도로프, 『산문의 시학』, 신동욱 옮김, 문예출판사, 1992.

마르트 로베르, 『기원의 소설, 소설의 기원』, 김치수·이윤옥 옮김, 문학과지
    성사, 1999.
브루노 힐레브란트, 『소설의 이론』, 박병화·원당희 옮김, 현대소설사, 1993.
빌렘 플루서, 『디지털 시대의 글쓰기』, 윤종석 옮김, 문예출판사, 1998.
김희보, 『소설의 방법』, 종로서적, 1995.
미셸 뷔토르, 『새로운 소설을 찾아서』, 김치수 옮김, 문학과지성사, 1996.
움베르토 에코, 『소설 속의 독자』, 김운찬 옮김, 열린책들, 1996.
허버트 미트갱, 『작가를 찾아서』, 김석희 옮김, 프레스빌, 1996.
롤랑 바르트, 『신화론』, 정현 옮김, 현대미학사, 1995.
장경렬·진형준·정재서 편역, 『상상력이란 무엇인가』, 살림, 1997.
알랭 로브그리예, 『누보 로망을 위하여』, 김치수 옮김, 문학과지성사, 1981.
이진경, 『근대적 시·공간의 탄생』, 푸른숲, 1997.
고병권, 『니체, 천 개의 눈 천 개의 길』, 소명출판, 2001.
칼 구스타프 융, 『사람과 상징』, 정영목 옮김, 까치, 1995.
〈버전업〉, 「판타지, 문학의 새로운 영역」, 1999년 여름호
자크 라캉, 『욕망 이론』, 권택영 엮음, 문예출판사, 1994.
남영신, 『나의 한국어 바로 쓰기 노트』, 까치, 2002.
이수열, 『우리 글 갈고 닦기』, 한겨레신문사, 1999.